MANESSE BIBLIOTHEK DER WELTLITERATUR

JOHN GALSWORTHY

MEISTERERZÄHLUNGEN

Übersetzung aus dem Englischen
von Irma Wehrli
Nachwort von Andreas Fischer

MANESSE VERLAG
ZÜRICH

CIP-Kurztitelaufnahme der Deutschen Bibliothek

Galsworthy, John:
Meistererzählungen / John Galsworthy
Übers. aus d. Engl. von Irma Wehrli
Nachw. von Andreas Fischer
2. Aufl. – Zürich: Manesse Verlag, 1985
(Manesse Bibliothek der Weltliteratur)
ISBN 3-7175-1654-X Gewebe
ISBN 3-7175-1655-8 Ldr.

NE: Wehrli, Irma [Übers.];
Galsworthy, John: [Sammlung ⟨dt.⟩]

Inhalt

Pfaffenhütchen

Der gefeierte Maler Scudamore, dessen Studien der Natur seit so vielen Jahren in Augenhöhe plaziert wurden, daß er die Tage vergessen hatte, als sie, noch nicht in der Scudamore-Manier, irgendwo hoch oben vom Dachhimmel herunterhingen, stand da, wo ihn seine Kusine so unvermittelt verlassen hatte. Um seine Lippen, zwischen ansehnlichem grauen Schnurrbart und ansehnlichem Spitzbart, spielte ein gequältes Lächeln, und er schaute ziemlich verblüfft die Pfaffenhütchen an, die von dem Zweig, den sie ihm zeigen kam, auf die Steinplatten des Hofes gefallen waren. Warum hatte sie den Kopf in den Nacken geworfen, als ob er sie geschlagen hätte, und war herumgewirbelt, daß die dunkelrosa Beeren zitterten, ihre Regentropfen verloren und vier davon herunterfielen? Er hatte nur gesagt: «Zauberhaft! Ich würde sie gerne verwenden!» Und sie hatte geantwortet: «Gott!» und war davongerauscht. Alicia war wirklich verrückt; wer hätte geglaubt, daß sie einmal so anbetungswürdig gewesen war? Er bückte sich und las die vier Beeren auf – eine wunderbare Farbe, dieses Dunkelrosa! Und durch den Firnis von Erfolg und Scudamore-Manier rührte sich etwas: eine Regung des Gemüts. Malen! Wozu? Wie darstellen? Er ging zu der niedrigen Mauer hinüber, die den Hof seines teuer renovierten, prächtigen alten Hauses vom ersten Hochwasser des Flusses Arun trennte, der silbrig glänzend im blassen Wintersonnenschein vorbeizog. Ja, wirklich! Wie die Natur darstellen, ihre Klarheit und ihre geheimnisvollen Harmonien, ihre Stimmung, nie dieselbe von Stunde zu Stunde? Jene braunen Schilfbüschel dort drüben, vor dem Goldgrau von Licht und Wasser – jene ruhelosen, flatternden weißen Möwen. Etwas wie Abscheu vor seiner eigenen gefeierten Manier wallte in ihm auf – der Abscheu, ausgedrückt in Alicias «Gott!». Das Schöne! Was hatte es für einen Sinn – wie es darstellen? Hatte sie dasselbe gedacht?

Er schaute die vier rosa Beeren an, die auf dem grauen Stein der Mauer glänzten, und begann sich zu erinnern. Was für ein hübsches Mädchen sie gewesen war, mit ihren graugrünen Augen, die unter langen Wimpern leuchteten, dem Rosenrot ihrer Wangen und dem zu feinen dunklen Haar – jetzt so grau –, das sich nie ganz zähmen ließ. Ein bezauberndes, schwärmerisches Geschöpf! Er erinnerte sich, als ob es erst letzte Woche gewesen wäre, an den Tag, da sie beim Bahnhof Arundel den Weg nach Burpham einschlugen. Er war damals neunundzwanzig und sie fünfundzwanzig; sie waren beide Maler, beide unbekannt. Es war an einem Tag mit Regen und Sonne, Mitte März, und die Natur bereitete sich auf den wahren Frühling vor! Wie sie zuerst geplaudert hatten; und, wenn ihre Arme sich berührten, wie er erschauert war und ihre vom Regen nassen Wangen eine kräftigere Farbe bekommen hatten. Und dann, allmählich, waren sie verstummt; ein wundervoller Spaziergang, der so sicher einem noch wundervolleren Ende entgegenzugehen schien. Sie waren im Bogen quer durch das Dorf gewandert, an der Kalkgrube und der Himmelsleiter vorbei zum Feldweg hinunter und weiter zum Flußufer. Und er hatte sie ganz behutsam um die Taille gefaßt, immer noch stumm, und auf den Augenblick gewartet, wo sich sein Herz in Worten Luft machen und ihres – da war er sicher – ihm zufliegen würde. Der Pfad verschwand in einem Schlehdornhang mit Primeln, nahe beim kleinen, angeschwollenen Fluß, der sanft dahinströmte. Ein paar letzte Regentropfen fielen, aber die Sonne war durchgebrochen, und der blankgefegte Himmel über der Hecke war blau wie Ehrenpreis. Plötzlich war sie stehengeblieben und hatte gerufen: «Schau, Dick! Schau doch! Es ist himmlisch!» Ein hoher Schlehdornbusch erhob sich da, strahlend weiß vor dem Blau und jener hellen Wolke. Er schien zu singen, so schön war er; der ganze Frühling war darin. Aber beim Anblick ihres verzückten Gesichtes war all seine Zurückhaltung geschwunden; er hatte seinen Arm fester um sie gelegt und sie auf die Lippen geküßt. Er erinnerte sich immer noch an den Ausdruck auf ihrem Gesicht, wie bei einem Kind, das aus dem Schlaf geschreckt wird. Sie war erstarrt von ihm zurückgewichen, hatte gekeucht, gezittert, gewürgt und plötzlich angefangen zu schluchzen. Dann war sie aus seinem Arm geschlüpft und geflohen. Er war zuerst stehengeblieben, verblüfft und verwirrt, ganz fassungslos; dann hatte er sich ein wenig erholt und eine volle halbe Stunde nach ihr gesucht, bis er sie schließlich, mit versteinertem Gesicht im nassen Gras sitzend, fand. Er hatte nichts gesagt, und sie auch nicht, außer daß sie murmelte: «Gehen wir weiter, sonst verpassen wir unseren Zug!» Und den ganzen restlichen Tag lang und am Tag danach, bis sie sich trennten, hatte er unter dem Gefühl gelitten, in ihrer Wertschätzung von einem hohen Podest gestürzt zu sein. Das hatte ihm gar nicht gefallen; es hatte ihn sehr erzürnt. Nie, seit jenem Tag bis heute, hatte er es für etwas anderes als mutwillige Ziererei gehalten. War es – war es etwas anderes gewesen?

Er betrachtete die vier rosa Beeren, und als hätten sie die unheimliche Macht, das Rad der Erinnerung zu drehen, sah er seine Kusine ein zweites Mal vor sich, fünf Jahre später. Er war inzwischen verheiratet, und seine Bilder wurden schon in Augenhöhe plaziert. Mit seiner Frau hatte er Alicia in ihrem Häuschen auf dem Lande besucht. Es war ein Sommerabend, gerade erst dunkel geworden und sehr warm. Nach langem Bitten hatte sie ihr zuletzt fertiggestelltes Bild in den kleinen Salon gebracht. Er sah sie es noch ins Licht rücken; die große schlanke Gestalt war schon ziemlich eckig und dünn geworden, wie bei manchen Frauen mit dreißig, wenn sie nicht heiraten. Er sah den nervösen, unruhigen Blick auf ihrem bezaubernden Gesicht, als könne sie diese Prüfung kaum aushalten. Wie sie die Schulter ganz wenig hochzog, als wehre sie einen erwarteten Donnerschlag ab. Völlig unnötig! Es war etwas Wunderbares gewesen, eine überraschend schöne Nachtstudie. Er erinnerte sich, mit welch wahrhaft eifersüchtigem Schmerz er sie bestaunt hatte – eine bessere Arbeit, als ihm selbst je gelungen war. Und, ehrlich, das hatte er gesagt. Ihre Augen hatten geglänzt vor Freude. «Magst du es wirklich? Ich habe mir solche Mühe gegeben!» – «An dem Tag, an dem du das zeigst, mein Liebes», hatte er gesagt, «hast du dir einen Namen gemacht!» Sie hatte die Hände gegeneinandergepreßt und einfach geseufzt: «Oh, Dick!» Er hatte sich so gefreut über ihre Freude, und gleich darauf hatten sie alle drei ihre Stühle auf die dunkle Veranda, hinter die Vorhänge, hinausgenommen, hatten ein wenig geredet und waren dann irgendwie verstummt. Eine wunderbar warme, schwarze Nacht in der Rebenblüte, köstlich mild und einladend; die Sterne sehr hoch und weiß; die Blumen glommen in den Gartenbeeten, und vor dem tiefen dunklen Blau hingen Rosen, unirdisch, geschönt. Es roch nach Geißblatt, erinnerte er sich, und viele Nachtfalter flatterten an ihnen vorbei auf die hohe, schmale Lichtritze zwischen den Vorhängen zu. Alicia war vornübergebeugt dagesessen, die Ellbogen auf den Knien, die Ohren in den Händen vergraben. Wahrscheinlich waren sie still, weil sie so dasaß. Einmal hörte er sie vor sich hin flüstern: «Wunderbar, wunderbar! O Gott! Wie wunderbar!» Seine Frau hatte den Abendtau gespürt, sie war hineingegangen, und er war ihr gefolgt. Alicia hatte es anscheinend nicht bemerkt. Aber als sie auch hereinkam, glitzerten Tränen in ihren Augen. Sie sagte etwas von Schlafengehen in einem merkwürdigen Ton; sie hatten Kerzen genommen und waren nach oben gegangen. Am anderen Morgen, als er ihr kleines Atelier aufsuchte, um sie wegen jenes Bildes zu beraten, war er regelrecht starr vor Entsetzen gewesen, es weiß überstrichen zu sehen – Alicia stand davor und schmierte ihren Pinsel immer und immer wieder wild darüber. Sie hörte ihn und drehte sich um. Auf beiden Wangen brannte ein hochroter Fleck, und sie sagte mit zitternder Stimme: «Es war Gotteslästerung. Das ist alles!»

Dann drehte sie ihm den Rücken zu und fuhr fort, das Bild mit Weiß zu beschmieren. Wortlos hatte er einfach angewidert kehrtgemacht. Ja, seine Verstimmung über diese mutwillige Zerstörung des Besten, was sie je hervorgebracht hatte oder je vielleicht noch hervorbringen würde, war so nachhaltig gewesen, daß er sie jahrelang gemieden hatte. Überspanntheit war ihm immer ein Greuel. Ihren Fuß fest auf die Erfolgsleiter gesetzt und sie dann weggestoßen, mutwillig diese Chance, zu Geld zu kommen, ausgelassen zu haben – denn was sie besaß, war ein Pappenstiel! Er hatte es wirklich zu ärgerlich gefunden, da konnte man sich nur an die Stirn tippen. Hin und wieder hörte er noch von ihr, wie sie dort unten lebte, ihre Tage in Feld und Wald verbrachte, manchmal sogar ihre Nächte, sagte man, und dabei ständig ärmer, dünner, exzentrischer – kurz: so unmöglich schwierig wurde, wie es nur Engländerinnen sein können. Die Leute pflegten sie «so eine gute Seele» zu nennen und von ihrem Charme zu reden, aber immer mit jenem Achselzucken, das schwer zu ertragen ist, wenn es den eigenen Verwandten gilt. Was sie mit den Erzeugnissen ihres Pinsels tat, fragte er nie; er war zu ernüchtert nach jener Erfahrung. Arme Alicia!

Die rosa Beeren glühten auf dem grauen Stein, und er hatte nochmals eine Erinnerung. Ein Familienereignis, als Onkel Martin Scudamore das Zeitliche segnete und sie alle hinauffuhren, um ihn zu bestatten und der Eröffnung seines Testaments beizuwohnen. Sie hatten sich des alten Knaben immer ein wenig geschämt, weil er in der kleinen grauen Stadt in Yorkshire, die ihren Aufstieg seiner Fabrik verdankte, Geld scheffelte; und man erwartete bei seinem Tod, daß er jetzt Sühne leiste – denn er hatte nie geheiratet, offenbar zu geschäftig, um dafür Zeit zu haben. In schweigender Übereinkunft hatten seine Nichten und Neffen den Gasthof in Bolton Abbey, dem nächsten Ausflugsort, für ihren Aufenthalt gewählt. Sie waren sechs Meilen zum Begräbnis gefahren, in drei Kutschen. Alicia war mit ihm und seinem Bruder, dem Anwalt, gegangen. In ihren einfachen schwarzen Kleidern sah sie ganz bezaubernd aus, obwohl die Silberfäden in ihrem feinen, vom Moorwind gelösten dunklen Haar schon zahlreich waren. Sie hatte zu ihm ganz mit der alten Begeisterung von der Malerei gesprochen, und ihre Augen hatten auf seinem Gesicht zu verweilen geschienen, als ob sie immer noch eine kleine Schwäche für ihn hätte. Er hatte jene Fahrt recht genossen. Ziemlich unvermittelt waren sie auf die am Flußufer klebende kleine rußige Stadt getroffen, die vom langgestreckten gelben Backsteinhaus des alten Martin, ungefähr zweihundert Meter oberhalb der Werke, beherrscht wurde. Plötzlich spürte er, daß Alicia unter der Decke seine Hand wie verzweifelt packte, gerade als klammere sie sich an etwas, um sich aufrechtzuhalten. Er war sogar sicher, daß sie nicht wußte, daß es seine Hand war, die sie drückte. Die kopfsteingepflasterten Straßen, das schmutzig aussehende Wasser, die schäbigen, auffälligen Fabrikgebäude, das gelbe, auffällige Backsteinhaus, die kleinen, dunkel gekleideten, schrecklich gewöhnlichen Arbeiter, ganz herausgeputzt, um ihrem Herrn eine letzte Ehre zu erweisen; die scheußliche, neue graue Kirche, der öde Gottesdienst, die brandneuen Grabsteine – und das alles an einem prachtvollen Herbsttag! Es war unaussprechlich garstig – zu häßlich, als daß man es in Worte hätte fassen können. Nachher saßen sie sittsam auf hellen Mahagoni-Stühlen in dem gelben Landhaus, und das Testament wurde ihnen verlesen. Es war ein sehr befriedigendes Testament, das zu völlig ausgewogenen Teilen ein sehr beträchtliches Vermögen an die eigene Verwandtschaft, und niemand sonst, verteilte. Scudamore hatte träumerisch zugehört, seine Augen auf ein öliges Bild geheftet, dabei gedacht: «Mein Gott! Das ist etwas!», sich danach gesehnt, wieder in der Kutsche zu sein und eine Zigarre zu rauchen, um den unangenehmen Geruch von schwarzen Kleidern und Sherry – Sherry! – aus der Nase zu bekommen. Zufällig sah er zu Alicia hinüber. Ihre Augen waren geschlossen; ihre Lippen, die immer sanft lächelten, zitterten belustigt. Und genau in jenem Augenblick kam das Testament zu ihrem Namen. Er sah, wie sich diese Augen weit öffneten und ein wundervolles, zartes Erröten, fast wie in alten Tagen, in die dünnen Wangen stieg. «Großartig!» hatte er gedacht; «es ist wirklich prima für sie. Bin ich froh! Jetzt wird sie nicht mehr knausern müssen. Großartig!» Er teilte von Herzen mit ihr die überraschte Begeisterung, die sich auf ihrem immer noch schönen Gesicht zeigte.

Auf dem ganzen Rückweg in der Kutsche freute er sich mindestens ebensosehr über ihr Glück wie über sein eigenes; und er konnte sich wirklich nicht beklagen. Er nahm ihre Hand unter der Decke und preßte sie, und sie antwortete mit einem langen, sanften Druck, ganz anders als der Klammergriff auf der Hinfahrt. Am gleichen Abend schlenderte er dorthin, wo der Fluß unterhalb der Abbey eine Biegung machte. Die Sonne war noch nicht ganz untergegangen, und ihr letztes rauchiges Licht fiel schräg in die glänzenden Herbstwälder. Ein paar weißköpfige Hereford-Kühe weideten im saftigen Gras, der Fluß kräuselte sich und glänzte wie lauter goldene Schuppen. Über dem Bild lag der Zauber, der so oft die Herzen der Maler angerührt hat, das melancholische Gold – die Berückung eines Traums. Einige Minuten lang hatte er mit Entzücken, das eine Art Verzweiflung in sich schloß, gestaunt. Ein leises, helles Rascheln lief die Büsche entlang; die Blätter zitterten und hingen dann ganz still. Und er hörte eine Stimme – die Alicias – sagen: «Die wunder-, wundervolle Welt.» Und als er einen Schritt vorwärts machte, sah er sie auf der Uferböschung stehen, an den Stamm einer Birke geschmiegt, mit zurückgeworfenem Kopf und weit geöffneten Armen, wie um die wundervolle Welt, die sie angerufen hatte, zu umfassen. Zu ihr hinzugehen wäre gewesen, wie ein Zwiegespräch von Liebenden stören; statt dessen drehte er sich um und entfernte sich.

Eine Woche später hörte er von seinem Bruder, daß Alicia ihr Erbe ausgeschlagen hatte. «Ich will es nicht», hatte es in ihrem Brief schlicht geheißen; «ich könnte es nicht ertragen, es anzunehmen. Gebt es den armen Leuten, die an jenem schrecklichen Ort leben.» Wunderlicher konnte man wirklich nicht sein! Sie beschlossen, sie dort unten zu besuchen. Solch wahnwitzige Mißachtung des eigenen Vorteils durfte man nicht zulassen, ohne etwas dagegen zu unternehmen. Sie fanden sie sehr dünn und bezaubernd; bescheiden, aber hartnäckig in ihrer Weigerung. «Oh, ich könnte es einfach nicht! Ich wäre so unglücklich. Die armen, verkümmerten kleinen Leute, denen er alles zu verdanken hat! Die kleine, schreckliche Stadt! Ich möchte einfach nicht daran erinnert werden. Redet bitte nicht mehr davon. Es geht mir ganz gut so.» Sie hatten ihr das Armenhaus und ein mittelloses Alter in den schlimmsten Farben ausgemalt. Zwecklos; sie wollte das Geld einfach nicht. Sie war vierzig gewesen, als sie jene Hilfe vom Himmel zurückwies – vierzig –, und konnte nicht mehr darauf hoffen, zu heiraten. Scudamore hatte zwar nie sicher gewußt, ob sie je eine Heirat gewünscht oder erhofft hatte, aber er hatte seine Theorie – nämlich, daß ihre ganze Überspanntheit die Folge unerfüllter Sexualität war. Diese letzte Torheit war ihm so monströs erschienen, daß er sie geradezu rührend fand; und er mied Alicia nicht länger. Er spazierte sogar oft zum Tee in ihre kleine Einsiedelei hinüber. Mit Onkel Martins Geld hatte er das prächtige alte Haus über dem Fluß Arun gekauft und instand gesetzt und war jetzt nur fünf Meilen quer übers Land von Alicia entfernt. Auch sie kam jeweils zu jeder Tageszeit herübergelaufen, schwebte herein mit Wiesenblumen oder Farnen, die sie gleich nach ihrer Ankunft ins Wasser zu stellen pflegte. Sie trug keine Hüte mehr und hatte inzwischen in der Gegend einen sehr zweifelhaften Ruf, was ihre geistige Gesundheit anging. Es war die Zeit, da jeder Maler Watts im Munde führte, und er sah Alicia selten, ohne daß sie einen Disput über jenen berühmten Symbolisten hatten. Er selber konnte nichts anfangen mit Watts, seine fehlerhafte Technik und seine plumpen Allegorien mißfielen ihm; aber Alicia, mit ihrer schwärmerischen Begeisterung, behauptete immer, daß er großartig sei, weil er die Seele der Dinge zu malen versuche. Besonders gern hatte sie ein Bild, das «Iris» hieß – ein weibliches Symbol des Regenbogens, das in seiner schwebenden Extravaganz tatsächlich eine gewisse Ähnlichkeit mit ihr selbst hatte. «Natürlich scheiterte er», sagte sie dann; «er versuchte das Unmögliche und versuchte es sein ganzes Leben lang. Oh! Ich kann deine Regeln und Maximen nicht ausstehen, Dick; wozu sind sie gut? Das Schöne ist zu groß, zu tief!» Arme Alicia! Sie war manchmal sehr ermüdend.

Er verstand nie ganz, wie es dazu kam, daß sie im Herbst 1904 mit ihnen ins Ausland, in die Dauphiné, fuhr – eine ziemlich katastrophale Angelegenheit. Nie mehr würde er irgend jemanden auf eine Reise mitnehmen, der es nicht verstand, aus der Kälte hereinzukommen. Es war ein Land, für Maler wie geschaffen, und er hatte ein kleines Château am Berg Glandaz gemietet – für sich, seine Frau, ihre älteste Tocher und Alicia. Die Anpassung seiner berühmten Manier an diese seltsame Landschaft, ihre Braun-, französisch Grau- und milchigen Blautöne nahm ihn so stark in Anspruch, daß er kaum Zeit hatte, mit diesen Hügeln und Tälern vertraut zu werden. Die kleine, gekieste Terrasse vor dem Anbau, aus dem er ein Atelier gemacht hatte, bot eine fesselnde Aussicht auf die Pfannendächer der alten Stadt Die. Sie glitzerte dort unten im frühen oder späten Sonnenlicht, mit ihren flachen Dächern, rötlich gelb, auf einer Seite umschlossen von der matt blauen Drôme und gestutzten dunklen Zypressen, verstreut auf den rebenbewachsenen Hängen. Und er malte sie unaufhörlich. Was Alicia mit sich anfing, wußte niemand von ihnen so genau, außer daß sie hereinzukommen und verzückt von Dingen, Tieren und Menschen, die sie gesehen hatte, zu erzählen pflegte. Einen ihrer liebsten Zufluchtsorte suchten sie doch auf – ein verfallenes Kloster, hoch oben im Halbrund des Glandaz. Sie aßen ihr Lunchpaket dort oben, ein ganz bezaubernder und abgeschiedener Ort, wo die Kanäle, die Teiche und die Kapelle der Mönche von ehemals noch sichtbar waren, obwohl der Bauer sie für seine Zwecke nutzbar gemacht hatte. Alicia verließ sie plötzlich, mitten in ihrem Lob, und sie hatten sie nicht mehr gesehen, bis sie sie zu Hause antrafen, als sie zurückkamen. Es war fast, als hätte sie es übelgenommen, daß ihr liebster Zufluchtsort gelobt wurde. Sie hatte einen großen Strauß goldene Beeren mit hereingebracht, deren Namen niemand von ihnen kannte; Beeren, fast so schön wie die Pfaffenhütchen, die da auf dem Stein der Mauer glühten. Und eine vierte Erinnerung an Alicia kam.

Heiligabend, funkelnder Frost und alle Bäume rings um das kleine Château bereift, so daß sie im Sternenlicht leuchteten, wie mit Kirschblüten beschenkt. Nie waren mehr Sterne an klarem schwarzen Himmel über der weißen Erde. Drunten in der kleinen Stadt blinkten ein paar schwache gelbe Lichtpunkte im messerscharfen Bergwind. Eine phantastisch schöne Nacht – ganz «japanisch», aber grausam kalt. Fünf Minuten auf der Terrasse waren für sie alle genug gewesen, außer für Alicia. Sie – unbegreifliches, verrücktes Geschöpf – wollte nicht hereinkommen. Zweimal war er zu ihr hinausgegangen, mit Befehlen, Bitten und zusätzlichen Decken; das dritte Mal konnte er sie nicht finden. Sie hatte sich seinem Angriff absichtlich entzogen und war irgendwohin entwischt, um bei gefrorenem Sternenlicht diese wahnwitzige Nachtwache zu halten. Als sie schließlich doch hereinkam, schwankte sie wie betrunken. Sie versuchten, sie wirklich betrunken zu machen, damit sie wieder warm wurde. Zwecklos! Nach zwei Tagen lag sie im Bett mit einer doppelseitigen Lungenentzündung; es ging zwei Monate, bis sie wieder auf war – nur noch ein Schatten ihrer selbst. Seither war sie nie mehr besonders gesund gewesen. Sie schwebte wie ein Gespenst durchs Leben, ein verrücktes Gespenst, das sich wegzustehlen pflegte, Gott weiß wohin, mit roten Flecken auf den welken Wangen und wild zerzaustem grauen Haar hereinkam und ihre Beute brachte – eine Blume, ein Blatt, ein winziger Vogel oder ein kleines, weiches Kaninchen. Sie malte jetzt nie mehr, sprach nicht einmal davon. Sie hatten sie bewogen, ihr Häuschen aufzugeben und bei ihnen zu leben, weil sie regelrecht Angst hatten, daß sie in ihrer allgemeinen Vergeßlichkeit verhungern würde. Zum Beispiel diese Pfaffenhütchen! Aller Wahrscheinlichkeit nach war sie diesen Morgen schon schnurstracks zu jener sonnigen Kalkgrube im Schutze der Downs gegangen, um sie zu holen, sieben Meilen hin und zurück, und dabei würde man kaum glauben, sie könne auch nur hundert Meter weit gehen. Und wahrscheinlich war sie dort im tauigen Gras gelegen und hatte zum Himmel emporgeblickt, wie er sie manchmal angetroffen hatte. Arme Alicia! Und einst hätte er sie um ein Haar geheiratet! Ein Leben verpfuscht! Wodurch, wenn nicht durch die Liebe zum Schönen? Aber wer hätte je gedacht, daß das Unfaßliche eine Frau zugrunde richten könne, sie der Liebe berauben, der Ehe, der Mutterschaft, des Ruhms, des Reichtums, der Gesundheit? Und doch, wahrhaftig – so war es!

Scudamore schnippte die vier rosa Beeren von der Mauer. Das Leuchten und die mäandernden, milchigen Wasser; jener Schwan vor den braunen

Schilfbüscheln; die fernen, nebelhaften Downs – das war Schönheit! *Schönheit!* Aber, verdammt nochmal – Maßhalten! Maßhalten! Und er drehte der Ansicht, die er so oft in seiner gefeierten Manier gemalt hatte, den Rücken zu, ging hinein und das teuer restaurierte Treppenhaus hinauf zu seinem Atelier. Es hatte große Fenster auf drei Seiten und perfekte Vorrichtungen, um das Licht zu regulieren. Unvollendete Studien verschmolzen mit Wänden, die so gedämpft gehalten waren, daß sie wie eine Grundstimmung wirkten. Es gab keine fertigen Bilder – sie verkauften sich zu schnell. Als er zu seiner Staffelei hinüberging, sprang ihm ein Farbbüschel in die Augen – der Zweig Pfaffenhütchen, in Wasser eingestellt, für ihn zum Malen bereit; genau da, wo das fahle Sonnenlicht einfiel, so daß die zarte Farbe glühen und die paar winzigen Tautropfen, die noch daran hingen, leuchten konnten. Eine Sekunde lang sah er Alicia selbst, wie sie ausgesehen haben mußte, als sie sie dorthin stellte; wie ihre durchsichtigen Hände darüberschwebten, ihre Augen leuchteten, ihr graues Haar so fein und aufgelöst war. Die Erscheinung verschwand! Aber weshalb hatte sie sie gebracht, nach jenem entsetzten «Gott!», als er davon sprach, sie zu verwenden? War es ihre Art zu sagen: «Verzeih, daß ich grob war»? Sie war wirklich rührend, diese arme Schwärmerin! Die Pfaffenhütchen glühten in ihrem silbrig glänzenden Krug, sprühten empor gegen das Sonnenlicht. Sie schienen zu triumphieren, wozu sie auch alle Ursache hatten; sie, die für das standen, was ein Leben ruiniert – oder vielleicht gerettet? – hatte! Alicia! Was hatte sie doch damit angerichtet, und trotzdem, wer wußte, was für geheime Wonnen sie mit ihrem feinfühligen Geliebten –

Schönheit – im Sternenlicht und Sonnenlicht und Mondlicht, in Feld und Wald, auf den Hügeln und am Fluß gefühlt hatte? Blumen und Vogelflug, das Säuseln des Windes und das ganze wechselnde Spiel von Licht und Farbe: was einen zur Verzweiflung bringen konnte, wenn man es wiedergeben wollte, sie hatte es genommen, ohne Hintergedanken an sich gepreßt und war glücklich gewesen! Wer konnte sagen, daß sie das Beste im Leben verpaßt hatte? Wer konnte das sagen?... Pfaffenhütchen! Daß ein Strauß Pfaffenhütchen solche Zweifel in ihm aufkommen lassen konnte! Schließlich, was war Schönheit anderes als bloß der Mehrwert, den die Mischung bestimmter Formen und Farben den Dingen verlieh – nichts als der Mehrwert auf dem irdischen Markt! Nichts weiter, gar nichts! Und die Pfaffenhütchen glühten im Sonnenlicht, zart, unnahbar!

Er nahm seine Palette, mischte Karmesin, Weiß und Ultramarin. Was war das? Wer seufzte dort draußen, weit hinter ihm? Nichts!

«Verdammt nochmal!» dachte er, «das ist kindisch. Das ist so schlimm wie Alicia!» Und er machte sich daran, in seiner gefeierten Manier zu malen – Pfaffenhütchen.

Das Schweigen

I

In einem Wagen des Neapel-Expresses wühlte ein Bergbaufachmann in den Papieren seiner Tasche. Die grelle Sonne brachte die Fältchen in seinem braunen Gesicht und das schäbige Aussehen seines kurzen, struppigen Bartes ans Licht. Ein Zeitungsausschnitt entglitt seinen Fingern; er hob ihn auf und dachte: «Wie zum Kuckuck ist das hier hineingeraten?» Der Ausschnitt war einer Kolonialzeitung von vor drei Jahren entnommen; und der Mann saß da und starrte ihn an, als sei ihm in diesem vergessenen Fetzen vergilbten Papiers ein Gespenst aus seiner Vergangenheit begegnet.

Er las die folgenden Worte: «Wir hoffen, daß der Rückschlag für die Zivilisation, das Hemmnis für Handel und Entwicklung in dieser vielversprechenden Region unserer Kolonie, vorübergehender Natur sein wird und wiederum das nötige Kapital zu Hilfe kommt. Wo ein einzelner erfolgreich war, sollten doch andere gewiß nicht scheitern? Einzig vonnöten wäre nach unserer Überzeugung...» – Und dann die Schlußworte: «Denn was kann trauriger sein, als mit ansehen zu müssen, wie der Urwald immer längere Schatten wirft auf die unbewohnten menschlichen Behausungen: wie ein Symbol der Niederlage, und wo einmal fröhlich plaudernde Menschenstimmen ertönten, vorüberzugehen im Schweigen...»

An einem Nachmittag vor dreizehn Jahren war er in London gewesen, an einem jener Handelsplätze, wo Bergbauexperten sich vor dem erneuten Aufbruch niederlassen wie Möwen auf einem Lieblingsfelsen. Ein Angestellter sagte zu ihm: «Mr. Scorrier, man verlangt da unten nach Ihnen – ein Mr. Hemmings von der Neuen Bergbaugesellschaft.» Scorrier nahm das Sprachrohr.

«Sind Sie es, Mr. Scorrier? Ich hoffe, Sie befinden sich wohl, Sir. Mein Name ist – Hemmings. – Ich komme jetzt – herauf.»

Nach zwei Minuten erschien er, Christopher Hemmings, Sekretär der Neuen Bergbaugesellschaft, den man in der City hinter seinem Rücken den «Hecklast-Hemmings» nannte. Er ergriff Scorriers Hand – die Geste war herablassend und doch distinguiert. Seine äußere Erscheinung – allzu gefällig, allzu tüchtig und allzu wichtig – schien, wie die Fasson des eisengrauen Bartes und die aufdringlich schönen Augen, beständig höflich dazu aufzufordern, alles auf seine Untadeligkeit zu prüfen. Er stand da wie eine städtische Atlas-Gestalt, mit gespreizten Beinen, die Frackschöße in den Händen, und balancierte die ganze Finanzwelt geschickt auf der Nase. «Seht mich an!» schien er zu sagen. «Meine Last ist schwer, aber wie mühelos trage ich sie. Mir wird sie nicht hinunterfallen, seid unbesorgt!»

«Ich hoffe, Sie befinden sich wohl, Mr. Scorrier», hob er an. «Was mich zu Ihnen führt, ist unsere Mine. Ein neues Feld soll erschlossen werden – gerade zur rechten Zeit, unter uns gesagt. Es fällt mir schwer, das Direktorium dazu zu bewegen, das Ganze im Auge zu behalten. Kurz und gut, es handelt sich um folgendes: Sind Sie gewillt, für uns an Ort und Stelle ein Gutachten zu erstellen? Mit dem Honorar werden Sie zufrieden sein.» Sein linkes Auge ging zu. «In letzter Zeit ist alles sehr – äh – flau gewesen; wir wollen den Werkleiter ersetzen. Ich hätte da Klein Pippin – Sie kennen doch Klein Pippin?»

Scorrier murmelte, leicht verärgert: «Gewiß. Aber der Bergbau ist nicht sein Fach!»

Hemmings antwortete: «Wir denken, es wird gehen mit ihm.»

«Wirklich?» dachte Scorrier; «das ist nett von euch!»

Er hatte noch immer einen Rest von Verehrung für Pippin – «König» Pippin nannte man ihn stets, aus den gemeinsamen Jugendjahren an der Camborne Grammar School. «König» Pippin! Der Junge mit dem hellen Teint, dem sehr hellen Haar, den hellen, abwartend ausweichenden Augen, den breiten Schultern, dem leicht gekrümmten Nacken, den er wie ein Vogel rasch in alle Richtungen bog; der Junge, der immer überall ganz vorne war und seinen Kopf so trug, als halte er gerade nach einer weiteren Gelegenheit Ausschau, die Spitze zu übernehmen. Er erinnerte sich, wie «König» Pippin eines Tages in seiner sanften Art zu ihm gesagt hatte: «Jung Scorrie, ich löse deine Rechenaufgaben für dich», und auf sein zögerndes «Meinst du?» geantwortet hatte: «Natürlich – ich will nicht, daß du hinter den Blake, dieses Scheusal, gerätst, er ist nicht aus Cornwall.» (Blake, dieses «Scheusal», war Ire und noch nicht einmal zwölf.)

Er erinnerte sich an eine andere Begebenheit, als «König» Pippin mit noch zwei Jungen gegen sechs Lümmel antrat und Prügel bezog; wie Pippin noch eine halbe Stunde blutüberströmt, den Kopf auf die Hände gestützt, dagesessen war, sich hin und her gewiegt und Tränen der Scham geweint hatte; und wie er sich dann am folgenden Tag ganz allein davongeschlichen hatte, die gleiche Bande nochmals angriff und wiederum übel traktiert wurde.

An all das dachte er und antwortete brüsk: «Wann soll ich gehen?»

«Hecklast-Hemmings» antwortete ihm gräßlich munter: «So ist's brav! Ich werde Ihnen die Unterlagen zukommen lassen; freut mich, Sie bei guter Gesundheit anzutreffen.» Er bedachte Scorrier mit einem so artigen Blick, daß es fast schon ordinär war, und entfernte sich. Scorrier blieb sitzen, mit schwerem Kopf von all der Hohlheit und leicht betäubt, als hätte er einen Becher süßen Portwein getrunken.

Eine Woche später war er zusammen mit Pippin an Bord eines Ozeandampfers.

Der «König» Pippin seiner Schulzeit war inzwischen ein Mann von vierundvierzig. Er weckte in Scorrier die unbestimmte Verwunderung, mit der Menschen auf ihre unkomplizierte Kindheit zurückblicken, und Scorrier pflegte in der lang anhaltenden Dünung des Atlantiks die Decks hinauf- und hinunterzustolpern und seinem Begleiter verstohlene Blicke zuzuwerfen, als erwarte er, daraus etwas über sich selber herauszufinden. Pippin hatte immer noch das helle, feine Haar des «König» Pippin und dazu wirkungsvolle graue Strähnen in dem kurzen Bart; er hatte immer noch einen hellen Teint und eine sanfte Stimme, und was an Fältchen sichtbar war, ließ bloß an feinsinnigen Humor und ironisches Mitgefühl denken. Von Anfang an, und offenbar ohne Feilschen, hatte er seinen Platz am Tische des Kapitäns, wohin sich auch Scorrier am zweiten Tag versetzt fand, um nun, wie er jammerte, bei den «großen Tieren» sitzen zu müssen.

Während der Überfahrt prägte sich Scorrier eine einzige Bewegung ein, und der Anlaß dazu war beunruhigend. Auf dem Vorderdeck hielt sich der übliche Zustrom von Auswanderern auf. Eines Abends, als er sich über die Reling beugte, um sie zu beobachten, spürte er, wie jemand seinen Arm berührte. Er blickte sich um und sah im Schein der Laterne, wie Pippins Gesicht und Bart zuckten. «Arme Menschen!» sagte er. Es schoß Scorrier durch den Kopf, daß er sei wie ein Dünndraht-Tonaufnahmegerät*.

«Angenommen, er reißt!» dachte er. Und wie unter dem Zwang, sich wegen dieser Vorstellung zu rechtfertigen, platzte er heraus: «Du bist ein nervöser Bursche. Eine Art hast du, diese armen Teufel zu betrachten!»

Pippin schob ihn das Deck entlang. «Komm, komm, du hast mich überrumpelt», murmelte er mit einem listigen, sanften Lächeln, «das ist nicht fair.»

Er kam aus dem Staunen nicht heraus, daß sich Pippin in seinem Alter aus den Bindungen und der Sicherheit eines Lebens in London lösen sollte, um in einem neuen Land eine neue Laufbahn einzuschlagen, mit unsicheren Erfolgsaussichten. «Ich habe immer gehört, daß es ihm in jeder Hinsicht gutgeht», dachte er; «vielleicht denkt er, er kann

* das 1898 erfundene Telegraphon oder Poulsen-Maschine. Anmerkung (sowie ff.) der Übersetzerin.

sich verbessern. Er ist unverkennbar ein Mann aus Cornwall.»

Es war ein grauer, freudloser Morgen, als sie beim Bergwerk ankamen; eine Rauchwolke, vom Nieselregen heruntergedrückt, klebte über dem Wald; die Holzhäuser standen verstreut um ein unordentliches Etwas herum, das wie eine Straße aussah, vor dem Hintergrund der endlosen, schweigenden Wälder. Dumpfer Trübsinn lastete über allem; Krane ragten untätig über leere Lastwagen hinaus; von der langen Mole troff schwarzer Schlamm; Bergleute mit apathischen Gesichtern standen im Regen, und die Hunde rauften sich sogar noch zwischen ihren Beinen. Auf dem Weg ins Hotel trafen sie niemanden geschäftig oder heiter an, bis auf einen Chinesen, der den Deckel einer Schüssel polierte.

Der vormalige Werkleiter, ziemlich eingeschüchtert, ergötzte sie beim Mittagessen mit seinen bösen Ahnungen; seine Einstellung zur Lage war wie das Essen: ölig und phantasielos. Als sie wieder für sich waren, sahen die beiden Neuankömmlinge einander traurig an.

«Ach, du liebes Bißchen!» seufzte Pippin. «Wir müssen das alles ändern, Scorrier; es kann nicht angehen, sich geschlagen zu geben. Ich werde mich nicht geschlagen geben; man wird mich auf meinem Schild hinaustragen müssen», und er fügte verschmitzt hinzu: «Bin dir zu schwer, was? Armer Junge!» Dann blieb er lange stumm und bewegte die Lippen, als überschlage er die Kosten. Plötzlich seufzte er, packte Scorrier am Arm und sagte: «Bin ich nicht langweilig? Was gedenkst du zu tun? In deinem Bericht festhalten: ‹Neuer Werkleiter – trauriger, lahmer Hund – gönnt keiner Katze ein

Wort!›» Und als sei die neue Aufgabe zuviel für ihn, versank er wieder ins Grübeln. Die letzten Worte, die er an jenem Abend an Scorrier richtete, waren: «Sehr still hier. Es fällt schwer zu glauben, daß man fürs Leben hier ist. Und doch scheint es mir so. Darf aber kein Feigling sein!» Und er fuhr sich über die Stirn, wie um das feine Spinnennetz der Gedanken wegzuwischen, und eilte davon.

Scorrier blieb auf der Veranda und rauchte. Der Regen hatte aufgehört, schwach leuchteten ein paar Sterne; noch über dem Schmutz der Stadt lag schwer der Geruch der Wälder, der unbegrenzten Wälder. Plötzlich erinnerte er sich an ein Bild aus einem seiner Kindermärchenbücher – das Bild eines kleinen, bärtigen Mannes auf Zehenspitzen, mit erhobenem Kopf und einem großen Schwert, mit dem er auf das Schloß des eines Riesen einhieb. Es erinnerte ihn an Pippin. Und mit einem Mal wurde sogar Scorrier – dessen Leben eine einzige lange Begegnung mit merkwürdigen Orten war – die unsichtbare Anwesenheit dieser Wälder zuviel – ihr starker, vitaler Geruch, die feinen Geräusche, wie das Quietschen winziger Spielzeuge, die aus dem düsteren Schweigen drangen; man mußte sie fliehen, aus reinem Selbsterhaltungstrieb. Er dachte an den Abend, den er im Schoße der Familie des «Hecklast-Hemmings» verbracht hatte und dabei die letzten Anweisungen empfing – die Sicherheit dieser Vorortsvilla, ihre entmutigende Vornehmheit; die herablassend eisige Zurückhaltung der Miss Hemmings; die klingenden Namen von großen Unternehmern und Firmengründern, selbst eines Pairs, die leicht wie Geschützlafetten durch die Unterhaltung gezogen wurden; die Alleinherrschaft von Hemmings, nur hie und da angekratzt von einer häuslichen Meinungsverschiedenheit. Es war alles so hübsch und sicher – als läge das Ganze wie mit einem Anker befestigt, der unter die rosa Kohlköpfe des Salonteppichs gesunken wäre! – Hemmings hatte ihn hinausbegleitet und ihm vertraulich mitgeteilt: «Wir meinen es gut mit Klein Pippin. Sein Gehalt wird soundsoviel Pfund betragen. – Er wird ein großer Mann sein – fast wie ein König. Ha – ha!»

Scorrier klopfte die Asche aus seiner Pfeife. «Gehalt!» dachte er und spitzte die Ohren; «ich würde den Posten nicht einmal für fünftausend pro Jahr annehmen. Und dabei ist es ein schönes Land», und mit ironischem Nachdruck fügte er hinzu: «Ein verflucht schönes Land!»

Zehn Tage darauf hatte er sein Gutachten über die neue Mine erstellt; er stand auf dem Pier und wartete darauf, daß er an Bord des Dampfers gehen konnte, der ihn nach Hause bringen sollte.

«Lebe wohl!» sagte Pippin. «Sag denen, sie brauchen keine Angst zu haben, und denk ab und zu an mich, wenn du daheim bist, ja?»

Scorrier kletterte an Bord und erinnerte sich unklar an Tränen in seinen Augen und einen krampfhaften Händedruck.

II

Es dauerte acht Jahre, bis das Lebensrad Scorrier wieder an jenen trostlosen Ort brachte, und diesmal nicht im Auftrag der Neuen Bergbaugesellschaft. Er reiste für eine andere Gesellschaft, die eine Mine in etwa dreißig Meilen Entfernung besaß. Aber bevor er aufbrach, suchte er Hemmings auf. Der Sekretär, umgeben von Aktenschränken, war artiger denn je. Scorrier blinzelte in der vollen

Ausstrahlung seiner Liebenswürdigkeit. Ein kleiner Mann mit fragend hochgezogenen Brauen und grauem Bart saß in einem Armsessel neben dem Feuer.

«Sie kennen Mr. Booker», sagte Hemmings – «einer meiner Direktoren. Das ist Mr. Scorrier, Sir – er war für uns unterwegs.»

Die Sätze wurden in einem Ton gemurmelt, der ihre Wichtigkeit unterstreichen sollte. Der Direktor stellte die Beine nebeneinander und verbeugte sich. Auch Scorrier verbeugte sich, und Hemmings lehnte sich zurück und entfaltete langsam das gesamte Innenleben seiner Weste.

«Sie machen sich also wieder auf den Weg, Scorrier, diesmal für die andere Seite? Ich habe zu Mr. Scorrier gesagt, Sir, er rücke aus für den Feind. Tun Sie uns den Gefallen und finden Sie keine Mine, die so gut ist wie die, die Sie für uns gefunden haben.»

Der kleine Direktor platzte heraus: «Unsere letzte Dividende gesehen? Zwanzig Prozent; na?»

Hemmings bewegte einen Finger, wie um seinen Direktor zu tadeln. «Ich will Ihnen nicht verbergen», murmelte er, «daß es Spannungen gibt zwischen uns und – dem Feind; Sie kennen unsere Position allzu gut – fast ein wenig zu gut, nicht? Sie verstehen, was ich meine.»

Seine diplomatischen Augen schmeichelten Scorrier, der sich mit der Hand über die Brauen fuhr und meinte: «Gewiß.»

«Pippin kommt nicht aus mit ihnen. Unter uns gesagt, seine Stiefel sind ihm eine Nummer zu groß. Sie wissen, wie das ist, wenn ein Mann in seiner Position eine plötzliche Gehaltserhöhung kriegt!»

Scorrier ertappte sich dabei, wie er auf den Boden starrte und versuchte, einen Blick auf Hemmings' Stiefel zu erhaschen; schuldbewußt hob er die Augen.

Der Sekretär fuhr fort: «Wir hören nicht ganz so oft von ihm, wie wir möchten, ehrlich gesagt.»

Zu seiner eigenen Überraschung murmelte Scorrier: «Es ist ein stiller Ort.»

Der Sekretär lächelte: «Sehr gut! Mr. Scorrier sagt, Sir, es sei ein stiller Ort; ha – ha! Das finde ich sehr gut!» Aber plötzlich schäumte der heimliche Ärger in ihm auf, und er sprudelte fast heftig hervor: «Das soll ihm doch wohl nichts ausmachen, oder? Urteilen Sie selbst, Mr. Scorrier, urteilen Sie selbst, Sir!»

Aber Scorrier gab keine Antwort und verabschiedete sich kurz darauf. Man hatte ihn gebeten, Pippin einen freundlichen Wink zu geben, daß häufigere Briefe willkommen wären. Als er im Schatten der Börse stand und darauf wartete, sich auf die andere Seite zu schlängeln, dachte er: «Ihr wollt also Lärm haben, das wollt ihr – den habt ihr ja hier, und mehr als genug...»

Nach seiner Ankunft drüben telegraphierte er Pippin, ob er auf seinem Weg ins Landesinnere bei ihm Station machen dürfe, und er erhielt die Antwort: «Komm auf jeden Fall.»

Eine Woche darauf kam er an (es gab inzwischen eine Eisenbahn) und sah, daß Pippin in einem Zweispänner auf ihn wartete. Scorrier hätte den Ort nicht wiedererkannt; es lag ein Glanz über allem, als ob es jemand mit einem Zauberstab angerührt hätte. Die Fußwege hatten Straßen Platz gemacht, die solide, schwarz und schnurgerade unter der leuchtenden Sonne zwischen den Bäumen hindurchführten; die Holzhäuser waren alle gestrichen; draußen im schimmernden Hafen, mitten im Grün der Inseln, lagen drei Dampfer, jeder begleitet von einer Flottille geschäftiger Boote; und da und dort schaukelte eine winzige Jacht wie ein Seevogel auf den Wellen. Pippin trieb seine langschweifigen Pferde an wie wild; sanfte Freundlichkeit leuchtete aus seinen Augen, als wolle er Scorrier einen immerwährenden Willkomm bereiten. Während der ganzen zwei Tage seines Aufenthaltes verblaßte dieser Glorienschein für Scorrier nie. Es mangelte ihm nicht an Gelegenheit, zum Zeugen dafür zu werden, wie gut Pippin alles im Griff hatte. Die hölzernen Türen und Wände seines Bungalows hielten kein Geräusch fern. Er hörte, wie sich sein Gastgeber mit Männern unterschiedlicher Art und Stellung unterhielt. Die Stimmen der Besucher wurden für gewöhnlich zunächst immer lauter – verärgert, unzufrieden, lakonisch, näselnd oder dunkel und schleppend; dann vernahm man, wie die Füße des Werkleiters im Zimmer leise hin und her trappelten. Darauf eine Pause, schweres Atmen und rasche Fragen – wieder die Stimme des Besuchers, wieder das Trappeln und schließlich Pippins Gemurmel: einschmeichelnd, aber bestimmt. Und heraus kam dann gleich darauf der Besucher, mit einer Miene, die Scorrier bald auswendig kannte: ein irgendwie erfreuter, verwirrter und hilfloser Blick, der zu bedeuten schien: «Man hat mich gelegt, ich weiß – ich werde mich ganz schön bei der eigenen Nase nehmen, wenn ich hier um die Ecke bin.»

Pippin war voll von sehnsüchtigen Fragen über «daheim». Die Konzerte interessierten ihn, die Filme und Theaterstücke; wie London aussah, was es für neue Straßen gab und, vor allem, ob Scorrier kürzlich im Westen gewesen war. Er sprach davon, Urlaub zu beantragen im nächsten Winter, fragte Scorrier, ob die daheim es wohl noch «mit ihm aushalten könnten»; aber dann fügte er mit der Heftigkeit, die Scorrier früher schon erschreckt hatte, hinzu: «Ach! Aber ich tauge nicht mehr für daheim. Man wird verwöhnt; es ist weit und still hier. Wozu sollte ich zurückkehren? Ich weiß es kaum.»

Scorrier dachte an Hemmings. «Ist schon etwas eng dort, gewiß», murmelte er.

Pippin fuhr fort, als habe er seine Gedanken erraten: «Ich nehme an, unser Freund Hemmings würde mich für einen Dummkopf halten; er steht über den kleinen Eskapaden der Phantasie, was? Ja; still ist es hier. Manchmal am Abend gäbe ich meinen Kopf darum, jemanden zum Reden zu haben – Hemmings, würde, denk' ich, nie seinen Kopf geben um irgend etwas. Aber denen daheim entgegentreten könnte ich trotzdem nicht. Einfach verwöhnt!» Und augenzwinkernd murmelte er: «Was würde man im Direktorium dazu meinen, wenn man das hören könnte?»

Scorrier platzte heraus: «Um die Wahrheit zu sagen, man beklagt sich ein wenig darüber, daß man *nicht* von dir hört.»

Pippin streckte eine Hand aus, wie um etwas von sich wegzuschieben. «Sollen sie einmal einen Geschmack davon bekommen, wie das Leben hier ist!» entfuhr es ihm; «es ist, als säße man auf einem Vulkan – da ist einmal unser lieber ‹Feind› dort drüben; dann die Belegschaft, die amerikanische Konkurrenz. Ich halte es in Gang, Scorrier, aber um was für einen Preis – um was für einen Preis!»

«Aber gewiß doch – Briefe?»

Pippin antwortete nur: «Ich versuche es – ich versuche es!»

Scorrier stellte erstaunt und zerknirscht fest, daß er die Wahrheit gesagt hatte. Am folgenden Tag ging er auf seine Inspektionsreise, und wie oft war doch die Rede von Pippin, während er sich im Lager des «Feindes» aufhielt.

«Übrigens», sagte sein Gastgeber, der Werkleiter, ein kleiner Mann mit einem Gesicht fast wie eine Eule, «wissen Sie, was für einen Namen man ihm drunten in der Hauptstadt gegeben hat – ‹der König› –, gut, was? Er hat die Leute überall an der Küste auf Trab gebracht. Ich mag ihn nicht übel – ein gutherziger Mann, schrecklich nervös; aber meine Leute hier können ihn um alles in der Welt nicht ausstehen. Er befiehlt über diese Kolonie, Sir. Man würde glauben, er könne nicht bis drei zählen; aber es geht immer nach seinem Willen, das ist es, was sie so aufbringt; das, und sein Erfolg mit der Mine. Es ist mir ein Rätsel; man würde glauben, er wäre noch so froh über ein ruhiges Leben, ein Mann mit seinen Nerven. Aber nein, er ist nur glücklich, wenn er kämpft und dabei Aussichten hat, einen Sieg zu verbuchen. Ich will nicht sagen, es macht ihm Spaß, aber es sieht weiß Gott so aus, als müsse er es einfach tun. Und das ist schon komisch! Aber ich sage Ihnen eins – ich wäre kein bißchen überrascht, wenn er eines Tages zusammenklappen würde. – Und noch etwas», fügte er düster hinzu, «er segelt ganz schön hart am Wind, mit den großen Verträgen, die er abschließt. Ich hätte keine Lust, solche Risiken einzugehen. Sie müssen nur einmal einen Streik haben oder irgend etwas, das ihnen den Betrieb eine Zeitlang lahmlegt, und dann – merken Sie sich gut, was ich sage,

Sir – ist es aus und Amen mit ihnen. Aber», schloß er vertraulich, «ich wünschte, ich könnte die Männer so anpacken wie er; das ist viel wert in diesem Land. Nicht wie zu Hause, wo man gleich um die Ecke eine neue Mannschaft findet. Hier ist man gezwungen, aus dem Haufen, den man hat, das Beste zu machen; einen neuen Mann kriegt man weder um Geld noch um Freundschaft; es sei denn, man lasse ihn ein paar hundert Meilen weit herkommen.» Und stirnrunzelnd deutete er mit ausladender Gebärde auf die Wälder, um zu zeigen, wie öde das Land war.

III

Scorrier beendete seine Inspektion und ging auf einen Jagdausflug in den Wald. Sein Gastgeber erwartete ihn bei seiner Rückkehr. «Schauen Sie einmal das da!» sagte er und schwenkte ein Telegramm. «Schrecklich, nicht?» Auf seinem Gesicht lag aufrichtiges Mitleid, komisch vermischt mit der verschämten Befriedigung, wie sie Menschen beim Unglück eines Feindes empfinden.

Das Telegramm, datiert vom Vortag, lautete wie folgt: «Fürchterliche Explosion, Neue Bergbau heute morgen, große Verluste an Menschenleben befürchtet.»

Scorrier dachte konfus: «Pippin wird mich jetzt brauchen.» Er verabschiedete sich von seinem Gastgeber, der ihm nachrief: «Warten Sie doch lieber auf einen Dampfer! Es ist eine scheußliche Fahrt!»

Scorrier schüttelte den Kopf. Die ganze Nacht, während er auf einem holprigen Weg mitten durch den Wald ratterte, dachte er an Pippin. Das von dieser Katastrophe verursachte Elend ließ ihn im

Augenblick kalt; kaum dachte er an die eingeschlossenen Männer. Aber Pippins Kampf, sein einsamer Kampf mit diesem vielköpfigen Ungeheuer, ging ihm nahe. Er schlief ein und träumte, er schaue zu, wie Pippin langsam von einer Schlange erwürgt wurde; das gepeinigte, freundlich ironische Gesicht, das da zwischen zwei glänzenden Windungen hervorschaute, war so entsetzlich lebensecht, daß er erwachte. Es war die Stunde vor dem Morgengrauen: pechschwarze Zweige sperrten den Himmel aus; mit jedem Stoß gegen die Räder tanzte das Laternenlicht gespenstisch und zudringlich um Farne und Baumstämme herum und in das kalte Herz des Waldes hinein. Eine Stunde oder länger versuchte Scorrier, sich schlafend zu stellen und sich vor der Stille und dem überwältigenden Dunkel dieser großen Wälder zu verstecken. Dann regte sich leise ein Flüstern, der erste Sonnenstrahl und allmählich der volle Glanz der morgendlichen Pracht. Aber sie brachte keine Wärme; und Scorrier hüllte sich enger in seinen Mantel und fühlte sich plötzlich alt.

Kurz vor Mittag erreichte er die Stadt. Immer noch schien ein Glanz darüber zu liegen. Er fuhr weiter zur Mine. Die Fördermaschine drehte sich, die Seilscheibe zuoberst auf dem Fördergerüst sauste herum; nichts sah anders aus als sonst. «Ein Versehen!» dachte er. Er fuhr weiter zu den Werkgebäuden, stieg aus und kletterte zur Schachtöffnung. Statt des gewohnten Ratterns der Förderwagen, des Polterns der Kohle, die man auf die Siebe kippte – Schweigen. Ganz in der Nähe stand Pippin selber, rußverschmiert. Der Förderkorb kam schnell und stumm aus der Tiefe herauf; mit einem hellen Rasseln sprangen die Türen auf. Scorrier beugte sich vor, um zu schauen. Da lag ein Toter, mit einem Lächeln auf dem Gesicht.

«Wie viele?» flüsterte er.

Pippin antwortete: «Vierundachtzig geborgen – siebenundvierzig noch unten» und trug den Namen des Mannes in ein Notizbuch ein.

Ein älterer Mann wurde als nächster heraufgeholt; auch er lächelte – er hatte, so machte es den Anschein, überirdische Wonnen kosten dürfen. Der Anblick dieser seltsam lächelnden Gesichter berührte Scorrier mehr als all die Zeichen des Schmerzes und der Verzweiflung, die er auf den Gesichtern von anderen Toten gesehen hatte. Er fragte einen alten Bergmann, wie lange Pippin schon an der Arbeit war.

«Dreißig Stunden. Gestern war er unten; wir mußten ihn zuletzt fast 'rauftragen. Er will wieder gehen, aber die Jungs wollen ihn nicht 'runterlassen»; der alte Mann seufzte. «Und ich, ich warte darauf, daß mein Junge 'raufkommt.»

Auch Scorrier wartete – da war die Faszination dieser toten, lächelnden Gesichter. Die Bergung all dieser Männer, die nie mehr atmen würden, ging endlos weiter. Scorrier wurde schläfrig in der Sonne. Der alte Bergmann weckte ihn und sagte: «Hat's in sich, dieser Kohlendampf; die sterben alle betrunken, sehen Sie!» Die Reihe kam jetzt an den Obersteiger. Scorrier hatte ihn recht gut gekannt, einer dieser Schotten, die mit vierzig auf die Welt kommen und es ihr Leben lang bleiben. Sein Gesicht – das einzige, auf dem kein Lächeln lag – schien bekümmert, daß Pflichtgefühl es um diesen letzten Genuß gebracht hatte. Mit weit geöffneten Augen und eingezogenen Lippen war er aufbegehrend gestorben.

Spät am Nachmittag berührte der alte Bergmann Scorrier am Arm und sagte: «Das ist er – da ist mein Junge!» Und er schob den Toten in einem Förderwagen vor sich her und ging langsam davon.

Als die Sonne unterging, kam die Rettungsmannschaft aus der Tiefe nach oben. Es konnte nicht weitergesucht werden, bis sich nicht die Dämpfe verflüchtigt hatten. Scorrier hörte einen Mann sagen: «Ein paar werden wir nie finden; die haben ein sicheres Grab.» Ein anderer antwortete ihm: «Ja, eine solche Grube wäre mir gut genug!» Sie gingen an ihm vorüber, und das Weiß der Augen leuchtete aus den Gesichtern schwarz wie Tinte hervor.

Pippin fuhr ihn in einem irrsinnigen Tempo nach Hause und sagte kein einziges Wort. Als sie in die Hauptstraße einbogen, mußte Pippin wegen einer jungen Frau, die den Pferden in den Weg trat, anhalten. Es war fast komisch, wie sich das Wissen um bevorstehendes Leid in seinem Gesicht spiegelte. Die Frau fragte nach ihrem Mann. Zu mehreren Malen wurden sie auf diese Weise angehalten von Frauen, die nach ihrem Mann oder ihrem Sohn fragten. «Solches muß ich jetzt durchmachen», flüsterte Pippin.

Als das Essen vorüber war, sagte er zu Scorrier: «Ich danke dir, daß du gekommen bist, mir beizustehen! Sie halten mich für einen Gott, mich armseligen Wicht. Aber werde ich die Männer je wieder hinunterbekommen? Sie haben das Vertrauen verloren. Ich wollte, ich wäre einer von diesen armen Kerlen; sterben mit so einem Lächeln!»

Scorrier spürte, wie nutzlos seine Anwesenheit war. Auf Pippin allein entlud sich die Wut; auf ihm ruhte die Last. Konnte er sie tragen, oder würde alles zusammenkrachen? Er drängte ihn immer wieder, sich zu Ruhe zu begeben, aber Pippin lächelte ihn nur so sonderbar an. «Du weißt nicht, wie stark ich bin!» sagte er.

IV

Er selber versank in tiefen Schlaf; beim Morgengrauen erwachte er und ging nach unten. Pippin war noch an seinem Schreibtisch; die Feder war ihm entfallen, er schlief. Die Tinte war naß. Scorrier erhaschte einen Blick auf die einleitenden Worte: «Sehr geehrte Herren, – Seitdem dies geschah, habe ich keinen Schlaf gefunden...»

Er stahl sich davon mit einem Gefühl der Erbitterung, daß niemand dazu gezwungen werden konnte, diesen Kampf gemeinsam mit ihm auszufechten. Der Sitzungssaal in London erstand vor seinem geistigen Auge. Er stellte sich Hemmings' feierlichen Ernst vor; sein Gesicht, seine Stimme und sein Auftreten, die den Eindruck vermittelten, daß er allein die Lage retten könne. Dann die sechs Direktoren, alles vernünftige Männer und gewiß menschlich, wie sie hinter den großen, turmförmigen Tintenfässern saßen; die Besorgnis und Gereiztheit in ihren Stimmen, wenn sie fragten, wie das passieren konnte; und ihr Kommentar: «Eine schreckliche Geschichte!» «Ich nehme an, Pippin tut sein möglichstes!» «Telegraphiert ihm, er dürfe die Mine unter keinen Umständen stillegen!» «Die armen Teufel!» «Ein Fonds? Gewiß; wieviel wäre angebracht?» Er war der festen Überzeugung, daß nichts von all dem den Gleichmut erschüttern würde, mit dem sie dann nach Hause gingen und ihr Hammelfleisch verzehrten. Und das war ja auch gut so; je weniger man es sich zu Herzen nahm, desto besser! Aber Scorrier war wütend. Der Kampf war so unfair! Ein solches Nervenbündel – und keine Menschenseele half ihm! Nun, es war seine Sache! Er hatte es für gut befunden, sich selber zum Mittelpunkt von allem zu machen, zur eigentlichen Seele des Ganzen. Wenn er jetzt nachgab, mußte das Schiff untergehen! Scorriers Heldenverehrung hing an einem seidenen Faden, aber der hielt noch. «Mensch gegen Natur», dachte er, «ich setze auf den Menschen.» Der Kampf, in dem er so wenig hilfreich sein konnte, wurde ungemein wichtig für ihn, als stände dabei seine eigene Glaubwürdigkeit auf dem Spiel.

Am folgenden Tag gingen sie wieder zur Schachtöffnung hinunter, und auch Scorrier ließ sich in die Tiefe winden. Die Dämpfe hatten sich fast ganz verzogen, aber es gab einige Stellen, zu denen man sich nie würde Zutritt verschaffen können. Bis zum Ende des Tages waren alle Toten bis auf vier geborgen worden.

«Am Jüngsten Tag», sagte ein Bergmann, «werden die vier hier herauskommen.»

Diese verschollenen Toten verfolgten Scorrier. Er stieß auf Inschriften, in denen Männer, die aufs Ersticken warteten, ihre Gefühle wiedergegeben hatten. An einer Stelle die Stunde, das Wort «schläfrig» und eine Unterschrift. An einem andern Ort: «A. F. – erledigt.»

Als er schließlich heraufkam, wartete Pippin noch, mit dem Notizbuch in der Hand; wieder fuhren sie in rasendem Tempo davon.

Als Scorrier zwei Tage später den Schacht aufsuchte, fand er die ganze Umgebung verlassen – kein einziges Lebewesen, bis auf einen Chinesen, der mit seinem Stock im Schutt herumstocherte. Pippin war abwesend; er suchte drunten an der Küste einen neuen Steiger, und als er zurückkam, brachte es Scorrier nicht übers Herz, ihm von der Fahnenflucht zu berichten. Die Mühe blieb ihm erspart, denn Pippin sagte: «Du brauchst dich nicht zu scheuen – hast schlechte Nachrichten? Die Männer streiken.»

Scorrier seufzte: «Ohne Ausnahme.»

«Das hab' ich mir gedacht – schau, was ich hier habe!» Er streckte Scorrier ein Telegramm hin.

«Um jeden Preis weiterarbeiten – Unterbruch verhängnisvoll – bewerkstelligen Sie das irgendwie – Hemmings.»

Er atmete schnell und fügte hinzu: «Als ob ich das nicht wüßte!»

«Was ist da zu tun?» fragte Scorrier.

«Wie du siehst, hat man mich in die Pflicht genommen!» antwortete Pippin bitter. «Und sie haben ganz recht; wir *müssen* weiterarbeiten – unsere Verträge! Jetzt, wo ich am Boden liege, wird mich kein Mensch schonen!»

Die Versammlung der Bergleute wurde am folgenden Tag am Rande der Stadt abgehalten. Pippin hatte den Platz roden lassen und daraus ein örtliches Erholungsgebiet gemacht – eine Art Aushängeschild der Gesellschaft. Und nun sollte dies der Ort sein, wo über Leben oder Tod der Gesellschaft entschieden würde.

Über den Himmel im Westen erstreckte sich eine einzige Wolke, wie ein Barren aus gehämmertem Gold; die Schatten der Bäume krochen zu den einzelnen Grüppchen von Menschen heran; der Abendduft, der starke Wohlgeruch des Waldes würzte die Luft. Die Bergleute standen überall zwischen den verkohlten Baumstrünken herum: eingeschüchtert und verdrossen. Es sah aus, als seien sie keiner Bewegung, keiner Gefühlsregung fähig. Und gerade diese dumpfe Lähmung erschreckte Scorrier. Er beobachtete, wie Pippin von seinem Zweispänner herab zu ihnen sprach, sah die verdrießlichen, ruhelosen Augen, die er anvisierte. Würde er es durchstehen? Würden die Drähte halten? Es war wie der Endspurt bei einem Rennen. Er sah die Verblüffung in Pippins Gesicht; es war, als verzweifle er daran, diese schreckliche Lähmung zu durchbrechen. Die Augen der Männer hatten zu wandern begonnen. «Er hat seinen Einfluß verloren», dachte Scorrier; «es ist aus!»

Pippin beugte sich vor, seine Stimme war lauter geworden, die Worte fielen wie Peitschenhiebe auf die Gesichter der Menge: «Ihr werdet mich nicht stürzen; glaubt ihr, ich werde alles aufgeben, was ich für euch getan habe? Ich werde euch zum ersten Platz in dieser Kolonne verhelfen! Gebt ihr beim ersten Schuß Fersengeld? Ihr seid eine Bande Feiglinge, meine Lieben!»

Jeder der Männer um Scorrier herum machte eine andere Handbewegung beim Zuhören – einer rieb die Hände, einer krampfte sie ineinander, ein anderer holte aus mit der geballten Faust, als erdolche er jemanden von hinten. Ein alter kornischer Graubart mit buschigen Brauen und blinzelnden Augen murrte: «*Ich* mach' mir da keine Sorgen.» Es schien fast, als habe es Pippin darauf angelegt, daß die Männer ihn umbrachten; sie waren näher gekommen, duckten sich vor dem Sprung. Plötzlich senkte sich Pippins Stimme zu einem Flüstern: «Ich bin entehrt! Männer, wollt ihr mir in den Rücken fallen?»

Der alte Bergmann neben Scorrier rief plötzlich: «Ist jemand aus Cornwall auf der Seite des Werkleiters?» Ein paar Männer traten zusammen, und unter Murren und Gestikulieren löste sich die Versammlung auf.

Am Abend kam eine Abordnung zu Pippin; und die ganze Nacht lang hörte man ihre Stimmen und die Schritte des Werkleiters. Am Morgen ging Pippin früh zur Mine. Vor dem Abendessen kam die Abordnung wieder, und erneut mußte Scorrier Stunde um Stunde den Stimmen und Schritten zuhören, bis er einschlief.

Unmittelbar vor Tagesanbruch wurde er von einem Licht geweckt. Pippin stand neben seinem Bett. «Die Männer gehen morgen hinunter», sagte er. «Was habe ich dir gesagt? Auf dem Schild muß man mich hinaustragen, was?»

Innerhalb einer Woche war die Mine wieder vollständig in Betrieb.

V

Es dauerte zwei Jahre, bis Scorrier wieder von Pippin hörte. Er erhielt ein Schreiben von Hemmings, in dem man ihn fragte, ob er es einrichten könne, am folgenden Donnerstag an der Direktoriumssitzung teilzunehmen.

Er war einiges vor der abgemachten Zeit da. Der Sekretär empfing ihn und gab ihm auf seine Nachfrage zur Antwort: «Ja danke, die Geschäfte laufen gut – unter uns gesagt, sie laufen sogar sehr gut.»

«Und Pippin?»

Der Sekretär runzelte die Stirn. «Ach, Pippin! Seinetwegen haben wir Sie gebeten zu kommen. Pippin macht uns große Sorgen. Wir haben seit genau zwei Jahren keine Zeile mehr von ihm erhalten!» Er sprach mit einem solchen persönlichen Groll, daß Scorrier richtig Mitleid hatte mit ihm. «Nicht eine Zeile», sagte Hemmings, «seit jener Explosion – Sie waren ja dort zu der Zeit, wie ich mich erinnere! Es ist äußerst lästig, und ich nehme es persönlich.»

«Aber wie...», setzte Scorrier an.

«Wir bekommen – Telegramme. Er schreibt niemandem, nicht einmal seiner Familie. Und warum? Sagen Sie mir einmal, warum? Wir hören *von* ihm; er ist ein großes Tier dort drüben. Nichts geschieht in dieser Kolonie, ohne daß er die Hand im Spiel hat. Er hat die letzte Regierung gestürzt, weil sie uns den Ausbau unserer Eisenbahn nicht bewilligen wollte – das beweist, daß er kein Dummkopf sein kann. Und im übrigen, sehen Sie sich unsere Erfolgsrechnung an!»

Es stellte sich heraus, daß der strittige Punkt, zu dem man Scorriers Meinung hören wollte, der war, ob man Hemmings ausschicken sollte, um herauszufinden, was los war mit dem Werkleiter.

Während der anschließenden Diskussion mußte er ungewollt mit anhören, wie an Pippins Schweigen heftige Kritik geübt wurde.

«Die Explosion», brummte er schließlich, «eine sehr schlimme Zeit!»

Mr. Booker fiel über ihn her: «Eine sehr schlimme Zeit. Gewiß – für uns alle. Aber was ist das für eine Entschuldigung?»

Scorrier mußte zugeben, daß es keine war.

«Geschäft ist Geschäft – oder etwa nicht?»

Scorrier blickte sich in dem ordentlichen Sitzungszimmer um und nickte. Ein tauber Direktor, der sich monatelang nicht zu Wort gemeldet hatte, sage mit plötzlicher Vehemenz: «Es ist eine

Schande!» Offensichtlich machte er dem ganzen Ärger, den er so lange für sich behalten hatte, jetzt Luft. Nur ein vollkommen adretter, gutmütiger alter Bursche, der den Hut aufbehalten hatte und eine einzige Unart besaß – nämlich, daß er jeweils ein in braunes Papier eingeschlagenes, verschnürtes Paket mit ins Sitzungszimmer nahm –, murmelte: «Wir müssen nachsichtig sein» und begann eine Anekdote aus seiner Jugend zu erzählen. Behutsam wurde er von seinem Sekretär zur Ordnung gerufen.

Man frage Scorrier nach seiner Meinung. Er sah Hemmings an. «Meine Autorität steht auf dem Spiel» war im Gesicht des Sekretärs überdeutlich zu lesen. Aus dem plötzlichen Wunsch heraus, Pippin die Treue zu halten, antwortete Scorrier, als ob alles schon beschlossene Sache wäre: «Also, lassen Sie mich wissen, wann Sie aufbrechen, Hemmings – ich hätte selber nichts gegen eine Reise.»

Als er hinausgehen wollte, schaute der Vorsitzende, der alte Jolyon Forsyte, mit einem vielsagenden Augenzwinkern zu Hemmings hinüber und nahm Scorrier beiseite.

«Ich bin froh, daß Sie auch gehen wollen, Mr. Scorrier; wir müssen vorsichtig sein – Pippin ist so tüchtig und so sensibel; und unser Freund da – ein wenig plump, was?»

Es kam tatsächlich so weit, daß Scorrier mit Hemmings aufbrach. Der Sekretär wurde seekrank, und seine Unpäßlichkeit, würdevoll und betulich, wurde zu einem denkwürdigen, klangvollen Ereignis – die manierliche Unpäßlichkeit der feinen Leute; und die Art, wie er davon sprach und flüchtige Bekannte an seinen tiefen Erkenntnissen teilhaben ließ, war in der Tat bemerkenswert.

Pippin kam in die Hauptstadt, um ihnen das Geleit zu geben, sorgte für ihre Bequemlichkeit, als wären sie Mitglieder des Königshauses, und hielt einen Extrazug bereit, der sie zum Bergwerk bringen sollte.

Er war etwas korpulenter geworden, sein Teint war heller, sein Bart grauer, und er redete und atmete vielleicht etwas nervöser. Hemmings behandelte er mit zuvorkommender Höflichkeit; aber seine pfiffigen, ironischen Blicke prasselten gegen die Rüstung des Sekretärs wie Wasserstrahlen gegen den Panzer eines Nilpferds. Scorrier gegenüber war er jedoch die Liebenswürdigkeit selbst.

Am ersten Abend, als Hemmings auf sein Zimmer gegangen war, sprang er auf wie ein Junge, wenn die Schule aus ist. «Ich werde also eine Abreibung bekommen», sagt er; «ich nehme an, ich verdiene sie; aber wenn du wüßtest – wenn du bloß wüßtest!... Man hat mir hier den Spitznamen ‹der König› gegeben – man sagt, ich herrsche über die Kolonie. Aber Herr über mich selber bin ich nicht»; und mit einem plötzlichen leidenschaftlichen Ausbruch, wie ihn Scorrier noch nie erlebt hatte bei ihm: «Warum haben sie diesen Mann hierhergeschickt? Was kann er wissen von dem, was ich durchgemacht habe?» Sogleich beruhigte er sich wieder: «Aber was soll's; wie dumm von mir, dich so zu erschrecken!» Und er schaute Scorrier lange und freundlich ins Gesicht und drängte ihn, zu Bett zu gehen.

Pippin verlor kein zweites Mal die Beherrschung, obwohl hinter der Fassade der höflichen Ironie das Feuer zu schwelen schien. Hemmings hatte offensichtlich gespürt, daß Gefahr in der Luft lag, denn er machte keinerlei Anspielung auf den

Zweck seines Besuches. Es gab Augenblicke, da Scorrier sich von seinem gesunden Menschenverstand sagen lassen mußte, Hemmings habe recht – es waren jene Augenblicke, da der Sekretär nicht anwesend war.

«Schließlich», sagte er sich, «ist es eine bescheidene Bitte – ein Brief im Monat. Ich habe noch nie von einem derartigen Fall gehört.»

Es war in der Tat ein Wunder, wie sie das hinnahmen! Es zeigte, wie sehr sie Pippin schätzten. Was war los mit ihm? Was war der Grund für seine Not? Einen Eindruck davon bekam er bei einer Gelegenheit, als es sogar Hemmings, wie er sich ausdrückte, «angst und bange wurde». Es war auf der Rückfahrt von der abgelegensten Sondiermine der Gesellschaft, acht Meilen durch den Wald. Pippin kutschierte. Der Sekretär, der neben ihm saß, sah leicht besorgt aus, wie das bei Pippins Fahrweise fast bei jedermann der Fall war. Der Himmel war seltsam dunkel geworden, aber von irgendwoher sickerten schwache Lichtstrahlen durch die Bäume. Nicht der leiseste Hauch regte sich; Räder und Pferdehufe machten kein Geräusch auf dem dichten Farnpolster. Ringsum erhoben sich verkohlte Baumstämme, blattlos und gezackt, wie verschrumpelte Riesen; der Raum dazwischen war schwarz, schwarz war der Himmel und schwarz das Schweigen. Was war denn eigentlich so furchterregend? Scorrier hatte das Gefühl, lebendig begraben zu sein und niemand könne ihm helfen; das Gefühl, der Natur von Angesicht zu Angesicht gegenüberzustehen – als wäre ihm aller Trost, die ganze Sicherheit von Worten und Regeln abhanden gekommen. Und es geschah – nichts. Sie kamen zu Hause an und dinierten.

Während des Essens tauchte in ihm wieder das alte Bild auf von dem kleinen Mann, der mit seinem Schwert auf ein Schloß einhieb. Es erschien, als Pippin gerade die Hand mit dem Tranchiermesser erhoben hatte und auf irgendeine Bemerkung von Hemmings über die Zukunft der Gesellschaft Antwort gab. Der Optimismus in seinem gereckten Kinn, die zähe Energie in seiner flüsternden Stimme, all das gab Scorrier eine vielleicht lebhaftere Vorstellung von Pippins Charakter als je zuvor. Dieses neue Land, in dem ein Mann auf sich selbst gestellt war – das war das Schloß! Kein Wunder, wollte Pippin nichts von Kontrolle wissen; kein Wunder, war er widerspenstig; kein Wunder, daß er schwieg – wenn er in einen solchen Kampf verwickelt war! Und plötzlich dachte er: «Ja, und die ganze Zeit über weiß man, am Ende besiegt ihn doch die Natur!»

Noch am selben Abend brachte Hemmings seinen Verweis an. Er war ungewöhnlich still dagesessen; Scorrier hatte tatsächlich schon geglaubt, er sei ein wenig betrunken, so feierlich war sein Ernst. Aber plötzlich erhob er sich. Es sei schlimm, sagte er, für einen Mann in seiner Position, mit einem Direktorium (er redete, als handle es sich um eine Familie mit kleinen Kindern), so wenig zu erfahren. Er sei wahrhaftig dazu gezwungen, seine Phantasie zu gebrauchen, damit er die Fragen der Aktionäre beantworten könne. Das sei peinlich und demütigend; er habe noch nie von einem Sekretär gehört, der seine Phantasie hätte gebrauchen müssen! Er wolle noch weitergehen – es sei beleidigend! Er sei im Dienste der Gesellschaft grau geworden. Mr. Scorrier werde ihm recht geben, wenn er sage, er habe eine Stellung zu wahren – sein Name sei hoch geachtet in der City, und er werde, bei Gott, dafür sorgen, daß dies so bleibe; er werde es niemandem gestatten, ihn in den Dreck zu ziehen – das müsse unmißverständlich gesagt werden. Seine Direktoren hätten das Gefühl, man behandle sie wie Kinder; wie immer dem auch sei, jedenfalls sei es absurd zu glauben, man könne ihn, Hemmings, behandeln wie ein Kind... Der Sekretär hielt inne; er schien mit seinen Blicken den Raum einschüchtern zu wollen.

«Auch ohne Büro in London», murmelte Pippin, «würden die Aktionäre dieselben Dividenden bekommen.»

Hemmings stockte der Atem. «Hören Sie auf!» sagte er, «das ist ja ungeheuerlich!»

«Wieviel Unterstützung erhielt ich aus London, als ich hierherkam? Wieviel Unterstützung habe ich je erhalten?»

Hemmings schwankte, faßte sich wieder und antwortete mit einem erkünstelten Lächeln, wenn dies wahr sei, dann sei er jahrelang auf dem Kopf gestanden, und er glaube nun doch nicht, daß eine solche Haltung über derart lange Zeit möglich sei. Er selber hätte immerhin annehmen mögen, daß auch er ein bißchen etwas zu sagen habe in dieser Gesellschaft, aber das sei ja gleich!... Seine Ironie war vernichtend... Möglicherweise hoffe Pippin, die geltenden Naturgesetze, was Aktiengesellschaften anbelange, umzustoßen; aber dann müsse er einfach festhalten, er solle nicht mit einer Gesellschaft anfangen, in der er, Hemmings, zufällig Sekretär war. Mr. Scorrier habe von mildernden Umständen gesprochen; was ihn betreffe, so habe er beim besten Willen große Mühe, sie zu sehen. Er wolle noch weitergehen – er sehe sie *nicht*! Die

Explosion!... Pippin zuckte sichtlich zusammen, und Hemmings kam anscheinend der beunruhigende Verdacht, er sei zu weit gegangen.

«Wir wissen», sagte er, «daß es schlimm war für Sie.»

«Schlimm!» platzte Pippin heraus.

«Niemand kann sagen», fuhr Hemmings beschwichtigend fort, «daß wir uns nicht großzügig gezeigt hätten.» Pippin machte eine Bewegung mit dem Kopf. «Wir sind der Ansicht, wir haben einen guten Werkleiter, sogar einen ausgezeichneten Werkleiter. Ich will damit sagen: Vertragen wir uns doch! Ich möchte Ihnen bestimmt nicht zuviel zumuten!» Er schloß mit ein paar passenden scherzhaften Worten, und als hätten sie es so abgemacht, zogen sich alle drei ohne ein weiteres Wort auf ihre Zimmer zurück.

Im Laufe des folgenden Tages sagte Pippin zu Scorrier: «Ich bin offenbar sehr unartig gewesen. Ich muß versuchen, mich zu bessern»; und mit einem Anflug von bitterem Humor: «Sie sind freundlicherweise der Ansicht, ich sei ein guter Werkleiter, verstehst du! Da muß ich mir schon Mühe geben.»

Scorrier fiel ein: «Niemand hätte so viel tun können für sie»; und hingerissen von dem Wunsch, die Dinge wieder ganz ins Lot zu bringen, fuhr er fort: «Und schließlich, hin und wieder ein Brief – was heißt das schon?»

Pippin musterte ihn diskret. «Du auch?» sagte er. «Ich muß mich wirklich schlecht benommen haben!» Und er wandte sich ab.

Scorrier hatte das schuldbewußte Gefühl, er sei grausam gewesen, hatte Mitleid mit Pippin und war wütend auf sich selbst; war wütend auf Pippin und hatte Mitleid mit sich. Er wünschte sehnlichst, Hemmings möge ihnen den Rücken kehren. Der Sekretär kam dem Wunsch ein paar Tage darauf nach und bestieg unter feierlichen Versicherungen seiner Wertschätzung und seines Wohlwollens den Dampfer.

Pippin ließ sich seine Erleichterung nicht anmerken und schwieg taktvoll; nur einmal gab er auf eine Bemerkung Scorriers, in Anspielung auf den Gast, der kürzlich hier war, zur Antwort: «Ach! Bring mich nicht in Versuchung! Will nichts hinter seinem Rücken sagen.»

VI

Ein Monat ging vorüber, und noch immer weilte Scorrier bei Pippin zu Gast. Vor jedem Postabgang verspürte er eine merkwürdige, verhaltene Erregung. Bei einer dieser Gelegenheiten hatte Pippin sich in sein Zimmer zurückgezogen; und als Scorrier ihn zum Dinner holen ging, fand er ihn, den Kopf in die Hände gestützt, inmitten eines Wusts von Papierschnipseln. Er blickte zu Scorrier auf.

«Ich bringe es nicht fertig», sagte er, «ich komme mir vor wie ein schrecklicher Heuchler; ich kann mich nicht wieder an die Kandare nehmen. Warum sollte ich noch diese Leute fragen, wenn ich alles schon erledigt habe? Wenn es bloß etwas Wichtiges wäre, würden sie es doch nicht hören wollen – sie würden bloß telegraphieren: ‹Bewerkstelligen Sie das irgendwie!›»

Scorrier sagte nichts, dachte nur insgeheim: «Das ist eine verrückte Geschichte!» Was war schon ein Brief? Weshalb sich so anstellen wegen eines Briefes? Das Herannahen des Postabganges schien dem Werkleiter ein Alptraum zu sein; er wurde fieberhaft nervös, wie gebannt; und wenn die Post abgegangen war, benahm er sich wie ein Verbrecher, dem man Strafaufschub gewährt hat. Und so ging das jetzt seit zwei Jahren! Seit jener Explosion! Es war eine richtige fixe Idee!

Eines Abends, einen Monat nach Hemmings' Abreise, erhob sich Pippin früh vom Tisch; sein Gesicht war gerötet, er hatte Wein getrunken. «Diesmal lasse ich mich nicht unterkriegen», sagte er, als er an Scorrier vorbeiging. Dieser konnte ihn im Zimmer nebenan schreiben hören, und gleich darauf schaute er bei ihm herein, um mitzuteilen, daß er einen Spaziergang machen wolle. Pippin nickte freundlich.

Es war ein kühler, stiller Abend: unzählige Sternhaufen schwärmten über die Wälder, schrieben leuchtende Hieroglyphen mitten in den Himmel und verzischten über dem dunklen Hafen im Meer. Scorrier hatte es nicht eilig. Es war, als falle ihm ein Stein vom Herzen, so sehr hatte ihn dieses unheimliche Schweigen in seinen Bann gezogen. Endlich hatte Pippin den Zauber gebrochen. Diesen Brief abschicken würde heißen, ein Phantom begraben, den gesunden Menschenverstand wieder in seine Rechte einsetzen. Jetzt, da Pippin darum rang, dieses Schweigen zu brechen, entdeckte er in sich ein merkwürdig zärtliches Gefühl für ihn, nicht die Heldenverehrung früherer Tage, sondern den seltsamen Wunsch, ihn zu beschützen. Er war schließlich anders als andere Männer. Trotz seiner fieberhaften, zähen Energie, trotz seines ironischen Humors hatte er etwas von einer Frau! Und was dieses Schweigen, diesen Abscheu vor Bevormundung betraf – jedes Genie hat seine Marotte, und ein Genie war Pippin auf seine Art!

Er blickte zur Stadt zurück. Sie war hell erleuchtet und schien voller Leben – kaum zu glauben, wenn er sich an den Ort erinnerte, wie er vor zehn Jahren war; das Geräusch von Trinkgelagen, Glücksspiel, Tanz und Gelächter schlug an sein Ohr. «Eine richtige Stadt!» dachte er. In dieser seltsamen Hochstimmung spazierte er langsam die Straße entlang zurück und vergaß ganz, daß er nur ein ältlicher Bergbaufachmann war, mit einem schäbigen Aussehen, wie es Menschen anhaftet, die immer auf Reisen sind; als trügen sie ständig fadenscheinige Anzüge. Und er dachte an Pippin, den Erschaffer all dieser Herrlichkeit.

Er hatte inzwischen das Stadtgebiet verlassen und den Wald betreten. Sogleich überfiel ihn etwas wie Mutlosigkeit. Nach dem ausgelassenen Lärm und den Gerüchen der Stadt waren diese Düfte, war dieses Schweigen irgendwie bedrückend. Trotzdem blieb er lange aus, weil er sich sagte, er wolle dem Brief alle Chancen geben. Als er schließlich annehmen mußte, daß Pippin zu Ende gekommen war, ging er zum Haus zurück.

Pippin *war* zu Ende gekommen. Seine Stirn ruhte auf dem Tisch, seine Arme hingen seitlich herunter; er war mausetot! Auf seinem Gesicht war ein Lächeln – und neben ihm eine leere Flasche Laudanum.

Der Brief, in wunderbarer Handschrift eng beschrieben, lag vor ihm. Es war ein vorbildliches Dokument: klar, meisterhaft, ausführlich, nichts übergangen, nichts verborgen, nichts ausgelassen – ein vollständiger Rechenschaftsbericht zur Position der Gesellschaft. Er schloß mit den Worten: «Ihr ergebener Diener Richard Pippin.»

Scorrier nahm den Brief an sich. Er begriff vage,

daß mit diesen letzten Worten der Draht gerissen war. Die Grenze war überschritten, der Punkt erreicht, an dem der Sinn fürs Maß, der allein uns das Leben ermöglicht, verlorengeht. Er war sicher, daß Pippin im Augenblick seines Todes das Problem des Bimetallismus, oder irgendeine andere Denkaufgabe, hätte erörtern können, nur nicht sein ureigenes Problem. *Das* war aus einem geheimnisvollen Grund zuviel gewesen für ihn. Sein Tod war das Werk eines Augenblicks letzter Auflehnung gewesen – Ausdruck der momentanen Besessenheit von einer einzigen Idee! Auf dem Löschpapier fand er über dem Abdruck der Unterschrift die Worte hingekritzelt: «Kann es nicht aushalten!» Die Fertigstellung dieses Briefes war für ihn ein Kampf gewesen, aus Gründen, die Scorrier unverständlich waren. Versklavung? Niederlage? Vergewaltigung der Natur? Das Ende der Gerechtigkeit? Es war besser, nicht daran zu denken! Pippin hätte es sagen können – aber der würde für immer stumm bleiben. Die Natur, gegen die er ohne Hilfe so manchen Schlag geführt hatte, sie hatte sich gerächt!...

In der Nacht stahl sich Scorrier nach unten und schnitt mit verschämtem Gesicht eine Locke von dem feinen grauen Haar ab. «Vielleicht hätte seine Tochter gern eine!» dachte er...

Er blieb, bis Pippin bestattet war, dann reiste er mit dem Brief in der Tasche nach England ab.

Er kam an einem Donnerstagmorgen in Liverpool an, fuhr weiter in die Stadt und begab sich geradewegs ins Büro der Gesellschaft, wo das Direktorium zusammengetreten war. Schon wurde Pippins Nachfolger befragt. Er ging an ihm vorüber hinaus, als Scorrier eben eintrat; ein Mann mittleren Alters, mit rotem Vollbart und einem verschlagenen, kompromißlerischen Gesicht. Auch er kam aus Cornwall. Scorrier wünschte ihm schweren Herzens viel Glück.

Als unsentimentaler Mann, dem Gefühlsduselei ein wahrer Greuel war, dessen Existenz davon abhing, daß er einen kühlen Kopf bewahrte, dachte er nur ungern an jenes Gespräch mit dem Direktorium zurück. Es hatte ihn dabei eine Wut gepackt, deren er sich inzwischen aufrichtig schämte. Der alte Jolyon Forsyte, der Vorsitzende, war für einmal nicht da; vielleicht ahnte er, daß ihm die Meinung des Direktoriums zu diesem Tod zu engstirnig sein würde. Seinen Platz nahm der kleine Mr. Booker ein. Jedermann hatte sich erhoben, Scorrier die Hand gereicht und ihm gedankt für sein Kommen. Scorrier legte Pippins Brief auf den Tisch, und feierlich verlas der Sekretär seinem Direktorium die letzten Worte des Werkleiters. Als er fertig war, sagte ein Direktor: «So schreibt kein Verrückter!» Ein anderer gab zur Antwort: «Völlig übergeschnappt; wer außer einem Verrückten hätte einen solchen Posten einfach hingeschmissen.» Scorrier ging plötzlich hinaus. Er hörte, wie Hemmings ihm nachrief: «Befinden Sie sich nicht wohl, Mr. Scorrier? Befinden Sie sich nicht wohl, Sir?»

Und er rief zurück: «Recht wohl, ich danke Ihnen...»

Der Neapel-Expreß rollte in Bogen durch die Vorstädte. Der Vesuv leuchtete in der Sonne, sein Gipfel vom Rauch verhüllt. Aber gerade als Scorrier hinsah, stieg ein weißes Wölkchen himmelwärts. Es war das Postscriptum zu seinen Erinnerungen.

Ein Mann aus Devon

I

Moor, den 20. Juli

... Es ist ruhig hier, verschlafen, müßte man sagen, denn auf einem Bauernhof gibt es keine Ruhe; das Meer ist auch bloß eine Viertelmeile entfernt, und wenn es windet, wird sein Rauschen das Tal hinaufgetragen. Wer Zerstreuung sucht, geht vier Meilen bis Brixham, oder fünf bis Kingswear, und findet auch dann nicht viel. Die Farm ist windgeschützt gelegen, hoch oben in die Talflanke eingelassen, könnte man sagen – dahinter steigen die Felder an, und jenseits davon erstrecken sich die Dünen. Man glaubt, eine gute Fernsicht zu haben, aber der Eindruck trügt, wie man bald herausfindet, wenn man spazierengeht. Die Gegend ist typisch für Devon – Hügel, Senken, Heckenzäune und Feldwege, die zur Erde niedertauchen, um dann wieder steil wie eine Hauswand emporzustreben; Gehölze, Kornfelder und überall, wo dafür Platz ist, kleine Bäche. Aber die Dünen der Klippe entlang sind wild: nichts als Stechginster und Farn. Das Tal mündet in eine sandige Bucht, schwarzer Felsen zur einen Seite, zartrosa Klippen gegen das Festland hin auf der andern und eine Station der Küstenwache dazwischen. Jetzt gerade, da die Ernte bevorsteht, zeigt sich alles in voller Pracht; die Äpfel reifen, und die Bäume sind fast zu grün. Die Luft flimmert vor Hitze; Land und Meer scheinen in der Sonne zu schlafen. Vor dem Gehöft stehen ein halbes Dutzend Föhren, die aussehen, als kämen sie aus einem fremden Land; aber hinter dem Haus ist alles Obstgarten, so üppig, pittoresk und schicklich, wie man es sich nur wünschen kann. Das Haus, ein langgestrecktes weißes Gebäude mit dreistufigem Dach, dessen Braun ringsum sichtbar ist, macht den Anschein, als wachse es nächstens in den Boden hinein. Vor zwei Jahren wurde das Strohdach frisch gedeckt, und das ist auch schon alles, was neu ist an dem Haus; man hat mir erzählt, die Eingangstür aus Eichenholz mit Eisenknäufen sei mindestens dreihundert Jahre alt. Die Decken kann man mit der Hand berühren. Und auch die Fenster dürften ruhig größer sein – und doch ist es ein himmlisches altes Anwesen, wo es überall nach Äpfeln, Rauch, Heckenrosen, Speck, Geißblatt und dem Lauf der Zeiten riecht.

Der Besitzer heißt John Ford, ein Mann von etwa siebzig Jahren und gut hundert Kilo schwer – von äußerst kräftiger Gestalt, langbeinig, mit einem grauen Stoppelbart und wäßrigen grauen Augen, einem kurzen Hals und leicht geröteter Gesichtsfarbe; er ist Asthmatiker und hat die besonders liebenswürdige Art eines Patriarchen. Seine Kleider sind aus Harris-Tweed, außer am Sonntag, wo er schwarzes Tuch trägt, einen Siegelring und eine Kette aus massivem Gold. An John Ford ist nichts armselig oder klein. Ich verdächtige ihn der Weichherzigkeit, aber er verrät nicht viel über sich. Er ist aus dem Norden gebürtig und hat sein ganzes Leben in Neuseeland verbracht. Diese kleine Farm in

Devon ist alles, was ihm geblieben ist. Er besaß einmal eine große «Ranch» auf der Nordinsel, war sehr angesehen, führte ein gastliches Haus und betrieb alles, wie man sich denken kann, auf umsichtige, großzügige Weise. Ganz plötzlich machte er Bankrott; die nähern Umstände kenne ich nicht. Anscheinend hatte sein einziger Sohn auf dem Rennplatz Geld verloren und sich daraufhin erschossen, weil er seinem Vater nicht unter die Augen zu treten wagte; wenn Du John Ford kennen würdest, könntest Du Dir das vorstellen. Im selben Jahr starb auch noch seine Frau. Er bezahlte alles bis auf den letzten Penny und kam nach Hause, um hier auf dieser Farm zu leben. Eines Abends, es ist noch nicht lange her, sagte er mir, daß er nur einen einzigen Menschen auf der Welt habe, seine Enkeltochter, die hier bei ihm wohnt. Pasiance Voisey – eine alte Schreibweise für Patience, aber sie sprechen es Pash-yence aus – sitzt in diesem Augenblick mit mir auf einer Art rustikaler Loggia, die auf den Obstgarten hinausgeht. Sie hat die Ärmel hochgestreift und entstielt Johannisbeeren für schwarzen Johannisbeertee. Ab und zu legt sie die Ellbogen auf den Tisch, ißt eine Beere, macht einen Schmollmund und beginnt von neuem. Sie hat ein rundes, kleines Gesicht; einen hochgewachsenen, schlanken Körper; Wangen wie Mohnblumen; einen buschigen schwarzbraunen Haarschopf und dunkelbraune, fast schwarze Augen. Stupsnasig ist sie; ihre Lippen sind flink, rot und ziemlich voll, und immer bewegt sie sich flink und leise. Sie liebt leuchtende Farben. Eine rechte kleine Katze ist sie: einmal scheint sie ganz Mitgefühl, dann plötzlich so hart wie Schildpatt. Sie ist ganz Eingebung, und doch zeigt sie nicht gerne ihre Gefühle; manchmal frage ich mich, ob sie überhaupt welche hat. Sie spielt Geige.

Die beiden sind ein merkwürdiges Paar, und es stimmt einen etwas traurig, sie so beisammen zu sehen. Der alte Mann empfindet eine ungestüme Zärtlichkeit für sie, die ihn an seinem Lebensnerv trifft. Ich sehe, wie er zwischen diesem Empfinden und der kalten Verachtung des Nordländers für seine Gefühle hin und her gerissen wird. Sie ist eine ruhelose, brodelnde Natur, ist einmal hübsch sittsam, um im nächsten Augenblick in spöttische Reden oder ein kurzes, grausames Lachen auszubrechen. Und doch ist sie ihm auf ihre Weise zugetan; ich habe sie ihn einmal küssen sehen, als er schlief. In der Regel gehorcht sie ihm – tut zwar so, als müsse sie dabei ersticken. Sie hat eine recht sonderbare Bildung – Geschichte, Geographie, elementare Mathematik und weiter nichts; zur Schule ist sie nie gegangen, bloß ein paar Geigenstunden hatte sie, aber das meiste von dem, was sie kann, hat sie sich selbst beigebracht. Sie weiß Bescheid mit Vögeln, Blumen und Insekten, hat drei Katzen, die ihr auf dem Fuße folgen, und ist voller Schabernack. Kürzlich rief sie mir zu: «Ich hab' da etwas für Sie. Halten Sie die Hand hin und schließen Sie die Augen!» Es war eine große schwarze Nachtschnecke! Pasiance ist das Kind der einzigen Tochter des Alten, die man zur Ausbildung in die Heimat, nach Torquay, geschickt hatte und die dann mit einem gewissen Richard Voisey, einem Herrenbauern, den sie auf der Jagd kennengelernt hatte, davongelaufen war. John Ford war außer sich – angeblich hatten seine Vorfahren in Cumberland, an der Grenze zu Schottland, einst Räuberbanden befehligt, und da war ihm «Junker» Rick Voisey eine Nummer zu klein. Soviel ich weiß, nannte man ihn «Junker», weil er allabendlich mit einem Pfarrer aus der Nachbarschaft Karten spielte, den man als «Teufels-Hawkins» kannte. Nicht daß man das Geschlecht der Voisey geringschätzen sollte. Diese Farm ist in ihrem Besitz, seit sie in einer Urkunde, datiert vom 8. September im 13. Regierungsjahr Heinrichs VIII., einem gewissen Richard Voisey zugesprochen wurde. Mrs. Hopgood, die Frau des Gutsverwalters – eine wunderliche, treue alte Seele, mit Wangen wie ein rosiger, verschrumpelter Apfel und einer grenzenlosen Liebe zu Pasiance –, zeigte mir das Schriftstück im Original.

«Ich behalt's auf», sagte sie. «Mr. Ford ist zu stolz – aber andre Leute haben auch ihren Stolz. Das ist 'ne richtig alte Familie: die Frauen heißen alle Margery, Pasiance oder Mary und die Männer Richard, John und Roger; so alt wie die Apfelbäume da.»

Rick Voisey war ein leichtlebiger, jagdbegeisterter Bursche und verschuldete die alte Farm bis unters strohbedeckte Dach. John Ford nahm Rache, indem er die Hypotheken aufkaufte, sie für verfallen erklärte und seiner Tochter und Voisey befahl, weiterhin unentgeltlich hier zu wohnen. Das taten sie denn auch gehorsam, bis sie beide vor acht Jahren ums Leben kamen, als sie mit ihrem Einspänner verunglückten. Der finanzielle Ruin des alten Ford erfolgte ein Jahr darauf, und seitdem lebt er hier mit Pasiance. Wahrscheinlich ist es die Mischung in ihrem Blut, die sie so ruhelos und unbekümmert macht. Wäre sie eine Einheimische, oder wie John Ford völlig fremd hier gewesen, so hätte sie sich wohl recht glücklich gefühlt; aber der Kampf der beiden Anlagen um die Vorherrschaft läßt ihr scheinbar keine Ruhe. Du magst das für eine abwegige Theorie halten, aber ich bin überzeugt von ihrer Richtigkeit. Es kommt vor, daß sie mit aufeinandergepreßten Lippen und eng vor ihrer schmalen Brust verschränkten Armen dasteht und vor sich hin starrt, als könne sie durch die Dinge um sie herum hindurchsehen. Dann erregt irgend etwas ihre Aufmerksamkeit, und es dauert keine Minute, so blicken ihre Augen schalkhaft, sanft oder verächtlich drein; sie ist achtzehn Jahre alt, kennt nicht die geringste Angst auf einem Schiff, ist aber nicht dazu zu bewegen, ein Pferd zu besteigen – sehr zum Kummer ihres Großvaters, der den größten Teil des Tages auf einem sehnigen Halbblutpony sitzend verbringt, das ihn trotz seines Gewichtes überall hinträgt, als wäre er so leicht wie eine Feder.

Man beherbergt mich hier, um Dan Treffry gefällig zu sein; dahinter steht eine geschäftliche Vereinbarung mit Mrs. Hopgood. Die Leute sind überhaupt nicht gut dran; zwar ist dies die größte Farm hier in der Gegend, aber sie trägt nicht viel ein. Wer John Ford ansieht, mag kaum glauben, daß er Geldsorgen haben soll – dafür ist er zu groß.

Um acht verrichten wir alle das Familiengebet, anschließend Frühstück und danach Muße zum Schreiben oder irgend sonst etwas bis zum Nachtessen und dem Abendgebet. Am Mittag versorgt man sich selbst. Am Sonntag geht man zweimal die zwei Meilen zur Kirche, oder man gerät auf John Fords schwarze Liste… Dan Treffry selbst hält sich in Kingswear auf. Er sagt, er habe genug verdient, und es gefällt ihm hier unten – wie ein Schlummer, nachdem man jahrelang allzu hellwach war; er hatte es schwer in Neuseeland, bevor ihn dann jene

Mine zum reichen Mann machte. Du hast ihn wahrscheinlich nicht mehr gekannt, aber mich erinnert er an seinen Onkel, den alten Nicholas Treffry; die gleiche zögernde Sprechweise, dieselbe Eigenart, dich bei allem, was er sagt, mit Namen anzureden; Linkshänder auch er und dasselbe bedächtige Augenzwinkern. Er hat einen dunklen, kurzen Bart und rotbraune Wangen, ist etwas kahl um die Schläfen und ein wenig ergraut, aber hart wie Eisen. Er kommt fast täglich herübergeritten, in Begleitung eines schwarzen Spaniels mit einer ausgezeichneten Nase und einer heftigen Abneigung gegen Unterröcke. Dan hat mir unzählige spannende Geschichten von John Ford zu den Zeiten der ersten Siedler erzählt; an seine Bravourstücke mit Pferden erinnert man sich noch, und den Krieg gegen die Maori hat er auch mitgemacht; «ein Mann, ganz nach Onkel Nics Geschmack», wie Dan sagt.

Die beiden sind sehr gute Freunde und achten einander; Dan bewundert den alten Mann, aber die Hauptanziehung ist Pasiance. Er sagt sehr wenig, wenn sie im Zimmer ist, schaut sie nur verstohlen und sehnsüchtig an. Wenn Pasiance nicht Pasiance wäre, man müßte ihr Benehmen ihm gegenüber als grausam bezeichnen; aber mit ihr ist man nachsichtig. Dan zieht sich zurück, um dann so beharrlich und zäh, wie man nur will, wieder zu erscheinen.

Gestern abend zum Beispiel saßen wir nach dem Essen in der Loggia. Pasiance zupfte an den Saiten ihrer Violine, und plötzlich bat Dan (für ihn eine Kühnheit) sie darum, etwas zu spielen.

«Was!» sagte sie, «vor Männern? Nein, danke!»

«Warum nicht?»

«Weil ich sie hasse.»

John Fords Hand kam auf den Tisch aus Rohrgeflecht heruntergesaust: «Du vergißt dich! Geh zu Bett!»

Sie warf Dan einen Blick zu und ging; wir hörten sie in ihrem Schlafzimmer spielen; es tönte wie ein Geistertanz, und immer wenn man dachte, sie habe aufgehört, platzte es wieder heraus wie eine Lachsalve. Sogleich bat John Ford uns feierlich um Verzeihung und stapfte ins Haus. Die Violine verstummte; wir hörten, wie er Pasiance anknurrte, dann kam er wieder herunter. Aber kaum hatte er sich wieder in seinem Stuhl niedergelassen, war ein leises Schwirren zu vernehmen, und etwas Dunkles fiel durch die Apfelbaumzweige. Die Violine! Du hättest sein Gesicht sehen sollen! Dan wollte die Geige aufheben, aber der alte Mann verwehrte es ihm. Später sah ich von meinem Schlafzimmerfenster aus, wie John Ford herauskam, stehenblieb und die Violine betrachtete. Dann hob er seinen Fuß, als wolle er darauf treten. Schließlich nahm er sie auf, wischte sie sorgfältig ab und trug sie herein...

Mein Zimmer liegt gleich neben dem ihren. Immer wieder hörte ich sie lachen, dazu ein Geräusch, als ob sie etwas im Zimmer herumziehe. Dann schlief ich ein, erwachte aber urplötzlich und ging zum Fenster, um ein wenig frische Luft zu schöpfen. Was für eine schwarze, lautlose Nacht! Nichts zu sehen bis auf die gekrümmten, noch schwärzeren Äste; nicht das geringste Rascheln von Laub, kein Ton bis auf ein unterdrücktes Grunzen aus dem Kuhstall und ab und zu ein leiser Seufzer. In mir war eine ganz sonderbare Unruhe und Angst, wie man sie in einer solchen Nacht überhaupt nicht für möglich halten würde. Und doch spielt sich hier etwas Beunruhigendes ab: eine Art verborgener Kampf. Ich habe in meinem Leben nichts so Verantwortungsloses gesehen wie dieses Mädchen und nichts so Unbeugsames wie diesen Mann. Ich muß immer daran denken, wie er die Violine abwischte. Es ist, als fehlte nur noch der Funke, der das Pulverfaß zum Explodieren bringt. Eine Tragödie kündet sich an, oder vielleicht ist es auch nur die Hitze und zuviel von Mutter Hopgoods Köstlichkeiten...

II

Dienstag

... Ich habe einen neuen Bekannten. Ich lag im Obstgarten; er sah mich nicht und kam schnell näher – ein mittelgroßer Mann, mit außergewöhnlich guter Haltung, ohne Jacke – ziemlich alter blauer Anzug, Flanellhemd, dunkelrote Krawatte, braune Schuhe, eine Mütze mit Lederschild, die die Stirn freigab. Das Gesicht lang und schmal, überzogen von einer matten, eingebrannten Bräune; eine gute Stirn. Brauner Schnurrbart und ziemlich spitziger Bart, der gegen die Wangen hin schwärzer wurde; das Kinn verdeckt, aber wohl groß, nach dem Bartwuchs zu urteilen; ein Mund, den ich sinnlich nennen würde. Die Nase gerade und stumpf; graue Augen, Blick nach oben gerichtet, eher trotzig als offen; zwei gleichlaufende Furchen die Wangen hinunter, eine vom innern Augenrand, die andere vom Nasenflügel ausgehend; Alter vielleicht fünfunddreißig. An seinem Gesicht, seiner Haltung, seinem Gang war etwas ungeheuer Vitales, Bewegliches, Draufgängerisches und Gewissenloses.

Er stand vor der Loggia und kaute an seinen Fingern, eine Art Freibeuter des neunzehnten Jahrhunderts; ich wunderte mich, was er in dieser Halle zu tun hatte. Es heißt, einen Mann aus Kent oder einen aus Somerset erkenne jeder auf Anhieb; bestimmt wird jeder einen Mann aus Yorkshire erkennen, und der Bursche da war unfehlbar ein Mann aus Devon und verkörperte eine der beiden Hauptausprägungen des Charakters, der einem in dieser Grafschaft begegnet. Er pfiff, und heraus trat Pasiance in einem geranienfarbenen Kleid und sah aus wie eine große Mohnpflanze – Du kennst das leise Nicken des Köpfchens, wenn der Wind den Stengel biegt. Sie ist ein Mohn in Menschengestalt; ihr struppiges dunkles Haar ist wie das glanzlose schwarze Herz des Mohns, sie hat die aufreizende Anziehungskraft und Abstoßung des Mohns, etwas Schicksalhaftes oder, besser, Schicksalweisendes. Sie kam auf meinen neuen Freund zugelaufen, dann erblickte sie mich und blieb stockstill stehen.

«Das», sagte sie zu mir, «ist Zachary Pearse. Und dies», stellte sie mich vor, «ist unser *Pensionär.*» Sie sagte es mit wunderbar sanfter Boshaftigkeit. Sie wollte mich kratzen, und es gelang ihr.

Eine halbe Stunde später war ich auf dem Hof, als dieser Pearse hinzutrat.

«Freut mich, Sie kennenzulernen», sagte er und blickte nachdenklich auf die Schweine. «Sie sind Schriftsteller, nicht wahr?»

«Man kann es so nennen», sagte ich.

«Falls Sie zufällig einen Job suchen», sagte er plötzlich, «hätte ich vielleicht etwas für Sie. Kommen Sie mit mir zum Strand hinunter, und ich erzähl' es Ihnen; mein Kahn liegt da vor Anker, das schmuckste kleine Ding in dieser Gegend.»

Es war sehr heiß, und ich hatte nicht die geringste Lust, zum Strand hinunter zu gehen, und doch ging ich. Wir waren noch nicht weit gekommen, als John Ford und Dan Treffry in den Weg einbogen. Unser Freund schien etwas bestürzt, faßte sich aber bald wieder. Wir trafen uns mitten auf dem Weg, wo man kaum aneinander vorbeikam. John Ford setzte eine sehr hochmütige Miene auf und musterte Pearse durch sein Pincenez.

«Guten Tag!» sagte Pearse; «prächtiges Wetter! Ich habe Pasiance gefragt, ob sie mit auf eine Segelpartie kommt. Wir dachten an Mittwoch, wenn es das Wetter erlaubt; der Herr da kommt auch. Machen Sie doch mit, Mr. Treffry. Sie haben noch nie gesehen, wo ich wohne. Ich lade Sie zum Mittagessen ein und zeig' Ihnen meinen Vater. Es hat sich noch immer gelohnt, seinetwegen ein paar Stunden Segeln in Kauf zu nehmen.» Das klang so komisch, daß man ihm seine Unverschämtheit nicht verübeln konnte. John Ford bekam einen Asthmaanfall und schien nahe daran, die Beherrschung zu verlieren; dann blickte er zu mir herüber und hielt an sich.

«Zu gütig», sagte er mit eisiger Stimme; «meine Enkelin hat anderes zu tun. Ihr Herren mögt es halten, wie ihr wollt»; und mit einer sehr knappen Verbeugung stapfte er auf das Haus zu. Dan sah mich an, und ich sah ihn an.

«Sie kommen doch?» sagte Pearse ziemlich wehmütig. Dan stotterte: «Danke, Mr. Pearse; ich bin auf einem Pferd besser zu gebrauchen als auf einem Schiff, aber – ja, gut.» Auf diese Weise in die Enge getrieben, ist er eine schüchterne, weichherzige Natur. Pearse lächelte zum Dank. «Also dann, bis Mittwoch, um zehn Uhr; Sie sollen es nicht bereuen.»

«Hartnäckiger Bursche!» hörte ich Dan noch in

seinen Bart brummen, und schon marschierte ich unversehens wieder an Pearse' Seite den Weg hinunter. Ich bat ihn, mir gütigst zu erklären, wie er dazu komme zu sagen, ich würde mit von der Partie sein, ohne mich vorher zu fragen. Ungerührt gab er zur Antwort: «Ich steh' nicht gut mit dem Alten, müssen Sie wissen; aber ich war sicher, zu Ihnen würde er nicht unhöflich sein, darum war ich so frei.»

Zweifellos versteht er sich darauf, Ärger in Neugier zu verkehren. Wir waren jetzt drunten im Tal; das Meer wich zurück, und der Sand war voll kleiner, naß glänzender Furchen. Da draußen, in etwa einer Viertelmeile Entfernung, lag ein Kutter, das lohfarbene Segel halb eingezogen, und schaukelte auf den Wellen. Das Sonnenlicht ließ die rosa Klippen auf ganz wundersame Weise erglühen; und die Lichter tanzten über das Meer wie wandernde Goldfischschwärme. Pearse setzte sich in sein Beiboot und blickte unter der vorgehaltenen Hand durch. Er schien in Bewunderung versunken.

«Wenn wir nur etwas von diesem Flitter herausziehen könnten», sagte er, «und Gold daraus machen! Dann hätten wir nichts mehr zu tun. – Es ist eine große Sache, die ich vorhabe», sagte er unvermittelt; «ich werde Ihnen am Mittwoch davon erzählen. Ich brauch' einen Journalisten.»

«Aber ich schreibe nicht für die Zeitung», sagte ich; «ich bin auf einem anderen Gebiet tätig. Mein Fach ist die Archäologie.»

«Schadet nichts», sagte er, «je mehr Phantasie, desto besser. Es wär' 'ne mächtig gute Sache für Sie.»

Sein Selbstbewußtsein war verblüffend, aber die Abendessenszeit war schon vorbei, und weil mein

Hunger sich als stärker erwies denn meine Neugier, wünschte ich ihm gute Nacht und ging. Als ich mich umschaute, war er noch da, am Rande seines Bootes, und blickte aufs Meer. Ein merkwürdiger Kauz, alles in allem, aber irgendwie faszinierend.

Niemand erwähnte ihn an jenem Abend; aber einmal starrte der alte Ford lange Zeit Pasiance an und brummte dann ohne ersichtlichen Grund: «Pflichtvergessene Kinder!» Sie war sanfter als sonst; hörte ruhig unseren Reden zu und lächelte, wenn man etwas zu ihr sagte. Zur Schlafenszeit ging sie zu ihrem Großvater hin, ohne den üblichen Befehl «Komm, gib mir einen Kuß, mein Kind» abzuwarten.

Dan blieb nicht zum Nachtessen und ist seitdem nicht hier gewesen. Heute morgen habe ich Mutter Hopgood nach Zachary Pearse gefragt. Ihre Art ist typisch für die Leute in Devon; nichts mißfällt ihr so, wie auf eine bestimmte Aussage festgelegt zu werden. Sie druckste herum und erzählte mir schließlich, er sei «dem alten Capt'n Jan Pearse sein Sohn, von Black Mill. Eine alte Familie, aus Dartmouth und Plymouth», fuhr sie in einem Anfall von Mitteilsamkeit fort. «Es heißt, fünf von den Pearse waren dabei, als Francis Drake gegen die Spanier auszog. Mindestens hab' ich das den Herrn Zachary sagen gehört; aber da weiß Hopgood besser Bescheid.» Armer Hopgood, was ihm im Laufe des Tages so alles an Wissen zugetraut wird! Als sie mir damit zu verstehen gegeben hatte, daß ihr Erzählvorrat erschöpft sei, fuhr sie mit einem Mal fort: «Capt'n Jan Pearse hat viel gewagt. Jetzt ist er alt – man sagt, bald schon hundert; aber da weiß Hopgood besser Bescheid.»

«Und was ist mit dem Sohn, Mrs. Hopgood?»

Sie blinzelte plötzlich verschmitzt mit den Augen und verschränkte arglos die Arme.

«Und was möchten Sie denn heut' zum Dinner? Es hat Ente; oder vielleicht mögen Sie Fleischpastete und Apfeltorte; es hat auch – na, wollen sehen, was sich machen läßt.» Und weg war sie, ohne meine Antwort abzuwarten.

Morgen ist Mittwoch. Ich werd' mir diesen Pearse ganz gern mal näher ansehen...

III

Freitag, den 29. Juli

... Was stellst Du mir so viele Fragen und drängst mich, von diesen Leuten zu schreiben, statt Dich um meine Angelegenheiten zu kümmern? Wenn Du aber unbedingt willst, erzähl' ich Dir von den Ereignissen des Mittwochs.

Es war ein prächtiger Morgen; zu meiner Überraschung kam Dan – obwohl ich ja hätte wissen müssen, daß er tut, was er sagt. John Ford trat heraus, um ihn zu begrüßen; als er sich daran erinnerte, weshalb er gekommen war, atmete er hörbar, sagte nichts und ging wieder hinein. Von Pasiance keine Spur, und so gingen wir zusammen zum Strand hinunter.

«Ich kann diesen Pearse nicht leiden, George», sagte Dan unterwegs zu mir; «dummerweise habe ich zugesagt, und jetzt muß ich; aber was führt er im Schild? Er ist gewiß nicht der Mann, etwas ohne Grund zu tun.»

Ich bemerkte, daß wir das bald erfahren würden.

«Ich bin da nicht so sicher – merkwürdiger Kauz; immer, wenn ich ihn ansehe, muß ich an einen Piraten denken.»

Der Kutter lag in der Bucht, als habe er sich nie

von der Stelle gerührt. Und da saß auch Zachary Pearse, auf dem Rand seines Bootes.

«Bei der Brise machen wir fünf Knoten», sagte er; «und in ein paar Stunden sind wir da.» Nach Pasiance erkundigte er sich nicht, er brachte uns in seiner Nußschale unter und ruderte zum Kutter hinüber. Ein hohlwangiger Bursche namens Prawle nahm uns in Empfang, ein richtiger Seebär, mit stachligem, ansehnlichem Bart, der leicht vorstand, langer, glattrasierter Oberlippe und einem gebräunten Gesicht.

Der Kutter war blitzblank; ein umgebautes Fischerboot vom Typ der Brixham-Trawler, das noch seine Kontrollnummer DH 113 trug. Wir tauchten in eine Art Kajüte hinunter, luftig, aber dunkel, ausgerüstet mit zwei Kojen und einem schmalen Tisch, auf dem ein paar Flaschen dunkles Bier standen; es gab auch Spinde und Kleiderhaken. Prawle, der uns herumführte, schien sehr stolz auf eine Dampfvorrichtung zum Hissen der Segel. Es dauerte einige Minuten, bis wir wieder an Deck waren, und da, in dem Beiboot, saß Pasiance und wurde zum Kutter herübergerudert.

«Wenn ich das gewußt hätte», stammelte Dan und wurde rot, «wäre ich nicht gekommen.» Sie hatte uns überlistet, und wir waren machtlos.

Es war eine sehr angenehme Segelpartie. Eine leichte Brise wehte aus Südost, die Sonne schien warm, und die Luft war mild. Sogleich begann Pasiance zu singen:

«Kolumbus ist tot und liegt still im Grab,
Ach, und liegt still im Grab;
Ein Apfelbaum neigt sich zu ihm herab –
Ach, und neigt sich herab...

Die Äpfel sind reif und fallen bald schon,
Ach, und fallen bald schon;
Da kam eine Alte und trug sie davon,
Ach, und trug sie davon...

Jetzt liegen die Äpfel, wo keiner sie sieht,
Ach, wo keiner sie sieht;
Wenn du Lust hast auf mehr, sing dir selber [ein Lied,
Ach, sing dir ein Lied.»

Ihre dünne, hohe Stimme drang, je nachdem, wie der Wind wehte, in Trillern und Tremolos an unser Ohr, wie der Gesang einer einsamen Lerche am Himmel. Pearse ging zu ihr hinüber und flüsterte etwas. Ich erhaschte einen Blick auf ihr Gesicht: wie das eines aufgeschreckten Wildes; sie wich zurück, schüttelte das Haar, lachte, alles im selben Atemzug. Singen mochte sie nicht wieder; sie kauerte am Bug, das Kinn auf die Hände gestützt, und Sonnenlicht fiel auf die eine Wange: so rund, samtig und rot wie ein Pfirsich...

Wir passierten Dartmouth und bogen eine halbe Stunde später in eine bewaldete kleine Bucht ein. Auf einer niedrigen rötlichen Klippe stand ein Haus, eingefriedet von Kiefern. Ein beschädigter Landesteg führte vom Fuß der Klippe ein Stück weit nach draußen. Wir machten dort fest und gingen an Land. Ein uralter, fischähnlicher Mann kam heruntergeschlurft und übernahm den Kutter. Pearse führte uns zum Haus, und Pasiance folgte, plötzlich furchtbar scheu.

Das Haus hatte ein dunkles, überhängendes Schilfdach aus den Binsen, die in den Sümpfen hier in der Gegend wachsen; an weitere Besonderheiten erinnere ich mich nicht. Es war nicht alt und auch nicht neu, nicht schön und auch nicht häßlich, nicht sauber und auch nicht völlig verwahrlost; es thronte dort, und all seine Fenster gingen aufs Meer hinaus, dem Land kehrte es verächtlich den Rücken zu.

Auf einer Art Veranda, neben einem riesigen Fernrohr, saß ein sehr alter Mann mit Panamahut und Bambusstock. Sein schneeweißer Bart und Schnurrbart und die fast schwarzen Augenbrauen ließen den Blick seiner ruhelosen dunkelgrauen Augen ganz merkwürdig stechend erscheinen; über seine mahagonifarbenen Wangen und den Hals spannte sich ein Netz feiner Fältchen. Er saß kerzengerade in der prallen Sonne und blinzelte kaum.

«Dad!» sagte Zachary, «das also ist Pasiance Voisey.» Der alte Mann wandte den Blick auf sie, brummelte: «Angenehm, Ma'am» und schenkte ihr weiter keine Beachtung. Pasiance schien das zu ärgern; sie stahl sich bald davon und ging im Kiefernwald spazieren. Eine alte Frau brachte ein paar Teller und Flaschen und stellte sie achtlos auf einen Tisch; und wir saßen schweigend um die Gestalt des alten Captain Pearse herum, als wären wir alle einem Zauber erlegen.

Vor dem Mittagessen kam es zwischen Zachary Pearse und Dan zu einem Geplänkel darum, wer Pasiance herbeirufen solle. Schließlich gingen beide – und kamen ohne sie zurück. Sie mochte nichts essen, wollte bleiben, wo sie war, inmitten der Kiefern.

Zum Mittagessen hatten wir Koteletts, Ringeltaube, Pilze und Maulbeergelee und tranken dazu einen wundervollen Madeira aus gewöhnlichen Weingläsern. Ich fragte den alten Mann, woher er ihn habe; er warf mir einen schrägen Blick zu und antwortete mit einer kleinen Verbeugung: «Kam mich auf zwei Shilling die Flasche zu stehen, Sir, und der Staat ging leer aus; heut' gibt's keinen solchen Wein mehr – und», fügte er mit einem Blick auf Zachary hinzu, «keine solchen Männer.»

Zachary lächelte und sagte: «Du hast nichts so Großes getan, Dad, wie ich jetzt vorhabe!»

In den Augen des alten Mannes lag etwas wie Verachtung. «Du hast also eine weite Reise vor mit der ‹Bunten Hexe›, Zack?»

«So ist es», sagte Zachary.

«Und *wohin* soll denn die Reise gehen, mit dieser wandernden alten Rußfabrik?»

«Marokko.»

«Pah!» sagte der Alte, «da gibt's nichts zu holen. Ich kenne die Küste so gut wie meine eigene Hand.» Er hielt seine Hand hin, die von Adern und Härchen überzogen war.

Zachary begann plötzlich einen Wortschwall von sich zu geben: «Unterhalb Mogador – einer von dort – Freund von mir – zwei Jahre ist es her. Konzessionen – Handel – Schießpulver – Kreuzer – Fehden – Geld – Stammesführer – Revolverkanonen – Sultan – Gewehre – Aufstand – Gold.» Er legte einen radikalen, schmutzigen, verwegenen Plan dar, bei dem an dem Punkt, um den sich das Handelsunternehmen drehte, ein ganzes Räderwerk politischer Erschütterungen in Bewegung geraten sollte.

«Sie werden dich nie ans Ziel kommen lassen», sagte der alte Pearse.

«Meinst du?» entgegnete Zachary. «Und ob sie das werden, und wenn ich auslaufe, regiert dort eine neue Dynastie, und dann bin ich ein reicher Mann.»

«Du wirst nicht mehr auslaufen können», antwortete der Alte.

Zachary nahm ein mit Zahlen übersätes Blatt Papier hervor. Er hatte das Ganze überschlagen. Soviel – Ausrüstung; soviel – Handel; soviel – Konzessionen; soviel – Notfälle. «Mein letzter Penny!» kam er zum Schluß, «und es fehlen noch tausend; das Schiff ist bereit, und wenn ich nicht innert Monatsfrist dort bin, ist meine Chance so gut wie vertan.»

Darauf liefen also all seine Enthüllungen hinaus – aufs Geldbetteln, und wir schauten drein, wie es die Leute für gewöhnlich tun, wenn dieses Thema zur Sprache kommt.

«Verrückt!» brummte der alte Mann und blickte aufs Meer hinaus.

«Nein», sagte Zachary. Dieses eine Wort sagte mehr aus als all die andern zusammen. Der Kerl ist kein Phantast. Sein Plan mag tollkühn und verwerflich sein, aber – er weiß sehr wohl, was er tut.

«Gut!» sagte der alte Pearse, «du sollst fünfhundert von meinem Geld bekommen, und sei es nur, um zu sehen, ob du etwas taugst. Fahr mich hinein!» Zachary fuhr ihn ins Haus, kam aber bald zurück.

«Der Scheck des alten Herrn über fünfhundert Pfund!» sagte er und schwenkte ihn. «Geben Sie mir auch so einen, Mr. Treffry, und ein Drittel des Gewinns gehört Ihnen.»

Ich erwartete, Dan würde rundweg ablehnen. Aber er fragte bloß: «Hätten Sie dann genug, um zu gehen?»

«Damit», antwortete Zachary, «kann ich innert vierzehn Tagen in See stechen.»

«Gut!» sagte Dan langsam. «Geben Sie mir ein

schriftliches Versprechen! Innert vierzehn Tagen auf See, dazu faire Gewinnbeteiligung mit den fünfhundert Pfund – nicht mehr und nicht weniger.»

Wieder dachte ich, darauf hätte Pearse nur gewartet, aber er stützte das Kinn auf die Hand und schaute Dan an, und Dan schaute ihn an. Während sie einander so anstarrten, kam Pasiance hinzu mit einem Kätzchen.

«Schaut!» sagte sie, «ist es nicht süß?» Das Kätzchen kletterte und krallte sich zu ihrem Nacken hoch. Ich sah, wie die beiden Männer Pasiance anschauten, und begriff plötzlich, was da gespielt wurde. Das Kätzchen rieb sich an Pasiance' Wange, verlor das Gleichgewicht und krallte sich beim Herunterpurzeln an ihrem Kleid fest. Sie hob es auf und entfernte sich. Jemand, ich weiß nicht wer von uns, seufzte, und Pearse rief aus: «Abgemacht!»

Der Handel war besiegelt.

«Leben Sie wohl, Mr. Pearse», sagte Dan; «weiter werde ich wohl nicht gebraucht. Im Dorf steht mein Pony bereit. Du begleitest schon Pasiance nach Hause, nicht wahr, George?»

Wir hörten sein Pony die Straße hinunter galoppieren; Pearse entschuldigte sich plötzlich und verschwand.

Was er da vorhat, mag wohl romantisch und abwegig klingen und ist dabei ganz prosaisch. Er ist auf der Jagd nach Geld! Die Schatten der Drake, Raleigh, Hawkins, Oxenham! Wie der Wurm an der Rose, nagt Mißtrauen am Mythos der Romanze. Wie wenn auch ihr nur auf Gewinn aus gewesen wärt?...

Ich schlenderte zum Kiefernwald. Der Boden dort war überzogen mit schwarzen und goldenen

Streifen, wie der Körper einer Biene; unten lag das blaue Meer, über dem Heidekraut träge Wolken und das Summen der Hummeln; ein Bild des Friedens, ein Sommertag in Devon.

Plötzlich traf ich auf Pearse, der am Rande der Klippe stand, und in einer niedrigen Mulde darunter saß Pasiance und schaute zu ihm auf. Ich hörte ihn sagen: «Pasiance – Pasiance!» Der Ton seiner Stimme und der Anblick ihres weichen, staunenden Gesichts machten mich wütend. Was hat sie in ihrem Alter mit der Liebe im Sinn? Was haben die beiden *miteinander* im Sinn?

Gleich darauf sagte er mir, sie habe sich auf den Heimweg gemacht, spannte ein altes graues Pony vor den Wagen und brachte mich zur Fähre. Unterwegs kam er auf sein Angebot von neulich zurück.

«Kommen Sie mit mir», sagte er. «Es geht nicht an, die Presse zu vernachlässigen; erkennen Sie Ihre Chance. Es handelt sich um eines der wenigen Länder, die noch übrigbleiben. Wenn ich die Sache einmal in Gang bringe, ist nicht abzusehen, wohin sie uns führt. Sie hätten durchwegs freie Überfahrt, und was immer Sie sonst wollen, in einem gewissen Rahmen.»

Ich antwortete, so grob ich nur konnte – aber keineswegs so grob, wie ich es gerne getan hätte –, daß sein Plan verrückt sei. In Wahrheit war er mir im Gegenteil zu handfest, denn was auch immer ein Plan für eine Gestalt annimmt, seine Seele ist die Persönlichkeit dessen, der ihn ausheckt.

«Überlegen Sie sich's», drang er in mich, als könne er Gedanken lesen. «Sie können daraus machen, was Sie wollen. Zeitungsartikel, versteht sich. Aber das ist natürlich Routine; selbst ich könnte das tun, wenn ich Zeit hätte. Im übrigen sind Sie frei – so frei wie ein Mann.»

Genauso ist Pearse, die fünf Einsilber treffen den Kern: «So frei wie ein Mann!» Keine Regeln und kein Gesetz, nicht einmal jene geheimnisvollen Fesseln, in die den Menschen seine Selbstachtung schlägt! «So frei wie ein Mann!» Keine Ideale und keine Prinzipien; kein unverrückbarer Stern, den er verehrt; keine Verwicklung, aus der er sich nicht herauswinden kann. Aber der Kerl ist zudem so hartnäckig wie eine Devonshire-Dogge aus alter Zucht. «Nein» war keine Antwort für ihn.

«Überlegen Sie sich's», sagte er; «wann Sie wollen – ich hab' vierzehn Tage... Schauen Sie! Da ist sie!» Ich dachte, er meine Pasiance; aber es war ein alter Dampfer, schwarz und träge in der glühenden Mittagssonne, mit weißgelbem Kamin und ohne eine Spur von Leben an Deck.

«Das ist sie – die ‹Bunte Hexe›! Bring' sie auf zwölf Knoten, man würd's nicht glauben! Also dann, gute Nacht! Sie überlegen sich's noch. Brauchen bloß ja zu sagen; wann Sie wollen. Ich geh' jetzt an Bord.»

Als ich übergesetzt wurde, sah ich ihn auf den Achtersitzen eines kleinen Bootes herumlümmeln, und die Sonne krönte seinen Strohhut mit ihrem Glanz.

Nach ungefähr einer Wegmeile holte ich Pasiance ein; sie saß in der Hecke. Gemeinsam gingen wir zwischen den Böschungen weiter – Böschungen, wie sie für Devonshire typisch sind – haushoch und dicht bewachsen mit Efeu und Farn, Brombeer, Haselnußstauden und Geißblatt.

«Glauben Sie an einen Gott?» fragte sie plötzlich. «Großvaters Gott ist einfach schrecklich.

Wenn ich auf der Geige spiele, *spüre* ich Gott; aber Großvaters Gott ist so muffig – Sie wissen, was ich meine. Das Meer, der Wind, die Bäume und auch die Farben – dabei *spürt* man etwas. Aber daß das Leben zum ‹Bravsein› da sein soll, kann ich nicht glauben. Gibt es nicht Besseres als Bravsein? Wenn ich ‹brav› bin, so bin ich dafür innerlich böse.» Sie streckte die Hand in die Höhe, pflückte eine Blume in der Hecke und riß ihr langsam die Blütenblätter aus.

«Was würden Sie tun», murmelte sie, «wenn Sie etwas möchten, aber Angst davor hätten? Aber wahrscheinlich haben Sie nie Angst!» fügte sie spöttisch hinzu. Ich gestand ein, daß ich manchmal Angst und häufig Angst vor dem Angsthaben hatte.

«Das ist schön gesagt! Ich hab' ja keine Angst vor Krankheit, und auch nicht vor Großvater oder seinem Gott; aber ich will frei sein. Und wenn man etwas unbedingt will, hat man Angst davor.»

Ich dachte an das, was Zachary Pearse gesagt hatte: «So frei wie ein Mann!»

«Was schauen Sie mich so an?» fragte sie.

«Was meinst du denn mit Freiheit?» brachte ich hervor.

«Wissen Sie, was ich heute nacht tun werde?» gab sie zur Antwort. «Aus meinem Fenster beim Apfelbaum klettern und im Wald spielen gehen!»

Wir gingen einen steilen Feldweg hinunter, einen Waldrand entlang, wo es immer nach saftiggrünen Blättern riecht und nach der Ausdünstung der Kühe, die in der Nähe der Hecke Schatten suchen.

Unten stand eine Hütte, und davor saß ein kleiner Junge und spielte mit einem Häufchen Staub.

«Hallo, Johnny!» sagte Pasiance. «Streck einmal das Bein aus und zeig dem Mann da, was du hast!»

Der kleine Junge löste den Verband um sein nacktes, schmutziges Beinchen und zeigte stolz eine wunde Stelle vor.

«Sieht das nicht schlimm aus?» rief Pasiance mitleidig und machte den Verband wieder fest; «armer kleiner Mann! Schau, Johnny, was ich dir mitgebracht habe!» Sie zog aus ihrer Tasche einen Riegel Schokolade hervor, etwas wie einen Soldaten, aus Siegellack und Kammgarn, und ein verbogenes Sixpencestück.

Ich lernte sie von einer neuen Seite kennen. Auf dem ganzen Heimweg erzählte sie mir die Geschichte von dem kleinen Johnny und seiner Familie; als sie zum Tod seiner Mutter kam, platzte sie heraus: «Eine Gemeinheit, finden Sie nicht auch, und dabei sind sie so arm; es hätte grad so gut jemand anders sein können. Ich habe die Armen gern, aber die Reichen hasse ich – die eingebildeten Esel.»

Mrs. Hopgood hielt beim Tor nach uns Ausschau, ihre Haube saß schief, und eine von Pasiance' Katzen strich ihr um die Röcke. Bei unserem Anblick schlug sie die Hände vor die Brust.

«Wo ist Großvater?» fragte Pasiance. Die alte Dame schüttelte den Kopf.

«Gibt es Ärger?»

Mrs. Hopgood drehte und wand sich, bis schließlich herauskam: «Hast du deinen Tee gehabt, mein Herzchen? Nein? Das ist aber dumm; du wirst Pech haben.»

Pasiance warf den Kopf in den Nacken, ergriff die Katze und rannte ins Haus. Ich blieb zurück und starrte Mrs. Hopgood an.

«Du meine Güte – ach, du meine Güte», gluckste sie, «das arme Lämmchen. Es ist sozusagen...»

Und plötzlich platzte sie heraus: «Er erstickt fast vor Wut! So ist es!»

Mein Mut ließ mich an jenem Abend im Stich. Ich verbrachte ihn auf der Küstenwache, wo man mir Brot, Käse und einen scheußlichen Apfelwein vorsetzte. Als ich zurückkam, führte mein Weg an der Küche vorbei. Dort brannte immer noch ein Feuer, und zwei Gestalten, verschwommen in der Dunkelheit, huschten herum mit leisem Gelächter, wie Gespenster, die fürchten müssen, bei einem fleischlichen Mahl ertappt zu werden. Es waren Pasiance und Mrs. Hopgood; und so betörend war der Geruch nach Eiern und Speck, und derart selig schienen sie dieses nächtliche Gelage zu genießen, daß ich große Qualen litt, als ich mich hungrig nach oben ins Bett schlich.

Mitten in der Nacht erwachte ich und hörte etwas wie einen Schrei. Dann tönte es wie das Rauschen des Windes in den Bäumen, dann weit weg wie das hohe Singen einer menschlichen Stimme zum Takt eines Tamburins. Plötzlich hörte es auf – noch zwei lang ausgehaltene Noten wie klägliches Schluchzen – danach lautlose Stille; und obwohl ich noch eine Stunde oder länger horchte, blieb alles ruhig...

IV

4. August

... Nach meinem letzten Brief geschah drei Tage lang überhaupt nichts. Den Morgen verbrachte ich lesend auf der Klippe und schaute zu, wie es Sonnenfunken aufs Meer regnete. Es ist großartig da oben, mit dem Stechginster ringsum, den Möwen, die sich auf den Felsen sonnen, den Rebhühnern, die aus dem Kornfeld ihren Ruf ertönen lassen, und hin und wieder einem jungen Falken in der Höhe. Am Nachmittag war ich im Obstgarten draußen. Unterdessen geht auf der Farm alles seinen gewohnten Gang – die Kühe werden gemolken, Brot wird gebacken, John Ford kommt hergeritten und reitet wieder davon, Pasiance pflückt in ihrem Garten Lavendel und unterhält sich mit den Landarbeitern; und überall der Geruch nach Klee, nach Kühen und nach Heu; der Lärm der Hennen, Schweine und Tauben, die leise singenden Stimmen, das dumpfe Rattern der Karren auf dem Hof; und die Äpfel, die Tag für Tag röter werden. Dann, letzten Montag, blieb Pasiance weg von Sonnenaufgang bis Sonnenuntergang – niemand sah sie gehen – und niemand wußte, wohin sie gegangen war. Es war ein wundervoller, ganz merkwürdiger Tag: am silbriggrau blauen Himmel trieben Wetterwolken; die Bäume seufzten alle ein wenig, das Meer hob sich und schwoll langsam und unmerklich an; die Vierfüßer waren unruhig und die Vögel still, bis auf die Möwen mit ihrem Altmännerlachen und Kätzchengewimmer.

Etwas Wildes lag in der Luft; es schien über die Dünen und durch das Tal bis ins Haus hineinzufegen, wie eine feurige Melodie, die einem ans Ohr schlägt, wenn man halb schon schläft. Aber wer hätte gedacht, daß die Abwesenheit dieses Mädchens für ein paar Stunden so verheerend sein konnte! Mrs. Hopgoods Apfelwangen schienen unter unsern Augen buchstäblich dahinzuwelken. Ich begegnete einer Melkerin und einem Knecht, die die Sache mit betrübter Miene angelegentlich besprachen. Sogar Hopgood, ein zäher Bursche mit gewaltigen Schultern, verlor seinen Gleichmut so weit, daß er sein Pferd sattelte und sich auf die

Suche machte, obwohl das doch, wie er mir versicherte, «verlorne Liebesmüh» sein würde. Es dauerte lange, bis John Ford sich etwas anmerken ließ, aber am späten Nachmittag sah ich ihn mit den Händen auf den Knien dasitzen und unverwandt vor sich hin starren. Er erhob sich schwerfällig, als er mich bemerkte, und stelzte hinaus. Am Abend, als ich mich gerade auf den Weg machte, um die Hilfe der Küstenwache bei der Durchsuchung der Klippe anzufordern, tauchte Pasiance wieder auf; sie ging, als könne sie kaum noch einen Fuß vor den anderen setzen. Ihre Wangen waren hochrot, und sie biß sich auf die Lippen, um nicht vor lauter Erschöpfung weinen zu müssen. Wortlos ging sie am Torweg an mir vorüber. Die Angst, die er ausstehen mußte, hatte den alten Mann offenbar verstummen lassen. Er trat nur einfach vor, nahm ihr Gesicht in seine Hände, gab ihr einen innigen Kuß und entfernte sich. Pasiance vergrub das Gesicht in den Armen. «Laßt mich in Ruhe!» war alles, was sie sagen mochte. Nach einer Weile schleppte sie sich nach oben. Sogleich kam Mrs. Hopgood zu mir.

«Kein Wort aus ihr 'rauszukriegen – und keinen Bissen will sie essen, und dabei hatt' ich 'ne Pastete fixfertig – so was von wählerisch. Sie hat mich weiß Gott um Brandy gebeten; haben Sie vielleicht Brandy, Sir? Hopgood trinkt keinen, und Mr. Ford erlaubt nur Schlüsselblumenwein.»

Ich hatte Whisky.

Die gute Seele ergriff die Flasche, drückte sie an sich und ging hinaus. Halbleer brachte sie sie mir wieder zurück.

«Hat ihn aufgeleckt wie ein Kätzchen seine Milch. Ich fürchte, er ist stark, armes Lämmchen;

er hat ihr die Zunge ordentlich gelöst. ‹Ich hab's getan›, sagte sie zu mir, ‹Mütterchen – ich hab's getan›, und sie lachte wie toll; und dann, Sir, hat sie geweint und hat mich geküßt und zur Tür hinausgeschoben. Gütiger Himmel! Was ist's denn, was sie getan hat?...»

Am folgenden Tag regnete es, und auch noch am Tag danach. Etwa um fünf Uhr gestern abend hörte der Regen auf. Ich nahm Hopgoods Pony und machte mich auf den Weg nach Kingswear, um Dan Treffry zu besuchen. Die Bäume, Brombeersträucher und Farne am Weg waren alle tropfnaß, und die Vögel sangen aus voller Kehle. Die ganze Zeit über dachte ich an Pasiance. Ihre Abwesenheit an jenem Tag war noch immer ein Rätsel; man fragte sich unaufhörlich, was sie getan haben mochte. Es gibt Leute, die nie erwachsen werden – und die haben kein Recht, gewisse Dinge zu tun. Handlungen haben ihre Folgen – und Kinder kennen die Folgen nicht.

Dan war nicht da. Ich soupierte im Hotel und ritt langsam nach Hause. Unterwegs im Dämmerlicht der Straße, wo ich die Wegböschung zu beiden Seiten mit meiner Peitsche berühren konnte, dachte ich unablässig an Pasiance und ihren Großvater; etwas in diesem Halbdunkel lud ein zum Staunen und Sinnieren. Es war schon dunkel, als ich auf den Strohhof ritt. Zwei junge Ochsen beschnüffelten mich, eine verschlafene Henne schreckte auf und rannte laut zeternd davon. Ich brachte das Pferd in den Stall und ging ums Haus herum zur Rückseite. Es war pechschwarz unter den Apfelbäumen, und die Fenster waren alle dunkel. Ich blieb ein wenig stehen, nach dem Regen roch alles so köstlich; aber plötzlich hatte ich das unangenehme Gefühl, beobachtet zu werden. Weißt Du, wie einem in einer dunklen Nacht da zumute ist? Schließlich rief ich: «Ist jemand da?» Aber kein Laut! Ich ging zum Tor – nichts! Es tropfte noch mit einem leisen Geräusch von den Bäumen; das war alles. Ich schlich zur Vorderseite, ging hinein, versperrte die Tür und tastete mich nach oben ins Bett. Aber ich konnte nicht einschlafen. Lange Zeit lag ich wach, döste schließlich ein und erwachte mit einem Ruck. Ganz in der Nähe hörte ich ein Wispern. Es wurde wieder still. Eine Minute ging vorüber; plötzlich hörte ich ein dumpfes Aufschlagen, als sei da etwas heruntergefallen. Ich sprang aus dem Bett und stürzte ans Fenster. Nichts – aber in der Ferne tönte es wie Schritte. Eine Eule schrie; dann hörte ich Pasiance in ihrem Zimmer kristallklar, aber ziemlich leise singen:

> «Die Äpfel sind reif und fallen bald schon,
> Ach, und fallen bald schon.»

Ich rannte zu ihrer Tür und klopfte.

Unsere Zimmer liegen wie folgt:

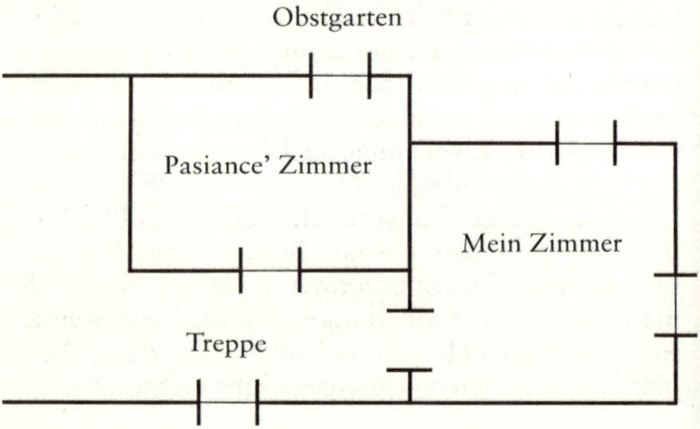

«Was gibt es?» rief sie.

«Ist etwas nicht in Ordnung?»

«In Ordnung?»

«Ist etwas nicht in Ordnung?»

«Ha-ha-ha-ha! Gute Nacht!» Dann, ganz leise, hörte ich sie jäh und angestrengt den Atem anhalten. Weiter keine Antwort und auch kein Laut.

Ich ging zu Bett und lag stundenlang wach...

Heute abend kam Dan; während des Nachtessens überreichte er Pasiance ein Bündel Noten; er hatte es in Torquay erstanden. Der Verkäufer, sagte er, habe ihm erzählt, es sei «eine Mordssache».

Es war Bachs «Chaconne». Du hättest sehen sollen, wie ihre Augen glänzten und ihre Finger richtig zitterten, als sie die Seiten umblätterte. Merkwürdige Vorstellung, daß *sie* Bach huldigen soll – so merkwürdig wie die Vorstellung von einem wilden Fohlen, das aus freien Stücken ins Geschirr läuft; aber das ist es ja gerade – bei ihr kann man nie wissen.

«Himmlisch!» sagte sie ein Mal übers andere.

John Ford legte Messer und Gabel nieder. «Heidnisches Zeug!» brummte er und grollte plötzlich, «Pasiance!»

Sie blickte erschreckt auf, warf die Noten beiseite und nahm wieder ihren Platz ein.

Während des Gebets, mit dem die Mahlzeit jeden Abend beendet wird, war ihr Gesicht ein Musterbild der Auflehnung. Sie ging früh zu Bett. Es war ziemlich spät, als wir uns erhoben – für einmal hatte der alte Ford aus seinem Siedlerleben erzählt. Als wir herauskamen, hielt Dan die Hand hoch. Ein Hund bellte. «Es ist Lass», sagte er. «Er wird Pasiance wecken.»

Der Spaniel kläffte wütend. Dan rannte hinaus,

um ihm zu befehlen, still zu sein. Er war bald zurück.

«Jemand ist im Obstgarten gewesen und hat sich in Richtung Bucht wieder entfernt.» Er rannte den Pfad hinunter. Ich rannte auch, sehr in Sorge. Vor uns in der dunklen Nacht hörten wir den Spaniel bellen; die Lichter der Küstenwache tauchten auf. Ich war zuerst am Strand; der Hund kam sofort zu mir, sein Schwanz hing ihm fast ins Maul vor Zerknirschung. Man hörte Ruder in den Gabeln quietschen; zu sehen war nichts bis auf die Schaumkronen der Wellen. Dan sagte hinter mir: «Hat keinen Wert! Er ist weg.» Seine Stimme klang heiser, wie die eines Mannes, der vor leidenschaftlicher Wut fast erstickt.

«George», keuchte er, «es ist dieser Halunke. Ich wünschte, ich hätte ihm eine Kugel durch den Kopf gejagt.» Plötzlich flammte über dem dunklen Wasser ein Licht auf, schien leise zu schwanken und verschwand.

Stumm gingen wir wieder den Hügel hinauf. John Ford stand reglos und gleichgültig beim Tor – er hatte noch keine Ahnung. Ich flüsterte Dan zu: «Laß es sein!»

«Nein», sagte er langsam, «ich will dir etwas zeigen.» Er entfachte ein Streichholz und ging langsam den Fußspuren im nassen Gras des Obstgartens nach. «Schau – da!»

Er blieb unter dem Fenster von Pasiance stehen und schwenkte das Streichholz über dem Boden. Ganz sonnenklar die Spuren von jemandem, der gesprungen oder gefallen war. Dan hielt das Streichholz über den Kopf. «Und dort!» sagte er. Der Ast eines Apfelbaums unter dem Fenster war abgebrochen. Dan blies das Streichholz aus.

Ich konnte das Weiße seiner Augen sehen, wie bei einem rasenden Tier. «Hör auf damit, Dan!» sagte ich.

Er machte plötzlich auf dem Absatz kehrt und brachte hervor: «Du hast recht.»

Aber er war geradewegs John Ford in die Arme gelaufen.

Der Alte stand da wie eine Urgewalt, dunkler als die Nacht, und starrte wie betäubt zum Fenster hinauf. Wir brachten kein Wort heraus. Er schien sich unserer Gegenwart nicht bewußt, drehte sich um und ließ uns stehen.

«Ihm nach!» sagte Dan. «Gehn wir ihm um Gottes willen nach! Man kann nie wissen.»

Wir folgten ihm. Er bückte sich, ging schweren Schrittes die Treppe hinauf und polterte gegen Pasiance' Tür. «Laß mich herein!» sagte er. Ich zog Dan in mein Zimmer. Langsam drehte sich der Schlüssel im Schloß, die Tür wurde aufgestoßen, und da stand sie in ihrem Morgenrock, eine Kerze in der Hand, das Gesicht hochrot und, ach, so jung mit dem kurzen, gekrausten Haar und den runden Wangen. Der alte Mann, der wie ein Riese vor ihr stand, erhob seine Hände – und legte sie ihr auf die Schultern.

«Was soll das heißen? Du – hast einen Mann bei dir gehabt?»

«Ja», sagte sie. Dan ächzte.

«Wer ist es?»

«Zachary Pearse», antwortete sie mit glockenheller Stimme.

Er schüttelte sie heftig, ließ die Hände sinken und hob sie wieder, als wolle er sie schlagen. Sie schaute ihm in die Augen; seine Hände sanken nieder, und auch er stöhnte. Soweit ich sehen konnte, verzog sie keine Miene.

«Ich bin seine Frau», sagte sie, «hörst du? Seine Frau. Geh aus meinem Zimmer!» Sie warf die Kerze vor seinen Füßen zu Boden und schlug ihm die Tür vor der Nase zu. Der Alte stand eine Minute lang wie betäubt da und tastete sich dann die Treppe hinunter.

«Dan», sagte ich, «ist das wahr?»

«Bestimmt ist das wahr», sagte er, «du hast es doch gehört.»

Ich war froh, daß ich sein Gesicht nicht sehen konnte.

«Das wär's», sagte er schließlich, «wir müssen an den alten Mann denken.»

«Was wird er tun?»

«Noch diese Nacht zu dem Kerl hingehen.» Er schien keine Zweifel zu haben. Ein Mann der Tat kennt seinesgleichen.

Ich murmelte etwas davon, daß ich ja nur ein Außenstehender sei – wenn ich aber irgendwie helfen könne...

«Nun», sagte er, «ich bin wohl jetzt selbst bloß ein Außenstehender; aber ich werde mit ihm gehen, wenn er mich haben will.»

Er ging die Treppe hinunter. Ein paar Minuten später ritten sie aus dem Strohhof hinaus. Ich beobachtete, wie sie an den Heuhaufen entlang in die dunkleren Schatten der Kiefern hineinritten, dann wurden die Hufschläge in der Dunkelheit leiser und verstummten schließlich ganz.

Seitdem sitze ich hier in meinem Schlafzimmer und schreibe Dir, meine Kerze ist fast schon aufgebraucht. Ich rätsle unaufhörlich, was die Sache wohl für ein Ende nehmen wird, und mache mir Vorwürfe, weil ich nichts tue. Aber was hätte ich schon tun können? Es tut mir leid um sie – mehr als ich sagen kann. Die Nacht ist so still – keinen Ton habe ich gehört; schläft sie oder ist sie wach? Weint sie oder triumphiert sie?

Es ist vier Uhr; ich habe geschlafen.

Sie sind zurück. Dan liegt auf meinem Bett. Ich werde versuchen, Dir seine Geschichte, so gut ich es kann, mit seinen eigenen Worten zu erzählen.

«Wir ritten», sagte er, «oben herum und mieden die Wege; um halb zwölf erreichten wir Kingswear. Die Pferdefähre war nicht mehr in Betrieb, und wir hatten Mühe, jemanden zu finden, der uns hinüberbringen konnte. Wir trugen dem Burschen auf, unsere Rückkehr abzuwarten, und nahmen vor dem ‹Schloß› einen Wagen. Es war fast ein Uhr und stockdunkel, als wir in Black Mill ankamen. Ich rechnete mir aus, daß er bei der Brise aus Südost seit einer Stunde oder länger zurück sein müßte. Der Alte hatte kein einziges Mal etwas zu mir gesagt, und noch bevor wir da waren, hatte ich angefangen zu hoffen, wir würden den Kerl zu guter Letzt doch nicht antreffen. Wir ließen den Fahrer auf der Straße anhalten, gingen rings um das Haus und suchten die Tür. Da rief jemand: ‹Wer sind Sie?› – ‹John Ford.› – ‹Und was wollen Sie?› Es war der alte Pearse. ‹Zachary Pearse sprechen.› Das hohe Fenster der Veranda, wo wir letzthin gesessen hatten, stand offen, und wir gingen hinein. Am Ende des Zimmers war eine Tür, durch die ein Licht schimmerte. John Ford ging darauf zu; ich blieb draußen in der Dunkelheit. ‹Wen haben Sie da bei sich?› – ‹Mr. Treffry.› – ‹Er soll hereinkommen!› Das tat ich. Der Alte lag im Bett, ganz still auf seinen Kissen, eine Kerze neben sich; wenn man ihn so ansieht, hat man das Gefühl, die Augen seien das einzig Lebendige an ihm. Es war sonderbar, mit den beiden alten Männern allein zu sein.»

Dan hielt inne, schien zu horchen und fuhr darauf unbeirrt fort: «‹Nehmen Sie Platz, meine Herren›, sagte der alte Pearse. ‹Weshalb wünschen Sie, meinen Sohn zu sehen?› John Ford bat um Verzeihung; er habe, so sagte er, etwas mitzuteilen, das keinen Aufschub ertrage. – Sie waren sehr höflich zueinander», brummte Dan...

«‹Wollen Sie mir eine Nachricht hinterlassen?› sagte Pearse. ‹Was ich Ihrem Sohn zu sagen habe, ist vertraulich.› – ‹Ich bin sein Vater.› – ‹Und ich bin der Großvater meines Mädchens und ihr einziger Beistand.› – ‹Aha!› brummte der alte Pearse, ‹Rick Voiseys Tochter?› – ‹Ich möchte Ihren Sohn sprechen.› Der alte Pearse lächelte. Eine merkwürdige Art zu lächeln hat er, herablassend höflich, könnte man es nennen. ‹Man kann nie wissen, wo Zack gerade ist›, sagte er. ‹Sie denken, ich will ihn decken. Sie irren sich; Zack kann selbst auf sich aufpassen.› – ‹Ihr Sohn ist hier!› sagte John Ford. ‹Da bin ich sicher.› Der alte Pearse sah uns ganz sonderbar an. ‹Sie schleichen sich also wie Diebe in der Nacht in mein Haus›, sagte er, ‹und wollen mich der Lüge bezichtigen?› – ‹Ihr Sohn hat sich wie ein Dieb in der Nacht in das Zimmer meines Kindes geschlichen; das ist der Grund, weshalb ich ihn sprechen muß›, und darauf», sagte Dan, «blieb es lange still. Schließlich sagte Pearse: ‹Ich verstehe nicht; hat er unehrenhaft gehandelt?› John Ford antwortete: ‹Er hat sie geheiratet, oder, bei Gott, ich würde ihn umbringen.› Der alte Pearse schien das zur Kenntnis zu nehmen und rührte sich nicht in seinen Kissen. ‹Sie kennen Zack nicht›, sagte er schließlich; ‹es tut mir leid Ihretwegen, und es tut mir leid für Rick Voiseys Tochter; aber Sie kennen Zack nicht.› – ‹Leid tut es Ihnen also!› knurrte John Ford; ‹mein Kind hat er mir gestohlen, und ich werde ihn dafür bestrafen!› – ‹Bestrafen!› schrie der alte Pearse, ‹in meiner Familie läßt man sich nicht bestrafen.› – ‹Captain Jan Pearse, so wahr ich hier stehe: Ihr und Eure Sippe, ihr werdet von Gott eurer Bestrafung zugeführt werden.› Der alte Pearse lächelte. ‹Mr. John Ford, dem mag sein, wie ihm wolle; aber – so wahr ich hier liege, aus Eurer Hand werden wir sie nicht annehmen. Bestrafen könnt Ihr nur, wenn Ihr die Strafe fühlen laßt, und das könnt Ihr nicht.› Und er hat recht damit!»

Dan fuhr weiter: «‹Sie wollen mir also nicht sagen, wo Ihr Sohn ist!› Aber der alte Pearse zuckte nicht mit der Wimper. ‹Das werde ich nicht tun›, sagte er, ‹und jetzt können sie gehen. Hier liege ich Nacht für Nacht: ein alleinstehender alter Mann, der seine Beine nicht gebrauchen kann, und das Haus steht offen; jeder Schelm könnte hereinkommen; und da glauben Sie, ich hätte Angst vor Ihnen?› Wir mußten uns geschlagen geben und gingen stumm hinaus. Aber dieser Greis; ich habe viel über ihn nachgedacht – zweiundneunzig, und wie er so daliegt. Was immer er gewesen sein mag, und man erzählt sich eigenartige Dinge von ihm; was immer sein Sohn sein mag, er ist ein *Mann*. Es ist nicht, was er sagte, und auch nicht, daß er in jenem Augenblick grad etwas zu befürchten gehabt hätte; irgendwie ist es die Vorstellung, daß der alte Bursche einfach so daliegt. Einen Mann mit mehr Mumm braucht man mir gar nicht erst zu zeigen...»

Wir blieben schweigend sitzen; draußen begann Licht durch das Laub zu sickern. Man vernahm allerhand raschelnde Geräusche, wie wenn die Welt sich im Bett umdrehen würde.

Plötzlich sagte Dan: «Er hat mich betrogen. Ich hab' ihn bezahlt, damit er verschwindet und sie in Ruhe läßt. Glaubst du, daß *sie* schläft?» Er hat mich nicht um sein Mitleid gebeten, Mitleid wäre für ihn eine Beleidigung; aber es geht ihm nahe.

«Ich bin hundemüde», sagte er schließlich und schlief auf meinem Bett ein.

Inzwischen ist es heller Tag; auch ich bin hundemüde...

V

Samstag, den 6. August

... Ich fahre mit meiner Geschichte da fort, wo ich gestern aufgehört habe...

Dan und ich brachen auf, sobald wir Mrs. Hopgood dazu bewegen konnten, uns Kaffee zu machen. Die alte Dame war zaghafter, unentschlossener und mehr auf dem Sprung, als ich sie je gesehen hatte. Sie war offenkundig besorgt. Hopgood, der «nicht gut schläft» – wirklich? Also, wenn's nach dem Schnarchen ginge! –, hatte in der Nacht gerufen: «Hör doch, Pferdegetrappel!» Ob wir es auch gehört hätten? Und wohin wir denn jetzt gehen wollten? Es sei sehr früh, um schon wegzugehen, noch dazu ohne Frühstück. Hopgood habe gesagt, es werde regnen. Miss Pasiance sei noch nicht hinter ihrer Violine, und Mr. Ford verlasse sein Zimmer nicht. War es – gab es vielleicht –? «Ha, und hier ist 'ne Erntemilbe; ganz schön früh dafür!» Erstaunlich, wie sie hinter all diesem Getier her ist, wenn ich es noch nicht einmal sehe. Sie zerdrückte die Milbe geistesabwesend zwischen Daumen und Zeigefinger und begann sich auf eine andere Weise heranzutasten. Aber lange bevor sie zur Sache kam, hatten wir unseren Kaffee heruntergestürzt und waren fort. Doch als wir wegritten, kam sie herbeigerannt, die Röcke mit beiden Händen hoch gerafft, und ihre alten, leuchtenden Augen schauten aus den Fältchen ängstlich zu uns empor; sie sagte: «Es gibt doch nicht etwa Kummer für *sie*?»

Sie bekam nur ein Achselzucken zur Antwort. Wir ritten querfeldein: über abschüssige Hofplätze, voller Dreck und Schweine und schmutzigem Stroh, vorbei an den Bauern mit der glattrasierten Oberlippe und dem Spitzbart unter dem Kinn, vorbei an den Kornfeldern, in denen die Lerchen sangen. Ob bergauf oder bergab, wir zügelten unsere Pferde nicht, bis wir vor Dans Hotel waren.

Vor uns glänzte der Fluß unter einem milchigen Regenbogen, der jeglicher Form einen Glorienschein verlieh. Erde und Himmel schienen aufeinander eingestimmt. Nie habe ich außerhalb von Devon diese besondere sanfte Harmonie gesehen. Und jedes Schiff, ganz gleich wie schwarz oder wie modern, sah auf diesen bleichen Wassern wie ein Geisterschiff aus. Die hohen grünen Wälder, die rote Erde, die weißen Häuser – alles verschmolz in einem einzigen opalblauen Dunst. Es regnete, aber dahinter schien die Sonne. Möwen tauchten im Sturzflug an uns vorbei – auch diese gefräßigen, ewigen Wanderer auf den Meeren nur wie ein Schatten ihrer selbst.

Wir hatten unseren beiden Bootsführern aufgetragen, uns zur «Bunten Hexe» hinauszurudern. Sie gingen mit großem Eifer ans Werk und ließen dann ihre Ruder sinken.

«Die ‹Bunte Hexe›, Sir?» fragte der eine von ihnen höflich, «welches Schiff mag das denn sein?»

Da haben wir nun unsern Landmann aus dem

Westen, wie er leibt und lebt! Schlägt einem nie etwas ab, läßt keine gute Gelegenheit aus, gibt nie zu, daß er etwas nicht weiß oder grad nicht Abhilfe schaffen kann – ist unabhängig, liebenswürdig und behält dabei stets den eigenen Vorteil im Auge. Wir erwähnten Pearse.

«Capt'n Zach'ry Pearse!» Sie tauschten einen halb spöttischen, halb bewundernden Blick.

«Ach, Sie meinen die ‹Sonnenblume›. Das ist sie. ‹Sonnenblume›, ahoi!»

Als wir die schwarze Seitenwand des Dampfers hochkletterten, hörte ich einen von ihnen noch sagen: «‹Bunte Hexe›! Ein passender Name ist das – ein feiner Name für sie!» Sie lachten, als sie festmachten.

Der Erste Offizier der «Sonnenblume», «Bunten Hexe» oder wie immer sie sonst hieß, nahm uns in Empfang – ein großgewachsener junger Bursche, hemdsärmelig, braungebrannt bis zum Haaransatz, mit sehnigen tätowierten Armen und grauen Augen, die um die Ränder vom ständigen Wetterbeobachten schwärzer waren.

«Ja, der Skipper ist an Bord», sagte er. «Wir sind ziemlich beschäftigt, wie Sie sehen. Macht vorwärts damit, ihr Tagediebe», herrschte er zwei Kerle an, die herumlungerten. Auf dem ganzen Schiff waren Männer am Hochhieven, Spleißen und Verstauen der Fracht.

«Heute ist Freitag; am Mittwoch sollten wir auslaufen können. Wollen Sie mir folgen?» Er führte uns die Kajütstreppe hinunter zu einem dunklen Loch, das er Salon nannte. «Wen darf ich melden? – Was, Sie sind Mr. Treffry? Dann sind wir Partner!» Ein jungenhaft fröhliches Lächeln erhellte sein Gesicht.

«Schauen Sie da!» sagte er; «ich kann *Ihnen* etwas zeigen», und er sperrte die Tür zu einer Kajüte auf. Es schien nichts darin zu sein bis auf ein riesiges, ausgebauchtes Stück Segeltuch, das von der obersten Koje herunterhing. Er hob es hoch. Die untere Koje war entfernt worden, und ihren Platz nahm der häßliche Rumpf einer zerlegten Revolverkanone ein.

«Haben sechs davon», flüsterte er mit unheiliger Verschwörermiene, durch die seine angestammte Offenheit hindurchschien. «‹Sind im Augenblick da drüben ihr Gewicht in Gold wert›, sagt der Skipper. Haufenweise Gewehre haben wir auch und 'ne Menge Munition. Das ist besser als die Orientalische Dampfschiffahrtsgesellschaft und mit den Passagieren an Deck Cricket spielen. Ich war schon entschlossen, alles hinzuschmeißen und Zuckerrohrpflanzer zu werden, als ich dem Skipper in den Weg lief. Toller Bursche, der Skipper! Ich geh's ihm jetzt sagen. Er ist die ganze Nacht weg gewesen, kam erst an vier Glasen an Bord und hat sich jetzt etwas hingelegt; aber für Sie wird er sicher zu sprechen sein.»

Und weg war er. Ich fragte mich, was an Zachary Pearse so anziehend war, daß er einen Jungen wie den begeistern konnte; einer der üblichen zwölf Sprößlinge irgendeines Dorfpfarrers, brannte darauf, ein paar Nigger über den Haufen zu schießen, und war ewig freimütig und jung.

Er kam zurück, die Hände voller Flaschen. «Was trinken Sie? Der Skipper wird im Nu dasein. Sie entschuldigen, wenn ich jetzt an Deck gehe. Wir haben so viel zu tun.»

Und nach fünf Minuten kam Zachary Pearse tatsächlich. Er traf keine Anstalten, uns die Hand zu reichen, was ich ihm hoch anrechnete. Sein Gesicht sah müde aus und trotziger als gewöhnlich.

«Nun, Gentlemen?» sagte er.

«Wir sind hier, Sie zu fragen, was Sie zu tun gedenken», sagte Dan.

«Ich weiß nicht», antwortete Pearse, «was Sie das angeht.»

Dans schmale Augen waren wie die Augen eines erzürnten Ebers. «Sie haben fünfhundert Pfund von mir», sagte er. «Was glauben Sie, wozu ich die Ihnen gegeben habe?»

Zachary kaute auf seinen Fingern herum. «Das ist nicht meine Sache», sagte er. «Ich laufe am Mittwoch aus; um Ihr Geld brauchen Sie sich keine Sorgen zu machen.»

«Wissen Sie, was ich von Ihnen halte?» sagte Dan.

«Nein, und es ist besser, Sie sagen's mir nicht!» Dann schlug seine Stimmung plötzlich um, was für ihn bezeichnend ist, und er lächelte: «Aber wie Sie wollen.»

Dans Gesicht verfinsterte sich. «Geben Sie mir eine klare Antwort», sagte er. «Was gedenken Sie mit ihr zu tun?»

Zachary sah unter seinen Augenbrauen hervor zu ihm herauf. «Nichts.»

«Wollen Sie sich etwa erfrechen zu bestreiten, daß Sie sie geheiratet haben?»

Zachary sah ihn kühl an. «Keineswegs», sagte er.

«Weshalb, um Himmels willen, haben Sie das getan?»

«Sie haben kein Monopol aufs Heiraten, Mr. Treffry.»

«Ein Kind in eine solche Lage zu bringen! Können Sie nicht handeln wie ein Mann? Was brauchen

Sie sich zu nächtlicher Stunde ins Haus zu schleichen? Bei Gott! Wissen Sie nicht, was Sie für eine Schweinerei gemacht haben?»

Zachary lief rot an, und er ballte die Faust. Dann schien er seinen Zorn hinunterzuschlucken.

«Sie wollten, daß ich sie Ihnen überließ», höhnte er. «Ich gab ihr mein Wort, daß ich sie da hinaus mitnehmen würde, und wir wären am Mittwoch auch tatsächlich in aller Stille gegangen, wenn Sie nicht gekommen wären, Sie mit Ihrem verfluchten Köter, und von der ganzen Sache Wind bekommen hätten. Jetzt ist der Teufel los! Und es gibt keinen Grund mehr, weshalb ich sie mitnehmen sollte. Entweder komme ich als reicher Mann zu ihr zurück oder dann gar nicht.»

«Und in der Zwischenzeit?» meldete ich mich zu Wort.

Er wandte sich verständnisheischend an mich: «Ich hätte sie ja mitgenommen, damit es bloß kein Theater gab – Ehrenwort –, und es ist nicht meine Schuld, daß die Sache ans Licht gekommen ist. Im übrigen treibe ich ein gewagtes Spiel. Ihre Anwesenheit könnte alles verderben, würde mich nervös machen. Und für sie ist es nicht harmlos.»

«Und wie denken Sie sich ihre Stellung», sagte ich, «während Sie weg sind. Glauben Sie denn, sie hätte Sie geheiratet, wenn sie gewußt hätte, Sie würden sie einfach so im Stich lassen? Sie sollten dieses Unternehmen aufgeben. Sie haben sie gestohlen. Ihr Leben liegt in Ihrer Hand, und sie ist noch ein Kind!»

In seinem Gesicht zuckte es; ein Zeichen dafür, daß er litt. «Mein letzter Penny steckt darin», seufzte er; «die ganz große Chance.»

Er schaute mich zweifelnd und bittend an, als habe ihn zum ersten Mal in seinem Leben eine Ahnung von der Tragweite seines Handelns beschlichen, die sich ein Mann wie er sonst nie eingesteht. Schon dachte ich, er werde nachgeben. Da plötzlich knurrte Dan zu meinem Entsetzen: «Seien Sie ein Mann!»

Pearse wandte den Kopf. «Von Euch will ich ganz gewiß keinen Rat», sagte er, «und befehlen lass' ich mir nichts.»

«Bis an Ihr Lebensende», sagte Dan, «sollen Sie mir dafür geradestehen, wie Sie sie behandeln.»

Zachary lächelte. «Sehen Sie die Fliege da?» sagte er. «Gut – ungefähr so viel mach' ich mir aus Ihnen», und er schnippte die Fliege von seinen weißen Hosen. «Guten Morgen!»

Die wackeren Seeleute, die unser Boot bemannten, nahmen mit kräftigen Schlägen Kurs auf das Ufer; aber wir hatten kaum abgelegt, als ein heftiger Regen auf das Schiff niederpasselte, in dem es zu verschwinden schien; ich sah noch, wie über der Reling ein Offizier seine Mütze schwenkte, das sonnengebräunte Gesicht zu uns herabgebeugt, lächelnd, eifrig und freundlich.

... Naß bis auf die Haut erreichten wir das Ufer, wütend mit uns selbst und aufeinander; ich machte mich mißmutig auf den Heimweg.

Als ich an einem Obstgarten vorbeikam, schlug ein Apfel, der sich im Sturm gelockert hatte, mit einem dumpfen Geräusch am Boden auf.

> «Die Äpfel sind reif und fallen bald schon,
> Ach, und fallen bald schon.»

Ich beschloß, zu packen und wegzugehen. Aber es ist alles so merkwürdig, wie ein Zauber, der einen nicht losläßt. Du kennst ja diese Leute nicht und siehst vielleicht nichts weiter als ein Exempel ziemlich unerquicklicher Tollheit. Aber es ist nicht das Gute, das Augenfällige und Nützliche, das uns im Leben in seinen Bann zieht. Es ist das Wunderbare, das nebelhaft Geschaute, das Geheimnisvolle, sei es nun im Guten oder im Bösen.

Die Sonne schien wieder, als ich zur Farm hinaufritt; ihr gelbes Strohdach leuchtete durch die Bäume, als hüte es einen Schatz der Heiterkeit und frohen Kunde. John Ford öffnete mir selber die Tür.

Er fing an mit einer Entschuldigung, und ich kam mir mehr denn je als Eindringling vor; dann sagte er: «Ich habe noch nicht mit meiner Enkelin gesprochen – wollte auf Dan Treffry warten.»

Er blickte ernst und traurig, wie ein Mann, der eine schwere Bürde tragen muß. Geschlafen hatte er anscheinend nicht; sein Anzug war in Unordnung, wahrscheinlich hatte er die Kleider nicht abgelegt. Er ist kein Mann, mit dem man Mitleid haben kann. Es kam mir schon ungehörig vor, daß ich überhaupt von der Sache wußte. Als ich ihm mitteilte, wo wir gewesen waren, sagte er: «Ich weiß Ihnen diese Mühe zu danken. Daß es überhaupt soweit kommen mußte! Aber bei dem, was sich hier abgespielt hat...» Er bezeigte seinen Ekel. Auf mich machte er den Eindruck eines Mannes, dessen Stolz eine tödliche Beleidigung verwinden muß. Gleich darauf fragte er: «Sie haben ihn also gesprochen? Und er ist zu dieser Heirat gestanden? Hat er einen Grund angegeben?»

Ich versuchte, Pearse' Standpunkt klarzumachen. Vor diesem alten Mann mit seinem unbeugsamen Willen und Pflichtgefühl kam es mir vor, als müsse ich für Zachary eintreten und versuchen, ihm Gerechtigkeit widerfahren zu lassen.

«Sehen wir mal zu», sagte er schließlich. «Er hat sie gestohlen, sagen Sie, um sich ihrer zu vergewissern, und dann verläßt er sie nach kaum vierzehn Tagen wieder.»

«Er sagt, er wollte sie mitnehmen...»

«Und das glauben Sie?»

Bevor ich antworten konnte, sah ich Pasiance beim Fenster stehen. Wie lange sie schon da war, weiß ich nicht.

«Ist es wahr, daß er mich hierlassen will?» rief sie aus.

Ich konnte bloß nicken.

«Haben Sie das selber gehört?»

«Ja.»

Sie stampfte mit dem Fuß. «Aber er hat es versprochen! Er hat's doch versprochen!»

John Ford ging auf sie zu.

«Rühr mich nicht an, Großvater! Ich hasse euch alle! Soll er tun, was er will, mir ist es gleich.»

John Fords Gesicht wurde aschfahl. «Pasiance», sagte er, «hattest du es denn so eilig damit, von mir wegzugehn?»

Sie schaute uns ins Gesicht und sagte brüsk: «Was soll ich Lügen erzählen? Ich kann's nicht ändern, daß es dir weh tut.»

«Was hast du denn gehofft, weit weg von hier zu finden?»

Sie lachte. «Finden? Ich weiß nicht – gar nichts, ich wollte einfach nicht ersticken. Aber jetzt wirst du mich wohl einsperren, weil ich ein schwaches Mädchen bin und nicht stark wie die *Männer*!»

«Schweig!» sagte John Ford; «ich werde ihn zwingen, dich mitzunehmen.»

«Das wirst du nicht tun!» schrie sie; «ich werd' es nicht zulassen. Es steht ihm frei zu tun, was ihm beliebt. Er ist frei – hört ihr, könnt ihr mich alle hören? – frei!»

Sie rannte hinaus und verschwand.

John Ford machte eine Bewegung, als habe er soeben den Boden unter den Füßen verloren. Ich ließ ihn stehen.

Ich ging in die Küche, wo Hopgood am Tisch saß und Brot mit Käse verzehrte. Er stand auf, als er mich sah, und brachte mir freundlicherweise etwas kalten Speck und einen Krug Bier.

«Hab' schon gedacht, daß ich Sie noch sehen würde, Sir», sagte er mit vollen Backen; «ans Essen denkt heute in diesem Haus kein Mensch. Meine Alte ist in einer Aufregung wegen Miss Pasiance. Junge Mädchen können einem schon Angst einjagen» – er fuhr sich mit dem Ärmel über das große, kräftige Gebiß und stopfte eine Pfeife –, «vor allem, wenn's ihnen im Blut liegt. Junker Rick Voisey war große Klasse; und Mistress Voisey – die war schon 'ne nette Dame, aber» – und dabei ließ er den Stiel seiner Pfeife von einem Mundwinkel zum andern spazieren – «sie war 'ne richtige Hexe.»

Hopgood ist ein anständiger Bursche – rauhe Schale, weicher Kern –, aber nicht unbedingt der Mensch, mit dem man eine derartige Angelegenheit erörtern möchte. Ich ging nach oben und fing an zu packen, aber nach einer Weile nahm ich statt dessen ein Buch; darüber muß ich eingeschlafen sein.

Als ich erwachte und auf meine Uhr blickte, war es fünf. Ich hatte vier Stunden geschlafen. Ein einzelner Sonnenstrahl fiel schräg durch mein Zimmer von einem Fenster zum andern, und ich hörte jenes kühle Geräusch, wenn die Milch in die Eimer platscht; darauf plötzliche Unruhe und schwere Schritte.

Ich öffnete die Tür. Hopgood und ein Mann von der Küstenwache trugen eben Pasiance langsam die Treppe hoch. Sie lag reglos in ihren Armen, das Gesicht weißer als ihr Kleid, auf der Stirn eine Schramme und daran zwei, drei eingetrocknete Blutstropfen. Sie hatte die Hände gefaltet, krümmte langsam die Finger und streckte sie wieder. Als sie mit ihr oben an der Treppe um die Ecke bogen, öffnete sie die Lippen und keuchte: «In Ordnung, legt mich nieder. Ich kann's aushalten.» Sie kamen an mir vorbei, und mit einem schwachen Lächeln in den Augen sagte sie etwas zu mir, das ich nicht verstehen konnte; die Tür wurde geschlossen, und drunten begann wieder das aufgeregte Flüstern. Ich wartete, bis die Männer herauskamen, und erwischte Hopgood. Er trocknete sich die schweißnasse Stirn.

«Armes junges Ding!» sagte er. «Sie ist gefallen – die Klippen 'runter – es ist ihr Rücken – die Küstenwache hat sie gesehen – die hat sie 'reingeholt. Der Herr steh' ihr bei – vielleicht ist sie nicht schlimm zerschlagen! Und Mr. Ford weiß es noch nicht! Ich geh' jetzt den Doktor holen.»

Wir mußten eine Stunde oder länger auf ihn warten: ein junger Bursche, fast noch ein Kind. Er blickte sehr ernst drein, als er aus ihrem Zimmer kam.

«Die alte Frau da – wird die gut für sie sorgen? Und sie ist ihr ergeben?... Wie ein Hund seinem Herrn! – Das ist gut! Weiß nicht – kann's nicht mit Bestimmtheit sagen! Ich habe Angst, es ist das Rückgrat, aber erst soll ein zweiter Arzt sich das ansehn! Schneid hat das Mädchen! Mr. Ford soll den besten Mann nehmen, den er in Torquay bekommen kann – es gibt da den C. – Ich komme am Morgen dann gleich zu Ihnen. Halten Sie sie absolut ruhig. Ich habe einen Schlaftrunk dagelassen; sie wird heute nacht Fieber haben.»

Schließlich kam John Ford herein. Armer alter Mann! Was es ihn gekostet haben mag, wegzubleiben, aus Angst, die Aufregung könne ihr schaden! Wie viele Male in den folgenden Stunden hörte ich ihn nicht am Fuße der Treppe, sein heftiges Keuchen und Seufzen und die einsamen Schritte, die sich entfernten! Etwa um elf, gerade als ich zu Bett gehen wollte, kam Mrs. Hopgood an meine Tür.

«Woll'n Sie bitte kommen, Sir», sagte sie; «sie fragt nach Ihnen. Sie möchte *Sie* sehen, das ist alles, was ich sagen kann; tönt verrückt, nicht wahr?» Eine Träne rollte der alten Dame die Wange hinunter. «Bitt'schön, kommen Sie doch; vielleicht wird's ihr schaden, aber ich weiß nicht – sie wird sich sonst aufregen.»

Ich trat leise ins Zimmer. Sie lag in ihren Kissen und atmete leicht, mit halb geschlossenen Augen. Es gab keinerlei Anzeichen dafür, daß sie nach mir verlangt hatte oder auch nur wußte, daß ich da war. Der Docht der Kerze, die neben dem Bett stand, war zu weit abgezwackt worden und gab nur ein schwaches Licht; Fenster wie Tür standen offen, trotzdem war kein Durchzug; und das kraftlose Flämmchen brannte ganz ruhig und warf einen schwachen gelben Fleck an die Decke, wie der Widerschein einer Butterblume, wenn man sie unters Kinn hält. Viel zu niedrig sind diese Decken! Über das breite, klobige Fenster fielen die Apfelbaumzweige in schwarzen Streifen, die sich nicht regten. Es war zu dunkel, die Dinge klar zu erkennen. Am Fuß des Bettes war eine Kiste, und darauf hatte Mrs. Hopgood Platz genommen und bewegte die Lippen, so als murmle sie etwas. Es roch leicht muffig nach altem Haus, und vermischt damit waren andere Gerüche: nach Reseda, Äpfeln und einer wohlriechenden Seife. Auf dem Boden lag kein Teppich, und bis auf die Violine, die an einem Nagel über dem Bett hing, war da kein einziger dunkler Gegenstand. Eine kleine, runde Uhr tickte feierlich.

«Willst du mir nicht dieses Zeug geben, Mütterchen», sagte Pasiance mit schwacher, heller Stimme. «Ich möchte schlafen.»

«Hast du starke Schmerzen?» fragte ich.

«Ja, natürlich; sie sind überall.»

Sie wandte mir ihr Gesicht zu. «Sie dachten, ich hätt's absichtlich getan, aber da irren Sie sich. Wenn es so wäre, hätte ich's besser gemacht. Und dann hätte ich nicht diese abscheulichen Schmerzen.» Sie legte die Hände vor die Augen. «Es ist schrecklich, sich zu beklagen! Es ist nur, weil es so schlimm ist! Aber ich werd's nicht wieder tun – das – versprech' ich.»

Dankbar nahm sie den Schlaftrunk und schnitt dazu ein Gesicht wie ein Kind, wenn es ein Pülverchen schlucken muß.

«Wie lange wird es wohl dauern, bis ich wieder spielen kann? Aber ich muß ja an anderes denken, hab' es beinah vergessen.» Sie streckte mir die Hand hin. «Sehen Sie meinen Ring. Verheiratet – ist das nicht komisch? Ha, ha! Niemand wird es je begreifen – das ist auch komisch! Armer Großpapa! Wissen Sie, es gab gar keinen besonderen Grund – nur einfach mich. Das war der einzige Grund, ich sag's Ihnen jetzt; Muttchen ist zwar noch da – aber die zählt ja nicht; warum zählst du nicht, Mütterchen?»

Das Fieber kämpfte gegen die Medizin; sie hatte die Bettlaken vom Hals weggezerrt und hob ab und zu einen ihrer dünnen Arme, als würde ihr das Erleichterung verschaffen. Ihre Augen waren weit geworden und unschuldig, wie bei einem Kind; auch das Kerzenlicht war aufgeflackert und schien hell.

«Niemand darf es *ihm* sagen – *gar niemand*, versprecht es mir!... Wär' ich nicht ausgerutscht, dann wär' alles anders gekommen. Was wär' dann wohl gewesen? Sie können's nicht sagen, und *ich* auch nicht – ist das nicht komisch! Ob ich ihn wohl geliebt habe? Niemand heiratet ohne Liebe, nicht wahr? Nicht *ganz* ohne Liebe, meine ich. Aber wissen Sie, ich wollte doch frei sein, und er hat gesagt, er würde mich mitnehmen; und jetzt läßt er mich trotzdem hier! Ich will nicht hierbleiben, ich kann nicht! Als ich zur Klippe kam – dort, wo das Efeu bis ganz hinunter wächst –, war da nichts als das Meer in der Tiefe; da hab' ich gedacht, ich würde mich 'runterstürzen, und alles wär' still; und ich bin auf einen Felsvorsprung geklettert, weil es leichter aussah von dort; aber der war so hoch, ich wollte zurück; und dann bin ich ausgerutscht, und jetzt ist der Schmerz überall. Man kann nicht viel denken, wenn man Schmerzen hat.»

An ihren Augen sah ich, daß sie am Einschlafen war.

«Man kann nicht weglaufen vor – sich selbst. Er darf es nicht erfahren – nicht einmal – ich will nicht – daß Sie weggehen, weil...» Aber ihre Augen schlossen sich, und sie versank in Schlaf.

Heute morgen weiß man nicht recht, ob es ihr besser oder schlechter geht...

VI

Dienstag, den 9. August

Mir ist, es sei eher drei Wochen als drei Tage her, daß ich Dir schrieb!... Die Zeit vergeht langsam mit einer Kranken im Haus!... Heute morgen sind die Ärzte hier gewesen; sie geben ihr noch vierzig Stunden. Kein Wort der Klage ist ihr über die Lippen gekommen, seitdem sie es weiß. Wenn man sie so ansieht, möchte man kaum glauben, sie sei krank; ihre Wangen haben noch nicht die Zeit gehabt, einzufallen oder ihre Farbe zu verlieren. Schmerzen hat sie nicht mehr viel, aber da ist diese langsame, schleichende Lähmung... Es war John Fords Wunsch, daß sie es erfahren sollte. Sie drehte bloß den Kopf zur Wand und seufzte; dann sagte sie zu der armen alten Mrs. Hopgood, die bitterlich weinte: «Du mußt nicht weinen, Mütterchen, es macht mir nichts aus.»

Als sie gegangen waren, verlangte sie nach ihrer Violine. Sie bat darum, man möchte sie ihr hinhalten, dann strich sie mit dem Bogen über die Saiten. Aber die Töne, die herauskamen, waren so zittrig und unsicher, daß sie den Bogen fallen ließ und in heftiges Schluchzen ausbrach. Seitdem keine Klage, kein Stöhnen, nichts...

Aber ich will alles der Reihe nach erzählen. Am Sonntag, einen Tag nachdem ich Dir schrieb, traf ich auf der Rückkehr von einem Spaziergang einen kleinen Jungen an, der auf einer Blechflöte klagende Weisen spielte.

«Kommen Sie mit!» sagte er, «die Miss will Sie sehn.»

Ich ging in ihr Zimmer. Am Morgen hatte es geschienen, es gehe ihr besser, aber jetzt sah sie völlig erschöpft aus. Sie hielt einen Brief in der Hand.

«Deswegen ist es», sagte sie. «Ich habe anscheinend Mühe, ihn zu begreifen. Er will etwas von mir – aber ich mag nicht denken, und meine Augen sind so komisch. Lesen Sie ihn mir bitte vor.»

Der Brief war von Zachary. Ich las ihn ihr leise vor, denn Mrs. Hopgood war im Zimmer, die Augen über ihrer Strickarbeit ständig auf Pasiance geheftet. Als ich zu Ende gekommen war, bat sie mich, ihn nochmals und abermals zu lesen.

Zunächst schien sie erfreut, fast aufgeregt, dann blickte sie müde und voller Verachtung, und bevor ich den Brief zum dritten Mal fertig gelesen hatte, schlief sie ein. Es war ein bemerkenswerter Brief, bei dem man den Mann unmittelbar vor Augen zu haben glaubte. Ich schob ihn ihr unter die Finger auf der Bettdecke und ging hinaus.

Einer plötzlichen Eingebung folgend, spazierte ich zu der Klippe, wo sie verunglückt war. Ich fand die Stelle im Felsen, wo der Sturzbach aus Efeu die Klippe hinunterfällt; der Vorsprung, auf den sie geklettert war, befand sich ein wenig zu meiner Rechten – ein wahnwitziger Ort. Er machte deutlich, was für wilde Leidenschaften sie umgetrieben haben mußten! Dahinter war ein zur Hälfte abgemähtes Kornfeld, umsäumt von Mohnblumen, in dem ganze Schwärme von Erntekäfern herumkrochen und -flogen. In dem ungemähten Korn ließ ein Wiesenläufer sein unaufhörliches Schnarren ertönen. Der Himmel war blau bis zum Horizont und das Meer eine Pracht, unter dieser schwarzen, wilden Klippe, die da und dort rot gefärbt war. Über den Senken und Mulden der Felder hingen große weiße Wolken tief herab über das Land. Es gibt keine metallklaren Ostwindhimmel hier, nur ewig träge, weich geformte Wolken, voll sanfter Bewegtheit und Wandlung. Stellen aus dem Brief von Zachary Pearse kamen mir immer wieder auf die Lippen. Schließlich ist er der Mann geworden, zu dem ihn die Landschaft, das Wesen und der Geist seiner Heimat herangebildet haben. Es ist sinnlos, da Idealisten antreffen zu wollen, wo die Luft milde ist und sich das Auge an dem erfreut, was man sieht (denn der Idealist erwächst uns dort, wo er sich Schönheit oder Behaglichkeit selber schaffen muß). Sinnlos, bei einem Menschen Ehrfurcht vor Recht und Ordnung zu erwarten, dessen Väter seit tausend Jahren wie gebannt auf die See blicken – diese See voll unbekannter Verheißungen, nie ganz dieselbe, eine Sklavin ihrer eigenen Triebe. Und der Mensch lernt durch Nachahmung...

«Das Leben ist hart genug», schrieb er, «auch ohne daß man sich bindet. Sei nicht zu streng mit mir! Soll ich Dich glücklicher machen, indem ich Dich in Gefahr bringe? Wenn es mir gelingt, bist Du eine reiche Frau; aber wenn Du bei mir bist, werde ich scheitern. Dich anzusehen, macht mich schwach. Auf See träumt ein Mann von all den guten Dingen an Land, er träumt von Heidekraut und Honig – denn so bist Du; und er träumt von den Apfelbäumen und dem Gras in den Obstgärten – denn so bist Du; manchmal liegt er auch nur auf dem Rücken und hat Sehnsucht – und so bist Du, bist vor allem so...»

Ich erinnere mich, daß ein merkwürdig weicher, halb verächtlicher Ausdruck auf Pasiance' Gesicht kam, als ich diese Worte las, und einmal sagte sie: «Aber das ist doch alles Unsinn, nicht wahr?»

Dann folgte ein langer Abschnitt über seine Gewinnaussichten; über die Höhe seines Einsatzes und die Unmöglichkeit eines Mißerfolgs, wenn er nur seine fünf Sinne beisammen hielt. «Es handelt sich bloß um etwa zwei Monate», fuhr er fort, «bleib, wo Du bist, Liebes, oder geh zu meinem Vater. Er wird sich freuen, Dich bei sich zu haben. Ich denke da an das Zimmer meiner Mutter. Deine Geige wird Dir dort niemand verbieten; Du kannst auf ihr spielen am Meer; und in dunklen Nächten werden die Sterne in dichten Schwärmen wie die Bienen über den Wassern zu Deinen Weisen tanzen. Ich habe oft zu ihnen aufgeschaut und an Dich gedacht...»

Pasiance hatte mir leise bedeutet: «Lesen Sie diese Stelle nicht mehr», und nachher ließ ich sie aus... Dann blinzelte die sinnliche Seite in ihm auf: «Wenn ich dies glücklich zu Ende gebracht habe, liegt vor uns die ganze Welt. Es gibt da Orte, wohin ich Dich mitnehmen kann. Einen weiß ich, nicht zu warm und nicht zu kalt, wo Du den ganzen Tag im Schatten sitzen und die Schlingpflanzen und Kokospalmen betrachten kannst – friedlich und still. Nichts zu tun und nichts zu besorgen; alle Früchte, die Du Dir denken kannst; kein Geräusch bis auf die Papageien, die Bäche und ab und zu ein Platschen, wenn ein Nigger in ein Wasserloch taucht. Pasiance, dorthin gehen wir! Mit einem Achtzigtonner gibt es kein Meer, das wir nicht befahren könnten. Die Welt ist ein wunderbarer Ort für jene, die ausziehen, sie sich zu erobern; es gibt noch viel Unbekanntes in ihr. Deinen Schoß, mein Püppchen, werde ich so reich mit Schätzen füllen, daß Du Dich nicht wiedererkennst. Ein Mann ist nicht dafür geschaffen, zu Hause zu sitzen...»

Aus diesem ganzen Brief – trotz all der echten Leidenschaft – konnte man spüren, wie unbeirrt der Mann an seiner Absicht festhielt – an den ziemlich unlauteren Zwecken dieses Unternehmens. Er ist sich dessen nicht bewußt, denn er liebt sie wirklich; und trotzdem muß er stets an den eigenen Vorteil denken. Er ist vital – schrecklich vital! Es wundert mich jetzt weniger, daß sie schwach geworden ist.

Was hat er ihr nicht alles vorgegaukelt. Und da war auch die körperliche Anziehung – ich habe den Ausdruck, den ich in Black Mills auf ihrem Gesicht sah, nicht vergessen. Aber im Grunde genommen hat sie ihn geheiratet, weil sie Pasiance Voisey ist, die bei allem, was sie tut, ihren Kopf durchsetzen will. Und da liegt sie nun im Sterben, und weder er noch sonst irgendein Mann wird sie je von hier wegholen. Es tut weh, daran zu denken, wie er da in dem dunklen Loch von «Salon» diesem todgeweihten Mädchen zitternd vor Leidenschaft jenen Brief schreibt. «Ich habe Geld gewollt», so schrieb er, «seit ich als kleines Bürschchen auf den Feldern inmitten der Kühe saß... Jetzt will ich es für Dich, und ich bin entschlossen, es mir zu holen. Ich habe die Sache zwei Jahre lang beobachtet; ich weiß, was ich weiß... Sobald dies Schreiben unterwegs ist, breche ich auf nach London. Es gibt noch hunderterlei Dinge zu erledigen, und ich kann in Deiner Nähe erst wieder an mich halten, wenn der Anker gelichtet ist. Als ich meinem Schiff den Namen ‹Bunte Hexe› gab, hab' ich an Dich gedacht – Du meine Hexe...»

Dann ermahnte er sie feierlich, am Mittwochabend (das heißt morgen) um sieben Uhr auf dem

Pfad zu der Bucht zu sein, denn zu der Zeit würde er ans Ufer kommen, ihr Lebewohl zu sagen. Der Brief war unterzeichnet: «Dein Dich liebender Mann Zachary Pearse...»

Lange blieb ich am Rand jenes Kornfelds liegen; es herrschte tiefer Frieden. Die Kirchenglocken hatten angefangen zu läuten. Die langen Schatten wagten sich aus den Garbenbündeln hervor; eine nach der andern erhoben sich die Ringeltauben und flatterten davon zu ihrem Schlafplatz; am Abendhimmel waren rote Streifen, und die Dünen und das ganze Tal sonnten sich im letzten Lichterglanz. Bestes Erntewetter, aber bedrückend still; die Stille der Ungewißheit...

Das Leben auf der Farm geht weiter wie gewohnt. Wir verrichten Morgen- und Abendgebet. John Ford liest so voller Inbrunst, als wäre er nahe daran, sich gegen seinen Gott aufzulehnen. Morgens und abends besucht er sie, kommt heftig keuchend heraus und geht auf sein eigenes Zimmer; um zu beten, glaube ich. Seit heute morgen wage ich nicht mehr, ihm zu begegnen. Er ist ein starker Mann, aber dies wird ihm das Herz brechen...

VII

Kingswear, Samstag, den 13. August

Es ist vorbei – morgen verreise ich und gehe ins Ausland.

Ein stiller Nachmittag – auf dem Friedhof droben kein Hauch! Ich war eine gute halbe Stunde, bevor sie kamen, da. Ein paar rote Kühe hatten sich in den angrenzenden Obstgarten verirrt und rieben den Kopf am Zaun. Während ich dastand, kam eine alte Frau und trieb sie hinaus; danach bückte sie sich und las die Äpfel auf, die heruntergefallen waren vor ihrer Zeit.

«Die Äpfel sind reif und fallen bald schon,
Ach, und fallen bald schon;
Da kam eine Alte und trug sie davon,
Ach, und trug sie davon.»

... Sie brachten Pasiance in einem ganz schlichten Sarg – ohne jedes scheußliche Beiwerk, Gott sei Dank –, die Landarbeiter trugen sie, und es war niemand da bis auf John Ford, die Hopgoods, mich selber und jenen jungen Arzt. Sie lasen die Liturgie über ihrem Grab. John Fords «Amen!» klingt mir noch heute in den Ohren. Als es vorbei war, schritt er ohne ein Wort barhäuptig in der Sonne davon. Ich bin heute abend nochmals da hinauf spaziert und zwischen den Gräbern herumgegangen. «Richard Voisey», «John, Sohn des Richard und der Constance Voisey», «Margery Voisey» – so viele Generationen von ihnen in jener Ecke; schließlich «Richard Voisey und seine Ehefrau Agnes», und daneben jener neue Grabhügel, auf dem ein Spatz herumstolzierte, und darüber schwebten schon die Schatten der Apfelbäume.

Es bleibt mir nur wenig nachzutragen...

Am Mittwochnachmittag verlangte sie wieder nach mir.

«Es ist bald sieben», flüsterte sie. «Sicher kommt er dann. Aber wenn ich – vorher sterben sollte – sagen Sie ihm – es tut mir leid seinetwegen. Immer sagen sie: ‹Red nicht soviel – red nicht soviel!› Ist das nicht töricht? Als ob ich noch mehr Gelegenheit dazu hätte! Und dabei nimmt mit dieser Nacht alles Reden ein Ende! Lassen Sie bitte alle kommen – ich will sie alle sehen. Wenn man stirbt, ist man freier als irgendwann sonst – niemand will etwas von einem, niemanden stört es, was man sagt... Er hat mir versprochen, ich könne tun, was ich wolle, wenn ich ihn heirate – aber jetzt kann ich wirklich tun, was ich will, und alles sagen, was ich möchte.» Sie lehnte sich zurück und verstummte; jene verborgensten Gedanken, wie sie jeden von uns bewegen, konnte sie trotz allem nicht aussprechen. Sie sind uns so heilig, daß sie sich den Worten entziehen und sich in nichts auflösen.

Ich werde sie so in Erinnerung behalten – mit einem leisen Lächeln in den halb geschlossenen Augen, die roten Lippen leicht geöffnet – auf ihrem kleinen, runden, emporgereckten Gesicht ein solch wunderlicher Ausdruck des Spottes, der Freude und des Bedauerns; das Zimmer weiß, und in ihm die Frische der Blumen, die Brise, die die Apfelbaumblätter gegen das Fenster wehte. In der Nacht hatten sie die Violine abgehängt und weggebracht; sie hatte sie nicht vermißt...

Als Dan kam, überließ ich ihm meinem Platz. Sanft nahm er ihre Hand in seine große Tatze, ohne zu reden.

«Wie klein meine Hand daneben aussieht», sagte sie, «zu klein.» Dan legte die Hand vorsichtig auf die Bettdecke zurück und wischte sich die Stirn. Pasiance rief in scharfem Flüsterton aus: «Ist es so heiß hier drinnen? Das wußte ich gar nicht.» Dan beugte sich nieder, berührte ihre Finger mit den Lippen und verließ den Raum.

Der Nachmittag war lang, der längste, den ich je erlebt habe. Manchmal schien sie zu schlafen, dann wieder redete sie leise vor sich hin: von ihrer Mutter, ihrem Großvater, dem Garten oder ihren Katzen – allerlei Erinnerungen an unbedeutende, nichtige oder gar lächerliche Kleinigkeiten schienen ihr im Kopf herumzugehen. Von Zachary sprach sie, soviel ich weiß, kein einziges Mal, aber hin und wieder fragte sie nach der Uhrzeit... Ihre Kräfte nahmen von Stunde zu Stunde sichtlich ab. John Ford saß reglos an ihrer Seite; oft war es ganz still, bis auf sein schweres Atmen; manchmal streichelte sie stumm mit den Fingern seine Hand. Es war ein abschließendes Bild ihres Zusammenlebens. Einmal betete er laut mit heiserer Stimme für sie; dann gaben mir ihre mitleidigen, ungeduldigen Augen ein Zeichen.

«Schnell», flüsterte sie, «ich will *ihn*; es ist alles so – kalt.»

Ich ging hinaus und rannte den Pfad hinunter zur Bucht.

An ein Gatter gelehnt, stand da Zachary, eine Stunde zu früh; er trug den gleichen alten blauen Anzug und dieselbe Mütze mit dem Lederschild wie an dem Tag, da ich ihn zum ersten Mal sah. Er wußte nichts von dem, was geschehen war. Aber ich war sicher, er erriet, kaum daß er einen Bruchteil davon wußte, auch schon die ganze Wahrheit, selbst wenn er sie sich nicht eingestehen wollte. Immer wieder sagte er: «Es kann nicht sein. In ein paar Tagen ist sie wieder gesund – eine Zerrung! Glauben Sie, die Seereise... Ist sie kräftig genug, daß ich sie gleich mitnehmen kann?»

Es war schmerzlich, mit anzusehen, wie sich der Kampf zwischen Einsicht und Hoffnung auf seinem Gesicht abzeichnete. Der Schweiß rann ihm von der Stirn. Er drehte sich um, als wir den Pfad hochgingen, und deutete aufs Meer. Da war sein Dampfer. «Ich könnte sie innert kürzester Frist an Bord bringen. Unmöglich! Was ist es denn? Das

Rückgrat? Großer Gott! Die Ärzte... Manchmal vollbringen sie Wunder!» Es war erschütternd, wie er sich Mühe gab, sich der Wirklichkeit zu verschließen.

«Es *kann* nicht sein, sie ist noch so jung. Wir machen ganz langsam.» Da sagte ich ihm, daß sie im Sterben lag.

Einen Augenblick lang dachte ich, er wolle davonlaufen. Dann warf er den Kopf hoch und stürmte auf das Haus zu. Am Fuße der Treppe packte er mich an der Schulter.

«Es ist nicht wahr!» sagte er; «es wird ihr wieder besser gehen, jetzt, wo ich hier bin. Und ich werde *bleiben*. Alles fahrenlassen und bleiben.»

«Jetzt ist es an der Zeit», sagte ich, «ihr zu beweisen, daß Sie sie lieben. Nehmen Sie sich zusammen, Mann!» Er zitterte am ganzen Leib.

«Ja!» antwortete er.

Wir betraten das Zimmer. Es schien unmöglich, daß sie sterben sollte; ihre Wangen glühten, die Lippen zitterten und schmollten, als wäre sie eben geküßt worden, die Augen leuchteten, das Haar war so dunkel und fest und ihr Gesicht so jung...

Eine halbe Stunde später ging ich leise zur Tür ihres Zimmers, die offenstand. Sie war ruhig und so weiß wie ihre Bettlaken. John Ford stand am Fußende, und über die Kissen gebeugt, den Kopf auf den geballten Fäusten, saß Zachary. Es war vollkommen still. Das Rascheln der Blätter hatte aufgehört. Wie wenig man empfindet, wenn es einmal soweit ist – keine Furcht, kein Mitleid, keinen Schmerz, am ehesten noch das Verlangen wegzukommen, wie wenn im Theater der Vorhang fällt.

Plötzlich erhob sich Zachary, streifte mich im Vorbeigehen, ohne mich zu sehen, und rannte die Treppe hinunter.

Einige Stunden später trat ich auf den Pfad hinaus, der zur Bucht führt. Es war pechschwarz; das tanzende Licht der «Bunten Hexe» war noch da, schien von hier aus nicht größer als ein Glühwürmchen. Dann hörte ich vor mir ein Schluchzen – das Schluchzen eines Mannes; es gibt kein schrecklicheres Geräusch. Keine zehn Schritte weg erhob sich Zachary Pearse aus der Böschung.

Ich brachte es nicht über mich, ihm nachzugehen, und ließ mich in der Hecke nieder. Etwas in der frischen Dunkelheit der jungen Nacht erinnerte mich leise an sie; die weiche Böschung, der Duft des Geißblatts, die Berührung der Farne und Brombeeren. Der Tod kommt zu uns allen, und wenn es vorbei ist, so ist es vorbei; aber diese Tragödie für die, die zurückbleiben!

Etwas später ertönte zweimal die Schiffssirene; das Steuerbordlicht glomm auf – und das war alles…

VIII

Torquay, den 30. Oktober

… Erinnerst Du Dich an die Briefe, die ich Dir vor fast drei Jahren von der Moor-Farm schrieb? Heute bin ich da hinübergeritten. In Brixham machte ich halt zum Mittagessen und spazierte zum Kai hinunter. Es hatte geregnet, aber jetzt stand die Sonne wieder am Himmel und schien auf das Meer, die rotbraunen Segel und den Wall der Schieferdächer.

Ein Fischkutter lag da vor Anker, der offensichtlich havariert war. Der stoppelbärtige, dünnlippige Bursche in zerrissenem blauen Wollzeug und Hochwasserstiefeln, der die Reparaturarbeiten überwachte, sagte mit leisem Stolz zu mir: «Sind havariert, Sir! Möchten Sie sich das mal ansehn?»

Dann plötzlich verengten sich seine kleinen blauen Augen, und er fügte hinzu: «An Sie erinnere ich mich doch. Hab' Ihnen dies Fräulein gezeigt, als es noch jung und hübsch war.»

Es war Prawle, Zachary Pearse' Faktotum.

«Ja», fuhr er fort, «das ist der Kutter.»

«Und Captain Pearse?»

Er lehnte sich gegen die Kaimauer und spuckte aus. «Er war 'n tüchtiger Mann; hab' nie mehr so einen gesehn.»

«Hat etwas herausgeschaut, da draußen?»

Prawle warf mir einen giftigen Blick zu. «Herausgeschaut? Nein, das Nachsehn hatten wir, von Anfang bis Ende – nichts als Schwierigkeiten, die ganze Zeit. Was nur menschenmöglich war, das hat der Skipper getan. Wenn's einem nicht gelingen will, so gibt's welche, die nennen das ‹Vorsehung›! So'n Quatsch! Ich sage immer, es sind die Zeiten; es gibt einfach massenhaft Leute, massenhaft Leute, die überall herumwimmeln. Die Welt ist zu klein.»

Bei diesen Worten hatte ich eine plötzliche Erscheinung: Drake, durch das Schrumpfen der Welt in unser modernes Leben hineingezwängt; Drake, gefangen im Netz der Bürokratie, der elektrischen Drähte und all der anderen herrlichen Errungenschaften unserer Zivilisation. Ist es möglich, daß ein Charakter seine Epoche überlebt; weiterlebt in Zeiten hinein, die für ihn keinen Platz haben? Die Veranlagung ist da – und manchmal werden Generationen übersprungen... Pure Einbildung! Oder etwa nicht?

«Das Ganze war also ein Fehlschlag!» sagte ich.

Prawle druckste herum: «Soweit würd' ich nicht gehn, Sir – das ist kein schönes Wort. – Verdammt!» fügte er hinzu und starrte auf seine Stiefelspitzen – «und meine Schuld war's auch noch. Wir war'n doch mitten unter den Heiden, und da wußt' ich nichts Gescheiteres, als mir das Bein brechen. Und der Capt'n wollte mich nicht im Stich lassen. ‹Ein Mann aus Devon›, sagte er zu mir, ‹läßt einen Landsmann nicht im Stich.› So war'n wir sechs Tage weg statt zwei; und als wir zurückkamen, hatte 'n Kreuzer unser Schiff aufgebracht, wegen Waffenschmuggel.»

«Und was ist aus Captain Pearse geworden?»

Prawle antwortete: «Ich glaube, Sir, er ist nach China gegangen, aber man weiß nichts Genaues.»

«Dann ist er also nicht tot?»

Prawle schaute mich leicht gereizt und verärgert an. «Der ist nicht umzubringen! Eines Tages muß er sterben, das ist wahr. Aber es gibt keinen, der es dem Tod einmal schwerer machen wird als Capt'n Zach'ry Pearse.»

Davon bin ich überzeugt; mit ihm ist nicht so leicht fertig zu werden. Ich sehe ihn wieder vor mir, mit seiner tadellosen Haltung, dem trotzigen Blick, dem süßlichen Lächeln und dem leicht gekräuselten Barthaar, das gegen die Wangen hin dunkler wurde. Und bei all dem das ohnmächtige Wissen, daß man nie Gewalt über ihn, und er nie Gewalt über sich selbst, erlangen würde.

Ich verabschiedete mich von Prawle und einer halben Krone. Bevor ich mich vom Kai entfernt hatte, hörte ich ihn schon zu einer Dame sagen:

«Sind havariert, Ma'am! Möchten Sie sich das mal ansehn?»

Nach dem Essen ritt ich weiter nach Moor. Das alte Anwesen sah noch ziemlich gleich aus; aber die Apfelbäume trugen keine Früchte mehr, und die Blätter wurden langsam gelb und fielen zu Boden. Im Obstgarten begegnete mir eine von Pasiance' Katzen, die hinter einem Vogel her war; sie trug noch eine Schleife um den Hals. John Ford zeigte mir all seine neuesten Errungenschaften, spielte aber mit keinem Wort und keiner Geste auf die Vergangenheit an. Er erkundigte sich ohne großes Interesse nach Dan, der inzwischen wieder nach Neuseeland zurück ist. Sein Stoppelbart und Haupthaar sind weiß geworden. Er hat stark zugenommen, und es fiel mir auf, daß er nicht besonders sicher auf den Beinen ist; er hält oft inne und stützt sich auf seinen Stock. Letzten Winter war er sehr krank, und man hat mir gesagt, daß er manchmal mitten in einem Satz einfach einschläft.

Es gelang mir, ein paar Minuten mit den Hopgoods allein zu sein. Wir redeten von Pasiance, als wir hinter einem Stapel Teller in der Küche saßen, mit ihrem vertrauten Geruch nach Holzfeuer, Speck und altem Haus, der Erinnerungen wachruft, wie es nur Gerüche können. Im unter der Haube straff gescheitelten Haar der liebenswerten alten Dame glänzen ein paar dünne Silberfäden; und ihr Gesicht ist eine Spur runzliger geworden. Es kommen ihr noch die Tränen, wenn sie von ihrem «Lämmchen» spricht. Von Zachary hörte ich nichts, aber sie erzählte mir vom Tode des alten Pearse.

«Da haben sie ihn gefunden, wenn ich so sagen darf, tot in der Sonne; aber Hopgood weiß da besser Bescheid», und Hopgood, der unaufhörlich seine Pfeife im Mund herumschob, murmelte etwas und lächelte sein hölziges Lächeln.

Er kam mit auf den Hof, um mir beim Wegreiten behilflich zu sein. «Sieht so aus, als wär' die Farm zum Tode verurteilt, Sir», sagte er, als er meinen Sattelgurt anzog und dabei alle Muskeln seiner ungeheuren Schulterpartie spielen ließ. «Mr. Ford – na ja! Und vom alten Stamm ist niemand mehr da für die Nachfolge, wenn er nicht mehr lebt... Ach, es war einfach grausam; meine Alte ist seitdem nicht mehr sie selbst. Ich sag' Ihnen, was es ist – tut nicht gut, zuviel zu grübeln.»

Ich machte einen Umweg, damit ich am Friedhof vorbeikam. Es waren Blumen da, ziemlich frisch, Chrysanthemen und Astern; über ihnen der weiße Stein, schon etwas verwittert:

PASIANCE

EHEFRAU DES ZACHARY PEARSE

«Der Herr hat's gegeben,
der Herr hat's genommen.»

Die roten Kühe waren auch da; am Himmel zogen große weiße Wolken; ein paar Vögel pfiffen ein wenig melancholisch, und in der Luft lag der Geruch nach gefallenem Laub.

Eine Fehde

I

Ihr seelischer Ursprung lag im Dunklen, wie meistens, wenn Menschen lieben oder hassen, und doch nahm sie, wie meistens, wenn Menschen lieben oder hassen, von einer ganz handfesten Begebenheit ihren Ausgang – nämlich dem Augenblick, als Bowdens gelber Hund Steer in dessen ungeschnürtes Bein biß. Sogar dann wäre es vielleicht nicht «losgegangen damit», wie man so sagt, hätte es im Dorf nicht jenes Gerechtigkeitsgefühl gegeben, das Steer veranlaßte, am folgenden Tag seine Flinte umzuhängen und den Hund feierlich zu exekutieren. Er war der dritte, der von dem Hund gebissen worden war; nicht einmal Bowden, der an seinem Whippet hing, widersetzte sich der Exekution; aber nach der Erschießung hatte er das unbestimmte Gefühl, ein Stück aus seinem Eigentum verloren zu haben; war er sich dumpf bewußt, seinem Hund die Treue gebrochen zu haben. Steer kam aus dem Nordosten, aus einer Gegend, die Lincolnshire hieß, so fremdländisch wie die Friesenkühe, die er auf seiner Farm unter die Devons mischte. Dies war es – davon war Bowden insgeheim überzeugt –, was seinen Hund aufgebracht hatte. Ebensowenig wie seinem Meister hatte Snip das versuchsfreudige Bauerntum dieses dünnen, rührigen Kerls mit dem rotgrauen Bart gefallen; seine Gewohnheit, immer um eine Stunde, eine Woche oder gar einen Monat früher dran zu sein als Bowden; seine zähe, nüchterne Betriebsamkeit hatte ihm mißfallen, seine dünnen Beine und der Hauch von Ostwind, der ihn umgab. Bowden wußte, er hätte Steers Hund ebenso erschossen, wenn er selber als dritter von Steers Hund gebissen worden wäre; aber Tatsache war, daß Steers Hund Bowden *nicht* gebissen hatte, während Bowdens Hund Steer unleugbar gebissen hatte, und das schien Bowden der Beweis dafür, daß sein Hund wußte, woran er war. Und als er das arme Vieh begrub, hatte er gemurrt: «Zum Teufel mit dem Kerl! Was brauchte der in seinen Sonntagshosen auf meinem Hof 'rumspionieren – wollte sehen, was es da zu holen gab, nehme ich an!» Und mit jeder Schaufel Erde, die er auf den schlaffen gelben Körper warf, hatte seine Erbitterung zugenommen, und es war von ihm wie klebriger Schleim getropft, der sich nicht löste, sondern da festsetzte, wo alles seinen Ursprung hatte.

Den Hund ordentlich zu begraben, war ein zeitraubendes Stück Arbeit, und er geriet ins Schwitzen dabei. «Kommt der daher und erschießt mir den Hund – dazu noch an einem Sonntag, und ich kann ihn dann begraben», dachte er und wischte sich das runde, rotbäckige Gesicht ab; dann spuckte er aus, als ob der Boden vor ihm Steer wäre.

Als er fertig war und einen großen Stein auf die kleine Erhebung gerollt hatte, ging er hinein, setzte sich mißgelaunt in der Küche nieder und sagte: «Mädchen, zapf mir ein Glas Most!» Als er getrunken hatte, blickte er auf und fügte hinzu: «Hab' sie bei Crossovers begraben.» Der Hund war ein Männchen, ein flinkes Windspiel, das nichts mit dem Farmbetrieb zu tun hatte, und Bowden hatte schon von dem kleinen Welpen wie von einer Sie geredet.

Das dunkelhaarige, breitgesichtige und ziemlich mürrisch dreinblickende Mädchen, welches er ansprach, wurde rot, und seine grauen Augen weiteten sich vor Schmerz. «Es war 'ne Schande!» murmelte sie.

«Ach je!» sagte Bowden.

Bowden bewirtschaftete etwa hundert Acres mehr oder weniger brauchbares Land hart am Fuß der Düne; ein Teil davon war gut, ein Teil davon schlecht. Er war Witwer, hatte noch seine Mutter und einen einzigen Sohn. Er war ein beleibter, umgänglicher Mann, dunkelhaarig, mit einem runden Kopf und rosigem Gesicht sowie einer ungeheuren Begabung dafür, in der Gegenwart zu leben. Wer ihn ansah, hätte nicht glauben mögen, daß er nachtragend sein könnte. Aber wer einen Landsmann aus dem Westen betrachtet, sagt so vieles, und eh' er sich's versieht, trifft das Gegenteil zu. Bowden war unter lauter Ortsansässigen der eingesessenste – die Geschichte seiner Familie in dieser Gemeinde ging in die Zeit vor der Eröffnung des Taufregisters zurück; seine Ahnen waren in ferner Vergangenheit bereits Kirchenvorsteher gewesen. Sein Vater, «Daddy Bowden», ein leichtlebiger, gutaussehender alter Bursche und ein rechter Frauenheld, war mit neunzig gestorben. Er selber war gut über fünfzig, hatte aber noch kein einziges graues Haar. Er nahm es leicht im Leben, betrieb die Landwirtschaft mit der linken Hand und beschränkte sich fast ausschließlich auf Weideland; Bowden grinste zurückhaltend (und war doch ein Liberaler) über die seltsamen Anstrengungen seines Nachbarn Steer (eines Tory), Weizen anzubauen, Friesenkühe einzuführen und neumodische Maschinen zu verwenden. Steer war ursprünglich als Gutsverwalter eines Edelmanns in diese Gegend gekommen, und dies war Grund genug für Bowden, dessen Ahnen schon vorzeiten ringsum ihr eigenes Land bebaut hatten, ihn heimlich zu verachten. Bowdens Mutter, achtundachtzig Jahre alt und schon fast verstummt, war ein kleines Frauchen mit dunklen, leuchtenden Augen und zahllosen Runzeln, das den ganzen Tag da saß, wo es warm war, um seine Lebensgeister beisammenzuhalten. Sein Sohn Ned, ein junger Mann von vierundzwanzig und kugelköpfig wie alle Bowdens, hatte hellere Haare und Augen. Zu der Zeit, da Steer Bowdens Hund erschoß, traf er sich mit Molly Winch, Steers Nichte, die diesem eingefleischten Junggesellen den Haushalt führte. Das verbleibende Mitglied von Bowdens Haushalt, das Mädchen Pansy, war eine Waise, ein Kind der Liebe, wie manche sagten; sie kam von jenseits des Moors und verdiente vierzehn Pfund im Jahr. Sie hielt sich abseits, hatte dunkles, feines Haar, graue Augen und ein blasses, breites Gesicht; «schwermütig» war sie und ein wenig launenhaft; manchmal sah sie ziemlich gewöhnlich aus, dann wieder, wenn sie gerührt oder aufgeregt war, recht hübsch. Ihr fiel die ganze Hausarbeit zu, und zu einem guten Teil auch das Hühnerfüttern, Holzspalten und Wasserpumpen. Sie mußte hart arbeiten und war deswegen oft schlecht gelaunt.

Als Bowden seinen Most getrunken hatte, stand er in der Diele und schaute müßig zu, wie die

Mücken tanzten. Das Wetter war schön, und das Heu war eingebracht. Es war eine jener Pausen zwischen den Ernten, während deren er es jeweils gemütlich nahm und es ihn belustigte, daran zu denken, wie sich sein Nachbar immer über irgendwelche «Verbesserungen» den Kopf zerbrach. Aber an diesem Abend fand er es nicht lustig. Der Kerl versuchte ständig, seinen Nachbarn um eine Nasenlänge voraus zu sein!

Der junge Bowden hatte gerade die Kühe fertig gemelkt und trieb sie den Weg herunter. Der Bursche würde sich jetzt herausputzen und dann diese Nichte von Steer hofieren gehen! Die Werbung kam Bowden plötzlich unnatürlich vor. Ein Husten machte ihn darauf aufmerksam, daß das Mädchen Pansy mit aufgerollten Ärmeln hinter ihm stand.

«Prächtiger Abend», sagte er – «gut für das Korn.»

Wenn Bowden seinem Sinn für das Schöne nachhing, pflegte er sich mit irgendeinem Kommentar zu entschuldigen, der an geschäftlichen Gewinn oder Verlust denken ließ; Steer dagegen ging dann einfach mit einem trockenen «Guten Abend» seines Wegs. Wer mit Steer sprach, dem war seine eifrige Geschäftigkeit stets gegenwärtig: ein fortschrittlicher Individualist, der seine Natur dem Blick unmöglich verbergen kann. Mit Bowden hingegen konnte man wochenlang verkehren, ohne gewahr zu werden, daß sich hinter seiner friedfertigen Heiterkeit zu seinem eigenen Schutz ein fast ebenso sturer Individualismus verbarg. Dem flüchtigen Auge erschien Steer viel moderner und «zivilisierter»; dem, der tiefer blickte, war klar, daß Bowden schon viel länger «zivilisiert» war. Ihm waren in einem milderen Klima schützende Hüllen gewachsen, oder dann hatte er sie aufgrund eines älteren Erbes nach außen gekehrt.

«Die Mücken tanzen», sagte er, «hübsches Wetter»; und das Mädchen Pansy nickte. Als er zuschaute, wie sie an der Kurbel der Milchschleuder drehte, fiel ihm auf, wie ihr Blick zur anderen Seite des Hofplatzes hinunterwanderte, wo Ned gerade das Weggatter schloß. Sie war eine stattliche Maid, mit ihren wohlgeformten, gebräunten Armen und ihrem schwarzen Haar, fein wie Seide, das sie unaufhörlich mit der freien Hand aus den Augen strich; und es brachte für ihn eine gewisse Abwechslung in das Leben auf dem Hof, mitzuverfolgen, wie diese Augen an seinem Sohn hingen. «Sie gehört Ned, wenn er sie will – die junge Dirn!» dachte er. «Bei Gott, das würde dem Steer gehörig eins auswischen, wenn dieses Mädchen seiner werten Nichte den Rang ablaufen würde.» Zu sagen, daß hier der Wunsch Vater des Gedankens gewesen wäre, hätte zu klar ausgedrückt, was Bowden unklar vorschwebte – er war ein träger und unpräziser Denker; aber der Gedanke schlich sich ein und hing in der Luft, als er seinen Stock aus Eschenholz ergriff und über den Hof schlenderte, um noch vor dem Abendessen seinen jungen Stier in Augenschein zu nehmen. Bei der Wiese, halb rauhe Wasserpflanzen, halb Weideland, wo das rote Stierkalb graste, lehnte er ans Gatter, und hoch über ihm flogen die Schwalben. Der junge Stier «hatte sich gemacht» – noch ein Jahr, und er würde Steers Bullen weit in den Schatten stellen, und ob er das würde! Eine unbestimmte Wildheit regte sich in Bowden, um sich sogleich zu verwandeln in das sinnenfrohe Entzücken – das sich ein Bauer nie eingesteht – über den Geruch, den Anblick und das

Klingen seiner Felder bei schönem Wetter; über das Blau hoch oben und das Grün unter ihm, das Glänzen dieses von den Binsen, dem Schwertgras und den Gauklerblumen halb erstickten Rinnsals in der langsam versinkenden Sonne; über das Lied der Lerche und das Säuseln in den Eschen; über das rötlich glitzernde Fell des jungen Stiers und das Geräusch, wenn er das Gras rupfte. Drei Hasen rannten in die Hecke. Dieser Kerl hatte ihm also den Hund erschossen – seinen Hund, der mehr Hasen aus dem Korn gejagt hatte als irgendein Hund, den er je besessen hatte! Er klopfte mit seinem Stock auf das Gatter. Der junge Stier hob träge den Kopf und staunte seinen Meister an, dann graste er wieder weiter und schlug dabei mit dem Schwanz nach den Fliegen.

«Mir den Hund erschossen!» dachte Bowden. «Mir den Hund erschossen! Na warte!»

II

Das Mädchen Pansy drehte an der Kurbel der Milchschleuder, und das winselnde Dröhnen vermischte sich mit den bitteren wiewohl ungeformten Gedanken und Empfindungen eines Geschöpfes, das wenig zu sagen hatte zum Gang seines Lebens. Da war der Schmerz in ihren Lenden, denn Heuernte, das bedeutete immer eine anstrengende Woche; und dazu der Schmerz in ihrem Herzen, weil sie keine Mußestunden hatte wie Molly Winch und andere Mädchen, die Zeit fanden für das Klavier und fürs Kleidernähen. Sie befühlte ihren groben Wollrock. Sie hatte das häßliche Ding satt! Und sie kurbelte schneller. Sie mußte noch die Kälber füttern und den Nachtessenstisch decken, bevor sie ihr Sonntagskleid anziehen und in den Abendgottesdienst gehen konnte – ihr wöchentliches Fest. Ned Bowden! Ihre Phantasie schwang sich auf zu einer unerhörten Tollheit: sie selbst und Ned, wie sie zusammen über die Felder zur Kirche gingen und aus demselben Gesangbuch sangen; Ned, der ihr eben im Vorbeigehen einen Blick zugeworfen hatte, als merke er endlich, daß sie seit Wochen an ihn dachte. Ein dunkles Erröten überzog ihre blassen Wangen. Ein Mädchen mußte an jemanden denken – sie war nicht die alte Mutter Bowden, die Hände im Schoß den ganzen Tag, ob die Sonne schien oder das Kaminfeuer brannte, und nur schon zufrieden damit, daß sie warm hatte! Und sie drehte an der Kurbel wie irre. Würde ihr die Milch denn endlos hindurchrinnen? Nie sah Ned sie in ihrem Kleid – ihr Kleid mit dem Kornblumenmuster; er ging zu früh zu seinem Liebchen am Sonntagabend. In diesem alten Rock sah sie so dick und schmutzig aus! Und ihre Arme –! Sie schaute verzweifelt auf die gebräunten, windgegerbten Arme, und wieder verstieg sich ihre Phantasie zu einer ungeheuren Vorstellung. Sie sah sich und Molly Winch unbekleidet Seite an Seite. Ach, aus ihr konnte man gleich zwei machen wie diese Molly Winch! Der Gedanke schmerzte und erfreute sie zugleich. Es war vornehm, dünn und elegant zu sein; und doch sagte ihr der Instinkt, daß festes, kräftiges Fleisch schon begehrenswert gewesen war, bevor es so etwas wie Vornehmheit überhaupt gab. Sie ließ die Kurbel los, hob den Abfallkübel hoch und rannte damit zum dunklen Kuhstall hinunter, wo ihr die kleinen Kälber ihre roten Mäuler entgegenstreckten. Sie stieß sie wieder zurück – die gierigen kleinen Dinger, gab ihnen einen Klaps auf die feuchte Nase und schalt sie. Pfui! Wie dreckig es hier drinnen war – man sollte diesen Stall einmal gründlich saubermachen! Sie konnte es kaum erwarten, bis sie, eins nach dem andern, fertig getrunken hatten – die kleinen, langsamen, eifrigen Dinger –, so sehr sehnte sie sich danach, heute abend einmal rechtzeitig fertig zu sein. Sie knallte den leeren Kübel auf den Boden und rannte hinein, um auf dem langen Tisch aus rohem Holz das Nachtessen bereitzustellen. Im letzten Sonnenlicht schienen sie die leuchtenden Augen der alten Mutter Bowden unbarmherzig zu beobachten. Sie würde nie zurechtkommen – ewig nie zurechtkommen!

Das Rindfleisch, der Most, der Käse, das Brot, das Eingemachte – was noch? Salat! Ja, und er war nicht gewaschen, und Bowden liebte seinen Salat! Aber sie konnte sich nicht mehr aufhalten damit – unmöglich! Vielleicht vergaß er ihn, wenn sie etwas Sahne hinstellte! Aus der kühlen, dunklen Milchküche, den kurzen Mauergang hinunter, holte sie den Rest der abgesahnten Milch.

«Geben Sie auf die Katze acht, Missis Bowden!» Und sie rannte das gewundene, enge Treppenhaus hinauf.

Der Raum, in dem sie schlief, war wie eine Schiffskajüte – nicht größer. Sie zog den Vorhang über das Bullaugenfenster, riß sich ihre Sachen vom Leibe und warf sie auf das schmale Bett. Das war ihre wöchentliche Toilette. In ihrem Unterkleid war ein Loch, und sie machte es in der Eile noch größer. «Ich hab' keine Zeit mehr, mich richtig zu waschen», dachte sie. Sie nahm ihr einziges Tuch, netzte es, fuhr sich damit über den Körper und begann sich in fiebriger Hast wieder anzukleiden.

Das monotone, helle Bimmeln der Kirchenglocke hatte angefangen. Das kleine Zimmer war glühend heiß, und Schweißperlen standen dem Mädchen auf der Stirn. Wütend dachte sie: «Warum hab' ich nicht die Zeit, mich frisch zu machen, wie Molly Winch?» Von der Wand herab, nicht weit von einer Ecke des Zimmers, schien eine große Spinne sie zu beobachten, und es schauderte ihr. Sie konnte Spinnen nicht ausstehen – die großen, haarigen Dinger! Aber sie hatte keine Zeit, die Hand auszustrecken und sie zu töten. Sie warf einen Blick durch eine Ritze in dem zugezogenen Vorhang, um zu sehen, ob Ned schon auf dem Hofplatz war, schnappte sich ihre Puderquaste – oh, teurer Besitz, womit man der Vornehmheit am nächsten kam – und fuhr sich feierlich über Gesicht und Hals. Jetzt würde sie wenigstens nicht glänzen! Sie befestigte ihren Sonntagshut, einen breitrandigen Strohhut, geschmückt mit weit geöffneten künstlichen Gänseblümchen, und stand einen Augenblick still, um in einem Spiegel, so groß wie ihre beiden Hände, ihr Bild zu betrachten. Das Parfum des Puders, wie von verwelkten Veilchen, beruhigte ihre Nerven. Aber warum war ihr Haar so fein, daß es sich nicht bändigen ließ? Und warum war es schwarz statt goldbraun wie Molly Winchs Haar? Sie ließ die Unterlippe hängen – und die Augen im Spiegel waren groß und traurig. Dann schnappte sie sich ihre schmutzigen weißen Baumwollhandschuhe, nahm ihr Gebetbuch, warf die Tür auf und blieb stehen, um zu horchen. Totenstille im Haus! Ned Bowdens Zimmer, wie auch das Zimmer seines Vaters und das seiner alten Großmutter, war oben an der anderen Treppe. Sie hätte gerne gehabt, wenn er gesehen hätte, wie sie herunterkam – so wie die jungen Männer in den Magazinen, die zu den jungen Damen aufblickten, die da wunderschön und kühl herniederschwebten. Aber würde er sie überhaupt ansehen, wenn er seinen besten Anzug trug und zu Molly Winch unterwegs war? Sie ging das gewundene Treppenhaus hinunter. Immer noch tanzten die Mücken vor dem Eingang, und die Enten badeten und putzten sich das Gefieder in der Sonne, die längst nicht mehr stach. Sie setzte sich nicht, aus Angst, zu offensichtlich beim Warten ertappt zu werden, trat nur abwechslungsweise von einem müden Fuß auf den andern, und das Parfum des Puders vermischte sich seltsam mit dem alltäglichen Geruch nach Bauernhof und einem leisen Duft von Heu, das in der Nähe aufgeschichtet lag. Die Glocke hörte auf zu läuten. Sollte sie warten? Vielleicht ging er gar nicht in die Kirche, wollte bloß Molly Winch Gesellschaft leisten oder mit ihr über Land spazieren. Doch nein, diese Molly Winch war zu anständig; sie würde schon nicht die Kirche versäumen! Und plötzlich regte sich etwas in dem Mädchen. Was würde *sie* nicht versäumen für einen Spaziergang über Land mit Ned? Es war ungerecht! Manche Leute hatten einfach alles! Sie hörte, wie schwere Stiefelschritte die Treppe herunterkamen, und schneller, als man es diesem stämmigen Körper zugetraut hätte, flitzte sie über den Hof und trat durch die Tür in der hohen Mauer auf den Feldweg hinaus. Es war kaum mehr als ein Karrenweg, übersät mit Heubüscheln, denn sie hatten auf diesem letzten Feld noch nicht zusammengerecht, und die Luft duftete überaus süß. Sie trödelte, und all ihre Sinne hämmerten, denn sie war sich seines Näherkommens hinter ihr bewußt und seines gemessenen Schrittes, von dem kein Bowden lassen konnte, auch wenn er zu spät zur Kirche kam. Er holte sie ein; sein Haar war eingeölt, seine stattliche Gestalt hübsch in einen brettigen Sonntagsanzug gezwängt. Sein rotes Gesicht glänzte vor Seife, seine grauen Augen leuchteten vor überschüssiger Energie. Von Kopf bis Fuß – einfach wundervoll! Würde er vorbeigehen oder sich ihr anschließen? Er verlangsamte den Schritt. Das Herz des Mädchens hüpfte, ihre Wangen glühten unter dem Puder, so daß er sein Parfum verströmte. Jung Bowdens Arm, der sich anfühlte wie Eisen, stieß an den ihren, und über dem Schauer, der sie durchlief, schloß sie halb die Augen.

«Nehme an, wir sind zu spät», sagte er.

Ihre weit geöffneten Augen hielten seinem herausfordernden Blick stand. «Wollt Ihr denn nicht Molly Winch sehen?»

«Ich will doch nichts hören wegen diesem Hund.»

Rasch erkannte das Mädchen seine Chance und rief aus: «'ne Schande war's – jawohl; aber gewiß denkt sie mehr an das Bein vom Onkel als an den Hund.»

Wieder preßte sich sein Arm gegen den ihren, und er sagte: «Komm, wir wollen ins Gebüsch miteinander.»

Auf dem ungenutzten Stück Land unterhalb des Feldes wucherte Stechginster, an dem immer noch einzelne goldbraune Blüten hafteten. Ein verspäteter Kuckuck rief schrill von einer Esche unter ihnen. Die Heckensträucher raschelten leise in der Brise. Jung Bowden ließ sich nieder im kniehohen Farn, das nach Saft roch, und legte seinen Arm um sie.

III

In Gemeinden, wo die Gehöfte verstreut liegen und es kein Dorf im eigentlichen Sinne gibt, verbreitet sich der Klatsch nicht wie gewohnt in Windeseile; und so erfuhr Steer erstmals durch Bowden persönlich von der Kränkung an seiner Nichte. Steer legte für gewöhnlich die sieben Meilen zum Markt in einem kleinen Einspänner zurück, der auf der Hinfahrt mit Ackerfrüchten und auf der Rückfahrt mit Lebensmitteln beladen war. In seinem Ostwindgesicht zuckte kein Muskel, und sein Blick war auf die Ohren seiner Stute geheftet. Manchmal saß seine Nichte neben ihm – eines von diesen Mädchen, deren Porzellan ein wenig zu dünn ist für das Leben auf dem Bauernhof. Sie war gebildet und spielte Klavier. Steer war stolz auf sie, trotz seiner geringen Meinung von ihrem Vater, der an der Schwindsucht gestorben war und Steers Schwester in traurigen Verhältnissen und angeschlagenem Gesundheitszustand zurückgelassen hatte. Molly Winchs Gesicht hatte tatsächlich Adel. Es wurde mühelos zart rosafarben, spitzte sich zu gegen das Kinn, war etwas stupsnasig und hatte hübsche, aufrichtige Augen – ein nettes Gesicht.

Steers Stute brauchte für die sieben Meilen jeweils knapp unter vierzig Minuten, und er war stolz auf sie, vor allem, wenn sie Bowdens Stute überholte. Die beiden Wagen lagen genau so lange gleichauf, daß folgende Worte gewechselt werden konnten:

«Morgen, Bowden!»

«Morgen, Morgen, Miss Molly, hab' Sie lang nicht mehr gesehn; dachte, Sie wären auf Besuch!»

«Nein, Mr. Bowden.»

«Sie sehn großartig aus; das freut mich. Nehme an, Ned hat grad sonstwo zuviel zu tun.»

In diesem Augenblick ging Steers Stute ein gutes Stück vor.

«Meine alte Stute ist zweimal soviel wert wie seine», dachte Steer.

Bowdens Wagen war nur noch eine Staubwolke in der Ferne, als er sich zu seiner Nichte wandte und sagte: «Was ist los mit Ned Bowden? Wann hast du ihn zuletzt gesehen?»

Seine scharfen, hellen Augen bemerkten, wie ihre Lippen zuckten und ihre Wangen glühten.

«Vor – vor einem Monat.»

«So, so» war alles, was Steer sagte. Aber er gab der Stute einen scharfen Zwick mit der Peitsche und dachte: «Was soll das heißen? Das Gesicht von diesem Kerl hat mir nicht gefallen – hat er sich seinen Spaß mit uns gemacht?»

Steer war ein enthaltsamer Mensch, ein Schluck Zwetschgenschnaps, bevor er sich auf den Heimweg begab – das war alles, was er sich für gewöhnlich im «Drachen» genehmigte; aber an diesem Tag nahm er einen zweiten Schluck, weil er ein Grinsen auf dem Gesicht von Bowden sah, der, wenn er gegangen war, noch eine Stunde oder länger sitzen bleiben und Gin und Most inhalieren würde. Galt dieses Grinsen ihm und seiner Nichte?

Weil er aber auch ein besonnener Mann war, ließ er nochmals zwei Wochen verstreichen und lag auf der Lauer. Ned Bowden kam nicht zur Kirche und ließ sich auch bei Steer nicht blicken. Molly sah blaß und spitz aus. Und tief innen regte sich etwas in Steer. «Wenn er ihr sein Wort nicht halten will», dachte er, «bring' ich ihn vor Gericht, den jungen Dachs!»

Die Leute redeten nicht offener mit Steer als er mit ihnen, und so war eine weitere Woche vergangen, bis er einen neuerlichen Beweis in der Hand hatte. Er empfing ihn nach einer Kirchgemeindeversammlung von der Schullehrerin, einer grauhaarigen, alleinstehenden Frau, die sehr angesehen war.

«Es will mir nicht gefallen, wie blaß und verblüht Molly aussieht, Mr. Steer; es tut mir leid wegen Ned Bowden – ich dachte, er sei ein beständiger Junge.»

«Was ist denn mit ihm?»

«Dieses Mädchen bei Bowden.»

Die Nachricht traf Steer wie ein Schlag. Also wußte es jedermann rundherum, vielleicht schon seit Wochen, daß seine Nichte wegen dieser hergelaufenen Metze sitzengelassen worden war; man hatte es gewußt und sich womöglich noch ins Fäustchen gelacht?

Am selben Abend verkündete er seiner Nichte: «Ich gehe zu Bowden hinüber.»

Sie errötete und wurde dann blaß.

«Sie sollen dich nicht zum besten halten», sagte er, «dafür werde ich sorgen. Gib mir den Ring da von ihm – vielleicht brauche ich ihn.»

Molly Winch zog sich schweigend den Amethyst-Verlobungsring vom Finger und gab ihn ihm.

Steer setzte seinen besten Hut auf, zog seine Sonntagshosen samt Gamaschen an, nahm einen dünnen Stock und brach auf.

Die Getreideernte stand bevor, und er durchquerte eines seiner Weizenfelder und kam zu einem Haferfeld, das Bowden gehörte. Steer war der einzige Bauer weit und breit, der Weizen anpflanzte. Weizen! Für Bowden spiegelte sich darin seine ganze Gesinnung! Steer hingegen dachte: «Mein Weizen sieht gut aus – geb' nicht viel auf diesen Hafer» (auch einer seiner fremdländischen Ausdrücke, denn Hafer war für Bowden «Korn»); «er wird kein Stroh haben.»

Er war nicht mehr auf Bowdens Hof gewesen seit dem Tag, als er den gelben Whippet exekutiert hatte, und er spürte, wie ihn seine Wade zwickte – das Biest hatte ganz schön zugebissen.

Das Mädchen Pansy öffnete ihm die Tür. Und als er sah, wie ihr die Röte in die blassen Wangen stieg, dachte er: «Wenn ich dir meinen Stock über den Rücken hauen würde, du müßtest es fühlen, Mädchen.»

Bowden hatte eben sein Nachtessen, bestehend aus Speck, Bohnen und Most, beendet und rauchte vor einem glosenden Holzfeuer seine Pfeife. Er erhob sich nicht, und Steer fand die Art, wie er auf einen Stuhl deutete, irgendwie affektiert und beleidigend. Er setzte sich, den Stock über den Knien, und das Mädchen Pansy ging schnell hinaus.

«Prächtiger Abend», sagte Bowden. «Hübsches Wetter für das Korn. Ein Schluck Most gefällig?»

Steer schüttelte den Kopf. Der vorsichtige Mann erkundete das Terrain, bevor er das Feuer eröffnete. Die alte Mrs. Bowden saß in ihrem Stuhl in der Kaminnische und kehrte dem Zimmer ihren schmalen, alten Rücken zu. Bowdens weißköpfiger Bobtail lag lang ausgestreckt da, das Kinn auf den Pfoten; eine gelbe Katze duckte sich reglos wie die Sphinx, mit halb geschlossenen Augen; weiter nichts Lebendiges, bis auf die langsam tickende Uhr.

Steer hielt den Amethystring in die Höhe. «Seht Ihr das da!»

Unangefochten vom Ton oder der Bedeutung der

Rede, wandte Bowden sein Gesicht langsam dem Ring zu. «Und, was ist damit?»

«Der wurde meiner Nichte in einer bestimmten Absicht gegeben. Soll diese Absicht ausgeführt werden?»

«Da kann ich nichts dazu sagen. Ihr müßt Ned fragen.»

Steer schloß seine Hand, die schwach mit rötlichen Härchen bedeckt war.

«Ich hab' da Geschichten gehört», sagte er, «und wenn er sein Wort nicht halten will, so bring' ich ihn vor Gericht. Hab' immer schon gedacht, meine Nichte sei ein Stück zu gut für ihn; aber wenn er glaubt, er kann ihr eine solche Schande antun, macht er die Rechnung ohne den Wirt – so einfach ist das.»

Bowden blies eine Rauchwolke aus. «Ned ist ein erwachsener Mann.»

«Hetzt Ihr ihn dazu auf?»

Bowden wandte träge den Kopf. «Ihr braucht nicht herzukommen, um mich einzuschüchtern.» Und wieder paffte er vor sich hin.

Der Geruch erzürnte Steer, der nicht rauchte, noch mehr. «Wie der Vater, so der Sohn», sagte er. «Man weiß ja, was Euer Vater für einer war.»

Bowden nahm die Pfeife aus dem Mund und machte eine Faust so groß wie ein Beefsteak. «Und das im Beisein der alten Dame! Macht, daß Ihr fortkommt!»

Eine Welle der Empörung überflutete Steers hagere Wangen. «Ihr wißt recht wohl, daß sie nichts hört.»

Bowden steckte die Pfeife wieder in den Mund. «Hat ja keinen Wert, Euch Manieren beizubringen», brummte er.

In Steers sehnigem Hals zuckte es da, wo das rötlichgraue Haar den Adamsapfel verdeckte. «Ich gebe Eurem Sohn eine Woche – und dann aufgepaßt.»

Das Hohngelächter verfolgte ihn bis zur Tür.

«Auch gut!» dachte er. «Wir werden ja sehen, wer zuletzt lacht.»

IV

Schwer zu sagen, ob ein Mann wie Bowden, der in seiner heimatlichen Erde verwurzelt ist und seinen Miststock gleich vor dem Haus hat, etwas wie Moral gelten läßt. Daß sein Sohn mit dem Mädchen Pansy über die Stränge schlug, hätte ihm vielleicht mehr ausgemacht, wenn Steer nicht seinen Hund erschossen hätte – so war die Affäre wie von der Vorsehung bestimmt, dem Kerl eins auszuwischen. Sie trug in der Tat ein gut Teil dazu bei, seinen verletzten Besitzerstolz zu besänftigen und das Gefühl zu beschwichtigen, er habe seinen Hund verraten, weil er sich der Dorfjustiz nicht tatkräftig widersetzt hatte. Und was «das Gesetz» anging, so lebten die Bowdens schon seit zu vielen Generationen in einer Gemeinde, in der kein Gendarm ansässig war, um noch an dessen Macht zu glauben. Bowden selber brach oft ohne viel Aufhebens das Gesetz – schoß verirrte Fasane und nannte sie Tauben, inspizierte seine Kaninchenfallen nicht morgens und abends, dippte seine Schafe nicht gar so fleißig – und was der Dinge mehr war. «Das Gesetz» konnte immer umgangen werden. Und was für ein Gesetz brach Ned denn schon? Reines Gerede war das von Steer!

Er war daher überrascht und voller Verachtung, als Ned drei Wochen später ein Dokument erhielt, das überschrieben war «Hoher Gerichtshof. Winch gegen Bowden» und in dem auf fünfhundert Pfund wegen Bruchs des Eheversprechens geklagt wurde. Ein absonderliches Ansinnen – und im Krieg war man auch noch! War es nicht Neds Sache, was für ein Mädchen er nehmen wollte? Er war dafür, das Ding ins Feuer zu werfen. Aber je länger die beiden das Schriftstück untersuchten, desto mehr nahm es sie gefangen. Anwälte taugten zwar zu nichts außer zum Geldverlangen – aber vielleicht sollte doch einmal ein Anwalt einen Blick darauf werfen.

So legten sie es am Markttag Applewhite vor, von der Firma Applewhite and Carter, welcher sie einem eingehenden Verhör unterzog. Ob Ned sich mit dem Mädchen verlobt habe? Nun ja, das habe er wohl. Wie er das Verlöbnis aufgelöst habe – er werde dem Mädchen geschrieben haben? Nein! Ob er denn Briefe von ihr bekommen habe, in denen sie ihn fragte, was los sei? Ja, zwei. Ob er darauf geantwortet habe? Nein. Ob er dann das Mädchen aufgesucht und es mündlich getan habe? Nein! Er habe das Mädchen seit zehn Wochen nicht mehr gesehen. Ob er noch vorhabe, das Mädchen aufzusuchen oder ihr zu schreiben? Das habe er nicht vor. Ob er bereit sei, sie zu heiraten? Nein! Wie das denn komme?

Ned sah seinen Vater an, und Bowden sah Ned an. Von dem Mädchen Pansy war zwischen ihnen nie die Rede gewesen.

Mr. Applewhite wiederholte seine Frage. Ned wußte es nicht.

Darauf meinte der Anwalt, wenn Ned es nicht wisse, so wisse es niemand. Was denn diesen Gefühlsumschwung bewirkt habe?

Es war Bowden, der antwortete: «Er hat meinen Hund erschossen.»

«Wer?»

«Steer.»

Mr. Applewhite sah sich außerstande, da einen Zusammenhang zu sehen. Wenn das alles sei, werde der junge Mr. Bowden, so leid es ihm tue, das Mädchen schon heiraten oder selber als «Zielscheibe» herhalten müssen. Und plötzlich sah er Ned an. «Spricht irgend etwas gegen dieses Mädchen?»

Nein, es spreche nichts gegen sie.

«Warum sie dann nicht heiraten?»

Wieder schüttelte Ned seinen Kugelkopf.

Der Anwalt strich sich übers Kinn – er war ein angenehmer Zeitgenosse und ein guter Angler. «Wegen dieser jungen Dame, Miss Winch; entschuldigen Sie meine Frage, aber Sie haben doch nicht etwa das Pferd beim Schwanz aufgezäumt?»

Zum dritten Mal schüttelte Ned den Kopf.

Nein, es habe nichts Derartiges gegeben. Er fügte nicht hinzu, daß ihn, wäre es so gewesen, die ständige Nähe des Mädchens Pansy vielleicht nicht überwältigt hätte.

«Da ist ein anderes Mädchen im Spiel, nehme ich an», sagte der Anwalt plötzlich. «Nun, ich mag nichts davon hören. Es liegt an Ihnen zu entscheiden, was Sie tun wollen – das Mädchen heiraten oder den Klageanspruch bestreiten und den Schadenersatz hinunterdrücken – es ist eine gesalzene Forderung. Sie und Ihr Vater gehen jetzt lieber, reden noch mal darüber und geben mir dann Bescheid. Wenn Sie die Klage anfechten, müssen Sie nach London. Auf der Zeugenbank ist Schweigen Gold. Sie werden einfach sagen, Sie hätten sich getäuscht und fanden es ehrenhafter, gleich ein Ende zu machen, als der Sache den Lauf zu lassen. Das kommt manchmal bei den Geschworenen recht gut an, wenn der Mann überzeugend wirkt.»

Die Bowdens gingen. Steer überholte sie auf der Rückfahrt. Er war allein und hatte seine beste Stute vorgespannt. Die Bowdens grinsten schwach, als er vorbeifuhr. Dann rief ihm Bowden ein einziges Wort nach: «Spitzel!»

Wenn Steer ihn überhaupt gehört hatte, so ließ er sich jedenfalls nichts anmerken; aber es sah aus, als habe er hochrote Ohren. Als sein schnelles Gefährt nur noch ein Fleck ganz oben an der kräftigen Steigung war, drehte sich Bowden ein wenig seinem Sohn zu.

«Den Kerl will ich aber ins Schwitzen bringen», sagte er.

«Und ob!» antwortete Ned.

Aber wie konnte man Steer ins Schwitzen bringen, ohne selber schwitzen zu müssen? Das war es, was die Bowdens plagte, jeden gemäß seinen Erkenntnissen und seiner Situation, die natürlich sehr verschieden war. Sogar in dieser Not erwähnten sie das Mädchen Pansy nicht. Es zu tun, hätte geheißen, sich auf Gefühle einlassen, und beide fanden, es sei besser, sich an Tatsachen und Strategien zu halten. Es war Bowden, der unter das lange, ganz unterschiedlich geartete Schweigen den Schlußpunkt setzte.

«Wenn du nichts tust, Ned, weiß ich nicht, wie sie dich kriegen können. Du hast nichts schriftlich gegeben. Wie sollen sie dir beweisen, daß du sie nicht heiraten willst? Ich würde die in ihrem eignen Saft schmoren lassen. Gib bloß nichts zu. Laß diesen Anwaltsburschen wissen, daß du nicht schuldig bist.»

Ned nickte, aber bei aller äußerlichen Standhaftigkeit konnte er sich des Gefühls nicht erwehren, daß es nicht gar so einfach sei. Obwohl er des Mädchens Pansy noch nicht völlig überdrüssig war, so hatte seine erste Wahl doch begonnen, ihm wieder vag begehrenswert zu erscheinen – ihre Vornehmheit, «durch die Ferne verklärt», war dabei, für seine abgekühlte Leidenschaft etwas von ihrem Reiz zurückzugewinnen. Was für einen Verlauf die Dinge ohne Steers nächsten Schritt genommen hätten, ist wahrhaft ungewiß.

V

Bei seinem Vorhaben, «den beiden Gesellen» mit dem Gericht zu kommen, hatte Steer mit seiner Nichte eine Erfahrung gemacht, die seine bereits vorhandene Erbitterung noch beträchtlich verstärkt hatte. Das Mädchen hatte eine «damenhafte» Abneigung davor bekundet, einen Mann zu drängen, der sie nicht mehr wollte. Der Unterschied zwischen ihren Wünschen und denen ihres Onkels hätte nicht größer sein können. Seinetwegen brauchte der junge Bowden sie nicht unbedingt zu heiraten; ihm lag einzig daran, sich an den Bowdens zu rächen. Sie dagegen wollte den jungen Bowden immer noch; aber wenn sie ihn nicht bekommen konnte, würde sie bloß heimlich weinen und es dabei belassen. Die zwei Standpunkte waren unvereinbar gewesen, bis Steer zum Angriff überging und seiner Nichte versicherte, die Einreichung der Klage sei das einzige Mittel, den jungen Bowden dazu zu bewegen, zu ihr zurückzukehren. Er hatte deswegen ein schlechtes Gewissen, denn er hatte seine Nichte gern, und sein tatsächlicher Eindruck war, daß dieser Bowden statt nachzugeben sich nur um so mehr einigeln würde, wenn sie klagten. Immer dachte er zuerst an Bowden und an die fünfhundert, die aus *seiner* Tasche, und nicht aus der Neds, kommen würden.

Steer gehörte die Unkrautspritze am Ort, die, wie es im Dorfe Brauch war, bei seinen Nachbarn die Runde machte. In diesem Jahr verlangte er, ohne einen Grund zu nennen, die Spritze von Pethick zurück, gerade als sie an Bowden weitergehen sollte. Bowden, der es nicht unter seiner Würde gefunden hätte, «dem Kerl seine Spritze» zu benützen, solange er sie turnusgemäß von Pethick bekam, war darüber erhaben, sie bei Steer abholen zu lassen. Er verstand den Schritt als öffentliche Kriegserklärung, und in den «Drei Sternen», wo er fast allabendlich sein Glas Most mit einem Spritzer Gin samt Gewürznelke trinken ging, ließ er verlauten, Steer sei ein «Schnüffler» und Ned wäre lieber tot, als daß er sich mit dieser Nichte von ihm blicken ließe.

Mit diesen Worten, die bald weit und breit in aller Leute Mund waren, legte er seinen Sohn in einem Augenblick fest, da Neds Leidenschaft für das Mädchen Pansy sich schon beträchtlich abgekühlt hatte und er sich mit dem Gedanken trug, wieder in die Kirche zu gehen, um herauszufinden, ob Molly ihn nicht doch wieder anschauen mochte. Schließlich war er es, und nicht sein Vater, der in die Zeugenbank treten mußte, und außerdem hatte er nichts gegen Molly Winch.

Nun, da die Lästerzungen im Dorf von der Fehde öffentlich Kenntnis genommen hatten, war ihr Ursprung auch schon vergessen. Niemand – selbst die Bowdens kaum – erinnerte sich daran, daß Bowdens Hund Steer gebissen und Steer ihn erschossen hatte; soviel pikanter war Neds Fehltritt mit dem Mädchen Pansy und dessen mögliche Folgen. Die Getreideernte ging vorbei und die Ernte des Farns; die Herbststürme, die vom Atlantik ins Land fegten, regneten sich aus über dem Moor; die Birken wurden goldgelb und die Buchen fuchsrot. Und wenn man nicht Molly Winch nie gesehen hätte; wenn nicht Bowden und Steer aneinander vorübergegangen wären wie an einem Holzklotz oder an einem Stein; und wenn nicht jedermann neugierig gewesen wäre auf das Aussehen des Mädchens Pansy, sofern sich ein Blick auf sie erhaschen ließ (was nicht oft geschah, denn sie war selten außer Haus), man hätte annehmen mögen, die Affäre sei beendet.

Steer war zu verschwiegen und zu ingrimmig entschlossen, um den Vertragsbruchprozeß zu erwähnen; und die Bowdens waren gleichzeitig zu aufmüpfig gegenüber dem Gesetz und zu sehr darauf bedacht, seine Existenz zu vergessen. Indem sie den Prozeß nie erwähnten, nicht einmal untereinander und mittels gelegentlicher Bemerkungen wie «Hat wohl das Maul ein wenig zu voll genommen, der Kerl», verlegten sie die Sache in eine Zukunft, die für manche Naturen nie wirklich existiert, bis sie da ist. Zwar bekamen sie ein, zwei gerichtliche Mahnungen, und Ned mußte zweimal an Markttagen Mr. Applewhite aufsuchen, aber zwischen all dem und echter Furcht war immer das ruhige, unerschütterliche Vertrauen, daß «das Gesetz» umgangen werden konnte, wenn man nur «still dasaß und sich nicht rührte».

Als Ned daher Ende November von seinem Anwalt einen Brief erhielt, in dem man ihn aufforderte, am übernächsten Tag morgens um zehn Uhr dreißig vor dem Hohen Gericht am Strand in London zu erscheinen und dort sein Zeugnis abzulegen, ging mit dem kugelköpfigen Jüngling eine eigentümliche Wandlung vor sich. Er verlor seinen Appetit, und der Schweiß stand ihm auch dann auf der Stirn, wenn redliche Arbeit nichts damit zu tun hatte. Er warf dem Mädchen Pansy finstere Blicke zu, saß da mit seiner vorbereiteten Erklärung vor sich und trocknete sich verstohlen die Handflächen an den Hosen ab. Was er nie für möglich gehalten hätte, war schließlich doch eingetroffen, und panische Angst, wie kein Lebewesen sie ihm hätte einflößen können, zerrte an seinen Nerven und lähmte ihm den Verstand. Wenn sein Vater nicht gewesen wäre, hätte er sich der Sache nie stellen mögen. Der war vor der Sensationspresse geboren, unfähig, ein Fahrrad zu lenken, und die Zeugenbank drohte ihm auch nicht. So tat Bowden nach einer langen Pfeife seine Meinung kund, es könne nicht angehn, dem Kerl seinen Willen zu lassen. Da sei nichts dabei, wenn Ned bloß die Ohren steifhalte. Sie würden sich beide 'nen schönen Tag machen in London.

So fuhren sie am folgenden Tag, in ihre dunkelsten und sperrigsten Tweedanzüge gekleidet und auf dem Kopf die schwarze Melone, in die Stadt, um den Zug nach London zu besteigen; auf einem Brett hinter ihnen hüpfte ein kleiner Junge, der die Stute nach Hause fahren sollte. Tief drinnen ärgerten sich beide, daß sie das den Frauen zu verdanken hatten; und sie kümmerten sich nicht im geringsten um die Gefühle des Mädchens, das in diesem Prozeß als Klägerin auftrat, oder jenes Mädchens, das zusah, wie sie aus dem Hof hinausfuhren. Während der Zug sie rasch von dannen trug und sie gewichtig und rotbäckig Seite an Seite saßen, hatten sie immer mehr das Gefühl, daß sie diesen Steer ganz schön ärgern konnten, wenn sie das Ganze einfach als freien Tag betrachteten. Er wollte sie ins Schwitzen bringen; wenn es ihnen beliebte, nicht zu schwitzen, so hatte er das Nachsehen.

Sie stiegen in einem Hotel in Covent Garden ab, das nach einem Ort in Devonshire benannt war; und am Abend gingen sie in ein Variété, in dem ein «Russenballett» gastierte. Sie saßen ein wenig vornübergebeugt, die Hände auf den Schenkeln, die rötlichen Gesichter, ausdruckslos wie aus Wachs, zur Bühne gewandt, wo «Les Sylphides» weiß und überirdisch dahinschwebten. Als die Primadonna an den Füßen hochgehoben wurde, öffnete sich Bowdens Mund leicht. Man hörte ihn nachher sagen, «die habe 'n Paar Beine gehabt». Da sie nach der Vorstellung wegen des Kriegs nirgends eine Erfrischung erhielten, sprachen sie den mächtigen Flaschen in ihrem Zimmer zu und schliefen ein. Sie schnarchten herzhaft, als wollten sie noch im Schlummer ihre Verachtung kundtun für die Ränke «von diesem Kerl, dem Steer».

VI

Obwohl ihn das «zimperliche Getue» seiner Nichte auf eine harte Probe gestellt hatte, war Steer von dem Gedanken aufgerichtet worden, er müsse nur noch ein wenig länger ausharren, um schließlich doch Gerechtigkeit zu erlangen. Wie er Molly überhaupt an den Startpfosten gebracht hatte, wußte er wirklich nicht, so erbarmungswürdig hatte sie «gebockt». Die Überzeugung, daß gutes, solides Schadenersatzgeld am Ende besser wäre für sie als irgend sonst etwas, war Balsam gewesen für sein Gewissen und hatte es beruhigt, denn Mollys Nervenkrise hatte ihm echt zu schaffen gemacht. Ihr blasses Gesicht und ihre geröteten Augen auf dem Weg zum Gericht beunruhigten ihn, und doch wußte er, daß sie nützlich waren – sie sah genauso aus, wie sie bei dieser Gelegenheit aussehen mußte. In einer Stunde, so erklärte er ihr, sei alles vorbei, und dann werde er sie ans Meer schicken – kurz, was sie denn zu Weston-super-Mare sagen würde? Sie sagte nichts, und er hatte inzwischen das Gerichtsgebäude betreten, hielt sie untergefaßt und preßte die Lippen aufeinander. Der Anblick der beiden Bowdens, die da auf einer Bank im Korridor saßen, brachte sein Blut erneut ins Wallen. Er bemerkte, wie seine Nichte den Blick abwandte, als sie an dem jungen Bowden vorbeikamen. Ja, sie würde ihn selbst jetzt noch nehmen. Er sah, wie Ned mit den Füßen scharrte, wie Bowden grinste, und er trieb sie zur Eile an – um nichts in der Welt würde er auf die Fünfhundert aus der Tasche von diesem Kerl verzichten! In diesem Augenblick zeigte die Fehde zwischen ihm und seinem Nachbarn ihr wahres Gesicht – die jungen Leute waren bloß Marionetten. Die Gerichtsusanz zwang sie gleich darauf, alle in einer Reihe zu sitzen, und zwischen beiden Parteien hätte gerade noch ein Schwein Platz gehabt. Steers hageres Gesicht, verzerrt von der Anstrengung, dem Geplapper des Burschen mit der Perücke zu folgen, nahm den Ausdruck zwanghafter Verbissenheit an; aber er behielt den Arm seiner Nichte in dem seinen, drückte ihn ab und zu halb geistesabwesend und war sich ihres ausweichenden, verzagten Blickes bewußt. Was «die beiden Gesellen» anging, so saßen sie da, als wären sie auf einer Gant, vergaben sich nichts und maßen der ganzen Sache soviel Gewicht bei, wie ihr zukam – faule Zaubertricks, die mißraten mußten, wenn sie sich bloß «still verhielten und nichts unternahmen». Es kam Steer ungerecht vor, daß sie so ungerührt schienen, während neben ihm seine Nichte fast verging. Als sie zitternd nach vorne zur «Anklagebank» schritt, wurde es Steer so heiß, daß es um ihn herum von seinen Kleidern stark nach Kampfer zu riechen begann. Er verstand Molly kaum, und man ermahnte sie fortwährend, lauter zu sprechen. Er sah, wie ihr die Tränen über die Wangen rollten, und das Rötlichgelb seines ergrauenden Haupt- und Barthaars wurde blasser, als er die Bowdens anstarrte, die sich nicht rührten. Man fragte sie nicht viel – nicht einmal Bowdens Anwalt –, die getrauten sich wohl nicht! Und unklar spürte Steer bei all seinem Ärger und Unbehagen, daß sie mit ihrer «Damenhaftigkeit», ihren Tränen und ihrer Scheu einen guten Eindruck auf den Richter und die Geschworenen machte. Es erzürnte ihn, mit ansehen zu müssen, wie man sie verängstigte und zum Weinen brachte, aber nicht minder war er erfreut.

Sie kehrte an seine Seite zurück und setzte sich, ganz in sich versunken. Bowdens Verteidiger begann mit seinen Ausführungen, und Steer hörte mit leicht geöffnetem Mund zu – eine skandalöse Verteidigung, denn was war es anderes als das Eingeständnis, daß der Kerl Katz und Maus gespielt hatte! Sein Mandant – sagte der Anwalt – erscheine bei Gericht, nicht um die Klage anzufechten, sondern um als ehrenwerter Mann sein Bedauern darüber auszusprechen, daß er der Klägerin Kummer zugefügt habe, wenn auch nicht, wie er zu bedenken geben wolle, materiellen Verlust irgendwelcher Art. Denn nun, da man sie im Zeugenstand gesehen habe, wäre es wohl absurd anzunehmen, das, was man «ihren Wert auf dem Heiratsmarkt» nenne, habe sich deswegen vermindert. Sein Mandant sei hierhergekommen, um ihnen die schlichte Wahrheit zu sagen: nämlich daß es ihm angesichts der Tatsache, daß sich seine Gefühle für die Klägerin geändert hätten, ehrenhafter, weiser und barmherziger erschienen sei, sein Verlöbnis zu widerrufen, bevor es zu spät war, als eine Verbindung einzugehen, die von Anfang an unter keinem günstigen Stern stand, worunter, wie die Herren Geschworenen bedenken sollten, die Klägerin naturgemäß stärker leiden würde als der Beklagte selbst. Sein Mandant nehme die Verantwortung für den Fehler, den er begangen, und die Übereilung, deren er sich schuldig gemacht habe, voll auf sich, er sei jedoch der Überzeugung, man werde der inneren Größe, mit der er der Sache ein Ende bereitet und somit die Klägerin vor einem jämmerlichen Fiasko bewahrt habe, die Anerkennung nicht versagen.

Bei den Worten «innere Größe» hatte sich Steer auf seinem Platz so unvermittelt aufgerichtet, daß man den Richter blinzeln sah. «Innere Größe»! Würde denn niemand diesen Dummköpfen da vorne erzählen, daß der Kerl mit diesem Bastardmädchen den Casanova gespielt hatte? Würde ihnen niemand erzählen, daß Bowden seinen Sohn dazu angestiftet hatte, um ihm, Steer, eins auszuwischen? Es war für ihn alles Lug und Trug, und das verwirrte und erzürnte ihn; nichts als Angeberei und Schmus, wie beim Pferdehandel.

Mit dem gesunden Menschenverstand, so fuhr der Anwalt fort, wie er einfache, ehrliche Menschen auszeichne, würden die Geschworenen einsehen, daß man hier auf Erden nicht alles haben könne – wie das einmal im Himmel sei, wolle er dahingestellt sein lassen. Die traurige Bilanz des Scheidungsgerichtes zeige, was aus übereilten, unüberlegten Ehen werde. Man könne dabei wahrhaftig in ohnmächtigem Zorn auf den Gedanken kommen, ob nicht etwa solche Vertragsbruchklagen, mit der zugehörigen bedrohlichen Publizität, verantwortlich seien für einen guten Teil der Arbeit jenes schändlichen Gerichts. Er möchte dafür plädieren, daß ein junger Mann, der, wie in diesem Falle, seine Verfehlung eingestand und sie bereute und doch Manns genug war, diese Prüfung durchzustehen, um die Klägerin – und in geringerem Maße natürlich auch sich selbst – vor einem Leben im Unglück zu bewahren, daß jener junge Mann Anspruch habe, wenn nicht auf die Achtung, so doch auf eine gerechte und nachsichtige Behandlung von seiten seiner Mitbürger, die alle auch einmal jung gewesen seien und vielleicht nicht immer so weise wie Salomo. Sie möchten sich daran erinnern, was es hieß, jung zu sein – ein sonniger Feldweg in jener wunderschönen Grafschaft im Westen, der Duft des Geißblatts, ein hübsches Mädchen –, und dann möchten sie die Hand aufs Herz legen und beschwören, daß es ihnen nicht hätte passieren können, die Empfindungen des Augenblicks mit der Liebe fürs Leben zu verwechseln.

«Laßt uns nicht heucheln, ihr Herren, und vorgeben, wir ständen immer zu allem, wozu wir uns im Mittsommerübermut verpflichten. Mein Mandant wird euch ganz einfach sagen – denn er ist ein einfacher Bursche vom Land –, daß er nichts weiter als einen Fehler gemacht hat, den niemand mehr bereut als er, und dann gebe ich es in eure Hand – im Vertrauen darauf, daß ihr, bei allem Mitleid mit diesem bezaubernden Mädchen in seiner Enttäuschung, den wahren Sachverhalt mit dem Instinkt von klugen, einsichtigen Männern zu beurteilen wißt.»

«Da soll mich doch der Teufel holen!»

«Scht! Ruhe im Gerichtssaal!»

Die aufbegehrenden Worte, mit denen sich Steer bei den Schlußworten des Verteidigers Luft gemacht hatte, waren bei weitem noch kein angemessener Ausdruck für die Gefühle, die ihn mit jeder Silbe, die der «junge Spitzbube» auf die schlauen Fragen seines Advokaten zur Antwort gab, immer heftiger bewegten.

Mit seinem feisten Kugelkopf sah er gewiß einfältig genug aus, aber die Sache wurde ihm so leicht gemacht – das war es, was Steer so niederträchtig fand, das und Bowdens ungerührtes Gesicht, so nah, daß dazwischen kaum zwei Schweine Platz gehabt hätten. Als sein eigener Anwalt mit dem Kreuzverhör begann, erkannte Steer, daß er einen gräßlichen Fehler begangen hatte. Warum hatte er seinen Anwalt nicht beauftragt, das Mädchen Pansy da mit hereinzuziehen? Weshalb, um alles in der Welt, hatte er es mit der ihm eigenen Zurückhaltung in seinem Stolz auf seine Nichte unterlassen, die Waffe einzusetzen, mit deren Hilfe er diesen jungen Nichtsnutz jeglicher Sympathie beraubt hätte? Es kribbelte ihn vor enttäuschter Wut. Man würde den Kerl also nicht gehörig entlarven! Es war ein Skandal. Und dann spitzte er plötzlich die Ohren. «Sagt mir eines, junger Mann», fragte der Advokat, «meint Ihr nicht, daß es in diesen Tagen bessere Wege gibt, Eurem Lande zu dienen, als herumvagabundieren und Mädchenherzen brechen?... Beantwortet mir gütigst diese Frage!... Die Zeit Seiner Lordschaft ist kostbar. Ich höre? Sprecht bitte lauter.»

«Ich bestelle das Land – ich schaffe Nahrung für euch zum Essen!»

«Was Ihr nicht sagt! Ich überlasse es dem Urteil der Geschworenen, inwiefern sie einem jungen Mann in Eurem Stand Milde bezeigen wollen.»

Steers Lippen entkrampften sich. Da hatte er es ihm schön gegeben!

Es folgten die Plädoyers der Anwälte beider Parteien, und alles wurde nochmals gesagt, aber Steer hatte das Interesse verloren; die Enttäuschung nagte an ihm wie an einem Kricketspieler, der eine gute Partie liefern wollte und dann bloß mit sieben Läufen zu Buch steht. Jetzt sagte auch noch der Richter all das, was bereits jedermann vor ihm gesagt hatte, und ein weniges dazu. Die Geschworenen sollten dies unterlassen und jenes nicht tun. Der Anwalt des Beklagten habe auf das Scheidungsgericht hingewiesen – solchen Überlegungen dürften sie nicht Raum geben. Solange das Gesetz es so wolle, müßten Vertragsbruchklagen allein nach dem vorliegenden Sachverhalt beurteilt werden. Sie müßten dies bedenken und jenes bedenken, ihren Spruch fällen und gemäß ihrer Beurteilung über den Schadenersatz befinden. So verließen die Geschworenen einer hinter dem andern den Saal. Steer fühlte sich verlassen in ihrer Abwesenheit. Zur einen Seite waren diese Bowdens, die er ins

Schwitzen bringen wollte, zur andern seine Nichte, die er, nach ihrem Gesicht zu beurteilen, ins Schwitzen gebracht hatte. Er war ja kein Tierfreund, aber ein Hund zu seinen Füßen wäre ihm ein Trost gewesen in dieser langen Viertelstunde, während der seine beiden Feinde dort so unverwandt vor sich hin starrten. Dann kamen die Geschworenen zurück, und die Gefühle in seinem Inneren nahmen zögernd Gestalt an, daß es war wie eine Bittschrift zum Himmel. «O Herr, mach sie schwitzen! Dein ergebener Diener J. Steer.»

«Wir befinden im Sinne der Klägerin auf Schadenersatz von – dreihundert Pfund.»

Dreihundert! Dazu die Gerichtskosten – mit den Gerichtskosten kam es auf fünfhundert! Und Bowden hatte keine Ersparnisse; er war immer nahe daran, borgen zu müssen, um sich durchzubringen – in der Tat, es würde ihm schwer zusetzen. Und Steer faßte seine Nichte beim Arm, erhob sich und führte sie durch die Tür zur Rechten hinaus, während die Bowdens der Tür auf der Linken zustrebten. Auf dem Flur holte sein Anwalt ihn ein. Der Kerl hatte kaum halbe Arbeit geleistet. Und Steer wollte ihm das gerade sagen, als jene beiden vorübergingen, als befänden sie sich auf einem Rübenacker, und er hörte, wie Bowden sagte: «Glaubt wohl, er bekommt sein Trostpflaster – wird schon sehen!»

Er wollte eben antworten, als ihn der Anwalt am Rockaufschlag packte. «Bringen Sie Ihre Nichte weg, Mr. Steer; sie hat genug.»

Und ganz ohne Triumphgefühl, mit nichts als einem dumpfen, bohrenden Ziehen im Herzen, nahm Steer sie beim Arm und geleitete sie aus dem Gericht.

VII

Die Nachricht, daß Ned Bowden «sich gemeldet hatte», erreichte das Dorf gleichzeitig mit dem Bericht, daß Steer ihm in London dreihundert Pfund nebst Gerichtskosten «abgeknöpft» hatte wegen seines Treubruchs an Molly Winch. Die zweifache Sensation war köstlich. Die Trümpfe schienen so gleichmäßig verteilt, daß keiner entscheiden mochte, wer am besten weggekommen sei. Hingegen war es ziemlich klar, daß Molly Winch und das Mädchen Pansy am schlechtesten weggekommen waren. Und man war sehr neugierig darauf, die beiden zu sehen. Das erwies sich als unmöglich, denn Molly Winch war in Weston-super-Mare, und das Mädchen Pansy blieb unsichtbar, selbst für jene, die geschäftlich auf Bowdens Hof zu tun hatten. Bowden selbst erschien weiter wie gewohnt im «Drei Sternen», wo er ganz offen sagte, daß Steer nie einen Penny von dem Geld zu Gesicht bekommen würde; Steer seinerseits sah man wie gewohnt in der Kirche, wo er als Küster amtete und naturgemäß nichts sagen konnte. Weihnachten ging vorbei, und das neue Jahr quälte sich durch den farblosen Februar und den März, die Zeit, da jeder Baum kahl war, das Rostbraun des Farnes sich schwarzbraun verfärbt hatte und aus den Hecken kein Lied ertönt.

Steers Sieg hatte ihn seine Nichte gekostet – sie hatte eine entschiedene Abneigung davor bezeigt, als strahlende Heldin zurückzukehren, und war in ein Büro eingetreten. Und Bowden hatte der Sieg seinen Sohn gekostet, dessen Ausbildung nun bald beendet sein würde; sein Bataillon war in Flandern. Keiner der verfeindeten Nachbarn gab je durch ein

Wort oder sonst ein Zeichen zu erkennen, daß er zwischen Sieg und Verlust einen Zusammenhang sah. Hingegen traf sie die Dorfschullehrerin eines Nachmittags im März an, wie sie in ihren Wagen einander gegenübersaßen auf einem Feldweg, der so schmal war, daß ein Kompromiß für ihrer beider Weiterkommen unabdingbar war. So lange hatten sie schon ausgeharrt, ohne sich zu rühren, daß ihre Gäule, jeder auf seiner Seite, in der Hecke zu grasen begonnen hatten. Bowden saß da mit verschränkten Armen und einem Gesichtsausdruck, wie man ihn bei seinem Bullen hätte beobachten können. Steer fletschte die Zähne, und seine Augen traten hervor, ganz ähnlich wie bei einem Hund, der nächstens zubeißt.

Die Lehrerin, eine beherzte Frau, nahm Bowdens Stute beim Zügel und ließ sie ein paar Schritte rückwärts treten.

«Gut denn, Mr. Steer», sagte sie, «parieren Sie bitte nach links. Sie können nicht den ganzen Tag hierbleiben und jedermann den Weg versperren.»

Steer, dem sein Ruf in der Gemeinde schließlich etwas galt, nahm die Zügel und wich gegen die Hecke aus. Und die Lehrerin führte Bowdens Stute kurz entschlossen Schritt um Schritt an ihm vorbei. Die Räder knirschten, und beide Wagen schaukelten leicht; in den Gesichtern der beiden Bauern zuckte kein Muskel, solange sie sich so nahe waren; aber als die Wagen freie Bahn hatten, spuckte jeder wie auf Kommando nach rechts aus.

Die Lehrerin ließ den Kopf von Bowdens Stute los und sagte: «Sie sollten sich schämen, Mr. Bowden; Sie und Mr. Steer.»

«Wie käme ich dazu?» sagte Bowden.

«Wie kommen Sie bloß dazu, wahrhaftig! Jedermann weiß, wie es um Sie beide steht. Davon kommt nichts Gutes. Und das auch noch in Kriegszeiten, in denen wir alle geeint sein sollten. Warum könnt ihr euch nicht die Hand reichen und euch vertragen?»

«Dem Kerl die Hand schütteln? Eher würde ich noch 'nem toten Schwein die Hand schütteln. Soll er mir meinen Sohn aus der Armee wiederbringen.»

Die Lehrerin schaute zu ihm auf. «Ich hoffe doch, Sie werden sich des armen Mädchens annehmen, wenn ihre Zeit da ist», sagte sie.

Bowden nickte. «Keine Angst. Ist mir lieber, mein Großkind ist von ihr als von diesem Steer seiner Nichte.»

Die Lehrerin blieb still. «Jedenfalls», sagte sie schließlich, «ist das eine unchristliche Gesinnung.»

«Dann gehen Sie nur zu Steer, Ma'am, und sehen Sie, ob der ein besserer Christ ist. Er streckt einem ja den Teller hin, am Sonntag.»

Genau das tat die gute Dame, vielleicht eher aus Neugier als in Bekehrereifer.

«Was!» sagte Steer, der gerade einen Bienenkorb aufhängte. «Wenn doch der gottverfluchte Kerl seinen Sohn angestiftet hat, meiner Nichte den Laufpaß zu geben!»

«Und Sie als Christ, Mr. Steer!»

«Es hat alles Grenzen, Ma'am», sagte Steer trocken. «Meiner Meinung nach hätte nicht einmal unser Herr diesen Kerl ertragen können. Sparen Sie sich die Mühe, mich überreden zu wollen.»

«Du meine Güte», murmelte die Lehrerin; «ich weiß nicht, wer von euch schlimmer ist.»

Die einzigen, die das wirklich wußten, waren Steer und Bowden, deren Meinung voneinander sich noch verschlechterte, als der Frühling ins Land zog mit Jubilieren, jungem Grün und Sonnenschein, und kein Sohn war da, beim Säen und im Kälberstall zu helfen, und keine Nichte, die beste Butter im Dorf zu machen.

Gegen Ende Mai, an einem «braven» Tag, als der Wind sich in den Eschen regte und die Butterblumen leuchteten wie Gold, war für das Mädchen Pansy die Zeit gekommen, und am nächsten Morgen erhielt Bowden folgenden Brief von seinem Sohn:

Lieber Vater!

Wir dürfen nicht verraten, wo wir sind, und so kann ich nur sagen, daß da 'n paar Knallfrösche 'rüberkommen, die vor nichts haltmachen, und wo sie einschlagen, da könnte man ein Fuhrwerk vergraben. Hoffe, Du hast Glück gehabt mit den Kälbern. Hier sieht man nicht mal so viel Grünes, daß ein Karnickel 'nen halben Tag davon leben könnte. Was ich noch sagen wollte: Wenn ich einen Sohn habe, Du weißt von wem – nenne ihn Edward, nach Dir und mir. Man kommt ins Grübeln, hier draußen. Sie hört vielleicht gern, daß ich sie heiraten will, wenn ich zurückkomme, damit ich das nicht auf dem Gewissen habe. Da sind 'n paar deutsche Gefangene in unsrer Abteilung – große Kerle und richtige Schweine mit ihren Maschinengewehren, kann ich Dir sagen. Hoffe, dies trifft Dich bei guter Gesundheit. Hat es der Steer, das Schwein, aufgegeben, sein Geld zu verlangen? Ich würde die gute alte Farm gern wiedersehen. Sag Granma, sie soll immer schön an der Wärme bleiben. Soviel von Deinem Dich liebenden Sohn Ned

Nachdem Bowden minutenlang neben der Waage gestanden war und versucht hatte, Ordnung in seine Gefühle zu bringen, trug er den Brief zu dem Mädchen Pansy hinauf, die in ihrer engen Kammer neben ihrem Sprößling lag. Bei Landleuten, die es nicht gewohnt sind, sich selber zu beobachten, bewirkt ein Brief oder ein Ereignis, das das brachliegende Land der Gefühle aufpflügt oder ein felsenfestes Vorurteil sprengt, eine anhaltende Verwirrung oder Leere im Kopf. Ned wollte also das Mädchen heiraten, wenn er nach Hause kam! Die Bowdens waren eine alte Familie, das Mädchen ein Mischblut. Es schickte sich nicht! Und Neds Mitteilung, daß die Sache sein Gewissen belaste, führte Bowden wie nie zuvor die Gefahr vor Augen, in der sein Sohn schwebte. Mit untrüglichem Instinkt wußte er, daß Mitleid jene nicht ernsthaft anwandelt, die sich stark und ihres Lebens sicher fühlen; und so brachte er nicht ohne abergläubische Furcht den Brief zu dem Mädchen hinauf. Schließlich war das Kind ebensosehr Fleisch von Neds Fleisch und Fleisch von seinem Fleisch, wie wenn das Mädchen in der Kirche getraut worden wäre – und ein Junge war's noch dazu. Er gab ihr den Brief mit den Worten: «Hier ist ein Geschenk für dich und Edward den Siebten.»

Die Dorfwitwe, die für gewöhnlich diese einfachen Fälle betreute, ging hinaus, und während das Mädchen las, setzte sich Bowden auf den niedrigen Schemel unter dem kleinen Fenster. Er kam mit dem Kopf gerade an der Decke an, so daß er lieber nicht stehen blieb. Ihr grobes Nachthemd gab ihre stämmigen Arme und den Hals frei; ihr Haar quoll schwarz und glanzlos unter dem groben Kissen hervor; ihr Gesicht konnte er wegen des Briefes nicht sehen, aber er hörte sie seufzen. Irgendwie tat sie ihm leid.

«Müßte dir eigentlich gut tun», sagte er.

Das Mädchen ließ den Brief sinken, so daß ihre Augen den seinen begegneten, und sagte: «Bedeutet mir gar nichts; Ned macht sich nichts mehr aus mir.»

Etwas unsagbar Freudloses im Ton ihrer Stimme, etwas unheimlich Forschendes in ihrem dunklen Blick beunruhigte Bowden.

«Kopf hoch!» murmelte er, «du hast ein gewaltiges Baby dort, ganz für dich allein.»

Er ging zum Bett hinüber, schnalzte mit der Zunge und hielt dem Baby seinen Finger hin. Er tat es sanft und wie mit angeborenem Geschick.

«Ist ein strammer junger Mann.» Dann hob er den Brief auf, denn «es hatte», so schien es ihm, «keinen Wert, ihn da liegenzulassen, wo er Ned belasten konnte, für den Fall der Fälle, daß der sich besinnen würde, wenn er wieder heil nach Hause kam». Aber als er hinausging, sah er, wie das Mädchen Pansy das Baby an ihre Brust legte, und wieder spürte er diese Unruhe, etwas wie Mitleid. Mit einem Nicken zur Dorfwitwe, die auf einer leeren Warenschachtel saß und im Licht, das durch eine halb geöffnete Dachluke einfiel, eine alte Zeitung las, ging Bowden die gewundene Treppe zur Küche hinunter. Seine Mutter saß da, wo das Sonnenlicht einfiel, und inmitten all der Fältchen bewegten sich ihre leuchtenden dunklen Äuglein. Bowden blieb einen Augenblick stehen und betrachtete sie.

«So, Granny», sagte er, «bist jetzt Urgroßmutter.»

Die alte Dame nickte, mummelte lächelnd etwas und rieb eine Hand gegen die andere. Bowden schreckte auf.

«Hat ja keinen Sinn», brummte er vor sich hin, ohne genau zu wissen, was er damit wohl meinte.

Bowden war nicht anwesend, als das Baby drei Wochen später auf den Namen Edward Bowden getauft wurde. Er verbrachte den Junimorgen in seinem Wagen mit einem Stierkalb, das er zum Markt führte. Der Wagen lief nicht gut, weil er vom Gewicht des Kalbes holperte und einsank. Obwohl Bowden sein Leben lang nichts anderes wußte, war er doch nicht so abgebrüht, daß er Kälber ohne weiteres von ihren Müttern trennen mochte. Er war dem Vieh merkwürdig zugetan – sogar mehr als den Menschen. Immer saß er mißmutig da, wenn es hinter ihm ein kleines rotes Stück Vieh an seinem Strick von einer Seite auf die andere schlug. Irgendwie litt er an seiner Stelle, als ob er in einem früheren Leben selbst einmal so ein rotes Stierkalb gewesen wäre.

Als er durch ein Dorf kam, rief ihm jemand zu: «Schon das Neueste gehört? Sie haben die Deutschen gestern morgen schön versohlt.»

Bowden nickte. Nachrichten vom Krieg erinnerten ihn jetzt bloß daran, wie ihn dieser Kerl von Steer um Neds Beistand und Gesellschaft gebracht hatte. Der Krieg würde schon einmal vorüber sein, nahm er an, aber anscheinend kamen sie nicht vorwärts damit, machten an einem Tag Gebietsgewinne, um sie am Tag darauf gleich wieder zu verlieren; und die ganze Zeit verabschiedeten sie einmal dieses und jenes Gesetz, das der Natur ins Handwerk pfuschte. Wußten sie denn nicht, daß sich die Natur nicht ins Handwerk pfuschen ließ – die Narren? Steer war natürlich voll beteiligt an dieser Pfuscherei – pflanzte Weizen an, da, wo alle Welt ihm hätte sagen können, daß er nicht gedieh!

Der Tag war heiß, die Straße staubig, und der Kerl von Steer lungerte auf dem Markt herum, wie es diesem Schnüffler ähnlich sah – Grund genug für Bowden, sich im «Drachen» ungeniert zu laben, bevor er den Heimweg antrat.

Als er in die Küche kam, lag das frisch getaufte Baby in einer mit Kissen und Schal ausgepolsterten Lebensmittelkiste, knapp außerhalb der Sonne, in der die alte Mrs. Bowden saß und die Hände bewegte, so als wirke sie einen Zauber. Bowdens Hütehund drückte seine Nase am Rand der Kiste platt und beschnüffelte sie, wie um herauszufinden, was für ein Wesen dieses Baby wohl war. Im Hintergrund ging das Mädchen Pansy seinen Geschäften nach; sie sah wieder kräftig aus, aber immer noch blaß und «verblüht», dachte Bowden. Er stand neben der Kiste und betrachtete das «gewaltige» Baby. Es war weder wie Ned noch sonstwas, soweit er das sagen konnte. Es öffnete seine großen grauen Augen, während er dastand. Steer, der Schnüffler, würde nie ein Großkind haben, nicht mal eins, das so wie das zur Welt gekommen war! Der Gedanke gefiel ihm. Er schnalzte dem Baby etwas mit der Zunge vor, und sein Hütehund drückte eifersüchtig seinen Kopf mit dem zurückgebürsteten schneeweißen Haarschopf gegen seine Hand.

«Nanu!» sagte Bowden. «Was ist denn mit dir los?»

Gleich darauf ging er in die sinkende Sonne hinaus, um etliche Stück Vieh zu begutachten, die er auf dem Brachland unterhalb seiner Felder stehen hatte, und der Hund folgte ihm. Mitten im jungen Farn und dem Stechginster, der noch nicht blühte, setzte er sich auf einen Stein. Der Nachmittag war von unsäglicher Pracht, nun, da die Sonne tief stand – ihr Glanz schien der Fliehkraft zu gehorchen, und er flog durch die Eschen, den Hagedorn und den Farn. Ein Weißdorn dicht neben ihm trug ganz wundersam noch zarte Blüten, die einen süßen, schweren Duft verströmten. In der Hecke leuchteten die runden cremefarbenen Köpfe der Ulmenblüten auf – und verblaßten noch vor dem Glitzern der Luft, während die Vogelbeersträucher weiter oben in der Schlucht schon geblüht hatten und jetzt ihre braunen, ungerundeten Beeren trugen.

All der geheimnisvolle Zauber beim Wechsel der Jahreszeiten lag in der Luft, selbst im Lied des Kuckucks, der wie ein Pfeil zu einem Dornbusch die Schlucht hinauf flüchtete und seinen schrillen Ruf ertönen ließ. Bowden zählte seine Tiere, und es entging ihm nicht, wie schön ihr rotes Fell glänzte. Die Hitze des Tages hatte ihn schläfrig gemacht, der Most, den er getrunken hatte, und das Summen der Fliegen im Farn. Ohne daß es ihm zum Bewußtsein kam, genoß er einen tiefen, wonnigen Frieden voll Wärme und Schönheit. Ned hatte gesagt, es gebe nichts Grünes da draußen! Es war unvorstellbar! Nichts Grünes – nicht genug für ein Kaninchen; nicht mal ein borstenhaariges, eingerolltes Farnblättchen; kein grüner Baum, auf dem sich ein Vogel niederlassen konnte! Und da hinaus hatte ihn Steer geschickt! Durch all sein Dösen drang dieser Gedanke und regte die schwarzen Schwingen. Steer! Einen Sohn für den Krieg hatte der keinen, und krumm verdienen tat er sich auch noch. Es kam Bowden so vor, als beschütze eine feindlich gesinnte Macht diesen Geizkragen, der nicht einmal sein Glas vertragen konnte.

Kleine blaue Blumen, Ehrenpreis und Wolfsmilch, wuchsen zuhauf in dem rauhen Gras ringsum; Bowden beachtete vielleicht zum ersten Mal dieses kleine Geschenk der Natur, dessen Steer seinen Sohn beraubt hatte, als er ihn dorthin schickte, wo kein Gras wuchs.

Schließlich erhob er sich und ging schweren Schrittes wieder den Weg hinauf, der tief mit getrocknetem Kuhmist beschmutzt war; wo unzählige Mücken mit den Ulmenblüten und dem Eschenlaub tanzten. Er betrat den Hof, als ihn der Dorfbriefträger gerade verließ. Der Mann blieb unter der Tür stehen und wandte ihm sein rotes Gesicht unter dem weißen Schopf zu; seine dunklen Augen blitzten in dem ebenerdig einfallenden Licht.

«Teligramm für Euch, Mist' Bowden», sagte er und verschwand.

Das «Teligramm» lag ungeöffnet auf dem Küchentisch, und Bowden starrte es an. Sehr wenige derartige Schreiben hatten sich je zu ihm verirrt, vielleicht kaum ein halbes Dutzend in gut fünfzig Jahren. Er hob es auf – ganz ähnlich hätte er wohl eine Henne angefaßt, die nach ihm hacken wollte – und erbrach es mit dem Daumen.

«Bedauern Ihnen mitteilen zu müssen – Ihr Sohn in der Schlacht gefallen – Am Siebenten des Monats – Kriegsministerium.»

Wieder und wieder las er es durch, bevor er niedersank und es auf den Tisch fallen ließ. Sein rundes, festes Gesicht war ausdruckslos und blind, der Mund leicht geöffnet. Das Mädchen Pansy trat hinzu und blieb neben ihm stehen.

«Da!» sagte er, «lies das.»

Das Mädchen las es und hielt sich die Ohren zu.

«Das hat auch keinen Sinn», sagte er überraschend schnell.

Das blasse Gesicht des Mädchens wurde hochrot; ein leiser Klagelaut entfuhr ihr, und sie rannte aus dem Zimmer.

In der weiß getünchten Küche waren die einzigen Dinge, die sich bewegten, das hin und her schwingende Pendel der Wanduhr und die rastlosen Augen der alten Mrs. Bowden, dort bei den Geranien auf dem Fensterbrett, wo die letzten Sonnenstrahlen einfielen, bevor sie hinter das Haus wanderten. Minute um Minute verstrich, und Bowden rührte sich nicht – den Kopf gesenkt, stand er da mit hängenden Schultern und gespreizten Beinen. Schließlich erhob er sich.

«Dieser verfluchte Schnüffler, Gott verdamme ihn in alle Ewigkeit!» sagte er langsam und hob das Telegramm auf. «Wo ist mein Stock?»

Er tappte blind im Zimmer herum, verfolgt von den kleinen, dunkel glänzenden Augen der alten Frau, und ging hinaus. Er behielt seinen gewohnten Schritt bei und schlug den Weg zu Steers Farm ein; langsam kletterte er über beide Zauntritte und erschien vom Acker her kommend auf Steers Hofplatz.

«Der Meister da?» sagte er zu dem Jungen, der neben dem Kuhstall stand.

«Nein.»

«Wo ist er denn?»

«Noch nicht zurück vom Markt.»

«So so, ist er nicht!»

Und Bowden bog in die Straße ein. In seinen Ohren war ein dumpfes Summen, aber seine Nasenflügel bewegten sich und sogen den Abendgeruch ein: es roch nach Gras, Kuhfladen, ausgetrockneter Erde und Heckenkräutern. Seine Nase bebte, der Rest lag wie ein bitterer Klumpen in seinem Innern und schnürte ihm das Herz ab. Das Blut pochte in seinen Schläfen, und seine Füße waren wie Blei. Diese Straße entlang mußte Steer in seinem Wagen kommen – Gott verdamme ihn in alle Ewigkeit! Als er seine eigene oberste Weide durchquert hatte, gelangte er zum Gasthof, der an die Straße grenzte. Von der Bank dort drinnen unter dem Fenster konnte er jeden sehen, der vorbeikam. Bis auf den Wirt und zwei Landarbeiter war noch niemand da. Bowden nahm seinen gewohnten Krug und setzte sich ans Fenster. Er sprach nicht von seinem Verlust, und sie schienen nichts davon zu wissen. Er saß einfach da, den Blick auf die Straße geheftet. Ab und zu gab er auf irgendeine Frage Bescheid, ab und zu stand er auf und ließ sich den Krug nachfüllen. Jemand kam herein; er bemerkte, wie sich die Stimmen senkten. Sie sahen zu ihm hinüber. Sie waren im Bild. Aber er blieb schweigend sitzen, bis der Gasthof schloß. Es war noch Tag, als er sich die Straße hinauf nach Hause zurückschleppte, darauf bedacht, Steer nicht zu verpassen. Die Sonne war untergegangen; es war sehr still. Er lehnte gegen das Gatter seines obersten Feldes. Niemand kam vorbei. Die Dämmerung kroch heran. Der Mond ging auf. Eine Eule begann zu schreien. Im Feld hinter ihm stahlen sich die Schatten von einer Gruppe Buchen ganz sachte ins blumenübersäte Gras und dunkelten langsam im heller werdenden Mondlicht.

Bowden lehnte sein Gesicht gegen das Holz – zunächst ein Knie angezogen, dann das andere – und verharrte in dumpfer Apathie. Er hatte begonnen, sich Dinge einzubilden, aber nur ein wenig. Kein Gras und keine Bäume, da, wo sein Sohn getötet worden war – alles dreckig grau im Mondlicht – und Neds Gesicht, auch ganz grau! Er würde also Neds Gesicht nie mehr sehen! Steer, dieser Schnüffler – der verdammte Schnüffler! Nie mehr würde sein toter Sohn sein Daheim sehen und hören und riechen. An seiner Statt überwältigte Bowden das Heimweh nach dieser angestammten Erde, ihrem Geruch und ihrem Klang – nach dem Nest seiner Väter von alters her. Er dachte an die alten Zeiten, als seine Frau noch lebte und Ned geboren wurde. Seine Frau – hatte sie ihm nicht sechs geboren, und hatte er nicht von ihnen allen einzig Ned «gerettet», und der war ein Zwilling. Er erinnerte sich, wie er dem Doktor gesagt hatte, er solle sich keine Sorgen machen wegen der «Maid», wenn er bloß den Knaben rettete. Er hatte gewollt, daß der Junge hier sein Erbe antreten würde; und jetzt war er tot, und dieser Steer, dieser Schnüffler!

Er hörte das Geräusch von Rädern – noch weit entfernt, aber es kam ständig näher. Er packte seinen Stock, richtete sich auf und starrte die Straße hinunter, die halb im Mondlicht, halb im Schatten lag. Näher kam das Rattern, das Tripptrapp der Hufe, bis die Umrisse von Pferd und Wagen aus der Dunkelheit ans Licht traten. Es war tatsächlich Steer! Bowden öffnete das Gatter und wartete. Der Wagen näherte sich langsam; Bowden sah, daß die Stute lahmte und Steer sie führte. Er schlurfte vom Gatter einen Meter nach vorn.

«Da», sagte er, «ich hab' mit dir zu reden. Komm da 'rein!»

Das Mondlicht fiel auf Steers schmales, bärtiges Gesicht. «Was soll das?» antwortete er.

Bowden wandte sich zum Gatter. «Bind die Stute an; ich will meine Rechnung begleichen.»

Er sah, wie Steer bockstill dastand, als ob er mit sich kämpfe, und dann die Zügel über das Gatter legte. Seine Stimme war barsch und fest: «Ihr habt also das Geld?»

«Ha!» sagte Bowden und zog sich unter die Bäume zurück. Er sah Steer vorsichtig näher kommen, einen Stock in der Hand. Er erhob seinen eigenen. «Das ist für Ned», sagte er und schlug mit aller Macht zu. Der Hieb verfehlte sein Ziel um weniges; Steer taumelte zurück und erhob seinen Stock.

Er schlug wieder zu, aber die Stöcke prallten aufeinander; Bowden ließ den seinen fahren und ging seinem Feind an die Gurgel. Er war doppelt so stark und schwer wie Steer, aber nur halb so wendig schnell und nüchtern. Sie schwankten zwischen den Buchenstämmen hin und her, einmal im Schatten, dann wieder im Mondlicht, das ihre Gesichter fahl erscheinen und den Ausdruck in ihren Augen erkennen ließ: es waren die Augen von Männern, die aufs Morden aus sind. Sie rangen Brust an Brust, unter heftigem Keuchen, und bemühten sich, den Gegner zu Boden zu werfen. Sie taumelten gegen einen Stamm, stolperten und ließen voneinander ab; schwer atmend standen sie da und stierten einander an. All die Monate des Hasses spiegelten sich in ihren Augen, und ihre Hände zuckten krampfhaft. Plötzlich ging Steer auf die Knie, packte Bowden an den Beinen und riß daran, bis der schwere, unstabile Körper vornüberkippte und mit betäubender Wucht ihm auf den Rücken fiel. Sie rollten sich auf dem Gras, ganz ineinander verkeilt, bis sie loskamen und einander von Angesicht zu Angesicht gegenübersaßen – Bowden benommen vom Alkohol, der in ihm in Aufruhr geraten war, und Steer von dem Gewicht, das auf sein Rückgrat gesaust war. Sie saßen da, als wüßten sie, daß es keine Eile hatte und sie hier waren, um der Sache ein Ende zu bereiten. Wie sie sich nun ein wenig vorgeneigt beobachteten, mit ausgestreckten Beinen im Mondlicht saßen und durch den geöffneten Mund stoßweise atmeten, machten sie lächerliche Figuren – wenigstens dachte das jeder vom andern! Und plötzlich begann die Kirchenglocke zu läuten. Ihr getragener Klang erreichte Bowdens wirres Hirn, das dumpf über der nächsten Attacke brütete, zunächst nur oberflächlich; aber schließlich drang das Geräusch langsam zum Sitz seines Bewußtseins vor. Die Totenglocke! Für wen? Die Hände fielen ihm seitlich hinunter. Instinkt und Hemmung, Handeln und Aberglauben, Rache und Trauer faßten sich und tollten in ihm herum. Eine lange Minute ging vorüber. Immer noch ertönte die Totenglocke. Ein Wiehern kam von Steers lahmer Stute vor dem Gatter. Plötzlich rappelte sich Bowden hoch, kehrte dem Feind den Rücken zu und ging im Mondlicht schwankend das Feld hinunter nach Hause. Der Klee im wilden Gras duftete süß; er hörte das Geräusch von Rädern – Steer hatte sich wieder auf den Weg gemacht! Sollte er gehen! Es hatte keinen Sinn – würde Ned nicht wieder zum Leben erwecken. Er kam zur Hoftür, blieb stehen und lehnte dagegen. Die kalten Strahlen des Mondlichts erfüllten die Luft und bedeckten die Felder; die gestutzten Espen zitterten über ihm; die gestreiften Rosen auf der niedrigen Steinmauer waren alle merkwürdig farbig; ein Nachtfalter berührte im Vorbeifliegen seine Wange.

Bowden senkte den Kopf, als habe er sich an der

Schönheit der Nacht gestoßen. Die Glocke war verklungen – kein Laut mehr bis auf das Zittern der Espen und das Murmeln eines Baches. Es war ungeheuer friedlich – das schon!

Und etwas in Bowden erlosch. Er brachte es nicht übers Herz, zu hassen.

Ein Menschenfischer

Lange ist es jetzt her, daß ich ihn jeweils aus dem Pfarrhaus herauskommen sah, gefolgt von seinen Hunden, einem Irishterrier und einem Foxterrier. Er pflegte zum Friedhof hinüberzugehen, beim Tor stehenzubleiben und über das kornische Hochland, dessen Seelenhirt er war, zum fast eine Meile entfernten Meer zu blicken. An seiner schwarzen, schmalen Gestalt war ein einziger heller Fleck, ein kleines goldenes Kreuz, das auf seinem Talar baumelte. Seine Augen glichen in solchen Momenten den Augen von Fischern, die von den Klippen nach Sardinen ausspähen; aber wenn dieser Menschenfischer* dann die mit gelber Flechte bedeckten grauen Häuser wahrnahm, wo seine Menschenfische wohnten, zeichneten sich jeweils rote Flecken auf seinen ausgemergelten Wangen ab. Seine Lippen bewegten sich, und er pflegte unvermittelt beim Tor einzuschwenken, über dem geschrieben stand: «Hier ist die Pforte des Himmels.»**

Ein bestimmter grüner Fleck auf jenem Friedhof war von Grabsteinen, die den ganzen Rest des

* Matth. 4,19; im folgenden Text sind die Bibelzitate in der Luther-Übersetzung wiedergegeben.

** 1. Mose 28,17.

Bodens übersäten, frei. Er versäumte, glaube ich, nie, ihn zu betrachten und zu denken: «Ich will jene Ecke freihalten. Ich will nicht unter Leuten begraben sein, die ihren Gott verleugnen!»

Denn das war sein Unglück, das, während der ganzen zwanzig Jahre seines Wirkens als Pfarrer, nach und nach wie ein schleichendes Verhängnis über ihn gekommen war. Es hatte an seinem Herzen genagt, wie gewöhnlich bei Nöten, die ein Mensch nicht verstehen kann. Einfach gesagt, sein Seelenfischzug hatte Jahr für Jahr abgenommen, bis er, von dreihundert, als er in die Pfründe eingesetzt wurde, kaum noch vierzig betrug. Sonntag für Sonntag hatte er seine drei Gottesdienste gehalten. Zweimal in der Woche hatte er von der alten Kanzel herab im Dämmerlicht der Kirche die immer spärlichere Gesichterreihe gemustert und mit seiner trockenen, abgehackten Stimme – deren rauher Klang zweifellos Musik für ihn war – dieses Benehmen selig gepriesen und jenes verflucht, in Übereinstimmung mit seinem Glauben. Woche für Woche hatte er zu uns von der ganzen Sündhaftigkeit gesprochen, nicht ins Gotteshaus zu kommen, den Tag des Herrn nicht zu ehren. Er hatte jeden überlieferten Ritus und jede Zeremonie geachtet; nie verweigerte er die Taufe, auch nicht den Unehelichen, und die Bestattung nur den Selbstmördern. Mit einer gewissen besonderen Eilfertigkeit traute er jene, deren Benehmen im Dorf Ärgernis erregt hatte. Auch setzte er angesichts von Unehrerbietigkeit eine böse Miene auf; niemand, erinnere ich mich, durfte in Flanellhosen in die Kirche kommen.

Und doch war seine Herde langsam kleiner geworden! Er lebte unverheiratet in dem vernachlässigten Pfarrhaus, mit seinen Hunden, einer alten Haushälterin und einem Kanarienvogel; und er schien keine Interessen zu haben, wie die Jagd oder das Angeln, die ihn von seinen pfarrherrlichen Pflichten hätten fernhalten können. Er verlangte nichts Besseres, als Einlaß zu finden in die Häuser und Leben seiner Pfarrkinder; und wenn er an ihren Türen vorbei ging – schmal, schwarz und glattrasiert –, konnte man oft beobachten, wie er stehenblieb, gleichsam eine Drohgebärde machte und, die hungrigen Augen starr geradeaus gerichtet, weiterschritt. Jahr für Jahr verteilte er zu ihrer Aufmunterung privat gedruckte Schriften – die Sätze wie die folgenden enthielten: «Dem wäre besser, daß ein Mühlstein an seinen Hals gehängt und er ersäuft würde im Meer.»* «Aber die Kleinmütigen und Ungläubigen werden geworfen in den feurigen Pfuhl, der mit Schwefel brennt.»** Wenn er sie niederschrieb, flammten – stelle ich mir vor – seine Augen, als ob er gerade zusehen könnte, wie jene Strafen vollzogen wurden. Hatten seine Pfarrkinder nicht von Rechts wegen ein solches Los verdient?

Wenn er auf seinen Wanderungen einem Drückeberger begegnete, einem Fischer oder einem Bauern, pflegte er immer stehenzubleiben, seine Augen auf das Gesicht des Sünders geheftet: «Ihr kommt in letzter Zeit nicht mehr in die Kirche; warum das?»

Auf echt kornische Art hofften sie, Unannehmlichkeiten aus dem Wege zu gehen, und brachten eine höfliche Entschuldigung vor: sie wußten selbst nicht recht, Herr Pfarrer – die Frau war kränklich

* Matth. 18,6.
** Offenb. 19,20.

gewesen; immer war irgend – so – etwas! Bei diesem Paktieren mit dem Teufel blitzte es in den Augen des Pfarrers unfehlbar auf, oder es entfuhr ihm ein kurzes, trockenes Lachen: «Ihr wißt nicht, was Ihr sagt, Mann! Ihr müßt verrückt sein zu glauben, daß Ihr Eure Seele auf diese Weise retten könnt! Dies ist ein christliches Land!»

Aber nach einer solchen Begegnung sah er das Gesicht des betreffenden Gemeindegliedes in seiner Kirche nie wieder. «Soll er warten!» murrten sie dann, «wir gehen doch nicht in seine Kirche, damit er zu uns redet wie mit Hunden!»

Indessen, wären sie Hunde gewesen, hätte der Pfarrer nicht so mit ihnen geredet. Mit Hunden war sein Benehmen unveränderlich sanft. Man konnte ihn manchmal neben einem hohen Kornfeld antreffen, aus dem man in Abständen die Köpfe seiner beiden Terrier über den goldenen Halmen auftauchen sah, wenn sie eine Rebhühnerkette oder eine Brut Fasane jagten, die sie gewittert hatten. Man konnte seine rauhe Stimme sie rufen hören: «Jim, Jim! Pat, Pat! Bei Fuß, ihr Schelme!» Aber wenn sie hervorkamen, mit vor Begeisterung heraushängender Zunge, bückte er sich nur und drohte ihnen mit dem Finger; und sie pflegten ihm die Hand zu lecken oder sich an seinen Hosenbeinen zu reiben, sicher, daß er sie nie schlagen würde. Mit jedem Tier, mit jedem Vogel und Käfer war er so, derart sanft, daß sie ihm ganz vertrauten. Oft konnte man ihn überraschen, wie er auf einem hohen Schieferzauntritt saß oder in einer Senke der breiten Straße zwischen den Böschungen voll Stechginster und Brombeeren stand: den Kopf unter dem breiten Hut eher auf eine Seite geneigt, während ihm auf einem Zweig keine drei Fuß weg ein Gimpel oder ein Waldsperling seine kleine Geschichte erzählte. Bevor er zu einem Spaziergang aufbrach, pflegte er den Blick durch den Feldstecher über die blaßgoldene Landschaft mit den Kornfeldern schweifen zu lassen, versengtes Weideland und Sanddünen danach abzusuchen, ob irgendwo ein Pferd Wasser nötig zu haben schien oder ein Schaf auf dem Rücken lag. Auch war er ein erklärter Feind von Fallen und Schlingen, und wann immer er auf eine traf, war er bemüht, sicherzustellen, daß sich nichts in ihr fing. Solch unablässige Zuwendung zur stummen Kreatur hatte ihren Ursprung vielleicht im Wunsch, Partei für sie zu ergreifen aus Protest gegen Bauern, die nicht in die Kirche kommen wollten, aber mehr noch, glaube ich, im Bewußtsein, daß die armen Geschöpfe keine Seele hatten, heute lebten und morgen tot waren. Sie konnten nicht erlöst werden, und man mußte sie mit Barmherzigkeit behandeln; nicht wie die Menschen mit den unsterblichen Seelen, die Gott seiner Obhut besonders anvertraut hatte und für deren mutwilligen Ungehorsam vielleicht keine Strafe zu streng sein konnte. Es war, als hätte ihn die Kirche zweigeteilt, indem sie ihm ihre Befehlsgewalt über andere Menschen verlieh.

Denn seine Weltanschauung war sehr einfach, unbelastet von jeglichem Sinn für Ironie, nicht getrübt durch Neugier oder den Wunsch, Ursache und Wirkung zu verbinden, ja selbst die Notwendigkeit einer Ursache überhaupt anzuerkennen. Zu einem bestimmten Zeitpunkt hatte Gott die Erde aus dem Urstoff geschaffen; diesen Urstoff hatte er in voneinander unabhängig belebte und unbelebte Materie geschieden; die belebte Materie hatte er in Menschen und Tiere geschieden; den Menschen hatte er Seelen gegeben und sie nach seinem eigenen Bilde geformt. Die Menschen wiederum hatte er in Angehörige der Kirche und andere geschieden; und zur Führung und Läuterung jener anderen hatte Gott Gestalt angenommen in seiner Kirche. Und die Kirche wiederum hatte Gestalt angenommen in ihren Dienern. So war dem Diener der Kirche – den die Vorsehung über die Angst vor dem Irrtum erhoben hatte – die heilige Pflicht auferlegt, die Seelen der Menschen zu erleuchten, zu führen und zu retten, koste es, was es wolle.

Das war, denke ich, der Grund, weshalb er von Anfang an ein bohrendes Unbehagen empfunden hatte, wenn er bei den einfachen Leuten, die seiner Obhut anvertraut waren, einem merkwürdigen, dumpfen demokratischen Geist begegnete, dem irrgläubigen Gefühl, daß das Universum unteilbar sei; daß Machtbefugnisse nicht übertragen worden seien, sondern sich entwickelt hätten; daß die Dinge relativ, nicht absolut, seien, und so weiter – alles ausgedrückt in der ihnen eigenen, einfachen Art. Wie ein Wurm schien dieses Unbehagen das Herz des Pfarrers angenagt zu haben. Allmählich hatte man beobachten können, wie das Übel sein Gesicht und seinen Körper befiel, sich in die Augen und in die Stimme stahl, ja, bis in die Gesten seiner sehnigen Arme und Hände. Seine ganze Gestalt gemahnte an einen dunklen Baum, verdorrt und angefressen von einem austrockenden Wind, wie die spröden Eichen des Hochlands von Cornwall, verkrümmt und gespalten von den Atlantikstürmen.

Tag und Nacht mußte er in der verwahrlosten alten Pfarrei mit ihrem roten Gewächshaus über dem Unrecht gebrütet haben, das ihm seine Leute antaten, indem sie ihn der ihm obliegenden Verpflichtung beraubten, der Macht, ihre Seelen zu retten. Als ob ein Offizier, geknebelt und gebunden an der Spitze seiner Kompanie, gezwungen worden wäre, zuzuschauen, wie sie ohne ihn operierte. Er glich einem Lehrer, der inmitten des Gejohles seiner Schüler an sein Pult gefesselt ist. Sein Versagen war für ihn eine seltsame und unerträgliche Tatsache, unerklärlich, tragisch – ihre Bedeutung ihm verdeckt durch die geheimnisvolle Mauer, die jeder Mensch in seiner Blindheit für die Beschaffenheit seiner Natur zwischen sich und seinen Mitmenschen errichtet. Es stand für ihn außer Zweifel, daß seine Pfarrkinder, durch ihr eigenes störrisches Benehmen seines Beistands beraubt, und dem der Kirche, und damit ohne Kirche auch ohne Gott, der Verdammnis preisgegeben waren. Wenn aber sie der Verdammnis preisgegeben waren, dann war er, ihr eigener Pfarrer – ihr rechtmäßiger Führer, das Sinnbild der Kirche und damit Gottes –, nichts als ein morscher Baum ohne Frucht.* Diesen Gedanken konnte er nicht ertragen. Unfähig, sich so zu sehen, wie andere ihn sahen, strengte er sich an, Entschuldigungen für sie zu finden. Er fand keine; denn er wußte, daß er keine engherzigen Lehren gepredigt hatte, denen wie ein Fluch die Bigotterie anhaftete, die ihm in den papistischen und nonkonformistischen Bekenntnissen begegnete. Die Lehren und Glaubenssätze, die zu verbreiten er berufen war, boten den richtigen und nötigen Spielraum, nicht mehr und nicht weniger. Er war peinlich darauf bedacht, sogar gegen sein eigenes Empfinden, die Erlasse nach dem Buchstaben zu befolgen.

* Galsworthy hat hier offenbar das Gleichnis vom Feigenbaum im Auge.

Deshalb konnte nichts am Inhalt seiner Lehre den allmählichen Abfall seiner Herde erklären, noch konnte er an der Form irgend etwas entdecken, das ihm ungerechtfertigt erschien. Doch genau wie die Flut vom Fuß der grauen Klippen zurückwich, so wich sie ohne Hast, aber mit tödlicher Sicherheit, von seiner Kirche. Was konnte er also anderes glauben, als daß seine Pfarrkinder ihn persönlich angreifen wollten?

Im Schulhaus, auf der Post, im Park, bei der Chorprobe oder auf dem Weg zum Gottesdienst: wo immer er sie traf, wollte er offensichtlich ständig kleine Demütigungen oder Unhöflichkeiten bemerken. Er war, glaube ich, fast so weit, sich einzubilden, daß diese Leute, die nie zur Kirche kamen, die Stunde von Geburt, Tod und Hochzeit böswillig so festsetzten, daß sie sich über die Unbequemlichkeit lustig machen konnten, die sie dadurch einem bereiteten, der sich weder weigern konnte noch wollte, seine Pflicht zu tun. Es war Gotteslästerung, was sie da begingen. Indem sie das Haus Gottes mieden und doch die Dienste seines Priesters beanspruchten, machten sie Gott zu ihrem Knecht.

Man konnte ihn an jedem beliebigen Abend, das Kinn auf die Hand gestützt, in seinem Studierzimmer antreffen; die Öllampe flackerte leicht, seine Hunde lagen zusammengerollt neben ihm, und über den Käfig des Kanarienvogels war ein Staubtuch gezogen, damit das kleine Geschöpf nicht unter dem Licht leiden mußte. Schon die ersten Worte, die er dann sprach, zeigten, wie endlos er brütete. «Nichts», pflegte er zu sagen, «gedeiht je in diesem Dorf; ich habe dies und jenes angefangen! Nehmt den Fußballklub, nehmt die Bibelstunde – alles zwecklos! Mit solchen Leuten, die es an jeglicher Ehrerbietigkeit, Demut und Disziplin missen lassen! Ihr habt nicht den gleichen Umgang mit ihnen gehabt wie ich!»

In der Tat hatte sich sein Umgang mit ihnen im ganzen Bezirk herumgesprochen. Einer Petition zu seiner Amtsenthebung, im geheimen zustande gekommen und dann dem Bischof unterbreitet, war natürlich kein Erfolg beschieden gewesen. Ein Pfarrherr konnte unter keinen Umständen aus seiner Pfründe entfernt werden – sie war für ihn von seinem Vater erworben worden. Ebensowenig konnte bloß mit der Entschuldigung der persönlichen Abneigung der Gemeindeglieder gegen ihn an seiner Stellung als Geistlicher gerüttelt werden – da konnte man wahrhaftig geradesogut darum ersuchen, die Kirche selbst abzuschaffen. Im Wissen um seine unangreifbare Stellung drückten seine Pfarrkinder ihren Unmut in störrischen Blicken und den Worten aus: «Gut, uns soll's recht sein!»

Es war im zwanzigsten Jahr seines Wirkens als Pfarrer, daß eine geringfügige Differenz mit dem Kirchenrat folgenden Brief von ihm nach sich zog: «Es ist meine Pflicht, meine Absicht festzuhalten, keine weiteren Versammlungen zu besuchen, denn als Christ kann ich nicht fortfahren, mit jenen zu verkehren, die sich hartnäckig weigern, in die Kirche zu kommen.»

Es war damals Ende September, und das Erntedankfest war auf den folgenden Sonntag festgesetzt worden. Die Woche verging, aber die Bauern hatten keine Gaben zur Ausschmückung der Kirche bereitgehalten; auch die Fischer, die aufgrund eines alten Brauches in jener Gemeinde gekauftes Obst an Stelle ihrer glänzenden Fische beisteuerten, sandten nichts. Der Boykott war offensichtlich im voraus vereinbart worden.

Aber als der Pfarrherr an jenem Sonntag die Kanzel betrat, war die Kirche voller, als sie es seit vielen Jahren gewesen war. Männer und Frauen, die seit langem dem Gottesdienst nicht mehr beiwohnten, waren gekommen, offenbar weil sie es reizte zu sehen, wie «der alte Herr» es aufnehmen würde. In den wettergewohnten Augen der Bauern und Fischer lag belustigte Neugier, wie man sie in den Augen von Männern beobachten kann, die irgendeinen armen Teufel umringen, den sie, angetrieben von einem derben Gerechtigkeitssinn, in eine entwürdigende Situation gelockt haben. Ihre Gesichter schienen fast ohne Ausnahme zu sagen: «Sir, wir hatten weder Anteil noch Stimme bei Eurer Wahl. Vom ersten Tag an habt Ihr uns den Teufel an die Wand gemalt. Wir haben Euch nie gewollt. Wenn wir Euch haben müssen, wollen wir jedenfalls ein wenig unseren Spaß mit Euch haben!»

Des Pfarrers weißes Antlitz, das sich über der dunklen Kanzel erhob, nahm regungslos die Pfeile all unserer Blicke entgegen; seine eigenen tiefliegenden, hungrigen Augen waren auf die Bibel in seiner Hand gerichtet. Er verlas seinen Text: «Die köstliche Frucht der Erde...»*

Seine Stimme – an jenem Morgen, wie ich mich erinnere, merkwürdig sanft und leise – begann zu predigen von der Wohltätigkeit und Güte Gottes, der es der Erde gestattet hatte, Jahr für Jahr die Menschen mit Nahrung zu versorgen, nach ihrem Bedarf. Es war, als ob die milde Stimmung jener Zeit des Reifens seinen heimatlosen Geist erquickt

* Jak. 5,7.

hätte. Aber sogleich hielt er inne, lehnte sich vornüber und schaute uns, Mann für Mann, Frau für Frau, alle an. Die Augen hatten jetzt das eigentümliche Flackern, das wir so gut kannten. Seine Stimme erhob sich wieder: «Und wie habt ihr diese Wohltat vergolten, meine Brüder, wie habt ihr eure Dankbarkeit Gott gezeigt, der in seiner Kirche und in mir, ihrem bestallten Vertreter, leibhaft gegenwärtig ist? Glaubt ihr denn, daß Gott sich von euch ungestraft beleidigen läßt? Glaubt ihr in eurem törichten Stolz, daß Gott euch diese verräterische Schmähung ohne Strafe hingehen läßt? Wenn ihr das meint, irrt ihr euch kläglich. Ich kenne die Tiefen eurer rebellischen Herzen; ich lese in ihnen wie in diesem Buch. Ihr versucht, wie ihr es immer versucht habt, meiner Autorität zu trotzen – ein eigensinniger und ungehorsamer Menschenschlag. Aber laßt mich euch sagen: der Gott, der seine heilige Kirche über euch gesetzt hat, ist ein gerechter und starker Gott; wie ein wohlmeinender Herr seine Hunde zu ihrem eigenen Besten züchtigt, so wird er euch züchtigen. Ihr habt versucht, mich aus eurer Mitte zu vertreiben» – und aus seinen blassen, verzerrten Lippen drang durch die atemlose Stille ein Laut wie ein Lachen –, «die Kirche, Gott selbst zu vertreiben! Ihr hättet keinen schwereren Irrtum begehen können. Glaubt ihr, daß wir, mit der feierlichen Verantwortung für euer Seelenheil, von solch kindischer Rebellion gerührt werden können? Wahrlich nicht! Gott hat uns eingesetzt – Gott allein sind wir Rechenschaft schuldig. Wenn auch jeder Mann und jede Frau in der Gemeinde, und selbst jedes Kind, von dieser Kirche abfiele, würde ich doch keinen Schritt von meiner Pflicht weichen oder mein Amt niederlegen! Da könnt ihr euch, meiner Treu, ebensogut einbilden, eure große Kirche sei irgendein armer, von Menschen gewählter Führer, der euren Launen unterworfen ist und ganz nach eurem Belieben abgesetzt werden kann! Stellt ihr euch das Wesen der Kirche und meines Amtes so niedrig und gering vor, daß ich euch mit dem Futter füttern soll, mit dem ihr gefüttert werden wollt; euch auf die Weiden führen soll, die ihr bestimmt? Nein! Meine Brüder, diese Macht habt ihr nicht! Wird denn der Schafhirt von den Schafen gewählt? Hört also auf die Wahrheit, oder ihr seid verloren! Die Kirche ist ein Fels, errichtet von Gott mitten im Treibsand des Lebens. Sie ist vom Himmel, nicht von dieser elenden Erde. Ihr Auftrag ist es, zu befehlen, eurer, zu gehorchen. Wenn der letzte Christ in diesem Lande sich als Rebell und Verräter erwiese, die Kirche mit ihren Dienern würde unbeweglich verharren, wie ich jetzt hier stehe, fest in meinem heiligen Entschluß, eure Seelen zu retten. Kniet nieder und bittet Gott, euch zu vergeben für die mutwillige Beleidigung, die ihr ihm angetan habt! Choral 266: ‹Lead, kindly Light, amid the encircling gloom!›»*

In den grauen Seitenschiffen, wo eine unglaubliche Stille herrschte, ertönten Orgelklänge. Die erste Strophe des Liedes wurde nur vom Chor und ein paar Frauenstimmen gesungen; dann, einer nach dem andern, fielen die Männer ein. Unsere Stimmen schwollen zu einem lauteren Gesang an, als wir ihn je zuvor in der kleinen Kirche gehört hatten – ein aufrührerischer, mißtönender Lärm, als ob jeder in dieser grimmigen Gemeinde in den Worten jenes lieblichen Chorals dem ganzen Ärger in sei-

* Dieses Kirchenlied existiert im Wortlaut auf deutsch nicht; dafür entsprechend das uns vertraute «So nimm denn meine Hände!».

nem Innersten Luft machen würde. Das Dröhnen, das durch die offene Tür nach draußen drang, hatte bestimmt die vorbeigehenden Wanderer und die Gänse auf dem benachbarten Hofplatz erschreckt. Es endete mit einem Stöhnen wie der lang ausgehaltene Seufzer einer Welle, die zurückrollt.

Im Dorf wurde die ganze nächste Woche lang über kaum etwas anderes als diese Predigt geredet. Bauern und Fischer sind erfahrene Leute. Die Umstände ihres Lebens, das sie nur durch ihre eigenen, unablässigen Bemühungen sichern können, das von keiner Kraft getragen wird als ihrem eigenen Mut in dem immerwährenden Kampf mit Land und See, verleihen ihnen eine gewisse tiefe Weisheit. Unter den Fischern gab es einen weißbärtigen alten Kerl, der sogar eine tiefe Bedeutung in des Pfarrers Predigt zu sehen schien.

«Er stellt sich über uns, wie der Zar von Rußland», sagte er, «der Geist dahinter ist verkehrt. Zu reden von unendlicher Güte, das gibt es in der Kirche nicht, soviel ich weiß; da heißt es immer: ‹Tu dies oder sei verdammt!› Dieser Mann – da fällt der Apfel nicht weit vom Stamm!» Er redete wahrhaftig, als sei die Haltung des Pfarrers ihnen gegenüber ein Symbol für die Haltung der Kirche gegenüber den Menschen.

Bei den Bauern wurden solche Zusammenhänge durch das Aussprechen einfacherer Gedanken verschleiert:

«Man kann ein Pferd zur Tränke führen, aber nicht zum Saufen zwingen!»

«Was will er unsere Seele retten! Soll er seine eigene retten!»

«Wir sind ihm wohl nicht gut genug, daß wir ihn predigen hören dürfen!»

Die Gemeinde, vor die der bedauernswerte Mann am nächsten Sonntagmorgen trat, bestand aus seinem Küster, zwei Fremden, drei alten Frauen, eine davon stocktaub, und vier kleinen Mädchen.

Spät an jenem wilden, windigen Nachmittag verbreitete sich im Dorf ein schadenfrohes Gerücht: «Der Alte ist auf Tressellyn High Cliff und redet zu den Wassern!»

Bald versammelte sich eine Menschenmenge, die nach dem geringsten Ereignis begierig war, das Abwechslung versprach. Jenseits der Talmulde, über den grauen Dächern des Fischerdorfes, erhebt sich jäh Tressellyn High Cliff. Auf der Höhe, am äußersten Rand, konnte man die winzige schwarze Gestalt eines Mannes mit über den Kopf erhobenen Armen stehen sehen. Jetzt kniete er, dann stand er minutenlang mit ausgestreckten Händen da, während hinter ihm, hingelagert im kurzen Gras, seine beiden Terrier als weiße und braune Flecke sichtbar waren. Plötzlich konnte man ihn wild gestikulieren und die gefleckten Silhouetten der Hunde hochspringen und sich ducken sehen, wie entsetzt über das Benehmen ihres Meisters.

Zwei Stunden lang beobachteten die Dorfbewohner mit sensationslüsternem Ernst dieses gespenstische Schauspiel. Das allgemeine Urteil war: «Der Alte ist schön in Fahrt.» Aber ganz allmählich weckte der Anblick jener winzigen schwarzen Gestalt, die ihren Gott anrief – den Gott seiner streitbaren Kirche, die durch Unterwerfung lebte –, den Aberglauben von Menschen, die selbst in einem urtümlichen Kampf mit den Elementen lebten. Sie konnten nicht anders, als das anerkennen, was so sehr dem rachsüchtigen Geist eines kriegerischen

Volkes entsprach. Man konnte sehen, daß sie sogar langsam Angst bekamen. Dann verdeckte ein heftiger Regenguß, der vom Meer hereinwehte, die Sicht auf ihn ganz.

Am nächsten Morgen früh verbreitete sich die Nachricht, daß der Pfarrer in seinem Armsessel gefunden worden war, die beiden Hunde ihm zu Füßen und der Kanarienvogel auf seiner toten Hand ruhend. Er hatte noch dieselben nassen Kleider an, als ob er in jenen Stuhl gesunken und aus barer Erschöpfung entschlummert sei. Der Körper des «armen, bedauernswerten Herrn» – erzählte mir die alte Haushälterin – war zusammengefallen und eingesunken, sein Kinn ruhte auf dem kleinen goldenen Kreuz, das auf seinem Talar baumelte.

Sie bestatteten ihn in jenem Fleckchen Grün, abseits von seinen Pfarrkindern, das er zu seinem Grab bestimmt hatte, und auf den Grabstein schrieben sie diese Worte:

Hic iacet
P—— W——
Pastor Ecclesiae Britannicae

«Gott ist Liebe»

Blitz aus heiterem Himmel

Meine Geschichte trug sich vor dem Krieg zu, als die Umstände so waren, daß unsere privaten Tragödien und Komödien noch wichtig genug zu sein schienen.

Ich hatte meinen Freund Frank Weymouth schon seit Jahren nicht mehr gesehen, als ich ihn und seine Frau an jener Weihnacht in dem großen Hotel in Heliopolis zufällig traf. Er hatte seit je ein sonniges Gemüt und sah nach einem heimlichen Genießer aus; daran hatte nicht einmal die Hausvaterwürde an einer Internatsschule etwas zu ändern vermocht. Von seiner Frau, die ich erst zweimal gesehen hatte, war ich ein wenig überrascht. Ich hatte eine ruhige, eher dunkle kleine Person mit mißtrauischem Blick in Erinnerung; aber diese Frau war wie ein junges Kätzchen, voller Schalk und Übermut und immer in Bewegung – zweifellos eine Reaktion auf das erzwungene Dekorum in einer Umgebung, wo sie in einer Atmosphäre wie in einem Glashaus, streng auf Anstand bedacht, die Pflegemutter von vierzig Jungen war. In unserem ägyptischen Hotel, mit seinen sanften, gescheiten Berbermädchen, der riesigen Halle, dem Palmengarten und dem internationalen Publikum, dem

Golfplatz mit den arabischen Balljungen: dunkelhäutig, klein und flink – in diesem Hotel, wo die Wüste vor der Türe lag, machte Jessie Weymouth ihre Kapriolen und rollte die großen dunklen Augen, kratzte und streichelte uns mit ihren Pfötchen. Es war plötzlich Leben in sie gekommen, und sie rannte ihm nach wie die Katze dem Schwanz. Sie schleppte uns alle mit auf diese lustige Jagd, und der lächelnde Gleichmut, mit dem Weymouth ihre Extravaganzen hinnahm, erregte meine Bewunderung. Offenbar war er sich ihrer Zuneigung sicher und wußte, daß ihre Krallen stumpf waren. Hinter ihm lag ein anstrengendes Quartal, er wollte ausspannen, war physisch erschöpft und geistig ausgebrannt. In der Sonne zu faulenzen, war anscheinend sein einziger Wunsch.

Ich weiß nicht mehr, wer zuerst von einer Wüstenexpedition redete, aber es war Jessie Weymouth, die die Sache vorantrieb. Die Weymouths waren nicht reich, und eine Wüstenexpedition kostet Geld. Sie, ich und ein Ehepaar Breckonridge hatten beschlossen, sich zu beteiligen, als die Breckonridges plötzlich nach Hause gerufen wurden, weil ihre Tochter erkrankt war. Jessie Weymouth stampfte vor Enttäuschung. «Wenn wir jetzt nicht gehen, sterbe ich», rief sie aus; «wir müssen einfach jemanden auftreiben.»

Wir trieben die Radolins auf – ein österreichisches Ehepaar, mit dem wir nach einem Dinner gelegentlich zusammensaßen. Er war ein Graf, hatte eine Bank in Konstantinopel, und sie war, glaube ich, die Tochter eines Wiener Malers. Sie hatten meine Aufmerksamkeit erregt, weil sie das pure Gegenteil der Weymouths waren. Er kostete seine Ferien aus, tanzte, spielte Golf, ritt; während sie außerordentlich unbeteiligt schien, blaß, sozusagen von ihrem lebhaften Mann ins Schlepptau genommen. Ich sah sie jeweils in der prächtigen Halle sitzen, den Blick offenbar ins Leere gerichtet. Ich konnte mir nicht darüber klarwerden, ob sie mir gefiel. Sie hatte eine bewundernswerte Figur und ebensolche Augen – eisgrün, mit dunklen Wimpern. Aber es war, als verderbe dieses lustlos müde Gehabe ihr Gesicht. Ich erinnere mich, daß ich mich fragte, ob es uns nicht auch den Ausflug verderben würde. Aber wir konnten Jessie Weymouth nicht enttäuschen, und daß Radolin ein guter Gesellschafter war, fanden wir alle.

Wir brachen also, wie alle Wüstenreisenden, am Neujahrstag im Mena House auf. Wir hatten nur vierzehn Tage Zeit, denn die Weymouths mußten am Zwanzigsten in England zurück sein.

Unser Führer war ein lustiger Schelm, was sein Temperament, und ein algerischer Beduine, was seine Herkunft anbelangte. Neben ihm hatten wir zwölf Araber dabei, einen griechischen Koch, sieben Kamele, vier Esel und fünf Zelte. Wir schlugen die übliche Route nach Faijum ein. Ich erinnere mich genau an unseren Aufbruch. Zuvorderst Jessie Weymouth auf einem silbergrauen Esel und unser Schelm auf seinem Lieblingskamel. Dann Radolin, Weymouth und ich auf den anderen drei Eseln; schließlich Hélène Radolin, die unnahbar, mit wiegendem Körper, auf dem zweiten Reitkamel thronte. Die Lastkamele waren vorausgegangen. Den ganzen Tag zuckelten wir vorwärts und folgten dem Fluß nach Samara, wo wir in dieser Nacht in gebührendem Abstand von dem übelriechenden Dorf unser Lager aufschlugen. Ich hatte das mittlere Zelt, die Weymouths waren zu meiner Rechten, die Radolins zur Linken. Unser lustiger Schelm hatte für alles gesorgt, und dank ihm, Jessie Weymouth und Radolin ging es beim Abendessen recht lebhaft zu und her. Trotzdem waren diese ersten drei Tage entlang dem bebauten Land enttäuschend. Aber am vierten waren wir ein gutes Stück draußen im einsamen Sand, und die Wüstenluft stieg uns langsam in den Kopf. In jener Nacht kampierten wir zwischen kahlen Hügeln unter einem wundervollen Sternenhimmel, kalt und klar wie Kristall. Unser Schelm übertraf sich selber beim Essen; Jessie Weymouth und Radolin waren wie toll und Weymouth so heiter wie früher. Nur Hélène Radolin bewahrte ihre Zurückhaltung, nicht trotzig, nur als habe sie es verlernt, fröhlich zu sein. Trotzdem kam ich in dieser Nacht zu der Überzeugung, daß sie wirklich eine schöne Frau war. Die langen Tage an der Sonne hatten ihr Farbe gegeben, die Müdigkeit aus ihrem Gesicht gewischt; und mindestens zweimal an diesem Abend sah ich Weymouth sie betrachten, als habe er auch soeben diese Entdeckung gemacht.

Die Späße von Jessie Weymouth und Radolin erreichten beim Abendessen ihren Höhepunkt und endeten damit, daß die beiden in die Nacht hinaus auf einen Hügel in der Nähe rannten.

Als ich vor dem Zelteingang saß und die Sterne zählte, schloß sich mir unser Schelm an. Der Bursche war in England gewesen und wußte Bescheid über die Freiheiten im Westen und die Art unserer Frauen.

«Sie ist schon in Ordnung, Mrs. Weymut», sagte er zu mir. «Mr. Weymut ein sehr ruhiger Mann. Ich denke, er hat bald genug von ihrem Flirten, aber er sagt nie was – ist zu verflucht anständig. Der

Graf, der ist auch in Ordnung, aber die Gräfin – oh, die ist aus Eis! Wir bekommen morgen in El Faijum frische Früchte.» Er ging weiter zu seinen Leuten, in zweihundert Meter Entfernung, bei den Kamelen.

Es war wunderbar still. Im Licht von Sternen und Halbmond war der Sand wie Puder; kein Lüftchen wehte, und doch war es köstlich kalt – die Wüste bei guter Laune; nichts, was den Puls so beschleunigen und doch so das Fieber kühlen könnte; kein Laut, keine Bewegung ringsum in der Nacht!

«Ist es nicht himmlisch? Gute Nacht!»

Hélène Radolin in ihrem Pelz ging an mir vorüber. Der Ausdruck in ihrem Gesicht und die Bewegungen ihres Körpers waren wie ein Teil dieser einsamen Stille. Sie ging in ihr Zelt. Ich blieb noch sitzen und rauchte. Und gleich darauf sah ich vor dem Eßzelt Weymouth; er hatte den Kopf nach hinten geworfen und sog in tiefen Zügen die Nachtluft ein. Im Schein der Laterne über dem Zelteingang sah es aus, als beseele ihn ein seltsames, freudiges Erstaunen. Dann ging auch er zu seinem Zelt. Zehn Minuten später kamen die Spaßmacher zurück. Mrs. Weymouth voran und sehr still; sogar recht verärgert sah sie aus, als sei sie in ihrer eigenen Wertschätzung ein wenig gesunken. Sie gingen in ihre Zelte, und einen Augenblick lang vernahm ich Stimmen links und rechts; dann hüllten die Stille und das pudrige Licht alles ein.

Am folgenden Tag hatte ich genug vom Eselreiten; ich ging mit den Arabern zu Fuß und bekam meine Begleiter kaum zu Gesicht. Ich glaube, Weymouth und die Gräfin saßen auf den beiden Reitkamelen und Radolin und Mrs. Weymouth auf ihren Eseln. Etwa um fünf Uhr erreichten wir El Faijum. Diesmal hatten wir nur wenig Platz zum kampieren. Und in Zelten, die dicht nebeneinander stehen, läßt es sich nicht vermeiden, daß man wenigstens den Tonfall der Gespräche rundherum vernimmt; ich war überrascht von dem fast scharfen Ton bei den Weymouths. Jessie Weymouth schien sich zu beklagen, daß Frank den ganzen Tag nicht mit ihr geredet hatte.

«Ich nehme an», sagte sie, «es hat dir nicht gefallen, daß ich gestern nacht mit dem lieben Grafen weggelaufen bin?»

Weymouths Stimme antwortete recht gutmütig: «Oh, überhaupt nicht; weshalb sollte es mir etwas ausmachen?»

Der darauffolgenden Stille entnahm ich, daß Jessie Weymouth enttäuscht war. Vielleicht bilde ich mir nur ein, ich hätte an jenem Abend gespürt, daß etwas in der Luft lag, aber jetzt, in der Rückschau, kommt es mir so vor. Über dem Dinner lag jedenfalls ein Mißton: die kleine Mrs. Weymouth abwechselnd keck und trübsinnig, Weymouth und die Gräfin gedämpft, Radolin gekünstelt; es lag an unserem Schelm und mir, die Unterhaltung in Gang zu halten. Der Bursche beobachtete haarscharf, zog aber nicht immer die richtigen Schlüsse.

«Mrs. Weymut ist eine Laus über die Leber gekrochen», sagte er zu mir, als ich schlafen ging. «Ich bringe es morgen in Ordnung. Ich hole eine Tänzerin in Sennourès. Eine gute, oho! Sie macht die Ehepaare glücklich. Wir bekommen auch frische Eier.»

Eisige Stille rechts und links in den Zelten jene Nacht!

Eine ganze Tagereise durch die Kulturen des El

Faijum brachte uns zum Lagerplatz außerhalb von Sennourès, mitten in einem Palmenhain – ein bezaubernder Ort, dem jedoch die klare, kalte Geistigkeit der Wüstennacht fehlte.

«Eine gute» war die Tänzerin gewiß. Was für ein Weibsbild – ganz biegsame, geschmeidige Verführung und Geklirr zitternder Perlen! Die Erregung der Araber, die schockierten Kulleraugen von Jessie Weymouth – eine richtige kleine Puritanerin, wenn es drauf ankam! –, das Lachen unseres Schelms, die Zurückhaltung Hélène Radolins, die sogar diese Tocher Ägyptens in die Schranken wies – all das beeindruckte mich während der Darbietung.

Gegen Ende nahm sich die Ägypterin Weymouth vor und wurde ziemlich ungehalten, als sie ihm nichts als ein Lächeln abringen konnte. Sie bückte sich zu unserem Schelm herab, schielte zur Gräfin hinüber und murmelte eine Boshaftigkeit. Unser Schelm gab ihr lachend einen Klaps, und wir erhoben uns. Innerhalb von zehn Minuten war unser Lager leer – die Tänzerin, die Araber, alle waren sie fort ins Dorf gegangen. Ich trat hinaus, stand in der Dunkelheit zwischen den Palmen und hörte zu, wie die Blätter raschelten.

Drinnen im Eßzelt spielte Radolin Gitarre. Ihr Klang war beruhigend nach der sprühenden Arabermusik. Gleich darauf sah ich Weymouth aus dem Zelt herauskommen. Er stand unter der Laterne beim Eingang und schaute zurück. Für mich war sein Gesicht jetzt ganz im Licht, aber die drinnen konnten es, denke ich, nicht sehen. Nie werde ich den Ausdruck darauf vergessen. Abgöttische Verehrung!

»Hallo!» dachte ich, «was ist das?» Und im

gleichen Augenblick kam auch Hélène Radolin heraus. Sie ging ruhig an ihm vorüber; er versuchte nicht, zu sprechen oder ihr nachzugehen. Aber sie hatte es gesehen. Oh, gewiß! Sie hatte es gesehen und verschwand kurz darauf in ihrem Zelt. Und Weymouth stand da wie angewurzelt, als hätte ihn der Blitz getroffen, während hinter ihm unablässig die Gitarre schrummte und rund um uns die Palmenblätter in einer frischen Brise zitterten.

Es gehört heutzutage wohl zum guten Ton, über solche Dinge – über derartige Launen einer unberechenbaren Macht – zu lachen; verlauten zu lassen, das sei altmodisch, übertrieben – mit einem Wort: romanesk. Die Gleichheit der Geschlechter – sagt man –, die Hinwendung der Frauen zu Grips und Hosen, habe Venus entthront; und doch stelle ich mir vor, daß das Schicksal meines Freundes Weymouth auch noch den jungen Herren widerfahren könnte, die reden, als gäbe es Liebe ohne Leidenschaft und Besitzansprüche; als sei man gewillt, eine Frau, zu der man in Liebe entbrannt ist, einem andern zu überlassen oder sie ohne weiteres mit ihm zu teilen. Natürlich sind nicht alle Männer so heißblütig, aber mein Freund Weymouth war es leider; nicht umsonst hatte er mit diesem Haar, diesen Wangen und den dunkelblauen Augen das Aussehen eines lebensfrohen Genießers.

Während der restlichen Tage unserer Wüstenexpedition schürten die Umstände dieses Feuer unweigerlich. Und gewiß trug die kleine Jessie Weymouth ihr möglichstes dazu bei. Sie war als einzige von uns blind für das, was geschehen war. Ihre Sinne, müßt ihr wissen, waren abgestumpft durch dieses Leben voll anstrengender Pflichterfüllung, das sie und Weymouth während des Schulbetriebs kannten; da war sie es gewohnt, daß ihr Mann in den Ferien erschöpft war. Sie konnte ihn sich nicht anders als nüchtern vorstellen. Aber jetzt – wenn je ein Mann betrunken gewesen war! Die Sache wurde so offensichtlich, daß es recht schmerzlich war, ihre andauernde Blindheit mit anzusehen. Erst am zweiten Tag bei Sonnenuntergang, als El Faijum schon hinter uns lag und wir hoch oben am Rand der Wüste kampierten, ahnte sie ihr Unglück. «Die zwei» saßen auf Klappstühlen, nahe beieinander, und schauten dem Sonnenuntergang zu. Unsere Araber, denen wir zum Trost, daß sie die Freuden des El Faijum lassen mußten, einen Hammel geschenkt hatten, waren mit viel Geräusch dabei, das Tier mit dem Gedanken vertraut zu machen, daß es verzehrt werden sollte. Unser Schelm und Radolin waren nicht da; ich zeichnete, und Jessie Weymouth schlief in ihrem Zelt. Die beiden waren allein – ihre Gesichter einander zugewandt, und vielleicht berührten sich ihre Hände. Das Licht über den kahlen Hügeln war seltsam violett. Ich weiß weder, ob sie das bemerkten, noch was sie zueinander sagten, als Jessie Weymouth aus ihrem Zelt kam, sich streckte, gähnte und sich ganz wie ein Kätzchen – was sie ja auch war – von hinten anschlich, um sie zu erschrecken. In drei Metern Entfernung, ungesehen und ungehört, sah ich sie stehenbleiben. Sie öffnete die Lippen, und ihre Augen weiteten sich vor Erstaunen. Plötzlich verdeckte sie sie mit den Händen, drehte sich um und stahl sich zurück ins Zelt.

Mit hochroten Flecken auf den Wangen kam sie fünf Minuten später wieder heraus. Ich sah, wie sie zu ihnen hinüberrannte, fieberhaft versuchte, fröhlich zu sein, und doch für die beiden einfach nicht existierte. Niemand von uns existierte für sie. Sie hatten eine Welt für sich allein gefunden, und wir waren nur Schatten in der unwirklichen Welt, die sie verlassen hatten. Ihr kennt den rosa Seidelbast, dessen Blüten einen äußerst wohlriechenden, starken und ein wenig giftigen Geruch verströmen; wer zu lange daran riecht, den erfaßt eine fiebrige Glut. Diese beiden hatten am Seidelbast gerochen!

Mauern haben für zivilisierte Wesen einen einzigartigen Wert. Mir war, als höre ich die unterdrückten Vorwürfe, die unterdrückten Sehnsüchte in meinem dünnen Zelt zwischen den dünnen Zelten der beiden Paare, die das Fehlen von Mauern daran hinderte, ihren Gefühlen freien Lauf zu lassen. Und ich war tief beeindruckt von dem Schweigen der beiden, die die Liebe so plötzlich überwältigt hatte. Ich wagte es wahrhaftig nicht, mit Weymouth zu reden, solange wir alle auf diese Weise miteinander verbunden waren. Dieser Schullehrer aus England hatte auf wundersame Weise ganz die Fähigkeit verloren, sich so zu sehen, wie andere ihn sahen. Nicht etwa, daß die beiden «es miteinander hatten» – nichts derart Normales; es schien nur einfach so, daß für sie wie selbstverständlich alles außer dem anderen Luft war.

Sogar unserem Schelm war es ein Rätsel. «Zu Hause, wenn meine Frau sich schlecht aufführt, verhau' ich sie», sagte er zu mir; «wenn ich mich schlecht aufführe, zerkratzt sie mir das Gesicht.» Aber da hatten wir's – es gab keine Mauern. Hélène Radolin konnte nicht geschlagen und Weymouth nicht zerkratzt werden. Es war äußerst peinlich.

Alles hat schließlich ein Ende, und ich atmete auf wie nie zuvor, als uns das Mena House Hotel aus dieser beängstigenden Gemeinschaft erlöste.

Wie in gegenseitiger Übereinkunft setzten wir uns beim Dinner nicht an denselben Tisch.

Nach dem Essen aber sagte ich zu Weymouth: «Komm mit, wir schauen uns die Sphinx im Mondschein an.»

Er kam, immer noch traumverloren. Wir schwiegen noch, als wir bei der Sphinx anlangten, und setzten uns schräg vor ihr in den Sand.

Schließlich sagte ich: «Was willst du denn jetzt tun, alter Junge?»

«Ich kann nicht von ihr weggehen.»

Es war, als hätten wir die Sache schon ein dutzendmal besprochen.

«Aber du mußt am Zwanzigsten zurück sein?»

«Ich weiß.»

«Mein lieber Freund, das ist dein Ruin. Und Jessie?»

«Das muß ich ihr überlassen.»

«Das ist ja Wahnsinn, Frank!»

«Vielleicht. Ich kann einfach nicht gehen.»

«Und was ist mit *ihr*?»

«Ich weiß nicht. Ich weiß nur, daß ich gehen muß, wohin sie geht.»

Ich saß bloß da und starrte auf den unförmigen, unterbrochenen Schatten, den die Sphinx von der Seite auf den mondbeschienen Sand warf. Der merkwürdig handlungsarme Wüstenliebestraum war wirklich zu Ende! Etwas Konkretes – vielleicht etwas Schreckliches – mußte jetzt geschehen! Und ich stammelte: «Um Gottes willen, alter Junge, denk an deine Frau, deinen Beruf, an dich selbst – und nimm Vernunft an! Die Sache ist es wirklich nicht wert.»

«Vielleicht nicht. Aber mit Vernunft hat das nichts zu tun.»

Diese Bemerkung von einem Lehrer an einer englischen Internatsschule fand ich ungeheuerlich. Und plötzlich sprang er auf, wie von der Tarantel gestochen. Es wurde ihm plötzlich bewußt, wie anders Mauern alles machen. Sein Gesicht verriet seine Qualen. Die Frau, die er liebte, eingemauert mit dem Mann, den sie geheiratet hatte! Hinter uns die Wüste, Hunderte von Meilen reiner, roher Sand, und darin wir Menschen – zahm und vergeistigt! Vor uns die Mauern, und wir Menschen – wieder roh und begehrlich! Sonderbar! Ich weiß nicht, ob ihm die Ironie aufging; jedenfalls ließ er mich da sitzen und rannte zum Hotel zurück.

Ich verweilte noch ein wenig bei dem Rätsel aller Zeiten und fand, es sei noch einfach, verglichen mit dem Rätsel dieser Stunde. Dann folgte ich ihm. Würde letztlich das liebe Geld über alles entscheiden? Schließlich mußten die vier leben – konnten sie es sich leisten, die Augen vor der Wirklichkeit zu verschließen? Hélène Radolin hatte kein Geld, das wußte ich; Weymouth hatte diese Hausvorsteherschaft und Ersparnisse von ein paar hundert Pfund; dagegen war Jessie Weymouths Vater Oberst im Ruhestand und Radolin Teilhaber an einer Bank.

Eine Nacht hinter Mauern tat ihre Wirkung. Radolin nahm seine Frau am folgenden Tag mit sich zurück nach Heliopolis. Die Weymouths blieben im Mena House: in drei Tagen lief ihr Schiff aus. Ich erinnere mich noch gut, wie ich dachte: «Da hast du es, man soll nie übertreiben. Es war eine Fata Morgana und wird ebenso vergehen. Das gibt es nicht, daß Leute vom Blitz getroffen werden.» Und doch ging ich in einer Anwandlung von krankhafter Neugier nach Heliopolis.

Unterwegs im Bahnwagen spürte ich etwas wie

Enttäuschung – Hélène Radolin war Katholikin und Frank Weymouth ein englischer Gentleman. Diese beiden Tatsachen waren so fatal für das, was ich doch beendet zu sehen wünschte. Aber wir haben alle eine heimliche Liebe für das Romantische, oder sollen wir sagen – das Dramatische?

Wie dem auch sei, die Radolins waren fort. Sie waren an jenem Morgen nach Konstantinopel abgereist. In der orientalischen Halle, wo alles begonnen hatte, saß ich über meinem türkischen Kaffee und sinnierte. Ich sah wieder meinen Freund Weymouth vor mir, lustlos und müßig; seine munter schäkernde kleine Frau; den liebenswürdigen Radolin; und Hélène Radolin, stumm, die eisgrünen Augen leicht gerötet, als habe sie geweint. Die weißgekleideten Berberinnen huschten vorüber; Griechen unterhielten ihre dubiosen Damen; Deutsche machten gutturalen Lärm; das Orchester näselte den neuesten Tango. Alles war gleich, bis auf die Personen meines Traumgesichts. Und plötzlich nahm eine von ihnen Gestalt an – Weymouth stand wie verloren dort, wo das Foyer in die Halle überging. Seinem Gesicht merkte ich an, daß er wußte, sie waren fort; aber bevor ich mich ihm anschließen konnte, eilte er hinaus. Heute tut es mir leid, daß ich ihm nicht gefolgt bin.

An jenem Abend im Mena House wollte ich gerade anfangen, mich zu entkleiden, als Jessie Weymouth an meine Tür klopfte.

«Haben Sie Frank gesehen?»

Ich sagte ihr, wo ich ihn am Nachmittag gesehen hatte.

«Diese Frau!» schrie sie. «Er ist nicht zurückgekommen.»

Ich versicherte ihr, daß die Radolins heimgereist

waren. Sie starrte mich an und begann zu weinen. Sie weinte und weinte, und ich versuchte nicht, sie zu beruhigen. Sie war nicht nur verzweifelt und unglücklich, sondern auch bitter und wütend. «Solange sie wütend sein kann», dachte ich, «wird sie darüber hinwegkommen. Man ist nicht wütend, wenn man den Todesstoß erhält.»

Schließlich hatte sie sich den Kummer vom Herzen geweint, aber nicht ihre Wut und ihr Entsetzen. Was sie denn tun solle? Ich bemühte mich, sie davon zu überzeugen, daß Frank rechtzeitig erscheinen würde, damit sie morgen abend aufbrechen konnten. Er versuche wahrscheinlich, von der Geschichte loszukommen; sie müsse es als ein Fieber ansehen, eine Art Krankheit. Sie lachte verächtlich und voll Trotz und ging hinaus.

Weymouth erschien nicht, aber der Morgen bescherte mir einen Brief von ihm, mit einem Scheck über dreihundert Pfund, einem Schreiben für seine Frau und einem versiegelten Umschlag, adressiert an den Direktor seiner Schule.

Sein Brief an mich war folgenden Inhalts:

Alter Junge!

Ich gebe zu, daß ich mich aufführe wie ein Lump; aber entweder das oder der süße Strom des Vergessens, und so ist der Skandal weniger schlimm. Für meinen Chef hab' ich mir eine Geschichte ausgedacht; bitte schick sie ab. Der Scheck lautet über mein ganzes Vermögen, bis auf ungefähr fünfzig Pfund. Verwahre ihn für meine Frau; sie wird nochmals etwa fünfhundert lösen aus dem Verkauf unseres Hauses. Sie wird zweifellos zu ihrem Vater gehen und mich hoffentlich vergessen. Bitte sei so gut und geleite sie sicher an Bord. Es ist nicht wahrscheinlich, daß ich je nach England zurückkehren werde. Die Zukunft ist ganz ungewiß, aber wo *sie* ist, da muß ich sein. Postlagernd Konstantinopel wird mich erreichen, soweit ich das im Augenblick sagen kann. Adieu, und Gott mit Dir.

Dein ergebener F.W.

Tatsächlich begleitete ich dann Jessie Weymouth an Bord ihres Schiffes; ein höchst angenehmer Auftrag.

Eine Woche später reiste auch ich nach Konstantinopel ab, teils weil ich es Mrs. Weymouth versprochen hatte, teils weil ich mich nicht damit abfinden konnte, daß mein Freund ein Sklave seiner Leidenschaft sein sollte, ohne Arbeit und fast ohne Geld.

Die Radolins bewohnten ein altes Haus am jenseitigen Ufer, fast gegenüber von Rumeli Hissar. Ich besuchte sie ohne Voranmeldung und traf Hélène Radolin allein an. Im Halbdunkel dieses Raumes, ganz im türkischen Stil, wirkte sie auf mich völlig anders als in der Wüste. Wohl war sie matt und blaß wir zuvor, aber anders als bei unserer ersten Begegnung war eindeutig Leben in ihrem Gesicht. Sie sprach recht offen.

«Ich liebe ihn; aber es ist Wahnsinn. Ich habe versucht, ihn wegzuschicken; aber er will nicht gehen. Sie müssen wissen, ich bin Katholikin, und meine Religion bedeutet mir viel. Ich darf nicht mit ihm weggehen. Nehmen Sie ihn mit sich nach England zurück. Ich kann es nicht ertragen, zuzusehen, wie er meinetwegen sein Leben ruiniert.»

Ich muß gestehen, daß ich sie anschaute und mich fragte, ob es der Religion oder des fehlenden Mammons wegen war.

«Ach!» sagte sie. «Sie verstehen mich nicht; sie denken, ich hätte Angst, mit ihm in Armut zu leben. Das ist es nicht! Ich habe Angst um mein Seelenheil und um seines.»

Die Art, wie sie das sagte, war ungewöhnlich eindrucksvoll. Ich fragte sie, ob sie ihn traf.

«Ja; er kommt hierher. Ich muß es ihm gestatten. Ich kann den Ausdruck auf seinem Gesicht nicht ertragen, wenn ich nein sage.» Sie gab mir seine Adresse.

Er hatte eine Mansarde in einem kleinen griechischen Hotel, gleich oberhalb von Galata – eine baufällige Hütte, wo er wohnte, weil es billig war. Er schien nicht überrascht, mich zu sehen. Aber ich erschrak. Sein Gesicht, eingefallen und zerfurcht, war bitter und ausgemergelt, was die Stellung und Farbe der Augen so betonte, daß sie fast schwarz aussahen. Eine lange Krankheit hat genau diese Wirkung.

«Wenn sie mich nicht lieben würde», sagte er, «könnte ich es ertragen. Aber das tut sie. Nun! Solange ich sie sehen kann, werde ich durchhalten; und sie wird schließlich zu mir kommen.»

Ich wiederholte ihre Worte mir gegenüber; ich sprach von seiner Frau, von England – keine Erinnerung, keine Anspielung, kein Appell an die Vernunft berührte ihn.

Ich blieb einen Monat und sah ihn fast täglich; er ließ sich kein bißchen umstimmen. Am Ende dieses Monats hätte ich in ihm nie den Frank Weymouth wiedererkannt, der mit uns am Neujahrstag im Mena House aufgebrochen war. Verändert! Das war er allerdings! Ich hatte es geschafft, ihm über einen Botschaftsangehörigen, den ich kannte, zu einer Anstellung als Lehrer zu verhelfen – die Sache war armselig genug, es reichte gerade zum Überleben. Und als ich meinen Freund Tag für Tag beobachten konnte, begann ich jene Frau zu hassen. Und doch wußte ich, daß ihre Weigerung, ihn zu erhören, in aufrichtigem Glauben begründet war. Sie sah buchstäblich ihrer beider verlorene Seelen ineinander verschlungen durchs Fegefeuer wirbeln, wie die Seelen von Paolo und Francesca auf dem Gemälde von Watts. Nennt es Aberglauben oder was ihr wollt, jedenfalls waren ihre Skrupel völlig echt und in gewisser Hinsicht recht lobenswert.

Was Radolin betraf, so nahm er alles genauso hin, als gäbe es da gar nichts hinzunehmen; glatt und liebenswürdig wie immer – ein wenig härter um Mund und Augen, das war alles.

Am Morgen vor meiner Heimreise machte ich mich noch einmal auf den Weg, das übelriechende Treppenhaus hinauf, zur Mansarde meines Freundes. Er stand beim Fenster und schaute auf die Brücke hinunter – die schicksalsschwere Brücke von Galata, wo die Unglücklichen einst – und vielleicht noch heute – ihr Unglück zur Schau stellten. Wir standen Seite an Seite.

«Frank», sagte ich, «betrachtest du dich je im Spiegel? Das kann nicht so weitergehen.»

Kein Lächeln kann so bitter sein wie eines, das einmal fröhlich war.

«Solange ich sie sehen kann, werde ich durchhalten.»

«Du willst doch wohl nicht, daß eine Frau denken muß, sie hat ihre Seele verloren und ist schuld daran, daß du deine verlierst? Es ist ihr vollkommen ernst damit.»

«Ich weiß. Ich habe es auch aufgegeben, sie zu bitten. Solange ich sie sehen kann, ist es genug.»

Es war Wahnsinn!

An jenem Nachmittag nahm ich ein Boot zu den Radolins hinüber. Es war April – der erste richtige Frühlingstag, mild und warm. Die Judasbäume von Rumeli Hissar schlugen aus, die Sonne färbte das Wasser opalblau, und die ganze merkwürdige Stadt der Moscheen und Minarette, des westlichen Handels und der orientalischen Armut war wunderbar lebendig in diesem ersten Frühlingssonnenschein. Ich brachte mein Boot längs des Landestegs der Radolins und stieg aus. Ich erklomm die von den anspülenden Wellen bemoosten Stufen und betrat den kleinen, geschlossenen Garten. Ich war noch nie von dieser Seite her gekommen und hielt zwischen den Mimosen und Bougainvillea einen Moment lang Ausschau nach einer Tür, die dem Anstand Genüge tun würde. Da war ein Gartentor zur Linken, aber um dorthin zu gelangen, müßte ich an dem breiten Erdgeschoßfenster vorübergehen, von dem aus ich zuweilen über das Wasser nach Rumeli Hissar geblickt hatte. Meine Schuhe machten kein Geräusch auf den Marmorplatten, aber was ich im Zimmer sah, hielt mich davon ab, hinübergehen zu wollen.

Hélène Radolin saß vollkommen still in einem niedrigen Stuhl seitlich vom Fenster, die Hände auf dem Schoß, die Augen auf die Bodenfliesen geheftet, auf die ein Streifen Licht fiel. In der Krümmung ihres Flügels, die Ellbogen darauf gestützt, lehnte Weymouth, ebenso still, und blickte auf sie nieder. Das war alles. Aber der Eindruck, den ich erhielt: von angehaltenem Leben, von gefrorener Lava, war in gewisser Hinsicht schrecklich. Ich stahl mich die Stufen hinunter zu meinem Boot zurück und hinaus auf das opalblaue Wasser.

Weiter weiß ich euch nichts mehr von dieser

Geschichte zu berichten. Der Krieg kam bald darauf über uns alle. Gerüchte habe ich wohl gehört, aber ich weiß nichts aus erster Hand, wie man zu sagen pflegt. Und doch fand ich es der Mühe wert, diesen Fall eines «Blitzes aus heiterem Himmel» festzuhalten, in einer Zeit, da die Leute lachen über solch albernes Zeug.

Bäume

Sir Arthur Hirries, Baronet von Hirriehugh, in einer Grafschaft im Norden, war zum Entschluß gekommen, seinen Wald zu verkaufen, und wollte dabei – was während des Krieges gang und gäbe war – «patriotisch profitieren». Seine Devise, wie die der Zeitungsverleger, Militärschriftsteller, Werftbesitzer, Industriellen, Waffenfabrikanten und überhaupt der arbeitenden Bevölkerung, war: «Meinem Vaterlande will ich dienen, und wenn ich dabei reich werde, will ich es hinnehmen und in Staatsanleihen investieren.»

Mit einem verschuldeten Besitz und mit den besten Jagdgründen in jener Grafschaft im Norden hatte er es für das Opportunste gehalten, das Holz erst zu verkaufen, wenn es die Regierung um jeden Preis wollte. Seine Jagd zu verpachten war bis heute, da eine patriotische Tat und ein gutes Geschäft dasselbe hießen, einträglicher gewesen. Sir Arthur Hirries war fünfundsechzig und noch nicht grau; sein Schnurrbart schimmerte rötlich, ebenso seine Wangen, Lippen und Lider. Er war leicht x-beinig, hatte große Füße und ging fast schon gespreizt einher; ein wenig unbeholfen bewegte er sich in den besten Kreisen. Bei dem übersetzten Preis würde ihn das Holz von Hirriehugh für den Rest seines Lebens aller Geldsorgen entheben. Er verkaufte es deshalb an einem Apriltag, der schlechte Nachrichten vom Krieg brachte, auf der Stelle einem Regierungsbeamten. Er verkaufte es abends um halb sechs, mehr oder weniger gegen bar, und nahm einen doppelten Whisky mit Soda, um den üblen Geschmack hinunterzuspülen, den der Handel hinterließ. Sentimental war er zwar nicht, aber immerhin hatte sein Ururgroßvater das meiste angepflanzt und sein Großvater den Rest. Königliche Hoheiten hatten einstmals in den prächtigen Gründen gejagt, und wie viele Vögel er selbst auf den Wegen und in den Senken verfehlt hatte (denn er war kein großer Schütze vor dem Herrn), wollte er gar nicht wissen. Doch das Land war in Not und der Preis beachtlich. Er verabschiedete sich von dem Regierungsbeamten, zündete sich eine Zigarre an und schritt über den Rasen, um einen letzten Spaziergang durch seinen Wald zu machen. Er betrat den Park auf einem Weg, der durch eine Gruppe von gerade aufblühenden Birnbäumen führte. Sir Arthur Hirries, der Zigarren und Whisky dem Nachmittagstee vorzog, hatte nicht viel Sinn für die Schönheiten der Natur. Aber von diesen Birnbäumen war er nun beeindruckt: grünweiß gegen den blauen Himmel und große wattige Wolken, die nach Schnee aussahen. Die Bäume waren verflucht hübsch und versprachen eine gute Ernte, wenn sie den Spätfrösten entgingen; dabei sah es heute abend bestimmt nach Frost aus. An der Pforte hielt er einen Augenblick inne und drehte sich nach ihnen um – wie leicht gekleidete Mädchen stellten sie sich am Waldrand zur Schau. Das war allerdings nicht, was Sir Arthur Hirries sah, der gerade überlegte, wie er seinen Gewinn anlegen wollte, wenn die Hypothekenschuld beglichen war. Staatsanleihen – das Land war in Not!

Er ging durch das Tor und war auf einem Waldweg. Die verschiedenen Baumarten gaben seinen Wäldern Farbe. Sie zogen sich über Meilen hin, und seine Vorfahren hatten ziemlich alles gepflanzt: Buchen, Eichen, Birken, Bergahorne, Eschen, Ulmen, Haselnußsträucher, Stechpalmen, Tannen; hie und da eine Linde oder eine Weißbuche und tiefer in dem ausgedehnten Forst Lärchen in Gruppen oder Reihen. Der Abend war schneidend kalt, und Graupeln wirbelten aus jenen hellen Wolken. Er schritt tüchtig aus, zog an seiner würzigen Zigarre, und der Whisky wärmte ihn noch. Zunächst mit leiser Wehmut, die allmählich in Groll überging, dachte er daran, daß er nie mehr mit seinem Jagdstock einem seiner Gäste bedeuten würde, wo er stehen müsse, um die besten Vögel über sich zu bekommen. Die Fasane hatte man während des Krieges vernachlässigt, trotzdem scheuchte er zwei, drei alte Hähne auf, die lärmend rechts und links von ihm wegstoben. Hasen spazierten gemächlich hin und her über den Weg, in bequemer Schußnähe. Er kam an den Ort, wo bei der letzten Treibjagd vor fünfzehn Jahren Königliche Hoheit gestanden hatte, und hörte sie noch sagen: «Reines Vergnügen, der letzte Stand, Hirries. Vögel gerade so hoch, wie ich sie mag.» Tatsächlich stieg hier das Gelände recht steil an; da wuchsen Eichen und Eschen, und zwischen dem kahlen gräulichen Geäst der Eichen – die schlugen immer spät aus im Frühling – und den zartgrünen Blattkeimen der Eschen standen verstreut ein paar dunkle Tannen.

«Diese Tannen werden sie zuerst schlagen»,

dachte er, «stramme Bäume, wie Euklidische Geraden, und bis weit hinauf ohne Äste.» In dem steifen Wind bewegten sich die Wipfel etwas und klagten leise. «Dreimal so alt wie ich», dachte er, «erstklassiges Bauholz.» Der Weg bog jäh ab und verschwand in einem Lärchenwald, der so steil anstieg, daß er den recht düsteren Sonnenuntergang völlig verdeckte. Ein dunkler, melancholischer Wald, in zartem Braun und Grau; die grünen Triebe und karmesinroten Blüten verströmten in der Abendkühle Wohlgeruch, hätte er nicht Zigarrenrauch eingeatmet. «Daraus werden sie Grubenholz machen», dachte er, durchquerte den Wald und gelangte in ein Tal mit Heidekraut und Birken. Er kannte sich in Holz nicht aus und fragte sich, ob man die weiß schimmernden Stämme für etwas brauchen könne. Seine Zigarre war ausgegangen; er lehnte gegen einen der satinglatten Stämme unter dem Spitzenwerk aus Zweigen und Knospen und schützte sein Streichholzflämmchen. Ein Hase hoppelte zwischen den Heidelbeerstauden davon. Ein Eichelhäher, bunt wie ein Fächer, flatterte kreischend an ihm vorbei das Tal hinauf. Für Vögel interessierte sich Sir Arthur, und um eine schöne Gruppe von ausgestopften Eichelhähern vollzählig zu haben, fehlte ihm nur noch ein Exemplar. Er trug zwar keine Flinte bei sich, folgte aber dem «Kerl», um zu sehen, wo sein Nest war. Das Tal senkte sich unvermittelt, und der Wald veränderte sich: die Stämme wurden dicker und mächtiger. Es gab hier viele Buchen; er kannte die Gegend nicht, weil man da wohl treiben, aber wegen des fehlenden Unterholzes keine Schützen aufstellen konnte. Der Eichelhäher war verschwunden, und es wurde langsam dunkel. «Ich muß zurück», dachte er, «sonst komme ich zu spät zum Dinner.» Einen Augenblick war er unschlüssig, ob er den gleichen Weg zurück oder quer durch den Buchenwald zum Park zurückkehren sollte. Weil links von ihm der Eichelhäher wieder auftauchte, entschloß er sich, den Buchenhain zu durchqueren. Er ging einen schmalen Weg bergauf und kam durch dunklen Mischwald mit dichtem Unterholz. Der Pfad, der sich zunächst leicht nach links gewendet hatte, bog nach rechts ab. Sir Arthur folgte ihm eilig; er wußte, wie rasch die Dämmerung hereinbrach. Der Weg mußte doch gleich wieder links abbiegen! So war es, und dann wieder rechts, und weil das Unterholz nach wie vor dicht war, konnte er nur vorwärts oder zurück. Er ging weiter voran und kam langsam ins Schwitzen, obwohl im Halbdunkel Graupelregen fiel. Mit seinen einwärts gedrehten Knien und auswärts gedrehten Zehen war er nicht für schnelles Vorwärtskommen geschaffen; aber er schritt unverdrossen aus, mit dem unguten Gefühl, daß ihn der Weg immer noch von zu Hause wegführte, und meinte doch, er müssen sich jeden Augenblick wieder nach links wenden. Das tat er nicht; es war schon fast völlig dunkel, und Sir Arthur blieb erhitzt, atemlos und ein wenig verwirrt stehen, um zu horchen. Kein Laut, nur der Wind in den Baumwipfeln, und dort, wo zwei krumm gewachsene Stämme aneinander reiben, ein leises Knarren von Holz.

Ein regelrechtes Labyrinth war das. Er mußte schnurgerade durch das Unterholz auf einen andern Weg losgehen! Nie zuvor war er im Halbdunkel in seinem Wald gewesen, und die verwünschten Bäume erschienen ihm unheimlicher, als er es sich je hätte träumen lassen: fast bedrohlich. Zwischen ihnen durch und um sie herum stolperte er im Unterholz schnell weiter und fand doch keinen Weg.

«Da sitz' ich nun fest in diesem verdammten Wald», dachte er. Es tat ihm gut, die Gestalten, die ihn so furchterregend umzingelten, einen «Wald» zu nennen. Schließlich war es *sein* Wald, und kein allzu arges Mißgeschick konnte einem Mann in seinem eigenen Wald zustoßen, mochte es noch so dunkel werden. Er konnte nicht mehr als anderthalb Meilen von seinem Speisezimmer entfernt sein! Er schaute auf seine Uhr, deren Zeiger er gerade noch sehen konnte – fast halb acht! Aus dem Graupelregen war Schnee geworden, aber er merkte kaum etwas davon, so dicht standen hier die Bäume. Hingegen hatte er keinen Überzieher, und plötzlich spürte er jenes erste leichte widerliche Stechen in der Brust, das Böses ahnen läßt. Niemand wußte, daß er in diesem verdammten Wald war! Und in einer Viertelstunde würde er nicht mehr die Hand vor den Augen sehen können! Er *mußte* vorwärtskommen, hier herauskommen! Die Bäume, zwischen denen er, der sie bisher nie ernst genommen hatte, herumstolperte, erzeugten in ihm nun ein Gefühl der Übelkeit. Was waren sie für monströse Gewächse! Der Gedanke, daß unscheinbare Samen und Setzlinge seiner Vorfahren solch drohenden, erdrückenden Umfang angenommen hatten: geisterhafte große Gestalten, die bis zum Himmel reichten und die Erde aussperrten, reizte und entmutigte ihn. Er begann zu rennen, stolperte über eine Wurzel und fiel flach aufs Gesicht. Die verteufelten Bäume schienen es auf ihn abgesehen zu haben! Er rieb sich Ellbogen und Stirn mit seinen schneenassen Händen und lehnte gegen einen Baumstamm, um Atem zu holen und sich zu orientieren. Einmal hatte ihn als junger Mann in Vancouver Island die Nacht überrascht: eine recht furchterregende Sache! Aber er hatte es heil überstanden, obwohl sein Lager die einzige menschliche Behausung in einem Umkreis von zwanzig Meilen gewesen war. Und jetzt geriet er auf seinem eigenen Grund und Boden, kaum ein, zwei Meilen von zu Hause weg, in Panik! Wie einfältig! Und er lachte. Der Wind antwortete; er seufzte und peitschte die Baumwipfel. Offenbar tobte jetzt ein richtiger Schneesturm, von Norden, nach der Kälte zu urteilen – aber war es Nordost oder Nordwest? Wie sollte man überhaupt eine bestimmte Richtung einhalten können, ohne Kompaß, in der Dunkelheit? Überdies drehten die dicken Baumstämme den Wind in heftige richtungslose Böen ab. Er blickte nach oben, aber die zwei, drei Sterne, die er sah, halfen ihm nicht weiter. Es war eine schöne Bescherung! Und mit einiger Mühe zündete er eine zweite Zigarre an; denn er hatte zu frösteln begonnen. Der Wind in diesem verfluchten Wald drang durch das Wams und kroch um seinen eben noch von der Anstrengung erhitzten Körper, der jetzt klamm und halb erfroren war. Das konnte eine Lungenentzündung geben, wenn er nicht aufpaßte! Und indem er sich vorwärts von Baum zu Baum tastete, machte er sich schließlich wieder auf den Weg. Er mochte allerdings genausogut im Kreis herumgehen und sogar Wege überqueren, ohne es zu merken; und wieder meldete sich das widerliche Stechen in seiner Brust. Er blieb stehen und schrie. Es kam ihm vor, als rufe er gegen dunkle, feste Wände aus Holz, die den Schall zurückwarfen.

«Verfluchte Bäume», dachte er, «hätte ich euch

doch schon vor sechs Monaten verkauft!» Der Wind höhnte und zischte in den Baumwipfeln, und er rannte wieder los in der dunklen Wildnis, bis er mit dem Kopf gegen einen niedrigen Ast schlug und das Bewußtsein verlor. Er lag einige Minuten ohnmächtig, und ihm war eiskalt, als er wieder zu sich kam und sich hochrappelte.

«Allmächtiger», dachte er, halb benommen, «das ist eine schöne Geschichte. Kann sein, daß ich die ganze Nacht hier draußen bin!» Für einen phantasielosen Mann hatte er in diesem Moment erstaunlich lebhafte Visionen. Er sah den Regierungsbeamten vor sich, der sein Holz gekauft hatte, sah die leichte Grimasse, mit der er dem Preis zustimmte. Er sah seinen Butler, nachdem der Gong ertönt war, wie zur Salzsäure erstarrt neben der Anrichte stehen und darauf warten, daß er herunterkam. Was würden sie machen, wenn er nicht erschien? Würden sie auf die Idee kommen, daß er sich vielleicht im Wald verirrt hatte, und mit Laternen nach ihm suchen? Viel eher würden sie denken, er sei nach «Greenlands» oder «Berrymoor» hinüberspaziert und dort zum Essen geblieben. Und plötzlich sah er sich in der Nacht hier draußen im Schnee liegen, inmitten dieser verwünschten Bäume langsam erfrieren. Doch dann gab er sich einen Ruck und tauchte wieder in die Dunkelheit zwischen den Baumstämmen. Er war jetzt wütend: mit sich selbst, mit der Nacht, mit den Bäumen; so wütend, daß er nun gar mit der Faust auf einen Stamm, gegen den er gestolpert war, loshämmerte, bis seine Knöchel wund wurden. Es war erniedrigend, und Sir Arthur war Erniedrigungen nicht gewohnt. In einem fremden Wald, vielleicht; aber sich in seinem eigenen Revier so zu verlaufen! Schön, und wenn es die ganze Nacht dauerte, er würde hier herauskommen! Und er kämpfte sich verbissen weiter durch die Dunkelheit.

Er rang jetzt mit seinem Wald, als ob er lebendig und jeder Baum ein Feind wäre. Das mühselige, endlose Vorwärtsstolpern dämpfte schließlich seine Wut, und er geriet in einen Zustand dumpf vor sich hin dämmernden Brütens. Bäume! Sein Urgroßvater hatte sie gepflanzt! Er gehörte inzwischen der fünften Generation an, aber die Bäume waren fast so jung wie eh und je; ein Menschenleben war nichts für sie! Er lachte sich ins Fäustchen: und ein Mensch machte sich nichts aus ihnen! Wußten sie, daß man sie fällen würde? Dann geschah es ihnen recht, wenn ihnen nicht mehr wohl in der Haut war. Er zwickte sich: wieso überlegte er sich so merkwürdiges Zeug! Er erinnerte sich, daß ihm, als er einmal Leberbeschwerden hatte, hexenarmige Bäume wie feste, große Geschwüre erschienen waren: knollig, vernarbt, hohle faulige Wucherungen der Erde. Ja, das waren sie! Und er war mitten unter ihnen, in der pechschwarzen Schneenacht, in einen Kampf um Leben und Tod verwickelt. Das Wort «Tod» brachte ihn zur Besinnung. Warum konnte er sich nicht darauf konzentrieren, daß er hier herauskam? Was träumte er vom Leben und Wesen der Bäume daher, statt sich zu vergegenwärtigen, wie sein Wald angelegt war, damit er wieder in sich das Gefühl weckte, wie er sich zu orientieren hätte? Er zündete ein paar Streichhölzer an, um zu sehen, wie spät es war. Du lieber Himmel! Er war fast zwei Stunden marschiert, seit er das letzte Mal auf die Uhr geschaut hatte; aber in welcher Richtung? Er hatte gehört, ein Mann sei im

Nebel immer im Kreis herumgelaufen, weil er einen Knacks hatte. Er begann jetzt die Bäume auf Höhlungen hin zu untersuchen. Ein hohler Baumstamm würde ihn ein wenig vor der Kälte schützen, und damit gestand er sich zum ersten Mal seine Erschöpfung ein. Er war nicht sportlich und fünfundsechzig. Dennoch trotzte er dem Gedanken, daß er dies nicht mehr viel länger aushalten könnte, nochmals mit einem Wutanfall. Teufel auch! Da stand er jetzt nach allem, was er wußte, an derselben Stelle, wo er vielleicht ein dutzendmal auf seinem aufgeklappten Jagdstuhl gesessen war und zugeschaut hatte, wie die Sonne auf die kahlen Zweige schien oder wie sein Spaniel neben ihm mit der Nase zuckte, wenn die Treiber mit ihren Stöcken gegen die Bäume schlugen und ihr schrilles, langgezogenes «Achtung, Gockel» ertönen ließen. Würden sie die Hunde von der Leine lassen, die seine Spur aufnehmen konnten? Nein, zehn zu eins würden sie glauben, er bleibe, was auch schon vorgekommen war, nach dem Dinner gleich über Nacht bei den Summertons oder im Hause von Lady Mary. Plötzlich machte sein überanstrengtes Herz einen Sprung: er war wieder auf einen Weg gestoßen. Sein Verstand schnellte zurück wie ein Gummiband, entspannte sich und zitterte nur dankbar noch ein wenig. Er mußte bloß diesem Weg folgen, und irgendwo, irgendwie würde er hinausfinden. Und er dachte nicht daran, ihnen zu erzählen, was für ein Dummkopf er gewesen war! Wohin, nach rechts oder links? Er wandte sich um, so daß er den herumwirbelnden Schnee im Rücken hatte, und hastete, eingemauert von den Bäumen, vorwärts in der zu beiden Seiten immer schwärzeren Nacht. Um sich zu vergewissern, daß er nicht vom Weg abkam, bewegte er die Arme und streckte sie aus, als würde er Handharmonika spielen. Er lief, wie ihm schien, endlos weiter, bis ihm die Bäume den Weg versperrten und er keinen Durchlaß, keinen Ausweg fand. So kehrte er sich gegen den Wind und ging zurück, bis ihn die Bäume wieder aufhielten. Keuchend blieb er stehen. Es war grauenhaft – grauenhaft! In panischer Angst stürzte er dahin und dorthin, um die Abzweigung, die Gabelung, den Weg zu finden. Der Schnee brannte ihm in den Augen. Der Wind höhnte und pfiff, die Äste rieben aneinander und stöhnten. Er entfachte Streichhölzer und versuchte mit seinen kalten, nassen Händen das Flämmchen zu schützen; aber eines nach dem andern erlosch, und noch immer fand er keine Abzweigung. Anscheinend endete der Weg in beiden Richtungen in einer Sackgasse, und die Abzweigung war irgendwo seitlich. Er schöpfte wieder Hoffnung. Nur nicht aufgeben! Noch einmal ging er zurück und befühlte auf einer Seite die Bäume, um eine Lücke zu finden. Er atmete mühsam. Was würde der alte Brodley sagen, wenn er sehen könnte, wie er durchnäßt, halb erfroren und todmüde im Dunkeln in diesem verfluchten Wald herumstolperte – der alte Brodley, der ihn gewarnt hatte, daß sein Herz übel dran sei!... Ein Durchlaß? Ja! Keine Bäume, endlich ein Weg! Er kehrte zurück, spürte einen stechenden Schmerz in seinem Knie und schlug hin. Er konnte nicht aufstehen, denn er hatte sich, wie schon einmal vor sechs Jahren, das Knie ausgerenkt. Sir Arthur Hirries biß auf die Zähne. Viel Schlimmeres konnte ihm jetzt nicht mehr passieren. Einen bitteren Augenblick lang war alles trostlos; dann kroch er trotzdem den neuen Weg entlang. Seltsamerweise war er auf

Händen und Knie – er konnte ja nur eines brauchen – weniger mutlos und verstört. Es war eine Erleichterung, den Blick auf den Boden zu heften, statt die Bäume anzustarren, oder vielleicht war es so im Moment für sein Herz weniger anstrengend. Er kroch vorwärts und hielt fast jede Minute inne, um wieder zu Kräften zu kommen. Er bewegte sich mechanisch, wartete darauf, daß sein Herz, sein Knie, seine Lunge ihn bremsen würden. Der Boden war schneebedeckt; er spürte die Nässe und Kälte, während er sich mühsam vorwärtsschob.

Gute Spuren hinterließ er, wenn jemand sie zufällig entdeckte! Aber in diesem dunklen Forst! Einmal trocknete er sich während einer Atempause so gut es ging die Hände, zündete ein Streichholz an, hütete es verzweifelt und klaubte seine Uhr hervor. Nach zehn! Er zog die Uhr auf und steckte sie wieder in seine Brusttasche an das Herz. Wenn er nur sein Herz auch aufziehen könnte! Er hockte da und zählte seine Streichhölzer – vier! «Gut», dachte er grimmig, «ich will sie nicht anzünden, damit sie mir meine verdammten Bäume zeigen. Ich habe noch eine Zigarre; dafür hebe ich sie mir auf.» Und er kroch weiter. Er mußte vorwärtskommen, solange er noch konnte!

Er kroch, bis sein Herz, seine Lungen und sein Knie ihm den Dienst versagten und er mit dem Rücken gegen einen Baum gelehnt zusammengekauert dasaß, so erschöpft, daß er nichts spürte außer einem unbestimmten, widerwärtigen Schmerz in der Herzgegend. Er nickte sogar ein, und als er wieder erwachte, schauderte ihn, weil man ihn von seinem geträumten Sessel im Klub in diese kalte, nasse Dunkelheit gezerrt hatte, wo der Schneesturm in den Bäumen heulte. Er versuchte wieder zu kriechen, aber es gelang ihm nicht. Einige Minuten regte er sich nicht mehr und umklammerte seinen Körper mit den Armen. «Ja», dachte er verschwommen, «da hab' ich mir etwas eingebrockt!» Er war so apathisch, daß er sich nicht einmal mehr zu bemitleiden vermochte. Seine Zündhölzer: war er imstande, ein Feuer anzumachen? Aber er war kein Waldarbeiter und konnte, obwohl er den Boden danach abtastete, auch nichts Brennbares finden, das nicht tropfnaß war. Er scharrte ein Loch und versuchte, mit dem bißchen Papier in seinen Taschen das nasse Holz zum Brennen zu bringen. Vergebens! Jetzt blieben nur noch zwei Streichhölzer übrig. Die Zigarre fiel ihm ein. Er nahm sie heraus, biß die Spitze ab und schickte sich mit unendlicher Sorgfalt an, sie anzuzünden. Gleich mit dem ersten Streichholz brannte die Zigarre. So hatte er noch eines, falls er döste und sie ausgehen ließ. Als er durch das Dunkel nach oben blickte, sah er einen Stern. Seine Augen ließen ihn nicht mehr los, während er gegen den Baum gelehnt den Rauch in seine Lungen zog. Er hatte die Arme fest über die Brust verschränkt und rauchte sehr langsam. Wenn er fertig war, was dann? Die Kälte, der Wind in den Bäumen bis zum Morgen? Die Zigarre war halb geraucht, als er einnickte. Er schlief lange, und beim Erwachen war ihm so kalt, daß er kaum genügend Kraft aufbrachte, um sein letztes Streichholz anzuzünden. Wunderbarerweise brannte es, und seine Zigarre zog wieder. Diesmal rauchte er sie fast zu Ende, ohne etwas wahrzunehmen, ohne viel zu spüren außer der bitteren Kälte. Nur einmal, in einem lichten Augenblick, dachte er müde: «Gott sei Dank habe ich die Bäume verkauft, und alle werden fallen.» Der Gedanke erstarrte, wurde unverständlich, verflüchtigte sich wie der Zigarrenrauch im Schneeregen; mit einem schwachen Grinsen auf den Lippen schlief er ein...

Ein Forstgehilfe fand ihn am anderen Morgen um zehn Uhr: blau vor Kälte, unter einer großen Ulme, keine Meile von seinem Bett entfernt, ein Bein ausgestreckt, das andere angezogen und den Fuß, der Wärme wegen, tief im Gestrüpp. Der Kopf verschwand im hochgeschlagenen Mantelkragen, und die Arme waren auf der Brust verschränkt. Er mußte schon seit mindestens fünf Stunden tot sein. Auf einer Seite hatte es Schnee gegen ihn geweht, seinen Rücken und die andere Seite hatte der Baumstamm geschützt. Über ihm waren die dünnen obersten Äste der hohen Ulme voll winziger zusammengerollter Blüten: grüngoldene Büschel vor dem tiefblauen Himmel – heiter wie ein Loblied. Der Wind hatte aufgehört, und nach der kalten Nacht sangen die Vögel besonders hell im Sonnenschein.

Die Ulme, unter der man die Leiche gefunden hatte, wurde nicht mit den übrigen Bäumen gefällt. Statt dessen kam ein kleines Eisengitter darum und an den Stamm ein kleines Schild zum Gedächtnis.

Der Mutterstein

Es war nach dem Dinner, als fünf ältere Engländer sich über die Ursachen des Krieges unterhielten.

«Nun», sagte Travers, ein stämmiger Graubart mit frischem Aussehen, der mit den kleinen Augen blinzelte und ganz bedächtig redete, «ihr Herren wißt mehr über die Kriegsursachen als ich, und doch wette ich, daß ich jederzeit den Finger darauf legen kann.»

Sogleich erhoben sich die Hohnrufe. Aber ein Mann namens Askew, der Travers gut kannte, lachte und sagte: «Komm schon, heraus damit!»

Travers schaute sich mit seinen kleinen Augen, die ständig blinzelten, langsam im Kreis um und begann in seiner umständlich zögernden, bescheidenen Art zu erzählen: «Gut, Mr. Askew, es war also um '67 oder '68, daß diese Geschichte einem Bekannten von mir, namens Ray, passiert ist, einem großen, kräftigen Kerl – einer von denen, wißt ihr, die ständig ohne Erfolg dem großen Glück nachjagen. Dieser Ray kam eines Tages von einer Jagd im heutigen Betschuanaland nach Süden zurück und war ziemlich übel dran, als er eines Abends das Lager eines jener nomadisierenden Buren betrat. Heute gibt es sie nicht mehr. Sie hatten keine eigene Farm, sondern waren einfach mit ihrer Herde und ihren Viehtreibern immer unterwegs; und wenn sie auf gutes Weideland trafen, ließen sie ausspannen und blieben dort, bis alles abgegrast war – und zogen dann weiter. Kurz und gut, dieser alte Bure sagte zu Ray, er solle nur hereinkommen und etwas essen. Und Gott weiß, was es war, denn diese alten Buren pflegten noch den Teufel selbst ohne Zwiebelsauce zu verspeisen, und es schmeckte ihnen. Nach der Mahlzeit saßen der alte Bure und Ray vor dem Zelteingang – denn Zelte benutzten diese nomadisierenden Buren damals –, rauchten und erzählten Geschichten. Ganz in der Nähe vor ihnen spielten Kinder im Staub; etwas wie das Murmelspiel, mit drei, vier runden Steinen, mit denen sie auf einen weiteren Stein zielten, den sie den Moer-Klip nannten: den Mutterstein. Eins, zwei, auflesen; zwei, drei, auflesen – ihr kennt ja das Murmelspiel. Nun, die Sonne ging langsam unter, und sogleich bemerkte Ray, daß der Moer-Klip, auf den sie zielten, glänzte; und er betrachtete ihn und sagte zu dem alten Buren: ‹Was ist das für ein Stein, mit dem die Kinder da spielen?› Und der alte Bure schaute ihn an, schaute den Stein an und sagte: ‹Einfach ein Stein› und rauchte weiter. Aber Ray kniete nieder, las den Stein auf und wog ihn in der Hand. Er war etwa haselnußgroß und sah aus – nun, wie Alaunschiefer. Aber je länger er ihn ansah, desto überzeugter war er, und er dachte: ‹Bei Gott, ich glaube, es ist ein Diamant!› So sagte er zu dem alten Buren: ‹Woher haben die Kinder diesen Stein?› Und der alte Bure sagte: ‹Oh, der Schafhirt hat ihn irgendwo aufgelesen.› Und Ray sagte: ‹*Wo* hat er ihn aufgelesen?› Und der alte Bure winkte ab und sagte: ‹Dort hinter dem Hügel, auf der anderen Seite des Flusses. Wie soll ich das wissen, Bruder? – ein Stein ist ein Stein!› Ray sagte darauf: ‹Also kann ich diesen Stein mitnehmen.› Und der alte Bure hörte nicht auf zu rauchen und sagte: ‹Ein Stein ist wie der andere. Nimm ihn, Bruder.› Und Ray sagte: ‹Wenn es das ist, was ich glaube, gebe ich dir die Hälfte von meinem Erlös.› Der alte Bure lächelte und sagte: ‹Schon recht, Bruder; nimm ihn, nimm ihn nur!› Am andern Morgen verabschiedete sich Ray von dem alten Buren und sagte zu ihm, bevor er aufbrach: ‹Weißt du›, sagte er, ‹ich glaube, das ist ein wertvoller Stein!› Und der alte Bure lächelte nur, weil er wußte, daß ein Stein war wie der andere. Die erste Ortschaft, in die Ray kam, war C., und er ging ins Hotel; und am Abend begann er, von dem Stein zu reden, und alle lachten ihn aus, denn damals hatte noch nie jemand etwas von Diamanten in Südafrika gehört. Da verlor er die Geduld, zog den Stein hervor und zeigte ihn herum. Aber niemand glaubte, daß es ein Diamant war, und sie lachten ihn nur noch mehr aus. Dann sagte einer der Kerle: ‹Wenn es ein Diamant ist, müßte er Glas ritzen können.› Ray nahm den Stein, und bei Gott, er ritzte seinen Namen in die Fensterscheibe ein, und da steht er noch – ich habe es selbst gesehen – am Fenster der Bar dieses Hotels. Selbstverständlich reiste er am nächsten Tag sofort dahin zurück, wo der Schafhirt nach den Worten des alten Buren den Stein aufgelesen hatte. Er ging zu einem Stammesführer namens Jointje und sagte zu ihm: ‹Jointje›, sagte er, ‹ich mache Reise. Wenn ich fort bin, gehst du selbst und schickst all deine Leute aus, und ihr sucht Steine, die glänzen wie dieser; und wenn ich zurückkomme, und du mir viele hast, ich dir geben

Gewehre.› Und Jointje sagte: ‹Ist recht, Boss.› Und Ray ging nach Cape Town und brachte den Stein einem Juwelier, und der Juwelier sagte ihm, es sei ein Diamant von ungefähr dreißig bis vierzig Karat, und er gab ihm fünfhundert Pfund dafür. Damit kaufte er einen Wagen mit Ochsengespann für den alten Buren und ging zu Jointje zurück. Die Nigger hatten die verschiedensten Steine haufenweise gesammelt, und in all der Menge fand Ray drei, vier Diamanten. So machte er sich an die Arbeit und gewann die Unterstützung eines anderen Burschen, und zusammen veranlaßten sie die Regierung zum Handeln. Der Rausch begann, und sie fanden diesen Ort bei Kimberley; und darauf fanden sie De Beers und schließlich Kimberley selbst.»

Travers hielt inne und blickte in die Runde.

«Ray war ein gemachter Mann, nehme ich an?»

«Nein, Mr. Askew, der bedauernswerte Kerl schlug fast nichts für sich heraus. Er war einer von denen, die es nie zu etwas bringen.»

«Aber was hat dies alles mit dem Krieg zu tun?»

Wieder blickte Travers in die Runde und sagte langsamer denn je: «Hätte es ohne dieses Murmelspiel einen Moer-Klip gegeben – und ohne den Moer-Klip ein Kimberley – und ohne Kimberley einen Rhodes – und ohne Rhodes einen Plünderzug – und hätten die Buren ohne diesen Plünderzug angefangen, sich zu bewaffnen – und wenn sich die Buren nicht bewaffnet hätten, wäre es dann zum Burenkrieg gekommen? Und wenn es den Burenkrieg nicht gegeben hätte, wäre es zu jenem Zwischenfall mit den beiden deutschen Schiffen gekommen, die wir aufbrachten, und damit zu der allgemeinen Stimmung in Deutschland, die es dem Kaiser erlaubte, im Jahr 1900 seinen Plan zur Aufrüstung der Flotte in die Tat umzusetzen? Und wenn die Deutschen ihre Flotte nicht gebaut hätten, wäre ihnen dann der Kamm geschwollen, bis sie die ganze Welt herausforderten – und hätten wir dann diesen Krieg?»

Er nahm langsam die eine Hand aus der Tasche und legte sie auf den Tisch. Am kleinen Finger gleißte ein riesiger Diamant. «Mein Vater», sagte er, «kaufte ihn dem Juwelier ab.»

Der Mutterstein glitzerte und glühte, und die fünf Engländer starrten schweigend darauf. Einige unter ihnen waren im Burenkrieg gewesen, und drei hatten Söhne in diesem Krieg.

Schließlich sagte einer von ihnen: «Das heißt nun wirklich, in einem Tautropfen Gott sehen wollen. Und was war mit dem alten Buren?»

Travers zwinkerte mit seinen kleinen Augen. «Ja», sagte er, «Ray erzählte mir, daß ihn der Alte nur so angeschaut habe, als dachte er, Ray sei ganz schön verrückt, ihm einen Wagen zu schenken; dann habe der Alte genickt, in den Bart geschmunzelt und gesagt: ‹Ich wünsch' dir Glück, Bruder, mit deinem Stein.› Diesem alten Buren konnte man nichts vormachen; er wußte, daß ein Stein war wie der andere.»

Ein Philosoph

«Aequam memento rebus in arduis
Servare mentem.» *Horaz*

I

I

An einem Januartag des Jahres 1905 schien sich das Sitzungszimmer der Inselschiffahrtsgesellschaft von den Strapazen des Nachmittags zu erholen. Der lange Tisch war noch übersät mit Tintenfässern, Füllfedern, Pauspapier und den liegengebliebenen Unterlagen von sechs Personen – ein verlassenes geistiges Schlachtfeld. Und einsam im Präsidentenstuhl am oberen Ende saß mit geschlossenen Augen der alte Sylvanus Heythorp, so still und wuchtig wie ein Standbild. Die Finger der aufgedunsenen, kraftlosen Hand, die auf der Armlehne ruhte, zitterten leicht, und das dichte weiße Haar auf dem mächtigen Schädel leuchtete im Schein einer Lampe mit grünem Schirm. Er schlief nicht; hin und wieder bliesen sich nämlich seine roten Wangen auf, und ein seufzendes Brummen entwich den breiten Lippen zwischen dem weißen Schnurrbart und dem winzigen weißen Haarbüschel über dem Kinn mit dem Grübchen. Einen Hals schien der im Sessel versinkende massige Leib in dem kurzen, schwarz eingefaßten Rock überhaupt nicht zu haben.

Als der junge Gilbert Farney, Sekretär der Inselschiffahrtsgesellschaft, das befriedete Sitzungszimmer betrat und beschwingten Schrittes zum Tisch ging, um etliche Papiere einzusammeln, blieb er stehen und schaute zu seinem Präsidenten hinüber. Er war höchstens fünfunddreißig, und sein helles Haupt- und Barthaar ebenso wie die hellen Wangen und Augen verrieten den Optimisten; voll Ironie pflegte er Nase und Lippen zu kräuseln. Die Inselschiffahrtsgesellschaft, das war nämlich er, seiner Meinung nach, und das Direktorium nur dazu da, ihn in die Schranken zu weisen. Fünf Tage die Woche, sieben Stunden am Tag schrieb und plante er für das Unternehmen und hielt die Fäden in der Hand; diese Herren hingegen bequemten sich einmal die Woche für zwei, drei Stunden hierher, und schon wollte das Ei klüger sein als die Henne. Aber als er nun die vor sich hin dösende Gestalt mit den roten Wangen und dem weißen Haar betrachtete, war sein Lächeln nicht so verächtlich, wie man hätte glauben mögen. Schließlich war ja der Präsident ein toller alter Bursche. Ein dynamischer, verständiger Mann konnte ihm unmöglich seinen Respekt versagen. Achtzig war er! Halb gelähmt und bis über die Ohren verschuldet, hatte sein Leben lang immer alles auf eine Karte gesetzt – so sagte man wenigstens! –, bis ihm dann jene Mine in Ekuador zum Verhängnis wurde – lange vor seiner Zeit, natürlich, aber der Sekretär hatte davon gehört. Der alte Knabe hatte die Katze im Sack gekauft – *«de l'audace, toujours de l'audace»*, wie er zu sagen pflegte –, hatte zur Hälfte bar und zur Hälfte in Wechseln bezahlt, und dann – dann war nichts zu holen gewesen, und er stand da mit alten, uneingelösten Anteilscheinen im Wert von zwanzigtausend Pfund. Bis jetzt hatte der Alte den Bankrott abwenden können. Nicht unterzukriegen, der alte Knacker, und nie zimperlich wie all die andern! Zuneigung war dem jungen Farney, Sekretär hin oder her, nicht fremd, und seine Augen blickten mitleidig. Es war eine lange Vorstandssitzung voller Klippen gewesen – wegen des Entscheids über diese Pillin-Offerte. Eine heikle Sache, daß dem Präsidenten so sehr daran lag! Mit innerlicher Befriedigung dachte der Sekretär: «Und er hätte die Sache nie durchgebracht, wenn ich nicht selbst zu der Überzeugung gekommen wäre, daß es sich lohnt!» Denn mit dem Ruhm der Gesellschaft wuchs sein eigener. Immerhin, bei den tiefen Frachtsätzen vier Schiffe zu kaufen, war schon etwas ungewöhnlich, und bei der Generalversammlung war mit Opposition zu rechnen. Aber wenn schon! Er und der Präsident konnten es durchsetzen – jawohl, durchsetzen. Und er bemerkte plötzlich, daß der alte Mann ihn beobachtete.

Allein noch an diesen Augen ließ sich die Lebenskraft erahnen, die im verborgenen den fast schon hilflosen Leib durchströmte – tiefblaue kleine Brunnen, freundliche runde Fensterchen.

Ein Seufzer ließ den Koloß erbeben, und er sagte fast unhörbar: «Sind sie da, Mr. Farney?»

«Ja, Sir. Ich hab' sie ins Transferbüro gewiesen und ihnen gesagt, Sie würden gleich kommen; aber ich wollte Sie nicht wecken.»

«Hab' nicht geschlafen. Helfen Sie mir auf.»

Der alte Mann klammerte sich mit seinen zittrigen Händen an der Tischkante fest und zog sich empor; und mit Farneys Hilfe, der ihn von hinten stützte, kam er auf die Beine. Er maß etwa einsfünfundsiebzig und war gute neunzig Kilo schwer. Korpulent war er nicht, bloß überaus stämmig; nur schon sein mächtiger Kugelkopf war schwerer als ein Baby. Mit geschlossenen Augen schien er zu versuchen, sein Gewicht unter Kontrolle zu bekommen, dann schlich er zur Tür.

Der Sekretär beobachtete ihn und dachte bei sich: «Prächtiger alter Bursche! Wie er allein zurechtkommt, ist ein Wunder! Und zur Ruhe setzen kann er sich nicht, sagt man – lebt von seinen Einkünften!»

Der Präsident war durch die grün bespannte Tür verschwunden. Er kroch mit seinem Schildkrötengang durch das innere Büro, wo die jungen Kanzlisten aufhörten, Zahlen zu addieren, um hinter seinem Rücken zu grinsen, und betrat das Transferbüro. Die acht Herren erhoben sich alle bis auf einen. Der alte Heythorp streckte eine Hand zum Gruß auf Brusthöhe aus, steuerte einen Lehnsessel an und ließ sich darin nieder.

«Also, womit kann ich dienen?»

Einer der acht Herren erhob sich wieder. «Mr. Heythorp, wir haben Mr. Brownbee beauftragt, in unser aller Namen zu sprechen. Mr. Brownbee, darf ich Sie bitten?» Und damit setzte er sich.

Der Angesprochene erhob sich – ein eher beleibter Mann um die siebzig, mit grauem Backenbärtchen und einem jener unbewegten Gesichter, wie man sie nur in England antrifft. Gesichter, die an über Generationen vererbte Familienunternehmen denken lassen; Gesichter, bei denen man Krieg, Leidenschaft und freie Meinungsäußerung für gleichermaßen undenkbar hält – die Vertrauen erwecken sowohl als den Wunsch, aufzustehen und sich davonzumachen.

Mr. Brownbee also erhob sich und sagte in verbindlichem Ton: «Mr. Heythorp, die Ansprüche der hier Anwesenden belaufen sich auf gegen vierzehntausend Pfund. Als wir letzten Juli das Vergnügen hatten, haben Sie uns, wie erinnerlich, bis Weihnachten eine befriedigendere Regelung in Aussicht gestellt. Inzwischen haben wir Januar, und ich muß leider sagen, jünger werden wir alle nicht.»

Der alte Heythorp brummelte etwas und ließ sich darauf vernehmen: «Für Sie kann ich nicht reden – aber ich fühl' mich wie zwanzig.»

Die acht Herren schauten ihn an. Wollte er sie wieder abspeisen?

Mr. Brownbee verzog keine Miene: «Freut uns außerordentlich, das zu hören. Aber kommen wir zur Sache. Wir haben den Eindruck, Mr. Heythorp, und ich bin sicher, Sie werden uns beipflichten, ein – äh – Bankrott wäre die befriedigendste Lösung. Wir haben uns lange geduldet, und jetzt möchten wir genau wissen, woran wir sind. Wir sehen nämlich, ehrlich gesagt, nicht die geringste Aussicht auf Erholung; eher das Gegenteil, scheint uns, steht zu befürchten.»

«Sie glauben wohl, ich werde demnächst das Zeitliche segnen.»

Dieses Herausrücken mit ihren geheimen Befürchtungen löste bei Mr. Brownbee und seinen Kollegen eine Art chemische Reaktion aus. Sie husteten, scharrten mit den Füßen und wandten den Blick ab, bis derjenige unter ihnen, der sich nicht erhoben hatte, ein Anwalt namens Ventnor, unumwunden zugab: «Wenn Sie es so nennen wollen.»

Der alte Heythorp blinzelte mit den kleinen, tiefliegenden Augen. «Mein Großvater wurde hundert Jahre alt und mein Vater sechsundneunzig – beides Wüstlinge. Und ich bin erst achtzig, Gentlemen, und mein Lebenswandel ist untadelig, verglichen mit dem ihren.»

«Wir hoffen aufrichtig», sagte Mr. Brownbee, «daß Ihnen noch viele Jahre dieses Lebens vergönnt sein mögen.»

«Lieber von diesem als von jenem drüben.» Und damit wurde es still, bis der alte Heythorp hinzufügte: «Sie beziehen tausend pro Jahr aus meinen Einkünften. Es ist ein Fehler, das Huhn zu schlachten, das die goldenen Eier legt. Ich will auf zwölfhundert gehen. Aber wenn Sie mich zum Bankrott zwingen und ich meine Direktorenämter niederlegen muß, so bekommen Sie keinen Penny, das lassen Sie sich gesagt sein.»

Mr. Brownbee räusperte sich: «Wir finden, Mr. Heythorp, es sollten mindestens fünfzehnhundert sein. Dann wären wir allenfalls dazu bereit...»

Der alte Heythorp schüttelte den Kopf.

«Wir vermögen Ihrer Behauptung kaum Glauben zu schenken, daß wir im Falle eines Konkurses nichts zu erwarten hätten. Nach unserer Meinung unterschätzen Sie da die Möglichkeiten beträchtlich. Fünfzehnhundert im Jahr ist das mindeste, was Sie für uns tun können.»

«Den Teufel werd' ich.»

Wieder wurde es still, bis Ventnor, der Anwalt, gereizt erklärte: «Wenigstens wissen wir jetzt, woran wir sind.»

Und Mr. Brownbee fügte fast ein wenig nervös hinzu: «Soll das also heißen, daß zwölfhundert pro Jahr Ihr – Ihr letztes Wort ist?»

Der alte Heythorp nickte. «Kommen Sie heute in einem Monat wieder, und ich will sehen, was ich für Sie tun kann.» Und damit schloß er die Augen.

Sechs der Herren umringten Mr. Brownbee und

unterhielten sich leise; Mr. Ventnor hatte ein Bein über das andere geschlagen und warf dem alten Heythorp, der mit geschlossenen Augen dasaß, finstere Blicke zu.

Dann kam Mr. Brownbee herüber und beriet sich mit Mr. Ventnor; schließlich räusperte er sich und sagte: «Nun, Sir, wir haben Ihren Vorschlag geprüft und sind einstweilen damit einverstanden. In einem Monat werden wir, wie Sie anerbieten, wieder vorsprechen. Wir hoffen, Sie werden sich bis dahin zu einem weitergehenden Zugeständnis durchgerungen haben, damit verhindert werden kann, was wir alle ungern sähen, was aber wohl andernfalls leider unvermeidlich würde.»

Der alte Heythorp nickte. Die acht Herren nahmen ihre Hüte und gingen einer nach dem andern hinaus, der höfliche Mr. Brownbee als letzter.

Der Alte, der nicht ohne fremde Hilfe aufstehen konnte, blieb nachdenklich in seinem Stuhl sitzen. Er hatte sie dazu beschwatzt, ihm noch einen Monat zu geben, und wenn der um war – würde er sie wieder beschwatzen! In einem Monat sollte diese Pillin-Sache mit allem Drum und Dran unter Dach und Fach sein. Was für ein erbärmlicher Feigling, dieser Joe Pillin! Ein kullerndes Lachen entfuhr seinen roten Lippen. Wie ein Gespenst hatte der Kerl ausgesehen, als er an jenem Abend vor genau einem Monat auf die Ankündigung seines Dieners: «Mr. Pillin, Sir», hereingetrottet kam.

Was für ein duckmäuserisches, dürres Knochengestell, mit seiner Hand wie eine Vogelklaue, dem eingemummten Hals und dem zittrigen: «Wie geht es immer, Sylvanus? Es tut mir leid, daß du...»

«Erstklassig. Setz dich. Du nimmst doch einen Schluck Portwein?»

«Portwein! Nie und nimmer! Das ist Gift für mich – pures Gift!»

«Würde dir guttun!»

«Ach, das sagst du immer, ich weiß schon. Du hast eben eine Roßnatur, Sylvanus. Wenn ich Portwein trinken, Zigarren rauchen und bis ein Uhr in der Früh aufbleiben würde, läge ich schon morgen im Grab. Ich bin nicht mehr, der ich einmal war. Und eigentlich bin ich hier, um dich um deine Hilfe zu bitten. Ich werde alt, ich werde nervös...»

«Aber du warst doch schon immer ängstlich wie eine alte Glucke, Joe.»

«Ich bin nun einmal anders geartet als du. Aber um zur Sache zu kommen: ich möchte meine Schiffe verkaufen und mich aus dem Geschäft zurückziehen, ich brauche meine Ruhe. Und die Frachtsätze sind sehr niedrig. Ich muß auch an meine Familie denken.»

«Volle Fahrt voraus bis zum Bankrott: das hebt die Moral wie nur irgend etwas!»

«Ich meine es ernst, Sylvanus.»

«Wann hättest du es je anders gemeint, Joe?»

Ein zittriges Hüsteln, und dann war es heraus: «Also – mit einem Wort – möchte deine Inselschifffahrtsgesellschaft nicht meine Schiffe kaufen?»

Darauf eine Pause, ein Augenzwinkern und Zigarrenqualm: «Wenn es sich lohnt für mich!» Er hatte es im Spaß gesagt, und dann plötzlich war ihm der Gedanke durch den Kopf geschossen: «Rosamund und ihr Nachwuchs!» Eine einmalige Gelegenheit, ihnen ein Polster gegen die Armut zu verschaffen, wenn er das Zeitliche gesegnet hatte! Und so sagte er: «Wir wollen deine einfältigen Schiffe nicht.»

Die Vogelklaue wehrte ab: «Es sind sehr gute

Schiffe – und recht einträglich. Es ist bloß wegen meiner angeschlagenen Gesundheit. Wenn ich eine kräftige Konstitution hätte, würde ich nicht im Traum daran denken...»

«Wieviel willst du dafür?» Großer Gott, wie er zusammenzuckte, wenn man ihm eine simple Frage stellte. Der Kerl war so nervös wie ein Perlhuhn!

«Hier sind die Zahlen der letzten vier Jahre. Du wirst mir wohl beistimmen, daß ich nicht unter siebzigtausend gehen kann.»

Der alte Heythorp hatte an seiner Zigarre gesogen und die Zahl langsam überdacht, während Joe Pillin mit der Zunge seine Zähne untersuchte und Hustenbonbons lutschte; schließlich sagte er: «Sechzigtausend! Und davon bezahlst du mir zehn Prozent, wenn ich die Sache für dich durchbringe. Du brauchst bloß ja oder nein zu sagen.»

«Mein lieber Sylvanus, das ist beinah – zynisch.»

«Noch zu anständig ist der Preis – ohne mich bekommst du nie so viel.»

«Aber – eine Provision! Das dürftest du ja nie laut sagen.»

«Laß das meine Sorge sein. Überleg's dir. Die Frachtsätze werden noch weiter sinken. Willst du nicht doch etwas Port?»

«Nein, nein danke, wirklich nicht! Du hast also das Gefühl, die Frachtsätze werden noch weiter sinken?»

«Zweifellos.»

«Also, ich gehe dann jetzt. Ich weiß wirklich nicht. Es ist – es ist – ich muß es mir überlegen.»

«Überleg's dir nur gut.»

«Ja, ja. Leb wohl. Ist mir ein Rätsel, daß dir Zigarren und Portwein nichts anhaben können.»

«Ich werd' noch an deinem Grab stehen, Joe.»

Das dünne Lächeln dieses armen Teufels! Lachen konnte der nicht! Und als er wieder allein war, hatte er vor sich hin gebrütet und seinen Einfall weitergesponnen.

Um nicht ins Abseits zu geraten, lebte Sylvanus Heythorp nun schon seit zwanzig Jahren in Liverpool, der Hochburg der Reederei; aber ursprünglich kam er aus dem Osten, aus einer Familie, die so alt war, daß sie so tat, als habe es für sie die normannische Eroberung gar nie gegeben. Jede Generation harrte fast doppelt so lange aus wie andere, weniger zählebige Geschlechter. Man sagte, die Heythorps stammten von den Dänen ab; die Männer hatten in der Regel helles rötlichbraunes Haar, rote Wangen, einen großen, runden Kopf, ausgezeichnete Zähne und eine lockere Moral. In jeder Grafschaft, in der sie sich niedergelassen hatten, trugen sie ihr Bestes zum Bevölkerungswachstum bei; es wimmelte von ihren Sprößlingen. In den frühen zwanziger Jahren des neunzehnten Jahrhunderts geboren, hatte sich Sylvanus Heythorp nach seiner durch Eskapaden an Schulen wie Universität mehrfach unterbrochenen Ausbildung in jenem unkomplizierten London der späten vierziger Jahre etabliert, in dem der Bordeaux, die Oper und acht Prozent fürs Geld an der Tagesordnung waren. Er war noch nicht dreißig, als er Mitinhaber einer Reederei wurde, und segelte mit voller Kraft vor dem Wind. Tänzerinnen, Bordeaux, Champagner und Piquet; ein Wagen mit livriertem Diener, etliche Reisen – kurz, was zum köstlich unbeschwerten frühviktorianischen Lebensgefühl gehörte. Es war alles so abgeklärt und mild, daß er vierzig war, als er seine einzige ernsthaftere Liebschaft hatte – mit der Tochter eines seiner eigenen

Angestellten, eine Liaison, die so unpassend war, daß man sie tunlichst verbergen mußte. Drei Jahre später starb das Mädchen und hinterließ ihm einen Sohn; ihr Tod war der größte, vielleicht der einzig wirkliche Schmerz in seinem Leben gewesen. Fünf Jahre danach heiratete er. Wozu? Gott weiß warum, wie er zu bemerken pflegte. Seine Frau war eine hartherzige, selbstsüchtige Dame mit Beziehungen gewesen; sie brachte zwei Kinder mit in die Ehe, ein Mädchen und einen Jungen, und wurde in der Folge immer hartherziger, selbstsüchtiger und weniger hübsch. Der Umzug nach Liverpool, der stattfand, als er sechzig und sie zweiundvierzig war, brach ihr noch ganz, was sie an Herz besaß; aber sie welkte weitere zwölf Jahre dahin und suchte Trost im Bridge und in der Verachtung für Liverpool. Der alte Heythorp trug sie ohne Bedauern zu Grabe. Er hatte sie nie geliebt, und ihre beiden Kinder herzlich wenig – in seinen Augen waren sie blasse, phantasielose Naturen, überhaupt nicht nach seinem Geschmack. Seinen Sohn Ernest im Marineministerium hielt er für einen Hasenfuß. Und seine Tochter Adela, eine ausgezeichnete Haushälterin, die an geistreicher Konversation und der Gesellschaft von Muttersöhnchen Gefallen fand, ließ kaum eine Gelegenheit aus, ihm zu bezeigen, daß sie ihn für einen gottlosen Menschen ansah. Sie gingen einander nach Möglichkeit aus dem Wege. Es war für sie gesorgt, aufgrund jener Schenkung, die er vor fünfzehn Jahren ihrer Mutter überschrieben hatte, geraume Zeit bevor er, nicht ganz unerwartet, mit seinen Geschäften in Schwierigkeiten geriet. Ganz anders hatte er für seinen natürlichen Sohn empfunden, jenes «Kind der Liebe». Der Junge, der stets den Namen Larne trug, wie seine Mutter, war nach ihrem Tode zu Verwandten der Frau nach Irland geschickt und dort aufgezogen worden. Er hatte es in Dublin zum Anwalt der Krone gebracht und in jungen Jahren ein Mädchen halb kornischer, halb irischer Abstammung geheiratet. Kurz darauf starb er völlig mittellos, nachdem er den alten Heyhtorp schon ein schönes Stück Geld gekostet hatte, und ließ Feinsliebchen im Alter von dreißig mit einem Mädchen von acht Jahren und einem Jungen von fünf zurück. Noch kein halbes Jahr war sie Witwe, als sie aus Dublin herüberkam, um sich unter den Schutz des alten Mannes zu stellen. Eines Morgens hatte eine bemerkenswert hübsche Frau, wie eine voll erblühte Rose, mit haselnußfarbenen Augen, die grünlich schimmerten, in Begleitung ihrer beiden Kinder bei der Inselschiffahrtsgesellschaft vorgesprochen – seine Privatadresse hatte er nämlich nie preisgegeben. Und seither waren sie ihm immer mehr oder weniger zur Last gefallen; sie bewohnten ein kleines Haus in einem Vorort von Liverpool. Dort besuchte er sie, bat sie jedoch nie in sein Haus in Sefton Park, das eigentlich seiner Tochter gehörte; und so kam es, daß selbst Familie und Freunde nichts von ihrer Existenz wußten.

Rosamund Larne war eine jener fragwürdigen Damen, die sich ihren Unterhalt mehr schlecht als recht mit dem Erfinden lebensnaher Geschichten verdienen. Auch in der verzweifeltsten Lage war sie fast unanständig frohgemut, was den alten Zyniker Heythorp immer wieder belustigte. Aber seine Enkel Phyllis und Jock, die so ausgelassen wie Fohlen waren, hatte er liebgewonnen. Und diese Gelegenheit, ihnen mit einem Schlag sechstausend Pfund zu vermachen, schien ihm grad wie ein Geschenk vom

Himmel. Sonst hätten sie nämlich, wie die Dinge standen, keinen Penny zu erwarten, wenn er einmal «den Hut nahm» – und das konnte natürlich jederzeit eintreten. Mit guten fünfzehntausend stand er in der Kreide. Runde dreihundert gab er ihnen jedes Jahr von seinem Gehalt, und tote Direktoren bezogen dummerweise keine Gehälter! Sechstausend Pfund zu viereinhalb Prozent, so angelegt, daß ihre Mutter nicht alles «verjubeln» konnte, warfen jedenfalls zweihundertfünfzig Pfund pro Jahr ab – und das war besser als Bettelngehen. Und je mehr er sich's überlegte, desto besser gefiel ihm die Sache, wenn bloß dieser schreckhafte Joe Pillin, der sich deswegen vor Angst fast die Finger abbiß, nicht doch noch zurückkrebste!

Vier Abende darauf war der «schreckhafte Kerl» wieder in seinem Haus in Sefton Park erschienen.

«Ich hab's mir überlegt, Sylvanus. Es gefällt mir nicht.»

«Mag sein; aber du tust es.»

«Ich muß ein Opfer bringen. Vierundfünfzigtausend für vier Schiffe – das bedeutet für mich eine beträchtliche Einkommenseinbuße.»

«Sorglosigkeit bedeutet es, mein Lieber.»

«Das stimmt schon; aber ich kann mich einfach nicht mit einer heimlichen Provision abfinden. Denk bloß an meinen Ruf und Gott weiß was sonst – wenn das herauskäme.»

«Aber es wird nicht herauskommen.»

«Ja, ja, du hast gut reden, und doch...»

«Alles, was du zu tun brauchst, ist einer Drittpartei, die ich näher bezeichnen werde, eine Schenkung zu machen. Ich werde keinen Penny davon für mich nehmen. Beauftrage deinen Anwalt damit, die Urkunde auszufertigen, und setz ihn zum

Treuhänder ein. Unterschreiben kannst du, wenn der Verkauf unter Dach ist. Ich traue dir, Joe. Hast du Aktien zu viereinhalb Prozent?»

«Midland...»

«Geht in Ordnung. Dann brauchst du nicht zu verkaufen.»

«Schon, aber was *sind* das überhaupt für Leute?»

«Eine Frau und ihre Kinder, denen ich einen Gefallen tun will.» Augen hatte der Kerl gemacht! «Hast du etwa Angst davor, mit einer Frau in Verbindung gebracht zu werden, Joe?»

«Wenn es sich um die Frau eines andern handelt, allerdings – lach mich ruhig aus. Es gefällt mir nicht, gefällt mir ganz und gar nicht. Ich habe nicht gelebt wie du, Sylvanus.»

«Zu deinem Glück; sonst wärst du nämlich schon lange tot. Sag doch einfach deinem Anwalt, es sei eine alte Flamme von dir – du alter Don Juan!»

«Siehst du, da haben wir's schon. Man könnte mich erpressen.»

«Soll er es geheimhalten und einfach quartalsweise den Zins ausbezahlen.»

«Es gefällt mir nun einmal nicht, Sylvanus – nein, wahrhaftig.»

«Dann laß es in drei Teufels Namen bleiben. Zigarre?»

«Du weißt genau, daß ich nicht rauche. Gibt es keine andere Möglichkeit?»

«Doch. Verkauf ein paar Aktien in London, laß sie dir auszahlen und gib mir sechstausend Pfund in bar. Ich werde sie bis nach der Generalversammlung verwahren. Wenn es nicht klappt, bekommst du sie wieder zurück.»

«Nein, das gefällt mir noch weniger.»

«Ich soll lieber *dir* vertrauen, was?»

«Aber nein doch, Sylvanus, keineswegs. Es ist nur, weil es doch gegen das Gesetz ist.»

«Kein Gesetz kann dich daran hindern, mit deinem Geld zu tun, was du willst. Um mich brauchst du dich nicht zu kümmern. Und laß dir gesagt sein, daß ich das Geld nicht anrühre. Du stehst bloß den Witwen und Waisen bei – liegt doch ganz auf deiner Linie, Joe!»

«Was bist du nur für ein Mensch, Sylvanus; du scheinst nie etwas ernst nehmen zu können.»

«Galgenhumor!»

Nach dieser zweiten Unterredung hatte er bei sich gedacht: «Der Kerl wird anbeißen!»

Und so geschah es in der Tat. Die Urkunde war aufgesetzt, und es fehlte nur noch die Unterschrift. Heute nun hatte das Direktorium den Kauf beschlossen, und alles, was jetzt noch zu tun blieb, war, die Zustimmung der Aktionäre zu erlangen. War dies erst geschehen und damit für seine Enkel gesorgt, konnte er Brownbee und seiner Bande eine Nase drehen – diesen schönrednerischen Heuchlern! «Wir hoffen, es mögen Ihnen noch recht viele Jahre vergönnt sein!» Als ob sie an etwas anderes als sein Geld dächten – oder vielmehr, an ihr eigenes! Und als ihm schließlich bewußt wurde, wie lange er schon so vor sich hin träumte, klammerte er sich an den Armlehnen fest und lief im Gesicht und am Hals rot und immer röter an bei dem Versuch, sein Gewicht aus dem Sessel zu stemmen. Es war eines der hunderterlei Dinge, die ihm sein Arzt, der Schwindler, verboten hatte, um einem Schlaganfall vorzubeugen! Warum kam ihm Farney nicht zu Hilfe oder einer von den jungen Burschen? Um Hilfe zu rufen war unter seiner Würde. Aber sollte er denn die ganze Nacht hier sitzen bleiben? Dreimal mißlang es, und nach jedem mißglückten Versuch blieb er still sitzen, hochrot und erschöpft.

Im vierten Anlauf schaffte er es und steuerte langsam das Büro an. Als er es durchquerte, blieb er stehen und sagte mit seiner matten Stimme: «Die jungen Herren hatten mich vergessen.»

«Mr. Farney sagte, Sie wünschten nicht gestört zu werden, Sir.»

«Ich bin ihm sehr dankbar. Meinen Hut und meinen Mantel, wenn ich bitten darf.»

«Jawohl, Sir.»

«Danke schön. Wie spät ist es?»

«Sechs Uhr, Sir.»

«Richten Sie Mr. Farney aus, er solle morgen mittag zu mir kommen, wegen meiner Rede für die Generalversammlung.»

«Jawohl, Sir.»

«Gute Nacht, die Herren.»

«Gute Nacht, Sir.»

Er watschelte zwischen den Bürohockern hindurch zur Tür, öffnete sie zittrig und war schließlich verschwunden.

Einer der Schreiber schloß die Tür hinter ihm und sagte: «Armer alter Präsident! Pfeift auf dem letzten Loch!»

Ein andrer gab zur Antwort: «Ich weiß nicht! Ist ein zäher alter Bursche. Er wird sich sträuben bis zuletzt.»

2

Sylvanus Heythorp hatte die Räumlichkeiten der Inselschiffahrtsgesellschaft verlassen und war auf dem Weg zu der Ecke, wo er immer die Trambahn nach Sefton Park bestieg. In der belebten Straße herrschte jene emsige, gehetzte Geschäftigkeit, wie sie typisch ist für die Stadt, wo sich London, New York und Dublin begegnen. Der alte Heythorp mußte auf die andere Seite, und er wagte sich vor, ohne auf den Verkehr zu achten. Die Traversierung im Schneckentempo hatte etwas Majestätisches, als schiene der Alte zu sagen: «So überfahrt mich eben, in drei Teufels Namen – beeilen werde ich mich deswegen nicht.» Vielleicht zehnmal am Tag rettete ihm der britische Nationalcharakter, jene Mischung aus Phlegma und Beschützerinstinkt, das Leben. Bei den Schaffnern auf jener Linie war er bestens bekannt, und sie versäumten nie, ihn unterzufassen und wie einen Kohlensack heraufzuziehen, während er sich mit beiden Händen angestrengt an Geländer und Halteschlaufe festklammerte.

«Geht es, Sir?»

«Ja, danke.»

Und damit betrat er den Tramwagen, wo sich immer jemand erhob, sei es aus Höflichkeit oder weil die Leute befürchteten, er könnte sich auf sie niedersetzen. Da blieb er dann still sitzen, die kleinen Augen fest geschlossen. Mit seinem roten Gesicht, dem weißen Haarbüschel über dem markanten, immer glattrasierten Kinn mit dem Grübchen und der hohen Melone, die sich auf seinem Kopf mit dem dichten Haar noch armselig genug ausnahm, sah er aus wie ein ans Tageslicht befördertes Götzenbild, das man in eine Montur gesteckt hatte, die ihm eine Nummer zu klein war.

Eine jener Jungmännerstimmen, die nach Public School und Börsengeschäften klingen, ließ sich vernehmen: «Guten Abend, Mr. Heythorp, wie geht's immer?»

Der alte Heythorp öffnete die Augen. Joe Pillins

Sohn, der Lackaffe! Dieses Küken – mit seinen runden Augen, den runden Wangen und dem Schnurrbärtchen, dazu Pelzmantel, Gamaschen und Diamant-Anstecknadel!

«Und wie geht es Ihrem Vater?» antwortete er.

«Danke, ziemlich unter dem Nennwert, macht sich Sorgen wegen seiner Schiffe. Sie hätten nicht vielleicht eine Nachricht für ihn, Sir?»

Der alte Heythorp nickte. Der junge Mann war ihm in tiefster Seele zuwider; in ihm sah er die ganze selbstgefällige, spatzenhirnige Mittelmäßigkeit dieser neuen Generation verkörpert: geschniegelte Burschen, einer wie der andere, nippten hier und kosteten da, hatten keinen Schwung und kein Talent, ja nicht einmal ein Laster. Er hatte gewiß nicht vor, die Neugier dieses Grünschnabels zu befriedigen.

«Kommen Sie mit mir», sagte er; «ich werde Ihnen eine Nachricht für ihn mitgeben.»

«Haben Sie vielen Dank; ich möchte den alten Herrn zu gerne aufheitern.»

«Den alten Herrn!» Frechdachs! Und er schloß die Augen und versank wieder in Schweigen. Die Bahn quälte sich in Windungen den Berg hinauf, und er sinnierte. Als er so alt war wie dieser Grünschnabel – achtundzwanzig vielleicht –, hatte er schon ziemlich alles gemacht: war auf dem Vesuv gewesen und vierspännig gefahren; hatte beim Derby seinen letzten Penny verloren und beim Oaks alles wieder zurückgewonnen; hatte sämtliche Tänzerinnen und Operndiven der Zeit gekannt, sich in Dieppe mit einem näselnden Yankee duelliert und ihn dafür gezüchtigt, daß er zu sagen wagte, mit Old England sei es vorbei; war bereits eine Autorität in seiner Reederei und hatte weitere fünf der tüchtigsten Männer von London unter den Tisch getrunken; hatte sich beim Steeplechase ſast das Genick gebrochen und einem Einschleichdieb in die Beine geschossen; war um einer Wette willen beinahe ertrunken und hatte in Chelsea Schnepfen gejagt; war wegen seiner Sünden vor Gericht zitiert worden, hatte einem Gespenst einen Schreck eingejagt und war mit einer «Dame» gereist. Wenn dieser Grünschnabel letzteres getan hatte, war es schon viel, und doch hielt er sich gewiß für unwiderstehlich.

Der Schaffner legte ihm die Hand auf den Arm. «Wir sind da, Sir.»

«Danke.» Er ließ sich hinunter und bewegte sich in der blau schimmernden Dunkelheit auf das Tor zum Haus seiner Tochter zu.

Bob Pillin ging neben ihm und dachte: «Armer alter Knacker, kommt schon nicht mehr mit!» Und er sagte: «Sie hätten vielleicht lieber einen Wagen nehmen sollen, Sir. Mein alter Herr würde gleich den Geist aufgeben, wenn er in einer solchen Nacht draußen wäre.»

Ein Grollen klang durch die Nebelluft: «Dein Vater ist eben schwach auf der Brust, immer schon.»

Bob Pillin gackerte selbstgefällig, wie es Männer seines Schlages so gerne tun, und der alte Heythorp dachte: «Lacht seinen Vater aus, der Pfau!»

Sie standen unter der Tür.

Eine dunkelhaarige Frau mit schmalem, strengem Gesicht und ebensolcher Haltung ordnete im Entree einen Blumenstrauß. Sie drehte sich um und sagte: «Du solltest wirklich nicht so spät kommen, Vater. Einfach unverantwortlich, zu dieser Jahreszeit. Wen hast du denn da – ach! Mr. Pillin, wie geht's? Bleiben Sie zum Tee? Wollen wir nicht in den Salon gehen, oder haben Sie mit meinem Vater etwas zu besprechen?»

«Danke, aber –! Ich glaube, Ihr Vater...» Und er dachte: «Donnerwetter! Der Alte ist schon eine Nummer!» Der alte Heythorp durchquerte nämlich das Entree, ohne seiner Tochter die geringste Beachtung zu schenken. Er murmelte noch: «Haben Sie aufrichtigen Dank; er will mir bloß etwas geben», und ging hintennach. Miss Heythorp war gar nicht sein Fall; er hatte fast einen Schrecken vor dieser dünnen Frau, die immer so zugeknöpft aussah. Sie galt als eifrige Kirchgängerin und was das sonst noch heißen mochte.

In seinem Refugium war der alte Heythorp bis zu seinem Schreibtisch gekommen und konnte es offensichtlich kaum erwarten, abzusitzen.

»Kann ich Ihnen behilflich sein, Sir?»

Bob Pillin bekam ein Kopfschütteln zur Antwort, blieb darum neben dem Kamin stehen und schaute zu. Der alte Kämpe wollte es lieber im Alleingang versuchen. So absitzen zu müssen, man stelle sich vor! Wenn es einmal soweit kam mit einem alten Knaben, war es wirklich eine Erlösung, wenn er abkratzte und den Jüngeren Platz machte. Daß seine Gesellschaften ein solches Fossil als Präsidenten immer noch duldeten, war ein Wunder!

Das «Fossil» räusperte sich und sagte mit fast unhörbarer Stimme: «Freust dich wohl schon, dich ins warme Nest setzen zu dürfen.» Bob Pillin öffnete den Mund. Die Stimme fuhr fort: «Moneten und keine Verantwortung. Richte deinem Vater aus, ich rate ihm zu Portwein – schenkt ihm fünf Jahre.»

Auf diese ungerechte Attacke gab Bob Pillin nur ein Lachen zur Antwort, er hatte nämlich bemerkt, daß ein Diener eingetreten war.

«Eine Mrs. Larne, Sir. Wollen Sie sie sehen?»

Bei dieser Ankündigung schien der Alte zusammenzucken zu wollen. Dann nickte er und streckte die Hand aus mit dem Billet, das er geschrieben hatte. Bob Pillin empfing es, und damit den Eindruck eines schwachen Geräusches, das tönte wie: «Polly mag's mollig!» Er kam an einer stattlichen Frauengestalt im Pelzmantel vorüber, die einen warmen Lufthauch zu hinterlassen schien, und war wieder im Entree, bevor er bemerkte, daß er seinen Hut drinnen vergessen hatte.

Auf dem Bärenfell vor dem Kamin stand ein hübsches junges Mädchen, das ihn mit verwunderter Unschuld anschaute. Er dachte: «Das gefällt mir besser, was will ich stören wegen dem Hut», und er ging auf den Kamin zu und sagte: «Scheußlich kalt, nicht wahr?»

Das Mädchen lächelte: «Ja – ganz scheußlich.»

Er bemerkte, daß sie einen großen Veilchenstrauß im Ausschnitt trug, eine Menge blondes Haar und eine kurze, gerade Nase hatte und daß ihre runden blaugrauen Augen überaus aufrichtig und offen waren.

«Äh –», sagte er; «ich habe meinen Hut da drin vergessen.»

«Wie spaßig!» Und ihr kurzes, helles Lachen rührte Bob Pillin.

«Kennen Sie dieses Haus gut?»

Sie schüttelte den Kopf. «Aber es hat doch recht Stil, finden Sie nicht auch?»

Bob Pillin, der bisher nie auf die Idee gekommen wäre, antwortete: «Ziemlich o.k.»

Das Mädchen warf den Kopf zurück und lachte wieder. «O.k.? Was ist denn das?»

Bob Pillin sah ihren runden weißen Hals und

dachte bei sich: «Ein Prachtexemplar!» Und er sagte fast verzweifelt entschlossen: «Mein Name ist Pillin. Und Sie heißen Larne, nicht wahr? Sind Sie verwandt hier?»

«Er ist unser Vormund. Ist er nicht ein Schatz?»

Bob Pillin, dem das Krächzen, das wie «Polly mag's mollig» klang, wieder einfiel, sagte zurückhaltend: «Sie kennen ihn besser als ich.»

«Ach! Dann sind Sie also nicht sein Enkel – oder so ähnlich?»

Bob Pillin sah davon ab, sich zu bekreuzigen. «Um Himmels willen, nein! Mein Dad ist ein alter Freund von ihm; das ist alles.»

«Ist Ihr Dad wie er?»

«Nicht eigentlich.»

«Schade! Es hätte mir gefallen, sie mir wie Zwillinge vorzustellen.»

Bob Pillin dachte: «Das ist mal was anderes. Wie sie wohl mit Vornamen heißt?» Und er sagte: «Was haben Patinnen und Pate Ihnen bei der Taufe –?»

Das Mädchen lachte; sie schien über alles zu lachen. «Phyllis.»

Durfte er antworten: «Meine einz'ge Wonn'»?* Das sparte er sich wohl lieber! Aber – wofür? Er würde sie nie wiedersehen, wenn er sich nicht in acht nahm! Und er sagte: «Ich wohne im letzten Haus im Park – dem roten. Wissen Sie, welches ich meine? Und Sie?»

«Ach, weit weg von hier – 23, Millicent Villas. Es ist ein schäbiges kleines Haus. Ich hasse es. Aber wir haben furchtbar viel Spaß.»

«Was heißt: wir?»

«Mutter, ich und Jock – er ist ein schrecklicher

* Zitiert nach dem Gedicht «Phyllis» von Sir Charles Sedley (1639–1701).

Junge. Sie können sich gar nicht vorstellen, wie schrecklich. Er hat fast ganz rote Haare; ich hab' das Gefühl, er wird aussehen wie der Onkel, wenn er alt ist. Schrecklich ist er!»

Bob Pillin murmelte: «Ich würde ihn gern kennenlernen.»

«Tatsächlich? Ich werde Mutter fragen. Es wird Ihnen dann schon vergehen; er saust die ganze Zeit herum wie eine Rakete.» Sie warf den Kopf zurück, und wieder wurde Bob Pillin leicht schwindlig.

Er nahm sich zusammen und sagte langsam: «Gehen Sie jetzt zu Ihrem Onkel hinein?»

«Nein. Mutter hat was Besonderes mit ihm zu besprechen. Wir sind noch nie hiergewesen, müssen Sie wissen. Aber ist er nicht ulkig?»

«Ulkig!»

«Ich finde, es gibt keinen größeren Spaßvogel; aber er ist schrecklich nett zu mir. Jock nennt ihn den letzten von den Stoischen.»

Aus des alten Heythorp Schlupfwinkel hörte man eine Stimme rufen: «Phyllis!» Einen ganz besonderen Klang hatte diese Stimme: als käme sie aus wunderschön geformten Lippen, wobei sich die untere um eine Spur zu weit vorschob; auch schwangen darin zärtliche Lebendigkeit und etwas warmherzig Falsches mit.

Das Mädchen blickte lachend über die Schulter zurück und verschwand durch die Tür in dem Zimmer.

Bob Pillin blieb mit dem Rücken zum Kamin stehen, und seine runden Welpenaugen starrten da, wo sie eben noch gestanden hatte, ein Loch in die Luft. Ein unbekanntes Gefühl hatte von ihm Besitz ergriffen. Jene Reisen in Begleitung einer «Dame», die ihm der alte Heythorp so großzügig zugestand, hatten bislang die emotionalen Bedürfnisse des jungen Mannes befriedigt; in Brighton oder Scarborough hatten sie jeweils ein Ende gefunden, und von Liebe war nie die Rede gewesen. Mit seiner vorausgeplanten, sterilen Karriere hatte er weder sich selber noch seinem Vater je Anlaß zur Sorge gegeben; und daß er jetzt derart von einem stärkeren Gefühl als bloßer Verehrung überrumpelt wurde, schnürte ihm gerade über dem hohen, runden Kragen die Kehle zu und ließ das Blut in seinen Schläfen summen – erste Anzeichen der Verliebtheit. Ein Mann von Welt ergibt sich aber jedenfalls nicht kampflos; und wäre sein Hut nicht außer Reichweite gewesen, wer weiß, ob er nicht schnell das Haus verlassen und sich gesagt hätte: «Nein, nein, mein Junge; wenn du lautere Absichten hast, ist Millicent Villas doch wohl kaum dein Stil.» Denn irgendwie schloß jenes runde, lachende Gesicht mit dem leuchtenden Haarschopf und den weit offenen grauen Augen andere Absichten von vornherein aus – diese Macht haben Jugend und Unschuld auch über die standhaftesten Männer. Mit einigen Skrupeln dachte er: «Darf ich – wage ich es, ihr meine Begleitung bis zur Straßenbahn anzutragen? Könnte ich nicht sogar schnell hinausschlüpfen und ihr für die Heimfahrt den Wagen kommen lassen? Nein, dann verpasse ich sie vielleicht – ich leg' mich doch besser hier auf die Lauer! Welch wunderbares Lachen! Und was für ein bezauberndes Gesicht – wie Erdbeeren mit Sahne, wie Heu und wie – Millicent Villas!» Er notierte es sich auf der Manschette.

Die Tür öffnete sich; die warme, sonore Stimme sagte: «Komm jetzt, Phyllis!» – und er hörte das hohe, frische Lachen des Mädchens: «Bin schon da!» Und vielleicht zum ersten Mal in seinem Leben richtig aufgewühlt, ging er zur Haustür hinüber. Sie ohne Hut zur Trambahn zu begleiten, war bloß um so ritterlicher! Aber plötzlich tönte es: «Ich habe Ihren Hut, junger Mann!» Und darauf die Stimme ihrer Mutter, warm und voll gespielten Entsetzens: «Phyllis, du schreckliches Mädchen! Haben Sie je ein so schreckliches Mädchen gesehn, Mr. ...»

«Pillin, Mutter.»

Und schon schritt er, kaum daß er wußte, wie ihm geschah, in ihrer Mitte zur Bahn, und ihr Lachen und der Geruch nach Pelz und Veilchen machten ihn immun gegen die Januarkälte. Es war wie ein Märchen aus «Tausendundeiner Nacht» oder so ähnlich; ein Rausch, der einen sagen ließ, man habe denselben Weg, auch wenn man dann die ganze Strecke in der gleichen scheußlichen Trambahn wieder zurück mußte. Nichts so Herzerwekkendes hatte er je erlebt wie diese Bahnfahrt in ihrer Mitte, und er vergaß darüber ganz das Billet in seiner Tasche und seinen Wunsch, den «alten Herrn» aus seiner Ungewißheit zu erlösen.

Bei der Endstation stiegen sie alle aus. Man hauchte eine Einladung, sie gelegentlich zu besuchen; ein klares «Jock wird sich freuen» war zu vernehmen – ein leises Lachen: «Du schlimmes Mädchen!», und sekundenlang dachte er dunkel an Berechnung. Dann zog er den Hut, sagte: «Haben Sie besten Dank!» und setzte den Fuß wieder auf das Trittbrett. Diskret gab er damit zu verstehen, wie galant er war.

«Aber Sie sagten doch, Sie hätten denselben Weg! Da haben Sie uns aber schön angeschwindelt!» Die Worte waren Musik in seinen Ohren; der Anblick jener sich weitenden Augen das Vollkommenste, was er je gesehen; und Mrs. Larnes leises Lachen, so warm und dabei so mitfühlend, dazu die Fingerspitzen des Mädchens, als sie sich übers Haar strich. Er seufzte und kam erst wieder zu sich, als er in seinem Klub vor einer Champagnerflasche saß. Nach Hause mochte er nicht. Er wollte trinken und träumen dabei. Der alte Herr konnte bis morgen warten!

3

Die Worte: «Eine Mrs. Larne möchte Sie sprechen, Sir», hätten einen Mann mit schwächeren Nerven wohl aus der Fassung gebracht. Was sie hierherführen mochte? Sie wußte doch, daß sie hier nicht erwünscht war! Der alte Heythorp hatte ihren Auftritt zynisch lächelnd mitverfolgt. Wie sie sich im Vorbeigehen vor diesem Grünschnabel produzierte und mit schrägen Blicken alles ausspionierte! Er schätzte die Witwe seines Sohnes ganz richtig ein, und ein Lächeln saß tief zwischen Kinnbärtchen und Schnurrbart.

Sie führte seine Hand zum Mund, küßte sie, preßte sie an ihren herrlichen Busen und sagte: «Sehn Sie, da bin ich nun endlich. Sind Sie denn gar nicht überrascht?»

Der alte Heythorp schüttelte den Kopf.

«Ich mußte einfach vorbeikommen, lieber Vormund; wir haben Sie ja eine Ewigkeit nicht gesehen. Und bei diesem scheußlichen Wetter! Wie geht es Ihnen denn, liebster Vormund?»

«So gut wie selten.» Und er sah ihr in die graugrünen Augen und fügte hinzu: «Hab' keinen Penny für dich!»

Sie verzog keine Miene und ließ ihr perlendes Lachen hören. «Wie schrecklich von Ihnen, zu denken, ich sei deswegen hier! Aber es stimmt, daß ich ziemlich in der Patsche sitze, Onkel.»

«Wüßte nicht, wann das je anders gewesen wäre.»

«Seien Sie doch so lieb und lassen Sie mich erzählen; das wird mir guttun. Ich bin nämlich ganz übel dran.»

Sie sank in einen niedrigen Stuhl und verströmte einen überwältigenden Duft nach Veilchen, derweil sie sich Mühe gab, einen geknickten Eindruck zu machen.

«Eine ganz scheußliche Klemme. Ich kann jeden Moment gepfändet werden. Schon morgen stehn wir vielleicht auf der Straße. Den Kindern mag ich nichts sagen; sie sind so glücklich, die armen Schätzchen. Ich werde Jock von der Schule nehmen müssen. Und Phyllis kann nicht mehr in die Klavierstunde und ins Ballett; es ist katastrophal. Und das alles wegen dieser Leute vom Midland-Syndikat. Ich habe mit mindestens zweihundert für meine neue Erzählung gerechnet, und die Gauner haben sie abgelehnt.»

Mit einem winzigen Taschentuch wischte sie sich eine Träne aus dem Augenwinkel. «Es ist wirklich schwer für mich, lieber Vormund; ich habe an dieser Erzählung gearbeitet, bis mir der Kopf rauchte.»

Der alte Heythorp brummte etwas, das verdächtig wie «Unsinn!» klang.

Mit einem Seufzer, der nichts zur Sache beitrug, außer daß er ihren Brustkasten zur Geltung brachte, fuhr Mrs. Larne fort: «Und bloß einen Hunderter könnten Sie mir wohl auch nicht geben?»

«Keinen Shilling.»

Sie seufzte wieder und ließ ihre Augen im Zimmer umherschweifen; dann murmelte sie mit ihrer warmen Stimme: «Lieber Vormund, es stimmt doch, daß Sie der Vater meines teuren Philip sind, nicht wahr? Ich hab' ja nie etwas gesagt, aber es muß so sein. Er glich Ihnen so sehr, und Jock jetzt auch.»

Das Gesicht des alten Heythorp blieb ausdruckslos. Selbst eine heidnische Gottheit, der man Blumen, Gesänge und Opfer darbrachte, hätte nicht weniger Anteilnahme bezeigen können. Ihr teurer Philip! Sie war ihm ganz schön auf der Nase 'rumgetanzt, da wollte er Gift drauf nehmen. Und wie zum Teufel kam sie dazu, so in der Vergangenheit zu wühlen?

Mrs. Larnes Augen spazierten indessen immer noch im Zimmer umher. «Was für ein hübsches Haus! Ich finde schon, Sie sollten mir helfen, wissen Sie, lieber Vormund. Stellen Sie sich doch vor, Ihre Enkel würden auf die Straße gestellt!»

Der Alte grinste. Er wollte die Verwandtschaft schon nicht leugnen – sie mochte es herausfinden, er wußte ja Bescheid. Aber unter Druck setzen ließ er sich auch nicht.

«Und so weit wird es noch kommen; da können Sie doch nicht einfach untätig zusehen. Bitte, stehen Sie mir dieses eine Mal bei. Sie dürften wirklich etwas für sie tun.»

Er knurrte nur: «Wart's ab. Jetzt hab' ich keinen Penny für dich. Bin arm wie eine Kirchenmaus.»

«Aber, lieber Vormund!»

«Tatsache.»

Mrs. Larne stieß einen besonders überschwenglichen Seufzer aus. Ganz offensichtlich glaubte sie ihm nicht.

«Gut!» sagte sie; «es wird Ihnen schon noch leid tun, wenn wir eines Nachts vorbeikommen und unter Ihrem Fenster ein Sternsingen abhalten. Möchten Sie nicht vielleicht Phyllis sehen? Sie wartet im Entree. Ein bezauberndes Mädchen wird aus ihr. Lieber Vormund – bloß fünfzig!»

«Keinen Penny.»

Mrs. Larne rang die Hände. «Nun gut! Sie werden es bereuen. Ich bin am Ende.» Sie seufzte tief, und es entschwebte eine Wolke Veilchenparfum. Dann erhob sie sich, ging zur Tür und rief: «Phyllis!»

Als das Mädchen eintrat, spürte der alte Heythorp seit vielen Jahren wieder so etwas wie Herzklopfen. Sie trug das Haar hochgesteckt. Wie ein Frühlingstag im Januar war sie; welche Wohltat nach ihrer Mutter, dem parfümierten Ding. Angenehm war die Berührung ihrer Lippen auf seiner Stirn, der Klang ihrer hellen Stimme, der Anblick ihrer grazilen Bewegungen, das Gefühl, daß sie ihm Ehre machte – unverfälschtes Blut, sie und der Lausebengel Jock – Besseres, als sein Sohn Ernest, der Stockfisch, zuwege brächte, oder seine Tochter Adela, diese Betschwester, wenn je einer so dumm sein sollte, sie zu heiraten.

Und als sie gegangen waren, beschäftigten ihn die sechstausend Pfund noch stärker, die er aus dem Handel mit Joe Pillins Schiffen für sie herauszuschlagen dachte. Er würde bei der Generalversammlung sein ganzes Prestige in die Waagschale werfen müssen. Bei den niedrigen Frachtsätzen war mit Opposition zu rechnen. Kein Mut zum Risiko, heutzutage, nichts als ängstliche Vorsicht! Die Direktoren waren Drückeberger – einen nach dem andern hatte er sie herumkriegen müssen – da hatte er sich etwas Schönes eingebrockt! Und dabei war es ein gutes Geschäft. Die Schiffe würden Geld eintragen – gutes Geld! –, wenn man es nur richtig anstellte!

Als sein Diener eintrat, um ihm beim Umziehen fürs Essen zu helfen, schlief er. Meller empfand für den Alten ungefähr soviel Hochachtung, wie man eben jemandem entgegenbringen kann, der nicht in der Lage ist, selber in seine Hose zu schlüpfen. Zu dem Dienstmädchen Molly pflegte er zu sagen: «Er ist ein zäher alter Knabe – muß Anno dazumal ein toller Hecht gewesen sein. Macht dir offensichtlich noch jetzt schöne Augen!» Und das Mädchen, eine hübsche Irin, antwortete jeweils: «Und wenn schon, wenn es ihm Freude bereitet. Das ist immer noch besser als die Jammermiene von der Lady.»

Beim Dinner pflegte der alte Heythorp am einen Ende des Tisches aus Rosenholz zu sitzen und seine Tochter am anderen. Es war der Höhepunkt im Tagesablauf. Oben in der Weste steckte seine Serviette, und so genoß er hingebungsvoll die Mahlzeit. Sein Geschmackssinn war ungetrübt und seine Verdauung ausgezeichnet. Er aß immer noch für zwei und trank fast ebenso viel. Und während er jeden Bissen auskostete, redete er kein Wort, wenn es sich vermeiden ließ. Die «Betschwester» hatte nichts zu sagen, was ihn interessieren konnte, und sie interessierte nicht, was er sagte. Auch waren ihr, was sie die «Tafelfreuden» nannte, ein Greuel – fleischliche Genüsse! Sie hätte ihm zu gerne die Ration gekürzt, das wußte er. Fiel ihm doch nicht im Traum ein! Was blieb einem denn sonst noch in seinem Alter? Sollte *sie* erst mal achtzig werden. Aber das würde sie natürlich nie erleben; war zu dünn und heilig!

An jenem Abend jedoch, als gerade das Rebhuhn

serviert wurde, machte sie den Mund auf: «Wen hast du denn da zu Besuch gehabt, Vater?»

Alles mußte sie ausspionieren! Er heftete seine kleinen blauen Augen auf sie und mampfte: «Damenbesuch.»

«Das habe ich gesehen; was für Damen?»

Er hätte gerne gesagt: «Angehörige einer meiner illegitimen Familien.» Tatsache war, daß es sich fast um den vollen Bestand seiner einzigen derartigen Familie handelte, aber die Versuchung, maßlos zu übertreiben, war geradezu überwältigend. Er nahm sich jedoch zusammen und kaute weiter auf seinem Rebhuhn herum, wobei seine Wangen vor heimlicher Empörung rot anliefen. Und er sah, wie ihre runden grauen Augen es kalt und streng zur Kenntnis nahmen, und wußte, daß sie jetzt dachte: «Er ißt zuviel.»

Sie sagte: «Tut mir leid, wenn ich es nicht wissen darf. Im übrigen solltest du keinen Rheinwein trinken!»

Der alte Heythorp ergriff das hohe grüne Glas, leerte es, spülte seine Wut und Erregung hinunter und widmete sich wieder seinem Rebhuhn.

Seine Tochter schürzte die Lippen, nippte an ihrem Wasserglas und sagte: «Ihr Name ist Larne, soviel weiß ich, aber ich konnte nichts damit anfangen; ist ja vielleicht auch besser.«

Der Alte unterdrückte einen Hustenanfall und grinste: «Meine Schwiegertochter und meine Enkelin.»

«Wie? Ernest soll geheiratet haben – was für ein Unsinn!»

Er lachte stillvergnügt und schüttelte den Kopf.

«Soll das denn heißen, Vater, du warst vor der Ehe mit meiner Mutter schon einmal verheiratet?»

«Nein.»

Ihr Gesichtsausdruck war sehenswert!

Sie sagte mit einem Anflug von Ekel: «Also nicht verheiratet, ich verstehe! Und jetzt hast du die Leute wohl am Hals; kein Wunder, daß du ständig in Schwierigkeiten steckst. Gibt's noch mehr davon?»

Wieder unterdrückte der Alte seinen Zorn, und die Adern an Hals und Schläfen schwollen in besorgniserregender Weise an. Wenn er jetzt etwas gesagt hätte, wäre er unweigerlich daran erstickt. Er hörte auf zu essen, legte die Hände auf den Tisch und versuchte aufzustehen. Es gelang ihm nicht; er ließ sich wieder in seinen Stuhl sinken und funkelte seine Tochter an, die steif und ungerührt dasaß.

«Hab dich nicht so, Vater, und mach jetzt vor Meller keine Szene. Iß lieber fertig.»

Er antwortete nicht. Fiel ihm nicht ein, zu Tisch zu sitzen, bloß um kujoniert und beleidigt zu werden! Nie zuvor hatte ihn seine Hilflosigkeit so bedrückt. Es war eine Offenbarung. Ein Holzklotz, der alles hinzunehmen hatte! Nichts als ein Holzklotz war er! Und er wartete darauf, daß sein Diener wiederkam, und nahm zum Schein die Gabel in die Hand.

Sie sagte in salbungsvollem Ton: «Du merkst wohl gar nicht, was das für ein Schock ist für mich. Ich weiß nicht, was Ernest dazu sagen wird...»

«Ach, zum Teufel mit Ernest.»

«Ich wünschte, du würdest nicht fluchen, Vater.»

Der alte Heythorp machte seinem Ärger mit einem Grollen Luft. Wie zum Teufel hatte er es bloß all die Jahre mit dieser Frau im selben Haus ausgehalten und noch Tag für Tag mit ihr zusammen gegessen! Inzwischen war aber der Diener zurückgekommen, und er legte die Gabel nieder und sagte: «Helfen Sie mir auf!»

Der Bedienstete blieb stehen wie vom Donner gerührt und balancierte noch das Tablett mit dem Soufflé. Er wollte die Mahlzeit nicht beenden – ein böses Omen!

«Helfen Sie mir auf!»

«Mr. Heythorp fühlt sich nicht wohl, Meller; nehmen Sie den andern Arm.»

Aber der Alte schüttelte ihre Hand ab. «Ich fühle mich ausgezeichnet. Helfen Sie mir auf. In Zukunft wünsche ich in meinem Zimmer zu speisen.»

Als er wieder aufrecht stand, ging er langsam hinaus, wollte sich aber in seinem Refugium nicht setzen, so sehr hatte ihn die plötzliche Erkenntnis seiner Hilflosigkeit überwältigt. Ihm war leicht schwindlig; er hielt sich am Tisch fest und blieb stehen, bis das Dinner abserviert war und Meller ihm seinen Port brachte.

«Darf ich Ihnen in den Stuhl helfen, Sir?»

Er schüttelte den Kopf. Wenigstens dazu sollte er, verflucht nochmal, selbst in der Lage sein. Es galt, seine Stellung gegenüber dieser Frau zu festigen. Und er sagte: «Schicken Sie mir Molly!»

«Jawohl, Sir.» Der Diener stellte das Tablett ab und ging hinaus.

Der alte Heythorp füllte sein Glas, trank und goß sich wieder ein. Er nahm eine Zigarre aus der Schachtel und zündete sie an. Jetzt kam das Mädchen herein, ein grauäugiges, dunkelhaariges Geschöpf, und blieb mit gefalteten Händen und leicht geöffneten Lippen stehen, den Kopf ein wenig zur Seite geneigt.

Der Alte sagte: «Du bist doch ein menschliches Wesen.»

«Das will ich hoffen, Sir.»

«Ich frag' dich jetzt etwas von Mensch zu Mensch – nicht als Dienstmädchen, verstehst du?»

«Nein, Sir, aber ich will gern alles tun, was Sie wollen.»

«Dann streck hier ab und zu mal die Nase rein, um zu sehen, ob ich was brauche. Meller geht auch manchmal aus. Brauchst nichts zu sagen, bloß die Nase reinzustrecken.»

«Ganz bestimmt will ich das tun, mit Vergnügen.»

Er nickte und ließ sich, als sie gegangen war, besänftigt in seinen Stuhl sinken. Hübsches Mädchen! Wie tröstlich, ein hübsches Frätzchen zu sehen, nach Adelas blassem, kränklichem Gesicht. Sein Zorn flammte wieder auf. Sie verließ sich also auf seine Hilflosigkeit, darauf verließ sie sich also? Er würde ihr zeigen, was für ein zäher alter Bursche er war! Und das Opfer, das er gebracht hatte – das verschmähte Soufflé, ganz zu schweigen von den Pilzen und dem Pfefferminzdessert, mit dem er die Mahlzeit für gewöhnlich beendete –, schien den Entschluß zu besiegeln. Alle glaubten sie, er habe sein Pulver verschossen. Zum Beispiel jene achselzuckenden Direktoren heute nachmittag; als wollten sie damit sagen: «Braucht ihn ja bloß anzusehen!» Und der junge Farney, der ihn bemitleidete. Mitleid, weiß Gott! Der ungehobelte Anwalt bei der Gläubigerversammlung, dessen verächtlich gekräuselte Lippen zu sagen schienen: «Mit einem Bein schon im Grab!» Er hatte gesehen, wie auf den Gesichtern der Schreiber das Grinsen gefror und wie Bob Pillin, der Grünschnabel, über seinem Vatermörder die Nase hochtrug. Er wußte, daß die parfümierte Puppe Rosamund langsam Angst bekam, er würde abtreten, bevor sie ihn ausgequetscht hatte. Auch sein Diener warf ihm immer so merkwürdig prüfende Blicke zu. Und nun gar die Betschwester –! Nein, so schnell nicht! O nein! Er schenkte sich zum vierten Mal ein, schlürfte langsam das innig geliebte dunkelrote Elixier, sog genüßlich an seiner Zigarre und schloß die Augen.

II

I

Der Hotelsaal, in dem die Inselschiffahrtsgesellschaft ihre Generalversammlungen abhielt, war fast voll, als der Sekretär durch die Tür hereinkam, die die Aktionäre noch von ihren Direktoren trennte. Er inspizierte ihre leeren Stühle, Papier und Tinte davor, nickte ein, zwei Aktionären zu und blieb mit der Uhr in der Hand stehen, um die Versammlung zu mustern. Eine höhere Beteiligung, als er es je erlebt hatte! Zweifellos der gekürzten Dividende und Pillins Offerte wegen. Und er schnalzte mit der Zunge. Denn wenn er schon vor seinen Direktoren mit Ausnahme des Präsidenten nicht viel natürliche Hochachtung hatte, so empfand er erst recht keine für seine Aktionäre. Welche Komödie, so eine Generalversammlung, wenn man es recht bedachte! Einmalig! Achtzig Männer, hundert vielleicht, und fünf Frauen, die nichts als die Sorge um ihr Geld zusammengeführt hatte. Gab es auf dieser Welt eine vergleichbar redliche Einrichtung? Die Kirche war nichts dagegen – zu viele andere Motive mischten sich da mit der Sorge ums Seelenheil. Er war ein kultivierter junger Mann – las Anatole France und andere Autoren – und gefiel sich in ironischen Betrachtungen. Was für irdische

Güter versprachen sie sich von dieser Zusammenkunft? Halb drei! Er steckte seine Uhr wieder in die Tasche und zog sich in das Direktionszimmer zurück.

Dort war es mitten im Februar hübsch behaglich; es dampfte noch warm vom Mittagessen und einer kurzen vorbereitenden Sitzung. Neben dem Kamin unterhielten sich vier Direktoren ziemlich aufgeregt; der fünfte glättete seinen Bart, und der Präsident saß da mit geschlossenen Augen, und seine roten Lippen schoben das Hustenbonbon, das er lutschte, abwechselnd von einer Seite auf die andere; sein Manuskript hielt er in der Hand bereit. Der Sekretär sagte aufmunternd: «Es ist Zeit, Sir.»

Der alte Heythorp schluckte, streckte die Arme aus, um sich aufhelfen zu lassen, und steuerte seinen Platz in der Tischmitte an. Die fünf Direktoren folgten. Zur Rechten des Vorsitzenden stehend, verlas der Sekretär das Protokoll und artikulierte Wort für Wort mit peinlicher Sorgfalt. Als er dann dem Präsidenten aufhalf und sein Blick über die Reihen glitt, dachte er: «Hätten nicht sehen dürfen, daß er nicht ohne fremde Hilfe aufstehen kann. Er hätte mich seine Rede vortragen lassen sollen – ich hab' sie ja auch geschrieben.»

Der Präsident ergriff das Wort: «Meine Damen und Herren, ich habe die Aufgabe und zugleich die Ehre, Ihnen zum neunzehnten aufeinanderfolgenden Mal Rechenschaftsbericht und Erfolgsrechnung der Geschäftsleitung für die vergangenen zwölf Monate vorzulegen. Sie alle werden gebührend Kenntnis genommen haben von einer Maßnahme, die Ihr Direktorium beschlossen hat und für welche es Sie heute um Ihre Zustimmung bittet

– ich werde darauf gegen Ende meiner Ausführungen zurückkommen...»

«Verzeihung, Sir; hier hinten verstehn wir kein Wort.»

«Aha!» dachte der Sekretär, «damit habe ich gerechnet.»

Der Präsident fuhr ungerührt fort. Aber da erhoben sich gleich etliche Aktionäre, und dieselbe Stimme sagte verärgert: «Wir könnten genausogut heimgehen. Kann denn nicht jemand an Stelle des Präsidenten lesen, wenn man ihn nicht versteht?»

Der Präsident nahm einen Schluck Wasser und las weiter. Inzwischen standen fast die ganzen sechs hintersten Reihen, und so streckte der Präsident dem Sekretär inmitten des allgemeinen Stimmengewirrs sein Manuskript hin und ließ sich in seinen Sessel zurücksinken.

Der Sekretär fing nochmals von vorne an, und bei jedem Satz, der ihm über die Lippen kam, dachte er: «Wie gut das klingt!» «Überaus klar!» «Eine hübsche Wendung!» «Das wird sie überzeugen!» Schade war nur, daß sie unmöglich wissen konnten, wessen Werk dies alles war. Und als er schließlich zu der Pillin-Transaktion kam, hielt er einen Augenblick inne.

«Ich komme jetzt zu der eingangs erwähnten Maßnahme. Ihr Direktorium hat beschlossen, Ihr Unternehmen durch den Ankauf der gesamten Flotte der Pillin & Co., Ltd. zu vergrößern. Wir werden dadurch zum Eigentümer der vier Dampfschiffe Smyrna, Damaskus, Tyros und Sidon, sämtlich in ausgezeichnetem Zustand, mit total fünfzehntausend Tonnen Ladekapazität, und das zum tiefen Pauschalpreis von sechzigtausend Pfund.

Meine Herren, ich rufe Ihnen zu: ‹*Vestigia nulla retrorsum!*›» Das war ein Zitat des Präsidenten, sein Beitrag zur Rede, und der Sekretär ließ ihm nach Kräften Gerechtigkeit widerfahren. «Die Zeiten sind schlecht, aber Ihr Direktorium ist ganz entschieden der Meinung, daß die Talsohle erreicht und der psychologisch günstige Augenblick da ist, unternehmerische Initiative zu entwickeln. Es kann Ihnen mit gutem Gewissen beantragen, seiner Unternehmenspolitik und damit der Bereinigung dieses Kaufvertrags zuzustimmen, wodurch sich, nach seiner Überzeugung, die Gewinnaussichten der Gesellschaft in naher Zukunft beträchtlich erhöhen werden.» Der Sekretär setzte sich widerwillig. Die Rede hätte mit ein paar aufmunternden Sätzen weitergehen sollen, die er sorgfältig vorbereitet hatte; aber der Präsident hatte sie gestrichen und bloß gemeint: «Sollen sich gefälligst freuen über ihr Glück.» Seiner Ansicht nach war das ein Fehler.

Nun erhob sich der Direktor, der eben noch seinen Bart geglättet hatte – er war ein besonnener Mann, und man konnte sich darauf verlassen, daß er weder abschweifen noch nach Ausflüchten suchen würde. Während er sprach, versuchte der Sekretär abzuschätzen, aus welcher Ecke Opposition zu erwarten war. Die meisten saßen mit eulenhaftem Ausdruck da – ein gutes Zeichen; aber vielleicht ein Dutzend studierten ihr Exemplar des Jahresberichtes, und mindestens drei der Anwesenden machten sich Notizen – einmal Westgate, der nach einem Sessel im Direktorium schielte und ganz bestimmt Schwierigkeiten machen würde – nach der bewährten Methode, alles zu vergällen; dann Batterson, der ebenfalls Ambitionen hatte, auf dessen Unterstützung man jedoch zählen konnte – Honig um den Bart streichen, eine ebenso bewährte Methode. Hingegen ließ sich mit wenig Menschenkenntnis voraussagen, daß von dem Kerl, der sich beklagt hatte, er könne genausogut nach Hause gehen, ein unbequemes Votum zu gewärtigen war. Der Direktor kam zum Schluß, zupfte an seinem Bart und setzte sich wieder.

Für einen Augenblick blieb es still. Dann erhoben sich die Herren Westgate und Batterson gleichzeitig. Als er sah, wie der Vorsitzende dem letzteren zunickte, dachte er: «Grundfalsch!» Er hätte Westgate die Ehre antun sollen, indem er ihm den Vortritt ließ. Aber das war das Schlimmste an dem Alten; das *suaviter in modo* war ihm fremd! Mr. Batterson, der damit freie Bahn bekam, erlaubte sich, dem Direktorium zu gratulieren, daß es das Firmenschiff so sicher durch die aufgewühlten Wasser des vergangenen Jahres gesteuert hatte. Solange ihr verdienter Präsident das Ruder führe, zweifle er nicht daran, daß man trotz des tiefen – nein, nicht sinkenden – Barometerstandes und der – äh – ungünstigen Witterung darauf vertrauen dürfe, dem – äh – nein, Sturm wolle er es nicht nennen, zu trotzen. Er müsse zugeben, daß die gegenwärtige Dividende von vier Prozent nicht ganz den Vorstellungen entspräche («Hört, hört!»), aber er persönlich, wie doch hoffentlich andere auch – und dabei blickte Mr. Batterson in die Runde –, sei bereit, anzuerkennen, daß man unter den gegebenen Umständen nicht mehr – äh – erwarten dürfe. Aber wenn sie zu den kühnen, dabei jedoch nach seiner Einschätzung umsichtigen Ausbauplänen des Direktoriums ja sagten, sei er gewiß, daß sie guten Mutes, wenn nicht gar hoffnungsfroh, in die Zukunft blicken könnten. («Oh, nein!») Da sagte doch ein Aktionär: «Oh, nein!» Das ließe auf ein gewisses mangelndes Vertrauen in den vorliegenden Antrag schließen. («Genau!») Von derartigem Mißtrauen müsse er sich gleich distanzieren. Ihr Präsident, ein weitsichtiger und scharfsinniger Mann, dessen Tüchtigkeit in mancher Schlacht zu Land und – äh – See erprobt worden sei, trete bestimmt nicht ohne triftigen Grund für diese Maßnahme ein. Seiner Meinung nach sei das Unternehmen in guten Händen, und er gebe gerne seine Zustimmung zu dem Vorhaben bekannt. Wie sagte doch der Präsident so treffend: *«Vestigia nulla retrorsum!»* Seine Mitaktionäre müßten ihm beipflichten, daß es für einen Engländer keinen passenderen Leitspruch geben könne. Hm!

Mr. Batterson setzte sich, und Mr. Westgate stand auf: er wolle – sagte er – mehr wissen, viel mehr, über diesen Antrag, dessen Wünschbarkeit er sehr bezweifle... («Aha!» dachte der Sektretär, «ich hab' dem Alten ja gesagt, er soll ihnen mehr sagen...») «Wem, zum Beispiel, war die Offerte zunächst unterbreitet worden? Ihm! – sagte der Präsident. Gut! Aber weshalb wollte die Firma Pillin verkaufen, wenn doch die Frachtsätze angeblich im Steigen begriffen waren?»

«Ansichtssache.»

«Genau; und meiner Ansicht nach werden sie noch weiter sinken, und Pillin tat gut daran, zu verkaufen. Woraus folgt, daß wir schlecht beraten sind, zu kaufen.» («Hört, hört!» «Nein, nein!») «Bei Pillin weiß man, was man tut. Und was sagt da der Präsident? Man habe das Zittern bekommen! Will er uns im Ernst glauben machen, daß Pillin verkauft, weil er das Zittern bekam?»

Der Präsident nickte.

«Das scheint mir ein wenig an den Haaren herbeigezogen, aber lassen wir das; ich will mich darauf beschränken, den Präsidenten nach den Gründen für seine Zuversicht zu fragen – kurz, was das Direktorium bewegt, uns in solchen Zeiten zu einem Schritt zu drängen, den ich als überstürzt brandmarken muß. Mit einem Wort: ich wünsche in der Sache nicht nur Aufklärung, sondern auch Wegleitung.»

Mr. Westgate nahm wieder Platz.

Was würde der Präsident jetzt tun? Die Situation war ausgesprochen peinlich – angesichts seiner Hilflosigkeit und der bloß halbherzigen Unterstützung durch das Direktorium. Und der Sekretär litt mehr denn je unter seiner absurden Untergebenenrolle, wo er doch die ganze Gesellschaft mit ein paar wohlüberlegten Worten hätte um den Finger wickeln können.

Plötzlich vernahm er das anhaltende Grollen, das den Äußerungen des Präsidenten voranzugehen pflegte: «Verlangt noch einer der Herren das Wort, bevor ich nun zur Abstimmung über die Vorlage schreite?»

Puh! Das würde sie vollends gegen ihn aufbringen. Und da erhob sich auch schon der Kerl, der gesagt hatte, er könnte ebensogut nach Hause gehen! Jetzt galt es, sich auf etwas gefaßt zu machen!

«Mr. Westgate verdient eine Antwort. Die Geschichte gefällt mir nicht. Ich will niemanden beschuldigen; aber es kommt mir so vor, als stecke da etwas dahinter, das die Aktionäre wissen müßten. Und nicht nur das; es paßt mir nicht, in dieser Weise von einem Mann überfahren zu werden, der seine Verdienste haben mag, jetzt aber offensichtlich nicht mehr im Vollbesitz seiner Kräfte ist.»

Der Sekretär pfiff durch die Zähne und dachte: «Der Kerl nimmt wirklich kein Blatt vor den Mund!»

Wieder vernahm er neben sich das Grollen. Der Präsident war rot angelaufen, schürzte die Lippen, und seine kleinen Augen waren tiefblau.

«Helfen Sie mir auf», sagte er. Der Sekretär half ihm und hielt den Atem an.

Der Präsident nahm einen Schluck Wasser, und seine Stimme brach unerwartet laut das unheilvolle Schweigen: «Nie im Leben hat man mich derart beleidigt. Seit neunzehn Jahren setze ich meine ganze Kraft in Ihren Diensten ein; und Sie wissen, welchen Aufschwung die Gesellschaft in der Zeit genommen hat. Ich bin von den hier Anwesenden der Älteste und will doch hoffen, meine Erfahrung mit der Schiffahrt sei ein wenig größer als die meiner beiden Vorredner. Ich habe für Sie mein Bestes gegeben, meine Damen und Herren, und wir wollen sehen, ob Ihren Beifall findet, was auf einen Angriff auf mein Urteilsvermögen und meine Ehre hinausläuft, wenn ich meinen Vorredner richtig verstehe. Dieses Geschäft liegt in Ihrem Interesse. ‹Ein Menschenleben ist ein wogend Meer›* – und was mich betrifft, so gebe ich mich heute so wenig wie früher damit zufrieden, stillzustehen. Wenn es aber das ist, was Sie wollen, so stellen Sie sich ruhig auf die Seite dieser Herren, und die Angelegenheit ist erledigt. Doch ich sage Ihnen, die Frachtsätze werden noch vor Jahresende steigen; das ist ein solides Geschäft, sehr solide – ich wenigstens stehe oder falle damit. Es bleibt Ihnen unbenommen,

* Zitat aus Shakespeare, «Julius Caesar», IV, 3, 218.

Ihre Zustimmung zu verweigern; ich werde dann allerdings meinen Rücktritt einreichen.»

Er ließ sich wieder in seinen Stuhl sinken. Der Sekretär sah ihn von der Seite an und dachte ganz begeistert: «Bravo! Wer hätte gedacht, daß er seine Stimme noch so in der Gewalt hat? Und die Anspielung auf seine Ehre hat gesessen! Ich glaube, er hat sie gepackt. Es kann aber immer noch schiefgehen, wenn der Kerl da hinten nochmals aufsteht; der Alte kann das kein zweites Mal durchziehen!» Aber nein, da hatte sich der alte Appelby auf die Hinterbeine gestellt. Das ging in Ordnung!

«Ich gebe unumwunden zu, daß ich ein alter Freund des Präsidenten bin; viele der Anwesenden sind alte Freunde des Präsidenten, und dieser Angriff auf ihn hat mich, wie andere zweifellos auch, schmerzlich berührt. Er mag alt an Jahren sein, aber sein Geist ist jung, voller Elan und Lebenskraft. Ich wünschte, wir wären alle so jung wie er. Es ist unsere Pflicht, ihm die Treue zu halten, unsere Pflicht, sage ich.» («Hört, hört! Hört, hört!») Und der Sekretär dachte: «Damit ist es gelaufen!» Er war merkwürdig gerührt, als er mit ansah, wie sich der Präsident vor dem alten Appleby ungelenk verbeugte und der alte Appleby die Verbeugung erwiderte. Dann sah er, wie sich neben der Tür ein Aktionär erhob, und dachte: «Wer ist denn das? Das Gesicht kenne ich – richtig, Ventnor, der Anwalt – einer von den Gläubigern des Präsidenten, die heute nachmittag wiederkommen. Was will denn der?»

«Ich kann nicht billigen, daß wir uns in dieser Angelegenheit von unseren Gefühlen statt vom Verstand leiten lassen sollen. Der springende Punkt ist doch einfach der: was trägt uns die Sache ein? Ich hatte meine Zweifel, als ich hierherkam, aber das Auftreten des Präsidenten hat sie ausgeräumt, und ich werde den Antrag unterstützen.» Der Sekretär dachte: «Ist ja schon recht – aber er hat das so merkwürdig gesagt – ganz merkwürdig.»

Nach einer langen Pause sagte der Präsident, ohne aufzustehen: «Ich beantrage die Genehmigung des Jahresberichtes und der Bilanz.»

«Ich schließe mich an.»

«Wer dem Antrag zustimmt, möge dies auf die übliche Weise bekunden. Gegenmehr? Beschlossen.»

Der Sekretär merkte sich die Gegner, sechs im ganzen, und daß Mr. Westgate sich der Stimme enthielt.

Eine Viertelstunde später stand er mitten in dem Raum, der sich rasch leerte, und diktierte einem der Herren von der Presse die benötigten Namen. Der lahme Kerl sagte: «Haythorp, mit ‹a›, ach so, mit ‹e›; der ist bestimmt schon alt. Vielen Dank. Kann ich das Manuskript haben? Hätten Sie gern einen Probeabzug? Mit ‹a› sagten Sie doch – ach so, mit ‹e›! Guten Tag!» Und der Sekretär dachte: «Was mag bloß in so einem Kerl vorgehen? Kennt den alten Präsidenten immer noch nicht; man stelle sich vor!...»

2

Wieder zurück im regulären Büro der Inselschifffahrtsgesellschaft, saß der alte Heythorp zigarrerauchend in seinem Sessel und schmunzelte wie ein schnurrender Kater. Er sonnte sich ein wenig in seinem Triumph, und sein beweglich gebliebener Geist gab sich dem Unterfangen hin, bei den Gegnern die Spreu vom Weizen zu trennen. Da war einmal Westgate – nicht weiter von Bedeutung – berufliche Unzufriedenheit, bis sie ihn mit einem

Direktorensessel zum Schweigen brachten – kam nicht in Frage, solange *er* die Zügel in der Hand hielt! Dann der Kerl aus den letzten Reihen – diese Giftspritze! «Da steckt etwas dahinter!» Das mißtrauische Ekel! Er hatte ja recht – aber – zum Teufel damit! Sie sollten sich glücklich schätzen, für *den* Preis vier Schiffe zu bekommen, und das alles dank ihm! Ein ungutes Gefühl hatte er wegen des letzten Redners. Dieser Ventnor, dem er Geld schuldete – einen leicht merkwürdigen Ton hatte der gehabt, so als wollte er sagen: «Da ist doch was faul dran.» Aber in einer halben Stunde war ja die Gläubigerversammlung, und da würde er weiter sehen.

«Mr. Pillin, Sir.»

«Ich lasse bitten!»

In einem Pelzmantel, in dem die schmale Gestalt fast zu verschwinden schien, trat Joe Pillin ein. Draußen schneite es, und überall dort, wo es nicht graue Bartstoppeln bedeckten, war sein hageres Gesicht käsig und prickelte vor Kälte. Er sagte mit schwacher Stimme: «Wie geht's dir, Sylvanus? Kommst du nicht fast um vor Kälte?»

«Schwitze wie ein Bär. Setz dich und leg deinen Mantel ab.»

«Lieber nicht, ohne den bin ich verloren. Du mußt einen Ofen in dir drin haben. Es – es ist also perfekt?»

Der alte Heythorp nickte, und Joe Pillin, der im Zimmer herumgeisterte, inspizierte die geschlossene Tür. Er kam zum Tisch zurück und sagte leise: «Es ist ein großes Opfer.»

Der alte Heythorp lächelte. «Hast du die Schenkungsurkunde unterzeichnet?»

Joe Pillin zog ein Pergament aus der Tasche, faltete es sorgfältig auf, bis die Unterschrift sichtbar wurde, und sagte: «Es gefällt mir nicht – es – ist so endgültig.»

Der alte Heythorp prustete: «Wie der Tod.»

Joe Pillins Stimme schwang sich zu einem Diskant auf: «Ich mag das Endgültige nicht. Du hast mich wohl nervös gemacht und mich dann überrumpelt.»

Der alte Heythorp prüfte die Unterschriften und sagte: «Dein Anwalt soll es für dich unter Verschluß halten. Er muß dich für einen argen Don Juan halten, Joe.»

«Sag nichts! Stell dir vor, bei meinem Tod erfährt meine Frau davon!»

«Sie wird dir die Hölle auch nicht heißer machen können.»

Joe Pillin steckte die Urkunde wieder in seine Manteltasche. Er konnte es einfach nicht ertragen, daß man über derlei Dinge scherzte.

«Hm», sagte er, «du hast deinen Willen durchgesetzt, wie immer. Und wer ist eigentlich diese Mrs. Larne? Du solltest mich nicht im ungewissen lassen. Offenbar hat mein Junge sie bei dir zu Hause getroffen. Und dabei hast du mir erzählt, sie komme nie dorthin.»

Der alte Heythorp sagte genüßlich: «Ihr Mann war mein Sohn aus der Verbindung mit einer Frau, der ich vor meiner Ehe nahestand; ihre Kinder sind meine Enkel. Du hast für ihre Zukunft gesorgt. Das Beste, was du je getan hast.»

«Ich weiß wahrhaftig nicht. Du hättest es mir doch lieber nicht erzählt. Es macht die ganze Geschichte nur um so zweifelhafter. Sobald die Übergabe erfolgt ist, gehe ich ins Ausland. Die Kälte hier bringt mich noch um. Du hast immer so schön warm; wenn ich bloß dein Rezept wüßte.»

«Verschaff dir ein neues Innenleben.»

Joe Pillin sah seinen alten Freund sehnsüchtig an. «Und bei all deiner Robustheit hängt dein Leben an einem Faden, habe ich recht?»

«An einem starken Faden, mein Lieber!»

«Also dann, leb wohl, Sylvanus. Du spendest zweifelhaften Trost; ich muß mich jetzt auf den Heimweg machen.» Er setzte seinen Hut auf, und dann trat die Gestalt, die fast in ihrem Pelzmantel verschwand, auf den Korridor hinaus.

Auf der Treppe begegnete er einem Mann, der zu ihm sagte: «Wie geht's immer, Mr. Pillin? Ich kenne Ihren Sohn. Sind Sie beim Präsidenten gewesen? Es hat also geklappt mit dem Verkauf. Ich hoffe, wir werden etlichen Nutzen davon haben, obwohl Sie da wahrscheinlich anderer Meinung sind?»

Joe Pillin blickte unter seinem Hut schräg zu ihm auf und sagte: «Mr. Ventnor, nicht wahr? Danke! Kalt draußen, finden Sie nicht auch?» Und mit dieser vorsichtigen Bemerkung ging er weiter die Treppe hinunter.

Wieder allein, dachte der alte Heythorp: «Um Himmels willen! Was für ein wankendes, schwankendes Knochengestell! Welche Qual muß das Leben für seinesgleichen doch sein! Die Angst begleitet ihn ständig – er suhlt sich darin. Armer Teufel!» Und es erfüllte ihn ein seltsames Hochgefühl, eine Unbeschwertheit wie seit Jahren nicht mehr. Die beiden jungen Geschöpfe waren jetzt vor einem Leben in Armut sicher – jawohl, sicher! Sobald er sich mit diesen vermaledeiten Gläubigern herumgeschlagen hatte, würde er die Kinder besuchen gehen. Mit hundertzwanzig im Jahr konnte der Junge in die Armee eintreten – das war sowieso der beste Ort für einen solchen Lausebengel. Um das Mädchen würde man sich natürlich reißen, aber jetzt brauchte sie nicht gleich den erstbesten Schafskopf zu nehmen. Ihre Mutter mußte allerdings selbst sehen, wie sie zurechtkam; wenn *die* nicht mindestens zweitausend im Jahr hatte, machte sie einfach Schulden. Aber man konnte sich darauf verlassen, daß sie sich aus jeder Klemme herausschwatzen und -mogeln würde! Er schaute den Rauchkringeln nach, die sich langsam auflösten, und dabei wurde ihm bewußt, unter welcher Spannung er die vergangenen sechs Wochen gestanden hatte, wie sehr er vor dem Gedanken an die heutige Generalversammlung zurückgeschreckt war. Und tatsächlich! Es hätte schlimm herauskommen können. Er kannte sie wohl, die Elemente innerhalb und außerhalb des Direktoriums, die nur darauf warteten, ihn auszubooten. Und wenn man ihn hier ausbootete, würden seine beiden andern Gesellschaften unzweifelhaft folgen, und – schlagartig löste sich sein Einkommen in nichts auf, und er wäre bettelarm und würde von dieser Betschwester abhängig. Gut! Für ein weiteres Jahr war er sicher, wenn er bloß diese Blutsauger einmal mehr abschütteln konnte. Wahrscheinlich würde es diesmal schwerer fallen, aber er befand sich in einer Glückssträhne – jawohl, Glückssträhne, und die mußte einfach anhalten. Und wieder sog er genüßlich an seiner Zigarre und ergriff die Glocke.

«Bringen Sie sie hier herein, Mr. Farney, und machen Sie mir bitte eine Tasse Chinatee, möglichst stark.»

«Jawohl, Sir. Möchten sie den Probeabzug des Presseberichts sehen oder das lieber mir überlassen?»

«Ihnen überlassen.»

«Sehr wohl, Sir. Eine erfreuliche Versammlung, nicht wahr?»

Der alte Heythorp nickte.

«Wunderbar, wie Sie genau im richtigen Moment die Stimme wiederfanden. Ich hatte schon Angst, wir würden Schwierigkeiten bekommen. Die Beleidigung hat wohl die Wende gebracht. So eine Unverschämtheit. Ich hätte dem Kerl den Schädel einschlagen können.»

Wieder nickte der alte Heythorp; dann sah er dem Sekretär in die klaren blauen Augen und wiederholte: «Bringen Sie sie rein.»

Während er auf das Eintreten der Gläubiger wartete, dachte er: «Also so erklärt er sich die Sache. Wenn das publik würde, man würde kurzen Prozeß machen mit mir.»

Die Herren, diesmal zehn an der Zahl, verbeugten sich vor ihrem Schuldner und fragten sich offensichtlich dabei, weshalb sie sich noch Mühe gaben, höflich zu sein zu einem Alten, der ihnen ihr Geld vorenthielt. Der Sekretär kam wieder mit der Tasse Chinatee, und sie schauten ihrem Schuldner beim Trinken zu. Man mußte um das Gelingen zittern. Konnte er austrinken, ohne alles über seine Hemdbrust zu leeren oder sich zu verschlucken? Wer ihn nicht näher kannte, dem kam es fast wie ein Wunder vor.

Er setzte die leere Tasse ab, wischte zittrig ein paar gelbe Tropfen aus dem kleinen weißen Haarbüschel unter der Lippe, zündete seine Zigarre wieder an und sagte: «Hat keinen Sinn, lange drum herum zu reden, meine Herren; ich kann Ihnen vierzehnhundert pro Jahr anbieten, solange ich lebe und meine Ämter innehabe, vierzehnhundert und keinen Penny mehr. Wenn Ihnen das nicht akzeptabel scheint, müssen Sie mich bankrott erklären und bekommen dann noch Sixpence pro Pfund. Meine Anteilscheine haben einen Marktwert von einigen tausend Pfund. Weiter besitze ich nichts. Das Haus, in dem ich wohne, mit allem, was drin ist, bis auf meine Kleider, meinen Wein und meine Zigarren, gehört meiner Tochter, aufgrund eines nun schon fünfzehnjährigen Vertrags. Für alle weiteren Auskünfte verweise ich Sie an meine Anwälte und Bankiers. So also stehen, kurz gesagt, die Dinge.»

Den zehn Herren, alles erfahrene Geschäftsleute, gelang es nicht ganz, ihre Überraschung zu verbergen. Daß jemand mit so hohen Schulden vorgab, gar nichts zu besitzen, war nur natürlich; aber würde er sie an seine Anwälte und Bankiers verweisen, wenn er nicht tatsächlich die Wahrheit sagte?

Schließlich meinte Mr. Ventnor: «Sind Sie dazu bereit, uns Einsicht in Ihre Konten zu gewähren?»

«Das nicht, aber ich werde meine Bank ermächtigen, zu Ihren Händen einen vollständigen Auszug über meine Einkünfte in den letzten fünf Jahren – oder auch länger – zu erstellen.»

Die List, die zehn Herren um den Direktorentisch zu gruppieren, verunmöglichte es ihnen, sich ungestört zu beraten. Aber schließlich gab Mr. Brownbee das Ergebnis des allgemeinen leisen Meinungsaustauschs bekannt: «Wir sind der Ansicht, Mr. Heythorp, daß Sie bei Ihren Tantiemen und Dividenden in der Lage sein sollten, für uns eine größere Summe abzuzweigen. Anders gesagt, wir denken an sechzehnhundert im Jahr. Bei unsern Ansprüchen von sechzehntausend Pfund ist auch das keine erhebende Aussicht, aber wir hoffen, Sie haben noch einige gute Jahre vor sich. Soviel wir wissen, haben Sie ein Einkommen von zweitausend Pfund.»

Der alte Heythorp schüttelte den Kopf. «Neunzehnhundertdreißig in einem guten Jahr. Und ich muß essen und trinken, brauche auch einen Leibdiener – bin nicht mehr der Jüngste. Unter fünfhundert Pfund schaffe ich es nicht. Vierzehnhundert ist alles, was ich Ihnen geben kann, meine Herren; das sind zweihundert mehr als bislang. Mein letztes Wort.»

Es war Mr. Ventnor, der das Schweigen brach: «Und mein letztes Wort ist, daß ich mich damit nicht zufriedengeben mag. Wenn die übrigen Herren Ihrem Vorschlag zustimmen, sehe ich mich gezwungen, selbst etwas zu unternehmen.»

Der Alte starrte ihn an und antwortete: «Ach, tatsächlich? Wir werden ja sehen.»

Die andern hatten sich erhoben und standen unten am Tisch beisammen; bloß der alte Heythorp und Mr. Ventnor blieben sitzen. Der alte Mann schob die Unterlippe vor, bis die weißen Haare darunter wie Stacheln herausstanden. «Du Lump», dachte er, «glaubst, du hättest noch etwas in petto. Na dann, viel Glück!» Der «Lump» stand unvermittelt auf und trat zu den andern. Und der alte Heythorp schloß die Augen und saß mit der erloschenen Zigarre schräg zwischen den Zähnen vollkommen still da. Schließlich räusperte sich Mr. Brownbee und wandte sich ihm zu, um den Beschluß bekanntzugeben.

«Mr. Heythorp», sagte er, «vorausgesetzt, Ihre Bankiers und Anwälte bestätigen Ihre Auskünfte, sind wir bereit, Ihren Vorschlag *faute de mieux* anzunehmen, nicht zuletzt mit Rücksicht auf...» Aber als sein Blick den Augen des Alten begegnete, in denen überaus deutlich zu lesen stand: «Zum Teufel mit Ihrer Rücksicht!», stotterte er nur noch: «Vielleicht würden Sie uns jetzt freundlicherweise die erwähnte Vollmacht geben?»

Der alte Heythorp nickte, und Mr. Brownbee führte mit einer knappen Verbeugung seinen Hut vor die Brust und ging auf die Tür zu. Die andern neun Herren folgten. Mr. Ventnor, der den Schluß machte, wandte sich nochmals um und blickte zurück. Aber der Alte hatte die Augen bereits wieder geschlossen.

Sobald seine Gläubiger draußen waren, ergriff der alte Heythorp die Glocke.

«Helfen Sie mir auf, Mr. Farney. Dieser Ventnor – wie hoch ist sein Anteil?»

«Ziemlich niedrig. Bloß zehn Aktien, soviel ich weiß.»

«Aha! Wie spät ist es?»

«Dreiviertel vier, Sir.»

«Bestellen Sie mir ein Taxi.»

Nachdem er Bank und Anwalt aufgesucht hatte, quälte er sich nochmals in sein Taxi und beorderte es nach Millicent Villas. Ein träumerisches Glücksgefühl durchflutete seinen ganzen Körper, der auf der schnellen Fahrt durchgerüttelt und -geschüttelt wurde. Er hatte also die Blutsauger vom Hals, solange er seine Direktorenposten verteidigen konnte; und für Rosamund und ihre Sprößlinge blieben immer noch hundert pro Jahr, wenn nicht mehr, übrig. Er konnte es mit vierhundert machen, mit dreihundert, wenn es sein mußte, ohne seine Unabhängigkeit zu verlieren. Denn daß das Leben im Hause der Betschwester unerträglich wäre, wenn er nicht selbst für seinen Unterhalt aufkommen konnte, war klar! Ein volles Tagewerk! Das beste seit vielen Monaten!

Das Taxi hielt vor dem Haus.

3

Es gibt Räume, die über ihre Bewohner nichts verraten, und wieder andere, die zu sagen scheinen: «Genauso sind sie!» Rosamund Larnes Wohnung war von der letzteren Art, so als würde jedem Besucher gleich eingestanden: «Ihr Geschmack? Sie sehen ja – farbenfroh und überschwenglich; ihre Gewohnheiten – erraten, hier sitzt sie den ganzen Morgen im Négligé, raucht Zigaretten und kleckert mit der Tinte; ich möchte Sie da nur auf den Teppich hinweisen. Beachten Sie auch den Flügel – man sieht ihm an, daß er je nach dem Stand der Finanzen kommt und geht. Dieses überaus weich gepolsterte Sofa gehört hingegen zur festen Einrichtung; ebenso wie die Aquarelle an den Wänden – die stammen nämlich von ihrer Hand. Riechen Sie die Mimosen? – Sie liebt Blumen, die stark duftenden am meisten. Eine Uhr gibt es natürlich nicht. Schauen Sie einmal den Schreibtisch an – offensichtlich klingelt sie ständig dem Mädchen, das dann für alles herhalten muß: ‹Ellen, wo ist das, und Ellen, wo ist jenes? Du schlimmes Mädchen, hast wieder aufgeräumt.› Und werfen Sie einen Blick auf den Stapel handbeschriebener Blätter – sie hat unleugbar einen schöpferischen Genius; es fließt ihr aus der Feder – und sie streicht keine einzige Zeile, wie Shakespeare. Das Elektrische hat sie an Stelle des scheußlichen Gaslichts installieren lassen, aber wer das eine oder andere andrehen will, bemüht sich vergeblich. Natürlich ist das letzte Quartal noch nicht bezahlt, und sie benützt jetzt eine Öllampe; man sieht es an der Decke. Der Hund da drüben, der nicht auf den Namen Carmen hören will, ein Pekinese, der die vorstehenden schwarzen Augen rollt, keine Nase dazwischen, und einem kleinen Dschinn gleicht – Carmen also schaut in die Welt, als wisse sie nicht, was wohl als nächstes zu gewärtigen sei; und es ist in der Tat so, daß sie abwechselnd gestreichelt und geschlagen wird! Würdigen Sie auch die Einfassung des Teebretts; aus Zinn ist sie gerade nicht, aber doch ziemlich angelaufen; und ich versichere Sie, daß auch auf dem prächtigsten Teebrett eines Millionärs nie eine Likörflasche gestanden hat!»

Als der alte Heythorp auf die Ankündigung «Mr. Äsop» hin eintrat, war der Raum, der sich über die ganze Breite des Häuschens erstreckte, von einem heillosen Lärm erfüllt: Phyllis spielte eine Machiche; auf dem Kaminvorleger entlockte der Knabe Jock einer Okarina in kurzen Abständen die schrillsten Töne; Mrs. Larne saß mit Bob Pillin auf dem Sofa, und die gezierte Stimme plätscherte munter drauflos, während Bob Pillin ab und zu ein «Ja – gewiß! Sehr richtig! Gewiß doch!» einwarf und über seinem Hemdkragen sehnsüchtig nach Phyllis schielte. Und auf dem Fensterbrett, so weit weg von all dem Lärm wie möglich, rollte das Hündchen Carmen die Augen. Beim Anblick des Besuchers blies Jock fürchterlich daneben, raste hinter das Sofa und legte sein Kinn auf die Lehne, so daß bloß noch sein rosig rundes, regloses Gesicht zu sehen war, während der Hund Carmen gleichzeitig versuchte, die Vorhangschnur hochzuklettern.

Von hinten von Phyllis' Armen umschlungen und vor sich die einladend parfümierte Gestalt der Mrs. Larne, wurde der alte Heythorp zum Sofa geleitet. Es war niedrig, und als er sich hatte hineinplumpsen lassen, entfuhr dem Knaben Jock ein dumpfes Stöhnen.

Bob Pillin brach als erster das Schweigen: «Wie geht es Ihnen, Sir? Hoffentlich ist die Sache perfekt.»

Der alte Heythorp nickte. Sein Blick war auf die Likörflasche geheftet, und Mrs. Larne murmelte: «Sie müssen unbedingt unsern neuen Likör probieren, lieber Vormund. Jock, du schlimmer Junge, steh auf und bring dem Onkel ein Glas.»

Der Knabe Jock ging zum Teetisch hinüber, nahm ein Glas, hob es prüfend ans Auge und füllte es schnell.

«Du schrecklicher Junge, hast doch gesehen, daß das Glas schmutzig ist.»

Mit hoher, voll tönender Engelsstimme antwortete Jock: «Schon recht, Mutter; ich erledige das.» Und er stürzte den gelben Likör hinunter und nahm ein anderes Glas.

Mrs. Larne lachte. «Was mach' ich bloß mit ihm?»

Ein lautes Kreischen enthob ihn einer Antwort. Phyllis, die ihren Bruder am Ohr zur Türe gezerrt hatte, mußte ihn loslassen, weil sie dabei selbst malträtiert worden war. Bob Pillin beeilte sich, ihr zu Hilfe zu kommen; und Mrs. Larne deutete mit dem Kinn lächelnd in seine Richtung und sagte: «Sind die Kinder nicht schrecklich? Und dabei ist er so ein netter Kerl. Wir mögen ihn sehr, lieber Vormund.»

Der Alte grinste. Sie wollte sich also an diesen Grünschnabel heranmachen!

Rosamund Larne hatte ihn beobachtet und murmelte: «Ach, lieber Vormund, Sie sind genauso schlimm wie Jock. Er schlägt Ihnen unheimlich nach. Schauen Sie sich bloß seine Kopfform an. Komm einmal her, Jock!» Das Unschuldslamm trat näher; mit seiner mädchenhaft zarten Haut, den veilchenblauen Augen und makellosen Lippen stand er vor seiner Mutter wie ein riesiger Cherub. Plötzlich blies er grauenhaft falsch auf der Okarina. Mrs. Larne holte aus zu einer Ohrfeige; sie sauste an ihm vorbei, trotzdem warf er sich flach zu Boden.

«So führt er sich auf. Fort mit dir, du schlimmer Junge. Ich hab' mit eurem Vormund zu reden.»

Der Junge robbte davon, hockte mit übereinandergeschlagenen Beinen vor der Wand und heftete seine runden Unschuldsaugen auf den alten Heythorp.

Mrs. Larne seufzte: «Es geht ständig bergab mit uns, lieber Vormund. Mir ist ein Rätsel, wie ich dieses Vierteljahr überbrücken soll. Sie könnten mir nicht hundert auf meine neue Erzählung vorschießen? Zweihundert wird sie mir bestimmt noch eintragen.»

Der Alte schüttelte den Kopf. «Ich habe dir und den Kindern etwas zukommen lassen», sagte er. «Du wirst es in ein, zwei Tagen erfahren; aber stell jetzt keine Fragen.»

«Ach, lieber Vormund! Was sind Sie für ein Schatz!» Und ihr Blick blieb an Bob Pillin haften, der sich über den Flügel lehnte, wo Phyllis inzwischen wieder Platz genommen hatte.

Der alte Heythorp schnaubte: «Wozu hätschelst du eigentlich dieses Küken? Es braucht nicht gleich der nächstbeste Dummkopf sie wegzuschnappen.»

«Natürlich ist unser Liebling noch *viel* zu jung. Phyllis, komm hierher, mit deinem Vormund plaudern!»

Als das Mädchen neben ihm auf dem Sofa Platz nahm, verspürte er einen wohligen Schauer, wie es geschehen mag, wenn junges Blut in der Nähe ist; dann sagte er: «Bist brav gewesen?»

Sie schüttelte den Kopf. «Unmöglich, wenn Jock nicht in der Schule ist. Und Mutter kann dieses Quartal das Schulgeld für ihn nicht bezahlen.»

Als er seinen Namen hörte, begann Jock nach Kräften auf seiner Okarina zu blasen, bis Mrs. Larne ihn aus dem Zimmer jagte.

Phyllis fuhr fort: «Etwas Schlimmeres als ihn kann man sich gar nicht vorstellen. Sag, hat er überhaupt irgendwelche Ähnlichkeit mit meinem Vater? Mutter tut da immer so geheimnisvoll. Und du hast ihn sicher gut gekannt.»

Der alte Heythorp war nicht aus der Fassung zu bringen; er antwortete gleichmütig: «Nicht allzu gut.»

«Wer war denn *sein* Vater? Ich glaube, nicht einmal Mutter weiß das.»

«Ein Lebemann aus meinen jungen Jahren.»

«Ach, muß das aufregend gewesen sein, damals. Hast du auch unten eng zulaufende Hosen und Koteletten getragen?»

Der alte Heythorp nickte.

«Wie spaßig! Und bestimmt hast du viele Abenteuer mit Operntänzerinnen und eine Passion für das Glücksspiel gehabt. Heute sind die jungen Männer alle so brav.» Ihr Blick blieb auf Bob Pillin haften. «Der junge Mann da zum Beispiel ist ein richtiger Tugendbold.»

Der alte Heythorp grunzte.

«Du weißt nicht, wie brav», fuhr Phyllis nachdenklich fort, «bis du nicht in einem Tunnel neben ihm gesessen bist. Kürzlich einmal spürte er, wie sich da etwas gegen seine Mitte drückte, und er blieb bloß untätig sitzen. Und als dann der Tunnel vorbei war, da war es auch noch Jock und gar nicht ich. Ein Gesicht hat er gemacht... Haha! haha! Hihi! hihi!» Sie warf den Kopf in den Nacken und entblößte dabei ganz ihren runden weißen Hals. Darauf rückte sie näher und flüsterte: «Natürlich tut er gerne so, als besitze er umwerfenden Charme. Er hat versprochen, mit Mutter und mir ins Theater und anschließend essen zu gehen. Wird das nicht toll! Bloß weiß ich nicht, was ich anziehen soll.»

«Was willst du denn? Irische Baumwolle?»

Ihr Mund öffnete sich weit: «Nein, Onkel! Weichen weißen Satin!»

«Wie viele Ellen braucht's denn für dich?»

«Wahrscheinlich etwa zwölf. Nähen könnten wir selber. Du bist wirklich ein Schatz!»

Ein Duft nach Heu von ihrem Haar umgab ihn; ihre Lippen prallten gegen seine Nase, und ein Gefühl überkam ihn, wie wenn sein Gaumen den ersten Tropfen eines auserlesenen Weines kostete. Mit dem Häuschen war ja nicht viel Staat zu machen, die Mutter war eine falsche Katze, der Junge ein Lausebengel, und doch spürte er hier eine Wärme, wie er sie in dem Haus seiner Frau, das jetzt seiner überaus frommen Tochter gehörte, nie gekannt hatte. Und noch einmal frohlockte er über sein Tagewerk und das Gelingen seines unlauteren Manövers, das diesen jungen Menschen in einer harten, rücksichtslosen Welt zu etwas Boden unter den Füßen verhalf.

Phyllis flüsterte ihm ins Ohr: «Onkel, schau doch; die ganze Zeit starrt er mich so an. Ist das nicht abscheulich? – Wie das Kaninchen die Schlange.»

Bob Pillin hörte Mrs. Larne zu, sah aber über ihre Schultern unverwandt das Mädchen an. Es hatte den jungen Mann erwischt, so viel stand fest! Der unverwandte Blick dieser Welpenaugen hatte etwas beinah Ergreifendes. Und er dachte: «Der junge Dachs – ich wollte, ich wäre so jung wie er!» Was für eine Ungerechtigkeit, alt und hilflos zu sein, wenn die Begierde so stark war wie eh und je! Es hieß, man sei so alt, wie man sich fühle. Unsinn! Ein Mensch war so alt wie seine Beine und Arme, keinen Tag jünger. Plötzlich hörte er ein kummervolles Seufzen, und er sah, wie sich das Gesicht des Mädchens neben ihm umwölkte, als wären die Tränen nah. Schließlich eilte sie zum Fenster, nahm das Hündchen in die Arme und vergrub ihr Gesicht in seinem braunweißen Fell. Der alte Heythorp dachte: «Sie sieht, daß ihre heuchlerische Mutter sie als Lockvogel mißbraucht.» Aber schon war sie wieder zurück, und dem Hündchen, das angesichts der merkwürdigen Gestalt auf dem Sofa fürchterlich die Augen rollte, gelang es nach einer verzweifelten Anstrengung, ihre Schulter zu erklimmen, wo es wie eine Katze thronte, sich mit einer Pfote festhielt und mit den andern Reißaus zu nehmen versuchte.

Der alte Heythorp sagte unvermittelt: «Hast du deine Mutter sehr gern?»

«Natürlich, Onkel. Ich bete sie an.»

«Hm! Hör mir einmal zu. Wenn du volljährig wirst oder heiratest, gehören dir ganz allein hundertzwanzig pro Jahr, die du auf sicher hast. Laß dich dann ja nie zu etwas überreden, das du nicht willst. Und denk daran: deine Mutter ist ein Sieb; hat keinen Sinn, ihr Geld zu geben; behalt deinen Anteil für dich – es ist bloß eine Kleinigkeit, und du wirst es brauchen können – bis auf den letzten Penny.»

Phyllis' Augen hatten sich ganz weit geöffnet, und er fragte sich, ob sie begriffen hatte.

«Ach! Ist Geld nicht etwas Schreckliches, Onkel?»

«Wenn man keins hat.»

«Nein, es ist überhaupt gräßlich. Wenn wir bloß wie die Vögel wären. Oder wenn man über Nacht einen Teller hinstellen könnte, und am Morgen wär' grad soviel drin, wie man für den Tag braucht.»

Der alte Heythorp seufzte. «Es gibt nur eines im Leben, was zählt – deine Unabhängigkeit. Wenn du die verlierst, so hast du alles verloren. Darin liegt die Bedeutung des Geldes. Hilf mir auf.»

Phyllis streckte die Hände aus, das Hündchen sprang von ihrem Rücken herunter und nahm seinen Platz auf dem Fensterbrett neben der Vorhangschnur wieder ein.

Als er endlich stand, sagte der alte Heythorp: «Gib mir einen Kuß. Und morgen hast du deinen Satin.»

Dann schaute er zu Bob Pillin hinüber und bemerkte: «Wenn Sie denselben Weg haben, können Sie mitfahren.»

Der junge Mann sah Phyllis flehentlich an, gab darauf ein mürrisches «Danke schön!» zur Antwort, und sie gingen zusammen zum Taxi hinaus. Da saßen sie nun in dem stickigen Gefährt, und Gott weiß, wie sie einander verachten mochten: das Alter die Jugend wie die Jugend das Alter. Hier nahm der Alte dem Grünschnabel seine Absichten auf die Enkelin übel, da ärgerte sich der Junge, daß ihn dieser Tattergreis mitgeschleppt hatte, bevor er eigentlich hatte gehen wollen.

Schließlich sagte der alte Heythorp: «Nun?»

Bob Pillin war damit zum Reden aufgefordert, und so brummte er: «Freut mich, daß an Ihrer Versammlung alles glatt lief, Sir. Da haben Sie gewiß einen Triumph feiern können.»

«Finden Sie?»

«Ach, ich weiß nicht. Aber ich dachte, Sie hätten da gegen erhebliche Widerstände anzukämpfen gehabt.»

Der alte Heythorp schaute ihn an. «Kluges Kind!» sagte er und fügte mit gewohnter Angriffslust hinzu: «Sie fassen die Gelegenheit beim Schopf, wie man sieht.»

Angesichts dieser rüden Attacke nahm Bob Pillins rotbäckiges Gesicht einen leidlich würdevollen Ausdruck an. «Ich verstehe Sie nicht ganz, Sir. Mrs. Larne ist sehr freundlich zu mir.»

«Zweifellos. Aber versuchen Sie nicht, die Blumen zu pflücken.»

Zutiefst aufgewühlt, schwieg Bob Pillin beharrlich. Die vierzehn Tage, seit er Phyllis beim alten Heythorp im Entree zum ersten Mal gesehen hatte, waren die merkwürdigsten in seinem bisherigen Leben gewesen. Er hätte nie geglaubt, daß man so schnell und gründlich schachmatt gesetzt werden konnte; daß man ohne Gegenwehr aufgab, ja selbst ohne sich wehren zu wollen. Stets war es seine Devise gewesen, sich zu amüsieren, ohne sich zu fest zu binden, und dies war nun ein richtiger Tiefschlag für ihn und dabei doch so wonniglich, bis auf die bohrende Ungewißheit bezüglich des Gelingens. Wenn er bloß wüßte, inwiefern mit dem Alten in der Angelegenheit wirklich zu rechnen war! Zu sagen: «Ich habe durchaus ehrbare Absichten» wäre altmodisch, und außerdem hatte der Alte vielleicht gar kein Recht auf eine solche Erklärung. «Onkel» nannten sie ihn, aber bevor er nicht mehr wußte, mochte er es dem alten Griesgram nicht zugestehen, sich da einzumischen.

«Gehören Sie zur Familie, Sir?»

Der alte Heythorp nickte, und Bob Pillin fuhr mit verzweifelter Entschlossenheit fort: «Dann wüßte ich gerne, was Ihnen an mir mißfällt.»

Der Alte drehte, soweit es ging, den Kopf herum; ein grimmiges Lächeln ließ die Haare an seinen Lippen zu Berge stehen und seine Augen aufleuchten. Was ihm mißfiel? Einfach alles! Mißfallen, wahrhaftig! Feister Kopf, Welpenaugen und pausbäckige rote Wangen. Vatermörder, Perlanstecknadel, Gamaschen und schleppende Stimme – pfui Teufel! Die einfältige, selbstgefällige Visage! Kühnes Draufgängertum kannten sie nicht, diese fischblütigen, verwöhnten Muttersöhnchen, nichts als das Streben nach Sicherheit! Und er schnaubte: «Verwässerte Milch, die gern Port sein will.»

Bob Pillin runzelte die Stirn.

Selbst die Besonnenheit eines Mannes von Welt hatte ihre Grenzen. Daß dieser lahme Greis seine Männlichkeit anzweifeln wollte, war wirklich ein ganz übler Scherz. Zum Glück konnte er das ja nicht ernst nehmen. Aber plötzlich dachte er: «Doch wenn er wirklich die Macht hat, mir das Haus zu verbieten, und er sie gegen mich aufhetzen will!» Es gab ihm einen Stich ins Herz.

«Tut mir aufrichtig leid, Sir», sagte er, «wenn ich Ihnen nicht rebellisch genug bin. Wenn ich Ihnen da irgendwie entgegenkommen kann...»

Der Alte brummte etwas, und ermuntert durch die Feststellung, daß er eben recht witzig gewesen war, fuhr Bob Pillin fort: «Ich weiß schon, ich habe keine Schulden und keine Liaisons, ein anständiges Einkommen, Aussicht auf ein beträchtliches Erbe und was sonst noch dazugehört. Aber ich kann das rasch in Ordnung bringen, wenn ich andernfalls nicht akzeptabel bin.»

Es war vielleicht das erste Mal, daß er es mit der Ironie versuchte, und er war voller Genugtuung über das gute Gelingen.

Aber der alte Heythorp wahrte eisiges Schweigen. Er sah aus wie ausgestopft, wie eine regelrechte Schießbudenfigur, mit den ewig roten Flekken auf den Wangen, dem borstigen Haar und dem grobschlächtigen Rumpf, scheinbar ohne Hals – fehlte bloß noch die Pfeife im Mund! Konnte wirklich Gefahr ausgehen von einer solchen Mumie?

Die «Mumie» sprach: «Ich geb' dir einen guten Rat. Hör auf, dich da herumzutreiben, wenn du dir nicht die Finger verbrennen willst. Und grüß mir deinen Vater. Gute Nacht!»

Das Taxi hatte vor dem Haus in Sefton Park angehalten. Ein unsinniges Verlangen, sitzen zu bleiben und die Sache auszufechten, kämpfte in Bob Pillin mit dem Verlangen, herauszuspringen, zum Fenster hinein die Faust zu machen und davonzulaufen. Statt dessen sagte er nur: «Danke fürs Mitnehmen. Gute Nacht!» Und er stieg bedächtig aus und verschwand.

Der alte Heythorp wartete, bis der Fahrer ihm aufhalf, und dachte: «Manierlicher als sein Vater, aber auch nicht mehr Mumm!»

In seinem Refugium angelangt, ließ er sich sogleich in seinen Sessel sinken. Es war dort zu dieser Stunde jeden Tag wunderbar still; nichts als das Knistern der Kohle und der leiseste Windhauch von den Bäumen im Park. Und es war gemütlich warm, nur das Feuer leuchtete in der Dunkelheit. Ein schläfriges Glücksgefühl durchströmte den alten Mann. Ein gutes Tagewerk! Einen Triumph hatte es der Grünschnabel genannt. Jawohl! Ein rechter Triumph! Er hatte durchgehalten und gesiegt. Und jetzt konnte man sich noch aufs Dinner freuen. Ein kleines Schläfchen – ja, ein Schläfchen! Und bald hob sich gleichmäßig, sanft und geräuschvoll sein Atem, bloß ab und zu unterbrochen von jenem rührenden Zucken der alten Leute im Traum.

III

I

Als Bob Pillin zehn Tage später das Vorgärtchen des Hauses 23, Millicent Villas verließ, waren seine Empfindungen verworren, und er konnte kein Ende zu fassen bekommen, den Gedankenknäuel zu lösen.

Er hatte Mrs. Larne und Phyllis im Wohnzimmer angetroffen, und Phyllis hatte geweint, da war er sicher; und was auch später geschah, die Erinnerung daran wirkte nach. Der alte Heythorp hatte ihm gesagt: «Du wirst dir die Finger verbrennen.» Und jetzt war es soweit. Als die Tochter unter einem etwas allzu fadenscheinigen Vorwand weggeschickt war, hatte ihn die wohlriechende, füllige Gestalt der Mrs. Larne neben sich auf das Sofa gebeten und ihm so die Ohren vollgeschwatzt von finanziellen Nöten und Verwicklungen, von momentanen Schwierigkeiten und rosigen Zukunftsaussichten, daß ihm noch ganz schwindlig war im Kopf. Nur eines stand fest: sie wollte fünfzig Pfund, die sie ihm zum Quartalsende zurückzahlen würde. Ihr Vormund habe nämlich verfügt, daß ihr jedes Vierteljahr sechzig Pfund zuständen, bis die lieben Kinder volljährig seien. Es handle sich nur um ein paar Wochen; er könne sich an das Büro Scriven & Coles wenden, dort werde man ihm bestätigen, daß die Sicherheit vollauf genüge. Es stimmte schon, daß er Scriven & Coles fragen konnte – zufällig waren das die Anwälte seines Vaters –, aber darum ging es im Grunde gar nicht. Bob Pillin hatte ein gesundes Mißtrauen, und worum es eigentlich ging, war, ob er anfangen sollte, einer Frau Geld auszuleihen, die, das sah er wohl ein, im Vertrauen auf seine Verliebtheit in ihre Tochter noch siebenmal siebzigmal mehr verlangen mochte. Das war doch ein allzu starkes Stück! Aber wenn er sich weigerte, entdeckte sie vielleicht eine plötzliche Abneigung gegen ihn, und wie ständen dann seine Chancen? Würde ein Darlehen im übrigen nicht die eigene Position stärken? Doch dann schämte er sich dieses Gedankens gleich wieder – auch auf die junge Generation hat die Liebe diese Wirkung. Wenn er schon Geld auslieh, mußte er es aus Ritterlichkeit tun – und darauf pfeifen, ob es sich lohnte! Und die Erinnerung an die Tränenspuren auf Phyllis' hübschen blaßrosa Wangen und ihr traurig schmollendes: «Ach, dieses niederträchtige Geld, junger Mann!» ging ihm zu Herzen und raubte ihm den Verstand. Aber fünfzig Pfund blieben fünfzig Pfund, und weiß Gott, was da noch kam; was wußte er schließlich mehr von Mrs. Larne, als daß sie eine Verwandte des alten Heythorp war, Geschichten schrieb – und vielleicht auch welche erzählte? Er ging wohl doch lieber zu Scriven. Aber wieder wandelte ihn diese verrückte Großmut an. Für Phyllis! Ja, für Phyllis! Gab es übrigens in den Schenkungsurkunden nicht die Klausel, daß sie nicht als Sicherheit gelten konnten? Solchermaßen verwirrt und wie gelähmt, bestieg er ein Taxi. Er war bei den Ventnors im Cheshire-Distrikt zum Essen eingeladen und würde sich verspäten, wenn er nicht sofort zum Umkleiden nach Hause ging.

Als er mit Gilet und weißer Krawatte im Wagen seines Vaters saß, dachte er fast geringschätzig an das jüngere Ventnor-Mädchen, das er einmal hübsch gefunden hatte, bevor er Phyllis kannte. Und als er bei Tisch neben ihr saß, fand er Gefallen daran, für ihre Reize seit neuestem unempfänglich zu sein und mit Leichtigkeit gesellig plaudern zu können. Und die ganze Zeit über sehnte er sich, wie so häufig, danach, an Phyllis zu denken, von Phyllis zu reden, und es schmerzte ihn, daß er es nicht konnte. Ventnors Champagner war gut und reichlich bemessen, sein alter Madeira absolut erstklassig, und der einzige andere männliche Gast war ein abstinenter Pfarrer, der sich in Begleitung der Damen zurückzog, um über Angelegenheiten seiner Pfarrei zu reden. Diese Umstände trugen zusammen mit dem Eindruck, Ventnor sei ein sympathischer Mensch, dazu bei, daß Bob Pillin seinem heimlichen Verlangen nachgab, auf seine Herzensangelegenheiten zu sprechen zu kommen.

«Kennen Sie zufällig», begann er leichthin, «eine gewisse Mrs. Larne – eine Verwandte des alten Heythorp – recht attraktive Frau – sie schreibt Erzählungen.»

Mr. Ventnor schüttelte den Kopf. Einem besseren Beobachter als Bob Pillin wäre es nicht entgangen, daß er auch die Ohren spitzte.

«Des alten Heythorp? Ich wußte gar nicht, daß er welche hat, außer seiner Tochter und dem Sohn in der Admiralität.»

Bob Pillin spürte, wie er sich immer mehr für seine geheime Leidenschaft ereiferte. «Und doch ist es so – sie wohnt ziemlich am Rande der Stadt; hat einen Sohn und eine Tochter. Ich dachte, vielleicht kennen Sie ihre Erzählungen – gescheite Frau.»

Mr. Ventnor lächelte. «Ja», meinte er unbestimmt, «diese Romanschriftstellerinnen! Bringt sie es auf einen grünen Zweig damit?»

Nun wußte Bob Pillin, daß wer mit dem Schreiben Geld verdiente, erfolgreich war, wer hingegen keines verdiente, als Künstler galt und vermögend sein mußte, was vielleicht noch vornehmer war. So sagte er: «Ach, soviel ich weiß, hat sie Vermögen.»

Mr. Ventnor griff nach der Madeiraflasche. «Also mit dem alten Heythorp ist sie verwandt», sagte er. «Ein ganz alter Freund Ihres Vaters. Genau genommen steht er vor dem Bankrott.»

Die Leidenschaft und der Madeira hatten Bob Pillins Blut in Wallung gebracht, und er fand es schändlich, daß im Zusammenhang mit einem Verwandten seiner Phyllis von Bankrott die Rede sein sollte. Außerdem konnte das gar nicht stimmen! Hatte der Alte nicht eben Mrs. Larne diese Summe ausgesetzt? Und er sagte: «Da müssen Sie sich irren. Das war einmal.»

Mr. Ventnor lächelte. «Wollen Sie wetten?» sagte er.

Bob Pillin lächelte ebenfalls. «Ich bin mir meiner Sache sicher.»

Mr. Ventnor zupfte an seinem Schnurrbart. «Glauben Sie das nicht; er ist völlig pleite. Schenken Sie sich doch ein.»

Bob Pillin sagte etwas verärgert: «Zufällig weiß ich, daß er gerade erst eine Schenkung von fünf- bis sechstausend Pfund gemacht hat. Wenn Sie das bankrott nennen!»

«Was! Zugunsten dieser Mrs. Larne?»

Verwirrt und im Zweifel darüber, ob seine Bemerkung beleidigend und geschmacklos gewesen war oder eine Auszeichnung für Phyllis bedeutete, zögerte Bob Pillin einen Augenblick, doch dann nickte er.

Mr. Ventnor erhob sich und streckte seine kurzen Beine vor dem Kamin aus. «Nein, mein Junge», sagte er. «O nein!»

Bob Pillin, der offene Widerrede nicht gewohnt war, lief rot an. «Ich wette einen Zehner. Fragen Sie Scriven.»

Mr. Ventnor platzte heraus: «Scriven – das ist aber nicht...» Und dann fügte er mit nachdenklicher Miene hinzu: «Ich wette doch nicht. Vielleicht haben Sie recht. Scriven arbeitet auch für Ihren Vater, nicht wahr? Habe es immer bereut, daß er nicht zu mir gekommen ist. Wollen wir uns jetzt den Damen anschließen?»

Und er ging zum Salon, gefolgt von dem jungen Mann, der sich eher im Kopf als auf den Beinen unsicher fühlte...

Charles Ventnor war nicht der Mann, sich anmerken zu lassen, daß mehr in ihm vorging, als es nach außen den Anschein hatte. Aber an jenem Abend ging tatsächlich eine ganze Menge in ihm vor, und sein Gespräch mit dem jungen Bob veranlaßte ihn mehr als einmal, sich händereibend beiseite zu wenden. Als er nach jener zweiten Gläubigerversammlung die Treppe hinuntergegangen war, die zu den Büros der Inselschiffahrtsgesellschaft führte, war er ganz in Gedanken versunken gewesen. An der kleinen, untersetzten und eher vierschrötigen Gestalt mit dem rötlichbraunen Schnurrbart samt langen Koteletten und der etwas üppigen Gesichtsfarbe und Kleidung fiel dem Betrachter auf den ersten Blick nur eine echt britische Gewöhnlichkeit auf. Ein Bruder Lustig, der sein Mittag- und Abendbrot schätzte, die Sommerferien in Scarborough verbrachte und seine Frau drangsalierte, die Töchter gerne mit auf eine Bootspartie nahm und nie krank war. Vermutlich ging er jeden Sonntagmorgen zur Kirche, schritt Blick nach oben durchs Leben, mochte keine Versager und blühte auf nach dem zweiten Glas Wein. Aber ein prüfender Blick in das behaarte Gesicht mit den rotbraunen Augen belehrte: «Die Farbe läßt auf einen schlauen Fuchs schließen!» Und auf den dritten Blick war man überzeugt: «Er ist ein Tyrann.» Ein gewichtiger Gläubiger des alten Heythorp war er nicht. Zuzüglich Zinsen veranschlagte er seine Forderung auf dreihundert Pfund – unbezahlte Anteile an jener Mine in Ekuador. Aber er wartete schon acht Jahre auf sein Geld, und es war ihm ein Rätsel, wie er so lang hatte Geduld haben können. Natürlich, bei seiner Bewunderung für «große Tiere» hatte er Respekt gehabt vor der glanzvollen Persönlichkeit des alten Heythorp, der in Reederkreisen immer noch eine Größe war und in Liverpool ein wenig als Aristokrat galt. Aber im letzten Jahr hatte Charles Ventnor bemerkt, daß der Stern des Alten eindeutig gesunken war – und wenn das geschieht, ist es natürlich vorbei mit dem Glanz, und es wird Zeit, sein Geld einzutreiben. Schwäche ist immer erbärmlich, sei es die eigene oder die der andern! Stoff zum Nachdenken hatte er auch, als er da die Treppe hinunterging; und er versuchte, die Nuß zu knacken. Er witterte Unrat – wofür er von Natur aus wie berufshalber eine Nase hatte. Von Bob Pillin, an den er gelegentlich im Zusammenhang mit seiner jüngeren Tochter dachte, wußte er, daß der alte Pillin und der alte Heythorp seit dreißig Jahren oder länger befreundet waren. Das ließ einen gewitzten Kopf bereits aufhorchen. Der Gedanke, daß an dem Geschäft etwas faul sein könnte, war ihm schon beim Durchlesen des Jahresberichts gekommen. Eine Provision wäre selbstverständlich unredlich, aber es gab da Mittel und Wege. Der Alte war jedenfalls arg bedrängt und schließlich auch nur ein Mensch! Sein Juristenhirn war es gewohnt, zwei und zwei zusammenzuzählen. Absichtlich hatte der Alte seine Gläubiger gleich nach der entscheidenden Generalversammlung bestellt – hatte gesagt, vielleicht könne er dann etwas für sie tun. War das nicht aufschlußreich?

Unter diesen Umständen war Charles Ventnor mit offenen Augen und versiegelten Lippen zu der Versammlung gekommen. Und er hatte genau beobachtet. Es war immerhin bemerkenswert, daß dieser kurznackige Zittergreis, den schon im nächsten Augenblick der Schlag treffen mochte, sagen konnte, er stehe oder falle mit diesem Geschäft – wo er doch wußte, daß eine Niederlage seinen Ruin bedeuten würde. Warum lag dann dem Alten so sehr an dem Geschäft? Er selber hätte keinerlei Vorteil davon, es sei denn... Genau! Er hatte demzufolge die Versammlung in der inneren Überzeugung verlassen, der alte Heythorp habe aus der Transaktion etwas herausgeschlagen, was es ihm ermöglichen würde, seinen Gläubigern ein reelles Angebot zu machen. Und als dann der Alte diese Erwartung enttäuscht hatte, war ihm die Galle hochgekommen, und er hatte bei sich gedacht: «Wie du willst, alter Gauner! Aber du kennst C. V. nicht.» Die anmaßende Art des verarmten alten Lebemannes, der herausfordernde Blick seiner tiefliegenden, schmalen Augen hatten der Verbitterung eines Mannes, der sich rühmte, daß ihm keiner gewachsen war, noch die Krone aufgesetzt. Den ganzen Abend saß er Mrs. Ventnor gegenüber am Kamin, während die jüngere Tochter auf der Geige die Serenade von Gounod spielte, und brütete vor sich hin. Ab und zu lächelte er leise. Noch sah er keinen gangbaren Weg, zweifelte aber nicht ernstlich daran, daß ihm bald etwas einfallen würde. Es dürfte nicht schwerhalten, das bereits angeschlagene alte Idol vom Sockel zu stürzen. Bei den Aktionären hieß es schon da und dort, er sei nicht mehr arbeitstauglich und gehöre zum alten Eisen. Der Alte sollte schon noch erfahren müssen, daß man einem Charles V. nicht ungestraft trotzte; er ließ gewiß nicht mehr aus den Fängen, worin er sich einmal festgebissen hatte. Koste es, was es wolle, er war entschlossen, den Alten entweder zum Rücktritt von seinen Ämtern oder zur Herausgabe des Geldes zu zwingen, als Preis dafür, daß er ihn in Ruhe ließ. Geld oder Leben – der Alte hatte die Wahl. Noch war die Erinnerung an seine Verhöhnung frisch, und so hoffte er fast, es werde zum ersteren kommen, als er sich unvermittelt an Mrs. Ventnor wandte: «Wir geben nächsten Freitag eine kleine Abendgesellschaft, setz den jungen Pillin und den Pfarrer auf die

Liste.» Er erwähnte den Pfarrer, einen Abstinenzler, weil er zwei Töchter hatte und es schließlich gleichviel Männlein wie Weiblein sein mußten, aber er beabsichtigte, ihn nach dem Dinner zur Erörterung der pfarrherrlichen Anliegen in den Salon abzuschieben, während er mit Bob Pillin beim Weine saß. Was er aus dem jungen Mann herausbekommen wollte, war ihm selbst noch nicht klar.

Am Tage des Dinners war er vor dem Aufbruch ins Büro in den Keller gestiegen. Würden drei Flaschen Perrier Jouët die beabsichtigte Wirkung erzielen, oder mußte er noch einen alten Madeira opfern? Er fand, es sei besser, auf sicher zu gehen. Ihm persönlich konnte eine Flasche Champagner wenig anhaben, und bei dem jungen Pillin war es vielleicht genauso.

Als der Madeira seinen Zweck getan und das Gespräch ganz in die gewünschten Bahnen gelenkt hatte, stellte er ihn beiseite, aus Angst, der junge Pillin könnte ihn austrinken oder von der Absicht dahinter Wind bekommen. Und als seine Gäste gegangen waren und die Familie sich zurückgezogen hatte, blieb er vor dem Kamin stehen, den Blick auf das Feuer geheftet, und versuchte, das Puzzlespiel zusammenzusetzen. Fünf- bis sechstausend Pfund – sechs wären zehn Prozent von sechzig! Genau! Scriven & Co. hatte der junge Pillin gesagt! Aber Crow & Donkin vertraten den alten Heythorp, nicht Scriven & Coles. Was hieß das, als daß der Alte die Herkunft des Geldes verschleiern wollte und mit der Sache ein Anwaltsbüro betreut hatte, dem seine Vermögenslage nicht bekannt war! Aber weshalb dann Pillins Anwälte? Bei dem eben abgeschlossenen Verkauf mußte auch ihnen die Sache mehr als verdächtig vorkommen. War es doch bloß falscher Alarm? Er persönlich hätte in einem solchen Fall ein Londoner Büro beauftragt, das von gar nichts wußte. Verwirrt und ziemlich entmutigt, zudem geplagt von jenem Leberzwicken, das er nach seinem alten Madeira immer spürte, ging er nach oben ins Bett und weckte seine Frau, um sie zu fragen, warum, zum Teufel, die Suppe nicht immer so gut sei wie heute!

Am folgenden Tag sann er weiter über diese rätselhafte Geschichte nach, ohne daraus klug zu werden. Weil er jedoch einen Fall anstehen hatte, bei dem die beiden Büros in Verbindung waren, beschloß er, bei Scriven vorzusprechen, um die Leute womöglich zu überrumpeln.

Seine Erfahrung sagte ihm, daß eine derart heikle Angelegenheit wohl nur dem Firmenchef anvertraut würde, und er verlangte gleich Scriven persönlich; aber erst als er bereits wieder seinen Hut genommen hatte, um zu gehen, fragte er beiläufig: «Arbeiten Sie übrigens nicht auch im Auftrag des alten Heythorp?»

Scriven zog ein wenig die Brauen hoch und murmelte: «Hm... nein», in demselben Ton, den auch Mr. Ventnor anschlug, wenn er zu verstehen geben wollte, daß dieser Fall zwar noch nicht gegeben sei, aber wahrscheinlich doch bald eintreffen werde. Er wußte also, daß die Antwort der Wahrheit entsprach. Und verdutzt fügte er aufs Geratewohl hinzu: «Ach, ich dachte bloß; in Verbindung mit einer Mrs. Larne.»

Diesmal war er der Sache sichtlich näher gekommen, denn Scrivens Augenbrauen senkten sich, und er sagte: «Larne – wir kennen eine Mrs. Larne, aber nicht in diesem Zusammenhang. Warum fragen Sie?»

«Nichts weiter! Der junge Pillin hat etwas erwähnt...»

«Der junge Pillin? Aber es ist ja sein –!» Und nach einer kurzen Pause: «Soviel ich weiß, arbeiten Crow & Donkin für den alten Heythorp.»

Mr. Ventnor reichte ihm die Hand. «Ja, gewiß», sagte er; «auf Wiedersehen. Freut mich, daß wir die Angelegenheit bereinigen konnten.»

Draußen war er und stolzierte schmunzelnd die Straße hinunter. Wahrhaftig! Jetzt hatte er es heraus! «Es ist ja sein Vater», hatte Scriven sagen wollen. Ein toller Dreh! Genau! Ganz raffiniert! Der alte Pillin hatte selbst den Auftrag gegeben, und die Anwälte wußten von nichts; somit war *dieses* Problem gelöst. Geld war zwischen dem alten Pillin und dem alten Heythorp gar keines verschoben worden – kein Penny. Ganz raffiniert! Aber nicht raffiniert genug für Charles Ventnor, mit seinem Gespür für krumme Geschäfte. Doch dann erstarb sein Lächeln, und er stellte ein wenig ernüchtert fest, daß alles reine Vermutung war – und das reichte noch nicht zum Handeln! Was nun? Er mußte, wenn irgend möglich, mit dieser Mrs. Larne reden, oder noch besser – mit dem alten Pillin selbst. Es galt abzuklären, ob zwischen ihr und Pillin unabhängig davon eine Beziehung bestand. Der junge Pillin wußte von nichts, soviel stand fest; er glaubte ja, der alte Heythorp habe die Schenkung gemacht. Der Alte war, weiß Gott, mit allen Wassern gewaschen – um so größer C. V.s Befriedigung, daß er ihm darin nicht nachstand. Und lag es nicht auch im öffentlichen Interesse, den alten Betrüger zu entlarven? Doch unter was für einem Vorwand konnte er Pillin aufsuchen? Eine Spende für das Windeatt-Asyl! Da würde er sich verteidigen müssen, und er wollte sich seinerseits hüten, so weit zu gehen, daß er die Spende tatsächlich bekam.

So ließ er sich zu Pillins Villa in Sefton Park fahren. Man führte ihn in einen Raum im Erdgeschoß, der auf amerikanische Manier geheizt war, und Mr. Ventnor knöpfte seinen Mantel auf. Er war eine heißblütige Natur und fand diese Treibhausatmosphäre ein wenig lästig. Verständnisvoll nahm er Joe Pillins zögernde Absage entgegen – gewiß könne man nicht unbegrenzt spenden, auch wenn der Zweck noch so edel sei! – und fügte artig hinzu: «Sie kennen doch übrigens Mrs. Larne?»

Die Wirkung dieses Versuchsballons übertraf seine kühnsten Erwartungen. Joe Pillins Gesicht, schon von Natur aus blaß, wurde aschfahl; er öffnete und schloß die schmalen Lippen wie ein Vogel, und es schien ihm ein Kloß im sehnigen Hals steckenbleiben zu wollen. Die Wangen, die bei einem Mann mit flachen Backenknochen von nervlicher Anspannung immer schon hohl sind, fielen so weit ein, daß es zum Fürchten war. Einen Augenblick sah er aus wie ein Gespenst; dann befeuchtete er die Lippen und meinte: «Larne – Larne, sagten Sie?»

Mr. Ventnor, der damit beschäftigt schien, sich die Handschuhe überzustreifen, murmelte: «Ich dachte bloß – Ihr Sohn kennt sie; ist mit dem alten Heythorp verwandt», und dabei schaute er auf.

Joe Pillin hielt sich sein Taschentuch vor den Mund und begann erst schwach und dann immer stärker zu husten.

«Bin miserabel dran», sagte er schließlich. «Werde nächstens ins Ausland reisen. Die Kälte hier bringt mich noch um. Wie war doch gleich der

Name?» Immer noch preßte er sein Taschentuch an die Zähne.

Mr. Ventnor wiederholte: «Larne. Schreibt Erzählungen.»

Joe Pillin brummte in sein Taschentuch: «Hm, ja! Nein – eigentlich – bedaure! Mein Sohn kennt alle möglichen Leute. Ich werd's mit Mentone versuchen müssen. Sie wollen gehen? Dann leben Sie wohl! Leben Sie wohl! Verzeihung; hm, hm! Mein Husten – hm, hm, hm! Eine schreckliche Plage. Ach ja! Mein Husten! Hm, hm, hm! Ganz schrecklich. Ach ja!»

Auf der Zufahrt draußen sog Mr. Ventnor tief die frische Luft ein. Jetzt gab es keine großen Zweifel mehr! Die beiden Namen hatten gewirkt wie ein Zauber. Der schwächliche Alte gäbe einen schönen Zeugen ab, würde schlicht zusammenbrechen beim Kreuzverhör. Was für ein Gegensatz zu Heythorp, dem weißhaarigen alten Sünder, dessen Unverfrorenheit durch nichts zu erschüttern war. Die Sache stank zum Himmel! Es handelte sich jetzt bloß noch darum, wie man am meisten Kapital daraus schlagen konnte. Dann dämmerte es ihm – schließlich war er ja ein Mann mit Erfahrung –, daß diese Mrs. Larne vielleicht bloß eine frühere Geliebte oder uneheliche Tochter des alten Pillin war oder daß sie sonst einen Grund hatte, ihn zu erpressen. Jede dieser Annahmen würde seine Aufregung, sein Leugnen und die Unwissenheit seines Sohnes hinreichend erklären. Aber es erklärte nicht, weshalb der junge Pillin dann behauptete, der alte Heythorp habe die Schenkung gemacht. Nur die Frau selbst konnte ihm das gesagt haben. Doch um absolut sicherzugehen, war es besser, er versuchte sie zu sprechen. Bloß wie? Bob Pillin zu bitten, ihr vorgestellt zu werden, stand nach dieser Unterredung mit seinem Vater außer Frage. Er mußte selbst sein Glück versuchen. Autorin war sie also? Dann kannte vielleicht eine Zeitung ihre Anschrift; oder er fand sie sogar im Adreßbuch – es war kein geläufiger Name! Er blieb auf der Fährte und fuhr sogleich zu einem Postbüro. Da war es auch schon! «Larne, Mrs. R. – 23, Millicent Villas.» Und er sagte sich: «Besser gleich als nie» und schlug die angegebene Richtung ein. Es war eine delikate Angelegenheit. Er durfte nichts tun, was es ihm verunmöglichen könnte, sein Wissen publik zu machen. Ganz heikel! All seine weitern Schritte bedurften einer soliden rechtlichen Grundlage. Aber unbestreitbar war es als Aktionär der Inselschiffahrtsgesellschaft und Gläubiger des alten Heythorp sein gutes Recht, diesen Betrug aufzuklären. Jawohl! Doch angenommen, diese Mrs. Larne war wirklich mit dem alten Pillin liiert und die Schenkung bloß ein Zeichen der Anerkennung für ihre Vorzüge – gleich welcher Art? Nun, in diesem Fall gäbe es keine Provision zu entdecken, und er konnte die Sache auf sich beruhen lassen. So oder so konnte man ihm nichts vorwerfen. Aber wie führte er sich am besten ein? Vorgeben, er sei von der Zeitung und an einer Geschichte von ihr interessiert. Nein, das wäre nicht das Richtige! Er durfte keine falschen Tatsachen vorspiegeln, falls er dann sein Verhalten öffentlich rechtfertigen mußte, was immer schon schwierig war, wenn man sich nicht in acht nahm! Da kam ihm plötzlich in den Sinn, was ihn Bob Pillin an dem Abend neulich gefragt hatte. «Stimmt es übrigens, daß man eine Schenkung nicht beleihen kann? Gibt es da normalerweise nicht eine Klausel?» Hatte diese Frau etwa versucht, unter Hinweis auf die Schenkung von ihm Geld zu borgen?

Inzwischen war er jedoch angekommen und stieg aus seinem Taxi, immer noch unschlüssig, wie er die Sache bewerkstelligen sollte. Aber seine sowohl charakter- wie berufsbedingte Unverschämtheit kam ihm zu Hilfe, als er zu dem jungen Dienstmädchen sagte: «Ist Mrs. Larne zu Hause? Mein Name ist Charles Ventnor.»

Seine flinken braunen Augen musterten die Ausstattung des Gangs, der als Entree diente – die tiefblau tapezierten Wände, das Fliedermuster der Vorhänge über den Türen, den bekannten Akt einer jungen Frau, die über die Schulter zurückblickt, und er dachte bei sich: «Hm, hat entschieden Stil!» Auch das braunweiße Hündchen, das sich am andern Ende des Flurs schreckerfüllt zu Boden duckte, entging ihm nicht, und er lockte freundlich: «Wuschi! Wuschi, komm her!», bis Carmen richtiggehend mit den Zähnen klapperte.

«Darf ich Sie bitten, Sir?»

Mr. Ventnor fuhr sich mit der Hand über den Bart, betrat den Raum und war gleich beeindruckt von dessen gemütlicher Atmosphäre. Auf dem Sofa saßen eine attraktive Frau und ein hübsches junges Mädchen, inmitten von Nähutensilien und weißem Stoff. Das Mädchen schaute bloß auf, während die ältere Dame sich erhob.

Mr. Ventnor sagte leichthin: «Ich habe gehört, Sie kennen meinen jungen Freund, Mr. Robert Pillin?»

Die Dame, deren Formen und jugendliche Frische ihm Bewunderung abnötigten, murmelte mit lieblich singender, volltönender Stimme:« «Ja, gewiß! Sind Sie von Scriven & Co.?»

«Ganz wie ich dachte!» schoß es Mr. Ventnor

durch den Kopf, und er antwortete: «Das gerade nicht. Aber Anwalt bin ich auch und hätte ein paar Fragen wegen einer Verfügung zu Ihren Gunsten, von der Mr. Pillin mir berichtet hat.»

«Phyllis, sei so lieb!»

Als er sah, wie sich das Mädchen unter dem weißen Zeug hervorkämpfen wollte, sagte Mr. Ventnor eilig: «Bitte lassen Sie sich nicht stören – es handelt sich um eine reine Formalität!» Noch rechtzeitig war ihm eingefallen, daß die Dame im Beisein dieser Zeugin würde die Wahrheit sagen müssen, und so fuhr er fort: «Liegt noch nicht lang zurück, wenn ich recht orientiert bin. Es wird jetzt die erste Zinszahlung fällig – von einem Kapital in der Höhe von sechstausend Pfund? Ist das richtig?» Und bei dem hellen Ja der klangvollen, lieblichen Stimme dachte er: «Eine Prachtfrau; was für Augen!»

«Haben Sie vielen Dank, das ist auch schon alles. Gegebenenfalls kann ich mich an Scriven wenden. Netter junger Bursche, Bob Pillin, finden Sie nicht auch?»

Er sah, wie das Mädchen das Kinn reckte und Mrs. Larnes volle Lippen sich zu einem Lächeln verzogen: «Ein reizender junger Mann; wir mögen ihn sehr.»

Und er fuhr fort: «Ich bin fast so etwas wie ein alter Freund von ihm. Kennen Sie ihn schon lange?»

«Überhaupt nicht. Wie lange ist es jetzt her, Phyllis, daß wir ihn beim Onkel trafen? Etwa einen Monat. Aber er ist so natürlich – fühlt sich hier ganz zu Hause. Ein entzückender Junge.»

Mr. Ventnor murmelte: «Sehr verschieden von seinem Vater, nicht?»

«Tatsächlich! Wir kennen nämlich seinen Vater gar nicht; ich weiß nur, daß er Reeder sein soll.»

Mr. Ventnor rieb sich die Hände. «Hm – ja», sagte er, «will sich nächstens zur Ruhe setzen – Geld wie Heu. Der Junge ist ein Glückspilz – einziger Sohn. Beim alten Heythorp haben Sie ihn also getroffen. Ihn kenne ich auch – wohl ein Verwandter von Ihnen.»

«Unser lieber Vormund – ein wundervoller Mensch.»

Mr. Ventnor bekräftigte: «Wundervoll – im altrömischen Stil.»

«Und wie *gut* er es mit uns meint!» Mrs. Larne hob einen Zipfel des weißen Tuchs. «Schauen Sie, was er diesem schlimmen Mädchen gegeben hat!»

Mr. Ventnor murmelte: «Bezaubernd! Einfach bezaubernd! Ich meine fast, Bob Pillin habe Mr. Heythorp als Ihren Gönner genannt.»

Eine kleine Unmutswolke verdüsterte vorübergehend Mrs. Larnes Stirn, wie häufig bei Frauen, die einmal reich gewesen sind. Sekundenlang schienen ihre Augen zu sagen: «Wollen Sie nicht etwas gar viel wissen?»

Dann hellte sich ihr Gesicht wieder auf. «Möchten Sie sich nicht setzen?» sagte sie. «Wenn Sie unsere Geschäftigkeit nicht stört.»

Aber Mr. Ventnor schüttelte den Kopf; er mußte erst einmal Ordnung in seine Gedanken bringen. «Danke, aber ich muß gehen. Bei Scriven kann man dann also – reine Formsache! Leben Sie wohl! Auf Wiedersehen, Miss Larne. Das Kleid wird Ihnen gewiß hervorragend stehen.»

Mr. Ventnor spürte noch den allzu unmißverständlichen Blick des Mädchens auf sich, den warmen, festen Druck der Frauenhand, als er sich zur

Tür zurückzog und verschwand – gerade noch rechtzeitig, daß er nicht hören mußte, wie da zwei Stimmen im Chor sagten: «Was für ein netter Anwalt!» – «Was für ein gräßlicher Mensch!»

Als er wieder im Taxi saß, rieb er sich nochmals die Hände. Nein, sie kannte den alten Pillin *nicht*! Soviel stand fest, und das las er nicht aus ihren Worten, sondern in ihrem Gesicht. Dafür wollte sie ihn kennenlernen oder wenigstens mehr von ihm wissen. Sie versuchte nämlich, Jung Bob für dieses Küken zu angeln – das sah ja ein Blinder. Hm! Sein junger Freund würde mit Erstaunen hören, daß er dagewesen war. Egal! Mr. Ventnor bedrängten die widersprüchlichsten Gefühle. Es war ihm jetzt alles ganz klar, und die Sache nötigte ihm gegen seinen Willen Respekt ab. Das Gesetz war sauber ausgetrickst worden! Nichts auf der Welt konnte einen Mann daran hindern, einer Frau Geld zu vermachen, die er nie zuvor gesehen hatte; und das hieß, daß man die Verfügung des alten Pillin wohl kaum umstürzen konnte. Aber den alten Heythorp, den konnte man. Raffiniert war die Sache, ganz raffiniert! Und dann diese Prachtfrau – selten, so etwas! Wenn bloß die Schenkung gefährdet gewesen wäre, hätte es sich unter Umständen gelohnt, einen Handel abzuschließen, dachte er unwillkürlich – für eine solche Frau hätte es sich vielleicht gelohnt! Und er spürte, daß sie ein derartiges Ansinnen nicht gleich weit von sich gewiesen hätte! Ihre Augen! Schade – wirklich schade! Mrs. Ventnor vermochte nicht in jeder Hinsicht zu genügen. Aber leider war die Schenkung in Sicherheit. Und so brannte der verhinderte Liebhaber nur um so mehr darauf, sich zu rächen. Der Alte würde jetzt seine Zähne spüren müssen. Sein Beweismaterial war nämlich gar nicht so schlecht – wirklich gar nicht so schlecht! Glück hatte er dabei natürlich auch gehabt – oder vielmehr jenen sechsten Sinn, zur rechten Zeit das Richtige zu tun, woran man das wahre Geschäftsgenie erkennt.

Aber als er sich dann anschickte, zu Mrs. Ventnor zurückzukehren, dachte er doch: «Wer eine solche Frau hätte –!» Und seufzte.

2

Mit einem sauber ausgefüllten Scheck über fünfzig Pfund in der Tasche stand Bob Pillin am Nachmittag nach Mr. Ventnors Besuch vor dem Haus Nummer 23, Millicent Villas. Die Ritterlichkeit hatte obsiegt. Und er zog an der Klingelschnur mit einem Hochgefühl, das ihn selbst erstaunte, denn er wußte wohl, daß er schwach geworden war.

«Mrs. Larne ist außer Haus, Sir; aber Miss Phyllis ist da.«

Sein Herz hüpfte. «Ach, das tut mir leid. Ob sie mich wohl empfängt?»

Das junge Mädchen antwortete: «Sie hat, glaub' ich, gerade die Haare gewaschen, Sir, aber vielleicht sind sie inzwischen trocken. Ich geh' mal schauen.»

Bob Pillin blieb unter dem Bild der jungen Frau an der Wand stockstill stehen. Er wagte kaum zu atmen. Falls ihr Haar noch nicht trocken sein sollte – wie schrecklich! Plötzlich drang es klar, aber leise zu ihm herunter: «Ach, Jerusalem!» und anderes ungereimtes Zeug. Dann kam das junge Mädchen die Treppe heruntergerannt.

«Miss Phyllis läßt ausrichten, Sir, sie werde gleich kommen. Und ich soll Sie warnen, daß Master Jock los ist, Sir.»

Bob Pillin antwortete: «Danke» und betrat den Salon. Er begab sich zum Schreibtisch, nahm einen Umschlag, den er mit «Mrs. Larne» beschriftete, schob den Scheck hinein und steckte ihn wieder in seine Tasche. Dann ging er zum Spiegel hinüber. Nie hatte er sich bis zu diesem Monat über sein Gesicht Gedanken gemacht; doch jetzt fand er allerlei daran auszusetzen. Es war zu fleischig und rosig, kein Spiegel seiner Leidenschaft. Das war ein Nachteil. Mit einer schmalen weißen Biese am Westenaufschlag und Tuberosen im Knopfloch hatte er nachzuhelfen versucht. Aber so sehr er sich auch bemühte, wohl war ihm zurzeit nicht in seiner Haut; nie hatte er in ihrer Gegenwart das nötige Selbstvertrauen. Und über mangelndes Selbstvertrauen hatte er sich bis zu diesem Monat nie zu beklagen gehabt.

Eine helle Frauenstimme sagte in spöttischem Ton: «Nein, so ein eitler junger Mann!»

Er wirbelte herum und sah Phyllis unter der Tür stehen. Das hellbraune Haar flog ihr um die Schultern, daß es ihm die Sinne benahm und er nur stottern konnte: «Oh! Das ist ja – famos!»

«Ach, Unsinn! Schrecklich ist es! Wollten Sie zur Mutter?»

Zwischen Angst und Wagemut hin und her gerissen, in der Nase den Duft nach Heu, Verbena und Kamille, stammelte Bob Pillin: «Eigentlich – ja. Aber ich – ich bin froh, daß sie nicht da ist.»

Er fand ihr Lachen schrecklich mitleidlos.

«Ho, ho! Reden Sie kein so dummes Zeug und nehmen Sie Platz. Finden Sie Haarewaschen nicht auch gräßlich?»

Bob Pillin antwortete zaghaft: «Ich habe da natürlich nicht viel Erfahrung.»

Sie öffnete den Mund: «Nein, Sie sind mir aber einer!»

Und er überlegte krampfhaft: «Darf ich – sollte ich nicht – könnte ich nicht einfach ihre Hand nehmen oder meinen Arm um sie legen, oder sonst etwas?» Statt dessen erstarrte er nach Art der schmachtenden Liebhaber und blieb wie versteinert in seiner Sofaecke sitzen, während sie entspannt und graziös in der anderen saß.

Im Laufe dieses Monats hatte er in Erinnerung an sein früheres Leben, da ihm Schäkereien und auch Küsse mühelos über die Lippen kamen und Mädchen leichte Beute waren, ab und zu gedacht: «Ist sie wirklich eine solche Unschuld? Will sie nicht vielleicht doch, daß ich sie küsse?» Aber ach! Gleich hatten Ehrfurcht und Ritterlichkeit die Zweifel wieder hinweggefegt, und eine seltsame, rührende Behutsamkeit, die mit nichts, was er kannte, zu vergleichen war, nahm wieder Besitz von ihm.

Und dann hörte er sie plötzlich sagen: «Weshalb haben Sie so gräßliche Bekannte?»

«Wie? Meine Bekannten sind überhaupt nicht gräßlich.»

«Oh, doch; einer davon war gestern hier; er hatte Koteletten und war ziemlich gräßlich.»

«Koteletten?» Sein ganzes Inneres sträubte sich gegen die Zumutung. «Soviel ich weiß, hat nur einer von meinen Bekannten Koteletten – ein Anwalt.»

«Genau – der war es; ein ganz abscheulicher Mensch. Mutter hatte nichts gegen ihn, aber *ich* fand ihn ein Ekel.»

«Ventnor! Ist hiergewesen? Was soll denn das heißen?»

«Er war da; und dazu noch in einer Sie betreffenden Angelegenheit.» Ihre Stirn hatte sich umwölkt.

In letzter Zeit hatte ein fragmentarischer Gedichtanfang Bob Pillin verfolgt:

«Als ich einst ausritt über Land,
Ein Mädchen in der Türe stand.»

Länger wurde das Gedicht nie, und inspiriert war es von dem Vergleich ihres Gesichtes mit einem Apriltag. Und die Wolke, die es jetzt überzog, war wie eine Aprilwolke; als müßte gleich ein warmer Regenschauer daraus niedergehen. Er schlug sich die beiden unglückseligen Zeilen aus dem Kopf und sagte: «Schauen Sie mich an, Miss Larne – Phyllis – schau mal her!»

«Ich schau' ja schon!»

«Was soll denn das heißen – wieso ist er gekommen? Und was hat er gesagt?»

Sie schüttelte den Kopf, daß ihr Haar zitterte und der Geruch nach Kamille, Verbena und Heu die Luft erfüllte; dann murmelte sie mit niedergeschlagenen Augen: «Ich wünschte, Sie würden nicht – Mutter würde nicht – ich hasse das. Ach, das Geld! Ekelhaft – einfach ekelhaft!» Und ihr tränenerstickter Seufzer tat Bob Pillin weh in den Ohren, die immer röter wurden.

«Bitte nicht! Und sag es mir doch, weil...»

«Ach, Sie wissen es ja nur allzu gut.»

«Das ist nicht wahr – ich weiß gar nichts. Ich schwöre...»

Phyllis schaute zu ihm auf. «Schwindeln Sie mich nicht an; Sie wissen doch, daß Mutter Geld von Ihnen borgt, und das ist abscheulich!»

Am liebsten hätte Bob Pillin es rundweg abgestritten, und dabei spürte er den Scheck in seiner

Tasche, sah das Unrecht und empfand Mitleid und ein dunkles, verärgertes Staunen wegen Ventnor, so daß er schließlich bloß stammelte: «Ach, zum Teufel!» Und in bewußter Mißachtung des Blickes, den Phyllis ihm unter ihren Wimpern hervor zuwarf und der sagte: «Nur zu! So ist es besser!», wiederholte er: «Ja, der Teufel soll's holen! Hör mir zu! Soll das heißen, Ventnor sei wegen meines Darlehens hierhergekommen? Davon habe ich ihm kein Wort gesagt...»

«Sehen Sie – dann stimmt es also, daß Sie Geld ausleihen!»

Er raufte sich das Haar. «Wir müssen das aus der Welt schaffen», fügte er hinzu.

«Aber doch nicht mit der Wurzel! Wie lustig Sie aussehen. Ich habe Sie nie mit zerzaustem Haar gesehen. Ei, ei, ei!»

Bob Pillin erhob sich und lief im Zimmer auf und ab. Trotz seiner Erregung konnte er nicht umhin, einen schrägen Blick in den Spiegel zu werfen, und gab sich unter dem Vorwand, die Hände an den Kopf zu legen, ernstlich Mühe, sein Haar wieder in Ordnung zu bringen. Darauf blieb er stehen und sagte: «Und angenommen, es stimmt, daß ich Ihrer Mutter Geld leihe, was ist denn schon dabei? Es ist ja nur bis zum Quartalsende. Jedermann kann in die Lage kommen, Geld zu brauchen.»

Phyllis blickte nicht auf. «Aber warum leihen Sie es?»

«Weil – weil – warum sollte ich nicht?», und er bückte sich plötzlich und faßte sie bei den Händen. Aber sie entzog sie ihm, und Bob Pillin nahm verzweifelt den Umschlag hervor.

«Wenn du willst», sagte er, «zerreiße ich ihn. Ich will es nicht geben, wenn du es nicht willst; ich dachte bloß – ich dachte...» Um ihretwillen allein hatte er dieses Geld geben wollen!

Phyllis murmelte durch ihren Haarschleier hindurch: «Genau! Sie dachten, daß *ich* – das ist ja das Gräßliche!»

Eine bange Ahnung beschlich ihn: «Was denn? Niemals habe ich – ich schwöre, ich habe niemals...»

«Oh, doch; Sie dachten, ich erwarte es von Ihnen.» Damit sprang sie auf, rauschte an ihm vorbei und flüchtete sich zum Fenster.

Sie glaubte also, sie werde als Lockvogel mißbraucht! Das war schrecklich – vor allem, weil es ja stimmte. Er wußte wohl, daß Mrs. Larne soviel wie möglich aus seiner Verehrung ihrer Tochter herauszuschlagen gedachte. Und er sagte mit schlichter Inbrunst: «Was für ein Unsinn!» Das zeitigte keinerlei Wirkung, er war jetzt am Ende seines Lateins und schrie fast: «Schau, Phyllis! Wenn du es nicht willst – fort damit!» Phyllis drehte sich um. Er zerriß den Umschlag und warf die Fetzen ins Feuer. «Das wär's», sagte er.

Ihre Augen weiteten sich, und sie sagte ehrfürchtig: «Oh!»

Mit selbstquälerischer Redlichkeit gab er zu: «Es war bloß ein Scheck. Jetzt hast du, was du willst.»

Sie starrte ins Feuer und antwortete langsam: «Vielleicht gehen Sie lieber, bevor Mutter kommt.»

Bob Pillin ließ den Kopf hängen; insgeheim mußte er ihr recht geben und ertrug doch den Gedanken nicht, auch nur einen Augenblick der Zweisamkeit zu opfern – so sagte er kühn: «Nein, ich werde ausharren!»

Phyllis nieste. «Mein Haar ist kein bißchen trokken», und damit setzte sie sich mit dem Rücken zum Feuer auf das Kamingitter.

Bob Pillins Gesicht nahm einen verklärten Ausdruck an. Wenn er wenigstens diesen Spruch anbringen könnte: «Phyllis, meine einz'ge Wonn'» oder gar: «Phyllis – würdest du – willst du nicht – dürfte ich nicht vielleicht?» Aber nichts kam heraus – einfach nichts.

Und plötzlich sagte sie: «Bitte, atmen Sie nicht so laut; das ist ja schrecklich!»

«Atmen? Aber ich habe doch nicht geatmet!»

«Doch, Sie haben; genau wie Carmen, wenn sie träumt.»

Bereits hatte er drei Schritte auf die Tür zu gemacht, bevor er sich besann: «Was macht das schon? Von ihr kann ich alles ertragen»; und er ging die drei Schritte wieder zurück.

Sie sagte leise: «Armer junger Mann!»

Und er antwortete düster: «Es ist Ihnen wohl bewußt, daß Sie mich vielleicht das letzte Mal hier sehen?»

«Tatsächlich? Ich dachte, Sie wollten uns mit ins Theater nehmen.»

«Ich weiß nicht, ob Ihre Mutter noch bereit sein wird – nachdem ...»

Phyllis lachte hell auf. «Da kennen Sie Mutter nicht. Ihr macht nichts etwas aus.»

Und Bob Pillin brummte: «Ich verstehe.» Das tat er zwar nicht, aber es spielte ja keine Rolle. Dann verdrängte der Gedanke an Ventnor wieder alle andern. Was in aller Welt – und wie! Er zerbrach sich den Kopf, was er an dem Abend neulich wohl gesagt haben mochte. Bestimmt hatte er nichts von dem Kerl verlangt und ihm auch nicht ihre Adresse gegeben. Die Sache war mehr als merkwürdig und bedurfte weiß Gott einer Erklärung! Und er sagte: «Sind Sie sicher, daß der Kerl, der gestern hier auftauchte, Ventnor hieß?»

Phyllis nickte.

«Ein kleiner Mann mit Backenbart?»

«Ja, roter Backenbart und auch rote Augen.»

Er murmelte widerstrebend: «Dann muß er es sein. Ganz schön unverschämt; ich begreife das einfach nicht. Ich werde ihn aufsuchen. Wie um alles in der Welt hat er Ihre Adresse erfahren?»

«Sie werden sie ihm gegeben haben.»

«Das habe ich nicht. Sie dürfen mich nicht für einen solchen Lümmel halten.»

Phyllis sprang auf. «Ach, herrje! Da kommt Mutter!» Tatsächlich kam Mrs. Larne vom Garten herauf. Bob Pillin steuerte zur Tür. «Leben Sie wohl», sagte er; «ich gehe jetzt.» Aber Mrs. Larne war schon im Entree. Die stattliche Gestalt im Pelz kam über ihn und zog ihn mit sich in den Salon, dessen rückwärtiges Fenster offenstand; von Phyllis keine Spur.

«Ich hoffe», sagte sie, «diese unartigen Kinder haben gut für Sie gesorgt. Der nette Anwalt, den Sie da haben, war gestern hier. Er schien recht befriedigt.»

Hochrot war Bob Pillins Gesicht über dem Kragen, und er stammelte: «Ich habe es ihn nicht geheißen, und er ist auch nicht mein Anwalt. Ich begreife das nicht.»

Mrs. Larne lächelte. «Schon recht, mein lieber Junge. Sie brauchen sich nicht so zu zieren. Von mir aus soll es eine streng geschäftliche Abmachung sein.»

Bob Pillin bezähmte sein unbändiges Verlangen hinauszuschreien: «Gar keine Abmachung wird es geben!» und brummte: «Ich muß gehen; es ist spät.»

«Und wann werden Sie in der Lage sein –?»

«Ach, ich – ich werde senden – oder schreiben. Leben Sie wohl!» Aber plötzlich bemerkte er, daß ihn Mrs. Larne am Rockaufschlag gepackt hatte. Der Duft nach Pelz und Veilchen war überwältigend, und es schoß ihm durch den Kopf: «Die in der Bibel wollte dem guten Josef doch auch nur ans Geld. Den Mantel ihr in der Hand lassen, kann ich nicht. Was soll ich jetzt tun?»

Mrs. Larne gurrte: «Es wäre wirklich reizend von Ihnen, wenn Sie es heute einrichten könnten»; und ihre Hand glitt über seine Brust. «Nein, Sie haben Ihr Scheckbuch doch tatsächlich mitgebracht – was für ein braver Junge!»

Bob Pillin zog es voll Verzweiflung heraus, setzte sich an den Schreibtisch und füllte einen Scheck aus, ähnlich dem, den er eben zerrissen und verbrannt hatte. Ein warmer Kuß wurde auf seine Braue gedrückt, sein Kopf einen Augenblick an einen pelzigen Busen gezogen; dann nahm eine Hand den Scheck entgegen, eine Stimme sagte: «Wie köstlich!», und ein Seufzer hüllte ihn in eine Duftwolke.

Er flüchtete zur Tür und japste: «Gern geschehen; und – und *bitte sagen Sie Phyllis nichts*. Leben Sie wohl!»

Als er das Gartentor hinter sich schloß, dachte er: «Himmel! Jetzt ist es passiert. Daß Phyllis überhaupt davon wissen muß. Dieser Ventnor, der Lump!»

Sein Gesicht nahm einen fast grimmigen Ausdruck an. Was es damit auf sich hatte, mußte er schon noch wissen!

3

Mr. Ventnor war noch in seinem Büro, als ihm die Karte seines jungen Freundes gebracht wurde. Einen Augenblick war er versucht, sich verleugnen zu lassen, aber dann dachte er: «Nein! Was nützt das schon? Irgendwann treffe ich ihn doch!» Wenn er auch nicht gerade Mut hatte, so zeichnete ihn doch jene Mischung aus Selbstvertrauen und Gelassenheit aus, ohne die ein Jurist nicht auskommt; er vergaß zudem nie, daß er im Recht war.

«Ich lasse bitten!» sagte er.

Er hatte vor, zu der Sache zu stehen, aber auf eine Erklärung mochte der junge Pillin lange warten. Zudem plagte ihn immer noch die Erinnerung an großzügige Rundungen und betörende Lippen, mit der allfälligen Aussicht auf eine nähere Bekanntschaft.

Als er dem jungen Mann die Hand reichte, entdeckten seine aufmerksamen rötlichen Augen sogleich die Unruhe hinter der Maske aus Wangen und Kragen, und er ließ sich wieder in einen jener Drehstühle sinken, die einen gegenüber fester plazierten Menschen bevorteilen, und sagte: «Sie scheinen recht überreizt. Kann ich irgend etwas für Sie tun?»

Bob Pillin im unbeweglichen Stuhl des Ratsuchenden zupfte an der Melone auf seinen Knien. «Genau genommen schon. Ich komme nämlich gerade von Mrs. Larne.»

Mr. Ventnor zuckte nicht mit der Wimper. «Ach so! Eine nette Frau, und eine hübsche Tochter dazu!» Letzteres sagte er mit Nachdruck; denn immer ging er zuerst zum Angriff über.

Bob Pillin spürte, wie ihm das Blut in den Adern

pochte. «Hören Sie, Ventnor», sagte er, «ich verlange eine Erklärung.»

«Wofür?»

«Daß Sie da hingegangen sind, natürlich, meinen Namen gebraucht haben und Gott weiß was noch.»

Mr. Ventnor drehte sich zweimal langsam im Stuhl, bevor er antwortete: «Sie werden sie aber nicht bekommen.»

Bob Pillin verschlug es einen Augenblick die Sprache, dann sagte er barsch: «So benimmt sich kein Gentleman.»

Jeder Mensch hat seine Illusionen und möchte sie sich bewahren. Auch bei Mr. Ventnor trat jetzt der unterschwellig rötliche Teint offen zutage, und sogar das Weiß der Augen wurde rot.

«Ach!» antwortete er, «was Sie nicht sagen. Kümmern Sie sich gefälligst um Ihre eigenen Angelegenheiten!»

«Es sind aber meine eigenen Angelegenheiten – sogar sehr. Sie haben meinen Namen benutzt, und ich habe nicht die Absicht...»

«Zum Teufel mit Ihrer Absicht! Jetzt hören Sie mir einmal zu...» Mr. Ventnor lehnte sich vor. «Sie täten gut daran, Ihre Zunge im Zaum zu halten und mich nicht zu reizen. Ich bin ja ein gutmütiger Mensch, aber Ihre Unverschämtheit muß ich mir nicht bieten lassen.»

Bob Pillin packte seine Melone, nur noch die Neugier hielt ihn im Stuhl, und er platzte heraus: «Unverschämtheit! Und das sagen ausgerechnet Sie! Hören Sie, weshalb haben Sie das getan? Das ist ja unglaublich!»

«Finden Sie? Warten Sie's ab, mein Lieber!»

Noch mehr verwirrt von all der Geheimniskrämerei, brummte Bob Pillin bloß: «Ich habe Ihnen gewiß nicht die Adresse gegeben; es war nur von dem alten Heythorp die Rede.»

Und angesichts des Lächelns, das sich zwischen Mr. Ventnors Koteletten breitmachte, sprang er auf und schrie: «Es gehört sich nicht, und ich lasse mich da nicht einfach abspeisen. Ich bestehe auf einer Erklärung.»

Mr. Ventnor lehnte sich zurück, kreuzte die massigen Beine und legte die Kuppen seiner wulstigen Finger aufeinander. In dieser Haltung war er stets Herr seiner selbst. «Was Sie nicht sagen.»

«Jawohl. Sie müssen doch einen Grund gehabt haben.»

Mr. Ventnor blickte zu ihm auf. «Ich gebe Ihnen einen guten Rat, junger Mann, und das erst noch gratis. Stellen Sie keine Fragen, und man erzählt Ihnen auch keine Lügen. Und hier ist gleich noch einer: gehen Sie weg, bevor Sie sich wieder vergessen.»

Sein von Natur aus eher dümmliches Gesicht half Bob Pillin, den Anwalt Lügen zu strafen. Er antwortete mit rauher Stimme: «Wenn Sie da wieder hingehen und meinen Namen mißbrauchen, werde ich... Nun, zu Ihrem Glück sind Sie älter als ich. Aber von meiner Bekanntschaft will ich Sie in Zukunft erlösen! Guten Abend!» Und damit ging er zur Tür.

Mr. Ventnor war aufgestanden. «Mir soll's recht sein! Aber Sie werden schon noch merken, woher der Wind weht!»

Doch Bob Pillin war bereits draußen und ließ den Anwalt mit hochrotem Gesicht, einer großen Wut im Bauch und einem vagen Gefühl zurück, seine Sprache sei völlig verwirrt. Nicht nur Bob

Pillin, auch seine ganzen Liebessehnsüchte hatten ihn verlassen; er spielte nicht länger mit dem Gedanken an Mrs. Larne, sondern besann sich als echter Mann und Brite darauf, wie er wieder zu sich käme und die Missetäter bestrafen konnte. Das ungeheure Verdikt seines jungen Freundes: «So benimmt sich kein Gentleman», nagte an ihm, war er doch nicht bloß von Geburt, sondern durch Parlamentsbeschluß geadelt, und er leistete einen feierlichen Eid, die Schmach reinzuwaschen, wenn nicht mit Blut, so wenigstens mit Galle. Das war seine verdammte Pflicht, und man würde ja sehen, wie ernst er es damit meinte!

IV

I

Sylvanus Heythorp ging selten vor eins zu Bett oder stand vor elf Uhr auf. Allein diese letztere Gewohnheit hielt seinen Diener davon ab, die Kündigung einzureichen, wozu er wegen der ersteren Gewohnheit fast allabendlich versucht war.

Wenn er so im karmesinroten Morgenmantel und frisch rasiert in seinem Kissenpolster lag, glich er mehr denn je einem alten Römer, außer vielleicht noch im Bad. Wenn der Kaffee getrunken war, las er für gewöhnlich seine Briefe und die «Morning Post», denn er war seit jeher ein Tory und brachte es nicht über sich, einen lumpigen Penny für seine Zeitung zu bezahlen. Es waren nicht viele Briefe – wer sollte einem schon schreiben, wenn man erst achtzig war, es sei denn, um Geld zu heischen?

Es war Valentinstag. Durch sein Schlafzimmerfenster sah er die Bäume im Park, wo die Vögel sangen, auch wenn er sie nicht hören konnte. Für die Wunder der Natur war er nie empfänglich gewesen – heißblütige, kurznackige Männer sind es allgemein selten.

Heute morgen lagen doch tatsächlich zwei Briefe bei der Post, und er öffnete den parfümierten. Drinnen war etwas wie eine Weihnachtskarte, nur daß das nackte Kindlein Pfeil und Bogen in der Hand hielt und aus seinem Mund die Worte kamen: «Für Dich zu Valentin.» Dabei lag ein kleines rosa Billet mit einem aufgedruckten blauen Vergißmeinnicht am oberen Rand. Es lautete:

Liebster Onkel!

Ich muß mich für das schäbige Valentinskärtchen entschuldigen. Ich konnte es nicht selbst besorgen, weil ich gräßlich erkältet bin, drum hab' ich Jock gefragt, und dann kam das Ferkel damit an. Das Satinkleid ist einfach toll. Wenn Du mich nicht bald darin anschauen kommst, so komm' ich es Dir zeigen. Ich hätte gerne einen Schnurrbart, weil meine Oberlippe rauh ist wie eine Streichholzschachtel; aber Frühstück ans Bett ist schon ganz fabelhaft. Mr. Pillin will uns übermorgen abend ins Theater ausführen. Ist das nicht großartig! Ich nehme jetzt Rum mit Honig gegen meine Erkältung.

Lebe wohl.

Deine Phyllis

Was da zwischen seinen gefühllosen, wulstigen Fingern zitterte, war also ein Valentinsgruß für *ihn*! Vierzig Jahre war es her, daß er von der Großmutter dieses Kindes den letzten bekommen hatte. Da zeigte es sich, wie alt er schon war! Vor vierzig

Jahren! War das wirklich er gewesen, damals? Er, der als junger Mann Anno fünfundvierzig die Stadt eroberte? Kein Gedanke, kein Gefühl war sich gleich geblieben! Es hieß, alle sieben Jahre häute man sich. Vielleicht häutete sich auch der Geist damit! Aber er steckte jetzt jedenfalls in seiner letzten Haut! Und diese Betschwester mit ihrem Gesicht so lang wie ein Teebrett hatte ihn noch gedrängt, seine Haut nach Bath zu tragen, unterstützt von dem lieben Hausarzt mit seinem Gerede. Zu ungesunde Gewohnheiten – weniger Portwein – oder besser gar kein Alkohol – könnte andernfalls schon heute nacht ins Koma sinken! Einfach so abkratzen – er doch nicht! Und im übrigen lieber gleich sterben, als Abstinenzler werden! Wenn einem Mann im Leben nichts blieb als das Dinner, eine gute Flasche, die Zigarre und die nachfolgenden süßen Träume, wußten doch diese Ärzte nichts Gescheiteres, als ihm das auch noch wegnehmen zu wollen! O nein! *Carpe diem!* Das Leben genießen, solange man konnte. Und jetzt, wo er für diese Jungen so gut vorgesorgt hatte, wie es in seiner Macht stand, hatte niemand mehr einen Nutzen von seinem Leben außer er selbst; und wenn er es einmal nicht mehr genießen konnte oder nicht mehr sagen durfte: «Dies und jenes will ich tun, und auf den Rest pfeif' ich!», so mochte das Ende nur kommen, je früher, desto besser. Die Ohren steifhalten, bis man Schiffbruch erlitt, und dann reinen Tisch machen! Er betätigte zweimal die Glocke neben ihm – das galt Molly, nicht seinem Diener. Und als das Mädchen hereinkam und so vor ihm stand, betrachtete er sie bloß stumm: hübsch war sie in ihrem gemusterten Kleid, mit dem dunklen, überaus feinen und luftigen Haar, das unter der Haube hervorquoll.

«Sie wünschen, Sir?»

«Möchte dich bloß anschauen, sonst nichts.»

«Ach, und ich seh' grad so unordentlich aus, Sir.»

«Macht nichts. Hast du schon deine Valentinskarte?»

«Nein, Sir; wer sollte mir wohl eine schicken?»

«Gibt's denn da keinen jungen Mann?»

«Vielleicht schon. Aber der ist in der Heimat drüben.»

«Wie gefällt dir das?» Er hielt ihr die Karte mit dem kleinen Jungen hin.

Das Mädchen nahm sie und musterte sie ehrfürchtig; dann sagte sie zurückhaltend: «Sie ist wirklich ganz hübsch.»

«Möchtest du sie?»

«Oh! Wenn ich sie Ihnen nicht wegnehme.»

Der alte Heythorp schüttelte den Kopf und deutete auf den Toilettentisch. «Da drüben liegt ein Sovereign für dich. Ein kleines Geschenk für ein braves Mädchen.»

Sie seufzte tief. «Aber, Sir! Das ist zuviel, ein königliches Geschenk.»

«Nimm es.»

Sie nahm es und kam zurück; ihre Hände umschlossen Münze und Valentinskarte wie im Gebet.

Der Alte sah sie befriedigt an. «Ich mag hübsche Gesichter – kann die sauren nicht leiden. Meller soll alles fürs Bad vorbereiten.»

Als sie gegangen war, ergriff er den andern Brief – anscheinend von einem Anwalt –, öffnete ihn mit Mühe, wie gewöhnlich, und las:

13. Februar 1905

Sehr geehrter Herr!

Aufgrund etlicher Tatsachen, die mir zur Kenntnis gelangt sind, erachte ich es als meine Pflicht, eine außerordentliche Versammlung der Aktionäre der Inselschiffahrtsgesellschaft einzuberufen, an der gewisse Umstände im Zusammenhang mit dem Erwerb der Flotte des Herrn Joe Pillin erörtert werden sollen. Ich mache Sie darauf aufmerksam, daß angelegentlich dieser Versammlung Ihr Verhalten untersucht werden soll.

Hochachtungsvoll

Charles Ventnor

Sylvanus Heythorp, Esq.

Als er das Schreiben gelesen hatte, blieb der alte Heythorp minutenlang reglos sitzen. Ventnor! Dieser Anwaltsmensch, der schon bei den Gläubigerversammlungen unangenehm aufgefallen war!

Es gibt Leute, die bei einer Hiobsbotschaft so in Panik geraten, daß sie gleich nicht mehr vernünftig denken oder handeln können, und es gibt andere, die zunächst gar nichts glauben wollen. Der alte Heythorp war schnell genug überzeugt; der Ton war etwa so gemein, wie er bei einem Anwalt nur sein konnte. Dann aber begann sein Verstand auf einmal mit stoischer Umsicht die Lage zu sondieren. Was wußte der Kerl wirklich? Und was konnte er eigentlich tun? Eines war sicher: selbst wenn er alles wußte, die Schenkung konnte er nicht anfechten. Den Jungen drohte keine Gefahr. Der alte Mann begriff, daß bloß seine Stellung auf dem Spiel stand. Aber das war weiß Gott genug; ein Name, der in der Öffentlichkeit runde fünfzig Jahre für Geld, Unabhängigkeit und vielleicht noch mehr gestanden hatte. Bei seinem Alter und seiner Gebrechlichkeit brauchte es nicht mehr viel, bis seine Gesellschaften ihn fallenlassen würden. Aber was hatte der Kerl gegen ihn in der Hand? Wie entscheiden, ob man überhaupt darauf eingehen sollte; ob man ihn gewähren ließ oder versuchen sollte, mit ihm Verbindung aufzunehmen? Und was war das Motiv von dem Kerl? Er besaß zehn Aktien! Deswegen machte doch kein Mensch so einen Wirbel, noch dazu, wo diese Transaktion für die Gesellschaft derart lohnend war. Da hatte er nämlich ein ganz gutes Gewissen. Betrogen hatte er seine Gesellschaft nicht, hatte ihr im Gegenteil einen Dienst erwiesen, indem er ihr gegen starken Widerstand für wenig Geld zu vier tadellosen Schiffen verhalf. Daß er der Gesellschaft noch einen bessern Dienst erwiesen hätte, wenn er die Schiffe für vierundfünfzigtausend erworben hätte, störte ihn nicht – so waren die sechstausend wahrhaftig besser angelegt, und schließlich hatte er keinen Penny in die eigene Tasche gesteckt! Aber das Motiv von dem Kerl? Rachsucht? Ja, danach sah es aus. Reine Rachsucht, weil er sich um sein Geld geprellt und dazu noch verhöhnt sah! Hm! Wenn das so war, ließ er sich vielleicht wieder besänftigen. Sein Blick fiel auf das rosa Billet mit dem blauen Vergißmeinnicht. So hoch konnte der Wasserpegel also noch steigen in dem bißchen Leben, das ihm blieb, und so tief, wie es dieser andere Brief in seiner Hand bezeichnete, konnte er auch wieder sinken! Und mit einem schweren Seufzer grollte er: «Ich lass' mich doch von dem Kerl nicht unterkriegen.»

«Ihr Bad ist gerichtet, Sir.»

Er stopfte die beiden Briefe in die Tasche seines Morgenrocks und sagte: «Helfen Sie mir auf und telephonieren Sie Mr. Farney, er möge so gut sein, hierherzukommen...»

Als der Sekretär eine Stunde später eintrat, saß sein Präsident beim Feuer und war in die Statuten vertieft. Und als er darauf wartete, daß er ihn bemerkte, und sah, wie die Blätter in der aufgedunsenen, kraftlosen Hand zitterten, geriet der Sekretär einen Augenblick lang ins Grübeln, was bei Leuten seines Schlags nicht allzu häufig ist. Er hatte sagen hören, die einzige glückliche Zeit im Leben sei jene Zeit ohne Leidenschaften, da man nichts mehr erhoffe und nach nichts strebe. Aber brachte man es überhaupt je soweit? Der alte Präsident, zum Beispiel, kämpfte immer noch leidenschaftlich darum, seinen Willen durchzusetzen, hatte noch einiges Prestige und hielt große Stücke darauf! Schließlich sagte er: «Guten Morgen, Sir; hoffentlich macht Ihnen dieses Ostwindwetter nicht zu schaffen. – Die Transaktion ist jetzt abgeschlossen.»

«Das Beste, was die Gesellschaft je getan hat. Haben Sie von dem Aktionär Ventnor gehört? Sie wissen, wen ich meine.»

«Nein, von dem habe ich nichts gehört, Sir.»

«Nun, dann bekommen Sie vielleicht noch einen Brief, der Ihnen die Augen öffnen wird. Ein unverschämter Lump! Schreiben Sie bitte nach meinem Diktat:

«14. Februar 1905... Charles Ventnor, Esq.... Geehrter Herr... Ich beziehe mich auf Ihren gestrigen Brief, dessen Inhalt mir unverständlich bleibt. Ich werde meine Anwälte beauftragen, die nötigen Schritte einzuleiten.»

«Puh! Was geht denn hier vor?» dachte der Sekretär.

«Hochachtungsvoll... Ich unterzeichne selbst.»

Und am unteren Rand stand in zittriger Schrift: «Sylvanus Heythorp.»

«Bringen Sie das auf dem Rückweg zur Post.»

«Kann ich sonst noch etwas für Sie tun, Sir?»

«Nein, außer mir Bescheid geben, falls der Kerl sich meldet.»

Als der Sekretär gegangen war, dachte der alte Mann: «So! Einberufen hat der Schelm die Versammlung noch nicht. Und wenn er auf sein Geld aus ist, wird ihn dies schnell genug hierherbringen – diesen erpresserischen Halunken!»

«Mr. Pillin, Sir; und möchten Sie warten mit dem Mittagessen, oder soll im Speisezimmer serviert werden?»

«Im Speisezimmer servieren.»

Beim Anblick dieses Totenkopfs hatte der alte Heythorp fast ein wenig Mitleid. Er sah so schon schlecht genug aus und würde nach dieser Eröffnung noch schlechter aussehen. Joe Pillin betrachtete prüfend die beiden verschlossenen Türen.

«Wie geht es dir, Sylvanus? Mir geht es miserabel.» Er kam näher und senkte die Stimme: «Weshalb hast du mich zu dieser Schenkung überredet? Ich muß verrückt gewesen sein. Bei mir war ein Mann namens Ventnor – gefiel mir gar nicht. Er fragte mich, ob ich eine Mrs. Larne kenne.»

«Ha! Und was hast du geantwortet?»

«Was denn schon? Ich kenne sie ja wirklich nicht. Aber weshalb fragte er?»

«Weil er einen Skandal wittert.»

Joe Pillin hielt sich mit beiden Händen an der Tischkante fest. «Nein!» jammerte er. «Sag bloß das nicht!»

Der alte Heythorp reichte ihm den zerknitterten Brief. Als er ihn gelesen hatte, setzte sich Joe Pillin vor dem Kamin gleich hin vor Schreck.

«Nimm dich zusammen, Joe; sie können dir nichts anhaben, und sie können weder den Kaufvertrag noch die Schenkung zu Fall bringen. Mich können sie zu Fall bringen, das ist alles.»

Joe Pillin antwortete mit zuckenden Lippen: «Und du sitzt einfach da und siehst aus wie immer! Bist du sicher, daß sie mir nichts anhaben können?»

Der alte Heythorp nickte grimmig. «Es ist zwar die Rede von einem entsprechenden Antrag, aber der ist noch nicht verabschiedet. Mir könnten sie Vertrauensbruch nachweisen. Aber ich werde sie schon beschwatzen. Halt die Ohren steif und fahr ruhig ins Ausland.»

«Ja, ja, das muß ich. Es geht mir sehr schlecht. Ich wollte morgen gehen. Aber jetzt, wo das über mir schwebt, weiß ich wirklich nicht recht. Und daß mein Sohn sie kennt, macht es noch schlimmer. Er kennt auch diesen Ventnor. Und ich wage Bob gar nichts zu sagen. Woran denkst du, Sylvanus? Du machst ein so merkwürdiges Gesicht.»

Der alte Heythorp schien sich aus einer Art Betäubung zu lösen. «Ich brauche meinen Lunch», sagte er. «Möchtest du nicht mithalten?»

Joe Pillin stotterte bloß: «Essen! Ich weiß gar nicht, wann ich wieder etwas essen mag. Was willst du denn jetzt tun, Sylvanus?»

«Den Kerl einschüchtern.»

«Aber angenommen, das gelingt dir nicht?»

«Finde ihn ab. Er ist einer meiner Gläubiger.»

Joe Pillin starrte ihn wieder an. «Du warst schon immer so kaltblütig», sagte er sehnsüchtig. «Wachst du nie auf zwischen zwei und vier? Ich schon – und dann ist alles schwarz.»

«Ein rechter Schlummertrunk, mein Lieber, vor dem Zubettgehen.»

«Ja, manchmal wünschte ich schon, ich wäre weniger enthaltsam. Aber es würde mir nicht bekommen. Soviel ich weiß, verbietet auch dir dein Arzt den Alkohol.»

«Stimmt. Und deshalb trinke ich.»

Joe Pillin blickte nachdenklich ins Feuer und sagte: «Diese Versammlung – glaubst du, es wird dazu kommen? Und glaubst du, der Mann ist wirklich im Bild? Wenn mein Name in die Zeitung gelangen sollte –», aber als sein Blick auf die tiefliegenden, schmalen Augen seines alten Freundes traf, unterbrach er sich. «Du rätst mir also, morgen zu verreisen?»

Der alte Heythorp nickte.

«Das Mittagessen ist serviert, Sir.»

Joe Pillin gab sich einen Ruck und stand auf. «Also dann, leb wohl, Sylvanus, leb wohl! Ich glaube kaum, daß ich vor dem Sommer zurück bin, wenn ich überhaupt je zurückkomme!» Er senkte die Stimme: «Ich verlass' mich auf dich. Du wirst es zu verhindern wissen, nicht wahr?»

Der alte Heythorp hob die Hand, und Joe Pillin legte seine blassen, dürren Finger in die aufgedunsene, zittrige Tatze.

«Ich wünschte, ich hätte soviel Courage wie du», sagte er traurig. «Leb wohl, Sylvanus», und er drehte sich um und ging hinaus.

Der alte Heythorp dachte: «Armer Zittergreis. Streckt beim ersten Schuß gleich die Waffen!» Und er setzte sich zu Tisch und aß noch mehr als sonst.

2

Als Mr. Ventnor in seinem Büro eintraf und seine Post öffnete, befand sich wie erwartet auch ein Brief des «alten Gauners» darunter. Sein Inhalt nötigte ihm eine Gewissenserforschung ab. Glücklicherweise war ihm dabei kein übertriebenes Ehrgefühl im Weg – er mußte sich einzig vorsehen, daß er nicht *nach außen hin* dumm dastand. Im Grunde lief es darauf hinaus, ob ihm sein Geld mehr wert war als seine – hm – Gerechtigkeitsliebe. Wenn nicht, so brauchte er nur die außerordentliche Versammlung einzuberufen und ihr die einfache Tatsache dazulegen, daß Mr. Joseph Pillin nach dem Verkauf seiner Schiffe um sechzigtausend Pfund einer ihm unbekannten Dame sechstausend Pfund vermacht hatte, und zwar einem Mündel, einer Tochter oder sonstigen Verwandten – des Präsidenten der ankaufenden Gesellschaft, der überdies an der Generalversammlung erklärt hatte, er stehe oder falle mit diesem Geschäft. Das war alles, was er zu tun brauchte, und dann beantragen, daß von dem alten Mann eine Erklärung für ein derart verblüffendes Zusammentreffen verlangt werde. Davon überzeugt, daß es keine solche stichhaltige Erklärung gab, bezweifelte er nicht, daß sein Antrag den sofortigen Sturz des alten Idols nach sich ziehen würde und daß damit auch an dem alten Pillin und seinem hoffnungsvollen Sohn etliches hängenblieb. Anderseits waren dreihundert Pfund nicht zu verachten, und angenommen, der alte Heythorp sagte zu ihm: «Was wollen Sie eigentlich Lärm schlagen? – Hier haben Sie zurück, was ich Ihnen schulde!», konnte ein Geschäftsmann und Mann von Welt dann verantworten, daß sein Gerechtigkeitssinn – wie sehr der auch Genugtuung forderte – ihm im Wege stand, und das entsprach schließlich doch auch seinem eigenen Rechtsempfinden? Das Geld war ihm ja weiß Gott lange genug geschuldet worden. In diesem Dilemma erleichterten ihm die Worte: «Ich werde meine Anwälte beauftragen» die Entscheidung beträchtlich. Er hatte nämlich eine gewisse Antipathie gegen seine Berufsgenossen und war zudem noch bestens vertraut mit den Paragraphen Ehrverletzung und üble Nachrede. Falls durch irgendeinen unwahrscheinlichen Zufall die Sache schiefgehen sollte, saß Charles Ventnor vielleicht in der Tinte – und dagegen hatte er von Natur aus wie berufshalber eine entschiedene Abneigung. Nach reiflicher Überlegung entschloß er sich infolgedessen zur nachstehenden Antwort:

15. Februar 1905

Geehrter Herr!

Ich bestätige den Empfang Ihres Briefes. Bevor ich in der Sache weitere Schritte unternehme, möchte ich Sie anstandshalber um eine persönliche Erklärung der erwähnten Umstände ersuchen. Ich werde mir deshalb gestatten, morgen nachmittag um fünf Uhr bei Ihnen privat vorzusprechen.

Hochachtungsvoll

Charles Ventnor

Sylvanus Heythorp, Esq.

Nachdem er dieses Schreiben abgeschickt und sich im Kopf das erdrückende, wenn auch nur auf Indizien basierende Beweismaterial zurechtgelegt hatte, sah er der Verabredung mit Zuversicht entgegen, fehlte es ihm doch nicht an echt britischer Anmaßung. Trotzdem kleidete er sich am nächsten

Morgen mit besonderer Sorgfalt und wählte eine blauweiß gestreifte Weste, die, zusammen mit der cremefarbenen Krawatte, seine fuchsroten Koteletten und die tiefblauen Augen zur Geltung brachte. Zu Mittag aß er womöglich noch herzhafter als sonst, bestellte einen rezenteren Käse und trank ein Glas Klubbier erster Güte. Außerdem kam er absichtlich zu spät, um dem Alten zu verstehen zu geben, daß sein Kommen an sich bereits einen Gnadenakt darstellte. Im Entree empfing ihn ein starker Duft nach Hyazinthen; Mr. Ventnor war Blumenfreund und blieb stehen, um den süßen Blütenduft einzusaugen, dabei mußte er an Mrs. Larne denken. Schade! Worauf es doch im Leben alles zu verzichten galt – schöne Frauen – dies und jenes. Jammerschade! Sein Ärger kam ihm gerade gelegen, und er folgte dem Bediensteten fest entschlossen, sich von dem lahmen alten Gauner nichts bieten zu lassen.

Der Raum, den er betrat, war von einem hellen Feuer erleuchtet und einer einzigen orange bespannten elektrischen Lampe, die auf einem Tisch mit schwarzer Satindecke stand. Düster glänzende Ölgemälde an den Wänden, ein alter Leuchter aus massivem Messing, ohne Kerzen, schwere dunkelrote Vorhänge und ein undefinierbarer Geruch nach verbrannten Eicheln, Kaffee, Zigarren und altem Mann. Dann bemerkte er auf der andern Seite des Kamins einen weißglühenden Fleck, wo das Licht auf das dichte Haar des alten Heythorp fiel.

«Mr. Ventnor, Sir.»

Der weißglühende Fleck bewegte sich. Eine Stimme sagte: «Setzen Sie sich.»

Mr. Ventnor nahm in einem Sessel dem alten

Mann gegenüber Platz, und als er spürte, wie ihn die Müdigkeit beschlich, gab er sich einen Ruck. Er mußte jetzt alle fünf Sinne beisammen haben.

Der alte Mann begann mit gewohnt matter Stimme zu sprechen, und Mr. Ventnor sagte ziemlich gereizt: «Verzeihung, ich versteh' Sie nicht.»

Da schwoll die Stimme des alten Heythorp plötzlich kräftig an: «Ihre Briefe kommen mir spanisch vor.»

«Ach, wirklich! Ich kann sie jederzeit für Sie ins Englische übersetzen!»

«Je früher, desto besser.»

Mr. Ventnor zögerte einen Augenblick. Sollte er seine Karten auf den Tisch legen? Das war nicht seine Art, und ein solches Vorgehen konnte riskant sein. Da er aber wußte, daß keine Zeugen da waren, die ihn gegebenenfalls am Zurückbuchstabieren hindern konnten, entschloß er sich doch dazu und sagte: «Also, Mr. Heythorp, um gleich zur Sache zu kommen: Unser Freund, Mr. Pillin, hat Ihnen eine Provision von zehn Prozent auf den Verkaufspreis seiner Schiffe bezahlt. Leugnen Sie nicht! Er hat das Geld nicht Ihnen überschrieben, sondern Ihrer Verwandten Mrs. Larne und deren Kindern. Wie Sie wissen, stellt dies einen Vertrauensbruch Ihrerseits dar.»

Als der alte Mann antwortete: «Wer hat Ihnen denn solche Ammenmärchen erzählt?», hielt es ihn nicht länger in seinem Stuhl vor dem Kamin. «So geht das nicht, Mr. Heythorp. Mr. Pillin, Mrs. Larne und Mr. Scriven können alles bezeugen.»

«Warum sind Sie dann überhaupt hier – um mich zu erpressen?»

Mr. Ventnor warf sich in Positur; sein Gesicht

war vor moralischer Entrüstung rot angelaufen. «Ach, in dem Ton wollen Sie mir kommen», sagte er, «wahrhaftig? Glauben Sie, Sie brauchen gar keine Rücksichten zu nehmen? Da irren Sie sich aber gewaltig. Ich rate Ihnen, Ihre Zunge im Zaum zu halten und Ihre Lage zu bedenken, oder ich bringe Sie noch an den Bettelstab. Ich bin auch gar nicht so sicher, ob das nicht ein Fall für die Staatsanwaltschaft ist!»

«Quark!»

Der Zorn ließ Charles Ventnor einen Augenblick verstummen, doch dann brach es aus ihm hervor: «Weder Quark noch Käse. Sie schulden mir dreihundert Pfund, schulden sie mir schon seit Jahren, und dann haben Sie die Unverschämtheit, mir so zu kommen? Ich mache keine großen Worte, ich sage, was ich denke. Und Sie hören mir jetzt einmal zu. Entweder Sie bezahlen mir sofort Ihre Schuld, oder ich bestehe auf dieser Versammlung und mache publik, was ich weiß. Sie werden sehr bald merken, wie es dann um Sie steht. Und das ist auch recht so, denn gewissenloser – gewissenloser...»; er mußte Luft holen.

Mit seinen eigenen Gefühlen beschäftigt, war ihm Heythorps veränderter Gesichtsausdruck entgangen. Das Knebelbärtchen auf der Unterlippe sträubte sich; das Karminrot der Wangen hatte sich bis zum Weiß des Haaransatzes ausgebreitet. Er krampfte die Hände um die Stuhllehnen, im Versuch aufzustehen; seine aufgedunsenen Hände zitterten, ein wenig Speichel troff aus einem Mundwinkel, und dann zischte er: «Also – also – einschüchtern wollen Sie mich!»

Mr. Ventnor begriff, daß es bei der Unterredung plötzlich nicht mehr ums Verhandeln ging, und er faßte seinen Widersacher scharf ins Auge. Er sah nichts als einen hinfälligen, aufgebrachten, rotgesichtigen Greis, den man in die Enge getrieben hatte, und der ganze Hochmut des Stärkeren wallte in ihm auf. Der erbärmliche alte Puter – als würde ihn gleich der Schlag rühren! Und er sagte: «Sie schaden sich nur, wenn Sie sich so aufregen. Bei Ihrem Alter und Gesundheitszustand rate ich zu etwas Vorsicht. Entweder Sie nehmen meine Bedingungen ohne Widerrede an, oder Sie tragen die Folgen. Ich lass' mich durch Ihr Gehabe nicht beeindrucken.» Und als er sah, daß der Alte einfach sprachlos war vor Zorn, nutzte er die Gelegenheit und fuhrt fort: «Wofür Sie sich entscheiden, kümmert mich einen Pfifferling – mir geht es darum, Ihnen zu zeigen, wer hier befiehlt. Wenn Sie so senil sind, sich einzubilden, Sie könnten noch den Herrn spielen, werden Sie ganz schnell merken, daß andere das auch können. Also kommen Sie schon, wofür entscheiden Sie sich?»

Der Alte hatte sich in seinen Stuhl zurücksinken lassen, und einzig seine schmalen tiefblauen Augen schienen lebendig. Dann streckte er eine Hand aus, und Mr. Ventnor sah, daß er nach dem Knopf einer elektrischen Glocke am Ende einer Schnur tastete. «Dem werde ich's zeigen», dachte er, trat vor und schob sie außer Reichweite.

Derart an seinem Vorhaben gehindert, verharrte der Alte regungslos und starrte zu ihm auf. Das Wort «Erpressung» hallte Mr. Ventnor wieder in den Ohren. Die Unverschämtheit – die beispiellose Unverschämtheit von diesem betrügerischen alten Gauner, der mit einem Fuß im Armenhaus und mit dem andern im Grab, wenn nicht vor Gericht stand. «Ja», sagte er, «man lernt nie aus, und mit mir haben Sie sich jetzt ein klein wenig übernommen. Geben Sie es doch zu! Es wäre besser für Sie, Sie würden ‹*Peccavi*› rufen.»

In dem Raum herrschte Totenstille, und weil Mr. Ventnor angesichts der moralischen Stärke seiner Position und des scheinbaren Zusammenbruchs seines Widersachers eine leise Mitleidsregung verspürte, drehte er eine Runde auf dem Orientteppich, um sich zu sammeln.

«Sie sind ein alter Mann, und ich will nicht zu hart umspringen mit Ihnen. Es soll Ihnen bloß klarwerden, daß Sie nicht länger Schindluder treiben können, als wären Sie Gott der Allmächtige. Allzu viele Jahre lang haben Sie Ihren Willen gehabt. Und jetzt ist es einfach vorbei damit!» Und als er sah, daß sich der Alte erneut vornüberbeugte im Stuhl, fügte er hinzu: «Jetzt regen Sie sich doch nicht wieder auf; beruhigen Sie sich, ich muß Sie nämlich warnen – dies ist Ihre allerletzte Chance. Mein Wort ist mir heilig, und ich tu', was ich sage.»

Mittels einer heftigen Anstrengung schnellte der alte Mann überraschend auf und bekam die Glocke zu fassen.

Mr. Ventnor hörte es läuten und sagte schroff: «Damit wir uns recht verstehen: mir ist es egal, was Sie tun. Ich bin zu Ihrem eigenen Besten gekommen. Machen Sie, was Sie wollen. Na?»

Statt einer Antwort wurde die Tür aufgeklinkt, und die rauhe Stimme des Alten befahl: «Bringen Sie diesen Hund hinaus! Und kommen Sie anschließend zurück!»

Mr. Ventnor versagte es sich, eine Faust zu machen. Er knurrte nur: «Wie Sie wollen, Mr. Heythorp! Ganz wie Sie wollen!» und bewegte sich würdevoll auf die Tür zu. Dann entfachte das wachsame Herumscharwenzeln des Dieners seinen Zorn aufs neue. Hund! Man hatte ihn einen Hund genannt!

3

Als er Mr. Ventnor hinausbegleitet hatte, kehrte Meller zu seinem Herrn zurück, dessen Gesicht sehr merkwürdig aussah – «richtig fleckig», wie er sich in der Dienstbotenstube ausdrückte, als wäre die schneeweiße Stirn vom in den Kopf gepreßten Blut jetzt für immer gescheckt. Es kam der unerwartete Befehl: «Richten Sie mir ein heißes Bad und setzen Sie von dem Fichtenzeug zu.»

Als der alte Mann darin saß, fragte der Diener: «Wie lange soll ich Sie lassen, Sir?»

«Zwanzig Minuten.»

«Jawohl, Sir.»

Als er in dem wohlriechend dampfenden braunen Wasser lag, seufzte der alte Heythorp geräuschvoll. Daß ihm wegen dieses ungehobelten Flegels die Nerven durchgegangen waren – hatte sein Schicksal besiegelt. Es stand fest: er war ein ruinierter Mann. Wenn nur – ach, wenn er doch bloß den Kerl hätte am Kragen packen und zum Zimmer hinauswerfen können! Erleben zu müssen, daß man so mit ihm sprach, ohne daß er Hand oder Fuß heben konnte, sogar kaum noch die Stimme – er wäre lieber gestorben! Jawohl – lieber tot! Eine dumpfe, namenlose Erregung erschütterte noch zuinnerst den schwerfälligen alten Körper, silbrig braun in dem dunklen Wasser, dessen Dämpfe der Alte tief in die keuchenden Lungen sog, als fände er Trost darin. Einem solchen Mistkerl hatte er unterliegen müssen! Ein gewöhnlicher mieser Winkeladvokat wie der durfte ihn zu Fall bringen und auf ihm herumtrampeln, einen angesehenen Namen in den Schmutz ziehen! Der Kerl hatte die Macht, ihn ins Gerede zu bringen und zum Bettler zu machen! Unglaublich, aber wahr. Und morgen würde er sein Werk beginnen – hatte es vielleicht schon begonnen. Mit einem Krachen war sein Lebensbaum umgestürzt! Achtzig Jahre – achtzig gute Jahre! Er dachte an kein einziges mit Bedauern zurück – bereute nichts, diesen Vertrauensbruch, der die Zukunft seiner Enkel gesichert hatte, noch zuletzt – etwas vom Besten, das er je getan hatte. Und ein feiger Hund war der Kerl dazu! Wie er ihm den Klingelzug aus der Hand geschlagen hatte – erbärmlicher Lump! Und einem wie dem sollte es zustehen, das Dossier «Sylvanus Heythorp» zu schließen und seinen Namen zu löschen – so kurz vor dem Ende, dem Ende aller Dinge! Die Hand, die er herausgezogen hatte, fiel durch das dunkle Wasser auf seinen Bauch zurück, und ein, zwei Blasen stiegen auf. Nur gemach – nur gemach! Er brauchte sich bloß einen Fußbreit hinabgleiten und das Wasser über seinem Kopf zusammenschlagen zu lassen, und dann Triumph des Maître Ventnor, ade! Tote konnte man nicht aus Direktorensesseln heben. Tote ließen sich nicht ihrer Unabhängigkeit berauben und ins Armenhaus bringen. Er lächelte und bewegte sich leicht im Bad, so daß ihm das Wasser jetzt bis zu den weißen Haaren auf der Unterlippe reichte. Es roch angenehm! Und er nahm einen tiefen Atemzug. Er hatte ein erfülltes Leben gehabt, wahrhaftig! Und als ihm bewußt wurde, daß er es jederzeit in der Hand hatte, Maître Ventnor ein Schnippchen zu schlagen, nahm ein besänftigend wohliges Gefühl von ihm Besitz.

Sein Blut floß wieder gleichmäßiger. Er machte die Augen zu. Man sprach von einem Leben nach dem Tode – Leute wie diese Betschwester. Alles Unsinn! In Schlaf versank man – einen langen, traumlosen Schlaf. Ein Nickerchen nach dem Dinner! Dinner! Er befühlte mit der Zunge den Gaumen! Ja, ein gutes Dinner konnte er jetzt vertragen! Der Hund hatte ihn nicht aus dem Geleise bringen können! Das beste Dinner in seinem Leben hatte er Jack Herring, Chichester, Thornworthy, Nick Treffry und Jolyon Forsyte bei Pole's spendiert. Großer Gott! Wann war das gewesen? Sechzig – oder fünfundsechzig? Kurz bevor er sich in Alice Larne verliebte – zehn Jahre bevor er nach Liverpool kam. *Das* war ein Dinner! Kostete vierundzwanzig Pfund für alle sechs – und dabei hatte Forsyte noch lächerlich bescheiden mitgetan. Bloß Nick Treffry und er selber konnten drei Flaschen leeren! Und jetzt waren sie tot! Alle ohne Ausnahme. Und wieder schoß es ihm durch den Kopf: «Ich habe einen guten Ruf – bin nie zuvor gestrauchelt, niemals unterlegen!»

Über dem Dampf sagte eine Stimme: «Die zwanzig Minuten sind um, Sir.»

«In Ordnung; ich komme. Abendanzug.»

Meller nahm Frack und Hemd heraus und dachte: «Was will sich der alte Knacker jetzt noch mal herausputzen; warum kann er sich nicht ins Bett legen und dort essen. Wenn ein Mensch wieder ist wie ein Säugling, so gehört er auch in die Wiege...»

Eine Stunde später stand der alte Heythorp gedankenverloren am Schauplatz seiner Auseinandersetzung mir Mr. Ventnor, wo bereits der Tisch für das Essen gedeckt war. Die Vorhänge waren zurückgezogen und die Fenster geöffnet worden, um frische Luft in das Zimmer zu lassen, und er sah die dunklen Umrisse der Bäume da draußen und den traubenblauen Himmel in dieser milden, taufeuchten Nacht. Es roch gut. Nach dem warmen Bad von Kopf bis Fuß frisch eingekleidet, durchströmte ihn ein wohliges Gefühl. Verteufelt lange her, daß er zuletzt in Schale diniert hatte! Er hätte gerne ein weibliches Visavis gehabt – aber nicht die Betschwester, bewahre! –, hätte gerne noch einmal gesehen, wie das Licht auf die Schultern einer Frau und in ein strahlendes Augenpaar fiel! Im Schneckentempo ging er zum Kamin hinüber. Da hatte der anmaßende Kerl mit dem Rücken zum Feuer gestanden – verfluchte Unverschämtheit! –, als sei er der Herr im Haus. Und plötzlich erschienen ihm die Gesichter seiner drei Sekretäre – das des jungen Farney besonders deutlich –, ihre Mienen, wenn ihn die Meute an der Gurgel hatte und zu Boden zerrte. Und seine Mitdirektoren! Der alte Heythorp! Wie tief doch die Mächtigen fallen! Für jenen Hund ein Triumph!

Sein Diener ging durchs Zimmer, um das Fenster zu schließen und die Vorhänge zu ziehen. Auch er! Wenn es einmal so weit kam, daß er nicht mehr zu ihm sagen durfte: «Ich brauche Sie nicht mehr», weil er ihn nicht länger bezahlen konnte – so weit, daß er nicht einmal mehr seinen Arzt bestechen konnte, ihm zu einem schnellen Tod zu verhelfen! Macht, Einfluß, Unabhängigkeit – mit all dem war es dann vorbei! Man wurde angekleidet und ausgezogen, wie ein Wickelkind mit Brei gefüttert, nach Belieben umsorgt und im stillen verwünscht – war gebrochen, entehrt! Geld war eines Alten alleinige Existenzberechtigung! Essen, Trinken, Bewegung,

Luft! Wenn sein Geld alle war, würde es ihn die Betschwester rasch genug merken lassen. Alle würden sie es ihn merken lassen, oder falls nicht, so geschah es aus Mitleid! Und bemitleidet hatte man ihn bisher Gott sei Dank nie!

Und er sagte: «Holen Sie mir eine Flasche Perrier Jouët herauf. Was steht denn auf dem Menu?»

«Potage St. Germain, Sir, Seezungenfilet, Kalbsbries, Lammkotelett Soubise und Rumsoufflé.»

«Bitten Sie die Köchin, mir ein Hors d'œuvre zu richten und eine Nachspeise vorzusehen.»

«Jawohl, Sir.»

Als der Diener gegangen war, dachte er: «Eigentlich hätte ich gern Austern gehabt – schon zu spät!» Und er ging zum Schreibtisch hinüber und machte sich an der obersten Schublade zu schaffen. Es war wenig darin – nur einige Papiere, Geschäftsunterlagen, seine Gesellschaften betreffend, und eine Zusammenstellung seiner Schulden. Sogar ein Testament fehlte – zu hinterlassen gab es ja nichts, und darum hatte er auch keines verfaßt. Briefe hatte er nie aufbewahrt. Weiter ein halbes Dutzend Rechnungen, etliche Quittungen und das rosa Billet mit dem blauen Vergißmeinnicht – das war auch schon alles! So wie ein alter Baum nicht mehr ausschlägt und seine Wurzeln verdorren, bis ein Sturm ihn fällt, so weicht vor einem alten Mann die Welt zurück, bis er allein draußen in der Nacht steht. Er betrachtete das rosa Billet und dachte: «Hätte ich Alice geheiratet – eine bessere Geliebte hat kein Mann je gehabt!» Er stieß die Schublade wieder zu, irrte aber immer noch im Zimmer herum und hatte gar keine rechte Lust, sich zu setzen – Nachwirkungen der Viertelstunde, da er sitzen bleiben mußte, während ihn dieser Kerl bei der Gurgel hatte. Er stand jetzt vor einem Gemälde. Es glänzte dunkel und ölig und stellte einen schottischen Dragoner dar, der mit einem verwundeten russischen Gefangenen im Sattel aus der Schlacht bei Balaclava zurückkehrt. Ein ganz alter Freund, dieses Bild – neunundfünfzig erworben. Es war noch in seiner Wohnung in Albany gehangen und hatte ihn seitdem begleitet. Wo würde es hängen, wenn er nicht mehr da war? Denn die Betschwester würde es bestimmt ausrangieren und statt dessen eine Kreuzigungsszene aufhängen, irgendein neumodisches, avantgardistisches Machwerk! Eigentlich könnte sie das sogar jetzt schon tun – ihr gehörte ja alles, das hinterste Möbelstück in dem Zimmer, ja selbst das Glas, aus dem er seinen Champagner trinken würde; und das alles aufgrund dieses fünfzehnjährigen Vertrages, bevor er sich dann mit seiner letzten großen Investition verspekulierte. *«De l'audace, toujours de l'audace!»* Jene Sache, die schließlich damit endete, daß er einem bösartigen Hund die Kehle hinhalten mußte und auf sein Erbarmen angewiesen war. «Der Krug geht zum Brunnen...!» Gnade oder Ungnade –!

Das Knallen des Korkens schreckte ihn auf. Er ging zu seinem Platz, mit dem Rücken zum Fenster, und setzte sich zu Tisch. Es gab tatsächlich Austern! Und er sagte: «Ich habe meine Zähne vergessen!»

Während der Diener sie holen ging, verzehrte er die Austern eine nach der andern und betupfte sie abwechselnd mit Cayennepfeffer, Chilisauce und Zitrone. Mhm! Nicht ganz wie die besten damals bei Pimm's, aber nicht übel – wirklich nicht übel! Dann bemerkte er, daß die kleine blaue Schüssel vor ihm stand, und er schaute auf und sagte: «Ein Kompliment der Köchin für die Austern. Geben Sie mir den Champagner.» Und er ergriff die Zähne, dic ihm in der Hand zitterten. Gott sei Dank konnte er sie noch selbst einsetzen! Die goldgelb schäumende Flüssigkeit aus der Flasche mit der Serviette füllte den tiefen Kelch langsam bis zum Rand; er führte ihn an die Lippen, deren Rot von dem weißen Haar darüber und darunter deutlich abstach, trank geräuschvoll und setzte das Glas ab – leer. Nektar! Und genau richtig in der Temperatur!

«Ich hab' ihn eine Spur gekühlt, Sir.»

«Gerade recht. Wieso riecht es hier nach Blumen?»

«Das ist von den Hyazinthen auf der Anrichte, Sir. Mrs. Larne hat sie heute nachmittag geschickt.»

«Stellen Sie sie auf den Tisch. Wo ist meine Tochter?»

«Sie hat schon gegessen, Sir; geht an einen Ball, glaube ich.»

«Einen Ball!»

«Ein Wohltätigkeitsball, soviel ich weiß, Sir.»

«Mhm! Bringen Sie mir ein Gläschen von dem alten Sherry zu der Suppe.»

«Jawohl, Sir. Ich werde eine Flasche öffnen müssen.»

«Dann tun Sie es!»

Auf dem Weg in den Keller gestand der Diener Molly, die gerade die Suppe hereintrug: «Der Alte legt ganz schön los heute abend! Gott weiß, wie er morgen dran sein wird.»

Das Mädchen antwortete mitleidig: «Armer alter Mann, laß ihm das Vergnügen.» Und sie trällerte vor sich hin, als sie mit der dampfenden Suppenterrine vor der Brust die Halle durchquerte und an die Schleifen auf ihren neuen Hemden dachte, die sie von dem geschenkten Sovereign gekauft hatte.

Und der alte Heythorp verdaute seine Austern, roch die Hyazinthen und dachte an die Potage St. Germain, seine Lieblingssuppe. Erstklassig würde sie zu dieser Jahreszeit nicht sein – eigentlich brauchte es dazu nämlich junge, gartenfrische Erbschen. Paris wäre der Ort dafür. Ja, die Franzosen verstanden sich aufs Essen – und darauf, den Dingen ins Gesicht zu sehen! Die waren keine Heuchler – schämten sich weder ihres Verstandes noch ihrer Sinnlichkeit!

Die Suppe kam. Er beugte sich soweit wie möglich vor, um sie zu schlürfen, und hatte sich seine Serviette wie einen Latz in den Hemdausschnitt gestoßen. Von dem Bouquet des Sherrys entging ihm nichts – er hatte eine überaus feine Nase heute abend; ein auserlesener alter Tropfen war das – mehr als ein Jahr war es schon her, daß er zuletzt davon gekostet hatte; aber heutzutage trank ja niemand mehr Sherry, die nötige Konstitution fehlte! Der Fisch kam und verschwand; zu dem Kalbsbries trank er sein zweites Glas Champagner. Das zweite war immer das beste – da war der Magen schön angewärmt und der Gaumen noch nicht abgestumpft. Mhm! Und dieser Kerl bildete sich also ein, er sei erledigt.

Plötzlich sagte er: «Der Pelzmantel im Schrank, ich hab' keine Verwendung dafür. Sie können ihn heute abend mitnehmen.»

Der Diener antwortete mit gedämpfter Freude: «Danke, Sir, bin Ihnen sehr verbunden.» Hatte der alte Knacker jetzt herausgefunden, daß die Motten daran waren!

«Habe ich Ihnen große Umstände gemacht?»

«Nein, Sir; keineswegs, Sir – oder nicht mehr als recht.»

«Dann tut es mir leid. Außerordentlich leid – kann es nicht ändern. Sie werden das feststellen, wenn es Ihnen selbst einmal geht wir mir.»

«Gewiß, Sir; ich habe immer Ihre Courage bewundert, Sir.»

«Nett von Ihnen, das zu sagen.»

«Das ist einer, der die Fahne hochhält, denk' ich mir immer, Sir.»

Der alte Heythorp verbeugte sich aus der Hüfte heraus. «Bin Ihnen sehr verbunden.»

«Aber nicht doch, Sir. Die Köchin hat die Soubise mit Spinatcreme garniert.»

«Ah! Sie können ihr ausrichten, das Dinner sei bis jetzt ganz exzellent.»

«Vielen Dank, Sir.»

Wieder allein, blieb der alte Heythorp reglos sitzen, bereits eine Spur benommen. «Die Fahne hochhalten, ja, die Fahne hochhalten!» Er hob sein Glas und nahm einen Schluck. Sein Appetit war erwacht, und er aß die drei Koteletts mit Sauce samt dem Spinat ganz auf. Schade! Eine frisch geschossene Schnepfe hätte er jetzt noch vertragen! Er hatte das starke Bedürfnis, zu trödeln und das Dinner in die Länge zu ziehen; dabei fehlten jetzt bloß noch das Soufflé und die Nachspeise. Er hätte sich auch gerne mit jemandem unterhalten. Schon immer hatte er eine fröhliche Runde geschätzt, und es hieß, er sei selber ein guter Gesellschafter gewesen, wenn er auch in letzter Zeit nie mehr Gelegenheit hatte, das zu beweisen. Sogar an den Geschäftssitzungen wollte man nicht mehr mit ihm reden, das war ihm schon lange aufgefallen. Nun, das würde ihn nicht mehr kümmern – zweifellos war er das letzte Mal an einer Sitzung dabeigewesen. Aber hinauszuwerfen brauchten sie ihn deswegen nicht; die Freude würde er ihnen nicht machen, wenn sie es schon nicht erwarten konnten, in seine Fußstapfen zu treten.

Inzwischen stand das Soufflé auf dem Tisch, und er hob sein Glas und sagte: «Füllen Sie auf.»

«Das sind die Spezialgläser, Sir; vier pro Flasche.»

«Füllen Sie auf.»

Der Diener füllte das Glas und verzog den Mund.

Der alte Heythorp trank und setzte den leeren Kelch seufzend ab. Er war seinen Grundsätzen treu geblieben und hatte vor dem Dessert die Flasche geleert – eine gute Flasche – und eine ebenso gute Marke! Und jetzt das Soufflé! Köstlich, zusammen mit dem alten Sherry! An einen Ball wollte die Betschwester also! Zum Totlachen! Wer würde mit einem solchen Besen schon tanzen wollen? Brandmager war sie vor lauter Frömmigkeit, was doch nichts als unterdrückte Sexualität war! Ach, ja! Es gab viele Frauen wie sie – er war ihnen oft begegnet – man hatte Mitleid mit ihnen, bis man es dann selbst mit einer zu tun bekam und sie einen so unglücklich machte wie sich selber und obendrein noch jedermann tyrannisierte.

Schließlich fragte er: «Was gibt's denn zum Nachtisch?»

«Käseramequin, Sir.»

Das mochte er am liebsten.

«Ich trinke meinen Portwein dazu – den achtundsechziger.»

Der Diener blieb mit verblüffter Miene stehen. Darauf war er nicht vorbereitet. Das Gesicht des

Alten war schon ganz rot, aber das mochte vom Baden sein. Er sagte zögernd: «Ob das wohl gut ist für Sie, Sir?»

«Nein, aber ich tu' es trotzdem.»

«Dürfte ich Miss Heythorp rasch Bescheid sagen, Sir?»

«Wenn Sie das tun, können Sie gehen.»

«Aber dann kann ich keine Verantwortung übernehmen.»

«Hat Sie jemand darum gebeten?»

«Nein, Sir.»

«Dann holen Sie den Portwein schon und stellen Sie sich nicht so an!»

Wenn man dem alten Mann nicht den Willen ließ, kriegte er vielleicht noch einen Anfall.

Und der Alte blieb ruhig sitzen und betrachtete die Hyazinthen. Er fühlte sich wohl, rundherum satt, aufgewärmt und schläfrig – und es war noch nicht vorbei! Was hatten die Frömmler schon anzubieten, verglichen mit den Tröstungen eines guten Dinners? Konnten sie Träume wachrufen und das Leben für ein Weilchen in ein rosigeres Licht tauchen? Nein, sie konnten bloß Versprechen abgeben, die nie eingelöst würden. Das einzige, was ein Mensch besaß, war seine Courage – und die wollten sie ihm nehmen und ihn um Hilfe winseln lassen. Er sah schon, wie sein geschätzter Doktor die Hände über dem Kopf zusammenschlug: «Portwein nach einer Flasche Champagner – das wird Sie noch umbringen!» Und was war das für ein schöner Tod – einen schöneren gab's nicht. Ein Geräusch brach die Stille des geschlossenen Raumes. Musik? Seine Tochter, die da oben Klavier spielte und gar noch sang dazu! Was für eine dünne Stimme! Jenny Lind! Die schwedische Nachtigall –

keinen Abend hatte er ausgelassen, an dem sie sang – ja, Jenny Lind!

«Es ist sehr heiß, Sir. Soll ich es aus der Form nehmen?»

«Eine Spur Butter und den Cayennepfeffer.»

«Jawohl, Sir.»

Er aß langsam und genoß jeden Bissen; ein besseres Ramequin hatte er nie gehabt. Und zum Käse – Portwein! Er trank ein Glas und sagte: «Helfen Sie mir in meinen Stuhl.»

Und als er es sich vor dem Kamin mit Karaffe, Glas und Glocke auf dem niedrigen Tischchen neben dem Stuhl bequem gemacht hatte, murmelte er: «Bringen Sie mir in zwanzig Minuten Kaffee und Zigarre.»

Heute abend wolte er seinem Wein Ehre erweisen und nicht rauchen, bis er fertig getrunken hatte. Wie sagte doch der alte Horaz:

> «Aequam memento rebus in arduis
> Servare mentem.»

Und er hob sein Glas und trank genüßlich, nur ein, zwei Tropfen gingen daneben. Dann schloß er die Augen.

Wie er so über sich die Betschwester silbrighell winseln und neben sich das Kaminfeuer knistern hörte, auf das man eben ein frisches Zedernscheit gelegt hatte; wie er die Hyazinthen roch und spürte, daß ihm der Portwein alle Poren öffnete, da wähnte er sich einen Augenblick im Paradies. Dann hielt die Musik inne, und man hörte keinen Laut bis auf das leise Ächzen des Scheites, das den Flammen zu widerstehen suchte. Traumverloren dachte er: «Das Leben zehrt an einem, zehrt und zehrt. Ein Scheit im Kamin!» Und er schenkte sich wieder ein.

Der Bursche war nachlässig gewesen; am Boden der Karaffe lag Satz, und darauf war er jetzt gestoßen! Gerade als der letzte Tropfen aus dem erhobenen Glas in dem weißen Kinnbärtchen versickerte, hörte er, wie das Kaffeetablett abgestellt wurde, und er nahm seine Zigarre, hielt sie ans Ohr und drehte sie zwischen seinen dicken Fingern. Ganz wie sie sein sollte! Und als er den ersten Zug nahm, sagte er: «Öffnen Sie den alten Brandy aus dem Buffet.»

«Brandy, Sir? Ich getrau' mich fast nicht, Sir.»

«Stehen Sie in meinen Diensten oder nicht?»

«Schon, Sir, nur...»

Nach einer Minute des Schweigens ging Meller hastig zur Anrichte, nahm die Flasche heraus und entkorkte sie. Die Zornesröte in dem Gesicht des Alten hatte ihn erschreckt.

«Lassen Sie sie da.»

Der bemitleidenswerte Diener stellte die Flasche auf das Tischchen. «Sie muß Bescheid wissen», dachte er; «aber wenn ich die Portweinkaraffe samt Glas mitnehme, sieht es wenigstens nicht so schlimm aus.» Und er verließ damit das Zimmer.

Langsam trank der Alte seinen Kaffee und den Likör. Die ganze Herrlichkeit! Und als er den blauen Rauchkringeln in dem orange glänzenden Licht nachsah, lächelte er. Die letzte Nacht, in der seine Seele noch ihm gehörte, die letzte Nacht seiner Unabhängigkeit. Morgen die Rücktrittsschreiben abschicken – nicht warten, bis man hinausgeworfen wurde! Bloß dem Kerl diese Genugtuung nicht gönnen!

Eine Stimme, die von weit weg zu kommen schien, sagte: «Vater! Was, du trinkst Brandy! Wie *kannst* du nur – du weißt doch, das ist einfach Gift für dich!» Eine fast unwirkliche Gestalt in Weiß dräute vor ihm. Er nahm die Flasche, um sein Likörglas zum Trotz nochmals zu füllen; aber eine Hand im langen weißen Handschuh, von der der zweite herunterhing, entriß sie ihm, schüttelte sie mißbilligend und stellte sie wieder in die Anrichte. Und wie als Mr. Ventnor anklagend vor ihm gestanden war, hinderte ihn ein würgender Kloß im Hals am Reden; er bewegte die Lippen, aber es trat nur etwas Schaum darauf.

Seine Tochter hatte sich wieder genähert. Sie stand jetzt ganz dicht vor ihm, im weißen Satinkleid, mit hagerem, bleichem Gesicht und hochgezogenen Brauen; ihr dunkles Haar war gekräuselt – wahrhaftig, gekräuselt – die Betschwester! Mit aller Macht versuchte er zu sagen: «Du willst mich also bevormunden – willst mich *heute nacht* bevormunden!», aber er brachte nur das Wort «so» und ein Krächzen über die Lippen. Er hörte sie sagen: «Es hat keinen Zweck, daß du dich so aufregst, Vater. Brandy auf Champagner ist ja geradezu – verrucht!» Dann rauschte die schemenhafte Gestalt wieder davon; weg war sie, und er hörte das Stottern und Brummen des Taxis, das sie zum Ball entführte. Sie hatte es also gewagt, ihn zu schikanieren und zu drangsalieren, noch bevor er ihr auf Gnade und Ungnade ausgeliefert war! Na warte! Die Wut hatte seinen Blick geschärft; er sah das Zimmer wieder deutlich vor sich. Und er hob sich langsam ein wenig in seinem Stuhl und läutete zweimal, nach dem Mädchen und nicht nach Meller, der an dem Komplott beteiligt war. Und kaum stand das schmucke Ding in Schwarz mit weißer Schürze vor ihm, sagte er: «Hilf mir auf!»

Zweimal zog sie nicht kräftig genug, und er fiel zurück. Beim dritten Mal rappelte er sich auf.

«Danke; das ist alles.» Er wartete, bis sie draußen war, dann durchquerte er das Zimmer, machte sich an der Schranktür zu schaffen und nahm die Flasche heraus. Er beugte sich über das glatte Eichenholz, ergriff ein Sherryglas, hielt die Flasche mit beiden Händen und goß sich den Schnaps ein; dann führte er das Glas an die Lippen und schlürfte. Tropfen für Tropfen rann es ihm über den Gaumen – mild, uralt, so alt wie er selber, sonnengelb und würzig. Bis auf den letzten Tropfen trank er ihn, dann drückte er die Flasche an seine Brust, ging im Schneckentempo zu seinem Stuhl und ließ sich hineinsinken. Minutenlang blieb er dort mit der Flasche im Arm reglos sitzen und dachte: «Das ist nicht die Art des feinen Mannes. Ich muß sie auf den Tisch stellen – auf den Tisch»; aber zwischen ihm und dem Rest der Welt lag eine dicke Wolke. Mit seinen Händen würde er die Flasche auf den Tisch stellen müssen! Aber er konnte seine Hände nicht finden, sie nicht spüren. In seinem Kopf wechselte Strophe mit Gegenstrophe: «Du kannst dich nicht rühren!» «Ich werde mich rühren!» – «Du bist geschlagen.» «Ich bin nicht geschlagen.» – «Gib auf!» «Ich will nicht!» Dieser Kampf, seine Hände zu finden, schien endlos zu dauern – und doch *mußte* er sie finden! Danach – mochte er untergehen – mit fliegenden Fahnen – danach! Um ihn herum war alles rot. Dann hob sich die rote Wolke ein ganz klein wenig, und er hörte die Uhr – «tick–tick–tick»; ein leichtes Kribbeln lief ihm von den Schultern zum Handgelenk und bis zu den Handflächen hinunter; und, ja – jetzt spürte er die Flasche! Er strengte sich doppelt an, in seinem Stuhl nach vorne zu rutschen; nach vorne rutschen und die Flasche abstellen. So schickte es sich einfach nicht! Einen Arm konnte er schon bewegen; aber er konnte die Flasche längst nicht fest genug packen, um sie abzustellen. Zoll um Zoll arbeitete er sich vor, bis er auf die Seite lehnen konnte und die Flasche ihm aus den Händen und gegen den Rand des niedrigen Tischchens fiel. Mit aller Kraft gab er Rumpf und Armen nochmals einen Ruck, und die Flasche stand. Er hatte es geschafft – geschafft! Seine Lippen verzogen sich zu einem Lächeln, und der Körper sank in seine Ausgangslage zurück. Es war geschafft! Und er schloß die Augen...

Um halb zwölf schaute das Mädchen Molly herein und sagte leise: «Sir, es ist Besuch für Sie da; zwei Damen und ein Herr!» Aber er antwortete nicht. Sie behielt die Türklinke in der Hand und flüsterte Richtung Entree: «Er schläft schon, Miss.»

Eine Stimme antwortete ebenso leise: «Ach, lassen Sie mich trotzdem gehen; ich werde ihn nicht wecken, wenn er nicht von selbst aufwacht. Aber ich möchte ihm so gerne mein Kleid zeigen.»

Das Mädchen trat beiseite, und Phyllis ging auf Zehenspitzen hinein. Sie blieb da stehen, wo von der Lampe wie vom Kaminfeuer Licht auf sie fiel. Weißer Satin – das erste dekolletierte Abendkleid – glühende Wangen von dem ersten Souper – eine Gardenie an der Brust, eine weitere in den Händen! Ach, wie schade, daß er schlief! Wie rot sein Gesicht war! Und wie merkwürdig alte Leute atmeten! Geheimnisvoll wie ein Kind flüsterte sie: «Onkel!»

Keine Antwort! Sie schmollte und drehte die

Gardenie zwischen den Fingern. Plötzlich fiel ihr ein: «Ich steck' ihm die ins Knopfloch! Der freudige Schreck, wenn er dann aufwacht und sie sieht!»

Und sie schob sich heran, beugte sich vor und befestigte die Blume. Zwei Gesichter hinter der Tür beobachteten sie; sie hörte Bob Pillins Kichern und das melodische Lachen ihrer Mutter. Wie rot seine Stirn doch war! Sie berührte sie mit den Lippen, wirbelte hüpfend herum, machte schnell ein paar Tanzschritte, warf ihm noch eine Kußhand zu und verschwand leichtfüßig, husch.

Wieder hörte man im Entree das Flüstern, das Kichern und ein kurzes, melodisches Lachen.

Aber der alte Mann schlief. Und erst als Meller wie gewohnt um halb eins hereinkam, stand fest, daß er nie mehr erwachen würde.

Friedensversammlung

Colin Wilderton, der von Westen zum Friedenstreffen unterwegs war, begegnete John Rudstock, der von Norden kam, und sie gingen zusammen weiter.

Nachdem sie die Neuigkeiten aus Rußland und die Geldentwertung besprochen hatten, sagte Rudstock unvermittelt: «Es wird eine komische Versammlung werden, denke ich.»

«Weiß Gott!» antwortete Wilderton.

Und beide lächelten, wohl wissend, daß ihnen unbehaglich zumute war, aber fest entschlossen, sich unter keinen Umständen etwas anmerken zu lassen. Sie lächelten unterschiedlich, denn Rudstock hatte schwarze Brauen, einen dunklen Bart und war von kräftiger, fülliger Gestalt, während Wilderton ein ganz zart gebauter, grauhaariger Mann mit freundlichen Augen und einer schwächlichen Konstitution war. Er war ungeheuer lange für den Krieg eingetreten und hatte seine Einstellung erst vor kurzem geändert. Wie alle feinfühligen Menschen hatte ihn zunächst der Überfall auf Belgien zutiefst aufgewühlt. Die Schrecken des deutschen Vormarsches durch dieses kleine Land und durch Frankreich, dem er sich verbunden fühlte, hatten ganz und gar seinen Abscheu erregt, den er auf manche Weise offen kundtat. Ausrottung, so hatte er in diesen ersten Monaten empfunden, war noch zu gut für diese Tiere, die solche Verbrechen gegen die Menschlichkeit und das Recht begehen konnten; und noch bis weit ins dritte Kriegsjahr war er davon überzeugt, daß die exemplarische Bestrafung dieser zerstörerischen Gewalt, die sich rücksichtslos über die mühselig errungenen Spielregeln menschlichen Zusammenlebens hinwegsetzte, notwendig war. Er wußte selbst kaum, wann seine Gefühle begonnen hatten – nicht eigentlich, sich zu ändern, aber sich doch in anderen Bahnen zu bewegen. Er war ein uneigennütziger Mensch, hatte Kunstverstand und zu schwache Nerven für jenes unbekümmerte Selbstvertrauen, das allein einen Menschen dazu befähigt, immer zu wissen, was gut ist für diese Welt. So fühlte er sich allmählich immer mehr von dem Gedanken verfolgt, daß er nicht sein eigenes Leben hingab, sondern nur das Leben seiner eigenen und der Söhne anderer Leute. Und der Einwand, daß er es für deren eigene bessere Zukunft hingab, verfing nicht mehr bei ihm. Für Augenblicke konnte er noch einsehen, daß dieser Krieg, für den er so lange eingetreten war, die preußische Militärmaschine noch nicht genügend geschwächt hatte, als daß jene Zukunft gesichert erschien. Aber sein Mitleid und sein Schmerz um all die jungen Leute, die da niedergemäht wurden, bevor sie zur Blüte kommen konnten, waren immer stärker geworden, bis er schließlich alles auf eine Karte setzte. Was nützte es, dachte er dann, die Zukunft der Jugend zu sichern in einem Europa, das bald keine Jugend mehr haben würde? Jedes Land litt entsetzlich – und das verbrecherische Land Gott sei Dank nicht am wenigsten! Angenommen, der Krieg würde noch ein Jahr – oder zwei, drei Jahre lang – weitergehen und dann aus reiner Erschöpfung auf beiden Seiten aufhören; und die ganze Zeit über würden diese Jungen getötet und verstümmelt, vielleicht ohne daß damit mehr erreicht wurde, als heute schon möglich schien. Was dann? Gut, die Regierung versprach den Sieg, aber sie versprach ihn nie innert Jahresfrist. Regierungen starben nicht; wie, wenn sie den Sieg auch in einem Jahr noch versprach, bis alle andern tot waren! Hatte die Geschichte je den Beweis erbracht, daß ein momentaner Sieg Gewähr bieten konnte für die Zukunft? Und wenn auch schließlich dieses verfluchte Preußentum nicht so klar besiegt würde, wie dies wünschbar wäre, so hatte es doch einen solchen Schlag erhalten, daß es nie wieder würde anrichten können, was es einst getan hatte. Solche Überlegungen fielen allerdings weniger ins Gewicht, dämpften höchstens in seinen Augen die Tatsache, daß er diese Abschlachtung der Jugend, als Ersatz, einfach nicht länger aushielt. Und so war er allmählich das geworden, was man einen «Landesverräter» nennt: ein «knieweicher Verhandlungswilliger». In den Knien hatte er es tatsächlich, und er lächelte jeweils gequält, wenn er diesen Ausdruck las.

John Rudstock, von kräftiger Gestalt, war von Anfang an grundsätzlich gegen den Krieg gewesen. Vom Preußentum hielt er zwar ebensowenig wie Wilderton; aber weil er im Grunde eine streitbare Natur war, widersetzte er sich allem, was eine Mehrheit unterstützte; je größer die Mehrheit, desto erbitterter sein Widerstand. Dabei wäre niemand erstaunter gewesen als er, zu vernehmen, daß dies seine Devise war. Er drückte es lieber so aus, daß er nicht daran glaube, Gewalt mit Gewalt zu beantworten. In Friedenszeiten war er ein «Falke», im Krieg eine «Taube».

Die Straße, die zur Methodistenkirche führte, wo das Treffen stattfinden sollte, schien erst einmal ganz ruhig. Obwohl doch durch diese Versammlung die öffentliche Meinung beeinflußt werden sollte, hatte man es sorgfältig zu vermeiden gesucht, daß sie öffentliche Beachtung fand. Gott war um Beistand angegangen worden, aber auch zwei Polizisten waren beim Eingang postiert, und ein weiteres halbes Dutzend stand in verdächtiger Nähe. Vereinzelt kamen Leute, meist Frauen, durch die Tür; es tröpfelte bloß. Colin Wilderton ging durch das Schiff zur Rednertribüne, rümpfte die Nase und dachte: «Stickig, hier drinnen.» Er hatte immer schon das Pech gehabt, seine Mitmenschen zwar als einzelne zu lieben, aber in der Herde zu verabscheuen. Auf der Tribüne hatten sich bereits ungefähr fünfzehn Leute eingefunden. Er setzte sich bescheiden in die hintere Reihe, während John Rudstock, weniger zurückhaltend, zur Rechten des Vorsitzenden Platz nahm. Man kam zu den Reden mit einer Eile, wie sie bei öffentlichen Versammlungen kaum üblich ist.

Wilderton hörte zu und dachte: «Schrecklich abgedroschen; warum kann nicht jemand geradeheraus sagen, daß genug Jungs getötet worden sind?» Er hatte inzwischen auch ein Grollen wahrgenommen, als ob ein starker Wind eine Sturmflut heranbrächte. Und plötzlich wurde das Geräusch erkenntlich – es waren Menschenstimmen, die da draußen lärmten. Er vernahm, wie Hiebe gegen die Tür hagelten, und sah, wie mit Stöcken die Fenster eingeschlagen wurden. Die Zuhörer hatten sich erhoben; einige waren davongestürzt, um die Türen zu verteidigen, andere standen unschlüssig da. John Rudstock hielt den Stuhl hoch, auf dem er gesessen war. Wilderton hatte gerade noch Zeit zu denken: «Hab' ich es mir nicht gedacht», als ein Haufen junger Männer in Uniform, und hinter ihnen der Pöbel, in die Kirche eindrang. Er wußte, daß er in einem Handgemenge nicht viel taugte, trotzdem stellte er sich sogleich schützend vor die nächste Frau. In diesem Augenblick erstürmten jedoch etliche Soldaten, die durch eine Seitentür eingefallen waren, die Tribüne und warfen ihn die Stufen hinunter. Er schlug unten auf und konnte sich in dem Gedränge nicht gleich wieder erheben. Jemand fiel auf ihn; es war Rudstock, der entsetzlich fluchte. Er hatte anscheinend immer noch den Stuhl in der Hand, denn Wilderton erhielt einen schmerzhaften Schlag. Er sah, wie sein Freund wieder auf die Füße kam und seine Waffe schwang; und mit jedem Streich ging Freund oder Feind zu Boden, bis er sich gehörig Luft verschafft hatte. Wilderton, noch immer schwach und benommen von seinem Sturz, saß da und schaute dieser homerischen Schlacht zu. Stühle, Bücher, Schemel und Holzprügel flogen gegen Rudstock, der parierte oder die Gegenstände ablenkte, so daß sie weiterflogen und Wilderton trafen oder gegen die Tribüne krachten. Er hörte Rudstock brüllen wie einen Löwen, sah ihn seinen Stuhl schwingen und vorrücken. Zu Boden gingen zwei junge Männer in Feldgrau, zu Boden ging ein dritter in Zivil; darauf warf sich ein sehr hoch gewachsener, junger Soldat nach vorn, auch er mit einem Stuhl bewaffnet, und die beiden lieferten sich einen Zweikampf. Wilderton hatte sich inzwischen aufgerappelt und klemmte sein Monokel wieder fest, denn ohne sah er fast nichts; dann hob er ein Gesangbuch auf, warf es mit aller Wucht in die Menge, rief dazu: «Hoobloodyray!» und ging mit geballten Fäusten hintennach. Die eine traf auf eine Kinnlade, die einem Australier gehören mußte, so hart fühlte sie sich an. Er bekam einen kräftigen Stoß zwischen die Rippen – und saß wieder auf dem Boden. Immer noch hörte er, wie sein Freund brüllte und die Stühle in der Luft zusammenkrachten. Da fiel etwas Schweres auf ihn. Es war Rudstock – er war bewußtlos. Einen Augenblick war alles ruhig, und Wilderton, der so gut es ging unter dem Bewußtlosen hervorlinste, sah, daß die Tribüne von allen ursprünglich Anwesenden geräumt worden war und jetzt von jungen Männern, größtenteils in Navyblau und Feldgrau, gehalten wurde.

Eine Stimme befahl: «Aufhören! Ruhe!»

Er rieb Rudstock die Schläfen ein mit Brandy aus einem Fläschchen, das er in weiser Voraussicht eingesteckt hatte, und hörte zu, so gut es trotz den vielen Füßen, die ständig auf ihm herumtrampelten, eben ging.

«Hier sind wir, Jungs», sagte die Stimme, «und hier werden wir zur Stelle sein, wenn diese verräterischen Miesmacher ihre üblen Tricks versuchen. Kein Frieden, niemals ein Frieden um jeden Preis! Wir müssen denen zeigen, daß wir das nicht dulden. Laßt die Frauen in Ruhe – obwohl sie sich schämen sollten; aber was die Männer betrifft – die Schweine –, für die ist noch das Erschießen zu gut. Entweder sie besinnen sich eines Besseren, oder wir helfen nach. Wir haben diese Versammlung gesprengt, und wir werden jede Versammlung sprengen, in der man von Frieden zu reden wagt. Dreimal hoch unsre alte Fahne!»

Während die Hochrufe ertönten, entdeckte Wilderton bei seinem Freund Anzeichen dafür, daß er langsam wieder zu sich kam; Rudstock hatte nämlich angefangen, schwer zu atmen. Er flößte ihm etwas Brandy ein und stützte ihn so gut es ging gegen ein Gebilde aus Holz – die bescheidene Kanzel der Kirche, wie er plötzlich bemerkte. Sein verwirrtes Hirn faßte einen Gedanken. Wenn er dort hinaufkommen könnte, als sei er vom Himmel gefallen, vielleicht hörten sie ihm dann sogar zu. Er zog seine Beine unter Rudstock hervor und begann, auf Händen und Füßen die Treppe hochzukriechen. In der Kanzel setzte er sich, allen Blicken verborgen, auf den Boden, holte Atem und hörte den Hochrufen zu. Dann glättete er sein Haar, erhob sich und wartete darauf, daß die Rufe abflauten. Er hatte sich nicht verrechnet. Sein plötzliches Erscheinen, sein graues Haar, Monokel und Lächeln täuschten sie einen Moment lang. Es wurde still.

«Jungs!» sagte er, «hört mir einen Augenblick zu. Ich will euch etwas fragen. Warum in aller Welt, glaubt ihr, sind wir hierhergekommen? Einfach und allein, weil wir nicht länger zusehen können, wie man euch Tag für Tag, Monat für Monat und Jahr für Jahr sterben läßt. Das ist alles, so wahr mir Gott helfe. Amen!»

Die kurze Rede wurde mit einem merkwürdigen Keuchen und Raunen aufgenommen; dann rief eine ausdruckslose Stimme: «Preußenfreund!»

Wildertons Hand schnellte in die Höhe. «Zum Teufel mit den Preußen!» sagte er schlicht.

Die ausdruckslose Stimme wiederholte: «Preußenfreund!» Und der Redner auf der Tribüne rief: «Kommen Sie da herunter! Wenn wir wollen, daß ihr uns 'rausboxt, lassen wir's euch wissen.»

Wilderton wandte sich blitzschnell ihm zu. «Ihr seid alle wundervoll!» hob er an, aber ein Gesangbuch klatschte gegen seine Stirn, und er sackte in sich zusammen, auf den Boden der Kanzel. Nach diesem letzten Schlag, zu den vielen anderen, begriff er nicht mehr, was um ihn vorging. Er nahm nur unbestimmt wahr, daß weitergeredet, «Bravo!» gerufen und getrampelt wurde – dann lange nichts, und plötzlich fand er sich zwischen Rudstock und einem Polizisten vor der Kirchentür wieder. Es war nicht die Tür, durch die sie hereingekommen waren; sie führte auf einen verlassenen Hof.

«Können Sie gehen?» fragte der Polizist.

Wilderton nickte.

«Dann gehen Sie!» sagte der Polizist und zog sich wieder ins Gotteshaus zurück.

Die zwei hatten zunächst einen etwas unsicheren Gang und hielten sich beim Arm. Rudstock hatte ein blaues Auge und eine Schnittwunde am Ohr; das Blut hatte seinen Kragen befleckt und seinen Bart verklebt. Wildertons Mantel war zerrissen, auf der Stirn hatte er eine Beule, seine Wange war geschwollen, und er spürte einen Schmerz im Rücken, der ihn daran hinderte, ganz aufrecht zu gehen. Sie sagten nichts, aber in einem Torweg blieben sie stehen, schlugen Rudstocks Mantelkragen hoch und gaben sich mit Nadeln und Taschentüchern alle Mühe, bis sie wieder einigermaßen annehmbar aussahen.

Als sie weitergingen, sagte Rudstock kühl: «Ich habe Sie gehört. Sie hätten für sich selber sprechen sollen. Ich bin, wie Sie wissen, gekommen, weil ich nicht daran glaube, Gewalt mit Gewalt zu beantworten. Bei der nächsten Friedensversammlung, die wir abhalten, werde ich das klarstellen.»

Wilderton murmelte: «Oh, gewiß; ich habe Sie ja gesehen – ich bin sicher, das werden Sie. Ich bitte um Verzeihung. Ich habe mich hinreißen lassen.»

Rudstock fuhr mit tiefer Stimme fort: «Und was diese Bürschchen angeht, so können sie von mir aus sterben bis auf den letzten Mann! Hören Sie auf mich und kümmern Sie sich nicht um die.»

Wilderton lächelte mit der Gesichtshälfte, die nicht geschwollen war.

«Ja», sagte er traurig, «es ist scheinbar wirklich schwierig, sie zum Weiterleben zu überreden. Ach je!»

«Ach je!» sagte er wieder, fünf Minuten später, «sie sind wundervoll – die armen Teufel; so jung! Ich bin sehr betrübt, Rudstock!»

«Ich nicht», sagte Rudstock, «mir hat es in gewissem Sinn Spaß gemacht! Gute Nacht!»

Sie gaben sich die Hand, verzogen dabei den Mund vor Schmerz, denn die Fäuste waren übel zugerichtet, und trennten sich – Rudstock ging nach Norden und Wilderton nach Westen.

Ein Müller am Dee

MacCreedy war ein ehrenwerter Mann, aber in seinem Dorf geächtet.

Es gab nichts an ihm auszusetzen; er diente im Gegenteil den Leuten vom Herrenhaus als Fährmann und erklärte Abend für Abend in der Wirtsstube, er habe auf seine Rechte pochen müssen, sonst wäre er jetzt Gehaltsempfänger: «Mit einem festen Lohn, versteht ihr, ohne jede Chance, 'nen redlichen Penny dazuzuverdienen.»

Er verdiente die redlichen Pennies, indem er von jedermann, der nicht zur Gutsfamilie gehörte, Sixpence für die Überfahrt verlangte. Abend für Abend verkündete er seine Lehre, wonach die Adligen sich zusammengetan hätten, um den Armen ihre Rechte zu nehmen; aber obwohl ihn das eigentlich hätte beliebt machen sollen, empfand man ihn vage und auf rätselhafte Weise als Wesen fremder Denkart. Niemand hörte ihn je gegen dieses ungeschriebene, unausgesprochene Verdikt protestieren; ehrlich gesagt, wußte auch niemand, ob er sich überhaupt darüber im klaren war. An ruhigen Abenden konnte man ihn in seinem Boot auf dem Gutsteich sitzen sehen, unter dem bis hoch hinauf bewaldeten Felsen, und es war, wie wenn er über geheimem Unrecht brüten würde. Auch sang er: ein einziges Lied, «Ein Müller am Dee», das er bei jeder Gelegenheit zum besten gab. Von der Anstrengung der Darbietung war sein Mund unter dem weißlich braunen Schnurrbart komisch verzerrt. Die Leute auf der Terrasse des Gutshauses am oberen Ende konnten ihn mit außergewöhnlich monotoner Stimme singen hören, wenn er nachts über den Fluß zu seinem Häuschen am untern Ende zurückkehrte.

Niemand wußte genau, woher er kam. Einige erwähnten zwar Irland, aber andere waren überzeugt, er sei Schotte, und ein Mann mit Phantasie meinte, er sei isländischer Abstammung. Dieses Rätsel war allen ein Dorn im Auge – in diesem Dorf mit den weißen Cottages, der ewig sanften Dunstglocke und der rauhen Sprache der nördlichen Grafschaften. MacCreedy schwieg sich zudem über Geldangelegenheiten aus – niemand wußte, ob er viel oder wenig davon hatte.

Einmal bei Frühlingsanfang suchte er um Urlaub nach und blieb für einen Monat verschwunden. Er kam mit einer Frau zurück, einem jungen, bleichsüchtigen Mädchen, das mit südlichem Akzent redete. Ein recht interessantes Geschöpf, MacCreedys Frau: sehr still war sie und hatte eine Art, die unbewußt und gewissermaßen ironisch unterwürfig war.

An einem Maimorgen mochte man ihre schmale Gestalt, die aussah, als könne sie jeden Augenblick bei der Taille entzweibrechen, im Garten erblicken, wie sie Wäsche zum Trocknen aufhängte oder sich über das Gemüsebeet bückte, während MacCreedy sie in Besitzerpose vom Türeingang her beobachtete. Vielleicht bedeutete sie einen Sieg für ihn, den

Sieg über seine Einsamkeit; vielleicht auch betrachtete er sie bloß als Einlage in seinem Sparstrumpf. Sie gewann keine Freunde, denn sie war MacCreedys Frau und eine aus dem Süden, und zudem wollte MacCreedy nicht, daß sie Bekanntschaften anknüpfte. War er einmal nicht da, so war sie es, die die Fähre übersetzte, und wenn sie ihre Passagiere an Land gebracht hatte, verharrte sie regungslos über die Riemen gebeugt, als bedaure sie es, daß sich das Geräusch ihrer Schritte entfernte. Dann ruderte sie langsam zurück über das silbrigbraun strudelnde Wasser, band das Boot an und stand da, die Augen dabei mit der Hand abschirmend. MacCreedy ging abends immer noch in den Pub, aber er sprach nie von seiner Frau, und es fiel auf, daß er mit seinen Koboldsaugen jeden anstierte, der sich nach ihr erkundigte. Es war, als verdächtige er das Dorf, sie ihm wegnehmen zu wollen. Derselbe Instinkt, der ihn sein Geld in einem Strumpf vergraben ließ, gebot ihm, auch seine Frau zu vergraben. Ihm gab niemand was, und niemand sollte sein Eigentum anrühren!

Der Sommer reifte, rundete sich zur Frucht und verging; der Herbst begann. Im Fluß trieben die Blätter und färbten ihn rot, und bei dem feuchten Herbstwetter verlor sich das Dorf oft in den weichen Rauchschwaden. MacCreedy zeigte sich immer weniger gesprächig; er kam selten in den Pub, und es passierte, daß er sein halb getrunkenes Glas abstellte und verschwand, als ob er etwas vergessen hätte. Die Leute sagten, Mrs. MacCreedy sehe unglücklich aus; sie kam sonntags nicht mehr zur Kirche. MacCreedy selber war nie hingegangen.

Eines Tages hieß es im Dorf, Mrs. MacCreedys Mutter sei krank und Mrs. MacCreedy sei verreist, um sie zu pflegen; tatsächlich wurde ihre Gestalt im Garten des Häuschens unter dem Felsen nicht mehr gesehen. Es wurde üblich, sich bei MacCreedy nach seiner Schwiegermutter zu erkundigen, denn die Frage schien ihn zu ärgern. Er wandte jeweils den Kopf, legte sich wütend in die Riemen und antwortete: «Ach ja, ein kleines bißchen besser!»

Vielleicht weil er es müde war, diese Frage zu beantworten, hörte er ganz damit auf, in den Pub zu gehen, und Abend für Abend, wenn die Schatten der Wälder sich dicht über das Wasser legten, konnte man ihn beobachten, wie er über den Rand seines Bootes starrte, das im tiefen Stauwasser unterhalb seines Häuschens vertäut lag. Der Klang seines Lieblingsliedes ertönte nie mehr. Die Leute sagten: «Er vermißt seine Frau!» Und zum ersten Mal, seit er unter ihnen weilte, kam im Dorf ein Gefühl fast wie Sympathie für ihn auf.

Eines Morgens jedoch fischte der Jagdgehilfe, der einer alten Geschichte wegen einen Groll gegen MacCreedy hegte, nach einer Stunde geduldiger Plackerei Mrs. MacCreedy vom Grund des Teiches herauf. Sie war sauber in einen Sack eingenäht, mit Steinen beschwert, und ihr Gesicht war schwarz.

Man bezichtigte MacCreedy der Tat; der weinte und sagte nichts. Er wurde ins Bezirksgefängnis übergeführt.

Bei der Gerichtsverhandlung blieb er stumm und wurde schuldig gesprochen. Es wurde unter anderem der Beweis erbracht, daß Mrs. MacCreedy keine Mutter mehr hatte.

Während er auf seine Hinrichtung durch den Strang wartete, verlangte er nach dem Geistlichen und gab die folgende Erklärung ab:

«Pfarrer», sagte er, «es kümmert mich nicht, was Ihr zu sagen habt – Ihr werdet noch genügend zum Reden kommen, wenn ich nicht mehr da bin. Was ich zu sagen habe, gilt nicht Euch, und auch sonst niemand im besonderen – ich fühl' mich bloß einsam hier. Und da ist's 'ne Wohltat für mich, mal ein Gesicht zu sehn, das nicht diesem triefäugigen alten Wärter gehört. Ich glaube nicht, daß Ihr 'nen Deut besser seid als ich, und selbst wenn ich's tät', was ändert das schon? Mit mir selber muß ich meinen Frieden machen. Denkt Ihr, Mann, ich hätt' mir meine Unabhängigkeit bewahrt, wenn ich Leuten wie Euch geglaubt hätte? Nie hatten sie 'n gutes Wort für mich, dort unten, die Reichen wie die Armen – die Dummköpfe! Und warum gaben sie mir nie 'n gutes Wort? Nur weil ich ein unabhängiger Mann bin. Sie werden Euch erzählen, ich war sparsam; geizig werden sie's nennen – und warum war ich sparsam? Weil ich wußte, alle waren sie gegen mich. Weshalb sollte ich denen was geben? Sie warteten ja alle nur darauf, es mir wegzunehmen! Sie werden Euch erzählen, ich hätt' nichts auf meine Frau gegeben; aber das ist 'ne Lüge, Pfarrer – sie war schließlich alles, was ich hatte! So wahr ich jetzt mit Euch rede, wenn ich's nicht getan hätte, ich hätt' sie verloren. Ich hatte schon den ganzen Herbst über den Verdacht. Ich bin nicht einer von denen, die den Dingen nicht ins Gesicht sehn können; ich lass' mir keinen Honig ums Maul streichen. Ich frag' Euch, wenn Ihr 'nen Diamant hättet, würdet Ihr ihn nicht viel lieber ins Meer werfen, als ihn Euch stehlen lassen? Gebt zu, das würdet Ihr! Und tot ist sie nun mal, wie ich es auch sein werde, wenn sie das Leben aus mir 'rausquetschen. Pfarrer, daß Ihr Euch untersteht, herumzuplaudern, sie habe was Unrechtes getan. Sie hat nie was Unrechtes getan, hatte nicht die Zeit dazu. Ich will nicht, daß Ihr sie um ihren guten Ruf bringt, wenn es aus ist mit mir und ich sie nicht mehr verteidigen kann. Aber die Gewißheit, die hatte ich, daß sie's getan hätte; es war fällig, versteht Ihr? Ja, ich hätt' sie bestimmt verloren, und ich will Euch sagen, wie ich dahinter kam.

Es war an einem Tag gegen Ende Oktober; ich leerte die Fährkasse, und ich sagte zu meiner Frau: ‹Jenny›, sagte ich, ‹du machst heute den Fährdienst; ich geh' in die Stadt um ein neues Kleid. Und du gibst acht›, sagte ich, ‹daß sich niemand 'rüberschleicht, ohne dir die Sixpence zu bezahlen, die dir zustehn.› – ‹Das will ich tun, MacCreedy›, sagt sie. Darauf schlug ich etwas Brot und Fleisch in ein Stück Papier und ließ mich von ihr übersetzen. Ja, und dann ging ich die Straße hinauf, bis ich dachte, sie müsse jetzt zurücksein; und dann kehrte ich um und ging leise wieder zum Wasser hinunter; aber da war sie noch, saß noch da, wo ich von ihr Abschied genommen hatte. Ich war darüber verärgert, Pfarrer; Ihr wißt, wie das ist, wenn einem die Pläne über den Haufen geworfen werden. ‹Jenny›, sagte ich zu ihr, als ob ich eigens deswegen käme, ‹du paßt gut auf wegen dem Geld?› – ‹Gewiß›, sagt sie, ‹MacCreedy.› Und damit wendet sie das Boot. Ja, und gleich darauf kam ich wieder herunter und versteckte mich in einem Gebüsch am Ufer, und den ganzen Tag blieb ich dort und paßte auf. Seid Ihr je bei 'ner Kaninchenfalle auf der Lauer gelegen? Sie brachte vier Leute über den Fluß, und jedes Mal sah ich, wie sie ihr das Geld gaben. Aber spät am Nachmittag kam jener Mann herunter – der Teufel in Person, just der, auf den ich sowieso schon ein

Auge hatte – und rief: ‹Fährmann!› Meine Frau brachte die Fähre herüber, und ich beobachtete sie scharf, als er einstieg. Ich sah, wie sie im Boot miteinander redeten, und ich sah, wie er sie bei den Händen nahm, als er ausstieg. Weiter gab es nichts zu sehen, denn er ging weg. Ich wartete bis am Abend, dann kroch ich hervor und rief: ‹Fährmann!› Meine Frau kam herunter – bereit war sie wohl – und holte mich herüber. Ich ging gleich als erstes zur Kasse und nahm vier Sixpennystücke heraus. ‹Oh›, sagte ich, ‹du hast also vier Fahrten gehabt, Jenny?› – ‹Ja›, sagte sie, ‹bloß vier.› – ‹Bestimmt?› sagte ich. – ‹Bestimmt›, sagte sie, ‹MacCreedy.› Habt Ihr je die Augen von 'nem Karnickel gesehn, wenn der Fuchs über ihm ist?

Ich fragte sie nach den Namen, und als sie mir die ersten vier sagte, und dann keinen mehr, da wußte ich, daß ich sie verloren hatte. Sie ging sogleich zu Bett, und als sie im Bett war, blieb ich beim Feuer sitzen und wartete. Die Frage, die ich mir stellte, war die: ‹Will ich sie ihnen lassen? Will ich sie mir wegnehmen lassen?› Der Schweiß rann mir nur so. Ich dachte, vielleicht hat sie vergessen, seinen Namen zu erwähnen, aber da waren ihre Augen; und wo waren dann seine Sixpence? In diesem Leben, Pfarrer, da gibt's Dinge, da kann man sich nicht darüber hinwegsetzen. ‹Nein›, sagte ich mir, ‹wenn du es nicht schon mit ihm zu tun bekommen hast, so wirst du's noch mit ihm zu tun bekommen; sonst hättst du die Sixpence von ihm gehabt. Ich fühlte mich schwerer als Blei. ‹Du hättest die Sixpence von ihm gehabt›, sagte ich mir, ‹da kannst du nicht drüber hinweg. Ihr müßt wissen, daß meine Frau ein gehorsames Weib war; sie tat gewiß, was man ihr sagte, und wenn sie nicht einen sehr guten Grund gehabt hätte, sie hätt' die Sixpence von ihm gehabt; da gibt es keinen Zweifel. Ich bin nicht einer von diesen Weichlingen, die glauben, die Ehe sei heilig; ich bin ein unabhängiger Mann. Will sagen, jeder Mann für sich, und jede Frau dazu, und je weniger Heuchelei, desto besser. Ich will nicht, daß Ihr mich mit solch törichtem Gerede in Verruf bringen könnt, wenn ich nicht mehr da bin. Es war nicht wegen der Ehe, es war nur die Vorstellung, sie könnten sie mir stehlen. Nie bin ich einem von denen 'nen Penny oder 'nen guten Dienst schuldig geblieben – ihm noch zuletzt; und sollt' ich da zusehn, wie man sie mir stahl und mich mit leeren Händen zurückließ? Grad wie sie mir auch meine Sixpence, wie sie mir noch das Geld aus der Tasche gestohlen hätten, wenn ich sie gelassen hätt'. Ich frag' Euch, sollte ich das tun? Sollt' ich mit offenen Augen zur frühern Einsamkeit zurückkehren? ‹Nein›, sagte ich mir; ‹bleibt ihr unter euch, und ich bleib' bei dem Meinen.› Ich ging hin und sah, wie sie schlief, und es kam mir vor, sie lächle, als wär' sie froh, mit mir fertig zu sein – um mit ihm zu den andern im Dorf oben zu gehen und mich zum Gespött zu machen. Ich dachte: ‹Du mußt etwas tun, MacCreedy, sonst hilfst du ihnen noch, sie dir wegzustehlen.› Aber was konnte ich tun? Ich bin ein Mann, der die Sachen durchschaut und sieht, was logisch ist und was nicht. Und hier gab's nur eine Logik; aber wißt Ihr, Pfarrer, ich hab' geweint, als ich ihr das Kissen aufs Gesicht drückte. Sie wehrte sich fast gar nicht, die Arme – denn eine gehorsame Frau, das war sie. Ich nähte ihre Leiche in einen Sack, und die ganze Zeit über dacht' ich: ‹So fährt MacCreedy dahin!› Aber es wär' nicht ganz richtig zu sagen, ich hätt' es bereut. So einfach ist sie nicht, die menschliche Natur. Das Herumhängen danach an dem Ort, das war mein Verderben; wenn man wertvolle Dinge versteckt hat, dann hängt man bestimmt in ihrer Nähe 'rum; man fühlt sich so einsam.»

Am Morgen seiner Hinrichtung aß MacCreedy ein herzhaftes Frühstück und machte einen schwachen Versuch, sich sein Lieblingslied zu singen:

«Ich frag' nach niemandem – ich doch nicht,
Und niemand fragt je nach mir!»

Gleichnis eines Romanciers

Vor langer Zeit hatte der Prinz von Felicitas Gelegenheit, auf eine Reise zu gehen. Es war an einem Abend im Spätherbst, mit wenigen bleichen Sternen und einem Mond, nicht größer als die Kuppe eines Fingernagels. Und als er durch die Gemarkungen seiner Stadt ritt, war die weiße Mähne seiner bernsteinfarbenen Stute alles, was er im Halbdunkel der Hauptstraßen deutlich erblicken konnte. Sein Weg führte durch ein Viertel, das ihm nur wenig bekannt war; und er stellte überrascht fest, daß sein Pferd, statt mit der gewohnten sanftmütigen Energie vorwärtszutraben, vorsichtig von einer Seite auf die andere schritt, ab und zu innehielt, den Hals bog und die Ohren spitzte – wie aus Furcht vor einem unsichtbaren Etwas in der Dunkelheit; und zu beiden Seiten hörte man Lebewesen rascheln und wuseln, während ständig ein leiser, kalter Hauch, wie von Flügeln, die Wangen des Reiters umfächelte.

Der Prinz drehte sich schließlich im Sattel um, aber die Dunkelheit war so groß, daß er nicht einmal seine Begleiter sehen konnte.

«Wie heißt diese Straße?» fragt er.

«Hoheit, sie wird Vita Publica genannt.»

«Sie ist sehr dunkel.»

Während er noch sprach, stolperte sein Pferd; doch nach einer Anstrengung hatte es wieder festen Boden unter den Füßen und stand heftig zitternd still. Und all die Künste seines Meisters konnten das Tier nicht zum Weitergehen bewegen.

«Hat in dieser Straße niemand eine Laterne?» fragte der Prinz.

Seine Begleiter begannen sogleich laut nach jemandem zu rufen, der eine Laterne hätte. Nun wollte es der Zufall, daß ein alter Mann, der in seiner Hütte auf einem Strohsack schlief, von diesen Rufen geweckt wurde. Als er hörte, daß der Prinz von Felicitas selbst da war, kam er hastig mit seiner Laterne herbei und stand zitternd neben dem Pferd des Prinzen. Es war so dunkel, daß ihn der Prinz nicht sehen konnte.

«Entzünde deine Laterne, Alter», sagte er.

Der alte Mann zündete mit Mühe seine Laterne an. Ihre blassen Strahlen entwichen zu beiden Seiten; grimmig schön war der Anblick, den sie offenbarten. Hohe Häuser, prächtige Innenhöfe und ein Palmengarten; vor dem Pferd des Prinzen eine tiefe Senkgrube, auf deren zackige Ränder das brave Tier die Hufe gesetzt hatte; und soweit der Schein der Laterne reichte, in beiden Richtungen die ausgefahrene Straße hinunter, herausgerissene Pflastersteine und glatte Mosaikböden aus Marmor; Dreckpfützen, die tief hängenden Früchte eines Orangenbaumes und die dunklen, eiligen Schatten riesiger Ratten, die quer über die Straße von Haus zu Haus schossen. Der alte Mann hielt die Laterne höher, und sogleich hätten Fledermäuse, die dagegenflogen, das Licht ausgeschlagen, wäre es nicht durch die Einfassung aus Horn ein wenig geschützt gewesen.

Der Prinz saß still auf seinem Pferd und betrachtete zuerst das ausgefahrene Stück Weg, das er zurückgelegt hatte, und dann das ausgefahrene Stück Weg, das vor ihm lag.

«Ohne ein Licht», sagte er, «ist diese Straße gefährlich. Wie heißt du, Alter?»

«Mein Name ist Cethru», antwortete das alte Rauhbein.

«Cethru!» sagte der Prinz, «es soll hinfort deine Aufgabe sein, mit deiner Laterne diese Straße auf und ab zu gehen, die ganze Nacht lang und jede Nacht» – und er schaute Cethru an: «Verstehst du, Alter, was du zu tun hast?»

Der alte Mann antwortete mit einer Stimme, die zitterte wie eine rostige Flöte: «Jawohl! – auf und ab gehen mit meiner Laterne, damit die Leute den Weg sehen.»

Der Prinz nahm die Zügel auf; aber der alte Mann taumelte vorwärts und berührte seinen Steigbügel. «Wie lange soll ich diese Arbeit tun?»

«Bis du stirbst!»

Cethru hielt seine Laterne hoch, und sie sahen, wie sein Gesicht, lang und dünn wie ein Sandwich aus eingetrocknetem Leder, zuckte und zitterte, und sein schütteres graues Haar flatterte im Wind der Fledermausflügel, die um das Licht kreisten.

«Es wird sehr hart sein!» stöhnte er, «und meine Laterne ist ein gar armseliges Ding.»

Mit einem hoheitsvollen Blick beugte sich der Prinz von Felicitas vor und berührte des alten Mannes Stirn. «Bis du stirbst, Alter», wiederholte er; und er bat sein Gefolge, an Cethrus Laterne Fackeln anzustecken, und ritt weiter die sich windende Straße hinunter. Die Hufschläge verhallten in der Nacht, und wieder hörte man das Wuseln und Rascheln der Ratten und das Geflüster der Fledermausflügel.

Cethru, alleingelassen auf der dunklen Straße, seufzte schwer; dann spuckte er in die Hände, schnallte sich den alten Gürtel enger um die Lenden, schlang die Laterne um seinen Stab, hielt sie auf Hüfthöhe und machte sich auf, die Straße entlang. Er kam nur sehr langsam vorwärts, denn er mußte viele Male stehenbleiben und die Flamme in der Laterne wieder zum Brennen bringen, die die Fledermausflügel, sein eigenes Stolpern und die Püffe von Wegelagerern oder heimkehrenden Zechbrüdern ständig auslöschten. Um die lange Straße abzuschreiten, brauchte er die halbe Nacht, und die andere Hälfte benötigte er für den Rückweg. Der safranfarbene Schwan der Morgenröte, der langsam den Himmelsfluß zwischen den hohen Dächerufern heraufschwamm, bog den Hals durch das dunkle Luftwasser, um ihn dort unten herumstolpern zu sehen, mit seinem noch rauchenden Docht. Kaum erblickte Cethru den sonnenhellen Vogel, setzte er sich mit einem tiefen Freudenseufzer nieder und schlief ein.

Als es nun den Bewohnern der Häuser an der Vita Publica zu Ohren kam, daß dieser alte Mann jede Nacht mit seiner Laterne ihre Straße auf und ab ging; als sie bemerkten, wie die bleichen Strahlen in buntem Wechsel über Senkgruben und Gartentore glitten, über die fensterlosen Hütten und die reich behauenen Fassaden ihrer Paläste; als sie sahen, wie die Strahlen ihre Reise unterbrachen und in der Luft hingen wie eine Handvoll Narzissen, die man vor das schwarze Kraut Geheimnis hält – da sagten sie: «Es ist gut, daß der alte Mann da patrouilliert – wir werden besser sehen, wohin wir gehen; und wenn die Stadtwache ein Geschäft in Aussicht nehmen oder die Pflästerung instand setzen will, wird ihr seine Laterne ganz gute Dienste leisten.» Und sie pflegten ihm, wenn er vorbeiging, aus ihren Türen und Fenstern zuzurufen: «Holla, Cethru, Alter! Alles in Ordnung mit unserem Haus und der Straße davor?»

Aber statt einer Antwort hielt der alte Mann nur seine Laterne hoch, damit sie im Kegel des blassen Lichts das eine oder andere Auffällige sehen konnten. Und sein Schweigen verwirrte sie, einen nach dem andern, denn alle hatten erwartet, daß er antworten würde: «Gewiß! Mit *Eurem* Haus ist alles zum Besten, ihr Herren, und auch mit der Straße davor!»

So wurden sie verärgert über den alten Mann, der scheinbar zu nichts anderem fähig war, als seine Laterne hochzuhalten. Und allmählich begann es ihnen zu mißfallen, daß er an ihren Türen vorbeizog mit seinem blassen Licht, in dessen Schein sie unfehlbar nicht nur die reich behauenen Fassaden und verschnörkelten Tore der Innenhöfe und prächtigen Gärten sahen, sondern auch Dinge, die dem Auge nicht angenehm waren. Und sie murrten untereinander: «Wozu ist dieser alte Mann mit seiner dummen Laterne nütze? Wir können auch ohne ihn alles sehen, was wir sehen wollen; sogar sehr gut kamen wir zurecht, bevor es ihn gab.»

So bewarfen ihn, wenn er vorbeiging, die Reichen, die gerade soupierten, mit Orangenschalen und leerten ihm den Bodensatz ihres Weines über den Kopf; und die Armen, die in ihren Hütten schliefen, drehten sich auf die andere Seite, wenn der Schein der Laterne auf sie fiel, und verfluchten ihn für die Störung. Auch die Zechbrüder und Wegelagerer behandelten ihn nicht höflich: sie fesselten ihn an die Mauer, wo er gezwungen war zu bleiben, bis ihn ein freundlicher Heimkehrer erlöste. Und ständig verdunkelten die Fledermäuse die Laterne mit ihren Flügeln und versuchten, die Flamme zu ersticken. Und der alte Mann dachte: «Dies ist ein schrecklich schweres Stück Arbeit; ich kann's, scheint es, niemandem recht machen.» Aber weil es ihm der Prinz von Felicitas so befohlen hatte, fuhr er fort, jede Nacht mit der Laterne auf und ab zu gehen und jeden Morgen, wenn über ihm der safranfarbene Schwan heraufschwamm, in Schlaf zu versinken. Aber sein Schlaf dauerte nicht lange; denn er sah sich genötigt, jeden Tag viele Stunden damit zu verbringen, Binsen zu sammeln und Talg für seine Laterne zu sieden, und so ähnelte sein hageres Gesicht immer mehr einem Sandwich aus eingetrocknetem Leder.

Nun geschah es, daß die Stadtwache, der etliche Klagen vorgetragen worden waren, daß Leute in der Vita Publica von Ratten gebissen worden seien, bezweifelte, ob es ihre Pflicht war, die gefährlichen Tiere auszurotten. Darum leitete sie eine Untersuchung ein, zitierte die betroffenen Personen herbei und fragte sie, wie sie in einer derart dunklen Straße feststellen konnten, daß es sich bei den Tieren, von denen sie gebissen worden waren, tatsächlich um Ratten handelte. Da sich nun schon einige Zeit lang niemand fand, der mehr sagen konnte, als was er gehört hatte, und dies kein Beweis war, hatte die Stadtwache guten Grund zur Annahme, daß sie schließlich doch nicht gezwungen sein würde, dieses lästige Unterfangen zu beginnen. Aber dann trat jemand vor, der aussagte, daß er die

Ratte, die ihn gebissen hatte, im Schein der Laterne eines alten Mannes selbst gesehen habe.

Als die Wachleute dies hörten, waren sie verstimmt, denn sie wußten, sollte es wahr sein, wären sie gezwungen, die leidige Angelegenheit in Angriff zu nehmen. So sagten sie: «Führt diesen alten Mann vor!»

Cethru wurde ihnen zitternd vorgeführt.

«Was hören wir da, alter Mann, von deiner Laterne und der Ratte? Und überhaupt, was hast du in der Vita Publica zu jener nächtlichen Stunde getrieben?»

Cethru antwortete: «Ich kam bloß mit meiner Laterne vorbei!»

«Sag uns – hast *du* die Ratte gesehen?»

Cethru schüttelte den Kopf. «Meine Laterne sah die Ratte, vielleicht!» murmelte er.

«Alter Kauz!» sagte der Hauptmann der Wache. «Gib acht, was du sagst! Wenn du die Ratte gesehen hast, warum hast du dann diesem bedauernswerten Bürger, der von ihr gebissen wurde, nicht geholfen – einmal, sich das Nagetier fernzuhalten, und dann, es zu erschlagen und damit das Volk vor gefährlicher Ansteckung zu bewahren?»

Cethru schaute ihn an und antwortete einige Augenblicke lang nicht; dann sagte er langsam: «Ich kam bloß mit meiner Laterne vorbei!»

«Das hast du uns schon erzählt», sagte der Hauptmann, «es ist keine Antwort.»

Cethrus lederige Wangen wurden weinrot – so erpicht darauf, und gleichzeitig so unfähig, zu sprechen war er. Und die Wachleute höhnten, lachten und sagten: «Das ist ein schöner Zeuge.»

Aber plötzlich redete Cethru: «Was sollte ich Ratten töten; es ist nicht meine Sache, Ratten zu töten.»

Der Hauptmann der Wache streichelte seinen Bart, schaute den alten Mann verächtlich an und sagte: «Wie mir scheint, Brüder, ist das ein arbeitsscheuer alter Vagabund, der niemandem etwas nützt. Wir wären gut beraten, denke ich, gegen ihn Anklage wegen Landstreicherei zu erheben. Aber darum geht es im Augenblick nicht. Infolge des wenig glücklichen Umstands, daß dieser alte Mann mit seiner Laterne vorbeikam, sieht es in der Tat so aus, daß Einwohner von Nagetieren gebissen worden sind. Es ist damit, fürchte ich, unsere Pflicht, Maßnahmen gegen diese schädlichen und gewalttätigen Tiere zu ergreifen.»

Und unter dem Seufzen der Wachleute wurde es so beschlossen.

Cethru war froh, unbeachtet vom Gerichtshof wegzuschlurfen; er setzte sich unter einen Kameldattelbaum außerhalb der Stadtmauer und grübelte: «Sie waren grob mit mir! Ich habe nichts getan, soviel ich weiß!»

Und er saß lange da, über ihm die Dattelbüschel, golden wie das Sonnenlicht. Dann, als der Abendgeruch der Magnolienblüten ihn warnte, daß die Nacht wie ein Schwarm dunkler Vögel auf die Ebene herniederfiel, erhob er sich schwerfällig und machte sich wie gewöhnlich auf den Weg zur Vita Publica.

Er war auf der dunklen Straße erst wenig vorangekommen, seine Laterne auf Brusthöhe haltend, als ein Platschen und Hilferufe an seine langen, dünnen Ohren drangen. Eingedenk der Ermahnung des Hauptmanns blieb er stehen und spähte umher, aber weil er so nahe beim Licht seiner eigenen Laterne war, sah er nichts. Gleich darauf hörte er nochmals ein Platschen und das Geräusch von Schlägen und Püffen; aber da er noch immer nicht imstande war, klar zu erkennen, woher es kam, war er gezwungen, verwirrt seinen Rundgang fortzusetzen. Aber er war kaum bis zur nächsten Biegung der schummrigen, gewundenen Straße gekommen, als ihn jammervolle, laute Schreie bedrängten. Wieder stand er still, von seiner eigenen Lampe geblendet. Irgendwo in der Nähe wurde jemand verprügelt, denn schemenhafte, sich schnell bewegende Gestalten tauchten aus dem tiefen Violett der Nachtluft in den Schein seiner Laterne. Die Schreie schwollen an, verhallten und schwollen wieder an; und der verstörte Cethru ging weiter auf seinem Weg. Aber fast am Ende seines ersten Rundgangs hielt ihn ein langes, tiefes Seufzen, wie das eines dicken Mannes in seelischer Not, wiederum auf.

«Zum Henker!» dachte er, «diesmal *will* ich sehen, was es ist», und er drehte sich rundherum und hielt seine Laterne einmal nach oben, einmal nach unten und dann auf beide Seiten. «Da ist der Teufel und die ganze Hölle los, heute nacht», murmelte er vor sich hin; «etwas holt hier schrecklich laut Luft.» Aber er konnte beim besten Willen nichts sehen, außer daß das feiste und doch seelenvolle Seufzen um so schmerzlicher wurde, je höher er seine Laterne hielt. Und verzweifelt machte er sich schließlich wieder auf den Weg.

Am Morgen, als er ausgestreckt auf seinem Strohsack noch schlief, kam ein Angehöriger der Wache zu ihm.

«Alter Mann, man verlangt nach dir bei Gericht; steh auf und nimm deine Laterne mit.»

Schwerfällig erhob sich Cethru. «Was wollen sie denn jetzt von mir, Herr?»

«Ach», antwortete der Wachmann, «sie wollen sehen, ob sie deinen Machenschaften nicht ein Ende bereiten können.»

Cethru zitterte und war still.

Als sie nun das Gerichtsgebäude erreichten, war es offenkundig, daß eine große Sache im Gange war; denn die Richter waren in ihren Roben, und eine Menge von Anwälten, Patriziern und gewöhnlichen Leuten drängte sich im geschnitzten, hohen Gerichtssaal.

Als Cethru sah, daß alle Augen auf ihn gerichtet waren, zitterte er noch heftiger, und sein staunender Blick hing wie gebannt an den drei Richtern in ihren scharlachroten Roben.

«Dies ist also der Gefangene», sagte der älteste Richter; «kommt zur Anklage!»

Ein kleiner Anwalt in tabakfarbenen Gewändern stand auf seine kurzen Beine und begann zu lesen:

«Insofern als in der siebzehnten Augustnacht des Jahres fünfzehnhundert seit des Messias Tod eine gewisse Celestine, eine Jungfrau aus dieser Stadt, in der Vita Publica in eine Senkgrube fiel, und, während sie seelenruhig am Ertrinken war, vom Patrizier Pardonix erspäht wurde, im Licht einer Laterne, gehalten vom alten Cethru; und insofern als der vorgenannte Pardonix sie rettete, nicht ohne sein Leben ernstlich zu gefährden und seine Kleider zu ruinieren, und heute krank mit Fieber im Bett liegt; und insofern als der alte Cethru der Grund für die Unannehmlichkeiten des Bürgers Pardonix ist, weil ja seine wandernde Laterne die ertrinkende Jungfrau entdeckte – infolgedessen klagt die Wache diesen Cethru an, beschuldigt und bezichtigt ihn der ‹Landstreicherei ohne ernsthafte Beschäftigung›.

Und insofern als in dieser selben Nacht der Wachmann Filepo, der drei kräftige Wegelagerer festnehmen wollte, die er im Schein des vorgenannten Cethru Laterne gesehen hatte, von diesen Schelmen angegriffen und um ein Haar erschlagen worden wäre – infolgedessen klagt die Wache den Cethru an, beschuldigt und bezichtigt ihn der Komplizenschaft bei diesem Überfall, und zwar erstens aus dem Grund, daß er mit dem Licht seiner Laterne die Wegelagerer dem Wachmann und den Wachmann den Wegelagerern entdeckte; und zweitens, daß er, nachdem er sie so entdeckt hatte, untätig danebenstand und dem Hüter des Gesetzes keinen Beistand leistete.

Und insofern als in dieser selben Nacht der wohlhabende Bürger Pranzo, während er vor seiner Tür stand und die Ankunft von Gästen erwartete, für die er ein Festmahl bereitet hatte, im Schein des vorgenannten Cethru Laterne eine Bettlerin mit ihren Kindern im Straßengraben nach Abfällen wühlen sah, wodurch er völlig den Appetit verlor; und insofern als dieser Pranzo geklagt hat gegen das Recht, weil es zulasse, daß Frauen und Kinder verhungerten – infolgedessen klagt die Wache den Cethru an, beschuldigt und bezichtigt ihn des Aufruhrs und der Anarchie, weil er willentlich ruhige Bürger erschreckt, indem er ihnen ohne Anlaß unschöne Bilder zeigt, und er überdies die Gesetze gefährdet, indem er Menschen dazu bringt, zu wünschen, sie zu ändern.

Dies sind die Punkte der Anklage, wenn es dem Hohen Gericht beliebt!»

Und nachdem seine Rede somit beendet war, nahm der kleine Anwalt wieder Platz.

Darauf sagte der älteste Richter: «Cethru, du

hast es vernommen; was gibst du darauf zur Antwort?»

Aber kein Wort, nur ein Zähneklappern kam von Cethru.

«Kannst du dich nicht verteidigen?» sagte der Richter. «Das sind schwere Anschuldigungen!»

Da sprach Cethru: «Wenn Euer Gnaden geruhen», sagte er, «kann ich etwas für das, was meine Laterne sieht?»

Und nachdem er diese Worte gesprochen hatte, blieb er auf alle weiteren Fragen stumm wie ein Fisch.

Die Richter beratschlagten untereinander, und der älteste von ihnen wandte sich auf die folgende Weise an Cethru: «Wenn du nichts zu deiner Verteidigung vorbringen kannst, Alter, und niemand ein Wort für dich einlegen will, müssen wir zur Urteilsverkündung schreiten.»

Da erhob sich im Hauptgang des Gerichtssaals ein jugendlicher Anwalt:

«Hohes Gericht», sagte er in einer lieblichen Stimme, heller als das Trillern einer Lerche, «es ist zwecklos, von diesem alten Mann eine Erklärung zu wollen, denn es ist offenkundig, daß er selbst nicht zählt und seine Laterne allein in dieser Sache betroffen ist. Aber, Euer Gnaden, bedenket wohl: Soll eine Laterne ein Gewerbe betreiben oder einen Beruf ausüben, kurz, etwas anderes tun, als sich nachts in den Straßen ergehen und ihr Licht aussenden, was, wenn man so will, Landstreicherei ist? Und, ihr Herren, was den zweiten Punkt der Anklage betrifft: Soll eine Laterne in Senkgruben hinabtauchen, um Jungfrauen zu retten? Soll eine Laterne Wegelagerer verprügeln? Oder überhaupt für irgend jemanden Partei ergreifen, sei es für die Gesetzeshüter oder für jene, die das Gesetz brechen? Doch gewiß nicht, ihr Herren, will mir scheinen. Und was jenen dritten Punkt der Unruhestiftung angeht – laßt mich bloß das Geheimnis des Laternenlichts erklären. Es wird gewonnen, Euer Gnaden, aus Öl und Docht, in Verbindung mit jenem köstlichen inneren Feuer, über dessen Ursprung ich nichts zu sagen weiß. Und wenn dann, ihr Herren, diese bleiche Flamme zum Himmel hinaufgelodert ist und sich jedem Winde beugt, verleiht sie dem menschlichen Auge Sehkraft. Und soll es nun dem alten Cethru angelastet werden, daß er und seine Laterne der Welt nicht wohlgefällig sind, weil sie nicht nur das Gute, sondern auch das Böse zeigen, so frage ich, ihr Herren, was gibt es auf der Welt so Wertvolles wie dieses Sehvermögen – ob es nun Schönes oder Häßliches enthüllt? Muß ich euch wirklich davon erzählen, wie diese Flamme ihre Fühler ausstreckt, anmutig hüpft und schwebt in der Dunkelheit und Dinge aus dem Nichts zaubert? Dieses unbeseelte Hervorrufen von Erscheinungen aus der Schwärze der Nacht ist segensreich, zeugt keineswegs von bösartiger Absicht; mit gleichem Recht könnte ein Mann, der zwei Esel auf der Straße herumführt, einer mager und der andere fett, wegen Böswilligkeit eingeklagt werden, da nicht beide fett seien. Darum, Euer Gnaden, geht es im wesentlichen im Falle des reichen Bürgers Pranzo, dessen Magen aufgrund des Anblicks, den ihm Cethrus Laterne enthüllte, aus dem Gleichgewicht kam. Denn, ihr Herren, die Laterne zeigte nur, was da war, sowohl das Schöne als auch das Häßliche, nicht mehr und nicht weniger; und mag Pranzo auch tatsächlich bestürzt sein, so ist er es nicht, weil die Laterne aus Böswilligkeit verzerrte Bilder erzeugte, sondern nur, weil sie – in aller Ausgewogenheit – Dinge an den Tag brachte, die Pranzo nie zuvor gesehen hatte. Und gewiß, Euer Gnaden, würdet ihr als gerechte Männer nicht verlangen, daß diese Laterne ihr Licht abwendet von dem, was zerlumpt und häßlich ist, nur weil es auch Schönes gibt, auf das ihr Licht fallen könnte; wie sollte sie das als Laterne überhaupt bewerkstelligen, wenn sie auch wollte? Und ihr möget bedenken, ihr Herren, daß es wegen des im Menschen tief verwurzelten Verlangens nach Eintracht und Gerechtigkeit in der Tat ewig so scheinen muß, als überschatte und trübe diese Laterne das Schöne in ihrer unparteilichen Enthüllung der Verhältnismäßigkeit der Dinge. Wie ungerecht und grausam also diese Laterne jenen erscheinen mag, die, in Ermangelung jener Sehnsüchte, ihr ganzes Leben lang nur das Angenehme zu sehen wünschen, damit sie nicht, wie Pranzo, den Appetit verlieren – so ist es doch gegen die Gerechtigkeit, daß diese Laterne, selbst wenn dies möglich wäre, daran gehindert werden soll, unwillkürlich, nach ihrer Art, die Sonntagskinder des Lebens in die Wange zu kneifen. Mir will scheinen, ihr Herren, daß ihr eher Pranzos empfindlichem Magen die Schuld geben solltet. Der Alte hat gesagt, daß er nichts für das kann, was seine Laterne sieht. Er hat recht damit. Wenn Ihr jedoch, Euer Gnaden, diese ausgeglichene, teilnahmslose Laterne wahrhaft für schuldig haltet, weil sie gleichzeitig nebeneinander den Totenkopf und das schöne Gesicht, die Klette und die Tigerlilie, den Schmetterling und die Kröte gezeigt hat, dann bestraft sie, Euer Gnaden; aber bestraft nicht diesen alten Mann, denn er selbst ist nur ein Räuchlein, ein vom Winde verwehter Distelflaum – ein Nichts!»

Damit schloß der junge Anwalt.

Wieder beratschlagten die Richter untereinander, und nachdem viele Worte gewechselt worden waren, sprach der älteste: «Was dieser junge Anwalt gesagt hat, scheint uns die Wahrheit zu sein. Wir können nicht eine Laterne bestrafen. Laßt den alten Mann gehen!»

Und Cethru ging hinaus in den Sonnenschein...

Nun geschah es, daß der Prinz von Felicitas, der von seiner Reise zurückkehrte, wieder auf seiner bernsteinfarbenen Stute die Vita Publica hinunterritt.

Die Nacht war rabenschwarz, aber weit unten in der Straße brannte ein kleines Licht, wie ein roter Stern auf Spritzfahrt vom Himmel. Der Prinz, der vorüberritt, erkannte, daß es eine Laterne war und daß daneben ein alter Mann schlief.

«Wie das, Freund?» sagte der Prinz. «Du gehst nicht, wie ich dich gebeten habe, mit deiner Laterne auf und ab?»

Aber weder bewegte sich Cethru noch antwortete er.

«Hebt ihn hoch!» sagte der Prinz.

Sie hoben seinen Kopf an und hielten ihm die Laterne an die geschlossenen Augen. So hager war das braune Gesicht, daß die Strahlen der Laterne nicht darauf verweilen wollten, sondern auf beiden Seiten in die Nacht entschlüpften. Seine Augen öffneten sich nicht. Er war tot.

Und der Prinz berührte ihn und sagte: «Lebe wohl, alter Mann! Die Laterne brennt noch. Geht mir einen andern holen, und laßt ihn sie tragen!...»

Die Ersten und die Letzten

«Aber viele, die da sind die Ersten, werden die Letzten, und die Letzten werden die Ersten sein.»

Matth. 20,16

I

Dunkel war das Zimmer um sechs Uhr abends, wenn allein von der Petrol-Leselampe unter ihrem grünen Schirm ein Lichtfleck auf den Orientteppich fiel; auf die Einbände der aus den Regalen herausgenommenen Bücher und die offenen Seiten des ausgewählten; auf das tiefe Blau und Gold des Kaffeeservices auf dem kleinen, alten Hocker mit der orientalischen Stickerei. Sehr dunkel war es im Winter, mit zugezogenen Vorhängen, vielen Reihen von in Leder gebundenen Werken, dem Eichentäfer an Wänden und Decken. Auch war es so groß, daß der beleuchtete Fleck vor dem Feuer, wo er saß, nur eine Oase war. Aber Keith Darrant gefiel es so, am Ende seines Arbeitstages – nach dem anstrengenden Studium seiner «Fälle» am frühen Morgen, der Aufregung und Anspannung eines Tages bei Gericht; seine Ruhepause waren diese zwei Stunden vor dem Dinner: Bücher, Kaffee, eine Pfeife und manchmal ein Schläfchen. In seinen roten türkischen Pantoffeln und dem alten braunen Samtmantel fügte er sich gut in den Rahmen aus Feuer und Dunkelheit. Ein Maler hätte sich begeistert für sein scharf geschnittenes, gelbliches Gesicht, mit den schwarzen, geschwungenen Brauen über den Augen, von denen man kaum sagen konnte, waren sie grau oder braun; mit dem dunklen, graumelierten Haar, das noch dicht war, trotz all den Stunden jeden Tag mit der Perücke. An seine Arbeit dachte er selten, während er dasaß; mit erprobter Leichtigkeit schüttelte er die Anspannung ab, die die dauernde Aufmerksamkeit für die vielen Fäden der Beweisführung und des Beweismaterials, die da zu entwirren waren, nach sich zog. Es war eine Arbeit, die in der Regel zutiefst befriedigend war für seinen scharfen Verstand, der so geübt war, daß er fast instinktiv alles bis auf das Wesentliche verwarf; aus dem Wust von verfahrensbedingten und persönlichen Details, der ihm zur Prüfung vorgelegt wurde, das ausschied, was rechtlich gesehen von Belang war. Manchmal war diese Arbeit allerdings auch mühselig und aufreibend. Wie zum Beispiel heute, als er seinen Klienten des Meineids verdächtigt hatte und fast überzeugt war, daß er sein Mandat niederlegen mußte.

Er hatte den schwächlich aussehenden, blaßgesichtigen Kerl von Anfang an nicht gemocht, ebensowenig wie seine nervösen, fahrigen Antworten, seine vorstehenden, verschreckten Augen – eine Spezies, wie man ihr bei der heuchlerischen Duldsamkeit und nachgiebigen Menschenfreundlichkeit dieser Tage nur zu oft begegnete; unbrauchbar, völlig unbrauchbar!

Von den drei Büchern, die er herausgenommen hatte, einem Band Voltaire – eine merkwürdige Anziehungskraft hatte dieser Franzose, trotz all seiner zerstörerischen Ironie! –, Burtons Reiseerzählungen sowie Stevensons «New Arabian Nights», war seine Wahl auf das letzte gefallen. Er verspürte an jenem Abend das Bedürfnis nach etwas Beruhigendem, den Wunsch, sich überhaupt vom Denken zu erholen. Der Gerichtssaal war überfüllt gewesen, stickig; die Luft, als er zu Fuß nach Hause ging, lau; sie kam aus südwestlicher Richtung und kündigte Regen an, war in keiner Weise erfrischend. Er fühlte sich schlaff, müde, sogar nervös, und für einmal empfand er die Einsamkeit seines Hauses als seltsam und unbehaglich.

Er schraubte die Lampe herunter und drehte das Gesicht dem Feuer zu. Vielleicht würde er ein wenig Schlaf finden vor dem langweiligen Dinner bei den Tellassons. Er wünschte, es wären Ferien und Maisie von der Schule zurück. Er war seit vielen Jahren verwitwet und nicht mehr daran gewöhnt, eine Frau um sich zu haben; aber heute abend sehnte er sich richtig nach der Gesellschaft seines Töchterchens, mit seiner munteren Art und den leuchtenden dunklen Augen... Merkwürdig, wie manche Männer dauernd eine Frau brauchten! Sein Bruder Laurence – verlebt – alles wegen Frauen – diese Lähmung der Willenskraft! Ein Mann über dem Abgrund, der von der Hand in den Mund lebte; seine Talente alle am Boden zerstört! Man hätte annehmen mögen, seine schottische Ader könne ihn retten; aber mit wem ging es anderseits schneller bergab als mit einem Schotten, wenn es erst einmal soweit war? Merkwürdig, daß das Blut der Mutter in ihren beiden Söhnen so Unterschiedliches bewirkt hatte. Er selbst hatte immer den Eindruck gehabt, er verdanke ihm all seinen Erfolg.

Seine Gedanken wanderten zu einem bestimmten Fall, der sein juristisches Gewissen beunruhigte. Er war von der üblichen Pose der Allwissenheit nicht abgerückt, aber er war keineswegs sicher, daß er einen klugen Rat gegeben hatte. Nun! Ohne diese Fähigkeit, sich zu entscheiden und an seiner Entscheidung trotz Zweifeln festzuhalten, hätte man nie zum Anwaltsstand getaugt, nie zu irgend etwas getaugt. Je älter er wurde, desto sicherer war er, daß männliches, tatkräftiges Handeln in allen Angelegenheiten des Lebens dringend notwendig war. Ein Wort, ein Streich – und der Streich zuerst! Zweifel, Zögern, Gefühlsduselei – das Gewinsel und Gewimmer dieses verdämmernden Zeitalters! Und auf seinem schönen Gesicht erschien ein Lächeln, das fast teuflisch war – so viele Künste kennt das Licht des Feuers! Dann verblaßte es, so schläfrig war er, und er schlummerte ein...

Er erwachte mit einem plötzlichen Ruck, weil er das Gefühl hatte, jenseits des Lichtes sei etwas, und ohne den Kopf zu drehen, sagte er: «Was ist das?» Es kam ein Geräusch, als ob jemand den Atem angehalten hätte. Er schraubte die Lampe höher.

«Wer ist da?»

Eine Stimme bei der Tür drüben antwortete: «Ich bin es nur – Larry.»

Etwas im Ton dieser Stimme, oder vielleicht nur, daß er auf diese Weise aus dem Schlaf geschreckt worden war, machte ihn erschauern. Er sagte: «Ich habe geschlafen. Komm herein!»

Es war bemerkenswert, daß er sich nicht erhob oder auch nur den Kopf wandte, jetzt, wo er wußte, wer es war, sondern, die halb geschlossenen Augen auf das Feuer geheftet, darauf wartete, daß sein Bruder näher trat. Ein Besuch von Laurence war kein reines Vergnügen. Er konnte ihn atmen hören und nahm den Geruch von Whisky wahr. Warum konnte sich der Bursche nicht wenigstens enthalten, wenn er hierherkam! Es war so kindisch, ließ so sehr jeden Sinn für Maß und jeden Anstand vermissen! Und er fragte barsch: «Also, Larry, was gibt es?»

Ständig war irgend etwas. Er wunderte sich oft über die Stärke jenes Verantwortungsgefühls, das ihn immer noch nachsichtig machte für die Schwierigkeiten und zugänglich für die Anliegen dieses Bruders. Oder sprach einfach «das Blut», die Loyalität der Highlanders zu Kind und Kegel, eine althergebrachte Tugend, die ihm sein Verstand, und zur Hälfte auch sein Instinkt, als Schwäche auslegte, die ihn aber trotz allem diesem Unglückseligen verband? War er jetzt betrunken, daß er dort draußen bei der Tür herumlungerte? Und er sagte weniger barsch: «Willst du nicht herkommen und dich setzen?»

Er kam jetzt näher, mied dabei das Licht und drückte sich die Wände entlang, gerade außerhalb des Lichtkegels; seine Füße und die Beine bis zur Taille waren hell erleuchtet, aber das Gesicht löste sich auf im Schatten, wie das Gesicht eines dunklen Gespenstes.

«Bist du krank, Mann?»

Immer noch keine Antwort, außer einem Kopfschütteln und einer Geste mit der Hand, aus dem Licht heraus nach oben, zu der gespenstischen Stirne unter dem zerzausten Haar. Es roch jetzt stärker nach Whisky; und Keith dachte: «Er ist wirklich betrunken. Ein schöner Anblick ist das für den neuen Butler! Wenn er sich nicht benehmen kann...»

Die Gestalt vor der Wand stieß einen Seufzer aus – so echt aus übervollem Herzen, daß sich Keith fast mit Schrecken bewußt wurde, daß er die Ursache dieses unheimlichen Schweigens noch nicht ergründet hatte. Er erhob sich und sagte, den Rücken zum Feuer, mit einer Brutalität, die ihren Ursprung eher in Ungeduld als in böser Absicht hatte: «Was ist los, Mann? Hast du einen Mord begangen, daß du so dastehst, stumm wie ein Fisch?»

Eine Sekunde lang überhaupt keine Antwort, auch kein Atmen, dann kaum ein Flüstern: «Ja.»

Der gesunde Menschenverstand, der einem in kritischen Situationen so sehr hilft, ermöglichte es Keith, mit Nachdruck zu sagen: «Guter Gott! Mußt du getrunken haben!»

Aber sogleich schlug seine Stimmung in lähmende Furcht um: «Was meinst du damit? Komm hierher, wo ich dich sehen kann. Was ist los mit dir, Larry?»

Mit einem plötzlichen Anlauf taumelte sein Bruder aus dem Schutz der Dunkelheit und sank in einen Stuhl innerhalb des Lichtkegels. Und wieder entfuhr ihm ein langer, halb unterdrückter Seufzer. «Nichts ist los mit mir, Keith! Es ist wahr!»

Keith trat schnell vor und starrte seinem Bruder ins Gesicht; und sogleich sah er, daß es tatsächlich so war. Niemand hätte den Blick in diesen Augen vortäuschen können – das entsetzte Staunen, als ob sie sich nie mehr mit dem Gesicht, zu dem sie gehörten, versöhnen würden. Dies zu sehen, drückte einem das Herz ab – nur wahres Elend hatte dieses Gesicht. Dann schlug das plötzliche Mitleid in gereizte Verwirrung um.

«Was, um Himmels willen, soll dieser Unsinn?»

Aber es war auffällig, daß er die Stimme senkte und auch zur Türe hinüberging, um zu sehen, ob sie geschlossen war. Laurence hatte seinen Stuhl nähergerückt und kauerte über dem Feuer – eine dünne Gestalt, ein verbrauchtes Gesicht mit hochstehenden Wangenknochen, eingesunkenen blauen Augen und ganz zerzaustem, welligem Haar – ein Gesicht, das in gewisser Hinsicht immer noch schön war.

Keith legte eine Hand auf diese schmale Schulter und sagte: «Komm, Larry! Nimm dich zusammen und hör auf zu übertreiben.»

«Es ist wahr, sage ich dir; ich habe jemanden umgebracht.»

Die geräuschvolle Heftigkeit dieses Ausbruchs wirkte wie eine kalte Dusche. Was wollte dieser Mensch eigentlich – daß er so herumschrie! Aber plötzlich rang Laurence die erhobenen Hände. Die Geste war so schmerzerfüllt, daß es in Keiths Gesicht zuckte.

«Warum bist du hierhergekommen», sagte er, «und erzählst *mir* das alles?»

Larrys Gesicht war manchmal wirklich nicht von dieser Welt; ein so sonderbares Leuchten erschien dann darauf!

«Wem sonst sollte ich es erzählen? Ich kam, um zu erfahren, was ich tun soll, Keith. Mich stellen, oder was?»

Bei dieser plötzlichen Erwähnung der praktischen Dinge gab es Keith einen Stich ins Herz. War es denn so unumstößlich wahr? Aber er sagte ganz ruhig: «Erzähl mir einfach einmal... Wie kam es zu dieser – Geschichte?» Die Frage verband den düsteren, greulichen, gespenstischen Alptraum mit der Wirklichkeit.

«Wann ist es passiert?»

«Gestern abend.»

In Larrys Gesicht lag, wie schon immer, etwas kindlich Aufrichtiges. Er würde nie eine Chance haben vor Gericht! Und Keith sagte: «Wie? Wo?

Du erzählst mir besser alles ruhig von Anfang an. Trink diesen Kaffee, damit du einen klaren Kopf bekommst.»

Laurence nahm die kleine blaue Tasse und leerte sie.

«Also», sagte er. «Es ist folgendermaßen, Keith. Es gibt da ein Mädchen, das ich jetzt seit ein paar Monaten kenne...»

Frauen! Und Keith knurrte zwischen den Zähnen: «Und?»

«Ihr Vater war Pole; er starb hier bei uns, als sie sechzehn war, und ließ sie allein zurück. Ein Mann amerikanischer Abstammung namens Walenn heiratete sie, oder tat so, als ob – sie ist sehr hübsch, Keith –, und verließ sie, als ihr Baby sechs Monate alt und ein zweites unterwegs war. Das starb, und sie auch fast. Dann hungerte sie, bis ein anderer Kerl sie aufnahm. Sie lebte zwei Jahre mit ihm zusammen; dann tauchte Walenn wieder auf und zwang sie, zu ihm zurückzukehren. Der Rohling pflegte sie grün und blau zu schlagen, für nichts. Dann verließ er sie wieder. Als ich sie traf, hatte sie auch ihr älteres Kind verloren und nahm jeden, der daherkam.»

Er blickte plötzlich auf und sah Keith ins Gesicht.

«Aber ich habe nie eine sanftere Frau getroffen und auch keine aufrichtigere, das schwöre ich dir. Frau! Sie ist ja erst zwanzig! Als ich gestern abend zu ihr ging, hatte sie dieses Scheusal – dieser Walenn – wieder aufgespürt; und als er sich auf mich stürzte, prahlte und mich einschüchtern wollte... Schau!» – er berührte ein dunkles Mal auf seiner Stirn –, «da umfaßte ich seine Kehle mit den Händen, und als ich losließ...»

«Ja?»

«Tot. Erst nachher merkte ich, daß sie sich von hinten an ihn geklammert hatte.» Wieder machte er diese Geste – rang die Hände.

Mit strenger Stimme sagte Keith: «Was habt ihr dann getan?»

«Wir sind lange danebengesessen. Dann habe ich ihn auf dem Rücken die Straße hinuntergetragen, um die Ecke, zu einem Torbogen.»

«Wie weit?»

«Etwa fünfzig Meter.»

«War jemand – hat es jemand gesehen?»

«Nein.»

«Um wieviel Uhr?»

«Drei.»

«Und dann?»

«Ging ich zurück zu ihr.»

«Warum – um Himmels willen?»

«Sie war einsam und hatte Angst; ich auch, Keith.»

«Wo wohnt sie?»

«Zweiundvierzig, Borrow Street, Soho.»

«Und der Torbogen?»

«Ecke Glove Lane.»

«Großer Gott! Stimmt ja – ich habe es in der Zeitung gelesen!» Und Keith ergriff das Blatt, das auf seinem Schreibtisch lag, und las den Abschnitt nochmals: «Heute morgen wurden unter einem Torbogen in der Glove Lane, Soho, die Leiche eines Mannes gefunden. Aufgrund der Male in der Halsgegend besteht der Verdacht auf Gewalteinwirkung von außen. Die Leiche ist offenbar beraubt worden, und es wurde nichts entdeckt, was eine Identifizierung ermöglicht hätte.»

Es galt also ganz und gar ernst. Mord! Sein eigener Bruder! Er drehte sich um und sagte: «Du hast das in der Zeitung gesehen und davon geträumt. Verstehst du – geträumt!»

Die Antwort klang sehnsüchtig: «Wenn es nur so wäre, Keith – wenn es nur so wäre!»

Nun war es an Keith, beinahe die Hände zu ringen. «Hast du etwas an dich genommen, was dem – Toten gehörte?»

«Dies ist hinuntergefallen, während wir kämpften.»

Es war ein leerer Umschlag mit einer südamerikanischen Briefmarke, adressiert an: «Patrick Walenn, Simon's Hotel, Farrier Street, London.»

Wieder mit diesem Stechen im Herzen sagte Keith: «Wirf es ins Feuer.» Dann plötzlich bückte er sich, um den Umschlag herauszuholen. Mit diesem Befehl hatte er sich eingelassen auf diese – diese...

Aber er holte den Umschlag nicht heraus. Er verkohlte, krümmte sich und war weg. Und wieder sagte er: «Was, um Himmels willen, hat dich dazu gebracht, hierherzukommen und es mir zu erzählen?»

«Du kennst dich aus mit diesen Dingen. Ich wollte ihn nicht umbringen. Ich liebe das Mädchen. Was soll ich tun, Keith?»

Einfach! Wie einfach! Zu fragen, was er tun solle! Das glich Larry! Und er sagte: «Man hat dich nicht gesehen, glaubst du?»

«Diese Straße ist dunkel, und niemand war da.»

«Wann bist du zum zweiten Mal von diesem Mädchen weggegangen?»

«Ungefähr sieben Uhr.»

«Wohin bist du gegangen?»

«In meine Wohnung.»

«In der Fitzroy Street?»

«Ja.»
«Hat dich jemand hereinkommen sehn?»
«Nein.»
«Was hast du seither gemacht?»
«Dagesessen.»
«Und bist nicht draußen gewesen?»
«Nein.»
«Hast nicht das Mädchen getroffen?»
«Nein.»
«Du weißt also nicht, was sie seither gemacht hat?»
«Nein.»
«Würde sie dich verraten?»
«Nie.»
«Würde sie sich selber verraten – aus Hysterie?»
«Nein.»
«Wer weiß von deiner Beziehung zu ihr?»
«Niemand.»
«Niemand?»
«Ich wüßte nicht wer, Keith.»
«Hat dich letzte Nacht jemand hereinkommen sehen, als du das erste Mal zu ihr gingst?»
«Nein. Sie wohnt im Erdgeschoß. Ich habe die Schlüssel.»
«Gib sie mir. Was hast du sonst noch, was dich mit ihr in Verbindung bringt?»
«Nichts.»
«In deiner Wohnung?»
«Nein.»
«Keine Photographien? Keine Briefe?»
«Nein.»
«Denk gut nach.»
«Nichts.»
«Und niemand sah dich, als du zu ihr zurückgingst?»

«Nein.»

«Niemand sah dich am Morgen von ihr weggehen?»

«Nein.»

«Du hast Glück gehabt. Setz dich wieder, Mann. Ich muß überlegen.» Überlegen! Über diese verfluchte Geschichte nachdenken – die so unfaßbar und unglaublich war. Aber er konnte nicht denken. Nicht ein einziger zusammenhängender Gedanke wollte kommen.

Und er setzte von neuem an: «War es das erste Mal, daß er wieder bei ihr auftauchte?»

«Ja.»

«Hat sie dir das gesagt?»

«Ja.»

«Wie hat er herausgefunden, wo sie war?»

«Das weiß ich nicht.»

«Wie betrunken warst du?»

«Ich war nicht betrunken.»

«Wieviel hattet ihr getrunken?»

«Vielleicht eine Flasche Roten – nichts.»

«Du sagst, du wolltest ihn nicht umbringen?»

«Nein – weiß Gott!»

«Das ist schon etwas. Wie bist du auf den Torbogen gekommen?»

«Es war der erste dunkle Ort.»

«Sah man es ihm an, daß er erwürgt worden war?»

«Bitte nicht!»

«Sah man es ihm an?»

«Ja.»

«Sehr entstellt?»

«Ja.»

«Hast du nachgeschaut, ob seine Kleider befleckt waren?»

«Nein.»

«Warum nicht?»

«Warum nicht? Mein Gott! Wenn du das getan hättest –!»

«Du sagst, er war entstellt. Bis zur Unkenntlichkeit?»

«Ich weiß nicht.»

«Als sie zuletzt mit ihm zusammenlebte – wo war das?»

«Ich weiß es nicht sicher. Pimlico, glaube ich.»

«Nicht Soho?»

«Nein.»

«Wie lange ist sie schon an diesem Ort in Soho?»

«Fast ein Jahr.»

«Immer in derselben Wohnung?»

«Ja.»

«Wohnt jemand in diesem Haus oder in dieser Straße, von dem man annehmen muß, er kenne sie als seine Frau?»

«Ich glaube nicht.»

«Was tat er?»

«Ich würde meinen, er war ein gewerbsmäßiger Zuhälter.»

«Ich verstehe. Er verbrachte also die meiste Zeit außer Haus?»

«Ja.»

«Weißt du, ob er der Polizei bekannt war?»

«Ich habe nichts Derartiges gehört.»

«Hör mir jetzt zu, Larry. Wenn du das Haus verläßt, gehst du auf direktem Weg heim; und geh nicht aus, bis ich zu dir komme, morgen früh. Versprich mir das!»

«Ich verspreche es dir.»

«Ich habe eine Verabredung zum Dinner. Ich werde über diese Sache nachdenken. Trink nicht! Rede nicht! Nimm dich zusammen!»

«Laß mich nicht länger warten, als es unbedingt sein muß, Keith!»

Das weiße Gesicht, die Augen, die zitternde Hand! Mit einem Anflug von Mitleid in all dem Gefühlsaufruhr von Empörung, Furcht und Ekel legte Keith seinem Bruder die Hand auf die Schulter und sagte: «Nur Mut!»

Und plötzlich dachte er: «Mein Gott! Mut! Den brauche ich allein selbst!»

II

Laurence Darrant verließ das Haus seines Bruders im Adelphi und ging Richtung Norden; schnell, dann langsam und wieder schnell. Denn ebenso wie es Menschen gibt, die aus Willenskraft nur etwas aufs Mal tun, gibt es auch Menschen, die aus Willensschwäche mit der gleichen Hingabe einmal dies und einmal jenes beginnen. Werden solche Naturen dann von der Nemesis gepackt, die der mangelnden Selbstdisziplin auf dem Fuße folgt, ist das für sie kein Grund, sich mehr zusammenzunehmen. Es bestärkt sie im Gegenteil in ihrem Grundgefühl: «Was soll's? Morgen sterben wir!» Erleichterung, Erschöpfung und Unmut waren die Folgen der Überwindung, die es ihn gekostet hatte, zu Keith zu gehen. Je nachdem, welches dieser drei Gefühle ihn gerade beherrschte, kam er schnell oder weniger schnell voran. Unter der Tür war er noch fest entschlossen, nach Hause zu gehen und dort ruhig zu bleiben, bis Keith kam. Er war in Keiths Hand; Keith würde wissen, was zu tun war. Aber er war keine dreihundert Meter weit gekommen, als er sich schon so unendlich müde fühlte, an Körper und Seele, daß er sich auf der Straße erschossen hätte, wenn er eine Pistole in der Tasche gehabt hätte. Nicht einmal der Gedanke an das Mädchen – dieses merkwürdig aufopfernde, bedauernswerte junge Geschöpf, dank dem er die letzten fünf Monate nicht getrunken hatte; das in ihm so tiefe Gefühle geweckt hatte, wie sie ihm zuvor fremd gewesen waren –, nicht einmal das hätte etwas ausgerichtet gegen diese plötzliche rabenschwarze Verzweiflung. Warum weitermachen – ein ruheloser Gefangener seiner eigenen Natur; ein Strohhalm, hierhin und dorthin geblasen von jedem Windstoß, der sich in ihm erhob? Warum nicht Schluß machen für immer, und dafür schlafen können?

Er näherte sich der unheilvollen Straße, wo er und das Mädchen, diesen Morgen früh, die Stunden aneinandergeklammert zugebracht und versucht hatten, im Hafen der Liebe einen Augenblick ihr Entsetzen und ihre Furcht zu vergessen. Sollte er hineingehen? Er hatte Keith versprochen, es zu lassen. Warum hatte er es versprochen? Er erhaschte einen Blick auf sich im beleuchteten Schaufenster einer Apotheke. Ein elender dunkler Geselle! Und er erinnerte sich plötzlich an einen Hund, den er vorzeiten in den Straßen von Pera aufgelesen hatte, ein schwarzweißes Ding – anders als die übrigen Hunde, keiner von ihrer Art, ein Paria unter Parias, der sich irgendwie dorthin verirrt hatte. Er hatte ihn mitgenommen in das Haus, wo er logierte, ganz gegen die Landessitte. Er hatte ihn liebgewonnen, hatte ihn selber erschossen, um ihn nicht wieder auf der Straße aussetzen zu müssen, wo er seinesgleichen auf Gnade und Ungnade ausgeliefert war. Vor zwölf Jahren! Und dann die Manschettenknöpfe aus kleinen türkischen Münzen, die er dem Mädchen beim Friseur in der Chancery Lane mitgebracht hatte, wo er sich immer rasieren ließ – ein hübsches Ding, wie eine wilde Rose. Er hatte von ihr als Bezahlung einen Kuß verlangt. Was für ein eigenartiges Gefühl, als sie ihr Gesicht seinen Lippen näherte – etwas wie leidenschaftliche Zärtlichkeit und Scham darüber, daß diese glühende Wange so weich und warm war; über ihre Schönheit und vertrauensvolle Dankbarkeit. Sie hätte sich ihm bald hingegeben – dieses Mädchen! Aber er war nie mehr dorthin gegangen! Und bis zum heutigen Tag wußte er nicht, warum er es sich versagt hatte; bis zum heutigen Tag wußte er nicht, ob er froh darüber war oder es bedauerte, jene Rose nicht gepflückt zu haben. Sicher war er damals ganz anders gewesen! Eine merkwürdige Sache, das Leben – eine ganz, ganz merkwürdige Sache! Hindurchzuwandern und nie zu wissen, was man als nächstes tun würde. Oh, wenn man so sein könnte wie Keith! Gleichmütig, erfolgsgewohnt, ein Geldsack, eine Stütze der Gesellschaft! Einmal, als er noch ein Junge war, hätte er Keith beinahe umgebracht, weil er ihn verspottet hatte. Ein anderes Mal, in Süditalien, war er nahe daran gewesen, einen Kutscher umzubringen, der sein Pferd auspeitschte. Und jetzt dieser dunkelgesichtige, schweinische Tyrann, der das Mädchen, das ihm lieb geworden war, zugrunde gerichtet hatte – da war es passiert! Er hatte ihn getötet! Einen Menschen getötet!

Er, der doch keiner Fliege etwas zuleide tun wollte. Das Schaufenster der Apotheke brachte ihn plötzlich auf den Gedanken, daß er zu Hause etwas hatte, womit er sich in Sicherheit bringen konnte, falls sie ihn verhafteten. Er würde nie mehr ausgehen, ohne daß einige dieser kleinen weißen Tabletten in sein Mantelfutter eingenäht waren. Ein beruhigender, ja aufmunternder Gedanke! Die Leute sagten, ein Mensch solle sich nicht das Leben nehmen. Wenn *sie* einmal das Grauen packte – diese glattzüngigen Spießbürger! Sollten sie einmal nach ihren heuchlerischen Prinzipien leben müssen, wie dieses Mädchen und Millionen andere überall in der Welt! Da war es noch besser, wenn sich einer das Leben nahm, um nur nicht ihre verfluchte Unmenschlichkeit mit ansehen zu müssen.

Er verlangte in der Apotheke Bromid, und während der Mann es mischte, stand er da und ruhte einen Fuß aus wie ein ermattetes Pferd. «Das Leben», das er aus dem Kerl gequetscht hatte! Unzählig viele Geschöpfe hauchten schließlich jeden Tag das Leben aus, und in den meisten Fällen wurde es aus ihnen herausgequetscht. Und vielleicht verdiente nicht eines jeden Tag den Tod so sehr wie jener abscheuliche Kerl. Das Leben! Ein Hauch – eine Flamme! Nichts! Warum krallte sich ihm dann diese eisige Hand ums Herz?

Der Apotheker brachte die Mixtur. «Sie können nicht schlafen, Sir?»

«Nein.»

Die Augen des Mannes schienen zu sagen: «Ja, ja, mit seiner Gesundheit Raubbau treiben – ich verstehe!» Seltsam, das Leben eines Apothekers: Pillen und Pülverchen den ganzen Tag lang, um das menschliche Uhrwerk in Gang zu halten! Ein verteufelt seltsames Gewerbe!

Beim Hinausgehen sah er zufällig sein Gesicht in einem Spiegel; es sah ganz und gar zu harmlos aus für einen Mann, der einen Mord begangen hatte. Da war eine gewisse untergründige Heiterkeit, etwas wie Liebenswürdigkeit verbarg sich inmitten der Schatten; wie – wie nur konnte es das Gesicht eines Mannes sein, der getan hatte, was er getan hatte? Er fühlte sich jetzt leichter im Kopf und auch in den Füßen und schritt wieder schnell aus.

Eigenartig, plötzlich zugleich diese Erleichterung und diese Beklemmung! Schrecklich – sich nach Gesellschaft, nach einem Gespräch, nach Ablenkung zu sehnen – und davor Angst zu haben! Das Mädchen – das Mädchen und Keith waren jetzt die einzigen Menschen, die ihm keine Furcht einflößen würden. Und von diesen beiden – war Keith nicht –! Wer konnte verkehren mit einem Menschen, der sich nie irrte, einem erfolgreichen, tugendhaften Kerl; jemandem, der so beschaffen war, daß er nichts wußte über sich selbst und auch nichts wissen wollte; einem Burschen, bei dem alles, was er machte, Hand und Fuß hatte? Treibsand zu sein, in dem sich die eigenen Entschlüsse verwischten, war schlimm genug! Aber so sein wie Keith – reiner Wille, vorwärtsmarschieren und die eigenen Gefühle und Schwächen niedertrampeln? Nein! Einen Mann wie Keith konnte man sich nicht zum Kameraden machen, auch wenn es der eigene Bruder war. Das einzige, was zählte auf der Welt, war das Mädchen. Sie allein wußte und fühlte, was er fühlte, würde ihn annehmen und lieben, was immer er tat oder ihm angetan wurde. Er blieb stehen und suchte Schutz in einem Türeingang, um eine Zigarette anzuzünden.

Plötzlich verspürte er den fürchterlichen Wunsch, am Torbogen vorbeizugehen, wo er die Leiche hingelegt hatte; ein fürchterlicher Wunsch, ganz ohne Zweck und Ziel, nichts; nur ein unsinniges Verlangen, den dunklen Ort wiederzusehen. Er überquerte die Borrow Street und kam zu der schmalen Gasse. Es war nur jemand zu sehen, ein Mann am anderen Ende, die Schultern hochgezogen gegen den Wind; eine untersetzte dunkle Gestalt, die die Straße überquerte und ihm im flakkernden Laternenlicht entgegenkam. Was für ein Gesicht! Gelb, verwüstet, verhüllt bis fast zu den Augen von gräulichen Bartstoppeln; mit schwärzlichen Zähnen und blutunterlaufenen Augen, deren Blick man nicht los wurde. Und was für eine zerlumpte Gestalt – eine Schulter höher als die andere, ein Bein ein wenig lahm, und dünn! Eine Welle des Mitgefühls schlug hoch in Laurence, für dieses Geschöpf, das schlimmer dran war als er selbst. Es gab noch tiefere Abgründe als die seinen!

«Nun, Bruder», sagte er, «*du* siehst nicht so aus, als ob es dir allzu gut ginge!»

Das Lächeln, das die Züge des Mannes erhellte, schien ihm ganz unwirklich; genausogut hätte man erwarten mögen, daß eine Vogelscheuche lächelte.

«Das Glück kommt nicht zu mir», sagte er mit krächzender Stimme. «Ich bin ein Versager – bin immer einer gewesen. Und doch – man würde es kaum glauben, nicht wahr? – war ich einmal ein Diener der Kirche.»

Laurence streckte ihm einen Shilling hin. Aber der Mann schüttelte den Kopf.

«Behaltet Euer Geld», sagte er. «Ich habe heute mehr als Ihr, will ich meinen. Aber ich danke Euch, daß Ihr ein wenig Anteil nehmt. Das zählt mehr als Geld für einen Mann, der am Boden liegt.»

«Da hast du recht.»

«Ja», fuhr die krächzende Stimme fort; «ich würde gern sterben, statt so weiterzuleben. Und jetzt habe ich noch meine Selbstachtung verloren.

Hab' mich oft gefragt, wie lange es dauert, bis ein Hungernder seine Selbstachtung verliert. Nicht besonders lange. Darauf geb' ich Euch mein Wort.» Und ohne daß sich der Tonfall der monoton krächzenden Stimme im geringsten änderte, fügte er hinzu: «Habt Ihr von dem Mord gelesen? Genau hier. Ich hab' mir die Stelle angesehen.»

Die Worte «Ich auch!» wollten Laurence auf die Lippen kommen; fast mit Entsetzen würgte er sie hinunter.

«Ich wünsch' dir bessere Zeiten», sagte er. «Gute Nacht!» Und er eilte hinweg. Ein irgendwie grausiges Lachen stieg, ohne daß er es wollte, in ihm hoch. Redete denn jedermann von dem Mord, den *er* begangen hatte? Sogar die reinsten Vogelscheuchen?

III

Es gibt Naturen, die so veranlagt sind, daß sie um acht Schach spielen, wenn sie um zehn Uhr gehängt werden sollen. Solche Männer bringen es ausnahmslos weit. Sie taugen besonders zum Bischof, Verleger, Richter, Impresario, Premierminister, Geldverleiher und General; nehmen überhaupt mit Auszeichnung jede beliebige Vorgesetztenstellung ein. Ihre Nerven haben sie auf Eis gelegt. Bei solchen Männern findet sich wenig oder nichts von jenem Fluidum, jener seelischen Gestimmtheit, die man unter so vagen Begriffen kennt wie Spekulation, Dichtkunst, Philosophie. Es sind Realisten, Männer der Tat, die ihre Phantasie nach Belieben ein- und ausschalten, die Gefühle der Vernunft unterordnen... Man denkt nicht an sie, wenn man wogende Kornfelder sieht oder den Flug der Schwalben.

Keith Darrant kam es während seines Dinners

bei den Tellassons zustatten, daß er zu jenen Naturen gehörte. Es war gerade elf, als er aus dem großen Haus am Portland Place herauskam und darauf verzichtete, eine Droschke zu nehmen. Er wollte zu Fuß gehen, um besser nachdenken zu können. Was für eine plumpe, frivole Ironie doch in seiner Situation lag! Zum Beichtvater eines Mörders gemacht worden zu sein, er, der auf dem besten Wege war, Richter zu werden! Mit seiner Verachtung für die Art von Schwäche, die Menschen in solche Abgründe trieb, kam ihm alles so schmutzig, so «unmöglich» vor, daß er sich fast nicht dazu bringen konnte, der Sache überhaupt Beachtung zu schenken. Und doch mußte es sein, aus zwei starken Antrieben – Selbsterhaltung und Familiensinn.

Der Wind war immer noch so bedrückend flau wie am Nachmittag, aber der Regen war bisher ausgeblieben. Es war warm, und er knöpfte seinen Pelzüberzieher auf. Die Art seiner Gedanken verstärkte die düstere Strenge seines Gesichts, in dem die dünnen, wohlgeformten Lippen einander immer fast berührten, als wollte er jeden Gedanken, der ihm kam, gleich erledigen, wenn sie zusammentrafen. Er bewegte sich mißmutig vorwärts auf den bevölkerten Trottoirs. Dieses Bild einer verschworenen Festgemeinde, das mit Einbruch der Dunkelheit die beleuchteten Straßen beherrscht, verstimmte ihn. Er bog in eine dunklere Straße ein.

Diese gräßliche Geschichte! Überzeugt, daß sie stimmte, konnte er sie doch noch nicht fassen. Die Angelegenheit hatte ihren Platz in seinem Kopf, aber nicht als Vision, sondern als unumstößliche Tatsache. Larry hatte es natürlich nicht tun wollen. Aber Mord war es trotzdem. Männer wie Larry –

schwache, impulsive, sentimentale und introvertierte Geschöpfe –, wollten die je, was sie taten? Dieser Mann, der Walenn, war, nach allem, was er hörte, besser tot als lebendig; an ihn brauchte er keinen Gedanken zu verschwenden! Aber das Verbrechen – wie häßlich es war –, die Gerechtigkeit, der nicht Genüge getan wurde! Ein vertuschtes Verbrechen – und sein eigener Anteil an der Verheimlichung! Und doch – sie waren Brüder! Sicher konnte niemand von ihm eine Anzeige erwarten! Die Frage war nur, was er Larry raten würde zu tun. Zu schweigen und zu verschwinden? Hatte das Aussicht auf Erfolg? Vielleicht – wenn die Antworten auf seine Fragen der Wahrheit entsprachen. Aber dieses Mädchen! Angenommen, die Beziehung des Toten zu ihr kam ans Licht, konnte man sich darauf verlassen, daß sie Larry nicht in Gefahr brachte? Diese Frauen waren alle gleich, unbeständig wie Wasser, gefühlvoll, hilflos – eine Plage für die Gesellschaft. Und zudem, ein unaufgeklärtes Verbrechen, das dem Bruder sein ganzes späteres Leben lang auf den Fersen war; ein Geheimnis, das ihm folgte, wohin immer er auch fliehen würde; das ihm auflauerte und einen Moment der Trunkenheit abpaßte, um ihm zu entschlüpfen. Es war schlimm daran zu denken. Sich stellen? Es gab ihm einen Stich ins Herz. «Der Bruder von Herrn Keith Darrant, dem bekannten Anwalt der Krone» – ein Freudenmädchen besuchte er, erwürgte mit bloßen Händen den Ehemann dieser Frau! Hatte ihn nicht umbringen wollen, aber – tot war er! Ein Toter, den man aus dem Haus geschafft und unter einen dunklen Torbogen gelegt hatte! Der Skandal! Begnadigt – lebenslänglich! War das der Rat, den er morgen früh Larry geben würde?

Und plötzlich erschienen ihm glattrasierte Männer mit lehmfarbenen Gesichtern, verkommene Subjekte gewissermaßen, wie er sie einmal in Pentonville gesehen hatte, als er dort einen Häftling besuchen gegangen war. Larry! Er hatte ihn als Baby umhertrippeln sehen; in der Schule war Larry sein Fuchs gewesen; im College hatte er ihm oft aus der Patsche geholfen; immer wieder hatte er ihm Geld geliehen; und immer wieder hatte er ihn zum Lernen angehalten. Larry! Fünf Jahre jünger als er und von der Mutter, als sie starb, seiner Obhut anvertraut. Lebenslänglich einer jener Männer mit den Gesichtern wie kranke Pflanzen zu werden, ohne Haar bis auf den Stoppelpelz, Pfeile auf den gelben Kleidern! Larry! Einer der Männer, die man wie Schafe herumschob; die auf den Wink und Ruf ordinärer Leute bereit zu sein hatten! Daß ein Gentleman, sein eigener Bruder, so wie ein Sklave leben sollte, herumkommandiert würde, Jahr für Jahr, tagaus, tagein. Etwas gab nach in ihm. Diesen Rat konnte er nicht geben. Unmöglich! Aber wenn nicht, mußte er sich absichern, mußte überprüfen, Bescheid wissen. Die Glove Lane – dieser Torbogen? Es wäre nicht weit von dem Ort, an dem er sich gerade jetzt befand. Er sah sich um nach jemandem, den er um Auskunft bitten konnte. Ein Polizist stand an der Ecke, sein vierschrötiges Gesicht von einer Laterne angeleuchtet, kompetent und wachsam – ein ausgezeichneter Beamter, ohne Zweifel; aber Keith wandte den Kopf ab und ging wortlos an ihm vorüber. Seltsam, vor dem Auge des Gesetzes so zu frösteln und sich unbehaglich zu fühlen! Schrecklich klar machte ihm diese nebensächliche Beobachtung, was das alles zu bedeuten hatte! Dann plötzlich sah er, daß die Straße, die zu seiner Linken abzweigte, gerade die Borrow Street war. Er schritt sie auf einer Seite ab, überquerte die Straße und ging zurück. Er kam an der Nummer Zweiundvierzig vorbei; es war ein kleines Haus, mit Geschäftsnamen auf den Fenstern der ersten und zweiten Etage, hinter denen sich nichts regte; mit dunkel verhangenen Fenstern im Erdgeschoß, oder war da doch in einer Ecke eine Lichtritze? Wohin hatte sich Larry gewandt? Wohin mit dieser schauerlichen Last? Fünfzig Schritte in dieser schmutzigen Straße – eng und dunkel und leer, dem Himmel sei Dank! Glove Lane! Da war es! Nichts als eine Straßenrinne. Und hier –! Unvermittelt war er auf den Torbogen gestoßen, eine Backsteinbrücke, die die beiden Teile eines Lagerhauses verband, und dunkel war es wahrhaftig.

«So ist's recht, Herr! Das ist der Ort!» Es kostete ihn all seine Selbstbeherrschung, sich gemächlich dorthin zu wenden, woher die Stimme gekommen war. «Hier haben sie die Leiche gefunden – ganz genau – war da hingelehnt. Sie haben ihn noch nicht. Das Neueste gefällig – der Herr!»

Es war ein zerlumpter Junge, welcher ihm eine zerknitterte gelbliche Zeitung hinstreckte. Seine Luchsaugen spähten unter Strähnen von glattem Haar zu ihm herauf, und seine Stimme hatte den besitzergreifenden Tonfall jener, die ein Monopol auf ihre Nachrichten zu haben glauben. Keith nahm die Zeitung und gab ihm ein Zweipennystück. Er fand sogar einen gewissen Trost darin, daß der junge Aasgeier da herumhing; es bedeutete, daß auch andere außer ihm hierhergekommen waren, um sich zu gruseln. Im schwachen Laternenlicht las er: «Glove Lane – Würgemord. Über die Identität des Toten ist noch nichts bekannt; nach dem Schnitt der Kleider vermutet man einen Ausländer.» Der Junge war verschwunden, und Keith sah, wie die Gestalt eines Polizisten langsam diesen Straßenkanal herunterkam. Einen Augenblick war er unschlüssig, blieb dann aber fest. Es war klar, daß ihn nur dieser «Fall» hierhergeführt haben konnte; und er stand da und starrte unverwandt den Torbogen an. Der Polizist kam auf gleiche Höhe mit ihm. Keith sah, daß es der gleiche war, an dem er eben vorbeigegangen war. Er beobachtete, wie der kalt herausfordernde, fragende Blick in den Augen des Mannes erlosch, als er die weiße Hemdbrust unter dem geöffneten Pelzkragen hervorleuchten sah.

Er hielt die Zeitung hoch und sagte: «Wurde der Mann hier gefunden?»

«Ja, Sir.»

«Immer noch ein Rätsel, soviel ich sehe?»

«Nun, man kann nicht immer auf die Zeitungen gehen. Aber ich glaube nicht, daß man schon viel weiter ist.»

«Ein dunkler Ort. Gibt's Leute, die da schlafen?»

Der Polizist nickte. «Nicht ein Torbogen in ganz London, wo wir sie nicht manchmal haben.»

«Man fand nichts bei ihm – hab' ich, glaube ich, gelesen?»

«Keinen Penny. Die Taschen waren umgekehrt. Ein paar komische Figuren gibt's in diesem Quartier. Griechen, Italiener – von allem.»

Merkwürdiges Gefühl, froh zu sein über den vertraulichen Ton eines Polizisten!

«Also, gute Nacht!»

«Gute Nacht, Sir. Gute Nacht!»

Von der Borrow Street aus sah er sich nochmals

um. Der Polizist stand immer noch da und hielt seine Laterne hoch, so daß ihr Licht in den Torbogen fiel; es war, als versuche er, dessen Geheimnis zu lesen.

Jetzt, wo er diesen dunklen, verlassenen Ort gesehen hatte, schienen ihm die Aussichten viel besser. «Die Taschen umgekehrt!» Entweder hatte Larry die Geistesgegenwart gehabt, etwas sehr Schlaues zu tun, oder es hatte sich jemand an der Leiche zu schaffen gemacht, bevor die Polizei sie fand. Das war wahrscheinlicher. Ein gottverlassener Ort. Um drei Uhr – der einsamsten Stunde – mochte Larry auf seinem Gang des Schreckens wohl die fünf Minuten hin und zurück unbeobachtet geblieben sein! Jetzt hing alles von dem Mädchen ab; ob Laurence gesehen worden war, als er zu ihr kam oder als er wegging; ob man sich darauf verlassen konnte, daß sie nichts sagte, wenn die Beziehung jenes Mannes zu ihr entdeckt wurde. Keine Menschenseele war jetzt in der Borrow Street, sogar kaum ein Fenster war erleuchtet; und so traf er eine jener wagemutigen Entscheidungen, wie sie nur Männer treffen können, von denen man Tag für Tag verlangt, daß sie ohne Zögern Verantwortung übernehmen. Er würde zu ihr gehen und sich selbst ein Bild machen. Er kam zur Türe der Nummer Zweiundvierzig, offenbar eine von denen, die nur nachts geschlossen werden, und versuchte es mit dem größeren Schlüssel. Er paßte, und er war in einem Gang, den ein Gaslicht erhellte; auf dem Boden lag ein Wachstuch, und die einzige Tür befand sich zu seiner Linken. Er stand unschlüssig da. Er mußte ihr zu verstehen geben, daß er alles wußte. Sie durfte nicht mehr erfahren, als daß er ein Freund von Larry war. Sie durfte nicht erschrecken und mußte doch dazu gebracht werden, sich ihm rückhaltlos anzuvertrauen. Ein Gegenzeuge, den man nicht als solchen behandeln durfte – eine delikate Angelegenheit! Aber auf sein Klopfen kam keine Antwort.

Sollte er diesen nervenaufreibenden, grotesken Versuch aufgeben, sich ein Urteil zu bilden; weggehen und Laurence einfach sagen, daß er ihm keinen Rat erteilen könne? Und was dann? Etwas *mußte* geschehen. Er klopfte wieder. Immer noch keine Antwort. Und mit seiner gewohnten, von seiner Lebensweise noch begünstigten Ungeduld, wenn immer ihm etwas fehlzuschlagen drohte, versuchte er es mit dem anderen Schlüssel. Es klappte, und er öffnete die Tür. Drinnen war alles dunkel, aber in einiger Entfernung sagte eine Stimme mit fast atemloser Erleichterung in dem fremdländischen Tonfall: «Oh, dann bist du es, Larry! Warum hast du angeklopft? Ich hatte solche Angst. Mach das Licht an, Liebling. Komm herein!»

Als er neben der Tür in der pechschwarzen Dunkelheit nach einem Schalter tastete, spürte er Arme um seinen Hals, ein warmer, dünnbekleideter Körper preßte sich an den seinen – und zog sich genauso schnell zurück; ein Keuchen und ein ganz entsetzliches, schreckerfülltes Flüstern: «Oh! Wer ist das?»

Keith jagte es selbst einen eiskalten Schauer den Rücken hinunter, und er antwortete: «Ein Freund von Laurence. Hab keine Angst.»

Es war so still, daß er eine Uhr ticken hören konnte und wie seine Hand die Wand nach dem Schalter abtastete. Er fand ihn, und in dem plötzlichen Licht sah er vor einem dunklen Vorhang, der offensichtlich ein Schlafzimmer abschirmte, in abwehrender Haltung ein Mädchen stehen, das einen langen schwarzen Mantel am Hals zusammenhielt, so daß er beim Betrachten ihres Gesichtes mit dem kurzen, geradegeschnittenen hellbraunen Haar, das sich unten lockte, das unheimliche Gefühl hatte, als sei es losgelöst von jeglichem Körper. Ihr Gesicht war so alabasterweiß, daß das tiefe Blau oder Braun der vor Schreck weit aufgerissenen Augen und das Blaßrosa der geöffneten Lippen wie Farbtupfer auf einer weißen Maske waren; und es war so seltsam zart, innig und rührend, wie ein Gesicht nur durch Leiden wird.

Obwohl für Schönes nicht empfänglich, war Keith eigenartig betroffen. Er sagte sanft: «Du brauchst keine Angst zu haben. Ich bin nicht gekommen, um dir ein Leid anzutun – ganz im Gegenteil. Darf ich mich setzen und mit dir reden?» Und er hielt die Schlüssel hoch und fügte hinzu: «Laurence hätte mir die doch sicher nicht gegeben, wenn er mir nicht trauen würde?»

Sie bewegte sich noch immer nicht, und es kam ihm vor, als betrachte er einen Geist – einen Geist, den man aus seinem Körper geschreckt hat. Und er fand es in diesem Augenblick auch keineswegs merkwürdig, daß er so etwas Wirres dachte. Er musterte das Zimmer – sauber und schäbig: mit dem blinden vergoldeten Spiegel, dem Seitentisch mit Marmoraufsatz und dem Plüschsofa. Zwanzig Jahre oder länger war es her, seit er zuletzt an einem solchen Ort war.

Und er sagte: «Willst du dich nicht setzen? Es tut mir leid, daß ich dich erschreckt habe.»

Aber sie rührte sich immer noch nicht und flüsterte: «Wer sind Sie, bitte?»

Und von dem Grauen in diesem Flüstern plötzlich aus seiner Reserve gelockt, antwortete er: «Larrys Bruder.»

Sie seufzte vor Erleichterung ein wenig, daß es Keith zu Herzen ging, trat näher und setzte sich auf das Sofa; den dunklen Mantel hielt sie immer noch am Hals zusammen. Er sah, daß ihre Füße in den Pantoffeln bloß waren; mit ihrem kurzen Haar und diesen klaren, schreckerfüllten Augen sah sie aus wie ein großes Kind.

Er nahm sich einen Stuhl und sagte: «Du entschuldigst, daß ich zu dieser Unzeit komme; aber er hat es mir eben erzählt.»

Er erwartete, daß sie zusammenzucken und den Atem anhalten würde; aber sie faltete nur die Hände über den Knien und sagte: «Ja?»

Entsetzen und Unbehagen stiegen wieder in ihm auf. «Eine schreckliche Geschichte!»

Sie wiederholte flüsternd: «Ja, o ja! Schrecklich – schrecklich ist es!»

Und plötzlich wurde es Keith klar, daß der Mann genau da, wo er saß, tot in sich zusammengesunken sein mußte; er verstummte und starrte auf den Boden.

«Ja», flüsterte sie; «genau da. Immer sehe ich ihn fallen!»

Wie sie das sagte! Mit was für einer seltsam sanften Verzweiflung! Was war da an diesem Mädchen mit dem üblen Lebenswandel, das gegen seinen Willen etwas wie Mitleid in ihm weckte, obwohl ihretwegen solches Unglück über sie beide gekommen war?

«Du siehst sehr jung aus», sagte er.

«Ich bin zwanzig.»

«Und du hast meinen – Bruder gern?»

«Ich würde sterben für ihn.»

Unmöglich, sich zu täuschen im Tonfall ihrer Stimme oder dem Blick in ihren Augen, aufrichtigen, tiefen Slawenaugen; dunkelbraun, nicht blau, wie er zunächst gedacht hatte. Es war ein sehr hübsches Gesicht – entweder hatte ihr Lebenswandel es noch nicht gezeichnet, oder das Leiden dieser vergangenen Stunden hatte die Spuren vertilgt; vielleicht auch ihre innige Zuneigung für Larry. Er fühlte sich merkwürdig verloren, mit diesem zwanzigjährigen Kind dazusitzen; er, über vierzig, ein Mann von Welt, von Berufs wegen mit allen Seiten der menschlichen Natur vertraut.

Ein wenig stotternd sagte er: «Ich – ich bin gekommen in der Absicht – herauszufinden, inwiefern du ihn retten kannst. Hör zu und beantworte einfach die Fragen, die ich dir stelle.»

Sie erhob die Hände, preßte sie aneinander und murmelte: «Oh! Ich will auf alles antworten.»

«Dieser Mann also – dein – dein Ehemann – war er ein schlechter Mensch?»

«Ein schrecklicher Mensch.»

«Wann hast du ihn zuletzt gesehen, bevor er gestern nacht hierherkam?»

«Vor achtzehn Monaten.»

«Wo wohntest du, als du ihn das letzte Mal sahst?»

«In Pimlico.»

«Kennt dich irgend jemand in dieser Gegend als Mrs. Walenn?»

«Nein. Als ich nach dem Tode meines kleinen Mädchens hierherkam, habe ich mich auf ein übles Leben eingelassen. Gar niemand kennt mich. Ich bin ganz allein.»

«Wird man nach seiner Frau suchen, wenn man herausfindet, wer er war?»

«Ich weiß nicht. Er machte den Leuten nicht vor, ich sei mit ihm verheiratet. Ich war sehr jung; er hat, glaube ich, viele behandelt wie mich.»

«Meinst du, er war der Polizei bekannt?»

Sie schüttelte den Kopf. «Er war sehr verschlagen.»

«Wie heißt du eigentlich?»

«Wanda Liwinska.»

«Hat man dich vor deiner Heirat unter diesem Namen gekannt?»

«Wanda ist mein Vorname. Liwinska – nenne ich mich einfach.»

«Ich verstehe; seit du hier bist.»

«Ja.»

«Hat mein Bruder diesen Mann jemals vorher gesehen?»

«Nie.»

«Du hattest ihm erzählt, wie er dich behandelte?»

«Ja. Und dieser Mann ging auf ihn los.»

«Ich habe das Mal gesehen. Glaubst du, jemand hat meinen Bruder zu dir kommen sehen?»

«Ich weiß nicht. Er sagt: nein.»

«Kannst du mir sagen, ob jemand ihn gesehen hat, als er den – den Gegenstand wegbrachte?»

«In dieser Straße niemand – ich habe geschaut.»

«Und auch nicht auf dem Rückweg?»

«Nein, niemand.»

«Oder als er am Morgen wegging?»

«Ich glaube nicht.»

«Hast du ein Mädchen?»

«Nur eine Frau, die um neun Uhr morgens für eine Stunde kommt.»

«Kennt sie Larry?»

«Nein.»

«Freunde, Bekannte?»

«Nein; ich lebe sehr zurückgezogen. Und seit ich Ihren Bruder kenne, treffe ich niemanden. Schon seit langem kommt jetzt niemand außer ihm hierher.»

«Wie lange?»

«Fünf Monate.»

«Bist du heute außer Haus gewesen?»

«Nein.»

«Was hast du gemacht?»

«Geweint.»

Sie sagte das in einem fast erschreckend schlichten Ton, preßte die Hände zusammen und fuhr fort: «Er ist in Gefahr meinetwegen. Ich habe solche Angst um ihn.»

Er hielt seine Hand hoch, um sie zu beschwichtigen, und sagte: «Schau mich an!»

Sie heftete ihre dunklen Augen auf ihn, und an ihrem bloßen Hals, von dem der Mantel weggerutscht war, konnte er sehen, daß sie ihre Erregung energisch hinunterschluckte.

«Wenn es zum Schlimmsten kommt und die Spur von diesem Mann zu dir führt, traust du dir dann zu, meinen Bruder nicht zu verraten?»

Ihre Augen glänzten. Sie erhob sich und ging zum Kamin: «Sehen Sie! Ich habe alles verbrannt, was er mir gegeben hat – sogar sein Bild. Jetzt habe ich nichts mehr von ihm.»

Auch Keith erhob sich. «Gut! Noch eine Frage: Kennt die Polizei dich, wegen – wegen deines Lebens?»

Sie schüttelte den Kopf und schaute ihn mit diesen traurigen, aufrichtigen Augen unverwandt an. Und er spürte etwas wie Scham.

«Es war meine Pflicht, zu fragen. Weißt du, wo er wohnt?»

«Ja.»

«Du darfst nicht dorthin gehen. Und er darf nicht hierher zu dir kommen.»

Ihre Lippen zuckten; aber sie senkte den Kopf. Plötzlich war sie nahe bei ihm, und ihre Stimme war fast ein Flüstern: «Bitte nehmen Sie ihn mir nicht ganz weg. Ich will so vorsichtig sein. Ich werde nichts tun, was ihm schaden kann; aber wenn ich ihn nicht ab und zu sehe, sterbe ich. Bitte nehmen Sie ihn mir nicht weg.» Und sie fing seine Hand zwischen ihre Hände und drückte sie verzweifelt.

Erst nach ein paar Sekunden sagte Keith: «Überlaß das mir. Ich werde ihn aufsuchen. Ich werde Vorkehrungen treffen. Du mußt das mir überlassen.»

«Aber Sie werden nachsichtig sein?»

Er spürte, wie ihre Lippen seine Hand küßten. Und die weiche, feuchte Berührung weckte ein eigenartiges Gefühl in ihm: den Beschützerinstinkt, und doch ganz leise auch etwas wie Brutalität, denn sie ließ seine Sinne erschauern. Er entzog ihr seine Hand. Und als wäre sie gewarnt, daß sie zu sehr gedrängt hatte, wich sie unterwürfig zurück. Aber plötzlich drehte sie sich um und stand stockstill, dann flüstert sie fast unhörbar leise: «Hören Sie! Da ist jemand – dort draußen!» Und sie huschte an ihm vorbei und löschte das Licht.

Fast unmittelbar darauf kam ein Klopfen an der Tür. Spüren – tatsächlich spüren konnte er das Grauen des Mädchens neben ihm. Und auch er hatte Angst. Wer konnte es sein? Es kam niemand außer Larry, hatte sie gesagt. Wer sonst konnte es dann sein? Wieder kam das Klopfen, lauter! Er fühlte den Hauch ihres Flüsterns auf der Wange:

«Wenn es Larry ist! Ich muß aufmachen.» Er zog sich an die Wand zurück, hörte sie die Türe öffnen und mit schwacher Stimme sagen: «Ja. Bitte! Wer?»

Das Licht warf einen dünnen, bewegten Schatten an die gegenüberliegende Wand, und eine Stimme, die Keith erkannte, antwortete: «Schon gut, Miss. Ihre Eingangstür hier ist offen. Sie sollten sie nach Einbruch der Dunkelheit geschlossen halten.»

Gott! Dieser Polizist! Und es war sein eigener Fehler gewesen, weil er die Eingangstür nicht hinter sich abgeschlossen hatte, als er hereinkam. Er hörte, wie sie in ihrem fremdländischen Akzent furchtsam sagte: «Danke, Sir!», wie die Schritte des Polizisten verhallten und die Eingangstür geschlossen wurde; dann spürte er sie wieder neben sich.

Jenes Etwas in ihrer Jugend und seltsamen Anmut, das ihn gerührt und bezähmt hatte, nahm seiner Empörung jetzt, wo er sie nicht sehen konnte, nicht mehr die Schärfe. Sie waren alle gleich, diese Frauen; konnten nicht bei der Wahrheit bleiben! Und er sagte barsch: «Du hast mir erzählt, sie kennen dich nicht.»

Ihre Antwort klang wie ein Seufzer: «Ich habe es auch nicht geglaubt, Sir. Ich war so lange nicht mehr in der Stadt; seit ich Larry habe, nicht mehr.»

Der Unmut, der die ganze Zeit tief in Keith brodelte, kam bei diesen Worten in ihm hoch. Sein Bruder – der Sohn *seiner* Mutter, ein Gentleman – sollte der Besitz dieses Mädchens sein, an sie gefesselt, mit Leib und Seele, durch dieses unaussprechliche Geschehnis! Aber schon hatte sie das Licht angemacht. Ahnte sie, daß die Dunkelheit gegen sie war? Hübsch war sie wirklich, mit diesem weichen

Gesicht, dem einzig die Lippen und die dunklen Augen etwas Farbe gaben; das irgendwie so rührend, so unerklärlich gut war, wie das eines Kindes.

«Ich gehe jetzt», sagte er. «Denk daran! Er darf nicht hierherkommen, und du darfst nicht zu ihm gehen. Ich werde ihn morgen treffen. Wenn du ihn so sehr liebst, wie du sagst – sei vorsichtig, ganz vorsichtig!»

Sie seufzte tief: «Ja! Oh, gewiß!», und Keith ging zur Tür. Sie folgte ihm nicht, blieb mit dem Rücken zur Wand stehen und bewegte nur den Kopf – alles Leben in diesem Taubengesicht lag in den Augen, die zu sagen schienen: «Schau in uns hinein; wir verbergen nichts; es ist alles – alles hier!»

Und er ging hinaus.

Im Gang hielt er inne, bevor er die Eingangstür öffnete. Dem Polizisten wollte er nicht wieder begegnen; inzwischen sollte der Kerl auf seiner Runde ein gutes Stück von dieser Straße weg sein. Vorsichtig drehte er den Griff und schaute hinaus. Niemand in Sicht. Er blieb einen Augenblick stehen und überlegte, ob er sich nach rechts oder links wenden sollte, dann überquerte er eilends die Straße. Zu seiner Rechten sagte eine Stimme: «Gute Nacht, Sir.»

Im Schatten eines Hauseingangs stand da der Polizist. Der Kerl hatte ihn sicher herauskommen sehen! Ganz unwillkürlich zuckte Keith zusammen und stammelte «Gute Nacht!», bevor er rasch davonschritt.

Er kam eine ganze Viertelmeile weit, bevor sein Schreck und sein Unbehagen grimmiger Erbitterung darüber wichen, daß man ihn, Keith Darrant, für einen Freier gehalten hatte. Die ganze Geschichte – diese ganze Geschichte! Eine häßliche, ekelhafte Angelegenheit! Bis ins Innerste fühlte er sich beschmutzt und aufgewühlt. Seine Seele, die entblößt worden war, mußte langsam in ihre schützende Hülle zurückgleiten, bevor er seine fünf Sinne wieder beieinander hatte und sich sammeln konnte. Jedenfalls hatte er in Erfahrung gebracht, was er wollte. Die Gefahr war geringer, als er angenommen hatte. Die Augen dieses Mädchens! Unmöglich, sich in ihrer Hingabe zu täuschen. Sie würde Larry nicht verraten. Gewiß! Larry mußte verschwinden: Südamerika – der Osten – darauf kam es nicht an. Aber er verspürte keine Erleichterung. Die Atmosphäre des billigen, geschmacklosen Zimmers, die an Liebe im Dunkeln denken ließ, an Gefühle, gefangen inmitten von gelblichen Wänden und rotem Intérieur, schlug ihm aufs Gemüt. Das Gesicht dieses Mädchens! Hingabe, auch Aufrichtigkeit und außerordentliche, ergreifende Schönheit an diesem Ort der Dunkelheit und des Grauens, an dieser Brutstätte des Lasters und der Unordnung!... Der dunkle Torbogen; der Gassenjunge mit seinem munteren «Sie haben ihn noch nicht!»; die bloßen Arme um seinen Hals; das entsetzte Flüstern in der Dunkelheit; und vor allem wieder ihr kindliches, aufrichtiges Gesicht, das ihm zugewandt war! Und plötzlich blieb er stockstill auf der Straße stehen. Was um Himmels willen tat er da? Was für groteske Täuschungsmanöver in der Dunkelheit waren das, was für eine seltsame, gräßliche Ungeheuerlichkeit! Die Mächte der Ordnung und der Gewohnheit, all die Gegebenheiten seines Alltags brachen in diesem Augenblick über ihn herein und fegten alles beiseite, was ihnen im Weg war. Es war ein Traum, ein Alptraum – nicht wirklich! Es war lächerlich! Daß er – ausgerechnet *er* derart in solch dunkle, wunderliche Dinge verwickelt sein sollte!

Er war inzwischen beim Strand angelangt, der Straße, die ihn jeden Tag zum Gericht brachte, zu seiner täglichen Arbeit, die so würdig und förmlich war, so untadelig und solide. Nein! Alles war nur ein gräßlicher Alptraum! Er würde verschwinden, wenn er sich auf die vertrauten Gegenstände um ihn herum konzentrierte, die Namen an den Geschäften las, die Gesichter der Vorbeigehenden musterte. Weit unten an der Straße erspähte er die Umrisse der alten Kirche, und dahinter tauchten schon die Gerichtsgebäude auf. Die Glocke einer Feuerspritze bimmelte, und die Pferde galoppierten vorüber: glänzendes Metall, Hufegetrappel und heiseres Rufen. Das war eine Aufregung, echt und harmlos, würdevoll und alltäglich! Eine Frau stolzierte um die Ecke, schaute zu ihm auf und sagte herausfordernd: «Gute Nacht!» Sogar das war alltäglich, akzeptabel. Zwei Polizisten gingen vorüber und stützten in ihrer Mitte einen Betrunkenen, der sich sträubte und sie beschimpfte. Der Anblick war beruhigend, etwas Gewöhnliches, das ihn flüchtig zu ärgern, interessieren und anzuwidern vermochte. Es hatte angefangen zu regnen; er spürte es auf seinem Gesicht und fand es angenehm – etwas Wirkliches, nichts Außergewöhnliches, etwas, das jeden Tag passierte!

Er machte sich daran, die Straße zu überqueren. Droschken waren in rasendem Tempo unterwegs, jetzt, wo der letzte Omnibus den Betrieb eingestellt hatte; es lenkte ihn ab, dieses handfeste, gewöhnliche Risiko einzugehen, wie er es Tag für Tag so oft tat. Während er nun, den Regen im Gesicht, den Strand überquerte und die Droschken an ihm vorbeischossen, fand er zum ersten Mal die Beherrschung wieder, schüttelte dieses Trauma ab, in der Gewalt von etwas zu sein, und ging mit energischem Schritt zu der Ecke, wo die Straße zu seinem Haus abbog. Aber als er zu diesem dunkleren Stück kam, stand er wieder still. Ein Polizist war von der anderen Seite auch in diese Straße eingeschwenkt. Doch – sicher nicht –! Absurd! Sie sahen äußerlich alle gleich aus – diese Burschen! Absurd! Er ging energisch weiter und ließ sich ein ins Haus. Aber auf dem Weg nach oben konnte er es um alles in der Welt nicht lassen, einen Zipfel des Vorhangs anzuheben und vom Treppenhausfenster hinauszuschauen. Der Polizist patrouillierte feierlich in ungefähr zwanzig Meter Entfernung und nahm anscheinend von überhaupt nichts Notiz.

IV

Als Keith um fünf Uhr, seiner gewohnten Stunde, erwachte, erinnerte er sich an nichts. Aber der gräßliche Schatten wurde wieder lebendig, als er sein Arbeitszimmer betrat, wo die Lampe brannte, das Feuer flackerte und der Kaffee wartete, genau wie gestern nachmittag, als Larry dort vor der Wand gestanden hatte. Einen Augenblick lang wehrte er sich gegen die Einsicht; dann nahm er einen Schluck Kaffee und setzte sich mürrisch an den Schreibtisch zu seinem gewohnten dreistündigen Studium der anstehenden Fälle.

Kein Wort in dieser Akte konnte er aufnehmen. Alles war untermischt mit dunklen Vorstellungen und Ängsten; und eine volle halbe Stunde war er wie gelähmt. Dann zwang ihn die schlichte Notwendigkeit, etwas zu wissen über den Fall, bei dem er um halb elf an diesem Morgen die Verhandlung eröffnen mußte, zur Aufmerksamkeit. Dahinter verschwand das Malaise in seinem Innersten jedoch nie ganz. Grimmige Befriedigung über den Sieg des Willens war dafür sein Lohn, als er sich um halb neun erhob und ins Badezimmer ging. Spätestens um halb zehn mußte er bei Larry sein. Ein Schiff lief morgen von London nach Argentinien aus. Wenn Larry sofort weg sollte, mußte Geld beschafft werden. Und dann stieß er beim Frühstück auf die folgende Notiz in der Zeitung:

MORD IN SOHO

Wie unsere Ermittlungen letzte Nacht spät ergaben, hat die Polizei die Identität des Mannes festgestellt, der gestern morgen unter einem Torbogen in der Glove Lane erwürgt aufgefunden wurde. Es ist eine Verhaftung vorgenommen worden.

Zum guten Glück war er mit dem Essen fertig, denn bei diesen Worten wurde ihm übel. In eben dieser Minute wurde Larry vielleicht eingesperrt und wartete darauf, daß gegen ihn Anklage erhoben wurde – vielleicht hatte man ihn gar schon vor seinem eigenen Besuch bei dem Mädchen gestern abend verhaftet. Wenn Larry festgenommen war, wurde sie unweigerlich mit hineingezogen. Wie wäre dann seine eigene Lage? Idiotisch von ihm, sich diesen Torbogen anzusehen, das Mädchen aufzusuchen! War ihm dieser Polizist wirklich bis nach Hause gefolgt? Begünstigung! Keith Darrant, Anwalt der Krone, ein Mann von Rang! Er zwang sich mit einer fast heroischen Anstrengung, diese panische Angst zu unterdrücken. Panik war nie gut. Er mußte sich der Sache stellen und nachschauen. Er unterließ es sogar, sich zu beeilen, suchte ruhig die für den Tag benötigten Unterlagen zusammen und erledigte noch ein, zwei Briefe, bevor er eine Droschke zur Fitzroy Street nahm.

Als er dort an diesem grauen Morgen vor der Tür darauf wartete, daß auf sein Läuten jemand kam, entsprach er haargenau dem Bild eines beherzten Mannes, eines Menschen, der wußte, was er wollte. Aber es gelang ihm nur unter Aufbietung all seiner Willenskraft, gleichmütig zu fragen: «Ist Mr. Darrant da?» und mit unbewegter Miene die Antwort zu vernehmen: «Er ist noch nicht auf, Sir.»

«Macht nichts; ich gehe hinein und sehe selber nach. Mr. Keith Darrant.»

Auf dem Weg zu Laurence' Schlafzimmer war er trotz der großen Erleichterung kaltblütig genug zu denken: «Diese Verhaftung ist das Beste, was hätte passieren können. Es hält sie auf einer falschen Fährte, bis Larry entkommen ist. Das Mädchen muß auch weg, aber nicht gleichzeitig.» Die Panik hatte schließlich dazu beigetragen, seinen Entschluß zu festigen. Er betrat das Schlafzimmer mit einem Gefühl des Ekels. Da lag der Kerl, die bloßen Arme hinter dem Wuschelkopf verschränkt, und rauchte; der Stuhl neben ihm war übersät mit Zigarettenstummeln, deren widerlicher Gestank die Luft verpestete. Das blasse Gesicht, in dem die Backenknochen und das Kinn hervorstanden, die hohlen Wangen und die tief eingesunkenen blauen Augen – ein Schatten seiner selbst!

Durch den Qualm schaute er auf zu Keith und sagte ruhig: «Nun, Bruder, was ist das Verdikt? ‹Lebenslängliche Deportation und eine Buße von vierzig Pfund›?»

Diese Keckheit empörte Keith. Das war typisch Larry! Letzte Nacht entsetzt und reumütig, heute morgen «Scher mich nicht drum» und leichtfertig. Er sagte verdrießlich: «Oh! Du kannst jetzt darüber scherzen?»

Laurence drehte das Gesicht zur Wand. «Ich muß.»

Fatalismus! Wie verabscheuungswürdig waren doch solche Naturen!

«Ich habe sie besucht», sagte er.

«Du?»

«Gestern nacht. Auf sie ist Verlaß.»

Laurence lachte. «Das habe ich dir schon gesagt.»

«Ich mußte mich selbst überzeugen. Du mußt sofort verschwinden, Larry. Sie kann dir mit dem nächsten Schiff folgen; aber ihr könnt nicht zusammen gehen. Hast du Geld?»

«Nein.»

«Ich kann deine Auslagen begleichen und dir ein Jahresgehalt vorstrecken. Aber es muß ein klarer Bruch sein; wenn du einmal dort bist, darf dein Aufenthaltsort nur mir bekannt sein.»

Ein tiefer Seufzer war die Antwort. «Du bist sehr gut zu mir Keith; du bist immer sehr gut gewesen. Ich weiß gar nicht, weshalb.»

Keith gab trocken zur Antwort: «Ich auch nicht. Morgen läuft ein Schiff nach Argentinien aus. Du hast Glück; sie haben eine Verhaftung vorgenommen. Es steht in der Zeitung.»

«Was?» Der Zigarettenstummel entfiel ihm, die dünne Gestalt in ihrem Pyjama schnellte in die Höhe und klammerte sich an der Bettumrandung fest. «Was hast du gesagt?»

Keith schoß ein beunruhigender Gedanke durch

den Kopf: «Ich war ein Esel. Er benimmt sich sonderbar; was nun?»

Laurence fuhr sich mit der Hand über die Stirn und setzte sich aufs Bett.

«Daran hatte ich nicht gedacht», sagte er. «Ich bin erledigt.»

Keith starrte vor sich hin. In seiner Erleichterung, daß der Verhaftete nicht Laurence war, hatte er dies nicht bedacht. Wie dumm von ihm!

«Warum?» sagte er schnell. «Ein Unschuldiger hat nichts zu befürchten. Sie erwischen immer zuerst den Falschen. Es ist nichts als ein Glücksfall. Es gibt uns Zeit.»

Wie oft hatte er nicht diesen Ausdruck auf Larrys Gesicht gesehen: sehnsüchtig, fragend, als versuche er, die Sache mit Keiths Augen zu betrachten, sich der besseren Einsicht zu beugen. Und er sagte fast zärtlich: «Schau einmal, Larry; das ist eine zu ernste Sache, als daß sich damit spaßen ließe. Kümmere dich nicht darum. Überlaß das mir. Mach dich einfach reisefertig. Ich werde für dich einen Platz reservieren und alle Vorkehrungen treffen. Hier hast du etwas Geld für deine Anschaffungen. Ich kann zwischen fünf und sechs wieder hier sein und dir Bescheid sagen. Nimm dich zusammen, Mann. Sobald dir das Mädchen dorthin nachgekommen ist, geht ihr am besten über die Grenze nach Chile, je weiter fort, desto besser. Du mußt dich einfach in Luft auflösen. Ich muß jetzt gehen, wenn ich noch auf die Bank soll, bevor ich zum Gericht gehe.» Und er blickte seinem Bruder ganz fest in die Augen und fügte hinzu: «Komm schon! Du mußt in dieser Angelegenheit an mich ebenso wie an dich denken. Nicht an den Abmachungen rütteln. Verstehst du?»

Aber immer noch staunte Larry mit diesem sehnsüchtig fragenden Blick zu ihm auf, und erst als er wiederholte: «Verstehst du?», bekam er ein «Ja» zur Antwort.

Auf der Rückfahrt dachte er: «Komischer Kauz! Ich kenne ihn nicht, werde ihn nie kennen!», und sogleich begann er seine Aufmerksamkeit den praktischen Dingen zu widmen. Auf seiner Bank hob er vierhundert Pfund ab; doch während er wartete, bis die Noten abgezählt waren, stand er Qualen aus. Eine plumpe Art, an die Dinge heranzugehen! Wenn er mehr Zeit gehabt hätte! Der Gedanke «Begünstigung» schlich sich jetzt überall ein. Banknoten konnte man zurückverfolgen. Trotzdem gab es keinen andern Weg, ihn sogleich loszuwerden... Man mußte kleinere Risiken in Kauf nehmen, um größere zu vermeiden. Von der Bank fuhr er zum Büro der Schiffahrtsgesellschaft. Er hatte Larry gesagt, er werde ihm einen Platz reservieren. Aber das würde nicht gehen! Er durfte nur anonym fragen, ob es noch Plätze hatte. Nachdem er festgestellt hatte, daß es noch Kajütenplätze gab, fuhr er weiter zum Gericht. Wenn er sich einen Morgen hätte freimachen können, wäre er zum Polizeigericht hinübergegangen, um zu sehen, wie gegen diesen Mann Anklage erhoben wurde. Aber selbst das war nicht allzu harmlos, mit einem Gesicht, das so bekannt war wie seines. Wozu würde diese Verhaftung führen? Sicher zu nichts! Die Polizei griff immer jemanden auf, um die Öffentlickeit zu beruhigen. Dann, ganz unvermittelt, hatte er wieder das Gefühl, daß alles ein Alptraum war; nie hatte Larry das getan; die Polizei hatte den Richtigen erwischt! Aber sogleich kam die Erinnerung zurück an das angstvolle Gesicht des Mädchens, ihre zusammengekauerte Gestalt auf dem Sofa, ihre Worte: «Immer sehe ich ihn fallen!» Gott! Was für eine Geschichte!

Es kam ihm vor, als sei er nie scharfsinniger und überzeugender gewesen als an jenem Morgen bei Gericht. Sobald er zum Lunch herauskam, kaufte er das sensationslüsternste unter den Abendblättern. Aber es war noch zu früh für Neuigkeiten, und als er in den Gerichtssaal zurückgehen mußte, war er kein bißchen klüger, was die Verhaftung betraf. Endlich konnte er Perücke und Talar ablegen, brachte eine Besprechung und was sonst noch an Arbeit anfiel hinter sich und trat auf die Chancery Lane hinaus; unterwegs kaufte er eine Zeitung. Dann hielt er eine Droschke an und fuhr wieder zur Fitzroy Street.

V

Laurence war minutenlang auf seinem Bett sitzen geblieben. Ein Unschuldiger war nie in Gefahr! Keith hatte es gesagt – der gefeierte Anwalt! Konnte er sich darauf verlassen? Achttausend Meilen mit dem Mädchen weggehen und einen Mitmenschen in vielleicht lebensbedrohlicher Lage zurücklassen, wegen einer Tat, die er selbst verübt hatte?

In der vergangenen Nacht meinte er, durch die Hölle gegangen zu sein; er war auf alles gefaßt. Hätte ihm Keith, als er hereinkam, den Rat gegeben: «Stell dich!», er hätte ihn widerspruchslos befolgt. Er war bereit, den Rest seines Lebens wegzuwerfen, wie er seine Zigarettenstummel wegwarf. Und als er von einer Gnadenfrist hörte, hatte er nur zur Hälfte aus Erleichterung jenen tiefen Seufzer ausgestoßen. Aber dann hatte ihn unglaublich schnell ein Gefühl unaussprechlicher Freude und Hoffnung durchflutet. Fliehen – in ein neues Land, ein neues Leben! Das Mädchen und er! Dort drüben würde es ihm nichts ausmachen, würde er sich gar dazu beglückwünschen, das Leben aus diesem Schädling in Menschengestalt gequetscht zu haben. Dort drüben! Unter einer neuen Sonne, wo das Blut schneller kreiste als in diesem nebligen Land und die Leute das Recht selbst in die Hand nahmen. Und verdient hatte es dieses Scheusal, auch wenn er ihn nicht hatte töten wollen. Und dann von dieser Festnahme zu hören! Heute würden sie gegen den Mann Anklage erheben. Er konnte hingehen und sehen, wie der arme Mensch eines Mordes bezichtigt wurde, den er selbst begangen hatte! Und er lachte. Hingehen und sehen, wie wahrscheinlich es war, daß sie einen andern an seiner Stelle aufhängen würden? Er kleidete sich an, aber um sich zu rasieren, zitterte er zu sehr, und er ging zu einem Barbier. Während er dort war, las er die Meldung, die Keith gesehen hatte. In dieser Zeitung wurde der Name des Verhafteten bekanntgegeben: «John Evan, ohne ständige Adresse. Hat sich in der Bow Street der Anklage zu stellen.» Ja! Er mußte gehen. Einmal, zweimal, dreimal lief er am Eingang zum Gerichtsgebäude vorüber, bevor er schließlich eintrat und im Pöbel untertauchte.

Der Gerichtssaal war überfüllt, und dem Gemurmel um ihn herum konnte er entnehmen, daß es sein eigener Fall war, der so viele hierhergeführt hatte. Wie betäubt schaute er zu, wie über Antrag auf Antrag in Blitzesschnelle entschieden wurde. Aber würden sie denn nie zu seinem Fall kommen? Und dann plötzlich sah er dieses verhutzelte Männlein von gestern abend zwischen zwei Polizisten zur

Anklagebank vortreten, bei Tageslicht zerlumpter und armseliger denn je, wie ein von wohlgenährten Hunden umringtes struppiges und entkräftetes graues Tier.

Ein befriedigtes Raunen erhob sich rundherum; und es wurde Laurence mit Schrecken bewußt, daß dies – dies also der Mann war, der angeklagt wurde der Tat, die er selbst begangen hatte – dieser absonderliche, arg mitgenommene Unglückliche, dem er im Vorbeigehen ein paar gute Worte gegeben hatte. Dann traten alle Gefühle hinter der entsetzlichen Spannung des Zuhörens zurück. Die Beweisaufnahme war sehr kurz. Die Zeugenaussage des Hoteliers, bei dem Walenn logiert hatte, die Identifizierung des Toten und eines schlangenförmigen Ringes, den Walenn an jenem Abend beim Nachtessen getragen hatte. Die Aussage eines Pfandleihers, wonach dieser selbe Ring von dem Angeklagten gestern morgen, gleich nach Geschäftsbeginn, bei ihm gepfändet worden war. Die Aussage eines Polizisten, wonach er den besagten Evan verschiedentlich in der Glove Lane gesehen und es ihm zweimal verwehrt hatte, unter dem fraglichen Torbogen zu schlafen. Die Aussage eines anderen Polizisten, wonach Evan bei seiner Verhaftung um Mitternacht gesagt hatte: «Ja; ich nahm ihm den Ring vom Finger. Ich fand ihn dort tot... Ich weiß, ich hätte es nicht tun sollen... Ich bin ein gebildeter Mann; es war dumm, den Ring zu verpfänden. Ich fand ihn mit umgekehrten Hosentaschen.»

Faszinierend und gräßlich war es, dazusitzen und den Mann anzustarren, dessen Platz er hätte einnehmen sollen; sich zu fragen, wann diese hellgrauen, blutunterlaufenen kleinen Augen ihn erspähen würden und wie er diesem Blick begegnen würde. Wie ein gehetzter Waschbär stand der kleine Mann da, in eine Ecke gedrängt; traurig, zynisch, wild; mit seinem faltigen, stumpfen, gelben Gesicht, dem stoppeligen grauen Bart und Haupthaar, den Augen, die hin und wieder über die Menge glitten. Aber unter größter Anstrengung gelang es Laurence, keine Miene zu verziehen. Dann kam der Befehl «Abführen!», und mehr denn je glich der Mann einem gehetzten Tier, als er weggebracht wurde.

Laurence blieb sitzen, der kalte Schweiß perlte auf seiner Stirn. Noch jemand hatte also die Leiche entdeckt und die Taschen geleert, bevor John Evan den Ring nahm. Ein Mann wie Walenn würde nachts nicht ohne Geld ausgehen. Außerdem, wenn Evan Geld bei dem Toten gefunden hätte, wäre er nie das Risiko eingegangen, sich jenen Ring anzueignen. Ja, jemand anders hatte die Leiche zuerst entdeckt. An ihm war es, hervorzutreten; zu beweisen, daß der Ring noch am Finger des Toten war, als er sich von ihm entfernte, und damit Evan zu entlasten. Er klammerte sich an diese Vorstellung; sie schien ihn weniger stark verantwortlich zu machen für die Lage des kleinen Mannes, ihn und seine Tat dem Geschehen um eine Stufe zu entrücken. Wenn man den fand, der das Geld genommen hatte, war Evans Unschuld bewiesen. Er kam fast in Trance aus dem Gerichtssaal. Und das Verlangen, sich zu betrinken, überfiel ihn. Man konnte nicht so weitermachen ohne die Erleichterung, die ein kurzes Vergessen brachte. Wenn er sich nur betrinken könnte, und dann betrunken bleiben, bis diese Angelegenheit entschieden war; bis er wußte, ob er sich stellen mußte oder nicht. Er hatte jetzt überhaupt keine Angst, daß die Leute ihn verdächtigten; nur vor sich selbst hatte er Angst – daß er vielleicht hingehen und sich stellen würde. Jetzt sah er das Mädchen vor sich; die Gefahr von dieser Seite war verschwindend klein, verglichen mit der Gefahr, die ihm von seinem eigenen Gewissen drohte. Er hatte Keith versprochen, nicht zu ihr zu gehen. Keith war anständig und loyal zu ihm gewesen – guter alter Keith! Aber er würde nie verstehen, daß dieses Mädchen jetzt alles war, was ihm im Leben etwas bedeutete; daß er sogar lieber um das Leben als um sie gebracht wurde. Statt immer weniger bedeutete sie ihm immer mehr – eine seltsame, erregende Erfahrung! Aus tiefem Elend heraus war sie glücklich geworden – durch ihn; von einem schmutzigen, unsteten Leben hatte sie wieder zur Beständigkeit und einer neuen Blüte gefunden, durch ihre innige Liebe zu ihm – ausgerechnet zu *ihm*! Es war ein Wunder. Sie verlangte nichts von ihm, betete ihn an, wie es keine Frau je getan hatte – es war dies, was seinem schwankenden Schiff Halt gegeben hatte; dies – ihre aufrichtige, mild verständnisvolle Art und die Leidenschaftlichkeit einer Frau, die, von den Männern lange als Geschlechtsobjekt behandelt, endlich liebt.

Und plötzlich bezähmte er sein Verlangen, sich zu betrinken, und machte sich auf den Weg nach Soho. Es war dumm von ihm gewesen, Keith diese Schlüssel zu geben. Sein Besuch mußte sie erschreckt haben, und vielleicht war ihr seitdem doppelt elend zumute, weil sie nichts wußte und sich alles mögliche ausmalte! Bestimmt hatte Keith sie erschreckt. Armes kleines Ding!

Er rannte fast die Straße hinunter, durch die er sich in der Dunkelheit mit dem leblosen Körper auf dem Rücken gestohlen hatte, und suchte den

Schutz ihres Hauses. Die Tür wurde ihm aufgemacht, bevor er klopfte, ihre Arme flogen ihm um den Hals, ihre Lippen preßten sich auf die seinen. Das Feuer war aus, als sei sie nicht imstande gewesen, daran zu denken, für Wärme zu sorgen. Ein Hocker war zum Fenster gerückt worden, und dort war sie offensichtlich gesessen, wie ein Vogel im Käfig, und hatte auf die graue Straße hinausgeblickt. Obwohl man ihr gesagt hatte, er würde nicht kommen, hatte sie eine innere Stimme dort festgehalten; oder vielleicht war es die rührende, schmerzliche Hoffnung, wo keine Hoffnung ist, die Liebende nie aufgeben.

Jetzt, wo er da war, galt ihre Aufmerksamkeit zunächst seiner Behaglichkeit. Sie machte das Feuer an. Er mußte essen, trinken, rauchen. In nichts erinnerte ihre Geschäftigkeit an das «Ich tue dies für dich, aber du solltest jenes für mich tun», das so viele Ehen und Liaisons kennzeichnet. Sie war wie eine ergebene Sklavin, liebte ihre Ketten so, daß sie nicht einmal wußte, daß sie sie trug. Und Laurence, der so wenig auf Besitz gab, liebte sie deswegen nur um so zärtlicher und war ihr um so mehr zugetan. Er hatte beschlossen, ihr nichts von der neuen Gefahr zu sagen, die von seinem eigenen Gewissen ausging. Aber seine Entschlüsse waren immer das Gegenteil von dem, was dann sicher eintrat; und so entschlüpften ihm zu guter Letzt die Worte: «Sie haben jemanden verhaftet.»

Ihr Gesicht sagte ihm, daß sie die Gefahr sogleich erkannt, vielleicht schon geahnt hatte, bevor er sprach. Aber sie schlang nur ihre Arme um ihn und küßte ihn auf die Lippen. Und er wußte, daß sie ihn bat, seine Liebe zu ihr über sein Gewissen zu stellen. Wer hätte je geglaubt, daß er solche Gefühle aufbringen konnte für dieses Mädchen, das in den Armen vieler gewesen war! Die unreine, leidvolle Vergangenheit einer geliebten Frau weckt in einigen Männern nur Galanterie; andere, ehrenhaftere, sind wie gereizte Tiger in ihrer nachtragenden Eifersucht auf das, was in der Vergangenheit anderen geschenkt wurde. Manchmal geschieht beides. Wenn er sie in den Armen hielt, spürte er keine Gewissensbisse, daß er das rohe, gut aussehende Scheusal umgebracht hatte, das ihr Ruin gewesen war. Er triumphierte hemmungslos. Aber wenn sie dann den Kopf in seine Achselhöhle legte und ihm ihr weißes Gesicht mit dem Hauch von Farbe auf den geöffneten Lippen, den Wangen und Lidern zuwandte; wenn ihre dunklen, weit offenen braunen Augen im Glück ihrer Hingabe zu ihm aufblickten – dann wollte er nichts als zärtlich sein und sie beschützen.

Er verließ sie um fünf Uhr und war kaum zwei Straßen weit gekommen, als die Erinnerung an den kleinen grauen Landstreicher mit der monoton krächzenden Stimme, den man wie einen gehetzten Waschbären in die äußerste Ecke der Anklagebank gedrängt hatte, wieder von ihm Besitz ergriff. Und etwas wie wilder Trotz wallte in ihm auf, gegen eine Welt, in der man so gepeinigt werden konnte, ohne daß man jemandem etwas hatte zuleide tun wollen.

Vor der Tür seiner Wohnung stieg Keith gerade aus einer Droschke. Sie gingen zusammen hinein, aber keiner von beiden setzte sich; Keith stand mit dem Rücken zur sorgfältig verschlossenen Tür, Laurence mit dem Rücken zum Tisch; es war, als wüßten sie, daß sich eine Auseinandersetzung anbahnte.

Und Keith sagte: «Es hat Platz auf diesem Schiff. Geh und reserviere dir deine Kajüte, bevor sie schließen. Da ist das Geld!»

«Ich will hier ausharren, Keith.»

Keith kam näher und legte eine Rolle Banknoten auf den Tisch.

«Jetzt hör mir einmal zu, Larry. Ich habe die Prozeßakten gelesen. Da ist nichts dran. Und für einen Nachtvogel wie den spielt es keine Rolle, ob er ein paar Wochen im Gefängnis ist oder nicht. Schlag dir das aus dem Kopf – das Beweismaterial reicht bei weitem nicht aus für eine Verurteilung. Das ist deine Chance. Sei ein Mann und beginne ein neues Leben.»

Laurence lächelte; aber das Lächeln war eine Spur irre, eine Spur boshaft.

Er hob die Geldscheine auf.

«Verschwinden soll ich und die Ehre des Bruders Keith retten. Steck sie dir in die Tasche zurück, oder ich werfe sie ins Feuer. Komm schon, nimm sie!» Und er ging zum Kamin hinüber und hielt sie vor das Gitter. «Nimm sie, oder hinein damit!»

Keith nahm die Banknoten wieder an sich.

«Ich habe immer noch meine Ehre, Keith. Wenn ich abhaue, bleibt nichts davon übrig, keine Spur. Vielleicht bedeutet sie mir mehr als das – ich kann es noch nicht sagen – ich weiß es nicht.»

Es war lange still, bevor Keith antwortete: «Ich sage dir, du irrst dich; kein Geschworenengericht wird ihn schuldig sprechen, und selbst wenn, würde kein Richter darauf ein Todesurteil stützen. Ein Leichenfledderer *gehört* hinter Gitter. Er hat, wenn du so willst, etwas Schlimmeres getan als du.»

Laurence zog die Brauen hoch. «Richte nicht, Bruder», sagte er; «das Herz ist ein dunkler Brunnen.»

Keiths gelbliches Gesicht wurde rot und schwoll an, als unterdrücke er einen Hustenreiz.

«Was hast du in diesem Fall vor? Ich nehme an, ich darf dich bitten, unseren guten Namen nicht ganz außer acht zu lassen, oder verträgt sich eine derartige Rücksichtnahme nicht mit deiner Ehre?»

Laurence senkte den Kopf. Diese Geste sagte deutlicher als alle Worte: «Schlag einen Mann nicht, wenn er am Boden liegt!»

«Ich weiß nicht, was ich tun werde – für den Augenblick nichts. Es tut mir schrecklich leid, Keith; schrecklich leid.»

Keith schaute ihn an und ging ohne ein weiteres Wort hinaus.

VI

Wer nicht ein Philosoph ist, bangt ebensosehr um seinen guten Ruf, wenn Schande über Namen und Familie kommt, wie wenn es ihn selbst betrifft. Keith war es gewohnt, einer Gefahr immer tatkräftig zu begegnen. Aber dieser Schlag, sei es, daß er durch die Aufdeckung des Verbrechens oder durch ein Geständnis niedersauste, war nicht abzuwenden. Wie der Mehltau aus heiterem Himmel die Rose befällt, würde der Skandal ihn treffen. Es gab keine Gegenwehr! Kein Entschlüpfen! Bruder eines Mörders, den man hängen oder lebenslänglich einsperren würde! Seine Tochter – die Nichte eines Mörders! Seine tote Mutter – die Mutter eines Mörders! Und Tag um Tag, Woche um Woche zu warten und nicht zu wissen, ob der Schlag niedersausen würde, war eine ganz fürchterliche Strafe, die ein redlicher Mensch täglich mehr als schreiendes Unrecht empfinden mußte.

Im Laufe der Voruntersuchung war nachgewiesen worden, daß der Ermordete in der Nacht vor seinem Tod schwer getrunken hatte. Es wurde weiteres Beweismaterial zur gewohnheitsmäßigen Landstreicherei und der Notlage des Angeklagten erbracht; auch wurde nachgewiesen, daß der Torbogen in der Glove Lane schon seit einiger Zeit sein bevorzugtes Nachtquartier gewesen war. Die Verhandlung war auf den Januar anberaumt worden.

Keith war diesmal trotz Bedenken zum Polizeigericht gegangen. Zu seiner großen Erleichterung war Larry nicht da. Aber der Polizist, der hinzugekommen war, als er den Torbogen inspizierte und ihn nachher in der Wohnung des Mädchens so erschreckt hatte, bestätigte als Hauptzeuge, wie sich der Angeklagte in der Glove Lane herumgetrieben hatte. Obwohl Keith seinen Seidenzylinder hochhielt, hatte er doch das ungute Gefühl, daß ihn der Mann erkannt hatte.

Sein Gewissen litt, wenn überhaupt, keine großen Qualen deswegen, daß er diesen Mann unter dem Schatten des Mordverdachts leben ließ. Er war ehrlich davon überzeugt, daß das Beweismaterial nicht für eine Verurteilung ausreichte, und die Martern eines eingesperrten Vagabunden nachzufühlen, lag ihm nicht. Der Spitzbube verdiente seine Strafe dafür, daß er einen Toten beraubt hatte; und jedenfalls ging es einem solchen Knochengestell besser im Gefängnis, als wenn der Mann jetzt im Dezember im Freien, unter Torbögen, schlafen müßte. Gefühlsduselei war Keith fremd, und sein Gerechtigkeitssinn war von der Art, daß er das Los der Schwachen und Hilflosen der notwendigen Vorherrschaft der Starken und Gutsituierten unterordnete.

Seine Tochter kam von der Schule für die Weihnachtsferien nach Hause. Es war schlimm, von ihren glänzenden Augen und rosigen Wangen aufzublicken und diesen Schatten über seinem ruhigen, geordneten Leben schweben zu sehen: als fiele in einem lichtdurchfluteten Zimmer der Blick auf einen drohenden dunklen Fleck, der wie eine Spinnwebe in einem Winkel des Raumes hängt.

Am Heiligen Abend gingen sie nachmittags auf ihren Wunsch in eine Kirche in Soho, wo das Weihnachtsoratorium gegeben wurde, und auf dem Rückweg kamen sie, weil sie die Abzweigung verfehlt hatten, zufällig die Borrow Street hinunter. Hu! Wie plötzlich wieder jener Moment des Schrekkens, als das Mädchen sich in der Dunkelheit an ihn gepreßt und dann in panischer Angst geflüstert hatte: «Oh! Wer ist das?», vor seinem geistigen Auge erstand! Immer diese Geschichte – diese gräßliche Geschichte! Nach der Gerichtsverhandlung würde er nochmals versuchen, diese beiden wegzubringen. Und er nahm den Arm seines Töchterchens und trieb sie zur Eile an, fort von dieser Straße, wo die Winterluft voller Schatten war.

Aber als sie an jenem Abend zu Bett gegangen war, fühlte er sich unbezähmbar ruhelos. Er hatte Larry wochenlang nicht gesehen. Was hatte er vor? Was für Verzweiflungstaten heckte sein Wirrkopf aus? War er sehr schlimm dran; hatte er vielleicht die Betäubung im Rausch gesucht? Und wie früher verspürte er das Bedürfnis, ihn zu beschützen, die Zuneigung längst vergangener Weihnachtsabende, als Sankt Nikolaus ihnen die Strümpfe füllte, die sie in der Nacht herausgehängt hatten, und sein Kuß sie Abend für Abend ins Reich der Träume entführte, nachdem seine Hand wie immer die Decke um sie festgesteckt hatte.

Sterne funkelten dort draußen über dem Fluß; der Himmel war frostig klar und schwarz. Die Glocken hatten noch nicht zu läuten begonnen. Und einer dunklen Regung in seinem Innersten gehorchend, hüllte sich Keith wieder in seinen Pelzmantel, drückte seine Autofahrermütze in die Stirn und brach auf.

Am Strand nahm er eine Droschke zur Fitzroy Street. Larrys Fenster waren nicht erleuchtet, und auf einem Zettel sah er die Worte: «Zu vermieten». Weg! War er schließlich doch für immer gegangen? Aber wie – ohne Geld? Und das Mädchen? Glocken erklangen jetzt in der schweigenden Winternacht. Heiligabend! Und Keith dachte: «Wenn ich doch nur diese elende Geschichte vom Hals hätte! Ungeheuerlich, daß man für die Verfehlungen anderer büßen sollte!»

Er schlug einen Weg ein, der ihn an der Borrow Street vorbeiführte. Stille lastete dort, und er schritt energisch auf der gegenüberliegenden Seite die Straße hinunter und beobachtete aufmerksam das Fenster des Mädchens. Es brannte Licht. Die Vorhänge waren nicht ganz zugezogen, so daß ein wenig Licht hindurchschimmerte. Er überquerte die Straße, blickte schnell nach rechts und links und spähte in voller Absicht hinein.

Er stand nur vielleicht zwanzig Sekunden da, aber manchmal prägen sich die Bilder, die man in einem Augenblick erhascht, nachhaltiger ein als die Eindrücke von Stunden und Tagen. Das elektrische Licht brannte nicht; aber mitten im Zimmer kniete das Mädchen in seinem Nachtgewand vor einem kleinen Tisch, auf dem vier Kerzen brannten. Sie hatte die Arme über der Brust gekreuzt; das Kerzenlicht fiel auf ihr helles, kurzgeschorenes Haar, seitlich auf Wange und Kinn, auf den gebeugten weißen Nacken. Einen Augenblick lang dachte er, sie sei allein; dann sah er, daß hinter ihr sein Bruder in einem Schlafanzug an der Wand lehnte, mit verschränkten Armen, und sie beobachtete. Es war der Ausdruck auf seinem Gesicht, der ihm das Ganze unauslöschlich einprägte, so daß er später jederzeit dieses Tableau vor sich sehen konnte – ein Ausdruck, wie er nie auf dem Gesicht eines Menschen hätte erscheinen können, der auch nur geahnt hätte, daß ein irdisches Wesen ihn beobachtete. Es war, als läge Larrys Innerstes, all seine Gefühle, offen zutage. Sehnsucht, Spott, Liebe, Verzweiflung! Die Tiefe seiner Gefühle für dieses Mädchen, seine Anspannung, Ängste und Hoffnungen; was sich in seiner Seele an Gutem und Bösem gesammelt hatte: alles nahm da Gestalt an, war auf unvergeßliche Weise entblößt. Das Kerzenlicht leuchtete ihm von unten ins Gesicht, das zu einem ganz seltsamen Lächeln verzogen war. Seine Augen, die dunkler und sehnsüchtiger waren, als die Augen der Menschen sein sollten, schienen gleichzeitig das weißgekleidete Mädchen zu beschwören und zu verspotten, das, regungslos wie eine Heiligenstatue, ganz versunken da kniete. Es war, als formten seine Lippen die Worte: «Bete für uns! Bravo! Ja! Bete für uns!» Und plötzlich sah Keith, wie sie die Arme ausstreckte, mit verzücktem Blick aufsah und Laurence darauf eine Bewegung in ihre Richtung machte. Was hatte sie jenseits des Kerzenlichtes geschaut? Es ist das Unerwartete, was den Bildern ihre Wirkung verleiht. Nichts Seltsameres hätte Keith an diesem dunklen Ort der Gesetzlosigkeit sehen können. Aber vor lauter panischer Angst, man könnte ihn dabei ertappen, wie er hier herumschnüffelte, zog er sich zurück und eilte weiter.

Larry lebte also dort mit ihr! Wenn die Zeit kam, konnte er ihn finden.

Bevor er ins Haus ging, lehnte er ganze fünf Minuten lang an der Brüstung der Terrasse davor und staunte in den sternenklaren Himmel und den Fluß, den die Bäume so unterteilten, daß es aussah wie lauter schwarze Tümpel, die im Schein der Laternen am Embankment seidig glänzten. Und tief innen, losgelöst vom reinen Denken, spürte er einen Schmerz – spürte irgendwie, irgendwo einen Schmerz. Jenseits der Beschränkung durch alles, was er sah, hörte und dachte, hatte er etwas wahrgenommen, das er nicht erreichen konnte. Aber die Nacht war kalt, und die Glocken schwiegen, denn es hatte zwölf geschlagen. Er betrat sein Haus und stahl sich nach oben.

VII

Mochten die sechs Wochen vor dem Glove-Lane-Mordprozeß für Keith ungemütlich und düster sein, so waren sie für Laurence fast die glücklichsten seit seiner Jugend. Von dem Augenblick an, als er seine Wohnung aufgab und in die des Mädchens einzog, bemächtigte sich seiner etwas wie Friede und Heiterkeit. Und dabei strengte er sich nicht an, den Alptraum abzuschütteln, der auf ihm lastete. Ebensowenig nahm ihm die Liebe die Besinnung. Er war wie erstarrt. Angesichts der Macht eines Schicksals, gegen das sein Wille nicht aufkam, hatte sich der Aufruhr in ihm, die Angst und sogar seine Unruhe gelegt; sein Leben glitt im Strom des «Es wird kommen, was muß» dahin. Aus dieser Lähmung geriet er manchmal Hals über Kopf in den Strudel rabenschwarzer Verzweiflung.

Dagegen kämpfte er auch in der Heiligen Nacht. Als sich das Mädchen von den Knien erhob, fragte er sie: «Was hast du gesehen?»

Sie preßte sich an ihn und zog ihn zu Boden, neben den Kamin; dort saßen sie, Hand in Hand, mit angezogenen Knien, wie zwei Kinder, die über den Rand der Welt hinauszublicken versuchen.

«Die Heilige Jungfrau habe ich gesehen. Sie stand vor der Wand und lächelte. Wir werden bald glücklich sein.»

«Wenn wir sterben, Wanda», sagte er plötzlich, «wollen wir es gemeinsam tun. Wir werden einander warm geben, dort draußen.»

Sie schmiegte sich an ihn und flüsterte: «Ja, o ja! Wenn du stirbst, könnte ich nicht weiterleben.»

Es war diese völlige Abhängigkeit von ihm, das Gefühl, das er sich etwas bewahrt hatte, das ihm Halt gab. Dies, und das abgeschiedene Leben im Schutze der beiden Zimmer. Einzig die Putzfrau kam am Morgen für eine Stunde, von neun bis zehn, sonst den ganzen Tag keine Menschenseele. Sie gingen nie zusammen aus. Er pflegte lange im Bett zu bleiben, während Wanda einkaufte, was sie für die Mahlzeiten an diesem Tag benötigten. Er lag dann auf dem Rücken, die Hände hinter dem Kopf verschränkt, und sah ihr Gesicht vor sich, die Bewegungen ihrer schlanken, gerundeten, zierlichen Gestalt, wenn sie sich vor seinen Augen ankleidete; er spürte wieder den Kuß, den sie ihm auf die Lippen gedrückt hatte, das Leuchten ihrer sanften Augen, die in diesem hellen Gesicht so merkwürdig dunkel waren. In einer Art Trance blieb er jeweils still liegen, bis sie zurückkam. Dann erhob er sich ungefähr um die Mittagszeit zum Frühstück, das sie bereitet hatte, und trank Kaffee. Am Nachmittag pflegte er allein auszugehen und stundenlang zu marschieren, irgendwohin, wenn es nur Richtung Osten war. Im Osten der Stadt sah man immer Leid; immer etwas, das ihm das tröstliche Gefühl gab, daß er und seine Sorgen unbedeutend waren angesichts des allgemeinen Elends; daß er nicht allein war, solange so viele andere sich härmende Geschöpfe im Schatten lebten. Nach Westen zu gehen, hätte ihn beelendet. Im Westen war alles wie Keith, erfolgreich, untadelig, geordnet, bestimmt. Erschöpft kam er jeweils zurück und saß daneben, wenn sie das bescheidene Nachtmahl bereitete. Die Abende gehörten der Liebe. Ein eigentümlich traumverlorenes Leben, aus dem beide Angst hatten zu erwachen. Nichts deutete darauf hin, daß sie jene Abwechslung vermißte, die ein Mädchen, das auch nur ein paar Monate gelebt hat wie sie, angeblich braucht. Sie wollte nie, daß er sie irgendwohin mitnahm; und ihre Worte, Taten und Blicke zeugten von nichts anderem als fast verzückter Zufriedenheit. Und doch wußte er, und sie wußte es auch, daß sie nur darauf warteten, ob das Schicksal sie verdammen würde. Er trank nicht in dieser Zeit. Mit dem Geld, das er für seine Wohnung löste, hatte er seine Schulden bezahlt – sie hatten sehr geringe Auslagen. Er suchte Keith nie auf, schrieb ihm nie und dachte auch kaum an ihn. Und die Bilder des Schreckens – Walenn, der zu Tode gewürgt dalag; das gehetzte, kleine graue Tier auf der Anklagebank – floh er, wie es nur ein Mann tun kann, der zugrunde geht, wenn er nicht flieht. Aber Tag für Tag kaufte er eine Zeitung und überflog fieberhaft im verborgenen die Spalten.

VIII

Als Keith am Nachmittag des 28. Januar nach dem für ihn triumphalen Abschluß eines hart umstrittenen Testamentsprozesses den Gerichtshof verließ, sah er auf einem Plakat die Worte: «Glove-Lane-Mord: Verhandlung und Urteil»; und in plötzlichem Schrecken dachte er: «Großer Gott! Ich habe heute morgen nicht einmal einen Blick in die Zeitung geworfen!» Das Hochgefühl, das ihn noch vor einer Sekunde erfüllt hatte; dieser mit Mühe gewonnene Prozeß, in den er sich jetzt zwei Tage lang vertieft hatte: all dies schien ihm auf einmal ganz abscheulich trivial. Wie, um Himmels willen, war es gekommen, daß er diese schreckliche Geschichte auch nur einen Augenblick lang vergessen hatte? Er stand stockstill mitten im Gedränge auf dem Trottoir und war nicht in der Lage, tatsächlich nicht in der Lage, eine Zeitung zu kaufen. Aber als er schließlich vortrat und seinen Penny hinhielt, war sein Gesicht wie aus Eisen. Da stand es in der «Stop Press»: «Glove-Lane-Mord. Schuldspruch der Geschworenen. Die Todesstrafe wurde verhängt.»

Zunächst empfand er nichts als Ärger. Wie hatten sie eine solche Dummheit begehen können? Unerhört! Das Beweismaterial –! Dann wurde es ihm mit einem Mal erschreckend klar, wie zwecklos es war, den Bericht überhaupt zu lesen, sich überhaupt darüber Gedanken zu machen, wie man zu einem solchen Urteil gekommen war. Es war Tatsache, und nichts, was er tun oder sagen konnte, würde etwas daran ändern; sich über diesen idiotischen Schuldspruch aufzuhalten, würde nichts dazu beitragen, ihn umzustoßen. Die Lage war in der Tat verzweifelt! Noch nie waren ihm die fünf

Minuten Weg vom Gericht zu seiner Wohnung so lange vorgekommen.

Entscheidungsgewohnte Naturen wissen kaum im voraus, was sie in einer bestimmten Lage tun werden. In ihrem Kalkül nehmen sie reine Eventualitäten nicht genügend ernst. Keith hatte nie wirklich entschieden, was er tun würde, falls dieser Mann verurteilt werden sollte. Oft hatte er sich in diesen vergangenen Wochen gesagt: «Wenn sie ihn schuldig sprechen, ist es natürlich etwas anderes!» Aber jetzt, wo dies geschehen war, stürmten die gleichen Gedanken und Gefühle auf ihn ein wie zuvor: der alte Wunsch, zu Laurence zu halten und ihn und sich zu beschützen, noch verstärkt durch die bedrohliche Unmittelbarkeit der Gefahr. Andererseits gab es da diesen Mann, der gehängt werden sollte für etwas, das er nicht getan hatte! Das stand fest! Aber er war doch nur ein nichtsnutziger Vagabund, ein Leichenfledderer. Wäre es ein weniger schlimmer Fehlspruch, wenn Larry an seiner Stelle verurteilt würde? War es wirklich verwerflicher, einen Rohling, der einen geschlagen hatte, zu erwürgen, weil man ihm unglücklicherweise die Hände ein paar Sekunden zu lang an der Gurgel gelassen hatte, als aus Berechnung einen Toten zu berauben – war es nicht vielleicht sogar weniger verwerflich? Ehrfurcht vor Recht und Ordnung und Tatsachen findet sich oft Seite an Seite mit spitzfindiger Kasuistik bei Menschen, die den Erfolg zum Leben brauchen.

In dem engen Mauerdurchgang, der zu seiner Vortreppe führte, rief ihm ein Freund zu: «Bravo, Darrant! Das war knapp! Gratuliere!» Mit einem bitteren, dünnen Lächeln dachte Keith: «Gratulieren! Mir!»

Im ersten freien Moment eilte er zum Strand zurück, nahm eine Droschke und trug dem Mann auf, ihn bei einer Abzweigung in der Nähe der Borrow Street abzusetzen.

Auf sein Klopfen kam das Mädchen. Verstört wie sie war, die Hände ineinander gefaßt, kam sie Keith merkwürdig vor, in ihrem schwarzen Rock und der Bluse aus weichem Gewebe wie Samt, die die Farbe verblaßter Rosen hatte. Ihr runder, eher langer Hals war entblößt; und Keith stellte mißbilligend fest, daß sie goldene Ohrringe trug. Ihre Augen, pechschwarz in dem weißen Gesicht mit dem kurzen hellen Haar, das sich im Nacken wellte, schienen ihn fragend und bittend anzusehen.

«Ist mein Bruder da?»

«Er ist noch nicht zurück, Sir.»

«Weißt du, wo er ist?»

«Nein.»

«Lebt er jetzt hier bei dir?»

«Ja.«

«Du liebst ihn also immer noch unverändert?»

Mit einer Bewegung, als fehlten ihr die Worte, legte sie die Hände über der Brust zusammen. Und er sagte: «Ich verstehe.»

Er hatte dasselbe merkwürdige Gefühl wie bei seinem ersten Besuch, und wie damals, als er sie durch den Vorhangspalt knien gesehen hatte – Mitleid, in das sich leise sexuelles Verlangen mischte. Und er ging zum Feuer hinüber und fragte: «Kann ich auf ihn warten?»

«Oh! Bitte! Wollen Sie Platz nehmen?»

Aber Keith schüttelte den Kopf.

Und sie sagte mit stockender Stimme: «Sie werden ihn mir nicht wegnehmen. Ich müßte sterben.»

Er wandte sich ihr jäh zu: «*Ich* will nicht, daß

man ihn dir wegnimmt. Ich will dir helfen, ihn zu behalten. Bist du bereit, jederzeit wegzugehen?»

«Ja. Oh, gewiß!»

«Und er?»

Ihre Antwort war fast ein Flüstern: «Auch; aber da ist dieser arme Mann.»

«Dieser arme Mann ist ein Friedhofsräuber; eine Hyäne; ein Leichenfledderer – verdient keine Rücksichtnahme.» Sein schriller Ton überraschte ihn.

«Ach!» seufzte sie. «Aber ich habe Mitleid mit ihm. Vielleicht hatte er Hunger. Ich habe auch schon Hunger gehabt – man tut dann Dinge, die man eigentlich nicht tun will. Und vielleicht ist niemand da, den er liebt; wenn man niemanden hat, den man liebt, kann man sehr böse sein. Ich denke oft an ihn – dort im Gefängnis.»

Keith brummte: «Und Laurence?»

«Wir sprechen nie davon; wir haben Angst.»

«Heißt das, daß er dir nicht vom Prozeß erzählte?»

Ihre Augen weiteten sich. «Dem Prozeß! Oh! Er war so seltsam gestern abend. Und heute morgen stand er früh auf. Ist es – ist es vorbei?»

«Ja.»

«Wie ist es ausgegangen?»

«Schuldig.»

Einen Augenblick dachte Keith, sie würde ohnmächtig. Sie hatte die Augen geschlossen und schwankte, so daß er einen Schritt vorwärts machte und ihr seine Hände auf die Arme legte.

«Hör zu!» sagte er. «Hilf mir; laß Laurence nicht aus den Augen. Wir brauchen Zeit. Ich muß herausfinden, was sie vorhaben. Sie können diesen Mann nicht wirklich hängen. Ich brauche Zeit, sage ich dir. Du mußt verhindern, daß er sich stellt.»

Sie stand da und starrte ihm ins Gesicht, während er immer noch ihre Arme festhielt und durch die samtigen Ärmel das weiche Fleisch packte. «Verstehst du?»

«Ja – aber wenn er es schon getan hat!»

Keith spürte den Schauer des Entsetzens, der sie überlief. Und es schoß ihm durch den Kopf: «Mein Gott! Angenommen, die Polizei kommt vorbei, während ich hier bin!» Wenn Larry wirklich dorthin gegangen war! Wenn der Polizist, der ihn in der Nacht nach dem Mord hier gesehen hatte, ihn gleich nach der Urteilsverkündung wieder hier antraf!

Er sagte fast grob: «Kann ich mich darauf verlassen, daß du Larry nicht aus den Augen läßt? Schnell! Antworte!»

Sie legte die Hände auf die Brust und antwortete bescheiden: «Ich will es versuchen.»

«Wenn er es noch nicht getan hat, paß auf ihn auf wie ein Luchs! Laß ihn nicht ohne dich ausgehen. Ich komme morgen früh wieder. Du bist Katholikin, nicht wahr? Schwöre mir, daß du ihn nichts tun läßt, bis er mich wiedersieht.»

Sie antwortete nicht und schaute an ihm vorbei zur Tür; Keith hörte, wie sich ein Schlüssel im Schloß drehte. Es war Laurence, der einen großen Strauß rosa Lilien und weiße Narzissen in der Hand hielt. Sein Gesicht war blaß und abgehärmt. Er sagte ruhig: «Hallo, Keith!»

Die Augen des Mädchens waren auf Larrys Gesicht geheftet; und Keith, der von einem zum andern blickte, wußte, daß er nie mehr Anlaß gehabt hatte, auf der Hut zu sein.

«Hast du es gesehen?» sagte er.

Laurence nickte. Der Ausdruck auf seinem Gesicht, das in der Regel all seine Gefühle verriet, brachte Keith ganz aus der Fassung.

«Und?»
«Ich habe es erwartet.»
«Die Sache kann nicht hingehen – soviel ist sicher. Aber ich brauche Zeit, um die Urteilsbegründung zu studieren. Verstehst du mich, Larry? – Ich brauche Zeit.»

Er wußte, daß er aufs Geratewohl daherredete. Es ging ihm einzig darum, sogleich zu verhindern, daß sie gestanden; aber das wagte er nicht zu sagen.

«Versprich mir, daß du nichts unternimmst, bis ich dich morgen früh treffe.»

Wieder nickte Laurence. Und Keith sah das Mädchen an. Würde sie darüber wachen, daß er dieses Versprechen nicht brach? Ihr Blick hing immer noch wie gebannt an Larrys Gesicht. Und in der Überzeugung, weiter nichts erreichen zu können, wandte sich Keith zum Gehen.

«Versprich es mir», sagte er.

Laurence antwortete: «Ich verspreche es.»

Er lächelte. Keith konnte sich weder dieses Lächeln erklären noch den Ausdruck in den Augen des Mädchens. So sagte er: «Ich habe dein Wort, ich verlass' mich darauf!» und ging.

IX

Einer liebenden Frau die seelische Verfassung ihres Geliebten verheimlichen zu wollen ist so schwierig, wie zu verhindern, daß Musik zu Herzen geht. Wenn diese Frau gar gelitten hat, und nun zum ersten Mal die Tröstungen der Liebe erfährt, dann mag der Geliebte vollends versuchen, wie er will, sein Herz zu verschließen – es hilft nichts! Dagegen wird es ihr durch geschicktere Täuschung oft gelingen, ihm zu verbergen, daß sie weiß.

Als Keith gegangen war, machte das Mädchen kein Aufhebens, stellte keinerlei Fragen, brachte es fertig, daß Larry nichts von ihren Ahnungen merkte; den ganzen Abend benahm sie sich so, als wisse sie nicht, was sich in ihm – und durch ihn in ihr selbst – vorbereitete.

Seine Worte, seine Liebkosungen, sogar der Eifer, mit dem er ihr half, das Mahl vorzubereiten; die Blumen, die er mitgebracht hatte, der Wein, den er ihr zu trinken gab, die Sorgfalt, mit der er jedes Wort vermied, das ihr Glück beeinträchtigen könnte, alles – dies alles sagte es ihr. Er war zu unablässig heiter und liebevoll. Es war unheimlich, wie ihr jedes Wort und jeder Kuß so verzweifelt viel bedeutete wie ein letztes Wort und ein letzter Kuß. Da war es nicht an ihr – nein, an ihr war es nicht, sich um all dies zu bringen durch ein Zeichen oder eine Geste, die sie verraten könnte. Sie nahm alles an und hätte noch hundertmal mehr angenommen. Sie wollte den Wein, den er unablässig in ihr Glas goß, nicht trinken, aber mit der Fügsamkeit, die Frauen wie sie gelernt haben, weigerte sie sich nicht. Sie hatte ihm nie etwas verweigert. Laurence trank gierig. Der Wein gab den wenigen unbeschwerten Stunden, die blieben, Würze und ein besonderes Feuer. Er beschwichtigte sein Mitleid. Vor dem Mitleid hatte er Angst – dem Mitleid mit sich und dem Mädchen. Damit selbst dieser schäbige Raum schön aussah: mit Kaminfeuer und Kerzenlicht, bernsteinfarbenem dunklem Wein in den Gläsern, hohen rosa Lilien, die ihren safrangelben Staub verstreuten, ihren betörenden Geruch verströmten – darum mußten sie wie er sich von ihrer besten Seite zeigen. Nicht einmal die Musik zu ihrem Fest mußten sie missen. Gegenüber spielte jemand das Pianola, und sein Klang stahl sich ganz leise zu ihnen herein – schwoll an und verebbte, war fröhlich, traurig, mit einem verstohlenen eigenen Leben begabt, wie das flackernde Kaminfeuer, vor dem sie einander in den Armen lagen, oder die zarten Lilien zwischen den Kerzen. Er hörte der Musik zu und zeichnete mit dem Finger die winzigen Adern auf ihrer Brust nach, während er dalag wie einer, der aus einer Ohnmacht erwacht. Kein Abschied. Nein! Ein Schlummer war es; wie das Feuer schläft, wenn die Flammen erlöschen; wie die Musik schläft, wenn die Saiten verklingen!

Und das Mädchen beobachtete ihn.

Es war fast zehn, als er sie bat, zu Bett zu gehen. Und nachdem sie gehorsam ins Schlafzimmer gegangen war, holte er Tinte und Papier zum Feuer hin. Der Umgetriebene, der Willenlose, der Taugenichts – er zauderte nicht. Er hatte geglaubt, er würde versagen, wenn es darauf ankam; aber eine Art Zorn beflügelte ihn. Wenn er weiterlebte und gestand, würden sie ihn einsperren, ihm das einzige, was ihm lieb war, wegnehmen, ihn von ihr trennen, ihm den einzigen Brunnen in der Wüste verschütten. Verflucht seien sie! Und er schrieb im Schein des Kaminfeuers, der das Weiß der Blätter milderte. Vor dem dunklen Vorhang stand das Mädchen in seinem Nachtgewand, achtete nicht auf die Kälte und schaute ihm zu.

Wenn ein Mensch verlöscht, erinnert er sich an seine Vergangenheit. Wie der verlorene Dichter hatte er sich «vom Wind verwehen»* lassen. Nun war

* Anspielung auf das Gedicht «Non sum qualis eram» von Ernest Christopher Dowson (1867–1900):

«I have forgot much, Cynara, gone with the wind,
Flung roses, roses...»

es an ihm, auf seine Weise wahrhaftig zu sein. Ein Mensch mag zaudern, Woche um Woche, bewußt und unbewußt, sogar in seinen Träumen; aber einmal kommt der Augenblick, wo er alles tun kann, nur nicht zaudern. Der mit der schwarzen Mütze, der gehetzte, kleine graue Mann sah staunend dazu auf – das Zaudern hatte ein Ende!

Er war zum Schluß gekommen und starrte jetzt nur noch ins Feuer. Das Feuer, die Kerzen und das Feuer – nicht mehr die Flamme und das Flackern!

Und beim dunklen Vorhang stand das Mädchen und schaute ihm zu.

X

Keith ging nicht nach Hause, sondern in seinen Klub; und in dem Zimmer, das für den Empfang von Gästen bestimmt und um diese Zeit leer war, setzte er sich und las die Urteilsbegründung. Die Narren hatten einen Fall konstruiert, der zu wenig Zuversicht Anlaß gab. Und lange Zeit ging er auf dem dicken, weichen Teppich, der das Geräusch seiner Schritte schluckte, gedankenverloren auf und ab. Er konnte den Verteidiger aufsuchen, mochte das gewiß tun als Fachmann, der der Ansicht war, daß es sich hier um ein Fehlurteil handelte. Man mußte Berufung einlegen; wenn es zum Schlimmsten kam, ein Gnadengesuch einreichen. Es konnte – mußte noch möglich sein, die Sache in Ordnung zu bringen, wenn nur Larry und das Mädchen nichts unternahmen!

Er hatte keinen Appetit, aber das Abendessen wird einem zu sehr zur Gewohnheit. Und während er aß, blickte er mit Unmut auf seine Klubfreunde. Sie schienen so entspannt. Ungerecht – daß diese dunkle Wolke über einem hängen sollte, der genauso unbescholten war wie nur irgend jemand von ihnen. Freunde – Kenner dieser Materie –, darunter ein Richter, kamen eigens an seinen Tisch, um ihm ihre Bewunderung für sein Auftreten bei jenem Testamentsprozeß auszusprechen. Heute abend hätte er wirklich Grund gehabt, stolz zu sein; aber er war es nicht. Und doch fand er in diesem gut geheizten, still behaglichen Zimmer, das voll war von Männern, die gesittet aßen und sich gesittet unterhielten, unmerklich etwas Trost. Sicher war dies die Wirklichkeit – und die düstere Geschichte dort draußen nur wie das melancholische Heulen eines Windes, den man sich vom Leibe halten mußte, und es auch tat – gleich der Armut und dem Schmutz, die für die Sorglosen und Wohlhabenden nicht eigentlich existierten. Er trank Champagner. Das half ihm, seinen Sinn fürs Wirkliche zu stärken, die Schatten zu verjagen. Und drunten im Rauchzimmer saß er in einem jener Stühle, die nach dem Essen süß träumen lassen, vor dem Kamin. Dort wurde er schläfrig und erhob sich um elf Uhr, um nach Hause zu gehen. Aber als er die niedrigen Marmorstufen überwunden hatte und durch die Schwingtür, die keinen Luftzug hereinließ, ins Freie getreten war, überfiel ihn die Angst, als hätte er sie eingesogen mit dem Hauch des Januarwindes. Larrys Gesicht – und wie das Mädchen es betrachtete! Warum hatte sie diesen Blick? Larrys Lächeln, und die Blumen in seiner Hand? In einem solchen Moment Blumen zu kaufen! Das Mädchen war ihm hörig – sie würde tun, was immer er wollte. Aber aufhalten würde sie ihn nie können. Gerade in diesem Augenblick stürzte er vielleicht davon, um sich zu stellen!

Seine Hand, die tief in der Tasche seines Pelzmantels vergraben war, stieß plötzlich auf etwas Kaltes. Die Schlüssel, die ihm Larry vor so langer Zeit gegeben hatte. Seither waren sie dort vergessen geblieben. Die zufällige Berührung gab den Ausschlag. Er bog ab in Richtung Borrow Street und lief so schnell er konnte. Er konnte nicht anders, als nochmals hingehen und sich vergewissern. Er würde besser schlafen, wenn er wußte, daß er nichts unversucht gelassen hatte. An der Ecke mußte er warten, bis alles menschenleer war, bevor er einbog zu dem Haus, das er nun haßte mit einem tödlichen Haß. Er öffnete die Eingangstür und zog sie hinter sich zu. Er klopfte, aber niemand kam. Vielleicht waren sie zu Bett gegangen. Wieder und wieder klopfte er, dann öffnete er die Tür, trat ein und machte sie vorsichtig zu. Brennende Kerzen, Feuer im Kamin; Kissen, die auf dem Boden davor herumlagen und mit Blumen übersät waren! Auch der Tisch bedeckt mit Blumen und den Überresten einer Mahlzeit. Durch den halb gezogenen Vorhang sah er, daß das innere Zimmer auch erhellt war. Waren sie ausgegangen und hatten alles so zurückgelassen? Ausgegangen! Er konnte sein Herz schlagen hören. Flaschen! Larry hatte getrunken!

War es wirklich soweit? Mußte er mit diesem Schatten über ihm nach Hause gehen; im Wissen darum, daß sein Bruder ein geständiger, gebrandmarkter Mörder war? Er ging schnell zu den halb gezogenen Vorhängen und schaute hinein. Vor der Wand sah er ein Bett und die beiden darin. Er zog sich in ungeheuer erleichtertem Staunen zurück. Sie schliefen bei offenen Vorhängen und brennendem Licht? Sie schliefen trotz all seinem Klopfen! Sie mußten beide betrunken sein. Das Blut schoß ihm in den Nacken. Sie schliefen! Und er stürzte sich wieder nach vorn und rief: «Larry!» Keine Antwort! Keine Bewegung! Er packte seinen Bruder an der Schulter und schüttelte sie heftig. Sie fühlte sich kalt an. Sie lagen einander in den Armen, Brust an Brust, Lippe an Lippe, ihre Gesichter weiß in dem Schein des Lichtes über dem Toilettentisch. Und ein solcher Schauer des Entsetzens überlief Keith, daß er die Messingstange über ihren Köpfen packen mußte. Dann beugte er sich nieder, netzte einen Finger und hielt ihn nahe an ihre vereinten Lippen. So tief bewußtlos konnten zwei Menschen nicht sein; nicht einmal im Rausch konnte man so fest schlafen. Sein nasser Finger spürte nicht den leisesten Lufthauch, und an ihrem Handgelenk war kein Pulsschlag zu fühlen. Kein Atem! Kein Leben! Die Augen des Mädchens waren geschlossen. Wie merkwürdig unschuldig sie aussah! Larrys offene Augen schienen auf ihre geschlossenen Augen zu blicken; aber Keith sah, daß sie ausdruckslos waren. Mit etwas wie einem Seufzer strich er ihm über die Lider. Dann, aus einer Gefühlsregung heraus, die er nie hätte erklären können, legte er eine Hand auf den Kopf seines Bruders und die andere auf das helle Haar des Mädchens. Das Gewand war von ihrer bloßen Schulter ein wenig zurückgerutscht; er zupfte es zurecht, als wollte er, daß sie nicht fror, und sah dabei etwas metallisch glänzen. Ein winziges goldenes Kruzifix an einer Stahlkette, nicht länger als ein Daumennagel, war von ihrer Brust in die Beuge des Armes geglitten, der um Larrys Hals lag. Keith vergrub es unter den Kleidern und bemerkte einen Umschlag, der an die Decke geheftet war. Er bückte sich und las: «Bitte dies sogleich der Polizei zu übergeben – Laurence Darrant.» Er stopfte den Umschlag in die Tasche. Wie ein Gummiband, das man über Gebühr gedehnt hat, gaben sein Verstand, sein Wille, seine Kombinationsgabe und Entschlußkraft nach. Unglaublich schnell schoß es ihm durch den Kopf: «Ich darf nichts von dem wissen. Ich muß gehen!» Und fast bevor es ihm bewußt wurde, daß er sich bewegt hatte, war er wieder draußen auf der Straße.

Er hätte nie sagen können, was er dachte, während er nach Hause ging. Er kam nicht wirklich wieder zu sich, bis er in seinem Arbeitszimmer war. Dort goß er sich mit zitternder Hand einen Whisky ein und stürzte ihn hinunter. Wenn er nicht zufällig hingegangen wäre, hätte die Putzfrau sie am Morgen gefunden und jenen Umschlag der Polizei gegeben! Er nahm ihn hervor. Es war sein Recht – sein gutes Recht zu wissen, was darin stand!

Er brach ihn auf.

Ich, Laurence Darrant, erkläre feierlich, bevor ich mir eigenhändig den Tod gebe, daß nachfolgendes Geständnis echt ist. Ich verübte in der Nacht des 27. November letzten Jahres den sogenannten Glove-Lane-Mord auf die folgende Weise (und so weiter, bis zu den letzten Worten). Wir wollten nicht sterben, aber wir hielten den Gedanken an die Trennung nicht aus; und ich konnte es nicht ertragen, daß ein Unschuldiger an meiner Statt gehängt werden sollte. Ich sehe keinen andern Ausweg. Ich bitte darum, daß man keine Obduktion vornimmt. Was wir geschluckt haben, ist etwas von dem Zeug, das man auf dem Toilettentisch findet. Bitte bestattet uns zusammen.

Laurence Darrant

28. Januar, etwa zehn Uhr abends.

Volle fünf Minuten lang stand Keith da mit diesen Blättern in der Hand, während die Uhr tickte, der Wind in den Bäumen draußen leise stöhnte und die Flammen dort unten im Kamin an den Scheiten leckten, mit dem beständigen Knistern und Grollen ihrer kraftvollen, verborgenen Lebendigkeit. Dann nahm er sich zusammen und setzte sich, um das Ganze nochmals zu lesen.

Da war es, genau wie Larry es ihm erzählt hatte – nichts ausgelassen, so klar, daß sogar die Adressen von Leuten angegeben wurden, die das Mädchen als Walenns einstige Frau oder Geliebte identifizieren konnten. Es wäre überzeugend. Ja! Es wäre überzeugend.

Die Blätter fielen ihm aus der Hand. Sehr langsam kam ihm die entsetzliche Tatsache zu Bewußtsein, daß, was da auf dem Boden neben seinem Stuhl lag, über Leben und Tod eines weiteren Menschen entschied; daß er mit diesem Geständnis auch das Schicksal des zum Tode verurteilten Vagabunden selbst an die Hand genommen hatte; daß er ihm nicht das Leben zurückgeben konnte, ohne die Besudelung seiner Ehre durch diese Schande in Kauf zu nehmen, ja nicht einmal, ohne sich selbst zu gefährden. Wenn er dieses Geständnis den Behörden zukommen ließ, war er immer dem äußerst schwerwiegenden Verdacht ausgesetzt, von der ganzen Geschichte schon seit zwei Monaten zu wissen. Er würde bei der gerichtlichen Untersuchung dabeisein müssen; erkannt werden von diesem Polizisten, der bezeugen konnte, daß er zum Torbogen gekommen war, um zu sehen, wo der Tote gelegen hatte; daß er das Mädchen in der Nacht unmittelbar nach dem Mord besucht hatte. Wer würde glauben, daß solche Unternehmungen von seiten des Bruders des Mörders rein zufällig gewesen waren? Aber ganz abgesehen von diesem Verdacht, würde der fürchterliche Skandal, der bei einer so aufsehenerregenden Affäre nicht ausbleiben konnte, seine Karriere ruinieren, ja sein Leben und das Leben seines Töchterchens! Larrys Selbstmord zusammen mit diesem Mädchen würde auch so noch genug Staub aufwirbeln, aber im Vergleich dazu war das nichts. Ein solcher Tod hatte seine romantische Seite, betraf ihn nur als Trauernden und konnte vielleicht sogar vertuscht werden! Im andern Fall – gab es nichts zu vertuschen; nichts konnte verhindern, daß es die Spatzen von den Dächern pfeifen würden. Er erhob sich von seinem Stuhl und durchwanderte minutenlang das Zimmer, unfähig, sich auf das Problem zu konzentrieren. Unablässig tauchten Bilder vor ihm auf. Das Gesicht des Mannes, der ihm jeden Morgen Perücke und Talar reichte: pausbäckig und neugierig, mit einem höhnischen Grinsen, das er nie zuvor bemerkt hatte; die hochgezogenen Brauen seines Töchterchens, der offene Mund und die verstörten Augen; das winzige goldene Kruzifix, das in der Armbeuge des toten Mädchens glänzte; der leere Blick in Larrys nicht geschlossenen Augen; sogar, wie er selbst mit Daumen und Zeigefinger die Lider zudrückte. Und dann sah er eine Straße und endlos viele Leute, die vorbeigingen, sich umdrehten und ihm nachstarrten. Aber dann hielt er inne und sagte laut: «Sollen sie zum Teufel gehen! Morgen schon ist diese Geschichte vergessen!» War ihm nicht dieses Geständnis zu treuen Händen anvertraut? Zu treuen Händen! Schließlich hatte er nichts getan, dessen er sich schämen müßte, auch wenn er, was er wußte, für sich behalten hatte. Der eigene Bruder! Wer konnte ihm einen Vorwurf machen? Und er hob die Blätter auf. Aber wie eine große dunkle Hand griff der Skandal nach ihm, er schien mit rauher, schadenfroher Stimme zu rufen: «Extrablatt!... Extrablatt!... Der Glove-Lane-Mord! ... Bruder des bekannten K. D. gestellt... Selbstmord... Bruder des bekannten K.D. ... Mord und Selbstmord... Extrablatt!» Sollte er diese üble Flut sich über ihn ergießen lassen? Sollte er, der doch nichts getan hatte, das Leben seiner eigenen kleinen Tochter beflecken; das Andenken seines toten Bruders besudeln, ihrer toten Mutter – sich selbst und die eigene wertvolle und wichtige Zukunft? Und dies alles für eine Kanalratte! Sollte er doch hängen, sollte der Kerl doch hängen, wenn es sein mußte! Und das war keineswegs sicher. Berufung! Gnadengesuch! Es konnte – sollte möglich sein, ihn zu retten! Daß er es so weit gebracht hatte und sich dann eigenhändig zu Fall bringen sollte!

Mit einer plötzlichen heftigen Bewegung warf er das Geständnis mitten in die brennende Kohle. Und ein Lächeln zuckte um die Falten seines dunklen Gesichtes, sowie die Flammen an den Papierbogen heraufzüngelten, bis sie sich zusammenkrümmten und verkohlten. Mit der Stiefelspitze zertrat er das angesengte, zerbröckelnde Siegel. Einstampfen! Das Leben dieses Mannes einstampfen! Verbrannt! Keine Zweifel mehr, nicht mehr diese bohrende Angst! Verbrannt? Ein Mensch – ein Unschuldiger –, nein, eine Kanalratte! Er wich vom Feuer zurück und befühlte seine Stirn. Brennend heiß!

Gut, es war vorbei! Nur Narren ohne Willen und Ziel bereuten. Und plötzlich lachte er. Also war Larry umsonst gestorben! Er hatte keinen Willen, kein Ziel gehabt und war tot. Er und das Mädchen könnten jetzt noch am Leben sein und einander lieben in der warmen Nacht, weit weg am andern Ende der Welt, statt hier tot in der Winternacht zu liegen! Narren und Schwächlinge bereuten, litten unter Gewissensbissen und Schuldgefühlen. Ein Mann ging unbeirrt seines Weges und behielt sein Ziel im Auge, ungeachtet der Folgen.

Er begab sich zum Fenster und zog den Vorhang zurück. Was war das? Ein Galgen in der Luft, ein baumelnder Körper? Ach nein! Es waren nur die Bäume – die dunklen Bäume –, die Skelette der Bäume im Winter! Er wandte sich ab, ging zu seinem Armsessel zurück und ließ sich vor dem Feuer nieder. So hatte es auch gebrannt, so hatte er seinen Stuhl davorgerückt und die Lampe heruntergeschraubt, als Larry an jenem Nachmittag vor zwei Monaten hereinkam. Bah! Er war doch überhaupt nicht gekommen! Es war alles nur ein böser Traum. Er hatte geschlafen. Wie sein Kopf glühte! Und er sprang auf und schaute auf den Kalender auf seinem Schreibtisch. «Der 28. Januar!» Kein Traum! Sein Gesicht verhärtete und verfinsterte sich. Vorwärts! Nicht wie Larry! Vorwärts!

Nachwort

Es gibt Autoren, deren Namen der moderne Leser mit einem einzigen Titel in Verbindung bringt, obwohl ihr Gesamtwerk viel größer ist. Zu ihnen gehört Galsworthy, den man praktisch nur noch als Verfasser der *Forsyte Saga* kennt. Diese dreibändige Familienchronik galt zwar schon zu seinen Lebzeiten als sein Hauptwerk, doch wer weiß heute noch, daß er auch ein erfolgreicher Theaterautor war und daß sein Gesamtwerk fast zwanzig Romane, gegen dreißig Theaterstücke und eine große Zahl von Erzählungen, Skizzen, Essays und Gedichten umfaßt? Die vorliegende Auswahl ist ein Versuch, dieses einseitige Bild von Galsworthy zu korrigieren und ihn als Verfasser von Erzählungen vorzustellen.

John Galsworthy (1867–1933), der Sohn eines wohlhabenden Londoner Rechtsanwalts, durchlief die für einen jungen Mann seiner Klasse damals typische Ausbildung, die ihn von einer «preparatory school» zur «public school» (Harrow, 1881 bis 86) und zur Universität (Oxford, 1886–89) führte, wo er in den Fußstapfen seines Vaters Jurisprudenz studierte. Nach allen Zeugnissen war er ein in jeder Beziehung durchschnittlicher, konventioneller

Schüler und Student, und sein Entscheid, Jurist zu werden, entsprach mehr der Tradition und den Wünschen seines Vaters als einer eigenen Neigung. Galsworthy war als Rechtsanwalt weder glücklich noch erfolgreich und ließ sich von seinem Vater wohl nicht ungern auf Erholungs- und Bildungsreisen schicken (Kanada 1891, Australien und Südafrika 1892/93), obwohl diese in erster Linie dazu dienten, ihn von einer als unpassend erachteten Freundin fernzuhalten. Auf seiner Australienreise lernte er einen Mann kennen, der später ein guter Freund werden sollte und der wie Galsworthy eine Karriere als Schriftsteller vor sich hatte: Joseph Conrad (1857–1924) gehörte zur Besatzung der *SS Torrens,* dem Segler, der Galsworthy 1893 von Adelaide nach Kapstadt brachte. Von Conrad und Galsworthy als Schriftstellern wird noch die Rede sein (ihre ersten Werke erschienen in den Jahren 1895 respektive 1897), aber es war nicht Conrad, der Galsworthy zum Schreiben veranlaßte. Diese Rolle fiel seiner späteren Frau Ada zu, die damals noch unglücklich mit Johns Vetter Arthur Galsworthy verheiratet war. Ob der entscheidende Anstoß zu Galsworthys Karriere als Schriftsteller wirklich ein Abschied in der Pariser Gare du Nord im Frühling 1895 war, bei dem sie ihm gesagt haben soll: «Why don't you write? You're just the person», bleibe dahingestellt. Tatsache ist, daß sie seine ersten Schreibversuche tatkräftig unterstützte und auch später die Entstehung jedes Werkes aus der Nähe verfolgte.

Galsworthy veröffentlichte 1897 einen ersten Band von Erzählungen unter dem Pseudonym John Sinjohn, 1901 glückte ihm mit dem Band *A Man of Devon* eine Art von Durchbruch (er enthält die erste Forsyte-Erzählung wie auch zwei der hier abgedruckten Erzählungen, «Ein Mann aus Devon» und «Das Schweigen»), und 1906 wurde er mit dem Roman *A Man of Property* (dem ersten Band der späteren *Forsyte Saga*) und dem Theaterstück *The Silver Box* schlagartig berühmt. Galsworthys Vater war im Dezember 1904 gestorben. Dies brachte ihm finanzielle Unabhängigkeit, aber auch persönliche Freiheit, denn aus Rücksicht vor allem auf den Vater hatte er bisher sein Verhältnis mit Ada geheimgehalten. Nun konnte sie sich scheiden lassen, und die beiden heirateten im September 1905. Galsworthy widmete sich von nun an ganz dem Schreiben und war bis zu seinem Tod einer der erfolgreichsten Roman- und Theaterautoren seiner Zeit. Als Romancier gehörte er mit Arnold Bennett (1867–1931) und H. G. Wells (1866–1946) zu den bedeutendsten Vertretern des eduardianischen (Eduard VII., 1901–10) realistischen Romans, als Theaterschriftsteller war er G. B. Shaws (1856–1950) schärfster Rivale auf dem Gebiet des damals aktuellen gesellschaftskritischen «problem play» in der Nachfolge Ibsens. Er verkehrte in literarischen Kreisen (neben Conrad gehörten der Verleger Eduard Garnett und der Literaturkritiker Ford Madox Ford zu seinen Freunden), und auch der äußere Erfolg blieb nicht aus: 1921 wurde er zum ersten Präsidenten des internationalen PEN-Clubs gewählt, 1929 erhielt er den «Order of Merit» und 1932, kurz vor seinem Tod, den Nobelpreis für Literatur.

Sein Leben nach der Heirat war arm an äußeren Ereignissen. Auf Veranlassung der leicht gelangweilten und kränklichen Ada war das Paar häufig unterwegs, doch ist von diesen Reisen im Werk

Galsworthys wenig zu finden: die Welt des Menschen und des Autors Galsworthy war und blieb das bürgerliche England des späten 19. und frühen 20. Jahrhunderts. Der Erste Weltkrieg brachte Einschränkungen mit sich, die diesen Lebensstil temporär verunmöglichten. Galsworthy wurde seines Alters und seiner Gesundheit wegen nicht aufgeboten, doch leisteten die Galsworthys einen eigenen, etwas kuriosen Dienst am Vaterland. Sie verbrachten 1916/17 viereinhalb Monate in der Nähe von Valence in einem Spital für französische Kriegsverletzte, wo John als Masseur und Ada im Haushalt tätig war. Die Biographin Catherine Dupré schreibt dazu: «Das Unternehmen, das unter den Auspizien des Kriegsministeriums und doch vollständig amateurhaft durchgeführt wurde, wäre heute unvorstellbar.» Anders als jüngere Zeitgenossen (zum Beispiel die «war poets» Blunden, Graves, Owen oder Sassoon) erlebte Galsworthy den Krieg also nicht aus nächster Nähe, und seine Weltkriegserzählungen haben Aspekte des Krieges hinter der Front zum Thema: Kriegsversehrte, Internierte oder eine «Friedensversammlung» (in dieser Auswahl abgedruckt). So ist es vielleicht auch eher zu verstehen, daß der Weltkrieg für ihn zwar eine Tragödie unvorstellbaren Ausmaßes, jedoch nicht die Zeitenwende war, als die ihn andere empfanden. Galsworthy blieb sich selbst treu und wurde durch ihn kein anderer. Dem erfolgreichen *The Man of Property* von 1906 fügte er 1920 und 1921 die Fortsetzungen *In Chancery* und *To Let* hinzu und publizierte die Trilogie 1922 unter dem Titel *The Forsyte Saga* (ihrerseits fortgesetzt 1929 mit der Trilogie *A Modern Comedy* und 1930 mit der Sammlung *On Forsyte 'Change*).

1922 erfolgte die Publikation nicht nur der *Forsyte Saga*, sondern auch von T. S. Eliots *Waste Land* und Joyces *Ulysses*. Man kann viel in diese zeitliche Koinzidenz hineininterpretieren, aber die *Forsyte Saga*, die den Zeitraum von 1886 bis 1920 umspannt, ist «im Geist» ein Vorkriegswerk, der Schwanengesang einer Epoche, während *The Waste Land* und *Ulysses* über sich hinaus weit in die Zukunft weisen. Galsworthy hatte wenig Kontakt mit Schriftstellern, die wir heute der Moderne zurechnen. Im November 1917 zum Beispiel traf er den jungen D. H. Lawrence, der 1913 mit *Sons and Lovers* und 1915 mit *The Rainbow* Aufsehen erregt hatte. «Interessant, aber ein Typ, mit dem ich mich nicht vertragen könnte. Besessen von sich selbst. Glanzlose Augen und roter Bart, langes schmales bleiches Gesicht. Ein seltsamer Vogel», notierte sich der zurückhaltende und auf Formen bedachte Galsworthy in sein Tagebuch. Diese Ablehnung betraf nicht Conrad, der zwar zehn Jahre älter als Galsworthy war, heute aber mit gutem Grund zu den Wegbereitern der Moderne gezählt wird. In Galsworthys Essay «Disquisition on Joseph Conrad» von 1910 lesen wir:

«Hinter seiner [Conrads] Kunst steht ... eine Art von kosmischem Geist, eine Kraft, den Leser mit unter die Erdoberfläche zu nehmen. [Conrad] hat die Kraft, den Leser die fraglose Harmonie allen Seins fühlen zu lassen; ihm den Trost einzugeben, daß er selbst Teil des wunderbaren Unbekannten ist. Shakespeare hatte diese Kraft, Turgenjew hatte sie, Charles Dickens hatte sie, und Joseph Conrad nicht zuletzt. [...]

Wenn wir tief in unseren Herzen, hinter unserem System von Verteidigungswällen, nicht Ungewißheit spürten, müßten wir sterben, erstickt in den Bandagen der Sicherheit; wir könnten die abgestandene Luft nicht einatmen, mit der wir unser Haus zu füllen versuchen. Es ist das Wesentliche an diesem Schriftsteller, daß er den Wind, der um die Welt bläst, hereinläßt, und [damit] allen eine Ahnung des Mysteriums vermittelt, das ihn entfesselte.

Nichts verstehen heißt alles lieben. Sobald wir verstehen, sind wir nicht mehr neugierig; aber neugierig sein heißt lieben. Der Mensch, der den kosmischen Geist hat, weiß, daß er nie verstehen wird, und er verbringt sein Leben in Liebe.

Der kosmische Geist wohnt nicht in vielen Menschen – aber in jedem, der ihn hat, steckt etwas von der amoralischen Ethik der Natur. Sie predigen, daß die Dinge keinen Anfang und kein Ende haben... Die Tugenden ihres kosmischen Geistes sind eine kühne Neugierde und parallel dazu eine mutige Resignation.»

In diesem Tribut an seinen Freund verwendet Galsworthy nicht nur gekonnt eine Art von poetischer Prosa, die ihm andernorts (z. B. in der Erzählung «Gleichnis eines Romanciers») eher mißglückt. Er sagt auch Wesentliches aus über Conrads Kunst und über das, was er selbst eigentlich anstrebte und vielleicht nie ganz erreichte. Der Unterschied wird klar beim Vergleich zweier längerer Erzählungen der beiden Autoren. 1899 erschien *Heart of Darkness*, Conrads dichterische Umsetzung seiner Kongofahrt von 1890, 1901 Galsworthys «Schweigen», eine Erzählung, die offensichtlich unter dem Eindruck von Conrads Text* entstand.

* ebenfalls im Manesse Verlag: Joseph Conrad, Meistererzählungen; in der Übersetzung von Fritz Güttinger.

Heart of Darkness ist der Bericht des Kapitäns Marlow, der im Auftrag einer Handelsgesellschaft den im nicht namentlich genannten Belgischen Kongo verschollenen Elfenbeinagenten Kurtz suchen und heimholen soll. Es kommt zu einer dramatischen Begegnung «im Herzen der Finsternis», aber der todkranke Kurtz stirbt kurz nach Beginn der Rückfahrt. Marlows Erzählung ist ein Versuch, sich aufgrund fragmentarischer Unterlagen (Gerüchte, die wenigen eigenen Eindrücke, eine nachgelassene Schrift) ein Bild des mysteriösen Kurtz zu machen, zeigt aber mehr und mehr, daß seine Fahrt auch eine Reise in die Dunkelheit der eigenen Seele und in die Seele des Menschen allgemein war. Galsworthys Erzählung berichtet vom Bergwerkfachmann Scorrier, der im Auftrag einer englischen Gesellschaft den jungen Pippin als Leiter eines Kohlenbergwerks in eine nicht genannte Kolonie führt und ihn dort wiederholt besucht. Entgegen den Erwartungen trotzt Pippin allen Hindernissen und Krisen und führt sein Bergwerk und damit die Kolonie zu großer Blüte. Er ist aber introvertiert, in der fremden Umgebung isoliert und beunruhigt die Direktion in England durch sein Schweigen, das heißt seine Weigerung oder seine Unfähigkeit, regelmäßig über seine Aktivitäten zu berichten. Auf Scorriers Drängen hin verfaßt er schließlich einen Bericht, nimmt sich aber unmittelbar darauf das Leben.

Je mehr man sich in die beiden Erzählungen vertieft, desto mehr springen einem die Ähnlichkeiten in den Charakteren, in der Handlungsführung und in vielen Details in die Augen: die nicht beim Namen genannten Kolonien, die anonymen Gesellschaften im Mutterland, Kurtz und Pippins Isoliertheit in der Fremde, ihr Schweigen, ihr Tod, ihre Rechenschaftsberichte, Marlows und Scorriers Reisen zwischen Europa und der Kolonie, ihre Vermittlerfunktion, ihre Versuche, das Geschehene aus der Erinnerung heraus zu verstehen. Und doch, welche Unterschiede! Galsworthy schreibt zwar gekonnt, aber man hat Zweifel bei gewissen sachlichen Details (englische Kumpels in einem kolonialen Kohlenbergwerk?), und das zentrale Thema der Erzählung, Pippins Isolation, sein Schweigen und sein Selbstmord, bleibt eine Merkwürdigkeit, die wenig über sich hinausweist. Conrad schreibt anschaulicher und präziser (im Unterschied zu «Das Schweigen» ist *Heart of Darkness* teilweise autobiographisch), und es gelingt ihm, den Leser «mit unter die Erdoberfläche zu nehmen» und *Heart of Darkness* damit aus dem Episodischen ins Universale zu heben. Marlow und Kurtz sind nicht irgendwelche Kolonialeuropäer, sondern Gestalten im Zentrum eines historischen und psychischen Spannungsfeldes zwischen der geordneten, aber toten Kulturwelt Europas und der ursprünglichen Vitalität Afrikas, zwischen «gezähmter» und damit sicherer Zivilisation und anarchisch-schöner, aber auch gefährlicher Wildnis, zwischen dem gehorsamen, lenkbaren Kulturmenschen und dem «Wilden», der sein Geschick selbst in die Hand nimmt, zwischen dem durch Umwelt und Erziehung geformten «Über-Ich» und dem unter der Oberfläche lauernden «Es».

«Das Schweigen» ist eine von Galsworthys frühesten Erzählungen und schneidet im direkten Vergleich mit *Heart of Darkness* schwächer ab, als sie es verdient. Galsworthy schrieb hier über Leute und über eine Situation, mit denen er nicht näher vertraut war, und konnte so auch die Tiefe des Themas nicht voll ausloten. Seine Stärke lag nicht im Schaffen von imaginierten Welten, sondern im genauen Beschreiben und Analysieren der Welt, die er kannte, das heißt des bürgerlichen England im späten 19. und frühen 20. Jahrhundert.

Wie er selbst dieses Beschreiben und Analysieren verstand, schildert Galsworthy im «Gleichnis eines Romanciers» von 1909. Diese Erzählung nimmt in verschiedener Hinsicht eine Sonderstellung ein. Zum einen ist sie die einzige Erzählung dieser Auswahl, die nicht in dem 1925 von Galsworthy selbst zusammengestellten Sammelband *Caravan* zu finden ist. Zum anderen – und dies mag der Grund für die Nichtberücksichtigung gewesen sein – verkündet sie schon durch ihren Titel (im Englischen «A Novelist's Allegory»), daß sie ein poetologisches Programm enthält. Schließlich spielt sie in einer imaginierten Welt, einer vage im Italien von 1500 angesiedelten Phantasiestadt:

Bei einem nächtlichen Ritt durch die «Vita Publica» fällt dem «Prinzen von Felicitas» das Fehlen jeglicher Beleuchtung auf, und er beauftragt einen alten Mann, der sich zufällig in der Nähe befindet, von nun an jede Nacht bis an sein Lebensende der Straße entlang zu patroullieren und sie mit dem Schein seiner Laterne zu erleuchten. Der alte Mann tut gehorsam seine Pflicht, erntet aber bald das Mißfallen gewisser Stadtbewohner, weil er sich nicht im einzelnen um sie kümmert und seinen Auftrag erfüllt, ohne sich ablenken zu lassen. Es wird ihm weiter vorgeworfen, er tue nichts gegen die Ratten auf den Straßen, und etwas später kommt er sogar vor Gericht, weil er mit dem Licht seiner Laterne Unangenehmes zum Vorschein gebracht, aber nichts dagegen unternommen habe. Zu seiner Verteidigung sagt er bloß, er könne nichts für das, was seine Laterne sehe. Doch dann holt ein junger Anwalt zu einem langen Plädoyer aus, dessen Schluß zitiert zu werden verdient:

«Der Alte hat gesagt, daß er nichts für das kann, was seine Laterne sieht. Er hat recht damit. Wenn Ihr jedoch, Euer Gnaden, diese ausgeglichene, teilnahmslose Laterne wahrhaft für schuldig haltet, weil sie gleichzeitig nebeneinander den Totenkopf und das schöne Gesicht, die Klette und die Tigerlilie, den Schmetterling und die Kröte gezeigt hat, dann bestraft sie, Euer Gnaden; aber bestraft nicht diesen alten Mann, denn er selbst ist nur ein Räuchlein, ein vom Winde verwehter Distelflaum – ein Nichts!»

Die Richter folgen der Argumentation des Anwalts und sprechen den alten Mann frei. Er stirbt kurz danach, doch läßt der Prinz sofort einen anderen Mann bestimmen, der die noch brennende Laterne weitertragen soll.

Das Gleichnis ist leicht zu deuten: Der alte Mann ist der Dichter, selbst schwach und machtlos, aber dazu auserwählt (oder verurteilt?), die Lampe der objektiven Erkenntnis auf die Welt um ihn herum scheinen zu lassen und sie damit seinen «blinden» Mitmenschen sichtbar zu machen. Er kann nichts für das, was er mit dem Strahl seiner «ausgeglichenen, teilnahmslosen Laterne» ans Licht bringt, und er kann allein auch nichts dagegen tun. An den anderen Menschen ist es, das für sie ans Licht Gebrachte zu sehen und, wenn nötig, etwas dagegen zu tun oder sich selbst zu ändern. Galsworthy hat dieses dichterische Credo auch vielfach theoretisch formuliert. Eine Stelle aus einem Brief von

1905 an seine Schwester Lilian ist ein besonders gutes Beispiel und zeigt darüber hinaus noch einen weiteren Aspekt von Galsworthys Selbstverständnis als Schriftsteller:

«Du hast nicht den Hang zu Realismus, Zynismus, Satirik, Impersonalismus, nenn ihn, wie Du willst, den ich habe. Du bist ein Optimist, ein Idealist. Ich bin weder ein Optimist noch ein Pessimist, und wenn ich Ideale habe, sind es nicht die Deinen.

Darüber hinaus unterscheiden wir uns auch künstlerisch in unserem Bestreben. Um ein Beispiel zu geben, so hättest Du gern einen Kontrast, der den Leser für die eine und gegen die andere Seite einnimmt. Ich bin nicht der gleichen Meinung. Ich fühle mich mehr als eine Art von Chemiker, kälter, analytischer als jemand, der stets eine philosophische Idee verfolgt und ihretwegen, wenn man so will, [sogar] seine eigenen Wertvorstellungen pervertiert.»

Galsworthy der Schriftsteller sieht sich also weder als Optimisten (obwohl er das als Mensch war) noch als Pessimisten, sondern als Realisten, der das kalte Licht des «Impersonalismus» auf seine Umgebung scheinen läßt. Soweit stimmt die Briefstelle mit dem «Gleichnis» überein, und Galsworthy ist ein «Nachfolger» seines fiktiven alten Mannes. Wenn er sich hingegen im gleichen Atemzug einen Zyniker und Satiriker nennt, geht er damit über das «Gleichnis» hinaus. Um mit den Worten des «Gleichnisses» zu reden, hält der Zyniker und Satiriker seine Laterne nicht einfach teilnahmslos vor sich hin, sondern beleuchtet ganz bewußt und aus einem speziellen Winkel gewisse Situationen, Gegenstände oder Menschen, um sie deutlicher hervortreten zu lassen.

Galsworthy der «neutrale» Realist und Galsworthy der Satiriker lassen sich natürlich nicht sauber trennen, aber es gibt Werke, in denen der eine oder der andere etwas mehr im Vordergrund steht. In der vorliegenden Auswahl erkennt man den Realisten etwa in den auf dem Land, unter einfachen Menschen angesiedelten Erzählungen («Ein Mann aus Devon», «Ein Menschenfischer», «Ein Müller am Dee»). Der Zyniker und Satiriker tritt stärker hervor, wenn sich Galsworthy einer sozialen Schicht zuwendet, die er von seiner Herkunft her besonders gut kannte: dem Großbürgertum (z. T. auch dem ländlichen Kleinadel) der spätviktorianischen Zeit. Ihm hält er Gefühlskälte, Heuchelei, Engstirnigkeit, Klassendünkel und vor allem seinen Materialismus vor, seine alles dominierende Gier nach und Lust am Besitz. Es ist dies der «Forsytismus», dem er in der *Forsyte Saga* und ihren Fortsetzungen nachging und den er auch in Erzählungen wie «Die Ersten und die Letzten», «Ein Philosoph» und «Bäume» anprangert. Anders als etwa bei Dickens oder Shaw wird seine Satire aber nie zur Karikatur, werden seine Charaktere nicht zu auf wenige Eigenschaften reduzierten Typen. Dies verhindert der Realist Galsworthy mit seinem Streben nach neutraler, objektiver Darstellung, die auch immer wieder den Blick auf die Hinter- und Abgründe der menschlichen Seele freigibt und bei aller Kritik ein gewisses Maß an Verständnis und sogar Mitleid mitschwingen läßt. Dabei spielt sicher mit, daß Galsworthy der Klasse entstammte, mit der er so scharf ins Gericht ging, und daß er trotz einem gewissen Zynismus doch an ein «Verlangen nach Eintracht und Gerechtigkeit» in jedem Menschen glaubte. Dies jedenfalls sagt der junge Anwalt im «Gleichnis eines Romanciers», dessen Worte zum Abschluß noch einmal zitiert seien:

«Und ihr möget bedenken, ihr Herren, daß es wegen des im Menschen tief verwurzelten Verlangens nach Eintracht und Gerechtigkeit in der Tat ewig so scheinen muß, als überschatte und trübe diese Laterne das Schöne in ihrer unparteilichen Enthüllung der Verhältnismäßigkeit der Dinge.»

Andreas Fischer